Charles Dexter Cleveland

A Complete Concordance to the Poetical Works of John Milton

Charles Dexter Cleveland

A Complete Concordance to the Poetical Works of John Milton

ISBN/EAN: 9783337398767

Printed in Europe, USA, Canada, Australia, Japan

Cover: Foto ©Andreas Hilbeck / pixelio.de

More available books at **www.hansebooks.com**

A COMPLETE CONCORDANCE TO THE

POETICAL WORKS

OF

JOHN MILTON.

BY CHARLES DEXTER CLEVELAND, LL.D.

AUTHOR OF THE COMPENDIUMS OF ENGLISH, AMERICAN, AND CLASSICAL LITERATURE.

LONDON:

SAMPSON LOW, SON, AND MARSTON,

MILTON HOUSE, LUDGATE HILL.

1867.

PREFACE.

THIS Concordance to Milton's Poetical Works owes its origin to a very simple incident. Many years ago when preparing my " Compendium of English Literature," I had occasion to look at Todd's " Verbal Index," in connection with " Lycidas," and found the first two references to which I turned to be wrong. Surprised at this, I soon after, at my leisure, compared every word in " Lycidas " with his Index, and found in its references to a short poem of one hundred and ninety three lines SIXTY THREE mistakes! This discovery made me resolve to prepare, as early as my numerous engagements would permit, a Verbal Index to Milton's Poems, on which some reliance for accuracy might be placed. It was, of course, a very laborious work, as I spent more or less time upon it nearly every day for more than three years; taking Todd's Index as a basis, in which I found THREE THOUSAND THREE HUNDRED AND SIXTY-TWO MISTAKES!

It is now more than twelve years since this Index first

appeared in connection with my edition of " Milton's Poetical Works." Since that time it has been subjected extensively to the scrutiny of private scholarship and of public criticism, and has been highly commended by all for its accuracy.

It is now published, in a separate form, *adapted for any edition of Milton's Poetical Works in existence*, in the hope that its usefulness may thereby be increased, both as facilitating a reference to the great poet and as a contribution to word-books of the English language.

CHARLES DEXTER CLEVELAND.

London, May, 1867.

ABBREVIATIONS.

HE following Index is applicable to any edition of Milton's Poetical Works.* When I say it is an " Index to *all the poems*," I do not mean to say that it is an Index to *all the words* in those poems. There are many words which it would be absurd to notice in an Index : for instance, the *articles*; most of the *pronouns*, such as *thee, whom, his*, &c. ; all the *conjunctions*; many *adverbs*; most of the *prepositions*; and such *adjectives* and *adjective-pronouns* as present no striking idea, as *all, both, each*, &c.   But every one who wishes to find any passage in Milton, will be able to recall some noun, adjective, verb, or participle of a distinctive character ; and ALL SUCH will be found in this Index.   Indeed, I can safely say that I believe there is not a line in all the poems which may not be found by some *one* word in it, while a great number of the lines may be found by EVERY WORD in them.—ED.

P. L.	signifies	Paradise Lost.
P. R.	,,	Paradise Regained.
S. A.	,,	Samson Agonistes.
Lyc.	,,	Lycidas.
L'Al.	,,	L'Allegro.
Il Pens.	,,	Il Penseroso.

---

* In those editions, however, which retain the five Italian Sonnets, five must be added after Sonnet i. For instance, what is here Sonnet v. or xvi. will be x. or xxi. in those editions.

Arc.	signifies	Arcades.
Com.	,, .	Comus.
Son. i., ii., &c.	,,	Sonnets.
Od. Nat.	,,	Ode on the Morning of Christ's Nativity.
Od. Pass.	,,	Ode on the Passion.
Od. Cir.	,,	Ode on the Circumcision.
Od. D. F. I.	,,	Ode on the Death of a Fair Infant.
Od. on Time.	,,	Ode on Time.
Od. Sol. Mus.	,,	Ode at a Solemn Musick.
Ep. M. Win.	,,	Epitaph on the Marchioness of Winchester.
Od. May-M.	,,	Ode or Song on May-Morning.
Vac. Ex.	,,	Verses at a Vacation Exercise.
Ep. W. Sh.	,,	Epitaph on W. Shakspeare.
Ep. Hobs. I., II.	,,	The two Epitaphs on Hobson.
Forc. of Con.	,,	On the new Forcers of Conscience, &c.
Od. Hor.	,,	Fifth Ode of Horace translated.
Brut.	,,	Brutus, &c. Translated from Geoffry of Monmouth.
Dante I., II.	,,	Translations of Dante.
Ariost.	,,	Translation of Ariosto.
Hor. I., II., III.	,,	Other Translations of Horace.
Eurip.	,,	Translation of Euripides.
Soph.	,,	Translation of Sophocles.
Sen.	,,	Translation of Seneca.
Ps. i., ii., &c.	,,	Translation of Psalms.

CONCORDANCE, OR VERBAL INDEX.

ARON, P. L. xii. 170.

Aaron's, P. L. iii. 598. P. R. iii. 15.

Abaddon, P. R. iv. 624.

Abandon, P. L. vi. 494.

Abandon'd, P. L. vi. 134; x. 717. S. A. 120.

Abarim, P. L. i. 408.

Abash'd, P. L. i. 331; iv. 846; viii. 595; ix. 1065; x. 161. P. R. ii. 224; iv. 195. Ps. vi. 24.

Abassin, P. L. iv. 280.

Abate, P. R. ii. 455.

Abated, P. L. xi. 841.

Abbana, P. L. i. 469.

Abdiel, P. L. v. 805, 896; vi. 111, 171, 369.

Abhor, P. L. iv. 392; v. 120; xi. 686. P. R. iv. 172.

Abhorr'd, P. L. ii. 659; vi. 607. Forc. of Con. 4: Ps. iii. 22.

Abhorred, P. L. ii. 87, 577. P. R. iv. 191. Lyc. 75. Com. 535.

Abhorr'st, P. L. xii. 79.

Abide, P. L. i. 385; iv. 87; v. 609. S. A. 922, 1136. Com. 951. Od. Nat. 225. Od. Pass. 20. Ps. i. 13.

Abides, P. L. iii. 388; xi. 292.

Ability, S. A. 743.

Abject, P. L. i. 312, 322 : ix. 572; xi. 520. S. A. 169.

Abjure, P. L. viii. 480. P. R. i. 474.

Able, P. L. iii. 211; iv. 155; v. 70; x. 819, 950; xii. 491. P. R. iii. 365. Od. Sol. Mus. 4.

Abode, P. L. iii. 734; iv. 939; vii. 553. Com. 693. Od. Nat. 18. Od. D. F. I. 60. Ps. lxxxi. 37; lxxxiv. 39.

Abolish, P. L. ii. 370; iii. 163; ix. 947.

Abolish'd, P. L. ii. 93.

Abominable, P. L. ii. 626; x. 465. P. R. iv. 173. S. A. 1359.

Abominations, P. L. i. 389. P. R. iii. 162.

Abortive, P. L. ii. 441; iii. 456; xi. 769. P. R. iv. 411. S. A. 1576.

Abound, P. L. vi. 502; xii. 478. Ps. lxxxiv. 24.

Abounded, P. L. iii. 312.

Abounds, P. L. iii. 312. Ps. iv. 36.

Abraham, P. L. xii. 152, 260, 268, 273, 328. P. R. iii. 434. S. A. 465.

Abraham's, P. L. xii. 447, 449. S. A. 29.

Abroad, P. L. ii. 463. P. R. iv.

414. S. A. 809, 919. Ps.
lxxxvi. 43 ; lxxxvii. 10 ;
cxxxvi. 5.
All abroad, S. A. 1600.
Abrupt, P. L. ii. 409.
Abruptly, P. R. ii. 10.
Absence, P. L. v. 110 ; vii. 107 ;
ix. 248, 294, 861. P. R. ii.
100. S. A. 806.
Absent, P. L. iii. 261 ; viii. 229 ;
x. 82. P. R. iv. 400, 440. S.
A. 1604. Lyc. 35.
Absents, P. L. ix. 372 ; x. 108.
Absolve, P. L. iii. 291 ; x. 829.
Absolv'd, P. L. vii. 94.
Absolute, P. L. ii. 560 ; iii. 115 ;
iv. 301 ; viii. 421, 547 ; x.
483 ; xi. 311 ; xii. 68. P. R.
ii. 138. S. A. 1405.
Absolutely, P. L. ix. 1156.
Abstain, P. L. iv. 748 ; vii. 120 ;
x. 557, 993. P. R. ii. 269.
Abstain'd, P. L. ix. 1022.
Abstaining, P. R. iii. 192.
Abstemious, S. A. 637.
Abstinence, P. L. ix. 924. Com.
709.
Abstract, P. L. viii. 462.
Abstracted, P. L. ix. 463.
Abstruse, P. L. viii. 40. S. A.
1064.
Abstrusest, P. L. v. 712.
Absurd, S. A. 1337.
Abundance, P. L. iv. 730 ; v.
315 ; ix. 620. Com. 764.
Abundant, P. L. v. 72 ; vii. 388.
Abundantly, P. L. viii. 220.
Abuse, P. L. iv. 204 ; v. 800.
S. A. 76.
Abuse, (*verb*,) P. R. i. 455. S. A.
1354.
Abus'd, P. L. i. 479.
Abyss, P. L. i. 21, 658 ; ii. 405,
518, 910, 917, 956, 969, 1027 ;
iii. 83 ; iv. 936 ; vii. 211, 234 ;
x. 314, 371, 476, 842 ; xii.
555. S. A. 501.
Academe, P. R. iv. 244.

Academicks, P. R. iv. 278.
Acanthus, P. L. iv. 696.
Accaron, P. L. i. 466.
Accent, P. L. ii. 118 ; ix. 321.
Son. viii. 3.
Accept, P. L. ii. 58, 425, 452 ;
iii. 302 ; iv. 380 ; ix. 629 ; x.
758 ; xi. 37, 505. P. R. ii.
398. S. A. 1179, 1255, 1460.
Acceptable, P. L. x. 139, 855.
S. A. 1052. Sen. 2.
Acceptance, P. L. v. 531 ; viii.
435 ; x. 972 ; xi. 457 ; xii.
305. P. R. ii. 388. Ps. vi.
19.
Accepted, P. L. v. 465 ; vi. 804 ;
xi. 46.
Accepting, P. R. iv. 493.
Accepts, S. A. 510.
Access, P. L. i. 761 ; ii. 130 ; iv.
137 ; ix. 310, 511, 810 ; xii.
239. P. R. i. 492. Ps. lxxxvi.
23.
Accessible, P. L. iv. 546.
Accessories, P. L. x. 520.
Accident, P. R. ii. 39. S. A.
1519, 1552. Vac. Ex. 74.
Accidents, S. A. 612.
Acclaim, P. L. ii. 520 ; iii. 397 ;
x. 455. P. R. ii. 235.
Acclamation, P. L. vii. 558.
Acclamations, P. L. vi. 23. Ps.
lxxxi. 4.
Accompanied, P. L. iv. 600 ; v.
352 ; viii. 428 ; x. 88, 848.
P. R. i. 300.
Accomplish, P. R. ii. 113, 452.
Accomplish'd, P. L. iii. 160 ; iv.
660 ; vii. 550. S. A. 230.
Accomplishing, P. L. xii. 567.
Accomplishment, P. R. ii. 207.
Accord, P. L. ii. 36. P. R. iii.
9. S. A. 1643.
Accord, (*verb*,) P. L. ii. 503.
According, P. L. vi. 816 ; x. 517,
806. Com. 766. Ps. vii. 32,
62.
Accost, P. L. iv. 822.

Accosts, P. L. iii. 653. P. R. iii. 6.

Account, P. L. iii. 238 ; iv. 235, 622, 841 ; vi. 726 ; x. 501. P. R. ii. 193. Son. xiv. 6.

Accountable, P. L. ii. 255 ; x. 29.

Accurs'd, P. L. ii. 1055 ; iv. 69 ; v. 877 ; vi. 850 ; x. 168, 175, 465, 723 ; xii. 413. P. R. iv. 179. S. A. 930.

Accusation, P. L. ix. 1187.

Accuse, P. L. iii. 112 ; iv. 67 ; viii. 561 ; ix. 1186 ; x. 127 ; xii. 37. P. R. iv. 316. Arc. 10.

Accus'd, P. L. x. 164, 852.

Accuser, P. L. iv. 10 ; ix. 1182.

Accustom'd, P. L. iv. 779 ; xi. 285. Il Pens. 60.

Acheron, P. L. ii. 578. Com. 604.

Achieve, P. L. xii. 234. P. R. i. 68.

Achiev'd, P. L. ii. 21, 363, 723 ; x. 368, 469 ; xi. 698, 792. P. R. ii. 411. S. A. 1492.

Achieving, P. L. ix. 696.

Achilles, P. L. ix. 15.

Acknowledge, P. L. v. 172 ; vii. 512 ; viii. 574 ; xii. 573. P. R. ii. 376. S. A. 448, 735, 1170.

Acknowledg'd, P. L. iv. 956 ; x. 939 ; xi. 612. P. R. ii. 83. S. A. 245.

Acquaint, P. L. x. 395. Ep. M. Win. 72.

Acquainted, P. R. i. 400.

Acquist, S. A. 1755.

Acquit, S. A. 897.

Acquittance, P. L. x. 53.

Acquitted, P. L. x. 827.

Act, P. L. ii. 109, 363 ; iv. 94 ; ix. 190, 668, 674 ; x. 1, 334, 390 ; xi. 256 ; xii. 427, 429. P. R. iv. 475. S. A. 28, 231, 1362, 1388. Com. 465.

Act, (*verb*,) P. L. vii. 172 ; x. 807 ; xii. 517. S. A. 503.

Action, P. L. iv. 401 ; ix. 460. P. R. iv. 215.

Actions, P. L. viii. 602 ; ix. 559 ; x. 608. P. R. ii. 411 ; iii. 9, 239 ; iv. 266. S. A. 1440.

Active, P. L. v. 477 ; ix. 96. P. R. ii. 239 ; iv. 371.

Activity, S. A. 1328.

Acts, P. L. v. 593 ; vi. 264, 377, 883 ; vii. 176, 601 ; viii. 600 ; x. 1026 ; xi. 789. P. R. i. 216 ; ii. 412 ; iii. 24. S. A. 243, 527, 1101, 1210, 1368, 1736. Son. iii. 6. Od. Pass. 24. Ps. lxxxviii. 50.

Actual, P. L. x. 587.

Adam, P. L. iv. 323, 408, 610, 742 ; v. 3, 27, 94, 230, 299, 302, 307, 321, 358, 372, 453, 469, 561, 751 ; vii. 42, 45, 59, 109, 524 ; viii. 51, 179, 296, 401, 437, 595, 644, 653 ; ix. 205, 226, 289, 290, 318, 342, 816, 828, 831, 838, 856, 868, 960, 965, 988, 1004, 1016, 1065, 1132, 1144, 1162 ; x. 102, 103, 115, 124, 197, 715, 736, 845, 914, 939, 967, 1010 ; xi. 114, 136, 191, 223, 224, 249, 251, 263, 293, 335, 370, 419, 423, 448, 454, 495, 526, 596, 628, 674, 754, 868 ; xii. 4, 63, 270, 372, 552, 607, 624. P. R. i. 51, 102 ; ii. 133, 134 ; iv. 607, 614.

Second Adam, P. L. xi. 383.

Adam's, P. L. iii. 285, 286, 734 ; viii. 1, 64 ; ix. 591 ; xi. 212, 412. P. R. i. 115.

Adamant, P. L. ii. 436 ; vi. 110, 255 ; x. 318. P. R. iv. 534.

Adamantéan, S. A. 134.

Adamantine, P. L. i. 48 ; ii. 646, 853 ; vi. 542. Arc. 66.

Add, P. L. ii. 700 ; iv. 36, 950 ; v. 152 ; viii. 109 ; ix. 821 ;

xii. 581, 582, 583. P. R. iv.
113. S. A. 290, 1121, 1357.
Il Pens. 49. Com. 858.
Added, P. L. iv. 845; vii. 484;
x. 753, 909; xi. 138, 263.
P. R. i. 497; iv. 550. Ep.
M. Win. 5.
Adder, P. L. ix. 625.
Adders, S. A. 936.
Addicted, P. R. iv. 213.
Adding, S. A. 1351.
Addition, P. L. v. 116; vii. 555.
Address, P. L. v. 868. S. A. 731.
Address'd, P. L. vi. 296; ix.
496, 672, 855; xi. 295. P. R.
ii. 301. S. A. 729. Com 272.
Ades, P. L. ii. 964.
Adhere, P. L. ii. 906; viii. 498.
Adherents, P. L. vi. 266; x. 622.
Adiabene, P. R. iii. 320.
Adjoin'd, P. L. ix. 449. P. R.
i. 403.
Adjourn, P. L. xii. 264.
Adjudg'd, P. L. iii. 223; iv. 823;
x. 377. S. A. 288.
Adjure, Forc. of Con. 5.
Adjur'd, S. A. 853.
Adjuring, Com. 858.
Adjusted, P. L. vi. 514.
Admiration, P. L. iii. 271, 672;
vii. 52; ix. 872. P. R. ii.
221; iv. 228.
Admire, P. L. i. 690; viii. 25, 75.
P. R. i. 326, 380, 482; ii. 222;
iii. 52. Od. Hor. 8.
Admir'd, P. L. ii. 677, 678; vi.
498; ix. 444, 542, 746; xi.
689. P. R. i. 214. S. A. 530.
Admires, P. R. iii. 39.
Admiring, P. L. i. 681, 731; ix.
524, 1178; x. 352. P. R. i.
169; ii. 175.
Admir'st, P. L. viii. 567.
Admit, P. L. viii. 637; x. 763;
xi 141, 596. S. A. 605. L'Al.
38.
Admits, P. R. i. 95.
Admitting, P. L. viii. 115.

Admonish, P. L. xi. 813.
Admonish'd, P. L. iii. 647; ix.
1171.
Admonishment, P. L. vii. 77.
Adonis, P. L. i. 450; ix. 440.
Com. 999.
Adopted, P. L. v. 218.
Adoration, P. L. iii. 351; iv. 737;
v. 800; viii. 315. Com. 452.
Adore, P. L. i. 323, 373, 475; iii.
342, 343; iv. 89; vii. 514;
viii. 280, 360, 647; ix. 540;
xi. 333. S. A. 1177. Arc.
37. Ps. lxxxvi. 42.
Ador'd, P. L. i. 384; iv. 721, 959;
v. 805; ix. 547. P. R. ii.
189, 212.
Adorers, P. L. ix. 143. P. R. i.
451.
Adoring, P. L. v. 144.
Adorn, P. L. v. 218; viii. 576;
ix. 840.
Adorn'd, P. L. i. 371; ii. 446,
1049; iii. 550; iv. 634; vi.
474; vii. 87, 384; viii. 482;
ix. 393, 1030; x. 151; xi.
280. P. R. ii. 137; iv. 35.
S. A. 357, 679.
More adorn'd, P. L. iv. 713.
Adorns, P. L. vii. 445.
Adramelech, P. L. vi. 365.
Adria, P. L. i. 520.
Adrift, P. L. xi. 832.
Advance, P. L. ii. 682; v. 191;
vi. 234; viii. 163; ix. 148;
x. 616; xii. 215. P. R. i. 88;
iii. 143, 144.
Advanced, P. L. i. 119, 536, 563;
iv. 90, 359; v. 588, 744; vi.
109, 399, 884; vii. 626; xii.
632. P. R. ii. 69. S. A. 136,
450. Com. 1004. Ps. lxxx.
44.
Advancing, P. L. v. 2.
Advantage, P. L. i. 327; ii. 35,
987; viii. 122; ix. 258, 718.
S. A. 1118, 1259.
No advantage, P. R. ii. 234.

Advantag'd, P. R. iv. 208. S. A.
255.
Advantages, P. L. vi. 401 ; xii.
510. S. A. 1401.
Advantageous, P. L. ii. 363.
Adventurous, P. L. i. 13 ; ii. 615 ;
vi. 66 ; ix. 921 ; x. 255. Com.
79.
Adventure, P. L. ii. 474, 571 ; x.
468.
Adventurer, P. L. x. 440.
Adventures, S. A. 1740.
Adversary, P. L. ii. 629 ; iii. 81,
156 ; vi. 282 ; ix. 947 ; x. 906.
P. R. i. 33 ; iv. 527.
Adversary-serpent, P. L. xii.
312.
Adverse, P. L. i. 103 ; ii. 77,
259 ; vi. 206, 490 ; vii. 239 ;
x. 289, 701 ; xi. 364. P. R.
iii. 189. S. A. 1040.
Advérse, S. A. 192.
Adversities, P. R. iv. 479.
Advice, P. L. ii. 197 ; v. 889.
P. R. i. 394 ; iii. 364. Com.
108.
Advise, P. L. ii. 42, 283, 376 ;
v. 234, 729, 888 ; ix. 212 ;
xii. 611. P. R. iv. 211. S. A.
328. Son. xii. 7. Eurip. 2.
Ps. lxxxi. 55.
Advis'd, P. L. v. 523 ; vi. 674.
P. R. ii. 152. Com. 755.
Advising, P. L. ii. 292.
Adulterers, Dante II. 4.
Adulterous, P. L. iv. 753.
Adultery, P. L. xi. 717.
Advocate, P. L. xi. 33.
Adust, P. L. xii. 635.
Ægean, P. L. i. 746. P. R. iv.
238.
Ægypt,—see Egypt.
Ænon, P. R. ii. 21.
Æolian, P. R. iv. 257.
Aërial, or Aëreal, P. L. iii. 445 ;
v. 548 ; vii. 442 ; x. 667.
Com. 3.
Aëry, P. L. i. 430, 775 ; ii. 407 ;

536 ; iii. 741 ; iv. 568 ; v. 4,
105 ; vi. 283 ; vii. 246, 428 ;
xi. 185. P. R. iv. 57, 402.
S. A. 974. Il Pens. 148.
Com. 208, 231. Od. Nat. 103.
Aëry-light, P. L. v. 4.
More aëry, P. L. v. 481.
Ætna, P. L. i. 233 ; iii. 470.
Afer, P. L. x. 702.
Affable, P. L. vii. 41 ; viii. 648.
Affairs, P. L. x. 408. P. R. i. 50,
132 ; iv. 462.
Affect, P. L. vi. 421 ; x. 653.
P. R. iii. 45. S. A. 1030.
Affecting, P. L. iii. 206 ; v. 763 ;
xii. 81. P. R. iii. 22.
Affection, S. A. 739.
Affects, P. L. v. 97. Com. 386.
Affirm, P. L. v. 107 ; viii. 117.
Ep. Hobs. II. 13.
Affirming, P. R. i. 253.
Afflict, P. R. i. 425. S. A. 114,
914, 1252.
Afflicted, P. L. i. 186 ; iv. 939 ;
vi. 852 ; x. 863. P. R. ii. 93.
S. A. 660. Ps. lxxxviii. 61.
Afflicting, P. L. ii. 166.
Affliction, P. L. i. 57. S. A. 113,
457, 503, 1257. Ps. lxxxviii.
37.
Afflictions, P. R. ii. 92.
Afflicts, P. L. xi. 315. S. A.
195.
Afford, P. L. iv. 46 ; v. 316 ; ix.
912 ; x. 271. S. A. 910, 1109.
Od. Nat. 16. Ps. lxxxv. 27 ;
lxxxvi. 19, 61.
Affords, P. L. ix. 968.
Affright, Com. 148, 356.
Affrighted, P. L. vi. 869.
Affrights, Od. Nat. 194.
Affront, P. L. ix. 302. P. R. iv.
444. S. A. 531.
Affront, (*verb*,) P. L. i. 391.
Affronts, P. L. ix. 328. P. R.
iii. 161.
Afield, Lyc. 27.
Afloat, P. L. i. 305.

Afraid, P. L. ii. 759; x. 117; xii. 493.

Afresh, P. L. ii. 801.

Afric, P. L. i. 585. P. R. ii. 347.

Africa, P. R. ii. 199. Com. 606.

African, P. R. iii. 101. Son. xii. 4.

After-age, Son. viii. 7.

After-bands, P. L. ix. 761.

Afternoon's, P. L. ix. 403.

After-times, P. L. iii. 529.

Agape, P. L. v. 357.

Agate, Com. 893.

Age, P. L. i. 698; ix. 44; xi. 538, 665, 809; xii. 243. P. R. i. 16, 209; ii. 209; iv. 380. S. A. 69, 336, 572, 580, 700, 925, 1487, 1488, 1489. Il Pens. 101, 167. Com. 40, 59, 109. Son. vi. 12; vii. 1. Od. Nat. 135. Vac. Ex. 69. Ep. W. Sh. 2.

Age to age, Ps. lxxxv. 20.

Aged, P. R. i. 314. S. A. 1568. L'Al. 82. Com. 835. Od. Nat. 160. Ps. lxxxiii. 53.

Agents, P. L. ix. 683.

Ages, P. L. ii. 186; iii. 328; vii. 191; x. 647, 733; xi. 326, 767; xii. 549. P. R. i. 48; ii. 441; iii. 294. S. A. 765, 1707.

Aggravate, P. L. iii. 524; x. 549. P. R. iii. 218. S. A. 1000.

Aggravations, S. A. 769.

Aggregated, P. L. x. 293.

Aghast, P. L. ii. 616. P. R. i. 43. Od. Nat. 160. Ps. cxiv. 15.

Agitation, P. L. ix. 637.

Agony, P. L. ii. 861; ix. 858; xi. 482.

Agra, P. L. xi. 391.

Agreeable, S. A. 1506.

Agrican, P. R. iii. 338.

Ah, P. L. iv. 42, 366; x. 822.

Ahab, P. R. i. 372.

Ahaz, P. L. i. 472.

Ajalon, P. L. xii. 266.

Aid, P. L. i. 13, 38; iii. 232, 727; iv. 927; vi. 119, 294, 335; vii. 140; viii. 459, 642; ix. 260, 308; x. 271, 919, 944; xi. 651, 800; xii. 542. P. R. i. 393; ii. 148; iii. 302; iv. 377, 468, 493. S. A. 1146. Com. 90.

Aid, (*verb*,) P. L. i. 235; ix. 208. Com. 856. Vac. Ex. 15. Ps. lxxxiii. 32; lxxxvi. 22.

Aided, P. L. vi. 38.

Aidless, Com. 574.

Aids, P. R. iii. 392.

Aim, P. L. i. 41, 168; ii. 28, 128, 712. S. A. 1464.

Aim, (*verb*,) P. R. iv. 105, 106.

Aim'd, P. L. vi. 317. P. R. ii. 202; iv. 208.

Aims, P. L. iv. 808.

Aim'st, P. L. xi. 884.

Air, P. L. i. 226, 516, 545, 595, 767; ii. 309, 400, 528, 540, 594, 663, 718, 842, 912, 1045; iii. 72, 76, 254, 429, 489, 564, 619, 715; iv. 153, 432, 558, 682, 722, 818, 940, 1000; v. 79, 180, 270, 417, 590; vi. 72, 244, 304, 349, 587, 654, 664; vii. 14, 89, 241, 265, 421, 431, 447, 502, 521, 533, 560, 629; viii. 141, 166, 284, 301, 341, 348, 370, 476, 626; ix. 446, 459, 530, 658; x. 185, 188, 212, 280, 400, 666, 847, 1073, 1090, 1102; xi. 53, 183, 202, 284, 337, 542; xii. 76, 452, 454, 579, 635. P. R. i. 44, 45, 63, 366, 499; ii. 74, 117, 124, 374; iv. 41, 201, 239, 542, 568, 585. S. A. 8, 176, 628, 1240, 1621. Lyc. 98. Il Pens. 77, 94. Com. iv. 133, 154, 247, 481, 550, 557, 730, 757, 928, 980. Son. iii. 12; viii. 8; xv. 12. Od. Nat. 38, 99,

164. Od. Pass. 2. Od. D. F. I. 16. Vac. Ex. 41.

Airs, P. L. iv. 264; viii. 515; ix. 200; x. 93. P. R. ii. 362. L'Al. 136. Od. Pass. 27.

Airy,—*see* Aëry.

Ake, *or* Ache, Ps. vi. 5.

Alabaster, P. L. iv. 544. P. R. iv. 548. Com. 660.

Alack, Od. D. F. I. 28.

Alacrity, P. L. ii. 1012.

Aladule, P. L. x. 435.

Alarm, P. L. vi. 549; x. 491.

Alarm, (*verb*,) P. L. ii. 103.

Alarm'd, P. L. iv. 985; xii. 217.

Alarms, Com. 364.

Alas, P. L. x. 949; xi. 461. P. R. ii. 30, 348; iv. 309. S. A. 162, 368. Lyc. 64. Com. 609. Od. Cir. 12. Od. D. F. I. 7. Ep. M. Win. 8. Ep. Hobs. I. 2. Ps. lxxxviii. 15.

Albracca, P. R. iii. 339.

Alcairo, P. L. i. 718.

Alcestis, Son. xviii. 2.

Alchemist, P. L. v. 440.

Alchemy, P. L. ii. 517.

Alcides, P. L. ii. 542. P. R. iv. 565.

Alcinous, P. L. v. 341; ix. 441. Vac. Ex. 49.

Ale, L'Al. 100. Ep. Hobs. II. 16.

Aleian, P. L. vii. 19.

Alexander, P. R. iv. 252.

Algarsife, Il Pens. 111.

Algiers, P. L. xi. 404.

Alien, P. L. iv. 571. Ps. lxxxi. 38.

Alienate, P. L. v. 877.

Alienated, P. L. i. 457; ix. 9; x. 378.

Alighted, P. L. iii. 422.

Alights, P. L. iv. 396.

Alike, P. L. ii. 187, 453; iii. 593; iv. 70, 640; v. 407; vi. 123, 847; viii. 389; x. 520, 598, 838; xi. 350; xii. 519.

P. R. iii. 214. S. A. 703, 704, 1074.

Alimental, P. L. v. 424.

Alive, P. L. xi. 818. S. A. 645. Ps. lxxxv. 24.

All in all, P. L. iii. 341; vi. 732. At all, P. L. ii. 48; ix. 757; xi. 89.

All-about, Arc. 58.

All-bearing, P. L. v. 338.

All-bounteous, P. L. v. 640.

All-cheering, P. L. iii. 581.

All-commanding, Ps. cxxxvi. 25.

All-conquering, P. L. x. 591.

All-giver, Com. 723.

All gold, Od. Hor. 9.

All-judging, Lyc. 82.

All-knowing, P. L. x. 227.

All-powerful, P. L. ii. 851.

All-ruling, P. L. i. 212; ii. 264.

All seeing, P. L. x. 6.

All-to, Com. 380.

All-worshipt, Com. 719.

Allay, P. L. x. 564. S. A. 582. Com. 96.

Allay'd, P. L. vii. 67; viii. 7. P. R. ii. 160.

Allaying, S. A. 550.

Alleg'd, P. L. iv. 921.

Allege, S. A. 1253.

Allegiance, P. L. iii. 104; iv. 956.

Allegorick, P. R. iv. 390.

Alley, Com. 311.

Alleys, P. L. iv. 626. P. R. ii. 293. Com. 990.

Allotted, P. L. viii. 148. P. R. ii. 123.

Allow, P. L. vi. 158.

Allowance, S. A. 770. Com. 308.

Allure, P. R. i. 179; iv. 112. S. A. 546.

Allur'd, P. L. i. 447; iii. 573; v. 709; xi. 718.

Allurement, P. L. xi. 810. P. R. ii. 134, 409.

Alluring, P. L. ix. 588. Com. 882.

Allusion, P. L. x. 425.
Almansor, P. L. xi. 403.
Almighty, P. L. i. 259, 623; iii. 273, 344; v. 154, 469, 676; vi. 294; vii. 174, 339; viii. 398; ix. 137; x. 613; xi. 83.
Almighty (*adj.,*) P. L. i. 44, 144; ii. 65, 144, 192, 769, 915; iii. 56, 386; v. 868; vi. 316, 671, 713, 833; vii. 11, 112; x. 387.
Almighty's, P. L. iv. 566; v. 585; vi. 119; vii. 181. Ps. cxiv. 4.
Almost, P. L. vii. 620; viii. 110. S. A. 91. Ps. lxxxiv. 5; lxxxvi. 3.
Alms, Son. xiv. 5.
Aloft, P. L. i. 226; ii. 938; iii. 357, 493; iv. 1014; vi. 252, 776; ix. 500.
Alone, P. L. ii. 426, 509, 778, 975; iii. 169, 441, 442, 667, 684, 699; iv. 129, 340, 491, 917, 935; v. 50, 875; vi. 145, 420, 820; vii. 28; viii. 57, 89, 365, 405, 427, 438, 445; ix. 105, 303, 336, 457, 480, 736, 766, 978; xi. 222; xii. 404. P. R. i. 189, 285; iii. 141, 372; iv. 217. S. A. 20, 939. Arc. 17, 42. Com. 583, 1019. Od. Nat. 107. Ps. iv. 20, 39, 42; lxxxiii. 66; lxxxvi. 15.
Along, P. L. i. 100; ii. 574; iv. 689; vi. 275; vii. 166; viii. 166; x. 250. S. A. 1316, 1384, 1412. Com. 984. Od. Cir. iv. Vac. Ex. 94.
Aloof, P. L. i. 380; iii. 577. P. R. i. 313. S. A. 135, 1611.
Aloud, P. L. i. 126; iv. 2, 481; 865; vi. 536; viii. 490; x. 102. S. A. 1639. Ps. iii. 10; lxxxiv. 7.
Alp, P. L. ii. 620. S. A. 628.
Alpheus, Lyc. 132. Arc. 30.
Alpine, Son. xiii. 2.

Already, P. L. vi. 20; vii. 151; viii. 85, 420; x. 50, 716, 905, 929. S. A. 707, 1092, 1257. Com. 573. Ps. vii. 47; lxxxviii. 59.
Altar, P. L. i. 384, 434, 473, 493; ii. 244; ix. 195; xi. 18, 432; xii. 354. P. R. i. 257, 489. S. A. 26. Il Pens. 48. Od. Nat. 28.
Altars, P. L. i. 384, 494; xi. 323. Od. Nat. 192. Ps. lxxxiv. 13.
Alter, P. L. x. 953.
Alteration, P. L. ii. 1024; ix. 599.
Alter'd, P. L. v. 385; ix. 1132; x. 171.
Altern, P. L. vii. 348.
Alternate, P. L. v. 657.
Although, P. L. viii. 427. S. A. 1338.
Always, P. L. i. 681; iii. 517, 704; vi. 724, 725; ix. 467; xii. 84. P. R. iii. 48, 159. S. A. 814. Od. Hor. 10.
Amain, P. L. ii. 165, 1024; x. 675; xi. 742. P. R. ii. 430. S. A. 637, 1304. Lyc. 111.
Amalec, Ps. lxxxiii. 26.
Amalthea, P. L. iv. 278.
Amalthea's, P. R. ii. 356.
Amara, P. L. iv. 281.
Amarant, P. L. iii. 352, 353.
Amaranthus, Lyc. 149.
Amaranthine, P. L. xi. 78.
Amaryllis, Lyc. 68.
Amaze, (*noun,*) P. L. vi. 646. P. R. ii. 38. S. A. 1645. Od. Nat. 69.
Amaze, (*verb,*) P. L. xii. 496. Son. x. 3.
Amaz'd, P. L. i. 281; iv. 820; ix. 614, 640, 889; x. 452. S. A. 1286. Com. 565.
Amazed, Ps. cxxxvi. 14.
Amazement, P. L. i. 313; ii. 758; vi. 198. P. R. i. 107; iv. 562. Com. 356. '

Amazonian, P. L. ix. 1111.
Amber, P. L. iii. 359; vi. 759.
P. R. iii. 288. S. A. 720.
L'Al. 61. Com. 333.
Amber-dropping, Com. 863.
Ambient, P. L. vi. 481; vii. 89.
Ambiguous, P. L. v. 703; vi.
568; vii. 473. P. R. i. 435.
Ambition, P. L. i. 262; ii. 485;
iv. 40, 61, 92; ix. 168; xii.
38, 511. P. R. iii. 90. S. A.
247.
Ambitious, P. L. i. 41; ii. 34;
vi. 160; xii. 25. P. R. iv.
137, 495. Vac. Ex. 11.
Ambrosia, P. L. v. 57.
Ambrosial, P. L. ii. 245; iii. 135;
iv. 219; v. 427, 642; vi. 475;
ix. 852; xi. 279. P. R. iv.
589, 590. Com. 16, 840.
Ambush, P. L. ii. 344; ix. 408.
Amend, Ps. vi. 4.
Amends, P. L. viii. 491; x. 1032.
S. A. 9, 745.
Amerc'd, P. L. i. 609.
American, P. L. ix. 1116.
Amiable, P. L. iv. 250; viii. 484;
ix. 899. Od. Hor. 10.
Amiably, P. L. iv. 479.
Amice, P. R. iv. 427.
Amid, P. L. iv. 186, 218, 578;
vi. 664; vii. 48, 262; viii.
326; ix. 401, 594; xi.
671.
Amidst, P. L. i. 791; ii. 263,
896; iii. 376; v. 264, 598,
903; vii. 132; ix. 502, 661;
x. 33; xi. 820. P. R. i. 42;
ii. 149; iv. 439, 570. S. A.
443, 683. Com. 254, 549,
777, 981. Ps. lxxxiii. 45.
Amiss, Com. 177. Ps. vii. 36.
Amity, P. L. iv. 376; viii. 426;
x. 248.
Ammiral, P. L. i. 294.
Ammon, P. L. iv. 277. Ps.
lxxxiii. 25.
Ammonian, P. L. ix. 508.

Ammonite, P. L. i. 396. S. A.
285.
Ammunition, S. A. 1277.
Amongst, P. L. iii. 565. Od. D.
F. I. 49. Ps. cxiv. 12;
cxxxvi. 34.
Amorous, P. L. i. 449; iv. 311,
603; viii. 477, 518; ix. 1035,
1045; xi. 584, 586. P. R.
ii. 158, 162. S. A. 393, 1007.
Son. i. 8. Od. Nat. 50. Od.
D. F. I. 5.
Amorrean, Ps. cxxxvi. 66.
Amphisbæna, P. L. x. 524.
Amphitrite's, Com. 921.
Ample, P. L. i. 725; iii. 254,
389; iv. 413; v. 393; vi.
255; vii. 577; viii. 258. P. R.
ii. 339; iv. 82.
Ampler, P. L. ix. 876.
Amplest, P. L. xi. 380. S. A.
1011.
Amplier, P. L. xii. 544.
Amplitude, P. L. vii. 620. P. R.
ii. 139.
Amply, P. L. viii. 362; x. 388.
Amram's, P. L. i. 339.
Amus'd, P. L. vi. 581, 623.
Amymone, P. R. ii. 188.
Anak, S. A. 528, 1080.
Anarch, P. L. ii. 988.
Anarchy, P. L. ii. 896; vi. 873;
x. 283. P. R. ii. 471.
Ancestor, P. L. iv. 659; x. 735;
xi. 546.
Ancestors, P. L. ii. 895.
Anchises', Com. 923.
Anchor, P. L. i. 206.
Anchors, (*verb*,) P. L. ii. 289.
Ancient, P. L. i. 200, 739; ii.
346, 394, 591, 970, 986; iii.
464; xi. 10, 11, 862. P. R.
i. 44, 305; ii. 121, 435; iii.
270, 281, 428; iv. 251, 268.
S. A. 653. Com. 314. Son.
vii. 2; xiii. 6. Vac. Ex. 98.
Ps. lxxxi. 35.
Anciently, P. L. v. 723.

Andrew, P. R. ii. 7.
Andromeda, P. L. iii. 559.
Angel, P. L. i. 125; ii. 991; iii.
  622, 645, 682, 694; iv. 59,
  320, 712, 902, 926, 946; v.
  385, 404, 435, 519, 849; vi.
  1, 92, 152, 594; vii. 110; viii.
  1, 53, 72, 181, 560, 618, 652;
  ix. 276, 1081; x. 327, 442;
  xi. 286, 421, 449, 598, 635,
  759, 762; xii. 201, 259, 364,
  485, 574, 637. P. R. ii. 274,
  310; iii. 352. S. A. 24, 361,
  1431. Lyc. 163. Com. 214,
  658.
Arch-angel, P. L. i. 243, 593,
  600; iii. 648; v. 660, 694; vi.
  203, 257, 594; vii. 41; xi.
  238, 884; xii. 2, 406, 626.
Angel-forms, P. L. i. 301.
Angel-guest, P. L. v. 328; ix. 1.
Angel-quire, Od. Nat. 27.
Angel-trumpets, Od. Sol. Mus.
  11.
  Traitor-angel, P. L. ii. 689.
Angel-wings, P. L. ix. 155.
Angelica, P. R. iii. 341.
Angelical, P. L. ii. 548; iii. 462.
Angelick, P. L. iv. 550, 977; v.
  74, 251, 371, 535, 650, 834;
  vi. 308, 898; vii. 560; viii.
  559; ix. 142, 458; x. 18;
  xi. 76. P. R. iv. 505, 593.
  S. A. 672. Od. Nat. 132.
Arch-angelick, P. L. xi. 126.
Angels, P. L. i. 38, 59, 344, 620,
  734; ii. 68, 413, 1033; iii.
  331, 345, 396, 511, 521, 533;
  iv. 820; v. 161, 288, 465, 494,
  584, 600, 633; vi. 220, 281,
  298, 336, 375, 411, 525, 638,
  776, 802; vii. 133; ix. 146,
  308, 392, 548, 937; x. 34,
  650, 668, 893; xi. 70, 213;
  xii. 367. P. R. i. 129, 131,
  163, 237, 243, 371, 447; ii.
  385; iii. 63, 113; iv. 197,
  200, 474, 557, 582. S. A.

343. Com. 455. Od. Nat.
  244. Od. Pass. 4.
Arch-angels, P. L. iii. 325.
Anger, P. L. ii. 90, 158, 211; iii.
  237, 263; iv. 916; ix. 10,
  300, 1123; x. 114, 945; xi.
  878. P. R. i. 466. S. A.
  818, 963. Com. 667. Son.
  iv. 8. Ps. ii. 26; vi. 1;
  lxxxv. 9.
Anger's, P. L. x. 802.
Angola, P. L. xi. 401.
Angry, P. L. i. 169, 741; ii.
  152; x. 1095; xi. 330. Ps.
  lxxx. 19; lxxxv. 17, 18;
  lxxxvi. 55.
Anguish, P. L. i. 558; ii. 567;
  vi. 340; ix. 62; x. 1018; xi.
  778. P. R. iv. 576. S. A.
  458, 600. Od. Pass. 42.
  Ps. vi. 5.
Animal spirits, P. L. iv. 805; v.
  484.
Animals, P. L. iv. 621.
Animate, P. L. viii. 151; ix.
  112.
Anna, P. R. i. 255.
Annex'd, P. L. xii. 99.
Annihilating, P. L. vi. 347.
Announc'd, P. R. iv. 504.
Annoy, P. L. vi. 369; ix. 446.
  P. R. iii. 365. S. A. 578.
Annual, P. L. i. 447; vii. 431;
  x. 576. S. A. 987.
Annull'd, S. A. 72.
Annuls, P. L. xii. 428.
Anointed, P. L. iii. 317; v.
  605, 664, 777, 870; vi. 676,
  718; xii. 359. P. R. ii. 50.
  Ps. ii. 12; lxxxiv. 32.
Anon, P. L. i. 325, 549, 710, 759;
  vi. 360, 564; xi. 433, 661,
  861; xii. 150. P. R. i. 304;
  ii. 285. Lyc. 169. L'Al.
  131.
Another, P. L. ii. 292, 347, 570,
  1004; iv. 257, 459; v. 310,
  569, 775; vi. 604; vii. 155,

617; ix. 828, 912; xi. 555,
637, 756, 877. P. R. iii.
149; iv. 27, 540. S. A. 330,
507, 559, 561, 1063, 1352.
Com. 632, 754. Vac. Ex.
54. Brut. 12. Dante II. 5.
Another's, P. L. xii. 528.
  One another's, P. L. iv. 506.
Answer, P. L. iii. 693; viii. 285,
436; ix. 226, 552. P. R.
i. 467; ii. 172; iii. 181, 442.
S. A. 1236, 1322. Lyc. 96.
Com. 276.
Answer, (*verb*,) P. L. vii. 119;
x. 862. P. R. iii. 146. S. A.
1090, 1220. Od. Sol. Mus.
18. Ps. iv. 1; lxxxvi. 24.
Answerable, P. L. ix. 20; xii.
582. S. A. 615.
Answer'd, P. L. i. 127, 272; ii.
816, 990; iv. 924; v. 94, 371,
876; vi. 150; vii. 110; viii.
217, 398, 412, 620; x. 67,
115, 264, 383, 596; xi. 515;
xii. 625. P. R. i. 357; ii.
322, 392; iii. 386; iv. 170,
485. Com. 888. Ps. lxxxi.
29.
Answering, Od. Nat. 97.
Answ'ring, P. L. iv. 464, 834;
vi. 450, 722; vii. 557.
Answers, P. R. i. 395, 434.
Antæus, P. R. iv. 563.
Antagonist, P. L. ii. 509; x.
387. S. A. 1628.
Antarctic, P. L. ix. 79.
Anthems, P. R. iv. 594. Il Pens.
163. Od. Nat. 219.
Antick, Il Pens. 158.
Anticks, S. A. 1325.
Antient, P. L.—*see* Ancient.
Antigonus, P. R. iii. 367.
Antioch, P. R. iii. 297.
Antiochus, P. R. iii. 163.
Antiopa, P. R. ii. 187.
Antipater, P. R. ii. 423.
Antipathy, P. L. x. 709.
Antique, L'Al. 128.

Antiquity, Com. 439.
Anubis, Od. Nat. 212.
Anxious, P. L. viii. 185. S. A.
659.
Any, P. R. ii. 82. S. A. 4, 296.
Com. 78, 273, 497. Ps.
lxxxvi. 26.
Aonian, P. L. i. 15.
Apace, P. L. xii. 17. Lyc. 129.
Com. 657. Hor. II. 3. Ps.
lxxx. 39.
Apart, P. L. ii. 557. P. R. i.
229. S. A. 65. Ps. iv. 14.
Apathy, P. L. ii. 564.
Ape, P. L. viii. 396.
Apes, Son. vii. 4.
Apocalypse, P. L. iv. 2.
Apology, P. L. ix. 854.
Apollo, P. R. ii. 190. Com. 662.
Od. Nat. 176. Od. D. F. I.
23. Vac. Ex. 37.
Apollos, Com. 478.
Apostacy, P. L. vii. 43.
Apostasy, P. R. i. 146.
Apostate, P. L. i. 125; v. 852;
vi. 100, 172; vii. 610.
Apostates, P. L. vii. 44.
Apostles, P. L. xii. 498.
Appaid, P. L. xii. 401.
Apparent, P. L. iv. 608; x. 112.
P. R. ii. 397.
Apparition, P. L. viii. 293; xi.
211. Com. 641.
Appear, P. L. ii. 15, 113, 257,
643, 890; iii. 324, 380; iv.
964; vii. 284, 285, 578; ix.
817; xi. 306, 475, 609, 852;
xii. 437, 540. P. R. i. 98;
ii. 238; iii. 308. S. A. 902,
1318, 1628. L'Al. 125. Il
Pens. 122. Com. 166, 867.
Son. ii. 7; xvii. 4. Od. Nat.
83. Ps. ii. 25; v. 8; lxxxiv.
28; lxxxv. 39.
Appearance, P. L. ix. 413. P. R.
ii. 41. S. A. 1090.
Appearances, P. L. viii. 82; xi.
329.

Appear'd, P. L. i. 230, 476, 523, 548, 592; ii. 418;' iii. 105, 141, 219, 504; iv. 149, 461; v. 586; vi. 79, 319, 524, 556, 585; vii. 8, 193, 278, 383, 463, 489; viii. 313; ix. 1189; x. 106, 450; xi. 216, 320, 478, 589. Lyc. 25. S. A. 1256.

Appearing, P. L. v. 265; ix. 354. P. R. i. 249; iv. 99, 547.

Appears, P. L. ii. 223, 533, 1035; iii. 636; iv. 232; viii. 30; ix. 110, 559; x. 885; xi. 861; xii. 300. S. A. 822.

Appear'st, P. R. iv. 193.

Appease, P. L. iii. 186, 406; v. 846; x. 79, 792; xi. 149; xii. 298. S. A. 744.

Appeas'd, P. L. x. 226; xi. 257, 880.

Appellant, S. A. 1220.

Appertain, P. L. xii. 230.

Appertains, P. L. vi. 815.

Appetence, P. L. xi. 619.

Appetite, P. L. iv. 330; v. 85, 305; vii. 49, 127, 546; viii. 308; ix. 580, 740, 1129; x. 565; xi. 517. P. R. ii. 247, 264, 409. Com. 705.

Appian, P. R. iv. 68.

Applauded, P. L. vi. 26.

Applause, (*sub.*,) P. R. iii. 63.

Applause, P. L. ii. 290; v. 873; x. 505, 545. Com. 259. Son. xvi. 2.

Apple, P. L. x. 487. P. R. ii. 349.

Apples, P. L. ix. 585.

Apply, P. L. iv. 264; ix. 1019.

Apply'd, P. L. v. 580; vi. 583; x. 172.

Appoint, P. L. v. 606. S. A. 373.

Appointed, P. L. iii. 720; iv. 619, 726; vi. 565; vii. 167;

x. 421; xi. 550. S. A. 1197. Ps. lxxxi. 11.

Appointment, S. A. 643.

Appoints, P. L. vi. 808.

Apprehend, P. L. v. 518; xii. 280. S. A. 1028. Com. 784.

Apprehended, P. L. ix. 574.

Apprehension, P. L. viii. 354; xi. 775.

Apprehensive, S. A. 624.

Approach, P. L. iii. 42; iv. 154, 624; v. 359; vi. 256; ix. 191; xii. 206. P. R. ii. 281.

Approach, (*verb*,) P. L. iii. 382; iv. 563; vii. 173; viii. 546; ix. 535; xi. 121. P. R. i. 319, 384, 449; ii. 160. S. A. 951. Arc. 83. Com. 616.

Approach'd, P. L. iv. 874; v. 627; ix. 491; x. 458; xi. 225.

Approaches, P. L. iv. 367.

Approaching, P. L. vi. 552; viii. 242, 350; x. 102, 864. Od. Nat. 20.

Approbation, P. R. iii. 61.

Appropriating, P. L. xii. 518.

Approve, P. L. iv. 880; viii. 611; ix. 367, 1140, 1159.

Approv'd, P. L. vi. 36; viii. 509; x. 31; xi. 458. S. A. 421.

Approves, S. A. 510.

April, Com. 671.

Apt, P. L. viii. 188. S. A. 184. Od. Pass. 28.
    More apt, P. R. ii. 454.
    So apt, P. R. iii. 248.

Apter, P. L. iv. 672.

Aqueducts, P. R. iv. 36.

Aquilo, Od. D. F. I. 8.

Arabian, P. L. iii. 537; P. R. ii. 364; 274; S. A. 1700.

Arable, P. L. xi. xi. 430.

Araby, the blest, P. L. iv. 163.

Arachosia, P. R. iii. 316.

Araxes, P. R. iii. 271.
Arbiter, P. L. ii. 909 ; ix. 50.
Arbitrary, P. L. ii. 334.
Arbitrate, Com. 411.
Arbitrator, P. L. ii. 359.
Arbitrement, P. L. viii. 641.
Arbitress, P. L. i. 785.
Arborets, P. L. ix. 437.
Arborous, P. L. v. 137.
Arbour, P. L. v. 378 ; ix. 216.
Arbours, P. L. iv. 626.
Arcadia, Arc. 95, 109.
Arcadian, P. L. xi. 132.
Arcady, Arc. 28.   Com. 341.
Arch, P. L. vi. 759.
Arch,—*see* Angel, Chemick, Enemy, Felon, Fiend, Foe, &c.
Arched, P. L. i. 726 ; vii. 438. S. A. 1634. Il Pens. 133. Od. Nat. 175.
Archers, P. R. iii. 330. S. A. 1619.
Arch-fiend, P. R. i. 357.
Archimedes, Son. xvi. 7.
Architect, P. L. i. 732; v. 256 ; viii. 72; x. 356.
Architects, P. R. iv. 52.
Architrave, P. L. i. 715.
Arctick, P. L. ii. 710.
Arcs, P. R. iv. 37.
Ardent, P. L. ix. 397.
Ardour, P. L. vi. 66 ; ix. 1032.
Ardours, P. L. v. 249.
Arethuse, Lyc. 85 ; Arc. 31.
Argent, P. L. iii. 460.
Argestes, P. L. x. 699.
Argo, P. L. ii. 1017.
Argob, P. L. i. 398.
Argue, P. L. iv. 931; x. 1014 ; xii. 283. P. R. ii. 94. Son. xvii. 6.
Argued, P. L. ii. 562 ; vi. 238. S. A. 1193.
Argues, P. L. ii. 234 ; iv. 830, 949 ; viii. 21.   S. A. 514.
Arguing, P. L. vi. 508; P. R. iii. 4.
Argument, P. L. i. 24 ; v. 809 ; vi. 84; ix. 13, 28, 42 ; x. 800.

P. R. i. 172 ; iii. 46, 401. S. A. 283, 658, 903.
Arguments, S. A. 862. Com. 760.
Argus, P. L. xi. 131.
Ariel, P. L. vi. 371.
Aries, P. L. x. 329.
Aright, P. L. vi. 470 ; x. 156 ; xi. 578. P. R. ii. 475; iv. 348. S. A. 1547.
Arimaspian, P. L. ii. 945.
Arioch, P. L. vi. 371.
Arise, P. L. i. 330; iv. 805 ; viii. 200 ; xii. 531. P. R. ii. 47. S. A. 467. Son. xi. 11. Vac. Ex. 91. Ps. lxxxviii. 42.
Arises, P. L. v. 170.
Ark, P. L. i. 458 ; xi. 819, 823, 840, 850, 855, 861 ; xii. 102, 251, 333, 340. Od. Nat. 220.
Arm, P. L. i. 113 ; ii. 318 ; iv. 973 ; v. 64 ; vi. 239, 316 ; x. 634 . P. R. iii. 387. S. A. 639.
Arm, (*verb*,) P. L. ii. 173, 568 ; vi. 222, 466, 537 ; ix. 533 ; xii. 490. Com. 600, 781.
Arm'd, P. L. i. 101, 305, 676, 764; ii. 61, 447, 652, 757, 825; iv. 65, 779 ; vi. 110, 168, 364, 400, 430, 655, 688, 697, 737, 760, 802 ; ix. 390 ; x. 9, 697, 1023. P. R. iii. 331. S. A. 20, 347, 623, 1134, 1280, 1494.
Armed, P. L. i. 567 ; ii. 130 ; vi. 47, 127, 231. S. A. 1190, 1617. Od. Nat. 58. Ps. lxxxiii. 31.
Armies, P. L. i. 272 ; ii. 534, 594 ; vi. 44, 138, 204 ; vii. 295, 296 ; x. 276.   S. A. 129, 345.
Arming, P. L. i. 553 ; xi. 374.
Armorick, P. L. i. 581.
Armour, P. L. vi. 209, 334, 389, 656 ; vii. 409 ; xii. 491.
Armouries, S. A. 1281.
Armoury, P. L. iv. 553 ; vi. 321 ; vii. 200.
Arms, (the), P. L. iv. 506 ; v.

217; ix. 1103; x. 512; xi.
240. S. A. 1633, 1636. Vac.
Ex. 94.

Arms, (weapons,) P. L. i. 49, 94,
119, 269, 325, 539, 564, 667;
ii. 55, 63, 124, 164, 395, 513,
537, 691, 812; iv. 1008; v.
722; vi. 17, 32, 50, 123, 136,
209, 247, 302, 361, 418, 438,
449, 454, 525, 526, 595, 635,
639, 662, 713; x. 541; xi.
641, 643, 654; xii. 222, 431,
644. P. R. i. 174; iii. 20, 156,
166, 305, 388; iv. 83, 112,
235, 368, 405. S. A. 131, 137,
1038, 1096, 1119, 1130, 1226.
L'Al. 123. Com. 33, 440, 612.
Son. iii. 1; x. 1; xii. 3. Ps.
iii. 3.

Army, P. L. iv. 953; vi. 224,
778; xii. 76. P. R. iv. 606.
S. A. 346.

Arnon, P. L. i. 399.

Aroer, P. L. i. 407.

Arose, P. L. ii. 767; v. 452; vii.
60, 449, 582; viii. 644.

Around, P. L. ii. 900. Od. Nat.
54.

Arraign'd, P. L. iii. 331.

Array, P. L. i. 548; ii. 887; vi.
74, 106, 356, 801; x. 535;
xi. 644; xii. 627. P. R. ii.
219; iii. 17. S. A. 345. Vac.
Ex. 26.

Array'd, P. L. vi. 13. P. R. ii.
386. Od. Nat. 111.

Arraying, P. L. iv. 596; x. 223.

Arreed, P. L. iv. 962.

Arrive, P. L. ii. 409, 979; iii.
197. P. R. ii. 426.

Arriv'd, P. L. iii. 520; iv. 720,
792; v. 254; vi. 835; vii.
587; viii. 112; x. 22, 586.
Son. vii. 6.

Arrives, S. A. 1075.

Arrogate, P. L. xii. 27. P. R.
iv. 315.

Arrow, P. L. ii. 811.

Arrows, P. L. vi. 546, 845. Com.
422. Ps. vii. 49.

Arrowy, P. R. iii. 324.

Arsaces, P. R. iii. 295.

Arsenal, P. R. iv. 270.

Art, P. L. i. 696, 703; ii. 272,
410; iii. 602; iv. 236, 241,
801; v. 297, 770; vi. 513;
ix. 391; x. 312. P. R. ii.
295. S. A. 1133, 1399. Lyc.
121. Com. 63, 149, 309. Ep.
W. Sh. 9.

Artaxata, P. R. iii. 292.

Artaxerxes', P. R. iv. 271.

Artful, P. R. iv. 335. Com. 494.
Son. xv. 11.

Articulate, P. L. ix. 557.

Artifice, P. L. ix. 39.

Artificer, P. L. iv. 121.

Artificers, P. R. iv. 59.

Artillery, P. L. ii. 715.

Artist, P. L. i. 288. S. A. 1324.

Arts, P. L. xi. 610. P. R. ii. 158;
iii. 248; iv. 83, 240, 338, 368.
S. A. 748, 749, 1139.

A. S., Forc. of Con. 8.

As at, P. L. ii. 530.

As from, P. L. iii. 346, 347; x.
449, 688; xi. 316.

As if, P. L. ii. 503; iii. 114; vi.
195; x. 626. Od. Nat. 60.

As one, P. L. xii. 1.

As when, P. L. i. 338, 594, 612,
675; ii. 285, 488, 533, 542, 636,
714, 943; iii. 431; iv. 159,
183, 814, 837, 980; v. 16,
261; vi. 73; ix. 513, 634, 670;
x. 215, 273, 289, 431; xi. 760.

Ascalon, P. L. i. 465. S. A. 1187.

Ascalonite, S. A. 138.

Ascend, P. L. ii. 56, 75; iv. 140;
v. 80, 198, 498, 512; vi. 711;
vii. 287; viii. 592; xi. 143,
366, 371, 376; xii. 369, 451.
S. A. 1518. Ps. lxxxviii. 6.

Ascended, P. L. vi. 762; vii.
564; x. 18, 445. S. A. 25.

Ascending, P. L. i. 722; ii. 489,

930; iii. 502, 511; iv. 354;
vii. 574. P. R. iv. 101.
Ascends, P. L. i. 499; iv. 650.
Ascension, P. L. x. 187.
Ascent, P. L. ii. 81; iii. 486, 524;
iv. 172, 545; ix. 936; x. 224.
Ascribe, P. L. viii. 131.
Ascrib'st, P. R. i. 453.
Asdod, S. A. 981.
Ashamed, P. R. ii. 332. Ps.
lxxxiii. 61; lxxxvi. 63.
Ashes, P. L. iii. 334; x. 566. S.
A. 1691. Son. xiii. 10.
Ashore, Com. 932.
Ashtaroth, P. L. i. 422. P. R.
iii. 417. Od. Nat. 200.
Ashur, Ps. lxxxiii. 29.
Ashy, S. A. 1703.
Asia, P. L. x. 310. P. R. iii. 33.
Asian, P. R. iv. 73.
Aside, P. L. iv. 502. Com. 168.
Od. Nat. 12.
Ask, P. L. ii. 957; iv. 632, 832,
908; vii. 69, 95, 121; viii.
53, 66, 201, 614. P. R. i.
326; iv. 552. S. A. 40, 66.
Son. xiv. 8; xvii. 9. Vac.
Ex. 7. Ep. Hobs. I. 17. Ps.
ii. 16; lxxxi. 43.
Askance, P. L. iv. 504; vi. 149;
x. 668.
Ask'd, P. L. ii. 685; iii. 217; iv.
887, 899; vii. 111, 635. P. R.
i. 436. Lyc. 91. Com. 575.
Asks, P. R. ii. 253.
Asleep, P. L. iv. 791; v. 14.
Aslope, P. L. x. 1053.
Asmadai, P. L. vi. 365.
Asmodai, P. R. ii. 151.
Asmodeus, P. L. iv. 168.
Asp, P. L. x. 524. Son. vi. 13.
Aspect, P. L. ii. 301; iii. 266;
iv. 541; v. 733; vi. 81, 313,
450; vii. 379; viii. 336; x.
454. P. R. iii. 217.
Aspects, P. L. x. 658. Com. 694.
Asperses, P. L. ix. 296.
Asphaltick, P. L. i. 411; x. 298.

Asphaltus, P. L. i. 729.
Asphodel, P. L. ix. 1040. Com.
838.
Aspire, P. L. v. 484; xii. 64,
560. P. R. ii. 417. Com.
12. Od. D. F. I. 63.
Aspir'd, P. L. iv. 62; ix. 167.
P. R. i. 215.
Aspirer, P. L. vi. 90.
Aspires, P. L. ii. 7; vi. 383; ix.
169. P. R. ii. 469.
Aspiring, P. L. i. 38; iii. 392;
iv. 526; vi. 132, 793, 899.
Aspramont, P. L. i. 583.
Ass, S. A. 143, 1097.
Assailant, S. A. 1693.
Assail'd, P. L. x. 417. Com. 589.
Assail, S. A. 756, 1165, 1396.
Ps. lxxxi. 25.
Assassin, i. e. (assassin-like,)
P. L. xi. 219.
Assassinated, S. A. 1109.
Assault, P. L. ii. 343; iv. 190;
vi. 51, 216; vii. 214; ix. 256,
305. P. R. iii. 74; iv. 19.
S. A. 331. Com. 649.
Assaulted, S. A. 365.
Assaulting, P. L. xi. 657.
Assaults, P. L. i. 277; ii. 953;
x. 882; xii. 492. P. R. ii.
195; iv. 570. S. A. 403, 845.
Assay, P. L. iii. 90; vi. 153; ix.
747. P. R. i. 143, 264; ii.
234; iv. 478. Arc. 80.
Assay'd, P. L. i. 619; x. 567,
865. S. A. 392, 1625.
Assaying, P. L. iv. 801.
Assays, P. L. iv. 932. Com. 972.
Assemble, P. L. v. 683; xi. 663.
Assembled, P. L. iii. 330; v.
767; x. 34.
Assemblies, P. L. xi. 722. Ps.
vii. 25.
Assembly, P. L. ii. 285, 749; vi.
446. P. R. i. 34. S. A.
1315. Ps. i. 14; lxxxii. 1.
Assembly's, Vac. Ex. 28.
Assent, P. L. ii. 388.

Assenting, P. L. v. 562.
Assert, P. L. i. 25; v. 801; vi. 157. S. A. 467.
Asses, P. R. iii. 242. S. A. 1162. Son. vii. 4.
Ass's, S. A. 1095.
Assessour, P. L. vi. 679.
Assiduous, P. L. xi. 310.
Assign'd, P. L. v. 477; vi. 817; ix. 231; x. 926. S. A. 1116, 1217.
Assimilate, P. L. v. 412.
Assist, P. L. ix. 247. P. R. ii. 145.
Assisting, S. A. 1720.
Associate, P. L. v. 696; ix. 227; x. 395.
Associates, P. L. i. 265; viii. 401.
Assume, P. L. i. 424; ii. 450; iii. 303, 318; v. 794; vi. 353, 730; x. 214. P. R. ii. 483.
Assuming, P. L. xii. 65.
Assure, P. L. v. 553.
Assur'd, P. L. ii. 40, 685; iii. 263; v. 262, 553; viii. 449; ix. 981; xi. 872. P. R. ii. 148. S. A. 739, 800, 1322.
Assures, P. L. xi. 157.
Asswage, S. A. 627. Ps. vii. 22.
Assyria, P. L. i. 721. P. R. iii. 270.
Assyrian, P. L. iv. 126, 285. P. R. iii. 436. Com. 1002.
Astaroth, S. A. 1242.
Astarte, P. L. i. 439.
Asthmas, P. L. xi. 488.
Astonied, P. L. ix. 890.
Astonish'd, P. L. i. 266; ii. 423; vi. 838. Ps. lxxxviii. 64.
Astonishment, P. L. i. 317. Com. 157. Ep. W. Sh. 7.
Astoreth, P. L. i. 438.
Astound, Com. 210.
Astounded, P. L. i. 281.
Astracan, P. L. x. 432.
Astræa, P. L. iv. 998.
Astray, Il Pens. 69. Ps. i. 1.
Astronomer, P. L. iii. 589.

Asunder, P. L. ix. 258. Vac. Ex. 77. Ps. vii. 5.
At all, S. A. 295, 381.
Atabalipa, P. L. xi. 409.
Atheist, P. L. i. 495.
Atheist-crew, P. L. vi. 370.
Atheists, P. L. xi. 625. S. A. 453.
Athens, P. L. ix. 671. P. R. iv. 240.
Athenian, Son. iii. 14. Od. D. F. I. 9.
Atheous, P. R. i. 487.
Athwart, P. L. ii. 683.
Atlantean, P. L. ii. 306.
Atlantick, P. L. iii. 559; x. 674. P. R. iv. 115. Com. 97.
Atlas, P. L. iv. 987; xi. 402.
Atom, P. L. viii. 18.
Atoms, P. L. ii. 900.
Atonement, P. L. iii. 234.
Atropatia, P. R. iii. 319.
Atropos, Ep. M. Win. 28.
Atrophy, P. L. xi. 486.
Attach'd, P. L. xi. 595.
Attack, P. L. vi. 248. S. A. 1113.
Attain, P. L. iii. 196; vii. 115; viii. 70, 412; ix. 726, 935, 964; xi. 376. P. R. i. 265, 485; iii. 211. Il Pens. 173.
Attain'd, P. L. ix. 689; xii. 575. P. R. ii. 437; iii. 89; iv. 106.
Attains, P. L. viii. 34; ix. 724; xii. 135. P. R. ii. 468, 469.
Attempt, P. L. i. 44, 642; ii. 420, 610; iv. 15; vii. 609; viii. 237; ix. 295, 978, 1149, 1180; x. 8. P. R. i. 113; ii. 205; iv. 180, 625. S. A. 1267. Com. 406.
Attempted, P. L. ii. 357; ix. 369. S. A. 1457.
Attempter, P. R. iv. 603.
Attempting, P. L. ii. 377, 450.

Attempts, P. L. ix. 481. P. R.
iii. 26. S. A. 1221.
Attend, P. L. iii. 658; iv. 597;
v. 520; vii. 407; viii. 247;
xi. 551; xii. 12, 354. P. R.
ii. 386; iv. 387. S. A. 1731.
Arc. 81. Com. 35.
Attendance, P. L. x. 80. Com.
315.
Attendant, P. L. vii. 205, 547;
viii. 149. Com. 315, (stray-
attendants.)
Attended, P. L. i. 761; iii. 323;
vi. 767. Com. 211.
Attending, P. R. i. 53. Od. Nat.
242.
Attends, P. L. iii. 270; viii. 223;
ix. 638; x. 239. Son. iv.
9.
Attent, P. R. i. 385.
Attention, P. L. i. 618; ii. 308;
ix. 529, 566; x. 459; xi.
422. Com. 258.
Attentive, P. L. v. 545; vii.
51.
More attentive, P. L. x.
1011.
Attest, P. L. ii. 495; ix. 369.
P. R. i. 37.
Attested, P. R. i. 122.
Attick, P. R. iv. 245. Il Pens.
124. Son. xv. 10.
Attire, P. L. vii. 501. Son. xv.
7. Vac. Ex. 21. Attired,
Od. on Time, 21.
Attract, P. L. x. 152.
Attracted, P. L. v. 47.
Attraction, P. L. iv. 493; x.
263.
Attractive, P. L. ii. 762; iv.
298; viii. 124, 587. P. R.
ii. 176.
Attracts, P. R. ii. 476.
Attribute, P. L. viii. 107.
Attributed, P. L. viii. 12; ix.
320. P. R. iii. 69.
Attributes, P. L. xi. 836.
Attributing, P. L. viii. 565.

Attrite, P. L. x. 1073.
Attune, P. L. iv. 265.
Avail, P. L. i. 153; vi. 789; vii.
85; xii. 515.
Avail'd, P. L. i. 748. S. A.
558.
Avails, P. L. vi. 456; xi. 312.
P. R. ii. 66.
Avant, P. L. iv. 962.
Avarice, Son. x. 14.
Audacious, P. L. i. 400; ii.
931.
Audible, P. L. xi. 266.
Audibly, P. L. vii. 518. P. R.
i. 284.
Audience, P. L. ii. 308, 555; v.
804; vii. 31, 105; ix. 674;
x. 641; xii. 12.
Auditress, P. L. viii. 51.
Avenge, Son. xiii. 1.
Aveng'd, P. L. iv. 718; vi. 676;
ix. 143; x. 374; xi. 458.
P. R. iv. 606.
Avengers, P. L. x. 241.
Avenger's, Ps. viii. 7.
Avenging, P. L. vi. 278; vii.
184.
Aver, S. A. 323.
Averse, P. L. ii. 763; viii. 138;
ix. 67. S. A. 1461. Ps.
ii. 22.
Aversion, P. R. ii. 457.
Avert, P. L. ix. 302; xii. 108.
S. A. 519.
Aught, P. L. i. 159, 683, 748;
ii. 447, 657, 837; iii. 121,
592; iv. 419; v. 207, 905;
vi. 121, 545; vii. 640; viii.
30, 358, 583, 596, 636; ix.
115, 347, 573, 969; x. 962;
xi. 143; xii. 4. P. R. i.
333, 402; ii. 456; iii. 88,
100, 101, 399; iv. 345, 369,
382, 383, 592. S. A. 274,
376, 743, 888, 1387, 1420.
Lyc. 120. Il Pens. 116.
Augment, P. L. ii. 386, 605;
vii. 367; x. 964. P. R. iii. 38.

o

Augmented, P. L. vi. 280; ix.
   985.
Avoid, P. L. i. 505; ix. 294,
   364. S. A. 505. Com. 363.
Avoided, P. L. x. 691. S. A.
   495.
Avon, Vac. Ex. 97.
Avow, S. A. 1151.
Auran, P. L. iv. 211.
Aurora, P. L. v. 6. L'Al. 19.
Ausonian, P. L. i. 739.
Austere, P. L. ix. 272. S. A.
   815.
Austerely, P. L. iv. 744.
Austerity, Com. 450.
Authentick, P. L. iii. 656; iv.
   719.
Author, P. L. ii. 381, 864; iii.
   374; iv. 635; v. 73, 188,
   397; vi. 262; vii. 591; viii.
   317, 360; ix. 771; x. 236,
   356. S. A. 376.
Authority, P. L. iv. 295; viii.
   554; xii. 66. P. R. i. 289;
   ii. 5, 418. S. A. 868.
Authors, P. L. iii. 122.
Autumn, P. L. iv. 557; v. 394.
Autumnal, P. L. i. 302. P. R.
   iv. 619.
Auxiliar, P. L. i. 579.
Awe-struck, Com. 301.
Await, S. A. 1197.
Awaited, P. R. ii. 108.
Awaiting, P. L. i. 566; ii. 418;
   iv. 550, 864.
Awaits, P. L. xi. 193, 710. Son.
   x. 9.
Awake, P. L. i. 330, 334; v.
   17, 20, 40; viii. 464. Com.
   275. Ps. lxxx. 11.
Awak'd, P. L. ii. 171; iv. 450;
   vi. 59. P. R. ii. 272. S. A. 330.

Awaken'd, P. R. i. 197.
Awak'ning, P. L. v. 672.
Awakes, Arc. 57.
Aware, P. L. iv. 119; vi. 547.
Away, P. R. iii. 366. Lyc. 155.
   Od. D. F. I. 12, 68. Ep.
   Hobs. II. 15.
Awe, P. L. iv. 705, 860; v. 135;
   vi. 283; viii. 314, 558; ix.
   703; x. 712. P. R. i. 22;
   ii. 220; iv. 625. S. A. 1055.
   Com. 32, 452. Od. Nat. 32.
   Brut. 14.
Aw'd, P. L. v. 358; xii. 198.
   S. A. 847. Ps. iv. 19.
Awful, P. L. i. 753; ii. 478; iv.
   847, 960; viii. 577; ix. 537.
   Od. Nat. 57.
   More awful, P. L. ix. 537.
   P. R. i. 19.
Awhile, Son. vi. 3.
Awry, P. L. iii. 488. P. R. iv.
   313. S. A. 1041.
Axe, Il Pens. 136.
Axes, P. R. iii. 331. Ps. lxxx.
   66.
Axle, P. L. ii. 926; vii. 381;
   viii. 165; x. 670. Com. 96.
Axletree, Od. Nat. 84.
Ay me, P. L. iv. 86; x. 813.
   S. A. 330. Lyc. 56, 154.
   Com. 511.
Aye, Il Pens. 48. Od. Sol. Mus.
   7. Ps. cxiv. 16; cxxxvi. 3.
Azazel, P. L. i. 534.
Azores, P. L. iv. 592.
Azotus, P. L. i. 464.
Azure, P. L. i. 297; vii. 479;
   ix. 429. Son. ix. 11.
Azurn, Com. 893.
Azza, S. A. 147.

BAAL, P. R. iii. 417.
Baal-zebub, S. A. 1231.
Baalim, P. L. i. 422.
Od. Nat. 197.
Babble, Com. 807.
Babbling,—*see* Blabbing.
Babe, Od. Nat. 151, 227, 238.
Ep. M. Win. 31.
Babel, P. L. i. 694; iii. 466.
Ps. lxxxvii. 13.
Babels, P. L. iii. 468.
Babes, Ps. viii. 5.
Babylon, P. L. i. 717; xii. 343,
348. P. R. iii. 280; iv. 336.
Babylonian, Son. xiii. 14.
Baca's, Ps. lxxxiv. 21.
Bacchus, P. L. iv. 279; vii. 33.
L'Al. 16. Com. 46, 522.
Back, P. L. i. 171; ii. 699, 759,
789; iii. 397, 624; iv. 17,
480, 820, 914, 965; v. 906;
vi. 39, 194, 338, 534, 562,
606; viii. 158; ix. 172, 410,
784; x. 814; xi. 313; xii.
172, 219, 345. P. R. i. 153;
iii. 435; iv. 30, 396. S. A.
336, 1137. Com. 191, 593,
958. Od. Nat. 135. Ps.
lxxx. 73; lxxxv. 4.
Back'd, P. R. iv. 29, 448.
Backs, P. L. vii. 286. S. A.
140.
Backside, P. L. iii. 494.
Backward, P. L. i. 223; vi. 863.
Com. 817.
Bactra, P. R. iii. 285.
Bactrian, P. L. x. 433.
Bad, P. L. i. 344; ii. 6, 483,
849; iii. 331; iv. 795; v.
695; ix. 495, 994, 1073,
1091; x. 41, 837; xi. 256,
358, 685; xii. 106, 336, 538.
P. R. iii. 114; iv. 1. S. A.

211, 1537. Od. on Time, 9.
Ps. i. 16.
Bade, Com. 639.
Baffled, S. A. 1237.
Bait, P. L. x. 551. P. R. ii.
204. S. A. 1066.
Baited, Com. 162.
Baits, Com. 537, 700.
Balaam, P. R. i. 491.
Balance, P. L. i. 349; iii. 482.
Balanc'd, P. L. iv. 1000.
Baleful, P. L. i. 56; ii. 576.
Com. 255.
Balk, Forc. of Con. 17.
Ball, P. L. iv. 768. S. A. 94.
Balls, P. L. vi. 518.
Balm, P. L. i. 774; ii. 402; iv.
248; v. 293; ix. 629; xi.
546. S. A. 186, 651. Com.
674.
Balmy, P. L. iv. 159; v. 23;
viii. 255; xi. 706. Com.
991.
Balsara's, P. R. iii. 321.
Ban, P. L. ix. 925.
Band, P. L. i. 356, 758; xi. 646.
P. R. ii. 236. S. A. 1753.
Com. 904.
Banded, P. L. ii. 320; v. 717;
vi. 85, 528.
Bandite, Com. 426.
Bands, P. L. i. 675; ii. 570, 615,
997; iii. 511; iv. 684; v.
287, 651; xi. 208. Od. Nat.
228. Ps. lxxxiii. 29; cxxxvi.
50.
Bane, P. L. i. 692; ii. 808; iv.
167; ix. 123; x. 412. S. A.
63, 351.
Baneful, Com. 525.
Banish, Com. 413.
Banish'd, P. L. iv. 317, 573; xii.
619. Com. 692.

Banishment, P. L. xi. 108.
Bank, P. L. iv. 262, 334, 458;
  vii. 403; viii. 286; ix. 438,
  1037. P. R. ii. 25; iv. 587.
  S. A. 3. Com. 353, 543, 890.
Banks, P. L. i. 468; ii. 574;
  vii. 305. P. R. iv. 32. S. A.
  1610. Arc. 97. Com. 936,
  993. Ep. M. Win. 59.
Banner'd, P. L. ii. 885.
Banners, P. L. i. 545; v. 687.
Banquet, P. L. x. 688.
Banquets, Com. 701.
Baptist, P. R. i. 25, 270; ii. 2,
  84; iv. 511.
Baptism, P. R. i. 21, 273, 278;
  ii. 61.
Baptiz'd, P. L. i. 582; xii. 500.
  P. R. i. 21, 29, 76, 184; iv.
  512.
Baptizing, P. L. xii. 442. P. R.
  i. 328.
Bar, P. L. ii. 877; iv. 585, 897.
  S. A. 147. Son. xvi. 4.
Barbarick, P. L. ii. 4.
Barbarous, P. L. i. 353; vii. 32.
  P. R. iii. 119; iv. 86. Com.
  550. Son. vii. 3.
Barb'd, P. L. vi. 546.
Barber's, S. A. 1167.
Barca, P. L. ii. 904.
Bard, P. L. vii. 34. Com. 45.
Bards, Lyc. 53. Il Pens. 116.
Bare, P. L. i. 379, 614; iii. 74;
  vii. 286, 313, 314; ix. 1062;
  x. 317; xi. 834. S. A. 902.
  Com. 614. Son. iii. 14.
Bark, P. L. ii. 288; x. 1076.
  Com. 354. Lyc. 100.
Bark'd, P. L. ii. 654, 658.
Barking, Com. 258.
Barn-door, L'Al. 51.
Barons, L'Al. 119.
Barr'd, P. L. ii. 437; iv. 967;
  ix. 80; xii. 360. Com. 343.
  Ps. lxxxviii. 24.
Barren, P. L. iii. 437; v. 219;
  viii. 94. P. R. i. 354; iii.

264. L'Al. 73. Ps. lxxxiv.
  22.
Barrenness, P. L. x. 1042. S. A.
  352. Ep. M. Win. 64.
Barricado'd, P. L. viii. 241.
Bars, P. L. iii. 82; iv. 795; viii.
  625; x. 417.
Basan, P. L. i. 398.
Base, P. L. ix. 150, 498. P. R.
  iv. 132. S. A. 414, 415. Com.
  599, 698, 778. Od. Nat. 130.
Baser, P. L. ii. 141.
Bases, P. L. ix. 36.
Basest, P. L. ix. 171.
Basis, P. L. vi. 712. P. R. iv.
  456.
Basks, L'Al. 112. Bass, *see* Base.
Bastards, Com. 727.
Bate, Son, xvii. 7.
Bates, P. L. xii. 1. S. A. 1538.
Bathe, Com. 812.
Bath'd, P. L. vii. 437.
Bathing, P. L. ii. 660.
Baths, P. R. iv. 36.
Battailous, P. L. vi. 81.
Battalion, P. L. i. 569; vi. 534.
Battel, P. L. i. 43, 104, 277, 319,
  553; ii. 107, 535, 550, 899;
  iv. 12, 927; v. 728; vi. 46,
  97, 108, 202, 235, 246, 386,
  798, 802, 819; x. 275, 377;
  xi. 644, 691, 800. P. R. iii.
  322. S. A. 287, 583, 1131.
  Com. 654. Ps. cxxxvi. 61.
  In battel, P. L. i. 436. P. R.
  iii. 20.
Battelments, P. L. i. 742; ii.
  1049. P. R. iv. 53. L'Al. 77.
Battel's, Od. Nat. 53.
Battels, P. L. iv. 1002; vi. 216;
  ix. 31; xii. 261. P. R. iii.
  73, 392.
Battening, Lyc. 29.
  Twice-batter'd, Od. Nat. 199.
Battering, P. L. ii. 923.
Battery, P. L. xi. 656. P. R. iv.
  20.
Baulk,—*see* Balk.

Bawl, Son. vii. 9.
Bay, P. L. ii. 289 ; vii. 399. P. R.
  ii. 347 ; iii. 273. Lyc. 191.
Bayona's, Lyc. 162.
Bays, Ep. M. Win. 57.
Be it, P. L. x. 795.
Be it so, P. L. x. 769.
Beach, P. L. i. 299 ; x. 299.
Beads, P. L. iii. 491. Com. 391.
Beaked, P. L. xi. 746. Lyc. 94.
Beaks, P. R. ii. 267.
Beam, P. L. ii. 399, 493; iii. 2,
  583 ; iv. 590, 1004; viii. 139.
  S. A. 83, 163, 1122. Com.
  98, 460.
Beaming, P. L. iii. 625.
Beams, P. L. i. 596; iii. 361, 378,
  551, 616 ; iv. 37, 150, 644;
  vi. 15, 82 ; vii. 363 ; viii. 97,
  255 ; ix. 106 ; x. 1070. P. R.
  iv. 432. Lyc. 170. Il Pens.
  132. Arc. 16. Son. ix. 10.
  Od. Nat. 111.
Bear, P. L. ii. 209, 306, 411 ; iii.
  652 ; iv. 422, 473 ; v. 199,
  427, 592, 664 ; vi. 34 ; viii.
  375, 614 ; ix. 104 ; x. 726,
  835, 916, 950 ; xi. 363, 766,
  776, 804. P. R. i. 13, 135.
  S. A. 150, 190, 239, 913,
  1353. Com. 658, as a *noun*,
  Com. 70. Son. xiv. 11 ; xvii.
  8. Od. Nat. 84, 220. Od.
  Pass. 39. Od. Cir. 6. Il
  Pens. 87.
Bear rule, P. L. x. 155.
Bearded, P. L. iv. 982 ; v. 342.
  Com. 71.
Bearers, Ep. Hobs. II. 20.
Bearing, P. L. xii. 311. S. A.
  655, 947. Com. 835.
Bears, P. L. iii. 558 ; v. 368 ; viii.
  166 ; xii. 241. P. R. ii. 465 ;
  iv. 517. S. A. 57, 755, 974,
  1303.
Bears, (*noun*,) P. L. iv. 344.
Bear'st, P. L. x. 952. P. R. iv.
  199. S. A. 430, 1100.

Beast, P. L. iv. 177, 600, 704 ;
  vii. 452, 457, 495, 503, 522 ;
  viii. 341, 342, 349, 395, 397,
  582 ; ix. 86, 165, 521, 560,
  691, 769 ; x. 176, 604, 710 ;
  xi. 183, 187, 733, 734, 822,
  895 ; xii. 67. P. R. iv. 461.
  S. A. 37, 127, 1403. Com.
  528.
Beasts, P. L. iv. 341 ; viii. 438,
  594 ; ix. 94, 543, 556, 571,
  592, 768, 769 ; x. 217, 221 ;
  xii. 30. P. R. i. 310, 502 ; ii.
  342 ; iv. 140. Ps. viii. 20 ;
  lxxx. 55.
Beat, P. L. ii. 588. Com. 143.
Beat off, P. R. iv. 17.
Beat out, P. L. xi. 446.
Beaten, P. L. ii. 1026.
Beatifick, P. L. i. 684.
Beatitude, P. L. iii. 62.
Beauteous, P. L. iv. 697 ; vi.
  481 ; xi. 613.
Beauties, P. R. ii. 197. Od. D.
  F. I. 31.
Beauty, P. L. iv. 490, 498, 634,
  713, 845 ; v. 14, 47 ; ix. 491,
  540, 1029 ; xi. 539. P. R. ii.
  186, 194, 220. S. A. 1003.
  Lyc. 149. L'Al. 79. Com.
  393, 739, 745.
Beauty's, P. L. viii. 533 ; ix. 607.
  P. R. ii. 212. Il Pens. 20.
Became, P. L. xi. 165, 420.
Becam'st, P. L. ii. 765 ; vii. 528.
Beck, P. R. ii. 238.
Beckoning. Com. 207.
Becks, L'Al. 28.
Become, P. L. ii. 275, 445 ; ix.
  716, 869, 1181 ; x. 120, 722 ;
  xi. 84 ; xii. 275. S. A. 73, 155.
Becomes, P. L. v. 843 ; ix. 122 ;
  xi. 61 ; xii. 409. P. R. iii.
  103.
Bed, P. L. iv. 710, 761 ; vii. 290 ;
  viii. 598. S. A. 806, 1021.
  Lyc. 168. L'Al. 115, 146.
  Com. 107, 886. Od. Nat.

Blearth, Par. Lost 9. 624.

229. Od. D. F. I. 13, 31.
Ep. M. Win. 42. Vac. Ex. 63.
Ep. Hobs. I. 18; II. 17. Ps.
vi. 13; lxxxviii. 43.
Bedeck'd, S. A. 712.
Bedew'd, Od. Hor. 1.
Bed-rid, S. A. 579.
Bedropt, P. L. x. 527.
Beds, P. L. ii. 600; iv. 242.
L'Al. 21. Com. 998. Ps. iv. 21.
Bed-ward, P. L. iv. 352.
Bee, P. L. v. 24; vii. 490. Il
Pens. 142.
Beelzebub, P. L. i. 81, 271; ii.
299, 378.
Beersaba, P. L. iii. 536.
Bees, P. L. i. 768. P. R. iv. 248.
Beest, P. L. i. 84.
Beeves, P. L. xi. 647.
Befall, P. L. iv. 127; vii. 44; ix.
252, 1182; x. 896; xi. 771;
xii. 444.
Befallen, P. L. ii. 821; ix. 771;
x. 895, 928; xi. 450. S. A.
374, 447.
Befel, P. L. vi. 897; vii. 43; viii.
229; x. 28; xi. 716.
Befit, Od. Pass. 27.
Befits, P. L. x. 868. Arc. 92.
Before-hand, P. R. iv. 8, 526.
As before, P. R. ii. 299.
Befriend, Com. 135. Od. Pass.
29. Vac. Ex. 59.
Beg, P. L. x. 918, 1089; xi. 506.
P. R. iv. 630. S. A. 707.
Com. 623.
Began, P. L. i. 83, 798; ii. 118,
680; iii. 355; iv. 31, 537,
560, 979; v. 144, 152, 396,
562; vi. 56, 97, 261, 406, 417,
679, 748; vii. 63, 86, 246,
636; viii. 250; ix. 192, 204,
531, 675, 678, 794, 1014,
1123; x. 234, 590, 706; xi.
21, 729; xii. 636. P. R. i.
499; ii. 11, 120; iii. 266; iv.
311. Com. 545. Od. Nat.
63. Ps. lxxx. 39.

Beget, P. L. viii. 423; ix. 95; x.
728, 762; xi. 613. Com. 669.
Beggary, S. A. 69.
Begg'd, P. L. x. 1101.
Begging, P. L. iv. 104.
Begin, P. L. iv. 832; vi. 278; viii.
162; ix. 669, 1142; x. 213;
xi. 633; xii. 6. P. R. i. 132,
186, 288; ii. 113; iii. 185,
198; iv. 540, 635. S. A. 225,
274, 1381. Lyc. 15, 17. L'Al.
41. Com. 125, 206, 460. Od.
Cir. 13.
Beginning, P. L. i. 9; iii. 633;
vii. 638; viii. 251; ix. 26.
P. R. i. 408; iv. 99, 392.
Begins, P. L. ii. 1037; iv. 15;
v. 559; x. 1064; xi. 174, 634.
P. R. iii. 179. L'Al. 60. Il
Pens. 131. Od. Nat. 167.
Begird, P. L. v. 868.
Begirt, P. L. i. 581. P. R. ii.
213.
Begot, P. L. ii. 794; v. 603; x.
765; xii. 286. P. R. ii. 181.
Ps. viii. 13.
Begotten, P. L. ii. 782; iii. 384;
x. 983. Ps. ii. 15.—*See* Son.
Beguil'd, P. L. i. 445; iii. 689;
ix. 905; x. 162, 880. P. R.
ii. 169. S. A. 759. Od. Pass. 54.
Begun, P. L. vii. 93; viii. 311;
ix. 224; x. 811.
Behalf, P. L. iii. 218; xi. 102.
Beheld, P. L. i. 309, 607; iii. 64,
554; iv. 117, 723; v. 13, 87,
219; vi. 607, 681, 825; vii.
137, 255; viii. 284; ix. 541,
608, 1082; x. 454, 863; xi.
429; xii. 641. P. R. i. 295;
ii. 31, 338. S. A. 1543, 1642.
Ps. cxxxvi. 78.
Beheld'st, P. L. xi. 700, 819.
Behemoth, P. L. vii. 471.
Behest, P. L. v. 311; xi. 99, 251.
Behests, P. L. iii. 533; vi. 185;
viii. 238.
Behold, P. L. i. 605, 777; ii. 959,

1046; iii. 236, 387, 672; iv. 105, 358, 679, 821; v. 45, 161, 308, 605, 719, 866; vi. 550, 637, 810; vii. 86, 222, 539, 549, 554; viii. 15, 342, 349, 481, 529; 605; ix. 455, 480, 576, 735, 1080; x. 81, 326, 724; xi. 110, 332, 423, 464, 495, 581, 711, 754, 839; xii. 142. P. R. i. 130, 269, 386; ii. 44, 331; iii. 293; iv. 26, 57, 237, 435. S. A. 206, 339, 708, 741, 1473, 1543, 1608, 1645. Il Pens. 67. Arc. 40. Com. 672, 968. Ps. vii. 50; viii. 9; lxxx. 59.

Beholders, P. L. ix. 544.

Beholding, P. L. iii. 77; v. 329; xii. 50.

Beholds, P. L. i. 323; iii. 78; vi. 472; xi. 864.

Behold'st, P. R. iii. 269; iv. 162.

Behoof, P. L. ii. 982. Od. D. F. I. 45.

Behoves, P. L. ii. 942; iv. 931.

Being, P. L. i. 154, 161; ii. 98, 147, 440, 585, 865; iii. 374; iv. 483; v. 455, 487, 825, 858; viii. 174, 294; ix. 266; x. 747, 988; xi. 769; xii. 85. P. R. i. 62; ii. 114; iv. 400. Com. 8, 370, 469. Vac. Ex. 80. Ep. Hobs. I. 3.

Belated, P. L. i. 783.

Belch'd, P. L. i. 671; vi. 586.

Belching, P. L. x. 232.

Beldam, Vac. Ex. 46.

Belial, P. L. i. 490, 502; ii. 109, 226; vi. 620. P. R. ii. 150, 173.

Belief, P. L. viii. 136; ix. 719; xi. 146. S. A. 117, 1535. Od. Pass. 31.

Believe, P. L. i. 144, 631; viii. 294; ix. 684; xi. 355; xii. 116, 407, 441. S. A. 599, 830. Com. 216, 438. Vac. Ex. 12.

Believ'd, P. R. i. 274; ii. 5.

Believers, P. L. xii. 520.

Believes, P. L. xii. 127.

Believ'st, P. L. vi. 471.

Believing, P. L. x. 42.

Belike, P. L. ii. 156.

Bellerophon, P. L. vii. 18.

Bellerus, Lyc. 160.

Bellies', Lyc. 114.

Bellona, P. L. ii. 922.

Bellow, P. L. i. 177.

Bellowing, P. L. vi. 362.

Bells, Lyc. 135. L'Al. 93.

Belly, P. L. x. 177, 514.

Belman's, Il Pens. 83.

Belong, P. L. v. 167; xi. 163.

Belong'd, P. L. iii. 111.

Belongs, P. L. vi. 807; x. 84, 496; xi. 166. P. R. iii. 135, 141. Lyc. 121. Com. 85.

Belov'd, P. L. vi. 680; x. 70, 489; xii. 308. P. R. i. 32, 85, 285, 379; iv. 513.

Below, P. L. iii. 600; xi. 368. Il Pens. 162. Com. 734. Od. Nat. 90. Od. D. F. I. 49, 64. Vac. Ex. 80.

Belus, P. L. i. 720.

Bench, Son. xvi. 1.

Bend, P. L. i. 616; ii. 354, 477, 573, 729; v. 787, 817; xi. 30. Arc. 6. Com. 1015. Brut. 10. Ps. lxxxi. 40, 62; lxxxviii. 8.

Bended, P. L. vi. 194; vii. 410; ix. 1105. Ps. vii. 46.

Bending, P. L. iv. 462; xi. 152. Od. Nat. 71.

Bends, P. L. iii. 573; iv. 981. Com. 899. Ps. viii. 8.

Beneath, P. L. i. 115, 355; ii. 1003; iii. 30, 332, 526, 739; iv. 83, 205, 303, 592; vi. 342, 510; viii. 318, 382, 411; ix. 1129; x. 687. P. R. ii. 124, 293; iv. 203, 356. S. A. 1469, 1652. Lyc. 16, 167. Od. Nat. 102.

Benediction, P. L. viii. 645 ; xii.
    125. P. R. iii. 127.
Benefactors, P. R. iii. 82.
Beneficence, P. R. iii. 133.
Benefit, P. L. viii. 90 ; xii. 426.
    S. A. 29.
Benefits, P. R. iii. 137.
Benevolent, P. L. viii. 65.
Bengala, P. L. ii. 638.
Benighted, Com. 150, 384.
Benign, P. L. viii. 492 ; xi. 334 ;
    xii. 538.
Benison, Com. 332.
Benjamin's, Ps. lxxx. 9.
Bent, P. L. i. 681 ; ii. 923 ;
    iii. 84, 441 ; iv. 188, 568, 794 ;
    v. 829 ; vi. 112, 506, 826 ; ix.
    55, 384 ; x. 454, 885 ; xi. 190,
    548, 577, 597 ; xii. 2. P. R.
    ii. 291 ; iv. 424, 465. S. A.
    1486. Son. xiv. 4. Vac. Ex. 55.
Bent down, P. L. iii. 58 ; iv. 460.
Benumb'd, P. L. x. 1069.
Benumm, P. L. ii. 74.
Benumming, S. A. 630.
Bereave, P. L. x. 918.
Bereav'd, P. L. vi. 903 ; ix. 461.
    S. A. 85, 1294.
Bereaving, P. L. x. 810. Ep. W.
    Sh. 13.
Bereft, P. L. xi. 628. S. A. 48.
    Com. 277. Son. xvii. 3.
Berries, Lyc. 3. Com. 55, 186.
Berry, P. L. v. 307, 346.
Beryl, P. L. vi. 756. Com. 933.
Beseech, P. L. xii. 236. S. A.
    751.
Beseeching, P. L. v. 869 ; x. 1082.
Beseem, Il Pens. 18.
Beseeming, Com. 769.
Beseems, P. L. ii. 869 ; iv. 338.
    P. R. ii. 335.
Beset, P. L. ii. 1016 ; x. 124 ; xi.
    702. S. A. 257.
Beside, P. L. v. 54 ; vi. 763.
    P. R. iv. 202. Il Pens. 116.
    Com. 287, 950. Od. Nat. 224.
    Od. Cir. 23.

Besides, P. L. i. 32, 194, 298 ; ii.
    20, 221, 504 ; iii. 598 ; vi.
    626 ; vii. 125 ; viii. 25 ; x.
    737 ; xi. 300, 527. P. R. ii.
    408 ; iii. 419 ; iv. 55, 150. S. A.
    441, 845, 1361. Lyc. 128.
    Com. 18. Son. xii. 9. Ep. M.
    Win. 4, 53.
Besiege, Od. D. F. I. 47.
Besieged, P. R. iii. 339.
Besieging, P. L. v. 869.
Besmear'd, P. L. i. 392 ; v. 356.
Besotted, Com. 778.
Besought, P. L. ii. 166 ; v. 848 ;
    vii. 109 ; ix. 1135 ; x. 912 ;
    xii. 238. P. R. iii. 421. Ps.
    lxxxi. 43.
Bespake, P. L. ii. 849 ; iv. 1005.
    P. R. i. 43. Lyc. 112. Od.
    Nat. 76.
Best, P. L. i. 247, 691, 765 ; ii.
    40, 230, 280, 357, 458 ; iv.
    203, 309, 398, 738, 770, 852 ;
    v. 19, 95, 160, 333, 574, 779 ;
    vi. 353, 724 ; vii. 115 ; viii.
    106, 169, 428, 550, 611 ; ix.
    178, 201, 230, 249, 258, 317,
    343, 402, 433, 541, 745, 808,
    896, 995, 1092 ; x. 82, 173,
    599, 651, 867 ; xi. 54, 365,
    438, 497, 603 ; xii. 561. P. R.
    i. 105, 186, 288 ; ii. 113,
    382 ; iii. 8, 174, 177, 182,
    194, 195, 224, 238, 250, 433 ;
    iv. 235, 262, 266, 364, 381,
    476, 524, 553. S. A. 225,
    314, 511, 759, 908, 1029, 1034,
    1061, 1167, 1264, 1429, 1521,
    1718, 1745, 1748. Com. 28,
    171, 309, 377, 487, 573, 908.
    Son. viii. 8 ; ix. 9 ; xii. 7 ; xiv.
    10, 11. Od. D. F. I. 70. Od.
    Pass. 29. Vac. Ex. 26.
At best, Ps. lxxxiv. 36.
Best-resolv'd, S. A. 847.
Bestead, Il Pens. 3.
Bestial, P. L. i. 435 ; ii. 873 ; iv.
    754 ; ix. 165.

Bestir, P. L. i. 334.
Bestirs, P. L. v. 337.
Bestow, P. L. v. 317; viii. 483.
     Ps. ii. 17; lxxxv. 49.
Bestow'd, P. L. iii. 673; v. 318,
     386; viii. 537. P. R. ii. 395.
Bestrown, P. L. i. 311; iv. 631.
Bestuck, P. L. xii. 536.
Bestud, Com. 734.
Betake, P. L. x. 922. Com. 351.
Betakes, Com. 61.
Bethabara, P. R. i. 184; ii. 20.
Bethel, P. L. i. 485. P. R. iii. 431.
Bethink, P. L. ii. 73. Com. 820.
Bethlehem, P. R. i. 243; ii. 78;
     iv. 505. Od. Nat. 223.
Bethought, P. R. iii. 149.
Betide, P. L. xii. 480.
Betides, P. R. iv. 451.
Betimes, P. L. iii. 186. Son. xvi.
     9.
Betokening, P. L. xi. 867. P. R.
     iv. 490.
Betook, P. L. vi. 663; ix. 388;
     x. 610. P. R. iv. 403.
Betray, S. A. 383, 399, 750, 946.
Betray'd, P. L. iv. 116. S. A.
     33, 379, 840, 1109. Com. 697.
Better, P. L. i. 263, 645, 688; ii.
     114, 196; iii. 680; iv. 167,
     385, 915, 939; v. 167, 785;
     vi. 30, 440; vii. 189; viii. 33;
     ix. 31, 102, 365, 998; x. 593,
     1011, 1068, 1086; xi. 42, 502,
     635, 763; xii. 302. P. R. i.
     190; ii. 258, 332, 486; iii.
     180, 397; iv. 357, 445. S. A.
     182, 579, 585. Lyc. 67. Arc.
     101. Com. 123, 775. Son.
     ix. 5; xii. 2. Hor. III. 2.
     Ps. lxxxiv. 34.
     Much better, P. L. xi. 599.
     No better, P. R. i. 248; iv. 8.
     S. A. 797, 1163. Son. xvii.
     14.
Between, P. L. i. 387; ii. 726;
     iii. 70; iv. 699; v. 268, 306,
     702; vi. 162, 441, 756; vii.

201, 241, 439, 473; ix. 237,
     1107, 1151; x. 179, 180, 362,
     497, 924; xi. 639; xii. 197,
     207, 253. P. R. iii. 361. S. A.
     1630. Ps. lxxx. 6.
Betwixt, P. L. ii. 593, 1018; iii.
     462; iv. 252, 549, 998; x.
     328; xii. 3. L'Al. 82.
Bevy, P. L. xi. 582.
Bewail, S. A. 151, 182, 955.
Bewail'd, Od. D. F. I. 7.
Bewailing, P. L. xi. 111. S. A.
     1742.
Beware, P. L. iv. 559; v. 237;
     vi. 894; vii. 42, 545; viii.
     638; ix. 353.
Bickering, P. L. vi. 766.
Bid, P. L. i. 246; ii. 514; vi.
     176, 202; vii. 107, 166, 304;
     viii. 185, 519; ix. 353; x.
     668, 672; xi. 590. P. R. i.
     495; ii. 274, 326. S. A. 967,
     1310, 1392. Lyc. 22, 134,
     149. L'Al. 46. Il Pens. 105.
     Arc. 13. Com. 400. Son. iii.
     10; ix. 13. Od. Nat. 76,
     124.
Bidden, Lyc. 118.
Bidding, P. L. iii. 712; xi. 112,
     314. Son. xiv. 12.
Bide, P. L. iii. 321; x. 738. P. R.
     i. 59; ii. 304. Ps. lxxxiv.
     19; lxxxvi. 38.
Biding, Od. D. F. I. 21. Ps. v. 11.
Bids, P. L. ii. 733; iv. 633, 748;
     x. 1067. P. R. i. 377. S. A.
     505. Com. 93.
Bidst, P. L. iv. 635. Brut. 4.
Big, Ps. vii. 51.
Biggest, P. L. vii. 471.
Bigness, P. L. i. 778; ii. 1052.
Bill, P. L. xi. 859. Son. i. 6.
Billows, P. L. i. 224. Com. 932.
Bind, P. L. iii. 361, 602; v. 819;
     ix. 210, 760, 761; xi. 881;
     xii. 525. S. A. 309. L'Al.
     88. Son. xi. 12. Ps. lxxxiii.
     20.

Bind'st, Od. Hor. 3.
Bird, P. L. iii. 38 ; iv. 6C0, 648,
    655, 704 ; v. 40, 272 ; vii.
    394 ; viii. 342, 349, 351, 395 ;
    xi. 183, 185, 734.   P. R. iv.
    245.   S. A. 1699, 1707.   Il
    Pens. 61.   Son. i. 9.
Bird of night, P. L. viii. 518.
Birds, P. L. ii. 494 ; iv. 264, 642,
    651 ; v. 8, 197 ; vi. 74 ; vii.
    433 ; viii. 265, 515, 528 ; xi.
    186.   P. R. ii. 290 ; iv. 434.
    Od. Nat. 68. '
Birth, P. L. iii. 285 ; iv. 15 ; v.
    180, 862 ; vii. 102, 454 ; ix.
    111, 624 ; x. 207 ; xi. 768 ;
    xii. 360, 364.   P. R. i. 66,
    141, 238, 270 ; ii. 71, 413 ; iv.
    503.   S. A. 23, 171, 525,
    1135, 1431.   L'Al. 14.   Od.
    Pass. iii.   Ep. M. Win. 5, 15,
    31, 67.   Vac. Ex. 59.   Ps.
    viii. 4.
Birth-day, P. L. vii. 25C.
Birth-night, P. R. iv. 506.
Birth-right, P. L. i. 511 ; iii. 309.
Births, P. L. xi. 687.
Biserta, P. L. i. 585.
Bites, Arc. 53.
Bitter, P. L. ii. 598, 808 ; iv. 24 ;
    viii. 328 ; ix. 172 ; x. 566 ;
    S. A. 823.   Lyc. 6.   Com. 365.
    Od. Nat. 152.
Bitterly, S. A. 432.
Bitterness, P. L. xi. 157.
Bituminous, P. L. x. 562 ; xii. 41.
Bizance, P. L. xi. 395.
Blab, S. A. 495.
Blabbing, Com. 138.
Black, P. L. i. 405 ; ii. 67, 578,
    670, 714 ; iii. 475 ; vii. 238,
    547 ; ix. 180 ; x. 702, 817 ; xi.
    738 ; xii. 41.   S. A. 600, 622,
    973, 1133.   Com. 62, 337.   Il
    Pens. 16, 17.   Od. Pass. 34.
    Od. D. F. I. 67.   Od. Hor. 7.
Blackest, P. L. ii. 136 ; vi. 515.
    L'Al. 2.   Od. Nat. 207.

Blackmoor, P. R. iv. 72.
Blade, Com. 651.
Blains, P. L. xii. 180.
Blame, P. L. iii. 697 ; iv. 758 ;
    v. 119 ; viii. 66 ; ix. 292,
    1143 ; x. 130, 833, 958.   S. A.
    848, 1723.   Com. 509.   Od.
    Nat. 41.   Ep. M. Win. 27.
    Ps. v. 34.
Blam'd, P. L. x. 959.
Blam'st, P. L. viii. 612.
Blanc, P. L. x. 656.
Bland, P. L. v. 5 ; ix. 855, 1047.
Blandish'd, S. A. 403.
Blandishments, P. L. viii. 351.
Blank, P. L. iii. 48 ; ix. 890.
    P.R. ii. 120.   S. A. 471.   Com.
    452.   'Ps. vi. 21.
Blasphem'd, P. L. iii. 166 ; xii.
    411.   S. A. 442.
Blasphemies, Com. 779.
Blasphemous, P. L. v. 809 ; vi.
    360.   P. R. iv. 181.
Blast, P. L. i. 708 ; x. 693, 701 ;
    xi. 76.   S. A. 972.   Lyc. 97.
    Com. 640.
Blast, Od. Nat. 161.
Blasted, P. L. i. 615 ; vi. 372 ;
    x. 412.   Od. D. F. I. 1.
Blasting, P. L. iv. 928.   Arc. 49.
Blasts, P. R. iv. 31, 418.   Com.
    845.
Blaze, P. L. i. 665 ; iii. 378 ; iv.
    818 ; vi. 18 ; ix. 1083 ; x.
    453.   P. R. iii. 47.   S. A. 80.
    Lyc. 74.   Od. Nat. 9.   Arc.
    2, 74.   Ps. lxxxiii. 56.
Blaze abroad, Ps. lxxxvi. 43 ;
    cxxxvi. 5.
Blazed, P. L. i. 194 ; vi. 306, 775 ;
    xii. 633.   S. A. 528.
Blaz'd forth, P. L. x. 65.
Blazing, P. L. i. 728 ; iv. 29 ; v.
    757 ; vii. 575 ; ix. 639 ; xi.
    229.   Ep. M. Win. 70.
Blear, Com. 155.
Bleating, P. L. i. 489 ; ii. 494 ;
    vii. 472 ; xi. 649.

Bleak, P. R. ii. 74. Com. 269.
Od. D. F. I. 4.

Bled, Ps. lxxxiii. 43.

Bleed, P. L. vi. 333. Son. x.
13. Ps. lxxxiii. 44.

Bleeds, Od. Cir. 11.

Blemish, Son. xvii. 2.

Bless, P. L. x. 821. Il Pens. 84.
Arc. 60. Od. Nat. 126. Od.
D. F. I. 65. Ps. v. 38;
cxxxvi. 56.

Blessed, P. L. iii. 136; v. 613;
vi. 267; vii. 395, 530, 592; x.
723; xi. 317; xii. 148, 450.
Od. Nat. 25.

Bless'd, Ps. i. 1.

Blessedness, P. L. vii. 59.

Blessing, S. A. 357. Od. May-M.
8. Ps. iii. 24.

Blessings, Com. 772. Vac. Ex.
64.

Bless us, Son. vi. 5.

Blest, P. L. ii. 847; iii. 347; iv.
774; v. 387; viii. 640; ix.
796; xi. 67, 598; xii. 126,
151, 277, 553. P. R. ii. 56,
68, 93. Lyc. 177. Com. 268,
329. Od. Nat. 237. Od. D.
F. I. 36. Od. Sol. Mus. 1.
Ps. lxxxiv. 34, 46; cxiv. 1.
Ever-blest, P. L. iii. 149; vi.
184; xii. 573.

Blew, P. L. xi. 73.

Blind, P. L. iii. 35, 200, 452.
P. R. iv. 259. S. A. 68, 366,
438, 563, 941, 1106, 1328,
1474, 1687. Lyc. 75, 119.
Com. 181, 519. Son. xvii. 14.
Od. Nat. 223. Ps. lxxxi. 52.

Blinded, P. L. iii. 200.

Blindness, S. A. 196, 418, 1221,
1686.

Bliss, P. L. i. 607; ii. 86, 375,
832, 867; iii. 305, 358, 408,
525; iv. 359, 728, 884; v.
241, 297, 517, 543, 597; vi.
52, 273, 729, 892; vii. 55;
viii. 299, 522; ix. 263, 411,
831, 879, 916, 1166; x. 25,
399, 503; xi. 43, 708; xii.
462, 551. P. R. i. 361, 419;
iv. 597, 612. Com. 263, 741,
813. Son. iv. 13; ix. 8. Od.
D. F. I. 7. Od. Nat. 165.
Od. on Time, 11. Od. Cir.
19.

Bliss on bliss, P. L. iv. 508.

Blissful, P. L. i. 5; iii. 69, 527;
iv. 208, 690; v. 292; x. 225;
xi. 77. Com. 1010. Od. Nat.
98. Vac. Ex. 35.

Blithe, P. L. ix. 625, 886; xi.
615. P. R. iv. 585. L'Al.
24, 65. Com. 55.

Blood, P. L. i. 392, 451; iv. 805;
x. 527; xi. 447, 543, 791;
xii. 176, 292, 293. P. R. ii.
78; iv. 139. S. A. 1513,
1726. Com. 670, 810. Son.
vii. 14; xi. 7; xiii. 10. Od.
Pass. 40. Ps. lxxxiii. 23. Od.
Nat. 57.

Bloody, P. L. x. 278; xi. 457,
651. Son. xiii. 7. Ps. v. 16;
lxxxviii. 19; cxxxvi. 61.

Bloom, P. L. iii. 43; v. 25; viii.
45. S. A. 1576. Com. 289.

Bloom, (_verb_,) P. L. iii. 355.

Blooming, P. L. iv. 219. Com.
394.

Bloomy, Son. i. 1.

Blossom, Son. ii. 4. Od. D. F. I.
4. Ep. M. Win. 41. Ps.
lxxxv. 46.

Blossoms, P. L. iv. 148, 630; vii.
326. Com. 396.

Blot, S. A. 411, 978. Com. 133.
Od. D. F. I. 12.

Blot out, P. L. xi. 891; xii. 188.

Blotted out, P. L. i. 362.

Blow, P. L. ii. 171, 717; iv. 161;
v. 192; vi. 60, 140, 370; x.
1066. P. R. i. 317. Com.
993. Il Pens. 161. Od. Nat.
130. Od. Sol. Mus. 11. Ps.
lxxxi. 9.

Blowing, P. L. i. 540; ix. 629;
    x. 289; xi. 842. S. A.
    10.
Blown, P. L. vii. 319; ix. 579;
    xi. 16. S. A. 1070. Il Pens.
    128. Od. D. F. I. 1.
Blown up, P. L. iv. 809; xi.
    313.
Blows, P. L. iii. 488; v. 22. Lyc.
    48, 94.
Blue, P. L. xi. 206. Lyc. 192.
    L'Al. 21. Arc. 51. Com.
    434, 894. Od. Nat. 210.
Blue-hair'd, Com. 29.
Blush, P. L. xi. 184.
Blushing, P. L. viii. 511.
Bluster, P. L. x. 665.
Blustering, P. L. ii. 286; iii. 426.
Board, P. L. v. 343.
Boar, Ps. lxxx. 53.
Boars, S. A. 1138.
Boast, P. L. i. 693; ii. 52, 483;
    iv. 14, 87, 1008; vi. 163; ix.
    965; xi. 86. P. R. ii. 119;
    iv. 307. S. A. 1104, 1127.
    Com. 75, 273, 663. Od.
    May-M. 8.
Boasted, P. L. i. 510. S. A. 470.
Boaster, S. A. 1227.
Boast'st, P. R. i. 409.
Boastful, P. L. vi. 84.
Boasting, P. L. iv. 85.
Boasts, P. R. i. 144; iv. 306.
Bocchus, P. R. iv. 72.
Bodies, P. L. v. 497; vi. 574, 754;
    vii. 354; viii. 28, 87; x. 1072.
Body, P. L. iii. 619; iv. 618,
    653; v. 478; viii. 622; ix.
    779; x. 587, 791; xi. 687.
    P. R. ii. 478. S. A. 18, 52,
    159, 1706, 1725. Com. 473.
Body's, P. R. ii. 256. S. A. 607.
Bog, P. L. ii. 592, 948.
Boggy, P. L. ii. 939.
Bogs, P. L. ii. 621; ix. 641.
Boil'd, P. R. ii. 343.
Boiling, P. L. i. 706; ii. 183,
    1027.

Boils, P. L. iv. 16; xii. 42.
Boisterous, S. A. 1164, 1273. Od.
    D. F. 1. 9.
Bold, P. L. i. 82, 127, 470, 763;
    ii. 204, 386, 571, 751; iv. 13,
    854, 882; v. 66, 803, 876;
    viii. 235; ix. 304, 436, 921;
    x. 161, 521; xi. 642. P. R.
    ii. 312; iv. 625. S. A. 138,
    1152. L'Al. 119. Il Pens.
    110. Com. 397, 610. Son.
    xii. 4. Brut. 14. Ps. lxxxii.
    8; lxxxiii. 33; cxxxvi. 65.
    More bold, P. L. ix. 664.
Bolder, P. L. iii. 13; ix. 523; xi.
    93. P. R. iv. 180.
Boldest, P. L. vi. 118.
Boldly, P. L. ii. 968; iv. 891.
    Com. 649.
Boldness, P. L. iv. 908.
Bolster, Com. 353.
Bolt, P. L. ii. 877; vi. 491. Com.
    445, 760.
Bolted, P. L. iv. 190. S. A.
    1696.
Bond, P. L. ix. 956.
Bondage, P. L. i. 658; ii. 321.
    S. A. 152, 270, 271.
Bond-slave, S. A. 38, 411.
Bond-woman, P. R. ii. 308.
Bonds, P. L. ii. 207; vii. 465.
    S. A. 42, 853. Ps. ii. 7.
Bone, P. L. iv. 483; viii. 495;
    ix. 915; xi. 642. S. A. 143.
Bones, P. L. i. 427. S. A. 1142.
    Lyc. 155. Son. xiii. 1. Ep.
    W. Sh. 1. Ps. vi. 5.
Bonnet, Lyc. 104.
Book, P. L. i. 363; iii. 47; viii.
    67. Com. 367. Son. vi. 1;
    xiii. 5. Ep. W. Sh. 11.
Books, P. R. iv. 321, 327. S. A.
    653. Com. 391.
Boon, P. L. iv. 242; ix. 793.
Boots, S. A. 560. Ep. Hobs. I.
    16. Lyc. 64.
Booty, P. L. xi. 650.
Border, P. L. ii. 361; iv. 131.

Bordering, P. L. i. 419 ; ii. 131. 959. P. R. i. 193. S. A. 976,

Borders, P. L. iii. 537 ; vii. 328. S. A. 730.

Bore, P. L. i. 528 ; iv. 591 ; vi. 337, 485, 646 ; ix. 509, 1175. P. R. i. 26 ; ii. 71 ; iii. 314 ; iv. 542. S. A. 146, 1752. Lyc. 58, 110. L'Al. 16. Il Pens. 24. Com. 633. Od. Cir. 24. Ep. M. Win. 65.

Bore up, P. L. vii. 470.

Boreas, P. L. x. 699.

Born, P. L. ii. 797 ; iii. 463 ; iv. 323 ; vii. 7, 471 ; x. 584, 980 ; xi. 496 ; xii. 359. P. R. i. 65, 140, 205, 245, 254, 341 ; ii. 72 ; iii. 152 ; iv. 506. S. A. 11. L'Al. 2. Com. 522, 1010. Son. v. 9. Od. Nat. 3. Od. D. F. I. 25. Brut. 13. Ps. lxxxvii. 16, 19, 24.—*See* First born.

Borne, P. L. ii. 953 ; iii. 16 ; vi. 33, 544, 776 ; vii. 431 ; xi. 764. P. R. iii. 93.

Borrow, Od. Cir. 8.

Borrow'd, P. L. i. 483 ; iii. 730 ; iv. 116.

Borrower, Com. 683.

Borrowing, P. L. vii. 377.

Bosky, Com. 313.

Bosom, P. L. ii. 1036 ; iii. 169, 239, 279 ; vii. 319 ; x. 225. P. R. iv. 597. S. A. 763. Com. 23. Ep. M. Win. 69.

Bosom'd, P. L. v. 127. L'Al. 78.

Bosoms, Com. 368.

Bosporus, P. L. ii. 1018.

Bossy, P. L. i. 716.

Botches, P. L. xii. 180.

Bottom, P. L. i. 236, 329 ; ii. 882 ; iv. 19 ; vi. 649 ; vii. 213, 289 ; xi. 753. P. R. ii. 289. Lyc. 158. Com. 833.

Bottom-glade, Com. 532.

Bottomless, P. L. i. 47 ; vi. 866. P. R. i. 361.

Bough, P. L. v. 8, 326 ; ix. 851, 995.

Boughs, P. L. iv. 332 ; v. 214, 428 ; ix. 579, 1089. Arc. 50. Com. 349. Ps. lxxx. 43.

Bought, P. L. iv. 102, 222, 765.

Bound, P. L. ii. 236 ; iii. 256, 539 ; iv. 171, 181, 897 ; v. 290 ; vi. 358, 870 ; vii. 21, 608 ; viii. 230 ; x. 297 ; xi. 265, 291 ; xii. 370. P. R. iii. 367 ; iv. 632. S. A. 261, 365, 438, 715, 1184, 1209. Com. 816. Od. Nat. 169.

Bound to bound, P. R. iii. 315. Without bound, P. L. ii. 892.

Boundless, P. L. i. 177 ; iii. 423 ; vii. 168.

Bounds, P. L. i. 466, 518 ; ii. 644, 976 ; iii. 81, 432, 538 ; iv. 583, 878, 909 ; v. 478, 639 ; vi. 716, 859 ; vii. 120, 167, 230 ; viii. 338 ; x. 365, 380 ; xi. 68, 341, 828, 894 ; xii. 187, 371. P. R. i. 13 ; iii. 270. S. A. 1714. Com. 673. Son. xii. 12. Ps. ii. 19 ; lxxxiii. 28.

Bounteous, P. L. v. 205 ; viii. 492. Com. 176. Od. May-M. 5.

Bounties, P. L. v. 330, 398. Com. 710, 987.

Bounty, P. L. iv. 437 ; v. 431 ; ix. 1033 ; x. 54. P. R. iii. 142.

Bourn, Com. 313.

Bout, L'Al. 139.

Bow, P. L. i. 111 ; iii. 321, 350 ; iv. 151 ; v. 607 ; vi. 713, 763 ; ix. 390 ; xi. 865, 897. P. R. ii. 171. Com. 441, 992. Ps. vii. 46 ; lxxxi. 62 ; lxxxvi. 31.

Bow-bent, Vac. Ex. 69.

Bow'd, P. L. v. 144 ; ix. 524 ; xi. 249. P. R. iv. 418. S. A. 1646. Il Pens. 71. Com. 1015.

Bow'd down, P. L. i. 436.

Bowels, P. L. i. 687 ; ii. 800, 863.

Bow'st, S. A. 698.

Bowing, P. L. iii. 736; v. 360; vi. 746. P. R. i. 497.

Bowing down, P. L. i. 434.

Bower, P. L. iii. 734; iv. 690, 705, 738, 798; v. 230, 300, 367, 375; viii. 510, 653; ix. 401, 417; xi. 280; xii. 607. L'Al. 87. Il Pens. 104. Arc. 45. Com. 45, 921. Son. iii. 9. Ps. lxxxv. 47.

Bowers, P. L. iv. 246; viii. 305; ix. 244; x. 860; xi. 77. Il Pens. 27. Com. 536, 984.

Bows, P. R. iii. 305.

Boy, Il Pens. 124.

Boys, Hor. II. 2.

Brace, P. L. xi. 188.

Brag, Com. 745.

Braid, Com. 105.

Braided, P. L. iv. 349.

Braids, Com. 862.

Brain, Il Pens. 5.

Brains, S. A. 1241.

Brake, P. L. iv. 175; v. 326; vii. 458; ix. 160. Od. Nat. 159.

Brakes, Com. 147.

Branch, P. L. vii. 433. Ps. lxxx. 63.

Branches, P. L. iv. 627; vi. 575; vii. 325; viii. 265; ix. 590, 802. Com. 969. Ps. lxxx. 45, 48.

Branching, P. L. iv. 139; vi. 885; vii. 470; ix. 1104. P. R. iv. 405. S. A. 1735. Arc. 89.

Brand, P. L. xii. 643. S. A. 967. Son. x. 12.

Brandish'd, P. L. vi. 252; xii. 633. Com. 651.

Brandishing, P. L. ii. 786.

Brass, P. L. ii. 645; vi. 576; xi. 565. S. A. 1120. Il Pens. 114.

Braveries, S. A. 1243.

Bravery, S. A. 717.

Bray'd, P. L. vi. 209.

Brazen, P. L. i. 724; vi. 211; vii. 201, 496; x. 697; xi. 713. S. A. 35, 132.

Breach, P. L. vi. 879; ix. 6.

Bread, P. L. x. 205, 1055; xii. 78. P. R. i. 343, 347, 349. S. A. 573. Ps. lxxx. 21, 22.

Breadth, P. L. ii. 893; iii. 561; x. 673; xi. 730. P. R. iv. 27.

Break, P. L. ii. 134; iii. 545; v. 887; ix. 412. S. A. 116, 750, 1349, 1626. Com. 481, 651. Ps. lxxxviii. 32.

Break'st, Ps. lxxxviii. 31.

Break off, Com. 145. Ps. ii. 6.

Break loose, P. L. iv. 889.

Breaking, P. L. i. 83; ii. 782. S. A. 1115. Son. v. 5.

Breaks, P. L. iii. 204; v. 612. S. A. 1050. Com. 435.

Breast, P. L. ii. 568; iv. 16, 495; v. 279, 695; vi. 560, 612; vii. 438; ix. 288, 1131; x. 975; xi. 154, 374. P. R. i. 185, 301; ii. 63, 167; iii. 15. S. A. 609, 1722. L'Al. 73. Com. 246, 381, 911.

Breast-plate, P. L. iii. 598.

Breasts, P. L. ix. 730. S. A. 1739.

Breath, P. L. ii. 170, 214; iv. 641, 650; vii. 526; x. 784, 789; xi. 147, 312; xii. 78. P. R. iv. 258. S. A. 10, 628, 905, 1126, 1555. Arc. 56. Ep. M. Win. 9. Ep. Hobs. II. 12, 25.

Breathe, P. L. ii. 402; iii. 607; v. 193; ix. 194, 447; xi. 284. Il Pens. 151. Com. 245.

Breath'd, P. L. i. 554; iii. 267; vi. 65; vii. 525; ix. 193; xi. 5; xii. 374. P. R. ii. 29.

Breathed, Od. Nat. 179.

Breathes, P. L. i. 709; ii. 244; v. 16, 482; xi. 313. L'Al. 18.

Breathing, P. L. i. 560; iv. 265. Arc. 32. Ep. Hobs. II. 12.

Breaths, P. L. iv. 806.

Breath'st, P. L. ii. 697.

Bred, P. L. ii. 799; iii. 431; v. 4; ix. 1050; xi. 276, 414,

618; xii. 115. P. R. ii. 300, 415; iv. 251,509. Il Pens. 2.
Breed, Com. 157, 266. Son. x. 10. Od. D. F. I. 61.
Breeding, P. L. ix. 1010. S. A. 30.
Breeds, P. L. ii. 624.
Brethren, P. L. iii. 297; xi. 454, 680; xii. 28, 65, 169. P. R. iii. 374, 403. S. A. 332, 1413, 1445. Vac. Ex. 75.
Brethren's, Od. Pass. 21.
Brew'd, Com. 696.
Briareus, P. L. i. 199.
Brick, P. L. xii. 43.
Bridal, P. L. viii. 520. S. A. 1196.
Bridle, Com. 887.
Bride, S. A. 320, 1018, 1198. Com. 1008.
Bridegroom, Son. iv. 12.
Bridge, P. L. ii. 1028; x. 301, 351, 371.
Bridges, P. R. iii. 334.
Bridging, P. L. x. 310.
Brief, P. L. iv. 875; ix. 664; x. 115. P. R. iv. 264, 485.
In brief, P. L. vi. 171. S. A. 1570.
Briefly, P. L. vi. 566. Com. 512.
Brigad, P. L. i. 675.
Brigads, P. L. ii. 532.
Brigandine, S. A. 1120.
Bright, P. L. i. 87, 272, 429, 440, 737; ii. 395, 513, 756, 812; iii. 6, 362, 380, 512, 518, 587, 591, 645, 655; iv. 44, 361, 578, 590, 977; v. 169, 274, 481, 587, 838; vi. 16, 64, 334, 472, 801, 885; vii. 222, 372, 385, 564; viii. 87, 91, 98, 367; ix. 104, 1084; x. 63, 187, 327, 426, 615; xi. 73, 127, 215, 221, 329; xii. 254, 627. P. R. i. 128, 252. S. A. 1674. Lyc. 30. L'Al. 121. Il Pens. 13. Arc. 18, 27. Com. 3, 382, 633, 966. Son. iii. 8. Od. Nat. 21, 84. Od.

D. F. I. 38. Ep. M. Win. 61, 69. Od. Cir. 1. Od. Sol. Mus. 10. Od. May-M. 1. Ps. iv. 30; viii. 10; lxxx. 5; lxxxiv. 42; cxxxvi. 34.
Bright-hair'd, Il Pens. 23.
Bright-harness'd, Od. Nat. 244.
Less bright, P. L. vii. 375.
Not bright, P. L. viii. 88.
Brighten'd, P. L. viii. 368.
Brightening, P. L. ii. 399.
Brightens, P. L. ix. 634.
Brighter, P. L. vii. 132; x. 450.
Brightest, P. L. iii. 134, 381, 667; iv. 606; v. 644. P. R. iv. 439. Com. 910.
Brightness, P. L. i. 86, 592; iii. 376, 624; iv. 836; v. 599.
Brim, Com. 119.
Brimmed, Com. 924.
Brimming, P. L. iv. 336.
Brimstone, P. L. i. 350.
Brinded, P. L. vii. 466. Com. 443.
Brine, Lyc. 98.
Bring, P. L. ii. 222, 639, 840, 866, 899; iii. 158, 190, 235, 657; iv. 38, 470, 796; v. 335; vi. 471; vii. 105, 189; viii. 216, 343, 449; ix. 49, 162, 630, 715; x. 655, 983; xi. 25, 302, 473, 477, 692. P. R. i. 64, 336; ii. 394; iii. 244, 435. S. A. 183, 277, 519, 931, 1234, 1536. Lyc. 142. L'Al. 25. Il Pens. 51, 132, 166. Arc. 91, 103. Com. 186, 305, 987. Od. Nat. 4. Ep. M. Win. 54. Vac. Ex. 18. Ps. v. 33; lxxxi. 6, 7.
Bring back, P. L. xii. 312. P. R. iii. 435.
Bring down, Ps. lxxxi. 57.
Bring forth, P. L. i. 163, 217; v. 314; vi. 712; vii. 451; x. 194, 195, 203; xi. 428; xii. 551.

Bring in, P. L. x. 677.
Bring low, Ps. ii. 19.
Bring on, P. L. v. 233.
Bring to pass, Vac. Ex. 72.
Bringing, P. L. xii. 414.   P. R.
    ii. 268.   S. A. 1444.
Bringing forth, P. L. x. 1052.
Brings, P. L. i. 252; ii. 981; iv.
    21; v. 217, 312; viii. 323;
    ix. 47, 770; x. 900; xi. 860,
    895; xii. 345, 355.   P. R. ii.
    422, 460; iv. 323, 325.   S. A.
    1063, 1747.   Lyc. 96.   Son.
    x. 5.   Vac. Ex. 38.
Brings forth, P. L. v. 583.
Brink, P. L. ii. 609, 918; x. 347.
Brisk, Com. 671.
Bristled, P. L. vi. 82.
Bristles, S. A. 1137.
British, P. L. i. 581.   P. R. iv.
    77.   Son. xvi. 2.
Brittle, P. L. i. 427.
Broad, P. L. i. 286; ii. 1026; iii.
    495; iv. 303; v. 279; vi.
    305; vii. 286, 289, 462, 577;
    ix. 1087, 1095, 1104, 1111;
    x. 298, 304, 473.   P. R. ii.
    23.   S. A. 1120.   Lyc. 80.
    Com. 354, 979.   Son. iv. 2.
Broadest, P. R. ii. 339.
Broider'd, P. L. iv. 702.
Broils, P. L. ii. 837, 1001; vi.
    277; xi. 718.
Broke, P. L. ii. 690; iv. 878; vi.
    311; vii. 465; ix. 895; x.
    353.   P. R. iv. 43, 611.   S. A.
    1189.   Son. v. 6.   Od. Sol.
    Mus. 21.   Ep. Hobs. I. 1.   Ps.
    iii. 23.
Broke forth, P. L. xi. 869.
Broke loose, P. L. iii. 87; iv.
    918.
Broke off, P. L. x. 1008.
Broke up, P. L. xi. 827.
Broken, P. L. i. 311; ii. 78, 1039.
    P. R. i. 61.   S. A. 1335.   Son.
    x. 8.
Broken down, Ps. lxxx. 50.

Brood, P. L. i. 511, 576; ii. 863;
    vii. 418.   Il Pens. 2.   Od. D. F.
    I. 55.   Ps. iv. 27; lxxxiii. 21.
Brooding, P. L. i. 21; vii. 235.
    L'Al. 6.   Od. Nat. 68.   Ps.
    lxxxiv. 12.
Brook, P. L. i. 11, 420; ix. 1184;
    xi. 325.   P. R. ii. 266, 345.
    S. A. 557.   Il Pens. 139.
    Com. 119, 495.   Ps. lxxxiii.
    37.
Brooking, P. L. ix. 676.
Brooks, P. L. i. 302; iii. 30; iv.
    237.   S. A. 1344.   Lyc. 137.
    L'Al. 76.   Ps. lxxxvii. 27.
Brooks not, P. L. vi. 274.
Brother, P. L. iv. 757; xi. 609,
    679.   Com. 359, 407, 420,
    493, 584.
Brothers, Com. 182, 226, 288.
    Vac. Ex. 82.
Brother's, P. L. xi. 456.
Brought, P. L. i. 3, 100; ii. 598;
    iii. 666; iv. 452, 713, 717,
    875, 908; v. 51; vi. 267, 395;
    vii. 537; viii. 36, 447, 500,
    521; ix. 11, 224, 392, 462,
    475; x. 99, 312, 734, 1037;
    xi. 168, 434, 837; xii. 81,
    504.   P. R. i. 321, 335; ii.
    269; iii. 34, 265, 350, 389;
    iv. 22, 25, 396, 398, 553, 577,
    638.   S. A. 269, 375, 449,
    451, 453, 821, 1094, 1585,
    1601, 1615.   Com. 506, 619,
    967.   Son. xviii. 2.   Ps. lxxx.
    33; lxxxi. 41; cxxxvi. 42.
Brought'st, P. R. i. 10.
Brought back, Son. xviii. 14.
Brought down, P. L. xi. 347.   Ps.
    cxxxvi. 61.
Brought forth, P. L. iii. 707; vii.
    315; xii. 472.   S. A. 875,
    956.   Ps. vii. 54.
Brought on, P. L. v. 667.
Brought up, Com. 58.
Brouze, Ps. lxxx. 55.
Brow, P. L. iii. 546; iv. 885;

vi. 51 ; viii. 560 ; ix. 537 ; xi. 880. P. R. i. 493 ; ii. 164, 216 ; iii. 215 ; iv. 367. S. A. 1073. Il Pens. 58. Com. 532. Ps. viii. 7 ; lxxx. 19.

Brown, P. L. ix. 1088. P. R. ii. 293 ; iii. 326. Lyc. 2. Il Pens. 134.

Brows, P. L. i. 602. Com. 38, 736.

Bruise, P. L. v. 887 ; x. 181, 191, 498, 499, 500, 1031 ; xi. 155 ; xii. 149, 233, 383, 385, 391, 430, 433.

Bruis'd, P. L. vi. 656. Ps. ii. 20 ; lxxxviii. 59, 61.

Brunt, S. A. 583.

Brush, P. L. v. 429.

Brush'd, P. L. i. 768.

Brush off, Arc. 50.

Brutal, P. L. ix. 188, 565.

Brute, Com. 828.

Brute, P. L. i. 371, 459 ; vii. 507 ; viii. 391, 441 ; ix. 96, 240, 554, 712 ; x. 165, 495. P. R. i. 219. S. A. 673, 1273. Com. 451, 700, 797.

Brutish, P. L. i. 481 ; vi. 124 ; xi. 518. P. R. iii. 86 ; iv. 128. Com. 70. Od. Nat. 211.

Brutus, Brut. 7.

Bubbles, P. R. iv. 20.

Bud, P. L. viii. 45 ; xi. 277. Son. ii. 4. Ep. M. Win. 22.

Budge, Com. 707.

Buds, Com. 671.

Buffet, S. A. 1239.

Build, P. L. i. 401, 751 ; iii. 468 ; iv. 521 ; vii. 92, 424 ; viii. 81, 558 ; ix. 102 ; xi. 729, 819 ; xii. 43. P. R. ii. 170. S. A. 1733. Lyc. 11.

Build up, P. L. ii. 314.

Builded, P. L. x. 373.

Builders, P. L. iii. 466 ; xii. 57.

Building, P. L. xii. 61. S. A. 1605.

Builds, P. L. vii. 491.

Built, P. L. i. 259, 443, 713, 749 ; iii. 449 ; iv. 212 ; vii. 270 ; viii. 101 ; ix. 100, 152, 485 ; xii. 102, 527. P. R. ii. 343 ; iii. 276, 290 ; iv. 239, 292. Com. 599. Lyc. 101. Ep. W. Sh. 8. Ps. lxxxiv. 12.

Bulk, P. L. i. 196 ; vii. 410 ; xi. 729. S. A. 1238.

Bull, (the), Ep. Hobs. I. 8.

Bullion, P. L. i. 704.

Bullock, P. L. xii. 20.

Bulls, P. L. iii. 492 ; xii. 292. S. A. 1671.

Bulwark, P. L. ii. 29.

Burden, P. L. ii. 767 ; iv. 57 ; ix. 801 ; x. 835, 961 ; xi. 767. P. R. ii. 462. S. A. 431. Son. xvi. 13. Ps. lxxxi. 21.

Burden'd, P. L. v. 452.

Burdenous, S. A. 567.

Burdensome, P. L. iv. 53. S. A. 54. Ep. Hobs. II. 24.

Burgher, P. L. iv. 189.

Burial, S. A. 104. Ep. M. Win. 32.

Buried, P. L. vi. 652. S. A. 101, 103.

Burn, P. L. i. 474 ; iii. 334 ; v. 713 ; ix. 1015 ; xii. 254. P. R. iii. 75. Od. Cir. 8. Ps. lxxxv. 12.

Burn'd, P. L. i. 228 ; ii. 708. S. A. 26.

Burning, P. L. i. 210, 296 ; ii. 169, 436, 576 ; vi. 832. Od. Nat. 84, 207. Od. Sol. Mus. 10.

Ever-burning, P. L. i. 69.

Burnish'd, P. L. iv. 249 ; ix. 501.

Burns, P. L. ii. 538, 595 ; ix. 467. Com. 130.

Burnt, P. L. i. 562 ; vi. 866.

Burs, Com. 352.

Burst, P. L. x. 632. S. A. 1651.

Burst forth, P. L. i. 620. P. R. i. 170. S. A. 1555.

Burst out, Lyc. 74.
Bursting, P. L. vii. 419; ix. 98; x. 697.
Bursting forth, P. L. ii. 800.
Bush, P. L. vii. 323; ix. 160. P. R. iv. 437.
Bushes, P. L. iv. 176.
Bushing, P. L. ix. 426.
Bushy, P. L. iv. 696. Com. 312.
Busied, P. L. iv. 876; ix. 518.

Busiest, P. L. xi. 490.
Business, P. L. i. 150; iv. 943. P. R. ii. 99. Com. 169. Vac. Ex. 57.
Busiris, P. L. i. 307.
Buskin'd, Il Pens. 102.
Bustle, Com. 379.
Busy, L'Al. 118. Od. Nat. 92.
Buxom, P. L. ii. 842; v. 270. L'Al. 24.

ABIN'D, Com. 140.
Cadence, P. L. ii. 287; x. 92.
Cadmus, P. L. ix. 506.
Cæcias, P. L. x. 699.
Cæsar, P. R. iii. 385.
Calabria, P. L. ii. 661.
Calamities, S. A. 655, 1331.
Calamitous, P. L. x. 132. S. A. 708, 1480.
Calamity, P. L. i. 189; x. 907.
Calculate, P. L. viii. 80.
Cales, P. R. iv. 117.
Calf, P. L. i. 484.
Calisto, P. R. ii. 186.
Call, P. L. i. 267, 378; iii. 185, 727; iv. 35, 277; v. 48, 107, 658, 760; vii. 5, 132, 295, 498; ix. 521, 522, 1020; x. 462, 654, 858; xi. 67, 411, 651, 660; xii. 121, 140, 152, 169, 267, 310. P. R. ii. 27, 385; iii. 434. S. A. 43, 836, 1079, 1511, 1678. Lyc. 134. Com. 6, 438, 588. Son. i. 13; iii. 6. Od. Nat. 209. Od. on Time, 2. Ps. iv. 1; lxxx. 76; lxxxi. 26; lxxxvi. 10, 16, 22.
Call to mind, P. L. xi. 898.

Call up, P. L. iii. 603. Il Pens. 109.
Call'd, P. L. i. 82, 300, 314, 340, 405, 438, 740, 757; ii. 312, 348, 662, 667, 669, 760; iii.. 495; iv. 474, 514, 786, 865; v. 36, 179, 220, 307, 584, 766; vi. 416, 608; viii. 283, 298, 458; x. 102, 425, 580, 629; xi. 159, 690, 697; xii. 134, 156, 343, 378, 584. P. R. i. 136, 166, 329; ii. 3, 123; iv. 111, 259, 301, 516. S. A. 226. Com. 131, 638. Son. vi. 1; ix. 4.
Calling, P. L. x. 649. Com. 207, 485.
Calling to mind, P. L. x. 1030.
Callow, P. L. vii. 420.
Calls, P. L. ii. 92, 733; v. 21, 696; xi. 172; xii. 57. Ep. M. Win. 26. Vac. Ex. 54.
Call'st, P. L. ii. 742, 743; vi. 289; viii. 369; ix. 1146. P. R. iii. 403.
Calm, P. L. iii. 574; iv. 120; v. 210, 733; vii. 234, 270; ix. 920, 1125. P. R. ii. 63, 81; iv. 425. S. A. 604, 1758.

Lyc. 98. Il Pens. 45. Com.
4, 371. Od. Nat. 68.
Calm'd, P. L. xii. 595. S. A.
964.
Calmer, P. L. ii. 1042. P. R. i.
103.
Calmest, P. L. vi. 461.
Calmly, P. R. iii. 43. Ps. lxxxv.
10.
Calv'd, P. L. vii. 463.
Calves, P. R. iii. 416.
Calumnious, P. L. v. 770.
Camball, Il Pens. 111.
Cambalu, P. L. xi. 388.
Cambridge, Son. vi. 14. Ep.
Hobs. I. 8.
Cambuscan, Il Pens. 110.
Came, Ep. M. Win. 59.
Came, P. L. i. 354, 379, 419, 438,
446, 457, 490, 522, 760; ii.
507, 508, 675; iii. 464, 469,
520, 709; iv. 4, 167, 469, 555,
564, 598, 918; v. 279, 372,
378, 756; vi. 75, 110, 536,
655, 768; viii. 277, 295, 484;
ix. 854; x. 96, 109, 309, 330,
349; xi. 19, 436, 437, 719,
735. P. R. i. 22, 24, 246, 273,
297, 368; iv. 442. S. A. 142,
258, 337, 733, 851, 1449,
1624, 1650, 1692. Lyc. 90,
108. Com. 191, 292, 502, 510.
Son. xviii. 9. Ep. M. Win.
19, 28. Ps. vi. 23.
Came down, P. L. iv. 9; vi.
252.
Came forth, P. L. vii. 203, 475;
ix. 197. P. R. i. 502; iv.
427.
Came off, Com. 647.
Came on, P. L. vii. 583; xi. 584.
Came to pass, Vac. Ex. 45.
Camel, P. R. i. 340.
Camels, P. R. iii. 335.
Cam'st, P. L. ix. 563. S. A.
1227, 1332. Com. 497. Od.
D. F. I. 52.
Camp, P. L. i. 677; v. 651; xi.

217. P. R. iii. 337. S. A.
1087, 1436, 1497.
Campanian, P. R. iv. 93.
Camus, Lyc. 103.
Canaan, P. L. xii. 135, 156, 215,
269, 309, 315. Ps. cxiv. 3.
Canaanite, P. L. xii. 217. S. A.
380.
Canace, Il Pens. 112.
Cancell'd, P. L. vi. 379.
Candaor, P. R. iii. 316.
Canker, Lyc. 45.
Canker'd, Arc. 53.
Cannot, P. L. i. 117; ii. 269; vi.
347; vii. 178; viii. 347, 388,
392, 432; ix. 700, 805, 936,
958; x. 238, 783, 785; xii.
298, 299. S. A. 420, 735,
899, 1258, 1321, 1426. Com.
226, 328, 818. Vac. Ex. 77.
Ps. lxxxv. 56.
Canon-laws, Com. 808.
Canopied, Com. 544.
Canopy, P. L. iii. 556.
Canst not, P. L. iii. 735; v. 76;
vi. 284; xii. 128.
Cany, P. L. iii. 439.
Capable, P. L. viii. 49; ix. 283.
Capacious, P. L. vii. 290; ix.
603.
Capacity, S. A. 1028.
Caparisons, P. L. ix. 35.
Cape, P. L. ii. 641; viii. 631.
Cape of Hope, P. L. iv. 160.
Caphtor, S. A. 1713.
Capital, P. L. i. 756; ii. 924; xi.
343; xii. 383. S. A. 394,
1225.
Capitol, P. R. iv. 47.
Capitoline, P. L. ix. 508.
Capreæ, P. R. iv. 92.
Capricorn, P. L. x. 677.
Captain, Son. iii. 1.
Captains, S. A. 1653.
Captive, P. L. i. 458; ii. 323;
iii. 255; iv. 970; vi. 260; x.
188. P. R. i. 411; ii. 222;
iii. 77, 283, 366, 414. S. A.

335, 366, 426, 1393, 1474, 1603.
Captiv'd, S. A. 33, 694.
Captivity, P. L. x. 188; xii. 344. P. R. iii. 279, 415, 420. S. A. 108, 1744. Vac. Ex. 52. Ps. lxxxv. 3.
Car, P. L. ix. 65. Com. 95. Od. Nat. 241. Od. D. F. I. 15.
Caravan, P. L. vii. 428. P. R. i. 323.
Carbuncle, P. L. iii. 596; ix. 500.
Carcass, P. L. iii. 259. P. R. i. 325. S. A. 1097.
Carcasses, P. L. i. 310; x. 277; xi. 654. S. A. 693.
Care, P. L. i. 601; ii. 48, 303; iv. 575; vi. 35, 822; ix. 318, 799, 813; x. 37, 979, 1057; xi. 776. P. R. i. 111; ii. 18. S. A. 602, 918, 923, 928. Lyc. 64, 116. L'Al. 31, 135. Com. 6, 506, 617. Od. D. F. I. 18. Son. iv. 9; xvi. 12. Ep. M. Win. 36. Ps. lxxxvii. 8.
Car'd, P. L. ii. 48.
Career, P. L. i. 766; iv. 353. Il Pens. 121. Son. ii. 3.
Careering, P. L. vi. 756.
Careful, P. L. iv. 983; x. 438. S. A. 327. Od. D. F. I. 45.
Careless, P. R. iv. 299, 450.
Carelessly, S. A. 118.
Cares, P. L. viii. 185. P. R. ii. 64, 460; iv. 96. S. A. 805.
Caresses, P. L. viii. 56.
Car'st, S. A. 1488.
Carmel, P. L. xii. 144.
Carnage, P. L. x. 268.
Carnal, P. L. viii. 593; ix. 1013; xi. 212; xii. 521. Com. 474.
Carnation, P. L. ix. 429. Ep. M. Win. 37.

Carol, P. L. xii. 367. Com. 849.
Carpathian, Com. 872.
Carpenter, P. R. ii. 414.
Carriage, Ep. Hobs. I. 10.
Carrier, Ep. Hobs. II. 20, 28.
Carries, S. A. 1073.
Carry, P. L. v. 870; xii. 621. Ep. Hobs. II. 18.
Carrying, S. A. 385.
Cart, Ep. Hobs. II. 22.
Carthaginian, P. R. iii. 35.
Carv'd, P. R. iv. 59.
Casbeen, P. L. x. 436.
Casella, Son. viii. 13.
Cash, P. L. iv. 188.
Casius, P. L. ii. 593.
Casket, Od. Pass. 44.
Caspian, P. L. ii. 716. P. R. iii. 271.
Cassia, P. L. v. 293.
Cassia's, Com. 991.
Cast, P. L. i. 286, 526, 604, 678; ii. 122, 714; iii. 351; vi. 869; ix. 1014; x. 547; xii. 43. P. R. ii. 46, 180; iii. 326; iv. 61, 555, 575, 605. S. A. 641. Lyc. 134. Il Pens. 43. Com. 360, 460. Od. Nat. 123. Ps. ii. 7; vii. 39.
Cast back, S. A. 336.
Cast forth, P. L. ii. 889. P. R. i. 228.
Casting, Il Pens. 160. Son. vii. 8.
Cast off, P. L. v. 786.
Cast out, P. L. i. 37; v. 613.
Castalian, P. L. iv. 274.
Casts, P. L. i. 183; iii. 634; v. 702; vi. 272. Com. 225. Od. Nat. 170.
Casual, P. L. iv. 767; ix. 223; xi. 566.
Cataphracts, S. A. 1619.
Cataracts, P. L. ii. 176; xi. 824.
Catarrhs, P. L. xi. 483.
Catch, P. L. xii. 88. Com. 953.
Catch'd, P. L. x. 544.

Cateress, Com. 764.
Cates, P. R. ii. 348.
Cathaian, P. L. x. 293; xi. 388.
Cattle, P. L. vii. 452, 460; viii. 582; x. 176; xi. 558, 653; xii. 179.
Cave, P. L. iv. 454; vi. 4; xi. 469. P. R. i. 307. S. A. 89. L'Al. 3. Com. 239. Od. Hor. 2.
Cave's, P. L. xi. 569.
Caves, P. L. ii. 621, 789; iv. 257; vii. 417; ix. 118. P. R. iv. 414. Lyc. 39.
Caverns, Com. 429.
Caucasus, P. R. iii. 318.
Caught, P. L. ii. 180; xi. 587; xii. 637. P. R. iv. 541. S. A. 932. L'Al. 69.
Caught up, P. R. ii. 14.
Cavil, P. L. x. 759.
Cause, P. L. i. 28; iv. 14, 922; v. 702; vi. 31, 67, 442, 804; vii. 64, 90; viii. 270, 417, 497, 593; ix. 650, 672, 862, 1140, 1168; x. 907, 935, 982; xi. 382, 461; xii. 604. P. R. i. 66; ii. 239, 323; iv. 375. S. A. 234, 316, 376, 472, 584, 904, 1179, 1253, 1321, 1347, 1379, 1584, 1586, 1709. Com. 489, 794. Dante, I. 1. Hor. I. 4. Ps. vii. 34; lxxx. 15, 31, 79; lxxxii. 10; lxxxv. 15, 25.
Without cause, S. A. 157.
Caus'd, P. L. iv. 216; v. 400. S. A. 581, 793. Ps. cxxxvi. 29.
Causeless, S. A. 701.
Causes, P. L. ii. 913; iii. 707; ix. 682, 731; x. 806.
Causey, P. L. x. 415.
Caution, P. L. v. 513, 523; vii. 111.
Cautious, P. L. ix. 59. S. A. 757.
Cautiously, P. R. iv. 377.

Cease, P. L. ii. 100, 159; iii. 27; v. 845; xi. 309; xii. 238. P. R. ii. 222; iv. 14. Od. Nat. 45. Od. D. F. I. 72. Vac. Ex. 86. Ps. vii. 34; lxxxiii. 4; lxxxv. 15.
Ceas'd, P. L. i. 283; ii. 43, 845, 1010; iii. 344; vii. 436; viii. 412; x. 910; xi. 126, 713, 726, 780; xii. 372. P. R. i. 456; ii. 235; iv. 507. Com. 551. Od. D. F. I. 18. Ep. Hobs. II. 10.
Ceaseless, P. L. ii. 795; iv. 679; v. 183; x. 573. Ps. lxxxviii. 7.
Ceases, P. L. i. 176.
Ceasing, P. L. ii. 654.
Cedar, P. L. iv. 139; vii. 424; ix. 435; xii. 250. P. R. i. 306; iv. 60.
Cedar'n, Com. 990.
Cedars, P. L. v. 260; ix. 1089. Ps. lxxx. 43.
Celebrate, P. L. ii. 241; xi. 345. S. A. 435. Arc. 80. Ps. vi. 10.
Celebrated, P. L. vi. 888. S. A. 866.
Celestial, P. L. i. 245, 658; ii. 15; iii. 51, 364, 638; iv. 553, 682, 812, 1011; v. 249, 403, 654; vi. 44, 333, 510, 760; vii. 12, 203, 254, 354; viii. 455, 619; ix. 21, 540; x. 24; xi. 239, 296, 785. P. R. i. 170; iv. 588. S. A. 1280. Arc. 63. Com. 1004. Od. Nat. 145. Od. Sol. Mus. 27.
Cell, P. L. v. 109; viii. 460. L'Al. 5. Il Pens. 169. Com. 387. Od. Nat. 180. Ps. iv. 41.
Cells, P. L. i. 700, 706; vii. 491.
Celtick, P. L. i. 521. Com. 60.
Censer, P. L. xi. 24.

Censers, P. L. vii. 600.
Censure, S. A. 787.
Censuring, S. A. 948.
Centaur, P. L. x. 328.
Centre, P. L. i. 74, 686; iii. 575;
    v. 510, 579; vi. 219; vii. 215,
    242; viii. 123; ix. 108; x.
    740. P. R. iv. 534. Arc.
    19. Com. 382. Od. Nat.
    162.
Center'd, P. L. vii. 228.
Centrick, P. L. viii. 83; x. 671.
Centring, P. L. ix. 109.
Cerastes, P. L. x. 525.
Cerberean, P. L. ii. 655.
Cerberus, L'Al. 2.
Ceremony, P. L. i. 753.
Ceremonies, P. L. xii. 297.
Ceres, P. L. iv. 271, 981; ix.
    395.
Certain, P. L. ii. 470, 597; iii.
    119; ix. 907, 953; x. 576,
    980; xii. 437. S. A. 474,
    723, 1102. Com. 266, 482,
    572, 619. Brut. 5.
Certainly, P. R. ii. 32.
Certainty, Com. 263.
Chæronea, Son. v. 7.
Chafe, S. A. 1246.
Chaf'd, S. A. 1138.
Chaff, P. L. iv. 985. Ps. i. 11.
Chain, P. L. ii. 1005, 1051.
Chain'd, P. L. i. 210; ii. 169;
    iv. 965; vi. 589. S. A. 7.
Chain'd up, Com. 660.
Chains, P. L. i. 48; ii. 183, 196;
    iii. 82; iv. 970; vi. 186, 260,
    739; x. 319; xii. 454. S. A.
    68, 1238. L'Al. 143. Com.
    435, 804. Son. xi. 12. Vac.
    Ex. 52.
Chair, P. L. i. 764; ii. 930.
    P. R. iv. 219. Com. 134.
    Od. D. F. I. 19.
Chaldea, P. L. xii. 130.
Challenge, S. A. 1151.
Challeng'd, P. R. iv. 260.
Chalybean, S. A. 133.

Cham, P. L. iv. 276.
Chamber, Com. 101.
Chamber-ambushes, S. A. 1112.
Chambers, P. R. ii. 183.
Chamberlin, Ep. Hobs. I. 14.
Champain, P. L. iv. 134; vi. 2.
    P. R. iii. 257.
Champing, P. L. iv. 859.
Champion, S. A. 556, 705, 1152,
    1751. Com. 212.
Champions, P. L. i. 763; ii. 424,
    898.
Chance, P. L. i. 133; ii. 222,
    233, 288, 396, 492, 551, 910,
    935, 965; iv. 403, 530; vii.
    172; ix. 452; x. 108, 428.
    P. R. i. 321; iv. 265, 559.
    S. A. 4, 918, 1076, 1295.
    Com. 277, 508, 588. Son.
    iii. 2. Od. on Time, 22.
Chanc'd, P. L. ix. 423, 575.
    S. A. 1202.
Chances, S. A. 656. Com. 79.
Change, P. L. i. 96, 244, 313,
    598, 625; ii. 222, 598, 599,
    820; iii. 125, 634; iv. 23,
    367, 640, 892; v. 89, 183,
    336, 629, 902; viii. 347,
    525; ix. 5, 70, 818; x. 107,
    213, 273, 548, 677, 693; xi.
    193, 308, 539, 794. P. R.
    ii. 86; iii. 197; iv. 265, 442.
    S. A. 117, 340, 695, 753,
    1406. Lyc. 37. Com. 10,
    328, 596, 841. Od. D. F. I.
    28. Ps. lxxxi. 18; lxxxviii. 35.
Changed, P. L. i. 84, 97, 253;
    ii. 217, 276; iv. 115, 224;
    v. 644; vi. 613, 824; vii.
    160; ix. 505; xi. 712. Com.
    69.
Changed, Od. Hor. 6.
Changes, P. L. iv. 405; x. 692.
Changest, S. A. 684.
Changing, P. L. ii. 312; x. 333,
    541.
Channel, Com. 895. Od. Nat.
    124.

Channels, P. L. vii. 303.
Chant, P. R. ii. 290.
Chaos, P. L. i. 10, 543; ii. 233, 895, 907, 960, 970, 1038; iii. 18, 421, 426; v. 577; vi. 55, 871; vii. 93, 220, 221, 272; x. 233, 283, 317, 347, 416, 477, 636. Com. 334.
Character, P. L. viii. 545.
Character'd, Com. 530.
Characters, P. R. iv. 384. Od. Pass. 49.
Charge, P. L. ii. 775; iii. 628, 688; iv. 421, 562, 589, 787, 842, 879; v. 248; vi. 566; viii. 246; ix. 157, 399; x. 35, 123, 421, 650; xi. 99, 549; xii. 439. S. A. 849. Com. 32, 762. Forc. of Con. 19.
In charge, P. R. i. 376.
Charg'd, P. L. vii. 46; x. 200.
Chariot, P. L. iii. 522; vi. 100, 338, 358, 390, 711, 750, 829, 881; vii. 197. Com. 892. Od. Nat. 56. Od. Pass. 36.
Chariot-wheels, P. L. i. 311; iii. 394; xii. 210.
Charioteer, P. L. vi. 390. Od. D. F. I. 8.
Charioting, S. A. 27.
Chariots, P. L. ii. 887; vi. 17, 211, 770; vii. 199. P. R. iii. 329.
Charity, ·P. L. iii. 216; xii. 584.
Charities, P. L. iv. 756.
Charlemain, P. L. i. 586. P. R. iii. 343.
Charm, (*noun*,) P. L. ii. 460; iv. 642, 651; viii. 533; ix. 999. Com. 853.
Charm, (*verb*,) P. L. i. 787; ii. 566. Il Pens. 83. Com. 758.
Charm'd, P. L. i. 561; xi. 132. S. A. 1134.
Charmed, Com. 51, 904. Od. Nat. 68.

Charming, P. L. iii. 368; v· 626; viii. 2; xi. 595. P. R. ii. 363. Com. 476.
Charms, (*noun*,) P. L. ii. 666; iv. 498. P. R. ii. 213; iv. 257. S. A. 427, 934, 1040. Com. 150, 613, 664. Son. iii. 5.
Charms, (*verb*,) P. L. ii. 556.
Charnel, Com. 471.
Charybdis, P. L. ii. 1020. Com. 259.
Chase, P. L. i. 557; iv. 341; vi. 288; xi. 191. P. R. ii. 342; iv. 627. Ps. lxxxiii. 58.
Chas'd, P. R. iv. 429.
Chaste, P. L. iv. 761; xi. 12. Com. 146, 442, 450, 918. Dante II. 1.
Chastening, P. L. xi. 373.
Chastity, Com. 215, 420, 425, 440, 453, 782, 909.
Chatting, Od. Nat. 87.
Chaunting, S. A. 1672.
Chauntress, Il Pens. 63.
Cheap, P. L. ii. 472.
Cheat, Com. 155.
Chebar, Od. Pass. 37.
Check, P. L. v. 214. P. R. i. 477; iv. 434. Com. 761. Ps. lxxxiii. 28.
Check'd, P. L. vi. 853.
Checks, P. L. iii. 732. Il Pens. 59.
Cheek, P. L. i. 602; iii. 641; v. 10, 385; ix. 887. P. R. iv. 344. L'Al. 29. Il Pens. 107. Od. D. F. I. 6.
Cheek, (Sir John,) Son. vi. 12.
Cheek-bone, Ps. iii. 21.
Cheeks, P. L. x. 1009. Com. 750. Ps. lxxx. 24.
Cheer, P. L. vi. 496. S. A. 1613. Ps. lxxxiv. 26. Com. 955.
Cheer'd, P. L. iv. 165; v. 129; xii. 604. P. R. iv. 433. S. A. 926.

Cheerful, P. L. ii. 490; iii. 46, 545; xi. 543. Com. 388. Son. xvi. 14. Ps. lxxxi. 7. More cheerful, P. L. v. 123.

Cheering, Com. 348.

Cheerly, L'Al. 54.

Cheers, S. A. 545. Arch-chemick, P. L. iii. 609.

Chemos, P. L. i. 406.

Chequer'd, L'Al. 96.

Chere, Com. 955.

Cherish, P. L. x. 1068. S. A. 958.

Cherishing, P. L. viii. 569.

Cherith, P. R. ii. 266.

Chersonese, P. L. xi. 392. P. R. iv. 74.

Cherub, P. L. i. 157, 324, 534; iii. 636; iv. 844, 971; vi. 771; vii. 198. Il Pens. 54. Od. Pass. 38.

Cherubick, P. L. v. 547; vi. 413, 753; ix. 68; xi. 120. Od. Sol. Mus. 12.

Cherubim, P. L. i. 387, 665, 794; ii. 516; iii. 666; iv. 778; vi. 102, 535; vii. 218; ix. 61; xi. 100, 128; xii. 254, 628. Od. Nat. 112.

Cherubs, Ps. lxxx. 5.

Chest, Od. Nat. 217.

Chew, P. L. iv. 335.

Chew'd, P. L. x. 566.

Chewing, Com. 540.

Chid, Com. 258.

Chide, Son. xiv. 6. Ps. lxxxv. 16.

Chief, P. L. i. 128, 381, 524, 566, 762; ii. 469, 487, 527; iii. 29, 168, 664; iv. 550, 864, 920; v. 102, 684; vi. 233, 745; vii. 515; ix. 29; x. 455, 537; xi. 493, 617. P. R. ii. 464. S. A. 457, 554, 754, 1249. Son. xi. 1. Od. D. F. I. 3. Ep. Hobs. II. 21.

Chief of all, S. A. 66.

Chiefest, Il Pens. 51. Vac. Ex. 18.

Chiefly, P. L. i. 17; ii. 763; iii. 663; iv. 445, 566, 790, 849; ix. 379, 878, 981; x. 401; xii. 272, 599. P. R. i. 263; iii. 123. S. A. 1452. Ps. lxxxiii. 11.

Child, P. R. i. 201. S. A. 942. L'Al. 133. Od. Nat. 30. Od. D. F. I. 71.

Child-bearing, P. L. x. 1051.

Child-bed, Son. xviii. 5.

Childhood, P. R. iv. 220, 508.

Childish, P. R. i. 201. Vac. Ex. 3.

Childless, P. L. x. 989, 1037. Od. D. F. I. 13.

Children, P. L. x. 194, 330; xi. 761, 772. P. R. iv. 330. S. A. 352. Com. 720, 763.

Children's, P. L. i. 395.

Chill, P. L. ix. 890. Arc. 49. Com. 352. Od. Nat. 195.

Chill'd, P. L. v. 65.

Chilling, P. L. xi. 264.

Chimæras, P. L. ii. 628. Com. 517.

Chimney, L'Al. 81.

Chimney's, L'Al. 111.

Chime, P. L. xi. 559. Com. 1021. Od. Nat. 128. Od. Sol. Mus. 20.

Chiming, P. R. ii. 363.

Chin, Od. Nat. 231.

Chineses, P. L. iii. 438.

Chios, P. R. iv. 118.

Chivalry, P. L. i. 307, 765. P. R. iii. 344.

Choaspes, P. R. iii. 288.

Choice, P. L. i. 261, 653, 759; ii. 19, 415, 423, 524; iii. 108, 534, 670; iv. 434; v. 327, 333, 499; vii. 48; viii. 335, 400; ix. 214, 620, 992; x. 766, 904, 978; xi. 101. P. R. iii. 314; iv. 329. S. A. 3, 311, 555, 633, 1030, 1654, 1743. Son. xv. 9. Ps. v. 7; lxxxi. 48.

Choicest, P. L. v. 127, 368 ; ix. 840 ; xi. 438. P. R. i. 302 ; ii. 334 ; iv. 437. S. A. 264. Vac. Ex. 22.

Choirs,—*see* Quires.

Choose, P. L. i. 428 ; ii. 60, 265 ; iii. 123 ; v. 333, 534, 787 ; ix. 221, 316 ; xii. 225, 646. P. R. iii. 370. S. A. 1478. Il Pens. 176. Ps. iv. 16.

Chooses, S. A. 513.

Choosing, P. L. ix. 26 ; x. 1005 ; xii. 219.

Choral, P. L. v. 162 ; vii. 599.

Chords, P. L. xi. 561.

Chorus, P. L. vii. 275. P. R. iv. 262.

Chose, P. L. iv. 72, 406 ; viii. 54 ; ix. 88, 1100, 1167 ; xi. 587. P. R. i. 165 ; ii. 397. S. A. 877, 985, 1193. Od. Nat. 14. Ps. iv. 13, 14.

Chosen, P. L. i. 8, 318 ; iii. 183 ; iv. 691. P. R. i. 427 ; ii. 45, 236 ; iv. 614. S. A. 368. Son. iv. 6. Ps. cxxxvi. 56.

Christ, Forc. of Con. 6.

Chrysolite, P. L. iii. 596.

Church, P. L. iv. 193.

Chuse, Vac. Ex. 29.

Cieling, P. L. xi. 743.

Cimmerian, L'Al. 10.

Cincture, P. L. ix. 1117.

Cinders, P. L. x. 570.

Cinnamon, Com. 937.

Circe, Com. 50, 153, 253, 522.

Circe's, Com. 50.

Circean, P. L. ix. 522.

Circle, P. L. iv. 578 ; v. 182. Arc. 15. Son. iii. 8.

Circle, P. L. v. 163.

Circled, P. L. iii. 626 ; v. 862 ; ix. 65.

Circles, P. L. v. 631 ; vi. 305 ; viii. 107 ; x. 681.

Circlet, P. L. v. 169.

Circling, P. L. ii. 647 ; iii. 556 ; iv. 146 ; vi. 3, 743 ; vii. 342,

580 ; ix. 502. P. R. i. 57, 171. S. A. 871.

Circuit, P. L. ii. 1048 ; iii. 721 ; iv. 586, 784 ; v. 287, 595 ; vii. 266, 301 ; viii. 100, 304 ; ix. 323. P. R. iii. 254.

Circular, P. L. ix. 498. Od. Nat. 110.

Circumcis'd, S. A. 975.

Circumcision, P. R. iii. 425.

Circumference, P. L. i. 286 ; ii. 353 ; v. 510 ; vi. 256 ; vii. 231.

Circumfluous, P. L. vii. 270.

Circumfus'd, P. L. vi. 778 ; vii. 624.

Circumscribe, P. L. vii. 226.

Circumscrib'd, P. L. v. 825.

Circumspection, P. L. ii. 414 ; iv. 537 ; vi. 523.

Circumstance, S. A. 1557.

Circumvent, P. L. ix. 259. S. A. 1115.

Circumvented, P. L. iii. 152.

Citadel, P. L. i. 773. P. R. iv. 49.

Cited, P. L. iii. 327.

Cities, P. L. i. 498 ; ii. 533 ; xi. 640. P. R. ii. 470 ; iii. 74, 261 ; iv. 363. L'Al. 117.

Citron, P. L. v. 22. P. R. iv. 115.

City, P. L. ii. 924 ; ix. 445 ; x. 424 ; xi. 386, 410, 655, 661 ; xii. 44, 51, 340, 342. P. R. ii. 21, 22, 300 ; iii. 285, 311, 340 ; iv. 33, 44, 238, 243, 545. S. A. 1194, 1449, 1561, 1596, 1655. Ps. lxxxvii. 9.

Civil, P. L. vi. 667 ; xi. 718 ; xii. 231. P. R. iv. 358. S. A. 853, 1367, 1467. Son. xii. 10. Forc. of Con. 5.

Civil-suited, Il Pens. 122.

Civility, P. R. iv. 83.

Clad, P. L. i. 410 ; iv. 289, 599 ; v. 278 ; vii. 315 ; x. 216, 450 ; xi. 17, 240. P. R. ii. 65, 299,

352; iii. 313. S. A. 129,
1317, 1616. Arc. 92. Com.
421. Son. ix. 10. Od. D.
F. I. 58. Ep. M. Win. 73.
Claim, P. L. ii. 32, 38; iv. 487;
v. 723; xi. 258; xii. 170.
Claim'd, P. L. i. 533; ix. 1130.
Claims, P. L. ix. 566.
Claiming, P. L. xii. 35.
Claim'st, P. L. ii. 817.
Clamorous, P. L. x. 479.
Clamour, P. L. vi. 208; vii. 36;
xi. 853. P. R. ii. 148.
Clamouring, S. A. 1621.
Clamours, P. L. ii. 862.
Clang, P. L. vii. 422; xi. 835.
Od. Nat. 157.
Clans, P. L. ii. 901.
Clarion, P. L. vii. 443.
Clarions, P. L. i. 532.
Clash'd, P. L. i. 668.
Clashing, P. L. vi. 209.
Clasp, P. L. x. 918.
Clasping, P. L. ix. 217. Com.
853.
Classick, Forc. of Con. 7.
Clatter'd, S. A. 1124.
Clay, P. L. ix. 176; x. 743.
P. R. i. 501. Com. 339. Od.
Nat. 14.
Cleansing, S. A. 1727.
Clear, P. L. ii. 770; iii. 28, 188,
595, 620; iv. 119, 458; v.
733; vii. 619; viii. 336; ix.
681, 706; xi. 844; xii. 376.
S. A. 550. Lyc. 70. L'Al.
126. Il Pens. 163. Com.
381, 457, 722. Son. xvii. 1;
xviii. 12. Ps. lxxxi. 1; lxxxvii.
28; cxiv. 9.
Clear'd, P. L. v. 136; viii. 179;
ix. 708. Son. x. 12.
Clear'd up, P. R. iv. 437.
Clearer, P. L. xi. 413.
Clearest, P. L. xi. 379.
Clearly, Forc. of Con. 19.
Cleave, P. R. iii. 436.
Cleaving, S. A. 1039.

Cleft, P. L. xi. 440. P. R. iii.
438. Ps. cxxxvi. 45.
Cleombrotus, P. L. iii. 473.
Cliff, P. L. i. 517; iv. 547; v.
275; xii. 639.
Cliffs, P. L. vii. 424. P. R. iii.
317.
Climate, P. L. ix. 45; xi. 274.
Climb, P. L. iv. 193, 548; ix.
217. Lyc. 115. Com. 1020.
Od. on Time, 19.
Climbing, P. L. x. 559.
Climbs, P. L. iv. 191; xi. 119.
Climb'st, P. L. v. 173.
Clime, P. L. i. 242, 297; ii. 572;
v. 1; vii. 18; x. 678; xii.
636. Arc. 24. Son. iii. 8.
Climes, P. L. xi. 708. Com. 977.
Clip, Forc. of Con. 17.
Clod, P. L. x. 786.
Clods, P. L. vii. 463; xi. 565.
Clogs, Son. vii. 1.
Cloisters,—see Cloysters.
Clomb, P. L. iv. 192.
Close, P. L. i. 646, 795; ii. 485,
537, 638; iv. 347, 376, 405,
708, 800; v. 36, 673; vi. 235;
ix. 191; x. 589; xi. 419.
P. R. ii. 28. S. A. 8, 651,
1748. Il Pens. 139. Com.
197, 349, 548. Son. i. 5; vi.
2. Od. Nat. 100.
Close-banded, S. A. 1113.
Close by, P. L. ii. 1053.
Close-curtain'd, Com. 554.
Clos'd, P. L. iii. 144; vi. 330,
875; viii. 459, 460. P. R.
iv. 481. Lyc. 51.
Closing, P. L. iv. 863; vi. 436.
Clothe, P. L. x. 219. Son. xv.
7. Vac. Ex. 32.
Cloth'd, P. L. i. 86; ii. 226; x.
1059.
Clothing, Vac. Ex. 82.
Clotted, S. A. 1728. Com. 467.
Cloud, P. L. i. 340; ii. 936; iii.
45, 262, 378; iv. 151; v. 122,
257, 686; vi. 28, 539; vii.

247, 422 ; ix. 425 ; x. 32, 449 ;
xi. 205, 229, 670, 706, 865,
882, 896 ; xii. 185, 202, 203,
208, 256. P. R. iii. 222 ; iv.
321. Il Pens. 72, 125. Com.
221, 223, 333. Son. xi. 1.
Od. Pass. 56. Ps. lxxx. 7.
Without cloud, P. L. iii. 385 ;
xi. 45.

Clouded, P. L. iv. 607 ; xii. 333.

Cloudless, S. A. 1696.

Clouds, P. L. ii. 264, 488, 535,
637, 714 ; iv. 500, 544, 597 ;
v. 86, 189, 642 ; vi. 56 ; vii.
287, 599 ; viii. 146 ; x. 702,
1073 ; xi. 739, 841 ; xii. 77,
545. P. R. i. 41, 81 ; iii. 327 ;
iv. 410, 429, 619. L'Al. 62,
74. Com. 301. Od. Nat. 50,
146, 159. Od. Cir. 4. Ps.
lxxxi. 30.

Cloudy, P. L. ii. 930 ; v. 266 ; vi.
107, 409, 450 ; vii. 248, 360.
Com. 134. Od. Nat. 230. Od.
D. F. I. 56.

Clouted, Com. 635.

Cloven, P. L. vi. 361. Lyc. 34.

Cloy'd, Ps. lxxxviii. 9.

Cloysters, Il Pens. 156.

Clung, P. L. x. 512.

Clustering, P. L. iv. 303 ; vii.
320. S. A. 569. Com. 54.

Clusters, P. L. i. 771 ; v. 218.
Com. 296.

Clymene, P. R. ii. 186.

Coal, P. L. v. 440.

Coals, P. R. ii. 273.

Coaly, Vac. Ex. 98.

Coarse, Com. 749.

Coast, P. L. i. 306, 340, 464 ; ii.
633, 958 ; iii. 487, 739 ; iv.
782 ; v. 340 ; vi. 529 ; ix. 67 ;
x. 89, 293. P. R. i. 119 ; ii.
347. Ps. lxxxiii. 34 ; cxxxvi.
66.

Coasting, P. L. iii. 71. Com. 49.

Coasts, P. L. ii. 464 ; viii. 245.
Ps. lxxxiv. 15.

Coat, P. L. v. 341 ; vi. 542 ; x.
218.

Coats, P. L. vii. 406. P. R. iii.
312.

Cock, P. L. vii. 443. L'Al. 49,
114. Com. 346.

Cocytus, P. L. ii. 579.

Coeternal, P. L. iii. 2.

Coffers, Vac. Ex. 31.

Cogitation, P. L. iii. 629.

Cohort, P. L. xi. 127.

Cohorts, P. R. iv. 66.

Coin, S. A. 189, 1204. Com. 739.

Cold, P. L. i. 516 ; ii. 595, 898 ;
vii. 238 ; ix. 44, 636 ; x. 294,
653, 686, 691, 851, 1056,
1070 ; xi. 293, 544. P. R.
iv. 31, 403.
Com. 353, 802, 918. Son.
xiii. 2.

Cold-kind, Od. D. F. I. 20.

Colick-pangs, P. L. xi. 484.

Colkitto, Son. vi. 9.

Collateral, P. L. viii. 426 ; x. 86.

Colleague, P. L. x. 59.

Collect, P. R. iv. 524.

Collected, P. L. vi. 581 ; ix. 673.

Collecting, P. L. iv. 986. P. R.
iii. 5 ; iv. 328.

Collision, P. L. x. 1072.

Colloquy, P. L. iii. 455.

Colonel, Son. iii. 1.

Colour, P. L. iii. 612 ; vi. 352 ; x.
870. P. R. ii. 176.

Colour'd, P. L. iii. 642 ; iv. 702 ;
vii. 445 ; xi. 879. Od. Pass.
32.

Colours, P. L. i. 546 ; iv. 149 ;
v. 24, 283 ; vi. 759 ; vii. 318 ;
ix. 577 ; xi. 866. S. A. 901.
Com. 300.

Columbus, P. L. ix. 1116.

Column, S. A. 27.

Colure, P. L. ix. 66.

Comb, Com. 880.

Combat, P. L. i. 766 ; vi. 315.
S. A. 1106, 1152, 1176.

Combatant, S. A. 344.

Combatants, P. L. ii. 719.
Combated, S. A. 864.
Combin'd, P. L. ii. 750; viii.
    394; ix. 339.
Combines, S. A. 1048.
Combustible, P. L. i. 233.
Combustion, P. L. i. 46; vi. 225.
Come, P. L. ii. 715, 822, 970;
    iv. 580, 841, 923; v. 118, 138,
    291, 298, 493, 770; vi. 609;
    viii. 79, 298, 372; ix. 366,
    413, 610, 1027; x. 107, 276;
    xi. 114, 260, 344, 357, 454,
    528, 704, 815; xii. 11, 258,
    361, 458, 584, 600. P. R. i.
    75, 138, 181, 271, 409, 484;
    ii. 17, 32, 43, 112, 375; iii.
    204, 397. S. A. 112, 180,
    205, 704, 725, 785, 1076,
    1088, 1229, 1262, 1316, 1321,
    1332, 1342, 1395, 1397, 1404,
    1448, 1566, 1681. Lyc. 3.
    L'Al. 11, 33, 45. Il Pens. 31,
    37. Com. 125, 143, 491, 599,
    735, 806, 938, 943, 956. Od.
    Nat. 90. Vac. Ex. 9, 57, 62.
    Ep. Hobs. I. 12; II. 23. Ps.
    lxxx. 11; lxxxiii. 13; lxxxv.
    55; lxxxvi. 30.
Come, come, S. A. 1708.
Come down, P. R. iv. 615.
Come forth, P. L. x. 108. P. R.
    i. 331. L'Al. 97.
Come off, S. A. 1380.
Come short, P. L. viii. 414.
Come to pass, P. L. x. 38. S. A.
    444.
    To come, P. R. i. 271, 300.
Comeliness, P. L. viii. 222. S. A.
    1011.
Comely, P. L. ix. 668. S. A.
    1268. Il Pens. 125. Com. 75.
Comers, Com. 1007.
Comes, P. L. i. 66, 67; ii. 663;
    iii. 231; iv. 131, 869; v. 310,
    645; vi. 540; ix. 225; x. 814,
    854, 858; xi. 366, 785; xii.
    160, 393. P. R. i. 199, 412,

484; iii. 204, 398; iv. 146.
    S. A. 326, 713, 1070, 1074,
    1304, 1441. Lyc. 75. Com.
    168, 488. Od. May-M. 2.
    Dant. II. 5. Ps. lxxxi. 12.
Comes down, P. L. xii. 51.
Com'st, P. L. iv. 824; vi. 159.
    P. R. i. 410; iii. 298.
Comet, P. L. ii. 708; xii. 634.
Comfort, Ps. lxxxvi. 64.
Comfortable, P. L. x. 1077.
Comforter, P. L. xii. 486.
Comfortless, P. L. xi. 760.
Comforts, P. L. x. 1084.
Coming, P. L. iii. 232; iv. 7,
    471, 646; v. 781; vi. 610,
    648, 768; vii. 209; viii. 46;
    ix. 647; x. 104; xi. 233,
    250; xii. 405. P. R. i. 71,
    494; iv. 204. S. A. 187,
    1395, 1452. Com. 35, 954.
Command, P. L. i. 566, 752; ii.
    851; iii. 94, 650; iv. 864; v.
    551, 685; vi. 61, 781; vii.
    47, 294; viii. 232, 329, 671,
    635; ix. 652, 1156; x. 430;
    xi. 385, 818; xii. 210. P. R.
    i. 342; ii. 149, 382, 384; iv.
    556, 631. S. A. 57, 1212,
    1371, 1394. Com. 41. Ps.
    vii. 24.
    In command, P. R. i. 449.
Commanded, P. L. v. 768; ix.
    652. S. A. 852.
Commander, P. L. i. 358, 589.
Commanding, P. L. v. 699; vi.
    557; xii. 265. Ps. viii. 19.
Commandments, P. R. iv. 176.
Commands, P. L. i. 531; ii. 856;
    iii. 614; iv. 524, 747; v. 691,
    806. S. A. 1337, 1372, 1404,
    1640.
Command'st, P. L. ix. 570.
Commend, S. A. 247. L'Al. 124.
Commended, Com. 831.
Commends, P. L. ix. 754.
Commercing, Il Pens. 39.
Commiseration, P. L. x. 940.

Commission, P. L. vii. 118.
Commit, P. L. viii. 26. P. R. i. 111; ii. 233.
Committed, P. L. x. 957. S. A. 47, 1000, 1185.
Committing, P. R. iv. 95. Son. viii. 4.
Commits, Com. 25.
Commodiously, P. L. x. 1083.
Common, P. L. ii. 371; iv. 752; v. 435; vii. 426; viii. 583, 597; ix. 931. S. A. 6, 674, 777, 856, 1161, 1416.
Commonalty, P. L. vii. 489.
Commotion, P. L. iv. 992; vi. 310, 706; viii. 531.
Commune, P. L. ix. 201.
Commun'd, P. R. ii. 261.
Communicable, P. L. vii. 124. P. R. i. 419; iii. 125.
Communicated, P. L. v. 72; ix. 755.
Communicating, P. L. viii. 150.
Communication, P. L. viii. 429.
Communion, P. L. v. 637; viii. 431.
Compact, P. L. ix. 635.
Companion, P. L. v. 673; vi. 907.
Companions, P. L. i. 76; vi. 419. P. R. i. 398.
Company, P. L. viii. 446. S. A. 556, 1413. Com. 274, 508.
Compare, (*verb*,) P. L. ii. 921; v. 432, 467. P. R. iv. 346, 563.
Compare, (*noun*,) P. L. i. 588; iii. 138; vi. 705; ix. 228. S. A. 556.
Compar'd, P. L. iii. 592; vi. 170; viii. 18; x. 306. P. R. i. 200; ii. 348. S. A. 441, 1020.
Comparing, S. A. 464.
Comparison, P. L. viii. 92.
Compass, P. L. iii. 342; iv. 559; viii. 33. P. R. iv. 51. S. A. 1477. Vac. Ex. 56.
Compass'd, P. L. ii. 862; vii. 27. P. R. i. 58.

Compasses, P. L. vii. 225.
Compassing, P. L. ix. 59; xi. 352.
Compassion, P. L. iii. 141; xi. 496.
Compeer, P. L. i. 127.
Compeers, P. L. iv. 974.
Compel, P. L. vi. 619.
Compell'd, P. L. ix. 609; xii. 175. Com. 275, 643.
Compels, P. L. iv. 391. Lyc. 7.
Competition, S. A. 476.
Complacence, P. L. iii. 276; viii. 433.
Complain, P. L. ii. 550. S. A. 46, 67, 157. Od. Hor. 6.
Complaining, Ps. v. 3.
Complaint, P. L. x. 131, 719. S. A. 662.
Complete, P. L. v. 352; viii. 548; x. 10. P. R. iv. 283. S. A. 558. Com. 421. Ep. M. Win. 12.
Completed, P. L. xi. 618.
Completing, P. L. ix. 1003.
Complexions, Com. 749.
Compliance, P. L. viii. 603; ix. 994. S. A. 1411.
Compliant, P. L. iv. 332.
Complicated, P. L. x. 523.
Compliments, P. R. iv. 124.
Comply, S. A. 1408. Arc. 38.
Compose, P. L. ii. 281.
Compos'd, P. L. i. 483; ii. 111; vi. 469; xii. 596. P. R. i. 407; ii. 108.
Composition, P. L. vi. 613. P. R. iv. 529.
Composure, P. L. vi. 560; ix. 272.
Comprehend, P. L. iii. 705; v. 505; vii. 114. P. R. iv. 224.
Compulsion, P. L. ii. 80; ix. 474. Arc. 68.
Compute, P. L. iii. 580; vi. 685; viii. 16.
Comrades, S. A. 1162.
Comus, Com. 58, 522.

Concave, P. L. i. 542 ; ii. 635.
Conceal, P. L. iv. 123 ; viii. 73 ;
x. 130, 136. Arc. 13.
Conceal'd, P. L. i. 641 ; ii. 187 ;
iv. 312 ; v. 207. S. A. 998.
Com. 142.
Concealing, P. R. iv. 474.
Conceals, P. L. ix. 751. P. R. ii.
96.
Conceits, P. L. iv. 809. P. R. iv.
295. Ps. lxxxi. 51.
Conceive, P. L. vii. 281.
Conceiv'd, P. L. ii. 627, 766, 796 ;
ix. 945. P. R. i. 239 ; ii. 67.
S. A. 390, 1506, 1574. Ps.
vii. 52.
Conceives, P. L. ix. 449.
Conceiving, P. L. i. 234 ; v. 666 ;
vi. 787. P. R. iv. 598. Ep.
W. Sh. 14.
Concentring, P. L. ix. 106.
Concent, Od. S. M. 6.
Conception, P. L. vi. 512 ; x.
194, 987. S. A. 1434.
Concern, P. L. vii. 62 ; viii. 196 ;
xi. 144 ; xii. 272, 599.
Concern'd, P. L. vii. 82 ; x. 170.
P. R. i. 440. S. A. 1420,
1551.
Concerning, P. L. x. 199. P. R.
i. 261 ; iv. 557.
Concernments, S. A. 969.
Concerns, P. L. v. 721 ; viii. 174.
P. R. i. 293 ; iii. 198 ; iv.
205. S. A. 1148.
Conclave, P. L. i. 795.
Conclude, P. L. ix. 1142 ; xii.
292.
Concludes, P. L. x. 839.
Conclud'st, P. R. ii. 317.
Concoct, P. L. v. 412.
Concocted, P. L. vi. 514.
Concoctive, P. L. v. 437.
Concord, P. L. ii. 497 ; iii. 371 ;
vi. 311 ; xii. 29. S. A. 1008.
Concourse, P. L. xi. 641. P. R.
iv. 404.
Concubine, S. A. 537.

Concupiscence, P. L. ix. 1078.
Concurr'd, P. L. x. 747.
Concurring, P. L. ii. 831 ; x. 44.
Condemn, P. L. v. 813. S. A.
500.
Condemnation, P. R. iii. 136.
S. A. 696.
Condemn'd, P. L. i. 607 ; ii. 86,
694 ; x. 82, 823 ; xii. 412.
P. R. iii. 213. S. A. 1224.
Condemning, S. A. 844.
Condemns, P. L. ii. 29.
Condense, P. L. vi. 353.
Condens'd, P. L. i. 429.
Condenses, P. L. ix. 636.
Condescend, S. A. 1337.
Condescension, P. L. viii. 9, 649.
Condition, P. L. iii. 181 ; viii.
176 ; ix. 322. P. R. iv. 166,
173. S. A. 928. Com. 685.
Conditions, P. L. x. 759. S. A.
258.
Condole, S. A. 1076.
Conduct, P. L. i. 130 ; vi. 777 ;
ix. 630. P. R. iii. 18. Com.
319.
Conducted, P. L. xii. 259.
Cone, P. L. iv. 776.
Confer, P. L. i. 774. P. R. i.
278.
Conferr'd, P. L. iv. 430. S. A.
993.
Conference, P. L. v. 454.
Confess, P. L. v. 329, 608, 818 ;
viii. 523 ; x. 1088. P. R. iv.
532. S. A. 448, 753, 829.
Confess'd, P. L. i. 509 ; x. 1100.
P. R. i. 431. S. A. 1183,
1467.
Confessing, P. L. x. 160.
Confide, P. L. xi. 235.
Confidence, P. L. vi. 343, 651 ;
ix. 1056, 1175. P. R. ii. 140.
S. A. 1174. Com. 583.
Confident, P. R. ii. 211.
Confine, P. L. ii. 977. S. A.
307. Od. Pass. 22.
Confin'd, P. L. ii. 859 ; iii. 711 ;

v. 78; x. 368; xi. 341. P. R.
i. 362. S. A. 94, 501, 606.
Com. 7.
Confines, P. L. ii. 395; vi. 273;
x. 321.
Confirm, P. L. i. 663. Ps. lxxxiii.
30.
Confirm'd, P. L. ii. 353; ix. 830;
xi. 71, 355.
Conflagrant, P. L. xii. 548.
Conflict, P. L. iv. 995; vi. 212.
Conflicting, P. L. vi. 245.
Conflux, P. R. iv. 62.
Conform'd, P. L. ii. 217.
Conformity, P. L. xi. 606.
Confound, P. L. ii. 136, 382; vi.
315; x. 665, 908.
Confounded, P. L. i. 53; ii. 996;
vi. 871; ix. 1064; xii. 455.
P. R. iii. 2. Od. Nat. 43. Ps.
lxxxiii. 63.
Confus'd, P. L. ii. 615, 952; vi.
249. P. R. iii. 49. S. A.
196, 1068.
Confus'dly, P. L. ii. 914.
Confusion, P. L. i. 220; ii. 372,
897, 966, 996; iii. 710; vi.
668, 669, 872; vii. 56; x.
472; xii. 62, 343. S. A. 471,
1593. Ps. vi. 22.
Confuted, P. R. iii. 3.
Congeal'd, Com. 449.
Conglob'd, P. L. vii. 239.
Conglobing, P. L. vii. 292.
Congo, P. L. xi. 401.
Congratulant, P. L. x. 458.
Congregated, P. L. vii. 308.
Congregation, P. L. v. 766.
Congregations, Ps. ii. 3.
Conjecture, P. L. ii. 123; vi.
545; viii. 76; x. 1033. S. A.
1071.
Conjectures, P. R. iv. 292, 524.
Conjoin'd, S. A. 1666.
Conjugal, P. L. iv. 493; viii. 56;
ix. 263. S. A. 739.
Conjunction, P. L. x. 898. P. R.
iv. 385.

Conjur'd, P. L. ii. 693.
Connatural, P. L. x. 246; xi.
529.
Connexion, P. L. x. 359.
Connive, S. A. 466.
Conniving, P. L. x. 624.
Connubial, P. L. iv. 743.
Conquer, P. R. i. 159, 222. Son.
xi. 10. Brut. 14.
Conquer'd, P. L. xi. 797. P. R.
iv. 134. S. A. 1207.
Conquerour, P. L. i. 143, 323,
472; ii. 208, 338. P. R. ii.
196; iii. 85. Son. iii. 10.
Conquerours, P. L. xi. 695. P. R.
iii. 78, 99. S. A. 244.
Conquest, P. L. ii. 339, 543; vi.
37. P. R. i. 46, 154; ii. 422;
iii. 72, 370; iv. 609. S. A.
1206. Ps. ii. 18.
Conquering, P. L. iv. 391.
Conscience, P. L. iii. 195; iv. 23;
viii. 502; x. 842, 849; xii.
297, 522, 529. P. R. iv. 130.
S. A. 1334. Son. xi. 13;
xvii. 10. Com. 212.
Consciences, Forc. of Con. 6.
Conscious, P. L. ii. 429, 801; vi.
521; ix. 1050.
Consecrated, P. R. i. 72. S. A.
1354. Od. Nat. 189.
Consent, P. L. i. 640; ii. 24; v.
121, 555. P. R. iii. 358. Il
Pens. 95. Com. 1007. Od.
Sol. Mus. 6.
Consented, S. A. 846.
Consenting, P. R. ii. 130.
Consequence, P. L. viii. 328; x.
364.
Consider, P. L. viii. 90. P. R.
i. 197; iii. 231. S. A. 1348.
Son. xiv. 1.
Consider'd, P. L. ix. 84, 604.
S. A. 245.
Considerate, P. L. i. 603.
Consist, P. L. v. 793.
Consisted, S. A. 780.
Consistence, P. L. ii. 941.

Consisting, P. L. viii. 16.
Consistory, P. R. i. 42.
Consists, P. L. viii. 589 ; xi. 616.
    Com. 741.
Consolation, P. L. xi. 304 ; xii.
    620. P. R. i. 403. S. A. 183,
    664, 1757.
Consolations, P. L. xii. 495.
Consolatories, S. A. 657.
Consort, P. L. ii. 963 ; iv. 448,
    · 610 ; vii. 529 ; viii. 392 ; ix.
    954 ; xii. 526. P. R. i. 51.
    Il Pens. 145. Od. Nat. 132.
    Od. Sol. Mus. 27.
Consorted, P. L. vii. 50.
Conspicuous, P. L. ii. 258 ; iii.
    385 ; iv. 545 ; vi. 299 ; vii. 63 ;
    xi. 866. P. R. iv. 53.
    Less conspicuous, P. L. x.
    107.
Conspiracy, P. L. ii. 751.
Conspire, Ps. lxxxiii. 25.
Conspir'd, P. L. xi. 426.
Conspiring, S. A. 892.
Constancy, P. L. ix. 367. P. R.
    ii. 226. S. A. 1032.
Constant, P. L. iii. 104 ; iv. 764 ;
    v. 552, 902 ; x. 882. P. R. i.
    148. Com. 371.
Constantest, S. A. 848.
Constantine, Dante I. 1 ; II. 5 ;
    Ariost. 4.
Constellations, P. L. iii. 577 ; vi.
    312 ; vii. 562 ; viii. 512 ; x.
    411. Od. Nat. 121.
Constrain'd, P. L. ix. 164, 1066.
    P. R. i. 331. S. A. 836,
    1198.
Constraining, P. L. x. 568.
Constrains, S. A. 1369, 1370.
Constraint, P. L. ii. 972 ; x. 132 ;
    Lyc. 6.
Constraints, S. A. 1372.
Consult, (*verb*,) P. L. i. 187 ; v.
    768, 779. P. R. iii. 12. Ps.
    lxxxiii. 17.
Consult, (*noun*,) P. L. i. 798.
Consultation, P. L. vi. 445.

Consultations, P. L. ii. 486.
Consulted, S. A. 1546.
Consulting, P. L. ii. 164 ; vi.
    673 ; x. 456. P. R. i. 438 ;
    iv. 577.
Consume, P. L. ii. 96 ; xi. 545,
    778. S. A. 575.
Consum'd, P. L. xi. 442. Od. on
    Time, 10. Ps. lxxx. 65.
Consumes, P. L. v. 325. Ps. vi.
    14.
Consummate, P. L. v. 431 ; vii.
    502 ; viii. 556. P. R. i. 165.
Contagion, P. L. v. 880 ; x. 544.
    Lyc. 127. Com. 467.
Contagious, P. L. ix. 1036.
Contain, P. L. v. 314, 362, 409 ;
    vii. 128 ; viii. 93 ; xii. 559.
Contain'd, P. L. viii. 473. S. A.
    1494.
Contains, P. R. iii. 11.
Contemn, P. L. ix. 306. P. R.
    ii. 390, 448 ; iv. 490.
Contemn'd, P. L. vi. 432. P. R.
    iv. 537. S. A. 279, 943.
Contemning, P. R. iv. 304.
Contemns, P. L. x. 1015. S. A.
    1281.
Contemplate, P. R. i. 380.
Contemplation, P. L. iv. 297 ; v.
    511. P. R. iv. 214. Il Pens.
    54. Com. 377.
Contemplative, P. R. ii. 81 ; iv.
    370.
Contempt, P. L. iv. 180 ; x. 763,
    1013, 1018. P. R. iii. 131.
    S. A. 76, 400, 494, 1342,
    1722.
Contemptible, S. A. 572, 1361.
Contemptibly, P. L. viii. 374.
Contempts, P. R. iii. 191.
Contemptuous, P. L. iv. 885 ; v.
    671. S. A. 1462. Com.
    781.
Contend, P. L. i. 99 ; ii. 529,
    687 ; iv. 851 ; vi. 169 ; x. 958.
    L'Al. 123.
Contended, P. L. ix. 163.

Contending, P. L. ii. 203; xi. 359, 727.
Contends, P. R. iii. 443.
Content, P. L. i. 399; v. 727; vi. 461; xi. 180; xii. 25. P. R. ii. 256; iii. 112, 170. S. A. 1322, 1399, 1403. Son. v. 4; xvii. 14.
Contented, P. L. iii. 701; vi. 375; viii. 177.
Contention, P. L. i. 100.
Contentment, P. L. viii. 366; x. 973.
Contents, P. L. vi. 622. ·
Contest, P. L. iv. 872; vi. 124; ix. 1189; x. 756; xi. 800. S. A. 461, 865.
Contiguous, P. L. vi. 828; vii. 273.
Continent, P. L. ii. 587; iii. 423; v. 422; vi. 474; x. 392.
Continual, P. L. ix. 814.
Continue, P. L. ii. 314; iv. 371. S. A. 592.
Continued, P. L. ii. 1029; iv. 175; ix. 63, 138; xi. 744.
Continues, S. A. 588, 1516.
Continuest, P. L. v. 521.
Contracted, P. L. viii. 560. S. A. 1062.
Contraction, P. L. vi. 597.
Contradict, P. R. iv. 158.
Contradicting, S. A. 301.
Contradiction, P. L. vi. 155; x. 799. S. A. 898. Ep. Hobs. II. 13.
Contraries, P. L. ix. 122.
Contrarious, S. A. 669.
Contrary, P. L. i. 161; viii. 132; x. 506. P. R. i. 126; iv. 382. S. A. 972, 1037.
Contribute, P. L. viii. 155.
Contrite, P. L. x. 1091, 1103; xi. 90. S. A. 502.
Contrition, P. L. xi. 27.
Contrive, P. L. ii. 53; viii. 81. Ps. lxxxiii. 9.
Contriv'd, P. L. v. 334; x. 1034; xi. 372.

E

Contriving, P. L. ii. 54; ix. 139.
Controll, P. L. v. 803. Od. Nat. 228.
Controversies, Hor. I. 3.
Controversy, Com. 409.
Contumacy, P. L. x. 1027.
Convenient, S. A. 1471.
Conversant, P. R. i. 131.
Conversation, P. L. viii. 418. P. R. iv. 232.
Converse, P. L. ii. 184; v. 230; vii. 9; viii. 252, 396, 408; ix. 247, 909. P. R. i. 190; iv. 229. Com. 459. Ps. ii. 24.
Convers'd, P. R. ii. 52.
Conversing, P. L. iv. 639; viii. 432; x. 993.
Conversion, P. L. xi. 724. Dante, I. 2.
Convert, P. L. v. 492.
Converts, S. A. 1564.
Convex, P. L. ii. 434; iii. 419; vii. 266.
Convey, P. L. xii. 75.
Conveyance, P. L. i. 707; viii. 628; x. 249.
Convey'd, P. L. vi. 515; viii. 156.
Convict, P. L. x. 83.
Conviction, P. L. x. 84, 831. P. R. iv. 308.
Convince, P. L. vi. 789.
Convinc'd, P. R. iii. 3. Com. 792.
Convolv'd, P. L. vi. 328.
Convoy, Com. 81.
Convoy'd, P. L. vi. 752.
Convulsion, S. A. 1649.
Convulsions, P. L. xi. 483.
Cool, P. L. iv. 258, 329; v. 39, 300, 396, 655; ix. 1109; x. 95, 847. P. R. iii. 221. S. A. 546. Com. 282, 678, 861. More cool, P. L. v. 370; x. 95.
Cool'd, P. L. xi. 801.
Cooling, S. A. 626. Com. 186.
Copartner, P. L. ix. 821. P. R. i. 392.
Copartners, P. L. i. 265.
Cope, P. L. i. 345; iv. 992; vi. 215. P. R. iv. 9.

Copious, P. L. iii. 413; v. 641;
 vii. 325. S. A. 1737.
Copses, Lyc. 42.
Coral, P. L. vii. 405.
Coral-paven, Com. 886.
Cordial, P. L. v. 12; viii. 466.
 Com. 672.
Cords, S. A. 261. Ps. ii. 8.
Cormorant, P. L. iv. 196.
Corn, P. L. xii. 19. P. R. iii.
 259. L'Al. 108. Ps. iv. 36.
Corner, P. L. iv. 529. Com. 717.
Corners, P. L. x. 665. Com.
 1017.
Cornice, P. L. i. 716.
Corny, P. L. vii. 321.
Coronet, P. L. iii. 640.
Corporal, P. L. v. 496, 573. P. R.
 iv. 299. S. A. 616, 1336.
 Com. 664.
Corporeal, P. L. iv. 585; v. 413;
 viii. 109; x. 786.
Corps, P. L. x. 601.
Corpulence, P. L. vii. 483.
Correct, Ps. vi. 2.
Correspond, P. L. vii. 511; ix.
 875.
Corrosive, P. L. ii. 401.
Corrupt, P. L. x. 695, 825; xi.
 784. S. A. 268.
Corrupted, P. L. i. 368; iii. 162;
 xi. 57. S. A. 386.
Corrupting, P. L. xi. 889.
Corruption, P. L. iii. 249; x.
 833; xi. 428.
Corrupts, Od. D. F. I. 30.
Corse, Od. D. F. I. 30.
Corydon, L'Al. 83.
Cosen'd, Com. 737.
Cost, P. L. i. 414; iv. 271. P. R.
 ii. 421; iii. 410. S. A. 933.
Costliest, P. L. iv. 703.
Cotes, P. L. iv. 186. Com. 344.
Cottage, P. R. ii. 28, 287, 288.
 L'Al. 81. Com. 320, 693.
Cotytto, Com. 129.
Couch, P. L. i. 377; ii. 536; iv.
 601; ix. 1039; xi. 490. P. R.

ii. 282; iv. 585. Com. 276.
 Ps. vi. 12.
Couchant, P. L. iv. 406.
Couch'd, P. L. iv. 123, 351, 876.
 P. R. i. 501; iv. 225.
Couches, P. L. iv. 405.
Could'st, P. L. iv. 950; v. 466;
 viii. 448; ix. 1149; x. 834.
 P. R. iii. 235, 359. S. A.
 543, 838, 939. Com. 500.
 Son. viii. 8.
Council, P. L. i. 755; ii. 20, 506;
 vi. 416, 507; x. 428; xi. 661.
 P. R. i. 40; ii. 118. Son. v. 2.
Council-table, Od. Nat. 10.
Counsel, P. L. i. 660; ii. 160,
 304, 379; vi. 494; x. 920,
 944, 1010. P. R. i. 127; ii.
 145; iii. 13. S. A. 183, 497,
 1251. Son. xii. 1. Ps. i. 2.
Counsell'd, P. L. ii. 227; ix.
 1099.
Counsellers, S. A. 1653.
Counsels, P. L. i. 88, 168, 636;
 ii. 115, 125, 279; v. 681, 785;
 vii. 610. Ps. v. 30; lxxxiii. 10.
Count, P. L. v. 833; viii. 319.
 P. R. ii. 248, 391; iii. 71.
 S. A. 250, 949, 991. Com.
 347. Hor. I. 1. Ps. iii. 9.
Countenance, P. L. i. 526; ii.
 422, 756; iii. 385, 730; v.
 708; vi. 825; viii. 39; ix.
 886; x. 713; xi. 317. S. A.
 684. Com. 68. Ps. iv. 30.
Counterfeit, P. L. iv. 117; ix.
 1069. S. A. 189. Il Pens. 80.
Counterfeited, P. L. v. 771.
Counterpoise, P. L. iv. 1001.
Counterpois'd, S. A. 770.
Counterview, P. L. x. 231.
Countries, P. R. iii. 73.
Country, P. L. iv. 235. P. R. iii.
 102, 176, 366; iv. 355. S. A.
 518, 851, 886, 889, 891, 894,
 980, 985, 994, 1208, 1213.
 L'Al. 85. Com. 167, 632.
Countrymen, S. A. 1549.

Country's, S. A. 238, 884.
Counts, P. L. x. 91.
Couple, P. L. iv. 339.
Coupled, P. R. ii. 181.
Courage, P. L. i. 108, 279, 530, 603; ii. 126; vi. 839; ix. 484. S. A. 524, 1381, 1716. Com. 610.
Courageous, P. L. iv. 920.
Course, P. L. i. 349, 786; ii. 944, 980; iii. 573, 720; iv. 164, 224, 561, 661; v. 173, 655, 861; vi. 406; vii. 501; viii. 126, 163; x. 411, 689; xi. 794, 900; xii. 264. P. R. i. 252; iv. 445. S. A. 670. Com. 25, 159, 832. Ep. Hobs. I. 10; II. 30. Brut. 11. Ps. vii. 57; cxxxvi. 30.
Court, P. L. i. 792. P. R. ii. 300. Com. 1, 962.
Courted, S. A. 719.
Courteous, Com. 275.
Courtesy, Com. 161, 322.
Court-amours, P. L. iv. 767.
Courtly, Od. Nat. 243.
Courts, P. L. i. 497; v. 650; vi. 889. P. R. i. 488; ii. 183; iii. 237. Com. 325, 746. Od. Nat. 13. Od. Hor. 2. Ps. lxxxiv. 6, 33.
Covenant, P. L. xi. 116, 867, 892, 898; xii. 252, 302, 346. Od. Cir. 21.
Covenants, Com. 682.
Cover, P. L. i. 659; ix. 1088, 1096; xi. 257. S. A. 841.
Cover'd, P. L. i. 763; v. 430; vi. 16; vii. 234; ix. 1058, 1120; x. 223; xi. 217, 749. Ps. lxxx. 41.
Covering, P. L. i. 312; ix. 1113. Com. 712.
Covers, P. L. ii. 267.
Covert, P. L. ii. 41; iii. 39; iv. 693; vi. 409; ix. 435. P. R. i. 305; ii. 262. Il Pens. 139. Com. 945.

Covertures, P. L. x. 337.
Covet, P. L. ii. 35; x. 1020.
Coveting, P. L. ix. 923.
Coward, S. A. 347, 1237.
Cowering, P. L. viii. 350.
Cowls, P. L. iii. 490.
Cowslip, Od. May-M. 4.
Cowslips, Lyc. 147.
Cowslip's, Com. 898.
Coy, P. L. iv. 310. Lyc. 18. Com. 737.
Crab, P. L. x. 675.
Crabbed, Com. 477.
Cradle, Vac. Ex. 46.
Craft, P. R. i. 432.
Craggy, P. L. ii. 289; iv. 547.
Cramm'd, P. L. x. 632.
Crams, Com. 779.
Crane, P. L. vii. 430.
Cranes, P. L. i. 576.
Cranks, L'Al. 27.
Crawls, Com. 295.
Craze, P. L. xii. 210. S. A. 571.
Cream-bowl, L'Al. 106.
Creams, P. L. v. 347.
Create, P. L. i. 652; ii. 19, 260, 916; vii. 154, 188, 209, 606; viii. 28, 558; ix. 146, 911; x. 403, 890. Com. 561. Ps. cxxxvi. 17.
Created, P. L. i. 202, 573; ii. 349, 623, 679, 832; iii. 89, 100, 112, 278, 391, 679, 705; iv. 43, 107, 999; v. 100, 373, 414, 471, 511, 549, 838, 894; vii. 64, 227, 232, 391, 527, 529, 535, 607, 627; viii. 623; ix. 147, 346, 557, 799, 942; x. 618; xi. 58, 508, 605. P. R. ii. 324.
Creat'st, P. L. vii. 616.
Creating, P. L. ix. 344.
Creation, P. L. ii. 365; iii. 163, 383, 661; v. 857; vi. 960; vii. 223, 449, 601; viii. 236; ix. 896, 946; x. 168, 852; xii. 472.
Creation-day, P. L. ix. 556.

Creator, P. L. i. 31, 369; ii. 385; iii. 167, 673; iv. 684; vii. 91, 259, 551, 567; viii. 13, 492; ix. 196, 938; x. 486, 649, 889. Od. Nat. 120.

Creature, P. L. iii. 151, 387, 442; iv. 468, 582, 703; v. 574; vii. 506; viii. 430, 470; ix. 84, 149, 897; x. 943. P. R. ii. 406.

Creatures, P. L. ii. 355, 498, 834; iii. 230; iv. 287, 360, 431, 616, 677, 790; v. 164; vii. 413, 455, 507; viii. 169, 175, 264, 276, 370, 409, 411, 546; ix. 112, 199, 228, 612, 940; x. 871; xi. 873. P. R. ii. 157, 325. S. A. 672. Com. 299. Od. D. F. I. 61. Od. Sol. Mus. 21. Ps. cxxxvi. 85.

Credit, P. L. ix. 649. P. R. iv. 12.

Credulous, P. L. ix. 644. P. R. ii. 166. Com. 697. Od. Hor. 9.

Creek, P. L. vii. 399. P. R. ii. 25.

Creep, P. L. ii. 656; v. 201. S. A. 75. Lyc. 115. L'Al. 115.

Creeping, P. L. vii. 452, 523; ix. 180.

Creeps, P. L. ii. 950; iv. 259; vii. 475, 523.

Cremona's, Od. Pass. 26.

Crept, P. L. vii. 392, 484.

Crescent, P. L. i. 439; x. 434.

Cressets, P. L. i. 728.

Crest, P. L. iv. 988; vi. 188, 191; ix. 525, 634.

Crested, P. L. vii. 443; ix. 500. S. A. 141.

Crest-fallen, S. A. 1244.

Crete, P. L. i. 514. P. R. iv. 118.

Crew, P. L. i. 51, 477, 688, 751; iv. 573, 952; v. 879; vi. 49, 277, 806; xi. 474; xii. 38. P. R. i. 107; ii. 178; iv. 577. S. A. 891. L'Al. 38. Com. 653, 805. Od. Nat. 228. Ps. cxxxvi. 70.

Cricket, Il Pens. 82.

Cried, P. L. ii. 727; iii. 515; vi. 536; xi. 449. P. R. i. 19. S. A. 1639. Ep. Hobs. II. 26. Ps. iii. 10.

Cried out, P. L. ii. 787.

Cried'st, P. L. iv. 481.

Cries, P. L. i. 395; x. 859, 933; xi. 310. Son. vi. 5. Ps. lxxxviii. 7.

Crime, P. L. i. 79, 606; iii. 215, 290; v. 881; vi. 268; ix. 971, 1181; x. 127, 545, 841; xi. 424; xii. 619. P. R. iii. 212, 213. S. A. 490, 842. Ep. Hobs. II. 7.

Crimes, P. L. i. 214. P. R. iii. 419.

Cringe, P. L. iv. 945.

Cring'd, P. L. iv. 959.

Crisped, P. L. iv. 237. Com. 984.

Crocodile, P. L. vii. 474.

Crocus, P. L. iv. 701.

Crofts, Com. 531.

Cromwell, Son. xi. 1.

Cronian, P. L. x. 290.

Crooked, P. L. x. 885. Vac. Ex. 69.

Crop, P. L. xii. 18. Ep. M. Win. 39.

Crop-full, L'Al. 113.

Cropp'd, P. L. v. 68.

Cross, P. L. ii. 920; xii. 413, 415. Arc. 52. Od. Nat. 152. Ep. Hobs. II. 19.

Cross'd, P. L. ix. 65; x. 39.

Cross-barr'd, P. L. iv. 190.

Cross-flowing, Com. 832.

Cross-wind, P. L. iii. 487.

Croud, P. L. i. 380, 775; v. 357; x. 538.

Crouded, P. L. x. 287.

Crow-toe, Lyc. 143.

Crown, P. L. ii. 673; iv. 728; ix. 841. P. R. ii. 458; iii. 169; iv. 213. S. A. 1296, 1579. Com. 9, 973. Ps. vii. 60.

Crown'd, P. L. ii. 542; iii. 365;
iv. 32, 262; v. 260, 445, 636,
839; vii. 194, 326, 386; ix.
117; xi. 781. S. A. 175.
Lyc. 86. Com. 934. Od. Nat.
47. Od. D. F. I. 54. Ps.
viii. 16.
Crowned, Son. xi. 5.
Crowns, P. L. iii. 352; iv. 133.
Com. 26.
Crown'st, P. L. v. 168.
Crucified, P. L. xii. 417.
Crude, P. L. ii. 941; vi. 478,
511. P. R. ii. 349; iv. 328.
S. A. 700. Lyc. 3. Com. 480.
Cruel, P. L. i. 604; ii. 501; vi.
448; x. 782, 927; xi. 652.
P. R. i. 149; iv. 139, 388.
S. A. 642, 784, 1198. Com.
679.
Cruelly, P. R. i. 425.
Cruelties, P. L. xii. 494.
Cruelty, S. A. 646. Ep. M. Win.
29.
Crumble, Com. 615.
Crumbled, P. L. vii. 468.
Crush, P. L. x. 1035; xii. 430.
Ps. cxiv. 17.
Crush'd, P. L. vi. 656. Com. 47.
Crushes, P. L. v. 345.
Cry, P. L. ii. 514, 654, 795; iv.
2. S. A. 1524, 1553. Son.
vii. 11. Ps. iv. 18; vii. 3;
lxxxiii. 4; lxxxiv. 7; lxxxvi.
18; lxxxviii. 2, 53.
Crystal, P. L. i. 742; iv. 263; v.
133; vi. 757, 860; vii. 293;
xii. 197. P. R. i. 82; iv.
119. Com. 65, 673, 931.
Od. Nat. 125. Ps. cxiv. 14.
Crystalline, P. L. iii. 482; vi.
772; vii. 271. S. A. 546.
Ctesiphon, P. R. iii. 292, 300.
Cube, P. L. vi. 552.
Cubick, P. L. vi. 399.
Cubit, P. L. xi. 730.
Cuckoos, Son. vii. 4.
Cuckoo's, Son. i. 6.

Cuirass, S. A. 132.
Cuirassiers, P. R. iii. 328.
Cull, Vac. Ex. 21.
Cull'd, Com. 630.
Culling, Com. 255.
Culminate, P. L. iii. 617.
Cumber'd, Com. 730.
Cumbersome, P. R. iii. 400.
Cumbrance, P. R. ii. 454.
Cumbrous, P. L. i. 428; iii. 715;
xi. 549; xii. 131.
Cunning, P. R. i. 145; iv. 11.
L'Al. 141.
Cunningly, S. A. 819.
Cup, P. R. ii. 386. S. A. 934.
Com. 51, 525.
Cupid, Com. 445, 1004.
Cups, P. L. v. 444; xi. 718.
P. R. iv. 119. Lyc. 150.
Curb, P. L. ii. 322, 531; iv.
859; xi. 643. Com. 825.
Od. D. F. I. 73.
Cure, P. L. ii. 145, 146, 460; ix.
776; x. 1079. S. A. 630, 912.
Com. 811, 913.
Curfew, Il Pens. 74. Com. 435.
Curiosity, S. A. 775.
Curious, P. L. iv. 242. P. R. i.
319, 333; iv. 42. Com. 714.
Curius, P. R. ii. 446.
Curl, Arc. 46.
Curl'd, P. L. ix. 517; x. 560.
Curls, P. L. iii. 641; iv. 307.
Com. 608.
Current, P. L. iv. 227; v. 808;
vii. 67. S. A. 547. Com. 740.
Currents, P. L. xi. 853.
Curse, P. L. ii. 374, 622; x.
174, 640, 729, 734, 822, 1053;
xii. 99, 103.
Cursed, P. L. i. 389; ii. 1055;
vi. 650, 806; ix. 904; x.
201, 818, 852, 984; xii. 406.
Com. 609, 653, 939.
Curses, P. L. x. 732. Lyc. 101.
Curst, P. L. iv. 71.
Curtain'd, Od. Nat. 230.
Cusco, P. L. xi. 408.

Custody, P. L. ii. 333, 946.
  S. A. 802.
Custom, P. L. i. 640; xi. 810.
Custom'd, P. L. v. 3.
Cut, P. L. vi. 325; ix. 1110.
  P. R. iii. 269. Ps. lxxx. 66;
  lxxxiii. 13; lxxxviii. 66.
Cut off, P. L. iii. 47. S. A. 764,
  1157. Ps. lxxxiii. 39.
Cuts off, P. L. x. 1043.
Cybele, Arc. 21.
Cyclades, P. L. v. 264.
Cycle, P. L. viii. 84.
Cyllene, Arc. 98.

Cymbals, Od. Nat. 208.
Cynick, Com. 708.
Cynosure, L'Al. 80.   Com. 342.
Cynthia, Il Pens. 59.
Cynthia's, Od. Nat. 103.
Cypress, Com. 521.
Cypress-bud, Ep. M. Win. 22.
Cypress lawn, Il Pens. 35.
Cyrene's, P. L. ii. 904.
Cyriack, Son. xvi. 1.
Cyrus, P. R. iii. 33, 284.
Cytherea's, P. L. ix. 19.
Czar, P. L. xi. 394.

DAFFADILLIES, Lyc.
  150.
  Daffodils, Com. 851.
  Dagon, P. L. i. 462.
  S. A. 13, 437, 440, 450, 462,
  468, 478, 861, 1145, 1151,
  1311, 1360, 1370, 1463.
Daily, P. L. iv. 445, 618; viii.
  193, 601; ix. 548, 565. P. R.
  iv. 142. S. A. 6, 76, 114, 919,
  1261. Lyc. 129. Com. 314,
  635. Ps. lxxxvi. 9.
Daintiest, Vac. Ex. 14.
Dainty, Com. 680.
Dairy, P. L. ix. 451.
Daisies, L'Al. 75. Com. 120.
Dale, P. L. i. 410; ii. 944; iv.
  243, 538; vi. 641; viii. 262.
  P. R. iii. 267. L'Al. 68.
  Com. 496. Od. Nat. 184. Od.
  May-M. 8. Ps. lxxxiv. 23.
Dales, P. L. viii. 275; x. 860.
  P. R. iii. 318.
Dalilah, P. L. ix. 1061. S. A.
  229, 724, 1072.
Dalliance, P. L. ii. 819; iv. 338;
  ix. 443, 1016.

Dally, Lyc. 153.
Dam, Com. 498.
Damage, P. L. vii. 152.
Damasco, P. L. i. 584.
Damascus, P. L. i. 468.
Damask'd, P. L. iv. 334.
Dame, P. L. ix. 612. Com. 130.
Dames, L'Al. 52.   Com. 347.
Damiata, P. L. ii. 593.
Damnation, P. L. i. 215.
Damn'd, P. L. ii. 482, 496, 597;
  iv. 392. P. R. iv. 194. Com.
  571, 602.
Damned, Od. Nat. 228.
Damm'd up, Com. 336.
Damœtas, Lyc. 36.
Damp, P. L. i. 523; v. 65; ix.
  45; x. 283; xi. 293, 544.
  S. A. 8. Com. 470, 640.
Damps, P. L. x. 848. P. R. iv.
  406.
Damsel, S. A. 721. Com. 158,
  829. Od. D. F. I. 9.
Damsels, P. L. i. 448. P. R. ii.
  359.
Dan, P. L. i. 485. P. R. iii.
  431. S. A. 332, 976, 1436.

Danaw, P. L. i. 353.
Dance, P. L. i. 786; ii. 664;
iii. 580; iv. 267, 768; v. 178,
619, 620, 630; vi. 615; vii.
324; viii. 125, 243; xi. 584,
619, 715. Arc. 96. Com.
104, 176, 883, 952, 974.
Od. Nat. 210. Ps. lxxxvii.
25.
Danc'd, P. L. v. 395; vii. 374;
ix. 103. Lyc. 34. Vac. Ex. 60.
Dancers, S. A. 1325.
Dances, Com. 673.
Dancing, S. A. 543. L'Al. 96.
Od. May-M. 2.
Dandled, P. L. iv. 344.
Danger, P. L. ii. 421, 449, 1008;
iii. 635; iv. 934; v. 239; vi.
418; ix. 267, 349, 864, 1157,
1172, 1176. P. R. i. 94.
S. A. 529. Com. 370, 401.
Dangerous, P. L. ii. 107, 342;
vi. 698. P. R. iv. 455.
More dangerous, P. L. x.
382.
Danger's, S. A. 1522.
Dangers, P. L. i. 275, 636; ii.
444; vii. 27. P. R. ii. 460;
iv. 479. Od. Pass. 11.
Daniel, P. R. ii. 278, 329.
Danite, P. L. ix. 1059.
Dank, P. L. vii. 441; ix. 179.
Com. 891. Son. xv. 2. Od.
Hor. 15.
Dante, Son. viii. 12.
Danubius, P. R. iv. 79.
Daphne, P. L. iv. 273. P. R. ii.
187. Com. 661.
Dapper, Com. 118.
Dappled, L'Al. 44.
Dare, P. L. iii. 523; iv. 942; ix.
304. P. R. iv. 610. S. A.
1254. Com. 427. Od. Nat.
225. Forc. of Con. 5.
Dar'd, P. L. ix. 922. P. R. iv.
172.
Dares, P. R. iii. 57. Arc. 23.
Com. 780.

Dar'st, P. L. ii. 632; vi. 182.
P. R. iv. 178. S. A. 1394.
Darien, P. L. ix. 81.
Daring, P. L. vi. 129; ix. 305;
xi. 703. S. A. 531, 1628.
Dark, P. L. i. 22, 213, 456; ii.
58, 264, 405, 464, 486, 588,
618, 718, 823, 891, 916, 953,
960, 1027; iii. 11, 20, 45, 188,
380, 424, 498, 544, 611; iv.
609, 899; v. 208; vi. 380,
415, 478, 482, 870; vii. 212;
viii. 478; ix. 90, 162; x. 283,
371, 438, 457, 594, 667; xi.
478, 743, 809. P. R. i. 41,
194, 434; iii. 318; iv. 456.
S. A. 2, 75, 81, 86, 154, 591.
Lyc. 101. L'Al. 10. Com.
197, 383, 500. Son. xiv. 2.
Od. Nat. 123, 219. Od. Pass.
7. Od. D. F. I. 30. Vac. Ex.
71. Ps. vi. 14; lxxxviii. 52.
Too dark, Od. Pass. 33.
Dark, dark, dark, S. A. 80.
Dark'd, Com. 730.
Darken, P. L. vi. 57.
Darken'd, P. L. i. 343, 599; ii.
491; ix. 1054.
Darkens, P. L. i. 501.
Darker, P. L. ii. 720; v. 646.
Darkest, Il Pens. 33.
Darkish, Com. 631.
Darkling, P. L. iii. 39.
Darkness, P. L. i. 63, 72, 391,
659; ii. 220, 263, 266, 269,
377, 754, 958, 984; iii. 16,
256, 421, 539, 712; iv. 665;
v. 179, 614; vi. 6, 10, 11, 142,
407, 715, 739; vii. 27, 233,
250, 251, 255, 352; ix. 64; x.
383, 394, 745; xi. 204; xii.
187, 188, 207, 271, 473.
P. R. iv. 397, 441. S. A. 99,
159, 593. L'Al. 6, 50. Com.
132, 194, 204, 252, 278, 335.
Ep. M. Win. 10. Ps. lxxxii.
18; lxxxvi. 48; lxxxviii. 27,
49, 72.

Darksome, P. L. ii. 973 ; iv. 232 ;
    v. 225 ; xii. 185. Od. Nat. 14.
Dark-veil'd, Com. 129.
Darling, P. L. ii. 373, 870.
Dart, P. L. ii. 672, 702, 729, 786,
    854 ; xi. 491, 658.
Darted, P. L. ix. 1036.
Darts, P. L. i. 568 ; vi. 213 ; viii.
    62 ; xii. 492, 536. P. R. iv.
    366, 424.
Darwen, Son. xi. 7.
Dash, P. L. ii. 114 ; vi. 488 ; x.
    577. P. R. iv. 149, 559.
    S. A. 1240.
Dash'd, P. R. iv. 19. Com. 451.
    Ps. vi. 21.
Date, P. L. xii. 549. P. R. iv.
    392. Com. 362. Ep. Hobs.
    II. 29.
Daughter, P. L. ii. 817, 870; iv.
    660 ; ix. 291, 653 ; x. 353,
    384, 708. P. R. iii. 342. S. A.
    221. L'Al. 23. Il Pens. 25.
    Com. 51, 241, 827, 922. Son.
    v. 1. Ep. M. Win. 3.
Daughters, P. L. i. 453 ; iii. 463 ;
    iv. 324 ; ix. 1105. P. R. ii.
    154, 180. S. A. 876, 1192.
    Arc. 69. Com. 837, 982.
David, P. L. xii. 326, 347. P. R.
    iii. 353, 383, 408 ; iv. 500.
David's, P. L. xii. 357. P. R. i.
    240 ; iii. 153, 169, 282, 357,
    373, 405 ; iv. 108, 147, 379,
    471.
Daunt, Il Pens. 137. Son. x. 4.
Dauntless, P. L. i. 603 ; ix. 694.
    Com. 650.
Dawn, P. L. ii. 1037 ; iii. 24, 545 ;
    v. 167 ; vi. 492 ; vii. 374 ; ix.
    192, 412. L'Al. 44. Od.
    Nat. 86.
Dawning, P. L. iii. 500 ; iv. 588;
    vi. 528, 749 ; xii. 421, 423.
Day, P. L. i. 50, 339; ii. 178,
    505, 734 ; iii. 42, 198, 392,
    725 ; iv. 449, 564, 613, 680,
    712, 725 ; v. 33, 162, 168, 170,

    229, 313, 558, 582 ; vi. 8, 423,
    424 ; vii. 98, 202, 251, 341,
    350, 371 ; viii. 24, 136, 137,
    206, 329 ; ix. 51, 59, 136 ; x.
    53, 99, 275, 278, 681, 854 ; xi.
    178, 550, 826, 898 ; xii. 242,
    264, 539. P. R. i. 317; iv.
    221, 400. S. A. 82, 404, 807,
    1297, 1299. Com. 95, 382,
    978. Son. i. 5 ; xv. 4; xvi.
    13; xvii. 1 ; xviii. 14. Od. Nat.
    13, 78, 140, 167. Od. Pass.
    33. Ps. i. 6 ; lxxxi. 11 ;
    lxxxvi. 21.
All day, P. L. ix. 220. Com.
    688. Ps. lxxxviii. 2, 67.
All day long, P. L. iv. 616.
All the day, Ps. lxxxviii. 39.
All the day long, Ps. cxxxvi.
    30.
By day, P. L. v. 53 ; vii. 347 ;
    viii. 143 ; ix. 209 ; xii. 203,
    257. Com. 569.
Day by day, P. L. viii. 31.
Every day, Ps. vii. 44.
Fifth day, P. L. vii. 448.
First day, P. L. vii. 252.
Fourth day, P. L. vii. 386.
His day, P. L. xii. 277.
In the day, P. L. vii. 544 ; ix.
    705, 762.
On a day, P. L. v. 579; ix.
    575.
One day, P. R. i. 189. S. A.
    794, 1016. Ps. lxxxiv. 33.
Second day, P. L. vii. 275.
Self-same day, P. L. vi. 87.
Seventh day, P. L. vii. 592.
Since the day, P. L. ix. 1029.
Sixth day, P. L. vii. 504, 550.
Summer's day, P. L. i. 449,
    744.
That day, P. L. v. 612, 618,
    662 ; vi. 246 ; vii. 593, 605 ;
    viii. 229, 331 ; ix. 201 ; x.
    49, 210, 1050 ; xi. 212,
    272 ; xii. 446. S. A. 265.
Third day, P. L. vii. 338.

This day, P. L. v. 603; vi.
170, 539, 544, 802; ix. 968,
1021, 1102; x. 125, 773,
811. P. R. i. 130. S. A.
12, 145, 434, 1216, 1311,
1388, 1574, 1600. Od. Cir.
26. Ps. ii. 16.
To-day, Son. xvi. 5.
Day-lab'rers, L'Al. 109.
Day-labour, P. L. v. 232. Son.
xiv. 7.
Day-light, P. R. iv. 398. L'Al.
99. Com. 126.
Day-spring, P. L. v. 139; vi. 521.
S. A. 11.
Day-star, Lyc. 168.
Day's, P. L. x. 962, 964; xii. 204,
765. Il Pens. 141. Od. May-
M. 1.
Day's-journey, P. L. iv. 284.
Day's-work, P. L. vi. 809; ix.
224; xi. 177.
Days, P. L. ii. 222, 695; iii.
337, 581; v. 618; vi. 424,
502, 684, 685, 699, 871;
vii. 25, 26, 342, 568, 601;
viii. 69; ix. 137; x. 178,
202, 576, 680, 1037; xi.
39, 114, 198, 254, 357, 600,
689, 782; xii. 22, 188, 347,
465, 602. P. R. i. 183, 303,
309, 352, 353; ii. 11, 12,
243, 245, 276, 315; iii. 234,
276, 412. S. A. 191, 702,
762, 1062, 1064, 1389, 1741.
Lyc. 72. Son. ii. 3; v. 9;
xiv. 2. Ep. M. Win. 11. Vac.
Ex. 72. Ps. vi. 11; lxxxi.
54; lxxxiv. 36.
Dazzle, P. L. iii. 381; ix. 1083.
Dazzled, P. L. viii. 457.
Dazzles, P. L. v. 357.
Dazzling, P. L. i. 564; iv. 798.
Com. 154, 791.
Dead, P. L. iii. 233, 327, 477; xii.
190, 460, 461. P. R. ii. 77.
S. A. 79, 143, 984, 1570.
Lyc. 166. Com. 879. Od.

D. F. I. 29. Od. Sol. Mus. 4.
Ps. vii. 16; lxxxviii. 18, 38,
41.
Not dead, P. L. ix. 870.
Deadlier, P. L. xii. 391.
Deadliest, P. R. iv. 622. S. A.
1262.
Deadly, P. L. ii. 577, 712, 811;
iii. 221; iv. 99; ix. 932; xi.
446. S. A. 19, 623. Com.
567. Od. Nat. 6.
Deaf, S. A. 249, 960.
Deafening, P. L. ii. 520.
Deal, P. L. vi. 125; xi. 676; xii.
483. S. A. 705. Com. 683.
Dealing, S. A. 1529.
Deals, P. L. iv. 70.
Dealt, P. L. iv. 68; xii. 484.
P. R. ii. 133. S. A. 283, 707.
Dear, P. L. ii. 817, 818; iii. 216,
276, 297, 403, 531; iv. 101,
222, 486, 756; v. 673; vi.
419; viii. 580; ix. 228, 289,
832, 965, 970; x. 238, 330,
349. S. A. 894. Lyc. 6,
173. Com. 453, 564, 790,
864, 879, 902, 1005. Ep. W.
Sh. 5. Ps. ii. 5; v. 17; lxxxi.
47; lxxxiv. 2, 32; lxxxv. 32,
33.
Dear-bought, P. L. x. 742.
Dearer, P. L. iv. 412; v. 95.
Dearest, P. L. iii. 226; viii. 426.
Lyc. 107. Od. Pass. 10.
Dearly, P. L. iii. 300; iv. 87; ix.
909. S. A. 933.
Dearly-bought, S. A. 1660.
Dearly-loved, Od. D. F. I. 24.
Dearth, P. L. viii. 322; xii. 161.
Ps. viii. 22.
Death, P. L. i. 3, 555; ii. 621,
622, 624, 787, 789, 804, 840,
845, 854, 1024; iii. 212, 223,
241, 245, 252, 259, 299; iv.
197, 221, 425, 427, 518; vii.
545, 547; ix. 12, 283, 685,
695, 702, 714, 760, 767, 775,
792, 827, 830, 901, 953, 954,

969, 977, 984, 989, 993, 1167;
x. 49, 210, 230, 234, 251, 269,
278, 294, 304, 407, 473, 490,
588, 591, 635, 709, 731, 774,
788, 797, 798, 809, 815, 852,
854, 858, 962, 981, 989, 1001,
1004, 1008, 1020, 1024, 1028,
1037, 1050; xi. 36, 40, 61,
157, 168, 197, 252, 268, 462,
466, 468, 491, 529, 537, 547,
601, 676, 709; xii. 398, 406,
412, 420, 424, 425, 428, 431,
433, 434, 445, 494, 571. P. R.
i. 159, 264; iii. 85, 87, 98;
iv. 305, 388.   S. A. 100, 104,
138, 288, 485, 513, 575, 650,
1198, 1232, 1263, 1513, 1572,
1579, 1666, 1724.   Com. 562,
608. Son. ix. 4; xiv. 3;
xviii. 4. Od. Pass. 20. Od.
Cir. 18. Od. on Time, 22.
Ep. M. Win. 10. Vac. Ex.
96.   Ep. Hobs. I. 1, 6, 9; II.
11, 26.   Ps. vi. 9; vii. 48.
Deathful, S. A. 1513.
Deathless, P. L. x. 775, 798.
Com. 973.
Death's, P. L. iii. 252; ix. 13; xi.
258, 676; xii. 392.   S.   A.
630, 1581. Ps. lxxxviii. 11, 24.
Deaths, P. L. ix. 832.
Debar, P. L. ix. 236.
Debase, S. A. 999.
Debas'd, P. L. ix. 487; xi. 510.
S. A. 37, 1335.
Debate, P. L. ii. 42, 390; v.
681; vi. 122; ix. 87.   P. R.
i. 95.   S. A. 863.
Debates, Ps. lxxxii. 4.
Debel, P. R. iv. 605.
Debonair, L'Al. 24.
Debt, P. L. iii. 246; iv. 52.
S. A. 313, 509.
Decan, P. L. ix. 1103.
Decay, Ep. Hobs. II. 5.   Ps.
lxxxvi. 4.
Decay'd, P. L. xi. 843.
Deceas'd, Ps. lxxxviii. 42.

Deceit, P. L. v. 243; ix. 772; x.
1035.
Deceitful, S. A. 202, 537.
Deceivable, S. A. 350, 942.
Deceive, P. L. ii. 189, 461; iv.
124; x. 6. P. R. ii. 142. S. A.
750.   Son. ii. 5.
Deceiv'd, P. L. i. 35; iii. 130; ix.
404, 998; x. 496, 564, 917,
990; xi. 783.   P. R. i. 52.
S. A. 211.   Com. 221.
Deceiver, Com. 696.
Deceiving, Od. Nat. 175.
Decencies, P. L. viii. 601.
Decent, P. L. iii. 644.   Il Pens. 36.
Deception, P. L. ix. 362.
Decide, P. L. vi. 303.   S. A.
1176.
Decides, Hor. III. 1.
Decision, P. L. ii. 908.
Deck, P. L. v. 189.   Com. 717.
Deck'd, P. L. iv. 710; v. 379;
vii. 478.   Com. 120.   Vac.
Ex. 26.
Declare, P. L. v. 158, 603; vi.
677; viii. 603; x. 462. P. R.
i. 445; iv. 337.   Ps. ii. 14;
lxxx. 18.
Declar'd, P. L. iv. 300; v. 765;
vii. 181; ix. 611, 658; x.
401; xi. 250, 720.   P. R. i.
385; ii. 4; iii. 119; iv. 521.
Declares, P. L. iv. 619, 746.
P. R. ii. 252.   Od. Hor. 14.
Declar'st, P. L. vi. 728.
Declaring, P. L. ix. 968.
Decline, P. L. iv. 792; v. 370;
xii. 97.
Declin'd P. L. iv. 353; x. 99.
S. A. 727.
Decree, P. L. ii. 198; iii. 115,
126, 659; v. 602, 674, 717,
774, 814; vi. 683; x. 43, 68,
772; xi. 47, 96, 311.   S. A.
85.   Ps. ii. 13.
Decreed, P. L. ii. 160; iii. 116,
172; ix. 151.   P. R. iii. 186,
188.

Decrees, P. L. v. 884; x. 644,
953. P. R. i. 55.
Decrepit, P. L. x. 655. S. A.
69.
Dee, Vac. Ex. 98.
Deed, P. L. v. 66, 549; vi. 237;
ix. 921; x. 142; xi. 461.
P. R. iii. 103. S. A. 826,
1267. Lyc. 83. Son. iii. 3.
Deeds, P. L. i. 130; ii. 116, 484,
549, 722, 739; iii. 292, 337,
454; iv. 26, 394, 990; v. 113,
865; vi. 66, 112, 170, 240,
283, 354; x. 354; xi. 256,
428, 659, 796; xii. 161, 322,
582. P. R. i. 14, 215, 233,
386; ii. 139, 438; iii. 16, 91;
iv. 99. S. A. 247, 248, 276,
369, 372, 638, 875, 893, 898,
972, 1043, 1513. Son. iv. 10.
Soph. 1, 2.
Deem, P. L. vi. 429; viii. 599;
xii. 534. P. R. iii. 150; iv.
44.
Deem'd, P. L. ii. 46, 748; iii.
469; vii. 152; ix. 29, 683;
xii. 567. P. R. i. 23. S. A.
1705.
Deeming, P. L. i. 205.
Deep, P. L. i. 28, 126, 152, 177,
314, 601; ii. 12, 79, 87, 131,
167, 262, 267, 302, 344, 382,
392, 421, 431, 578, 591, 634,
773, 829, 891, 934, 961, 994;
iii. 11, 586, 629, 707; iv. 76,
99, 123, 574, 674; v. 614,
666, 872; vi. 326, 356, 478,
482, 554, 652, 716, 862, 898;
vii. 52, 103, 134, 166, 168,
216, 245, 289, 303, 413; ix.
83, 602; x. 245, 299, 301, 471,
677, 844; xi. 417, 489, 749,
826, 848; xii. 578. P. R. i.
90, 108, 190, 361; iii. 227,
391; iv. 327, 417, 631. Lyc.
50. Arc. 61. Com. 23, 523,
733, 1000. Son. xvi. 5. Od.
Nat. 69, 123, 156. Od. Cir.

9. Vac. Ex. 33. Ep. W. Sh.
12. Brut. 2. Ps. ii. 4; vii.
55; lxxx. 38; lxxxi. 29;
lxxxii. 11; lxxxiii. 10;
lxxxviii. 20.
Too deep, P. L. vi. 869.
S. A. 1568.
Deep-throated, P. L. vi. 586.
Deep-vaulted, P. R. i. 116.
Deeper, P. L. iii. 201; x. 844;
xii. 432.
Deepest, P. L. iii. 678; v.
542. Vac. Ex. 22. Ps.
lxxxvi. 48.
Deeps, Ps. lxxxviii. 28.
Defac'd, P. L. ix. 901; xi. 522.
Defam'd, S. A. 977.
Defaming, P. L. iv. 746.
Default, P. L. ix. 1145. S. A. 45.
Defeat, P. L. i. 135; vi. 138.
Defeated, P. L. vi. 606; xi. 254.
P. R. i. 6. S. A. 1571.
Defeating, P. L. xii. 431.
Defeats, S. A. 1278.
Defect, P. L. x. 891.
Defective, P. L. viii. 425.
Defects, P. L. viii. 419.
Defence, P. L. ii. 362; v. 731;
vi. 337, 467; ix. 325. S. A.
560, 1286. Com. 42, 489.
Son. xvii. 11. Ps. vii. 40.
Without defence, P. L. iii.
166.
Defenceless, P. L. x. 815. Com.
414. Son. iii. 2.
Defend, P. L. ii. 1000; vii. 37;
xi. 657; xii. 483. P. R. i.
306. S. A. 1179. Com. 396.
Ps. lxxxii. 13.
Defended, P. L. xi. 86. S. A.
285.
Defend'st, Ps. v. 35.
Defends, P. L. xii. 207. P. R.
ii. 370.
Defensive, P. L. vi. 393. S. A.
1038.
Defer, P. L. ix. 586. S. A. 474,
1557.

Defiance, P. L. i. 669; ii. 697;
   iv. 873; xii. 74.   S. A. 1073.
   Vac. Ex. 44.
Deficience, P. L. viii. 416.
Deficient, P. L. ix. 345.
Defied, P. L. i. 765; vi. 130,
   357.
Defies, S. A. 1222.
Defile, S. A. 1368.
Defilement, Com. 466.
Deflower'd, P. L. ix. 901.
Deform, P. L. ii. 706; xi. 494.
Deform'd, P. R. iii. 86.   S. A.
   699.
Deformed, P. L. vi. 387.
Deformities, P. L. xi. 513.
   Od. Nat. 44.
Defy, P. L. i. 49.   S. A. 1175.
Degenerate, P. L. xi. 806. P. R.
   iv. 144.   Com. 475.
Degenerately, S. A. 419.
Degrade, P. L. iii. 304.   S. A.
   687.
Degraded, P. L. viii. 552; xi.
   501.   P. R. iv. 312.   Com.
   475.
Degree, P. L. v. 490, 707; viii.
   176, 417; ix. 599, 883, 934;
   P. R. iv. 516.   S. A. 414,
   1607.
Degrees, P. L. iii. 502; v. 473,
   591, 750, 792, 838; vii. 157;
   x. 669.   Com. 462.
Deified, P. L. viii. 431.
Deify, P. L. i. 112.
Deign, P. L. vii. 84, 569; xii.
   281.   P. R. ii. 336.   S. A.
   1226.   Il Pens. 56.
Deign'd, P. L. v. 221, 364; viii.
   202.
Deigns, P. L. v. 59; ix. 21.
Deities, P. L. i. 373; ii. 11; vi.
   157.   P. R. iii. 416; iv. 340.
   Com. 29.
Deity, P. L. iii. 187; v. 724,
   806; vi. 682, 750; vii. 142;
   ix. 167, 885; x. 65; xi. 149;
   xii. 15.   S. A. 464, 899.

Arc. 25, 93.   Od. D. F. I. 10.
   Vac. Ex. 35.   Ps. vii. 63.
Deject, P. R. ii. 219.   S. A. 213.
   Ps. vi. 3.
Dejected, S. A. 338.
Dejection, P. L. xi. 301.
Delay, P. L. ii. 60; iii. 635; iv.
   163, 311; vii. 101; ix. 675;
   xii. 223, 615.   P. R. i. 56.
   No delay, S. A. 1344.
   Without delay, P. L. x. 163.
   S. A. 1395.
Delay'd, P. L. v. 247; ix. 844;
   xi. 492.   Com. 494.
Delays, P. L. i. 208; x. 771.
   P. R. ii. 95.
Delectable, P. L. v. 629; vii.
   539.
Delia's, P. L. ix. 387, 388.
Deliberate, P. L. i. 554.
Deliberation, P. L. ii. 303.
Delicacies, P. L. viii. 526. P. R.
   ii. 390.
Delicacy, P. L. v. 333. Com. 681.
Delicious, P. L. ii. 400; iv. 132,
   251, 422, 729; v. 635; vii.
   537; ix. 1028; x. 746. S. A.
   541.   Com. 704.
   More delicious, P. L. ix.
   439.
Deliciously, P. L. vii. 491.
Delight, P. L. i. 11, 160; ii.
   247; iii. 168, 664, 704; iv.
   106, 155, 206, 286, 497, 894;
   v. 19, 400; vi. 727; vii. 330;
   viii. 11, 384, 391, 477, 524,
   576, 580; ix. 114, 242, 243,
   419, 449, 454, 468, 787; x.
   272, 941; xi. 533, 596; xii.
   245.   P. R. i. 208, 481; ii.
   192, 373, 480; iii. 54; iv.
   263, 331, 345.   S. A. 71,
   633, 1490, 1642.   L'Al. 91.
   Com. 262, 812, 967.   Son.
   xviii. 12.   Vac. Ex. 20. Ps.
   i. 5; v. 10.
Delighted, P. L. v. 545, 627;
   vii. 571; viii. 49; ix. 398.

Delightful, P. L. i. 467; iv. 437, 643, 652, 692; ix. 1023.
Delightfully, P. L. x. 730.
Delights, P. L. iv. 367, 435; v. 431; viii. 600. S. A. 916. Lyc. 72. L'Al. 151. Com. 846. Son. xv. 13.
Delineate, P. L. v. 572.
Deliver, P. L. iv. 368; ix. 989. P. R. iii. 380, 404. S. A. 39.
Deliverance, P. L. ii. 465; iii. 182; vi. 468; xii. 235, 600. P. R. ii. 35; iii. 374. S. A. 225, 246, 292, 603.
Deliver'd, S. A. 437, 1184. Ep. Hobs. II. 33. Ps. lxxxi. 24; lxxxviii. 23.
Deliver'd up, S. A. 1158.
Deliverer, P. L. vi. 451; xii. 479. S. A. 40, 274, 279, 1214, 1270, 1289.
   Great Deliverer, P. L. xii. 149.
Deliverers, P. R. iii. 82.
Delivery, S. A. 1505, 1575.
Dell, Com. 312.
Delos, P. L. v. 265; x. 296.
Delphian, P. L. i. 517.
Delphick, Ep. W. Sh. 12.
Delphos, P. R. i. 458. Od. Nat. 178.
Delv'd, Od. D. F. I. 32. Ps. vii. 55.
Delude, P. L. x. 557; xi. 125.
Deluded, S. A. 396.
Deluding, P. R. i. 435. Il Pens. 1.
Deluge, P. L. i. 68, 354; xi. 843.
Delusion, P. R. iv. 319.
Delusions, P. R. i. 443.
Delusive, P. L. ix. 639.
   More delusive, P. L. x. 563.
Demand, Ps. lxxxi. 44.
Demands, Ps. lxxxii. 16.
Demeanour, P. L. iv. 129, 871; viii. 59; xi. 162.
Democratie, P. R. iv. 269.

Demodocus, Vac. Ex. 48.
Demogorgon, P. L. ii. 965.
Demoniack, P. L. xi. 485. P. R. iv. 628.
Demonian, P. R. ii. 122.
Demons, Il Pens. 93.
Demur, P. L. ii. 431; ix. 558.
Demure, S. A. 1036. Il Pens. 32.
Demurring, P. R. i. 373.
Den, P. L. i. 199; ii. 58; iv. 342; vii. 458; ix. 185. P. R. i. 116. Com. 399.
Denial, Lyc. 18.
Denied, P. L. iv. 137; ix. 240, 555, 767. Lyc. 159. Son. xiv. 7.
Denies, P. L. xii. 173.
Denounce, P. L. xi. 106.
Denounc'd, P. L. ii. 106; ix. 695; x. 49, 210, 853, 962. S. A. 968.
Denouncing, P. L. xi. 815.
Dens, P. L. ii. 621; ix. 118.
Dense, P. L. ii. 948.
Deny, P. L. v. 107. S. A. 881. Com. 559. Vac. Ex. 15.
Depart, P. L. vi. 40; viii. 632; xi. 356; xii. 192, 557. Ps. vi. 16, 17.
Departed, P. L. iv. 839.
Departing, P. L. x. 430; xi. 315.
Departs, P. L. xii. 155.
Departure, P. L. xi. 303.
Depend, P. L. xii. 564. Vac. Ex. 82.
Dependant, P. L. ix. 943.
Depending, P. R. iv. 312.
Depends, P. L. x. 406.
Deplore, P. L. viii. 479. Arc. 100.
Deplor'd, P. L. x. 939.
Depopulation, P. L. xi. 756.
Deport, P. L. ix. 389; xi. 666.
Depos'd, P. R. i. 413.
Deposited, S. A. 429.
Deprav'd, P. L. v. 471; x. 825; xi. 806, 886. S. A. 1042.

Deprav'st, P. L. vi. 174.
Deprecation, P. L. viii. 378.
Depress'd, P. L. ix. 46. S. A. 1698.
Deprive, P. R. iii. 23.
Depriv'd, P. L. ix. 857; xi. 316.
Deprives, P. L. xii. 100.
Depth, P. L. i. 549, 627; ii. 324; viii. 413. P. R. i. 13.
Derided, P. L. vi. 633; xi. 817.
Derides, P. L. ii. 191; ix. 211. L'Al. 31.
Derision, P. L. v. 736; vi. 608; xii. 52. S. A. 366.
Derive, P. L. xi. 427; xii. 36.
Deriv'st, P. R. ii. 418.
Deriv'd, P. L. ix. 837; x. 77, 965. P. R. i. 289; iv. 338.
Desart, P. L. ii. 270, 973; iii. 544; vii. 314; viii. 154; x. 437; xi. 779; xii. 139, 216. P. R. i. 9, 193, 296, 501; ii. 109, 241, 271, 416; iii. 166, 264; iv. 465. Lyc. 39. L'Al. 10. Com. 209, 387. Ps. lxxxiii. 24.
Descant, P. L. iv. 603. S. A. 1228.
Descend, P. L. vii. 1, 84; viii. 198; ix. 169; x. 337, 394, 398, 648; xi. 588, 606. P. R. i. 83; ii. 213. S. A. 361.
Descended, P. L. iv. 541; x. 90; xi. 75, 576; xii. 607, 628. P. R. i. 31, 282; ii. 111; iv. 273. Il Pens. 22. Od. D. F. I. 19.
Descending, P. L. i. 327; iii. 303, 511; v. 363; vi. 325; xi. 3, 670; xii. 228. S. A. 635.
Descends, P. L. v. 399; vii. 513; xi. 142, 207, 862; xii. 48.
Descent, P. L. ii. 14, 76; iii. 20; ix. 163; x. 979; xi. 127; xii. 269. S. A. 171. Lyc. 31

Descents, P. L. viii. 410.
Describe, P. L. viii. 38; ix. 33.
Describ'd, P. L. iv. 567.
Describing, P. R. iv. 266.
Descried, P. L. ii. 636; ix. 60; x. 325.
Descries, P. L. iii. 501.
Descry, P. L. i. 290; vi. 530; viii. 149; xi. 228. P. R. ii. 280. S. A. 1301. Arc. 3. Com. 141.
Desert, (*verb,*) P. L. v. 515. S. A. 275.
Desert, (*adj.*)—*see* Desart.
Deserted, P. L. iv. 922; ix. 980; xi. 655. P. R. ii. 316.
Desertion, S. A. 632.
Deserts, (*verb,*) P. L. viii. 563. S. A. 88, 205.
Deserve, P. L. i. 692. P. R. iv. 169. S. A. 489, 1169, 1366.
Deserv'd, P. L. iv. 42; vi. 354, 709; x. 16, 726. P. R. iii. 106.
Deserved, Od. D. F. I. 69.
Deservedly, P. R. i. 407; iv. 133.
Deserves, P. L. vi. 467. Eurip. 3.
Deserving, P. L. v. 446; xi. 171. P. R. iii. 77. S. A. 493.
Deservings, P. L. x. 727.
Design, P. L. i. 646; ii. 386, 630; iii. 467; iv. 524; v. 33; ix. 261. P. R. ii. 203.
Design'd, P. L. ii. 838; x. 60, 277. S. A. 32, 801.
Designing, P. L. ii. 179.
Designs, P. L. i. 213; v. 227, 737. P. R. ii. 410.
Desirable, P. L. viii. 505. S. A. 358.
Desire, P. L. ii. 295; iii. 662, 694; iv. 466, 509, 523; v. 45, 555; vi. 201; vii. 61, 119; viii. 62, 252, 417, 451, 526; ix. 584, 592, 741, 1013,

1136; x. 995, 997. P. R.
i. 383; ii. 166, 211. S. A.
541, 980, 1677. Od. May-M.
6. Vac. Ex. 22. Ps. vii. 24.
Desired, P. L. ix. 398.
Desires, P. L. iii. 177; iv. 808;
v. 518; xii. 87. P. R. ii.
230, 467.
Desir'st, P. L. x. 837, 948.
Desiring, P. L. viii. 628.
Desirous, P. L. v. 631; ix. 839;
x. 749, 947. S. A. 741.
Desist, P. R. iv. 497. S. A. 969.
Desisting, P. L. vii. 552.
Desolate, P. L. iv. 936; viii.
154; x. 420, 864; xi. 306.
Ps. lxxxii. 13.
Desolation, P. L. i. 181. S. A.
1561. Com. 428.
Despair, P. L. i. 126, 191, 525;
ii. 6, 45, 126, 143; iv. 23,
74, 115, 156; vi. 787; x.
113, 1007; xi. 139, 301, 489.
P. R. i. 485. S. A. 631,
1171.
Despair'd, P. L. i. 660; vi. 495.
Despairing, P. L. ix. 255.
Desperate, P. L. ii. 107; iii. 85.
P. R. iv. 23, 445.
Desperation, P. R. iv. 579.
Despicable, P. L. i. 437; xi. 340.
Despite, P. L. vi. 717; ix. 878.
P. R. iii. 28. S. A. 272.
Despis'd, P. L. ii. 481; v. 60; vi.
812; vii. 422. P. R. ii. 218.
S. A. 1688. Com. 724.
More despis'd, P. L. vi. 602.
Despite, P. L. vi. 340, 906; ix.
176; x. 1044; xii. 34. P. R.
iv. 446. Ps. cxxxvi. 41.
Despiteful, P. L. x. 1.
Despoil, S. A. 469.
Despoil'd, P. L. iii. 109; ix. 411,
1138. P. R. iii. 139. S. A.
539.
Despotick, S. A. 1054.
Destin'd, P. L. i. 168; ii. 161,
848; vii. 622; x. 62, 646;

xi. 387; xii. 233. P. R. i.
65; iv. 469. S. A. 634. Lyc.
20.
Destiny, P. L. iv. 58; v. 534. Ep.
Hobs. II. 3.
Destitute, P. L. ix. 1062. P. R.
ii. 305.
Destroy, P. L. ii. 502, 734, 787;
iii. 91; vi. 226, 855; vii.
607; ix. 477, 939; x. 611,
1006; xi. 892. P. R. iii. 80.
S. A. 1587. Ps. v. 15.
Destroy'd, P. L. ii. 85, 92; iii.
301; ix. 130; xi. 761, 875;
xii. 3, 262. S. A. 856, 1587.
Destroyer, P. L. iv. 749. S. A.
985, 1678.
Destroyers, P. L. xi. 697.
Destroying, P. L. ix. 129, 478;
xii. 394.
Destroys, P. L. iii. 301; x. 838.
P. R. ii. 372.
Destruction, P. L. i. 137; ii. 84,
464, 505; iii. 208; v. 907;
vi. 162, 253; viii. 236; ix.
56, 134; x. 612, 1006. P. R.
i. 376; iii. 202. S. A. 764,
1514, 1658, 1681.
Detain, P. L. viii. 207; x. 367.
Detain'd, P. L. iii. 14. P. R. iii.
227.
Detains, P. L. x. 108.
Detect, P. L. x. 136.
Deter, P. L. ii. 449.
Deterr'd, P. L. ix. 696.
Determine, P. L. vi. 318; xi. 227.
Determin'd, P. L. ii. 330; v.
879; ix. 148. P. R. ii. 291.
Determin'st, S. A. 843.
Detest, Ps. v. 16.
Detestable, P. L. ii. 745.
Detraction, Arc. 11.
Detractions, Son. xi. 2.
Detriment, P. L. vii. 153; x. 409.
Deva, Lyc. 55.
Deucalion, P. L. xi. 12.
Device, P. R. iv. 443. Com. 941.
Devices, Ps. lxxxi. 52.

Devil, P. L. ii. 496; iii. 613; iv.
　502, 846; ix. 188; x. 878.
　P. R. iv. 129.
Devilish, P. L. ii. 379; iv. 17,
　394, 801; vi. 504, 553, 589.
　P. R. i. 181.
Devils, P. L. i. 373.
Devious, P. L. iii. 489.
Devise, P. L. vi. 504; viii. 207;
　ix. 1091. Com. 963.
Devis'd, P. L. ii. 379; v. 780.
Devising, P. L. iv. 197.
Devoid, P. L. ii. 151.
Devolv'd, P. L. x. 135.
Devote, P. L. iii. 208; ix. 901;
　xi. 821.
Devoted, P. L. v. 890. Ep. M.
　Win. 60.
Devotion, P. L. vii. 514; xi. 452.
　S. A. 1147. Arc. 35.
Devour, P. L. ii. 435, 805; iv.
　77; x. 606. Ps. cxxxvi. 53.
Devour'd, P. L. x. 712, 980.
　P. R. iv. 573.
Devouring, P. L. v. 893; xii.
　183. Vac. Ex. 86.
Devours, P. L. xii. 184. Lyc.
　129. Od. on Time, 4.
Devout, P. L. xi. 14, 863. Il
　Pens. 31. Od. Sol. Mus. 15.
　Ps. lxxxviii. 6.
Dew, P. L. iv. 614, 645, 653.
　P. R. i. 306. S. A. 728.
　L'Al. 22. Il Pens. 172. Arc.
　50. Com. 352, 802, 996. Ep.
　M. Win. 43.
Dew-besprent, Com. 542.
Dew-drops, P. L. v. 746.
Dew'd, P. L. xii. 373.
Dews, P. L. i. 771; v. 212, 429,
　646; xi. 135. P. R. iv. 406.
　Lyc. 29.
Dewy, P. L. i. 743; v. 56, 141;
　vii. 333; ix. 1044; xi. 865.
Dewy-feathered, Il Pens. 146.
Dextrous, P. L. v. 741.
Dextrously, P. L. xi. 884.
Diabolick, P. L. ix. 95.

Diadem, P. L. iv. 90; P. R. ii.
　461.
Dialect, P. L. v. 761.
Diamond, P. L. iii. 506; iv. 554;
　v. 634, 759; vi. 364. Com. 881.
Diamonds, Com. 732.
Dian, Com. 441.
Diana's, P. R. ii. 355.
Diapason, Od. Sol. Mus. 23.
Dictate, P. L. ix. 355. Com.
　767.
Dictates, P. L. ix. 23. P. R. i.
　482.
Dictator, P. R. i. 113.
Dictean, P. L. x. 584.
Die, P. L. iii. 209, 210, 240, 246,
　295, 409; iv. 527; vi. 347;
　viii. 330; ix. 663, 685, 713,
　763, 907, 928, 979; x. 783,
　788, 792, 1005; xi. 459, 471;
　xii. 179, 507. S. A. 32, 1706.
　Od. Nat. 137. Ep. W. Sh.
　16. Ep. Hobs. II. 2. Ps.
　lxxxii. 23, 24; lxxxiii. 63;
　lxxxiv. 5.
Died, P. L. xii. 428, 445. P. R.
　iii. 422. S. A. 287, 1579.
　Ep. Hobs. II. 16, 22.
Dies, P. L. ii. 624; iii. 342; ix.
　764; x. 790; xii. 163, 419.
　Lyc. 142.
Diest, P. L. vii. 544.
Diet, P. L. v. 495. Il Pens. 46.
Dieted, P. L. ix. 803.
Difference, P. R. iii. 115.
Different, P. L. i. 636; viii. 130,
　471; ix. 883; xi. 382, 574.
　Com. 145.
　Far different, P. R. iii. 89.
Differing, P. L. v. 490; vii. 71.
Difficult, P. L. ii. 71; x. 593,
　992. P. R. i. 298; ii. 428;
　iv. 157.
Difficulty, P. L. ii. 449, 1021,
　1022; x. 252.
Diffidence, S. A. 454.
Diffident, P. L. viii. 562; ix.
　293.

Diffuse, P. L. vii. 190.
Diffus'd, P. L. iii. 137, 639; iv.
    818; vii. 265; ix. 852. P. R.
    i. 499; ii. 351. S. A. 96,
    118, 1141.
Digest, P. L. v. 412.
Digestion, P. L. v. 4.
Digg'd, P. L. i. 690; vi. 516.
    Ps. vii. 55.
Dight, L'Al. 62. Il Pens. 159.
Dignified, P. L. ix. 940. S. A.
    682.
Dignities, P. L. i. 359. P. R. iii.
    30.
Dignity, P. L. ii. 25, 111; iv.
    619; v. 827; viii. 489; x.
    151.
Digressions, P. L. viii. 55.
Dilated, P. L. i. 429; iv. 986;
    vi. 486; ix. 876.
Diligence, P. R. ii. 387. S. A.
    924.
Dim, P. L. i. 597; ii. 753, 1036;
    iii. 26; v. 685, 700; ix. 707,
    876; x. 23. Lyc. 105. Il
    Pens. 160. Com. 5, 278. Od.
    Nat. 198. Ps. lxxxviii. 38.
Dimension, P. L. vii. 480.
    Without dimension, P. L. ii.
    893.
Dimensionless, P. L. xi. 17.
Dimensions, P. L. i. 793.
Diminish, P. L. vii. 612.
Diminish'd, P. L. iv. 35.
Diminution, P. L. vii. 369. S. A.
    303.
Dimly, P. L. v. 157.
Dimm'd, P. L. iv. 114; xi. 212.
Dimple, L'Al. 30.
Dimpled, Com. 119.
Din, P. L. i. 668; ii. 1040; vi.
    408; x. 521; xii. 61. L'Al.
    49. Od. Sol. Mus. 20.
Dingle, Com. 312.
Dinner, P. L. v. 304, 396. L'Al.
    84.
Dint, P. L. ii. 813.
Dips, Com. 803.

F

Dipsas, P. L. x. 526.
Dipt, P. L. v. 283; xi. 244.
Dire, P. L. i. 94, 134, 189, 624,
    625; ii. 128, 589, 628, 820;
    iv. 15; vi. 211, 248, 665, 766;
    vii. 42; ix. 643; x. 524, 543;
    xi. 248, 474, 489; xii. 175.
    P. R. iv. 431. S. A. 626,
    1544, 1666. Com. 207, 517.
Dire-looking, Arc. 52.
Direct, P. L. i. 348; ii. 980; iii.
    618, 631; iv. 798; v. 301,
    508; vi. 719; vii. 293, 576;
    ix. 216, 974; xi. 190, 711;
    xii. 639. P. R. i. 396.
Direct against, P. L. iii. 526.
    Com. 807.
Directed, P. L. ii. 981; v. 49;
    vii. 514. P. R. i. 247.
Directly, P. L. iii. 89. S. A.
    1250.
Directs, P. R. i. 119; iv. 393.
Direful, Com. 357.
Dirt, Ep. Hobs. I. 2.
Dis, P. L. iv. 270.
Disabled, P. L. xii. 392. S. A.
    1219.
Disadvantage, P. L. vi. 431.
Disagree, P. L. ii. 497.
Disallied, S. A. 1022.
Disappear, P. R. iv. 397.
Disappear'd, P. L. vi. 414; viii.
    478; xii. 640. P. R. i. 498.
Disapprove, S. A. 970.
Disapproves, Son. xvi. 12.
Disarm'd, P. L. iii. 253; vi. 490;
    ix. 465; x. 945. S. A. 540.
Disarray'd, P. L. iii. 396.
Disastrous, P. L. i. 597.
Disband, P. L. ii. 523.
Disburden, P. L. ix. 624; x.
    719.
Disburden'd, P. L. vi. 878.
Disburdening, P. L. v. 319.
Discern, P. L. i. 326; iii. 682;
    iv. 867; ix. 544, 681. P. R.
    i. 164, 348; iv. 390. S. A.
    1305. Ep. M. Win. 22.

Discern'd, P. L. iii. 407; iv. 570; v. 299; ix. 573, 1149; x. 331. P. R. iv. 497.
Discerning, P. L. xii. 372.
Discerns, P. L. i. 78; v. 711; ix. 765.
Discharge, P. L. vi. 564; xi. 196. S. A. 1573.
Discharg'd, P. L. iv. 57. Ps. lxxxviii. 17.
Disciples, P. L. xii. 438.
Discipline, P. L. iv. 954.
Disciplin'd, P. L. xii. 302.
Disclose, P. L. vi. 445; viii. 607.
Disclos'd, P. L. vi. 861; vii. 419.
Discomfit, S. A. 469.
Discompos'd, P. L. v. 10; x. 110.
Disconsolate, P. L. xi. 113.
Discontented, P. L. iv. 807.
Discontinuous, P. L. vi. 329.
Discord, P. L. ii. 967; vi. 210, 897; vii. 217; ix. 1124; x. 707.
Discover, P. L. i. 64, 724; ii. 571; xii. 290. P. R. iii. 85; iv. 3.
Discover'd, P. L. iv. 814; vi. 571; x. 10; xi. 267. S. A. 998.
Discovering, P. L. v. 142.
Discovers, P. L. iii. 547.
Discountenance, P. R. ii. 218.
Discountenanc'd, P. L. viii. 553; x. 110.
Discourse, P. L. ii. 555; v. 233, 395, 488, 803; viii. 48, 211, 552; ix. 5, 223; x. 343.
Discours'd, P. R. i. 479.
Discourtesy, Com. 281.
Discreet, P. R. ii. 157.
Discreetest, P. L. viii. 550.
Discursive, P. L. v. 488.
Disdain, P. L. i. 98; iv. 82, 770; v. 666; ix. 534. P. R. i. 466, 492; iv. 170. S. A. 1106.
Disdain'd, P. L. iv. 180; vi. 367; x. 213, 876.

Disdainful, P. L. ii. 680.
Disdainfully, P. L. iv. 903.
Disdaining, P. L. vi. 798. P. R. i. 448.
Disease, S. A. 618, 698. Ep. Hobs. II. 21.
Diseas'd, P. L. xi. 480.
Diseases, P. L. xi. 474. S. A. 699.
Disencumber'd, P. L. v. 700.
Disenthrall, Ps. iv. 4.
Disenthrone, P. L. ii. 229.
Disespous'd, P. L. ix. 17.
Disfigur'd, P. L. iv. 127.
Disfigurement, Com. 74.
Disfiguring, P. L. xi. 521.
Disglorified, S. A. 442.
Disgorge, P. L. ii. 575.
Disgorging, P. L. vi. 588; xii. 158.
Disguise, P. L. x. 331. Arc. 26. Com. 571. Od. Pass. 19.
Disguis'd, P. L. i. 481; iii. 480; ix. 522; x. 330. Com. 645.
Disguises, P. L. iv. 740.
Dish, Com. 391.
Dishearten'd, P. L. v. 122. P. R. i. 268. S. A. 563.
Dishes, P. R. ii. 341. Vac. Ex. 14.
Dishevell'd, P. L. iv. 306.
Dishonest, P. L. iv. 313. Son. v. 6.
Dishonour, P. L. ix. 267, 297, 330. P. R. iii. 131. S. A. 452, 1385. Ps. vii. 18.
Dishonourable, P. L. iv. 314. S. A. 1424.
Dishonour'd, S. A. 563.
Dishonourer, S. A. 861.
Dishonours, S. A. 1232.
Disinherit, Com. 334.
Disinherited, P. L. x. 821.
Disjoin, P. L. iii. 415; ix. 884.
Disjoining, P. L. v. 106.
Dislike, P. L. i. 102; viii. 443; xi. 720.
Dislodge, P. L. v. 669; vi. 7.

Dislodg'd, P. L. vi. 415.
Dislodging, P. L. iii. 433.
Disloyal, P. L. iii. 204; ix. 7.
Dismal, P. L. i. 60; ii. 572, 823; vi. 212, 666; viii. 241; ix. 185; x. 508, 787; xi. 469. P. R. i. 101; iv. 452. S. A. 1519. Od. Nat. 210. Vac. Ex. 68. Ps. lxxxviii. 14.
Dismay, P. L. i. 57; ii. 422; ix. 917; xi. 156. P. R. i. 108; iv. 579.
Dismay'd, P. L. ii. 792; iv. 861; x. 35; xi. 449. P. R. i. 268. S. A. 1060.
Dismiss, P. L. vii. 108; viii. 564; ix. 1159; xi. 113.
Dismiss'd, P. L. x. 410; xi. 507; xii. 195. P. R. ii. 199. S. A. 1757.
Dismissing, P. L. ii. 282.
Dismission, S. A. 688.
Dismounted, P. L. vii. 19.
Disobedience, P. L. i. 1; v. 541, 888; vi. 396, 911; ix. 8. P. R. i. 2.
Disobedient, P. L. vi. 687; x. 761.
Disobey'd, P. L. vi. 403.
Disobeying, P. L. iii. 203.
Disobeys, P. L. v. 611, 612.
Disorder, P. L. iii. 713; vi. 388.
Disorder'd, P. L. vi. 696; x. 911.
Disordinate, S. A. 701.
Disparage, P. L. i. 473. S. A. 1130.
Disparity, P. L. viii. 386.
Disparted, P. L. vii. 241; x. 416.
Dispatch, P. L. v. 436; ix. 203. Ps. lxxxii. 10.
Dispatch'd, S. A. 1599. Com. 42.
Dispatchful, P. L. v. 331.
Dispell'd, P. L. i. 530.
Dispels, P. L. v. 208.
Dispensation, S. A. 61.
Dispense, P. L. iv. 157. S. A. 314, 1377.

Dispens'd, P. L. v. 330, 571; xi. 766. Com. 772.
Dispenses, P. L. iii. 492, 579.
Dispeopled, P. L. vii. 151.
Disperse, P. L. iii. 54; v. 208. Ps. ii. 20.
Dispers'd, P. L. iv. 261; v. 7, 651; x. 578; xii. 45. P. R. iii. 376.
Displace, P. L. i. 473.
Displac'd, Com. 560.
Displays, S. A. 819. Son. x. 7.
Display'd, P. L. ii. 10; vii. 390; ix. 1012. Il Pens. 149. Od. Nat. 114.
Displaying, P. R. i. 67.
Displease, S. A. 1373.
Displeas'd, P. L. viii. 398; ix. 535; x. 22, 944; xii. 63. S. A. 1084.
Displeasure, P. L. ix. 993; x. 952, 1094. S. A. 733. Ps. vi. 2.
Displode, P. L. vi. 605.
Disport, P. L. ix. 520, 1042.
Disporting, P. L. viii. 518.
Disposal, S. A. 210, 506.
Dispose, P. L. i. 246; viii. 170; xi. 54. P. R. ii. 400; iii. 34, 369. S. A. 1382, 1746.
Dispos'd, P. L. iii. 115; v. 646; xii. 349. P. R. iv. 56.
Disposer, P. L. iv. 635. P. R. i. 393.
Disposition, S. A. 373.
Dispossess, P. L. iv. 961; xii. 28.
Dispossess'd, P. L. vii. 142.
Dispraise, P. L. vi. 382; xi. 166. S. A. 1723.
Disprais'd, P. R. iii. 56.
Disproportion'd, Od. Sol. Mus. 19.
Disproportions, P. L. viii. 27.
Disputant, P. R. iv. 218.
Dispute, P. L. v. 822; viii. 55, 158. P. R. iv. 214. S. A. 1395.
Disputes, P. L. vi. 123; viii. 77; x. 828.

Disrelish, P. L. v. 305; x. 569.
Dissect, P. L. ix. 29.
Dissemble, Com. 805.
Dissembled, P. R. i. 467.
Dissembler, P. L. iii. 681.
Dissension, P. L. xii. 353.
Dissent, P. L. v. 679; vi. 146; ix. 1160.
Dissevering, Com. 817.
Dissimulation, P. R. i. 498.
Dissipation, P. L. vi. 598.
Dissolve, P. L. iv. 955; viii. 291; xi. 883; xii. 546. P. R. ii. 165. S. A. 1149. Il Pens. 165.
Dissolv'd, P. L. ii. 506; iii. 457. P. R. ii. 436. S. A. 729.
Dissolves, S. A. 177.
Dissolute, P. L. xi. 803. S. A. 702.
Dissolutest, P. R. ii. 150.
Dissolution, P. L. ii. 127; iii. 458; x. 1049; xi. 55, 552; xii. 459.
Dissonance, P. L. vii. 32. Com. 550.
Dissonant, S. A. 662.
Dissuade, P. L. ii. 122; ix. 293.
Dissuades, P. L. ii. 188.
Distance, P. L. iii. 578; vii. 379; viii. 21, 113; ix. 9; x. 247, 683. S. A. 954, 1550.
Distances, P. L. iii. 428, 501, 566, 621; iv. 453; vi. 530, 551; vii. 87; x. 362, 673. P. R. ii. 353; iv. 454.
Distaste, P. L. ix. 9.
Distemper, P. L. vii. 273; ix. 887; xi. 53.
Distemper'd, P. L. iv. 807; ix. 1131; xi. 56.
Distempers, P. L. iv. 118.
Distended, P. L. xi. 880.
Distends, P. L. i. 572.
Distil, Od. Cir. 7.
Distill'd, P. L. v. 56. Com. 556.
Distinct, P. L. vi. 846, 847; vii. 536; ix. 812. S. A. 1595.

Distinction, P. L. v. 590.
Distinguish, P. L. v. 892. Com. 149.
Distinguishable, P. L. ii. 668. P. R. iii. 424.
Distorted, P. L. ii. 784.
Distract, P. L. iv. 18. S. A. 1556.
Distracted, P. R. i. 108. S. A. 1286.
Distress, P. L. x. 920, 942; xii. 613. S. A. 1330. Ps. lxxxii. 11; lxxxvi. 21.
Distrest, Com. 905.
Distrust, P. L. ix. 6; xi. 166. P. R. i. 355; iii. 193.
Distrustfully, Ps. iii. 5.
Disturb, (*noun*,) P. L. vi. 549.
Disturb, (*verb*,) P. L. i. 167; ii. 102, 971; vi. 225; ix. 262. Lyc. 7.
Disturbance, P. L. ii. 373.
Disturbances, P. L. x. 897.
Disturb'd, P. L. ii. 657; iv. 879, 994; v. 226; vi. 266; ix. 191, 668, 918. P. R. iv. 409. S. A. 1546. Com. 820.
Ditties, P. L. i. 449; xi. 584. Lyc. 32.
Divan, P. L. x. 457.
Diverse, P. L. iv. 234; x. 284.
Diverted, P. L. ix. 814. P. R. ii. 349.
Divide, P. L. iv. 688; vii. 262, 340, 352; ix. 214; x. 379. Com. 279. Od. Pass. 4.
Divided, P. L. iv. 111, 233; vi. 230, 381, 570; vii. 251; x. 836; xii. 157, 199. P. R. iv. 32.
Divides, P. L. iii. 419; vi. 70. P. R. i. 401.
Dividing, P. L. vii. 269. Od. Nat. 50.
Dividual, P. L. vii. 382; xii. 85.
Divine, P. L. i. 683; ii. 99; iii. 44, 141, 225, 384, 411; iv. 291, 364; v. 67, 159, 256,

278, 458, 546, 625, 734,
806; vi. 101, 158, 184, 780;
vii. 2, 72, 195; viii. 6,
215, 295, 314, 436; ix.
606, 776, 845, 865, 899, 986,
993; x. 139, 857, 858; xi.
319, 354, 512, 606; xii. 9.
P. R. i. 35, 141; ii. 138; iv.
588. S. A. 44, 210, 422, 526,
1683. Il Pens. 100. Arc.
4, 30. Com. 245, 469, 476,
630. Od. Nat. 177. Od. D.
F. I. 35. Od. on Time, 15.
Od. Sol. Mus. 3. Ps. lxxx.
13, 29, 58, 77.
Divin'd, P. L. x. 357.
Divinely, P. L. vi. 761; viii. 500;
ix. 489; x. 67. P. R. i. 26;
iv. 357. S. A. 226.
Divinely warbled, Od. Nat. 96.
Divinest, Il Pens. 12.
Divinity, P. L. ix. 1010.
Divisible, P. L. vi. 331.
Diurnal, P. L. iv. 594; vii. 22;
viii. 22, 134; x. 1069.
Divulge, P. L. viii. 73. S. A.
1248.
Divulg'd, P. L. viii. 583. S. A.
201.
Divulges, P. R. iii. 62.
Dizzy, P. L. ii. 753. P. R. ii.
420.
Doat'd'st, P. R. ii. 175.
Doctor, S. A. 299.
Doctors, Com. 707. Ep. Hobs.
II. 19.
Doctrine, P. L. v. 856; xii. 506.
P. R. ii. 474; iv. 290. S. A.
297. Com. 787.
Dodg'd, Ep. Hobs. I. 8.
Dodona, P. L. i. 518.
Doer, S. A. 248.
Does, Com. 223.
Doff, S. A. 1410.
Doff'd, Od. Nat. 33.
Dog, Com. 405. Od. Nat. 212.
Dogs, P. L. x. 616. S. A. 694.
Son. vii. 4.

Doing, P. L. i. 158; ii. 162, 340;
x. 142. P. R. iii. 97. Com.
535.
Doings, P. L. iv. 622; xi. 720;
xii. 50. P. R. i. 469. S. A.
947. Ep. Hobs. II. 27.
Dole, P. L. iv. 894. S. A. 1529.
Doleful, P. L. i. 65.
Dolorous, P. L. ii. 619; vi. 658.
P. R. i. 364. Od. Nat. 140.
Dolphins, P. L. vii. 410. Lyc. 164.
Domain, P. R. iv. 81.
Domains, Dante, I. 2.
Domestick, P. L. iv. 760; ix.
318; xi. 617. S. A. 917,
1048.
Dominations, P. L. iii. 392; v.
601, 772, 840; x. 87, 460.
Dominick, P. L. iii. 479.
Dominion, P. L. ii. 978; iii. 732;
iv. 33, 430; v. 751; vi. 422,
887; vii. 532; viii. 545; x.
244, 400; xii. 27, 68. P. R.
ii. 434; iii. 296.
Dominions, P. L. ii. 11; iii. 320.
Donation, P. L. xii. 69. P. R.
iv. 184.
Doom, P. L. i. 53; ii. 209, 550;
iii. 159, 224, 328, 401, 404;
iv. 840; vi. 278, 378, 385,
692, 817; ix. 763, 953; x. 76,
172, 344, 378, 517, 769, 841,
926, 1026; xi. 40, 76; xii.
428. Son. i. 10. Od. Nat.
156. Od. Cir. 17. Od. D.
F. I. 33.
Doom'd, P. L. ii. 316; iv. 890;
v. 907; x. 796. Lyc. 92.
Door, P. L. i. 504; v. 299; vi.
9; x. 389, 443; xi. 731, 737.
Lyc. 130. Vac. Ex. 5, 34, 85.
Ps. lxxxiv. 38; lxxxviii. 11.
Doors, P. L. i. 723; ii. 881; iii.
525; iv. 189; vii. 566; xi.
17. P. R. i. 82, 281. S. A.
950. L'Al. 113. Il Pens.
84. Son. iii. 2.
Within doors, S. A. 77.

Dorado, P. L. xi. 411.
Dorian, P. L. i. 550. P. R. iv.
    257.
Dorick, P. L. i. 519, 714. Lyc.
    189.
Dost, P. R. i. 355; ii. 417; iii.
    21, 44; iv. 372. S. A. 1092,
    1178, 1181. Od. D. F. I. 37.
    Vac. Ex. 53. Ep. W. Sh. 14,
    15. Dante, II. 2. Ps. iv. 39;
    lxxx. 1; lxxxiii. 12; lxxxiv.
    4; lxxxvi. 64; lxxxviii. 22, 33.
Dotage, S. A. 1042.
Dothan, P. L. xi. 217.
Double, P. L. iv. 102; v. 783;
    ix. 332; x. 850, 1040; xi.
    129, 201. P. R. i. 435. S. A.
    53, 593. Com. 335, 955.
Double-fac'd, S. A. 971.
Double-form'd, P. L. ii. 741.
Double-mouth'd, S. A. 971.
Double-founted, P. L. xii. 144.
Double-shade, P. R. i. 500.
Doubled, P. L. i. 485, 616; iv.
    1009; vi. 602.
Doubt, P. L. i. 558; ii. 94; iv.
    18; v. 554; vi. 563, 630;
    viii. 13, 64, 116, 179; ix. 95,
    251, 279, 615; x. 793; xi.
    211; xii. 473. P. R. i. 79;
    ii. 11, 12; iii. 193. S. A. 43,
    300, 454, 740, 1379, 1534,
    1745. Com. 409.
    In doubt, P. L. iv. 888, 907.
        P. R. iv. 501.
Doubt not, P. L. ix. 244; x.
    1022; xi. 349; xii. 285.
    P. R. ii. 383.
    No doubt, P. L. iv. 426, 795,
        890; viii. 568; ix. 257.
        P. R. iv. 473. S. A. 905.
    One doubt, P. L. x. 782.
Doubted, P. L. i. 114. P. R. ii.
    11; iv. 296.
Doubt'st, P. R. ii. 377.
Doubtful, P. L. i. 527; ii. 154,
    203, 486; v. 682; vi. 423.
    S. A. 477, 732.

Doubting, P. L. iv. 983. P. R.
    i. 137; ii. 147. S. A. 920.
Doubtless, P. L. ii. 315; ix.
    745. S. A. 1473.
Doubts, P. L. vii. 60. P. R. ii.
    368.
Dove, P. L. xi. 857. P. R. i. 30,
    83, 282.
Dove-like, P. L. i. 21.
Down-cast, P. L. i. 523.
Down-dropt, P. L. ix. 893.
Downfall, P. L. i. 116.
Downright, P. L. iii. 562.
Downs, P. L. iv. 252. Com. 505.
Downward, P. L. i. 463, 681; iii.
    722; iv. 591; vii. 237; ix.
    79. Il Pens. 43. Com. 53.
Downy, P. L. iv. 334; v. 282;
    vii. 438; ix. 851.
Dower, P. L. v. 218.
Draff, P. L. x. 630. S. A. 574.
Drag, P. L. iv. 965; vi. 358;
    xii. 454. Com. 608.
Dragg'd, P. L. vi. 260.
Dragging, S. A. 1371.
Dragon, P. L. iv. 3; x. 529.
    S. A. 1692. Il Pens. 59.
    Com. 131. Od. Nat. 168.
Dragon-watch, Com. 395.
Drain'd, P. L. iii. 605; vi. 851;
    xi. 570. P. R. ii. 346.
Drank, P. R. i. 352. S. A.
    550.
Draught, S. A. 9. Com. 701.
Draughts, P. L. v. 306.
Draw, P. L. ii. 25; iii. 161, 220;
    iv. 532; v. 729; vii. 306, 365;
    viii. 348; ix. 822, 914, 956;
    x. 267. P. R. i. 372; ii. 161.
    S. A. 7, 178, 360, 804, 1058,
    1267, 1626. Lyc. 126. Arc.
    71. Com. 487, 554.
Draw off, P. L. iv. 782.
Draw on, P. L. ix. 223.
Draw out, P. L. x. 801. P. R.
    ii. 166.
Drawn, P. L. i. 664; iii. 379, 509,
    517, 522; iv. 63; vii. 14; x.

262, 511, 886. S. A. 762. Il
Pens. 36.
Drawn out, L'Al. 140.
Draws, P. L. x. 245; xi. 205.
P. R. ii. 168. S. A. 1041,
1067. Son. xvi. 6. Ps. lxxxviii.
12.
Draws in, P. L. vii. 416.
Draw'st, P. L. iv. 975.
Dread, P. L. i. 333, 406, 555,
589, 644; ii. 16, 263, 510;
iii. 326; iv. 82; vi. 59, 648;
ix. 158; x. 998; xi. 248;
xii. 14. P. R. i. 53; iii. 220,
306; iv. 576, 626. S. A.
342, 1247, 1474, 1673. Lyc.
132. Com. 405, 441. Od.
Nat. 206. Ps. lxxx. 8.
More dread, P. L. ix. 969.
Dreaded, P. L. i. 464; ii. 293,
474, 964; iv. 929; vi. 491;
ix. 1114. P. R. i. 58. S. A.
530, 1417. Od. Nat. 222.
Dreadful, P. L. i. 130, 183, 564;
ii. 426, 672, 706; iii. 393;
iv. 426, 990; vi. 105, 225,
828; viii. 335; x. 121, 521,
779, 814, 848; xii. 236, 644.
S. A. 1591, 1622. Od. Nat.
164. Brut. 13. Ps. lxxx. 67.
Dreading, S. A. 733.
Dreadless, P. L. vi. 1.
Dream, P. L. ii. 315; v. 93, 98,
115, 120; vii. 39; viii. 175,
292, 310, 482; xi. 95; xii.
386. P. R. ii. 264, 283, 337.
Lyc. 56. L'Al. 129. Il Pens.
147. Com. 457.
Dream'd, P. L. iii. 459; v. 31,
32. P. R. ii. 264.
Dreaming, P. L. iii. 514.
Dreams, P. L. i. 784; iv. 803;
v. 112; ix. 1050; xii. 595,
611. P. R. i. 395; iv. 291,
408. Il Pens. 9. Com. 813.
Drear, P. L. x. 525. Il Pens.
119. Com. 37. Od. Nat. 193.
Dreary, P. L. i. 180; ii. 618.

Dregs, P. L. vii. 238.
Drench, P. L. ii. 73. Son. xvi. 5.
Drench'd, P. L. xi. 367.
Drenches, Com. 996.
Dress, P. L. ix. 205; xi. 583,
620.
Dresses, L'Al. 86.
Dressing, Od. May-M. 7.
Drest, Son. ix. 11.
Drew, P. L. i. 472; ii. 308, 692;
iii. 645; v. 710; vi. 798; vii.
144, 480; viii. 284; ix. 434,
578; x. 629; xi. 845. S. A.
736, 1596, 1650. Il Pens.
107.
Drew nigh, P. L. iii. 646; iv.
861; v. 82; xi. 238.
Drew on, P. L. ix. 739.
Dried, P. L. viii. 256. P. R. iv.
433.
Drift, P. R. iii. 4. Son. xii. 6.
Drink, P. L. v. 344, 637; vii.
362; ix. 838; x. 728. P. R.
i. 340; iii. 289; iv. 590. S. A.
557. Com. 722. Son. ix. 14.
Ps. lxxx. 23.
Drink'st, P. L. xi. 532.
Drinks, P. L. ii. 584; v. 451;
xi. 473. P. R. ii. 265. S. A.
541, 554. Com. 527.
Drive, P. L. i. 260; ii. 366, 367;
iii. 438; iv. 155; vi. 52, 715;
vii. 32; x. 290; xi. 105, 853.
P. R. i. 153. Od. D. F. I.
68. Ep. Hobs. II. 15.
Driven, P. L. i. 223; ii. 86,
366, 772; iii. 677; iv. 753;
ix. 62; x. 240, 583, 843; xi.
842. P. R. i. 360.
Driven back, P. L. vii. 57.
Driven down, P. L. vi. 738; x.
1075.
Driven out, P. L. iii. 677; vii.
185.
Drives, P. L. iv. 184; xi. 646.
Ps. i. 12.
Driving, Com. 456. Vac. Ex. 5.
Drizzling, P. L. vi. 545.

Dromedaries, P. R. iii. 335.
Drone, P. L. vii. 490. S. A. 567.
Droop, P. L. xi. 178. S. A. 594.
Drooping, P. L. i. 328; vi. 496;
    ix. 430. P. R. iv. 434. Lyc.
    169. Com. 812.
Drop, P. L. ii. 607; xi. 535.
Drop serene, P. L. iii. 25.
Dropping, P. L. iv. 630; ix.
    582. P. R. iv. 434. Com.
    106. Od. Hor. 15.
Dropp'd, *or* Dropt, P. L. i. 745;
    ii. 113; vi. 839; vii. 406;
    xii. 645. P. R. i. 324. Lyc.
    191. Com. 840. Od. Pass.
    16.
Drops, P. L. ii. 933; v. 23, 132;
    vii. 292; ix. 1002; xi. 416.
    Il Pens. 130. Com. 912.
Dropsies, P. L. xi. 488.
Dross, P. L. i. 704. P. R. iii.
    29. Od. on Time, 6.
Drossiest, P. L. v. 442.
Drove, P. L. i. 418; iv. 169; vi.
    831, 858; x. 287; xi. 186,
    739. P. R. i. 90. S. A. 209.
    Lyc. 27. Com. 115.
Drov'st, P. L. iii. 396. Ps. lxxx.
    35.
Drouse, P. L. xi. 131.
Droused, P. L. viii. 289.
Drouth, P. L. vii. 66. P. R. i.
    325; iii. 274. Com. 66, 928.
Drown, P. L. xi. 894.
Drown'd, P. L. vii. 36; xi. 13,
    757.
Drowsiness, Arc. 61.
Drowsy, Il Pens. 83. Com. 553.
    Vac. Ex. 61.
Drudge, P. L. ii. 732. S. A.
    573, 1338, 1393.
Drudging, L'Al. 105.
Drugg'd, P. L. x. 568.
Drugs, P. L. ii. 640. Com. 255.
Druids, Lyc. 53. .
Drums, P. L. i. 394.
Drunk, S. A. 1670.
Dry, P. L. i. 227; ii. 898, 940;

iii. 652; vii. 284, 292, 304,
    307; ix. 179; x. 294; xi.
    544, 842, 861; xii. 197. P. R.
    iii. 264. S. A. 582. Il Pens.
    66. Od. D. F. I. 4. Ps. lxxxiv.
    22.
Dry-ey'd, P. L. xi. 495.
Dryad, P. L. ix. 387.
Dryades, Com. 964.
Dubious, P. L. i. 104; ii. 1042.
Duck, Com. 960.
Due, P. L. i. 569; ii. 453, 454,
    850; iii. 190, 191, 245, 578,
    738; iv. 48, 180; v. 303, 817;
    vi. 445; vii. 149; viii. 11,
    385; ix. 566, 800; x. 93,
    833, 994; xi. 253, 440, 533;
    xii. 12, 152, 264, 399, 400.
    P. R. iii. 10, 87, 182, 440.
    S. A. 513, 1055, 1225. Lyc.
    7. L'Al. 37. Il Pens. 155.
    Com. 12, 199, 306, 776. Ps.
    vii. 57; lxxxiii. 59.
Duel, P. L. xii. 387. P. R. i.
    174. S. A. 1102.
Duell'd, S. A. 345.
Dues, Com. 137.
Dulcet, P. L. i. 712; v. 347.
Dulcimer, P. L. vii. 596.
Dull, L'Al. 42. Com. 477,
    634.
Duly, P. L. v. 145. L'Al. 106.
Dumb, P. L. ix. 527. Com. 796.
    Od. Nat. 173. Vac. Ex. 5.
Dun, Vac. Ex. 92.
Dun, P. L. iii. 72. Com. 127.
Dunbar, Son. xi. 8.
Dung, Ps. lxxxiii. 40.
Dungeon, P. L i. 61; ii. 317,
    1003; x. 466, 697. S. A. 69,
    156, 367. Lyc. 97. Com.
    349, 385.
Durable, P. L. v. 581; x. 320.
Durance, P. L. iv. 899.
Durst, P. L. i. 49, 102, 382,
    385, 391; iii. 220; iv. 704,
    829; vi. 155; viii. 237; ix.
    1180. P. R. i. 100, 324; iv.

580. S. A. 1110, 1113, 1130, 1255, 1256. Com. 577, 616.

Dusk, P. L. xi. 741. P. R. i. 296; iv. 76.

Dusky, P. L. i. 226; ii. 488; v. 186, 667; vi. 58. Com. 99. Od. Nat. 223.

Dust, P. L. iv. 416; v. 516; vii. 292, 525, 577; ix. 178; x. 178, 208, 748, 770, 805, 1085; xi. 199, 460, 463, 529. S. A. 141. Com. 165. Od. Cir. 19. Ps. vii. 16, 17.

Duteous, P. L. ix. 521.

Duty, P. L. i. 333; x. 106. P. R. ii. 326; iii. 172, 175. S. A. 853, 870.

Dwarfs, P. L. i. 779.

Dwell, P. L. i. 47, 66; ii. 86, 398, 841; iii. 249, 335, 670; iv. 377; v. 373, 456, 500; vi. 292, 380, 788; vii. 156, 329, 627; viii. 185; ix. 125, 322; 729; x. 399, 492, 587; xi. 43, 48, 178, 259, 348, 608, 838, 901; xii. 22, 146, 248, 281, 316, 344, 487. P. R. i.

116, 331, 391, 462; iv. 616. L'Al. 10. Il Pens. 5. Com. 667. Son. ix. 2. Ps. ii. 8; iv. 42; lxxxiii. 24; lxxxiv. 4, 39; lxxxv. 40; lxxxviii. 47; cxxxvi. 74.

Dwelling, P. L. iv. 378, 884; viii. 118. P. R. ii. 80.

Dwelling-place, P. L. ii. 57; vii. 625.

Dwellings, P. L. vii. 183, 570; xi. 747. Ps. lxxxiv. 1; lxxxvii. 6.

Dwells, P. L. i. 250; iii. 216, 225; viii. 103; xii. 84. S. A. 159, 1673. Com. 428, 521, 988.

Dwell'st, P. L. vii. 7. P. R. iv. 466. Com. 268.

Dwelt, P. L. iii. 5, 570; iv. 214; ix. 836. Od. Cir. 18. Brut. 9.

Dye, Od. D. F. I. 5.

Dy'd, P. L. x. 1009.

Dying, P. L. iii. 296, 299, 479; x. 964, 974. S. A. 1661. Od. Nat. 193. Ep. M. Win. 42.

EACH one, Ps. iv. 21. Each other, P. L. ii. 502; ix. 220; x. 112, 235, 513, 712, 959.

Each other's, P. L. x. 961. S. A. 1087.

Each to other's, P. L. iv. 683.

Eager, P. L. vi. 378; ix. 740. Lyc. 189.

Eagerly, P. L. ii. 947.

Eagle, P. L. vii. 423. S. A. 1695.

Eagles, P. L. v. 271.

Eagle-wing'd, P. L. vi. 763.

Ear, P. L. i. 787; ii. 117, 920, 953; iii. 193, 647; iv. 410, 800; v. 36, 545, 626, 810; vi. 350; viii. 1, 49, 211, 335, 606; ix. 47; x. 506, 1060; xi. 30, 152, 435; xii. 236. P. R. i. 479; iii. 390; iv. 272, 337. S. A. 177, 858, 921, 937, 1172, 1568. Lyc. 49. L'Al. 148. Il Pens. 120, 164. Arc. 73. Com. 170,

203, 458, 560, 570, 784. Od.
Cir. 3. Ps. v. 1 ; lxxx. 2 ;
lxxxiv. 30; lxxxvi. 1, 18 ;
lxxxvii. 17 ; lxxxviii. 8.
Earlier, L'Al. 89.
Earliest, P. L. iv. 642, 651.
P. R. ii. 365. Son. iv. 1.
Early, P. L. ix. 225, 457, 799 ;
xi. 275. P. R. iv. 215. S. A.
1596. Arc. 56. Son. xiii. 14.
Ep. M. Win. 23. Od. May-M.
9. Ps. v. 5.
Earl, Son. v. 1.
Earl's, Ep. M. Win. 3.
Earn, P. L. ii. 473 ; x. 1054 ;
xi. 375. P. R. i. 167. S. A.
573. L'Al. 106.
Earn'd, P. L. x. 592. P. R. ii.
401.
Earnest, P. L. x. 553. S. A.
359. Hor. III. 2. Ps. iv. 6.
In earnest, P. L. i. 458 ; ix.
939.
Earnestly, P. L. ix. 1141. P. R.
ii. 367.
Earns, S. A. 1260.
Ears, P. L. iv. 982 ; v. 771 ; vii.
35, 70, 177 ; ix. 736 ; x. 99,
780. P. R. i. 199. S. A.
1231. Lyc. 77. Com. 272,
706, 997. Son. viii. 4. Od.
Nat. 94, 126. Vac. Ex. 28.
Forc. of Con. 17.
Earth.—*Passim.*
Earth-born, P. L. i. 198 ; iv. 360.
Vac. Ex. 93.
Earth-shaking, Com. 869.
All earth, P. R. iii. 24.
From earth, Ep. M. Win. 6.
On earth, P. L. i. 382 ; ii.
484 ; iii. 64, 283, 451, 457,
508, 592 ; iv. 5, 208, 672,
940 ; v. 164, 224, 329,
576 ; vi. 195, 299, 374,
893 ; vii. 23, 345, 398,
534, 581, 629 ; viii. 118,
224 ; ix. 813; x. 72, 229,
273, 360, 399, 404, 679,

891, 897 ; xi. 22, 698,
780, 825 ; xii. 183, 281,
437, 528. P. R. i. 99,
125, 131 ; iii. 68. S. A.
165. Od. Sol. Mus. 17.
Earthly, P. L. v. 464 ; vii. 14,
82, 179 ; viii. 120, 453, 522 ;
ix. 1083 ; xii. 315. P. R. iv.
612. Son. ix. 3. Od. Nat.
138.
Earth's, P. L. i. 778 ; v. 302, 321 ;
viii. 99, 631 ; ix. 195, 273,
1041 ; xi. 384 ; xii. 371. P. R.
iv. 456, 563. Com. 244, 599,
1014. Od. D. F. I. 30, 47.
Ps. ii. 19 ; lxxxii. 19.
Earthy, P. L. iv. 583 ; ix. 157.
Od. on Time, 20.
Ease, P. L. i. 320 ; ii. 227, 261,
458, 878, 1041 ; iii. 563; iv.
96, 187, 329, 632, 893 ; v.
59, 439 ; ix. 129, 245, 801,
1120; x. 394, 622 ; xi. 536,
794. P. R. iv. 97, 299, 378.
S. A. 17, 18, 271, 917. Lyc.
152. Com. 687. Od. Cir. 11.
Ep. Hobs. II. 21.
At ease, P. L. ii. 521, 841,
868 ; vii. 407. P. R. ii.
201.
Eas'd, P. L. iv. 739 ; xii. 274.
S. A. 72.
Easier, P. L. ii. 345, 573 ; iv.
943 ; vi. 37, 286 ; viii. 626 ;
ix. 699 ; x. 978. S. A. 772.
Easiest, P. L. iv. 47 ; viii. 183 ;
xi. 119, 549. P. R. iii. 128 ;
iv. 361.
Easily, P. L. i. 696 ; iii. 94, 301 ;
vi. 596 ; vii. 48, 609 ; x. 31,
136 ; xi. 141. P. R. i. 471 ;
ii. 194 ; iii. 156 ; iv. 126,
168. S. A. 48, 291, 409, 943,
1005, 1466. Od. Pass. 54.
Easing, P. L. vii. 430 ; x. 260.
East, P. L. ii. 3 ; iv. 178, 209,
595, 623 ; v. 142, 339 ; vii.
30, 245, 370, 380, 583 ; viii.

138, 162; x. 685; xi. 203;
xii. 141. P. R. i. 250; ii.
197; iii. 272, 316. Com. 101.
Od. May-M. 2.

Eastern, P. L. i. 341; iii. 557;
iv. 542; v. 1, 275; xi. 190;
xii. 362, 638, 641. S. A.
548. L'Al. 59. Com. 138.
Od. Nat. 22.

East-side, P. L. xi. 118.

Eastward, P. L. iv. 211; v. 309;
x. 292; xii. 145.

Easy, P. L. ii. 81, 256, 1031;
iii. 524; iv. 421, 433; vi. 437,
499, 632; vii. 304; ix. 24,
569, 734; x. 58, 305, 393.
P. R. i. 120; iii. 293. Com.
286. Ep. W. Sh. 10.

Easy-hearted, Com. 163.
As easy, S. A. 583.
More easy, P. L. iv. 330.
So easy, S. A. 95.

Eat, P. L. v. 637; viii. 147, 309,
320, 322; ix. 595, 657, 660,
662, 706, 762, 781, 997; x.
123, 143, 162, 178, 200, 202,
204, 205, 728; xi. 94; xii.
186. P. R. i. 352; ii. 274,
275, 314, 321, 336, 368, 377.
L'Al. 102. Ps. lxxx. 22.

Eaten, P. L. ix. 764, 869; x. 122,
199.

Eat'st, P. L. vii. 544; viii. 329;
xi. 532.

Eating, P. L. ix. 792, 1005. L'Al.
135.

Eats, P. L. ix. 724.

Eaves, Il Pens. 130.

Ebb, P. L. xi. 847.

Ebbing, Com. 19.

Ebon, L'Al. 8. Com. 134.

Ecbatan, P. L. xi. 393.

Ecbatana, P. R. iii. 286.

Eccentrick, P. L. iii. 575; v. 623;
viii. 83.

Echo, P. L. x. 861. Com. 230,
275.

Echoed, P. L. v. 873.

Echoes, Lyc. 41. Od. Nat. 100.
Od. Pass. 53.

Echoing, P. L. iv. 681; ix. 1107.
L'Al. 56.

Eclipse, P. L. i. 597; x. 413.
S. A. 81. Lyc. 101.

Eclips'd, P. L. v. 776; xi. 183.

Eclipses, P. L. ii. 666.

Ecliptick, P. L. iii. 740.

Ecron, S. A. 981.

Ecstasies, Il Pens. 165.

Ecstasy, Com. 625.

Ecstatick, Od. Pass. 42.

Eden, P. L. i. 4; iv. 27, 132, 210,
213, 223, 275, 507, 569; vi.
75; vii. 65, 582; viii. 113; ix.
54, 77, 193, 341; x. 89; xi.
119, 342; xii. 40, 465, 649.
P. R. i. 7.

Eden's, P. L. v. 143.

Edge, P. L. i. 276, 460; vi. 108,
252, 323. P. R. i. 94; ii. 455.
Lyc. 105.

Edg'd, Od. Nat. 185.

Edict, P. L. v. 798.

Edicts, S. A. 301.

Edifice, P. L. viii. 104. P. R. iv.
55. S. A. 1588.

Edom, Ps. lxxxiii. 21.

Edomite, P. R. ii. 423.

Edward (king), Son. vi. 14.

Edwards, Forc. of Con. 12.

E'en, *or* Even, P. L. i. 416, 680;
iii. 586; v. 83, 837; ix. 1079;
x. 191; xi. 148, 418. Com.
625.

Effect, P. L. ii. 595; iii. 612; vi.
493; vii. 175; viii. 95; ix.
865. P. R. ii. 215. S. A. 681.
Com. 630.

Effected, P. L. i. 647; ix. 152.

Effects, P. L. ix. 650, 875; xi.
424.

Effectual, P. L. iii. 170. P. R.
iv. 432.

Effeminacy, S. A. 410.

Effeminate, P. L. xi. 634. P. R.
iv. 142.

Effeminately, S. A. 562.
Efficacious, S. A. 1437.
Efficacy, P. L. x. 660.
Effluence, P. L. iii. 6.
Effulgence, P. L. iii. 388; v. 458;
　　vi. 680.
Effus'd, P. L. xi. 447.
Effusion, P. L. vi. 765.
Egg, P. L. vii. 418.
Eglantine, L'Al. 48.
Egress, P. L. ii. 437.
Egypt, P. L. i. 421, 480, 488, 721;
　　iii. 537; iv. 171; xii. 157, 190,
　　219.　P. R. ii. 76, 79; iii.
　　379, 384, 417.　Com. 676.
　　Ps. lxxx. 33; lxxxi. 19, 42;
　　lxxxvii. 11; cxxxvi. 38.
Egyptian, P. L. v. 274; ix. 443;
　　xii. 182.
Egypt's, P. L. i. 339.
Eight, Ep. M. Win. 7.
Eighth, P. L. ix. 67.
Either, P. L. i. 424, 644; ii. 96,
　　229, 364, 538, 670, 721; iii.
　　350, 487, 641; v. 131, 284;
　　vi. 214, 570, 778; viii. 388;
　　ix. 284, 407, 1176; x. 111,
　　126, 898; xi. 363, 505.　P. R.
　　iv. 409.　S. A. 1033, 1292,
　　1458.　Com. 483.　Son. xii.
　　12; xiv. 10.—*See* Side.
Eject, P. L. xi. 52.
Ejected, S. A. 1207.　P. R. i. 414.
El Dorado, P. L. xi. 411.
Elaborate, P. L. viii. 539.
Eld, Od. D. F. I. 13.
Eldest, P. L. ii. 894, 962; v. 180.
　　Son. xii. 14.
Elealé, P. L. i. 411.
Elect, P. L. iii. 136, 184, 360; vi.
　　374; xii. 214.
Elected, S. A. 678.
Election, P. L. x. 764.
Electra's, Son. iii. 13.
Elegant, P. L. ix. 1018.
Element, P. L. ii. 490; vii. 16;
　　viii. 348.　P. R. ii. 122.　Il
　　Pens. 96.　Com. 299.

Elemental, P. L. vii. 265.
Elements, P. L. ii. 275, 925, 1015;
　　iii. 715; iv. 993; v. 180, 415;
　　vi. 222; xi. 50.　P. R. ii.
　　334.
Elephant, P. L. iv. 345.
Elephants, P. R. iii. 329.
Elevate, P. L. ii. 558.　P. R. iv.
　　34.
Elevates, P. L. ix. 633.
Elf, Com. 846.
Eli's, P. L. i. 495.
Elijah, P. R. i. 353; ii. 19, 268,
　　277.
Elixir, P. L. iii. 607.
Elops, P. L. x. 525.
Elm, P. L. v. 216.　Arc. 89.
　　Com. 354.
Elms, L'Al. 58.
Elocution, P. L. ix. 748.
Eloquence, P. L. ii. 556; v. 149;
　　ix. 671.　P. R. iv. 241, 268,
　　354.
Eloquent, Son. v. 8.
Elsewhere, P. L. i. 656; iii. 599;
　　x. 959.　P. R. i. 458; iv. 325.
Elves, P. L. i. 781.　Com. 118.
Elude, P. L. ix. 158.
Elysian, P. L. iii. 359.　L'Al.
　　147.　Com. 996.　Od. D. F. I.
　　40.
Elysium, P. L. iii. 472.　Com.
　　257.
Emathian, P. R. iii. 290.　Son.
　　iii. 10.
Embassies, P. R. iv. 67, 121.
Embassy, P. L. iii. 658.
Embattel'd, P. L. i. 129; vi. 16,
　　550; vii. 322; xii. 213.　S. A.
　　129.
Embers, Il Pens. 79.
Emblaze, Com. 733.
Emblazonry,—*see* Imblazonry.
Emblem, P. L. iv. 703.
Embolden'd, P. L. viii. 434.
Emboss, P. L. xii. 180.
Embost, P. R. iv. 119.　S. A.
　　1700.

Embowed, Il Pens. 157.
Embowell'd, P. L. vi. 587.
Embrace, P. L. viii. 626; xii. 426.
 Od. D. F. I. 20. Son. xviii.
 13.
Embrac'd, P. L. ix. 990.
Embraces, P. L. ii. 793; iv. 322,
 471; v. 215; x. 994. S. A.
 389.
Embracing, P. L. iv. 494, 771;
 v. 27; vii. 90; x. 912.
Embroidery, Lyc. 148.
Embroil'd, P. L. ii. 966.
Embroils, P. L. ii. 908.
Embryon, P. L. ii. 900; vii. 277.
Embryos, P. L. iii. 474.
Emerald, Com. 894.
Emergent, P. L. vii. 286.
Emilian, P. R. iv. 69.
Emims, S. A. 1080.
Eminence, P. L. ii. 6; iv. 44;
 viii. 624.
Eminent, P. L. i. 590; iv. 219;
 v. 594; xi. 665, 789. P. R. ii.
 70; iii. 91.
Eminently, P. L. ix. 976. S. A.
 679. Son. iv. 3.
Emmet, P. L. vii. 485.
Empedocles, P. L. iii. 471.
Emperour, P. L. ii. 510; x. 429.
 P. R. iv. 81, 90, 126.
Emperour's, P. L. i. 378.
Empire, P. L. i. 114; ii. 296, 315,
 327, 974; iv. 111, 145, 390;
 v. 724; vi. 303; vii. 96, 555,
 609; x. 389, 592; xi. 387,
 397; xii. 32, 581. P. R. i.
 63; iii. 45, 296; iv. 222, 284,
 369. Od. D. F. I. 16.
Empires, P. L. ii. 378. P. R. ii.
 435; iii. 237.
Empire's, P. R. iii. 45, 270.
Empirick, P. L. v. 440.
Employ, P. L. v. 730. Od. Sol.
 Mus. 3.
Employ'd, P. L. iii. 628; iv. 726,
 883; v. 219; ix. 229.
Employments, P. L. v. 125.

Employs, P. L. iv. 763.
Empress, P. L. ix. 568, 626.
Emprise, P. L. xi. 642. Com.
 610.
Emptied, P. L. i. 633. P. R. i.
 414. Od. Cir. 20.
Emptier, P. L. ii. 1045.
Empties, P. L. iii. 731.
Emptiness, P. L. viii. 195.
Empty, P. L. iii. 454; vii. 39;
 xi. 616. P. R. iv. 321.
Empty-vaulted, Com. 250.
Empyreal, P. L. i. 117; ii. 430,
 1047; iii. 699; v. 253, 460,
 583; vi. 14, 433; vii. 14; x.
 380.
Empyrean, P. L. ii. 771; iii. 57;
 vi. 833; vii. 73, 633; x.
 321.
Emulate, P. L. ix. 963.
Emulation, P. L. ii. 298.
Emulous, P. L. vi. 822.
Enamell'd, P. L. iv. 149; ix. 525.
 Lyc. 139. Arc. 84.
Enamour, P. R. ii. 214.
Enamour'd, P. L. ii. 765; iv. 169;
 v. 13, 448.
Encamp, P. L. ii. 132.
Encamp'd, P. L. x. 276; xi. 656;
 xii. 591.
Encamping, P. L. vi. 412. Ps.
 iii. 17.
Enchanted, S. A. 934. Com. 517,
 907.
Enchanter, Com. 645, 814.
Enchanting, P. L. x. 353. P. R.
 ii. 158. S. A. 1065. Lyc. 59.
 Com. 245.
Enchantments, S. A. 1133. Il
 Pens. 119. Com. 640, 696.
Enclose,—*see* Inclose.
Encompass'd, P. L. iii. 149; v.
 876. Ps. lxxxi. 30.
Encounter, P. L. ii. 718.
Encounter'd, P. L. vi. 664.
Encountering, P. L. vi. 220.
Encounters, S. A. 1086.
Encrease, P. L. iv. 748; x. 486,

730, 731.   Ep. Hobs. II. 32.
Ep. M. Win. 51.   Ps. iv. 36.
Encreas'd, P. L. x. 351; xii. 155.
P. R. ii. 12.
Encroach'd, P. L. ii. 1001.
Encroachment, P. L. xii. 72.
End, P. L. i. 164; ii. 89, 145,
157, 186, 538, 561, 807; iii.
157, 197, 406, 633; iv. 398,
833; v. 165; vi. 172, 258, 288,
493, 703, 731; vii. 79, 108,
217, 505, 591; viii. 35, 540;
ix. 51, 241; x. 53, 167, 446,
720, 725, 797, 856, 977, 1020,
1084; xi. 300, 502, 605, 755,
786; xii. 6, 556, 605.   P. R.
i. 125, 205, 408; ii. 114, 245,
337; iii. 123, 185, 197, 211,
350; iv. 20.   S. A. 232, 461,
522, 576, 704, 709, 871, 998,
1008, 1265, 1720.   Arc. 7.
Com. 136, 196, 783, 1014.
Od. D. F. I. 77.   Ep. Hobs.
I. 12.
End, (*verb*,) L'Al. 109.
No end, P. L. iv. 442; viii. 189;
ix. 798, 1189; x. 1004; xii.
330.   P. R. i. 241; iv. 151.
Ps. lxxxi. 64.
Without end, P. L. i. 67; ii.
870; iii. 142; v. 165, 615;
vi. 137; vii. 161, 542; x.
797.   P. R. ii. 442; iv. 391.
Ps. lxxxv. 17.
Endanger'd, P. L. i. 131; ii.
1017.
Endang'ring, S. A. 1009.
Endear, S. A. 796.
Endearing, P. L. iv. 337.
Endeavour, P. L. xii. 355.   P. R.
iii. 353.   S. A. 766.   Son. ix.
5.
Endeavour'd, P. L. iii. 192.
Endeavouring, P. L. viii. 260.
P. R. iii. 399.   Vac. Ex. 2.
Ended, P. L. ii. 106, 291, 390, 487,
514, 651; iii. 266; iv. 874;
vi. 98, 296, 496, 569; viii. 1,

452; ix. 468, 733; x. 641,
937, 1007; xi. 72, 137, 238,
246; xii. 552, 606.   P. R. i.
106, 309, 346.   Od. D. F. I. 18.
Ep. Hobs. II. 10.
Ending, P. L. iii. 729; vi. 702.
Il Pens. 129.   Od. Nat. 226.
Endless, P. L. i. 142; ii. 30, 159,
897; iv. 52; vi. 694; x. 754,
810; xii. 549.   P. R. iii. 178.
Son. x. 10.   Od. Sol. Mus.
28.
Endor, Ps. lxxxiii. 39.
Endow, P. L. ix. 149.
Endow'd, P. L. iv. 715; xi. 58.
Ends, P. L. v. 586; xi. 345, 602.
P. R. iv. 410.   S. A. 62, 893,
1043.   Com. 160.   Ps. lxxxvii.
15.
Endue, P. L. xii. 500.
Endued, P. L. ii. 356; v. 473,
815; vii. 507; viii. 353; ix.
324, 561, 871.   P. R. ii. 437;
iv. 98, 602.
Endu'th, Son. ii. 8.
Endurance, P. L. ii. 262.
Endure, P. L. ii. 206; iv. 811,
920, 925; ix. 833; xi. 365;
xii. 324, 405.   P. R. i. 476;
ii. 251; iv. 174.   S. A. 477.
Ps. cxxxvi. 3.
Endur'd, P. L. i. 299; ii. 1028;
v. 783; vi. 111, 431.   S. A.
1293.
Endures, P. L. ix. 269.
Enemies, P. L. ii. 157; vi. 466,
677, 826; x. 219, 625; xii.
318, 415, 482.   P. R. iii.
361, 392, 432.   S. A. 34, 68,
112, 540, 640, 642, 782, 878,
1159, 1202, 1582, 1711, 1726.
Ps. vi. 15, 21; lxxxi. 60.
Enemy, P. L. i. 188; ii. 137, 785;
iv. 825; v. 239; viii. 234;
ix. 274, 304, 494, 905, 1172;
xii. 390.   P. R. ii. 126, 330,
372; iv. 525.   S. A. 238, 316,
380, 856, 882, 1416, 1622.

Ps. vii. 13; viii. 7; cxxxvi. 83.
Arch enemy, P. L. i. 81.
No enemy, P. L. ii. 822.
Enerve, P. R. ii. 165.
Enfeebled, P. L. ix. 488.
Enforce, S. A. 1223.
Enforc'd, P. L. xi. 419. P. R. i. 472; ii. 75.
Engage, P. R. iii. 347. Ps. vii. 23.
Engaged, P. L. iv. 954; ix. 400. Com. 193.
Engaging, P. L. ix. 963.
Engine, P. L. ii. 65; iv. 17. Lyc. 130. Ep. Hobs. II. 9.
Enginery, P. L. vi. 553.
Engines, P. L. i. 750; ii. 923; vi. 484, 518, 586, 650. S. A. 1396.
England's, Son. v. 2.
English, Son. viii. 2.
Engrave, P. L. xii. 524.
Engraven, P. L. ii. 302.
Enjoin'd, P. L. ix. 207; x. 575; xi. 177. S. A. 6.
Enjoin'st, P. L. v. 563.
Enjoining, S. A. 870.
Enjoins, P. L. ix. 357.
Enjoy, P. L. iii. 471; iv. 433, 445, 472, 507, 534; v. 503; viii. 365, 523, 623; ix. 1032; x. 758; xi. 142, 804. P. R. i. 364; ii. 203; iii. 360; iv. 94. S. A. 807, 991. Com. 382, 790.
Enjoy'd, P. L. i. 683; viii. 584; ix. 264. P. R. i. 125. S. A. 915.
Enjoy'dst, P. L. xii. 580.
Enjoy'st, P. L. viii. 622.
Enjoying, P. L. iii. 306; iv. 446; viii. 366; ix. 829. S. A. 157.
Enjoyment, P. L. vi. 452. Com. 742.
Enjoyments, P. L. viii. 531.
Enjoys, Od. Hor. 9.

Enlarg'd, P. L. i. 415; iv. 390.
Enlarges, P. L. viii. 590.
Enlighten, P. L. iii. 731; iv. 668; xi. 115.
Enlighten'd, P. L. vi. 497; viii. 274. Od. Nat. 82.
Enlightener, P. L. xii. 271.
Enlightening, P. L. viii. 143.
Enmity, P. L. i. 431; ii. 500; ix. 465, 1151; x. 180, 497, 925. S. A. 1201. Vac. Ex. 88.
Enna, P. L. iv. 269.
Ennobled, P. L. ix. 992. S. A. 1491. Il Pens. 102.
Enormous, P. L. i. 511; v. 297; vii. 411.
Enough, P. L. iv. 124; vii. 125; viii. 535, 537; ix. 1169; x. 959; xi. 766, 805. S. A. 431, 455, 1256, 1468, 1592. Com. 780, 958. Son. viii. 6. Ps. lxxxi. 43.
Enow, P. L. ii. 504. Lyc. 114.
Enrage, P. L. ii. 698.
Enrag'd, P. L. i. 216; ii. 95. Com. 830.
Enrich, Com. 505.
Enriched, P. R. iv. 46.
Ensanguin'd, P. L. xi. 654.
Enshrine, P. L. i. 719; v. 273; xii. 334.
Enshrin'd, P. R. iv. 598.
Ensign, P. L. i. 536; vi. 775.
Ensigns, P. L. i. 325; ii. 886; v. 588; vi. 356, 533. P. R. iv. 65.
Enslave, P. R. iii. 75.
Enslav'd, P. L. ii. 333; xi. 797. P. R. iv. 144. S. A. 1041.
Ensnare, S. A. 860. Com. 700. Ps. lxxxiii. 11.
Ensnar'd, P. L. iv. 717. S. A. 365. Com. 909.
Ensue, P. L. iv. 26, 527; v. 682; vi. 456; ix. 827, 977, 1185; xi. 839; xii. 331.
Ensued, P. L. iv. 991; vii. 40.

Entangled, S. A. 763.
Enter, P. L. iii. 261; iv. 563, 704; v. 464; ix. 90; x. 503, 623; xii. 456. P. R. iv. 635. S. A. 463, 950.
Enter'd, P. L. i. 731; iv. 373; vi. 388; ix. 188; xi. 630, 735. P. R. i. 193; ii. 292. S. A. 252, 1597. Com. 646. Od. Pass. 17. Od. Cir. 11.
Entering, P. L. vi. 326; viii. 40; xii. 217. P. R. i. 174; iv. 62.
Enterprise, P. L. i. 89; ii. 345, 465. P. R. i. 112; ii. 412; iii. 228. S. A. 1223.
Enterprises, S. A. 804.
Enterprisest, P. L. x. 270.
Enters, P. L. vi. 10.
Entertain, P. L. ii. 526; iv. 382; v. 328, 383; vi. 611. Lyc. 178.
Entertain'd, P. L. iv. 166; x. 105, 1009.
Entertainment, P. L. v. 690.
Enthrall, P. L. ii. 551; iii. 125; xii. 94.
Enthrall'd, P. L. iii. 176; vi. 181. Com. 590.
Enthralment, P. L. xii. 171.
Enthron'd, P. L. ii. 961; v. 536. Com. 11.
Entice, Il Pens. 146. Com. 940.
Entic'd, P. L. i. 412.
Enticement, Com. 525.
Enticing, P. L. ix. 996. S. A. 559.
Entire, P. L. i. 146, 671; iii. 265; v. 502, 753; vi. 399, 741; ix. 292; x. 9; xii. 264.
Entirely, P. L. vii. 549. Od. Cir. 22.
Entitle, P. L. xi. 170.
Entrails, P. L. i. 234; ii. 783; vi. 346, 517, 588; ix. 1000; xii. 77. S. A. 614.
Entrance, P. L. iii. 50; iv. 180, 546, 882; ix. 61, 68, 734; x.

21; xi. 119, 470. Com. 518. Son. iv. 14.
Entranc'd, Com. 1005.
Entrap, S. A. 855.
Entreat, Ps. lxxxviii. 39.
Entwin'd, P. L. iv. 174.
Entwining, P. L. x. 512.
Envenom'd, P. L. ii. 543.
Envermeil, Od. D. F. I. 6.
Envied, P. L. ii. 244; vi. 813. S. A. 551. Forc. of Con. 4.
Envier, P. L. vi. 89.
Envies, P. L. vi. 900; ix. 770. S. A. 995.
Enviest, P. L. viii. 494.
Envious, P. L. iv. 524; vii. 139; xi. 15. Com. 194. Od. on Time, 1.
Environ'd, P. L. ii. 1016. P. R. i. 194; iv. 423.
Environs, P. L. ix. 636. Son. vii. 3.
Envy, P. L. i. 35, 260; ii. 26, 27; iii. 553; iv. 115, 503, 517; v. 61, 662; vi. 793; ix. 175, 264, 466, 729, 805; xi. 456. P. R. i. 38, 397. S. A. 272. Arc. 13. Son. viii. 6; x. 2.
Envying, P. L. ix. 254, 593.
Enwrap, Od. Nat. 134.
Ephraim, S. A. 282, 988.
Ephraim's, Ps. lxxx. 9.
Epicicle, P. L. viii. 84.
Epicurean, P. R. iv. 280.
Epidaurus, P. L. ix. 507.
Epilepsies, P. L. xi. 483.
Epirot, Son. xii. 4.
Epithets, P. R. iv. 343, 480, 621.
Equal, P. L. i. 88, 91, 292, 654; ii. 47, 67, 200, 479; iii. 306; iv. 526, 916; v. 726, 797, 820, 832, 835, 866; vi. 49, 343, 441, 690; viii. 6, 228, 407; ix. 286, 881, 882; x. 147, 271, 680, 748. P. R. ii. 146; iii. 99, 306; iv. 29,

Evening-star, P. L. viii. 519; xi.
588.
Evening's, P. L. v. 115.
Evenly, S. A. 671.
Even-song, Il Pens. 64.
Event, P. L. i. 118, 134, 624; ii.
82; iv. 716; v. 740; ix. 334,
405, 984; x. 969; xi. 593.
S. A. 737, 1551, 1756. Com.
411.
Events, P. L. iv. 1001. P. R. ii.
104. Com. 405. Vac. Ex. 70.
Ever,—*Passim.*
For ever, P. L. i. 250, 330,
608; ii. 182, 776; iii. 244,
249, 318, 333; v. 611; vi.
733; vii. 586; viii. 479; x.
637; xi. 95, 96; xii. 324,
429. Lyc. 181. Com. 442.
Son. ix. 8. Od. on Time, 21.
Ps. lxxxiii. 15, 62; lxxxv.
18.
Ever during, P. L. iii. 45; vii.
206.
Ever-failing, S. A. 348.
Everlasting, P. L. ii. 184, 232;
iii. 395; vii. 565. P. R. iii.
199. Com. 199. Od. Nat.
13. Ps. lxxxvi. 35.
Everlastingly, Od. Sol. Mus. 16.
Evermore, S. A. 510. Ep. M.
Win. 50. Ps. lxxxiv. 40;
lxxxvi. 44.
Ever-threat'ning, P. L. iii. 425.
Every, P. L. i. 356; ii. 877; iii.
638; v. 8, 194, 410, 747,
816; vi. 345, 848; vii. 317,
336, 357, 394, 523, 534, 621;
viii. 321, 489; ix. 84, 160,
310, 459, 521, 721; xi. 324,
337, 734; xii. 522. P. R. i.
448; ii. 224; iii. 125. S. A.
93, 97, 204. Lyc. 93. L'Al.
67. Il Pens. 171, 172. Arc.
59. Com. 19, 524, 768. Vac.
Ex. 76. Od. on Time. 14.
Eves, L'Al. 130.
Evidence, P. L. ix. 962; x. 361.

Evident, P. L. ix. 1077.
Evil, P. L. i. 163, 165, 216, 335,
339; ii. 261, 562, 623; iii. 683;
iv. 110, 563, 896; v. 98, 99, 117,
207, 871; vi. 262, 275, 276, 289,
395, 437, 455; vii. 25, 26, 56,
188, 543, 615; ix. 464, 697,
698, 709, 723, 752, 774, 864,
1072, 1078, 1180, 1185; x.
125, 734, 849, 963; xi. 85,
87, 89, 373, 765, 772, 774;
xii. 47, 470, 471, 566. P. R.
ii. 371; iii. 218. S. A. 704,
736, 967, 1523, 1538, 1567.
Arc. 50. Com. 432, 593. Ps.
v. 11.
Evil hour, P. L. ix. 780, 1067.
Evil one, P. L. ix. 463. P. R.
iv. 194.
Evil spirit, P. L. ix. 638.
Evils, P. L. ii. 281; vi. 463;
ix. 1079; x. 978, 1080; xii.
604. S. A. 105, 194, 374,
648, 1169. Com. 360.
Evince, P. L. xii. 287.
Evinc'd, P. R. iv. 235.
Ewe, P. L. ix. 582. P. R. i. 315.
Com. 503.
Ewes, P. L. xi. 649. Ps. cxiv. 12.
Exact, P. L. vii. 477; viii. 539;
ix. 1017; xii. 402. S. A. 507,
788. Son. xiv. 7.
Exactly, P. L. viii. 451.
Exacts, P. L. xii. 590. P. R. iii.
120.
Exalt, P. L. iii. 313; iv. 525; v.
829; vii. 150. S. A. 689. Ps.
lxxxiii. 8.
Exaltation, P. L. v. 90; vi. 727.
P. R. ii. 92; iii. 197.
Exalted, P. L. i. 736; ii. 5; vi.
99; ix. 150; xii. 457. P. R.
i. 36; ii. 46, 206.
Exalter, Ps. iii. 9.
Example, P. L. iv. 881; v. 901;
vi. 910; vii. 42; ix. 962; x.
840; xi. 809; xii. 572. P. R.
i. 232. S. A. 166, 765, 822.

Examples, S. A. 290.
Exasperate, P. L. ii. 143. S. A.
    625, 1417.
Exceed, S. A. 817.
Exceeded, P. L. v. 459.
Exceeding, P. L. ix. 961. Od.
    Cir. 15, 16.
Excel, P. L. iii. 133; viii. 542.
    P. R. iii. 307. S. A. 74.
Excell'd, P. L. ii. 884; iv. 490;
    ix. 897; x. 150. S. A. 523.
Excellence, P. L. ii. 350; v. 456;
    vi. 637, 821; viii. 91; x.
    1017. Vac. Ex. 79.
Excellent, P. L. viii. 566; x.
    1015. P. R. i. 381.
Excelling, P. L. i. 359. P. R. iv.
    347.
Excels, P. L. ii. 124, 125; vi.
    177, 822; viii. 456. Com. 63.
Except, P. L. ii. 300, 678, 1032;
    iii. 684; ix. 545; x. 680; xi.
    808. P. R. iv. 85.
Excepted, P. L. xi. 426.
Exception, P. R. iii. 119.
Excess, P. L. i. 123, 593; iii.
    696, 698; v. 640; ix. 648;
    xi. 111, 498. Com. 771. Od.
    Cir. 24..
Excessive, P. L. ii. 779; iii. 380;
    vi. 463.
Excite, P. L. ii. 567; iv. 522.
Excites, P. L. ii. 484; vii. 68;
    ix. 264, 472. P. R. i. 397,
    423; iii. 26.
Exclaim'd, P. L. x. 416.
Exclude, P. L. iii. 202; iv. 584.
Excluded, P. L. iv. 105. P. R.
    i. 367. S. A. 494.
Exclusion, P. L. iii. 525.
Exclusive, P. L. viii. 625.
Excursion, P. L. ii. 396; viii.
    231.
Excuse, P. L. v. 447; ix. 853; x.
    764; xii. 96. S. A. 829,
    831. Lyc. 18.
    Without excuse, S. A. 734.
Excus'd, P. L. iv. 394.

Execrable, P. L. ii. 681; xii. 64.
Execrably, S. A. 1362.
Execration, P. L. x. 737.
Execute, P. L. i. 430; ii. 732;
    iii. 399; x. 772.
Executes, S. A. 1284.
Execution, P. L. x. 853. S. A.
    506.
Exempt, P. L. ii. 318; iii. 370;
    ix. 486; x. 1025; xi. 514,
    709. S. A. 103, 310, 918.
    No exemption, P. R. iii. 115.
Exempts, Son. viii. 5.
Exercise, P. L. ii. 89; x. 400,
    796, 927. P. R. i. 156. S. A.
    612, 1287.
Exercis'd, P. L. iv. 551.
Exhalation, P. L. i. 711; x. 694;
    xi. 741.
Exhalations, P. L. v. 185, 425.
Exhale, P. L. v. 421.
Exhal'd, P. L. v. 642; ix. 1049.
Exhaling, P. L. vii. 255.
Exhausted, P. L. vi. 852. P. R.
    iv. 136.
Exhilarating, P. L. ix. 1047.
Exhorting, P. L. ii. 179.
Exile, P. L. i. 632; ii. 207; x.
    484.
Exil'd, P. L. iv. 106. S. A. 98.
Exorbitant, P. L. iii. 177.
Expanded, P. L. i. 225.
Expanse, P. L. ii. 1014; iv. 456;
    vii. 264, 340.
Expatiate, P. L. i. 774.
Expect, P. L. iv. 972; v. 892;
    vi. 186; ix. 382; xi. 226, 359;
    xii. 384, 591. P. R. iii. 126; iv.
    181. S. A. 1352, 1423. Lyc. 84.
Expectance, Vac. Ex. 54.
Expectation, P. L. ii. 417; vi.
    306; ix. 789; x. 536, 782;
    xii. 378. P. R. ii. 42; iii.
    207.
Expected, P. L. v. 811; ix. 281;
    x. 1048. P. R. ii. 33.
Expecting, P. L. x. 439, 504.
    P. R. iii. 192.

Expedite, P. L. x. 474.
Expedition, P. L. ii. 342 ; vi. 86 ;
vii. 193. P. R. i. 101. S. A.
1283.
Expel, P. L. ii. 140. P. R. iv.
100, 127, 129.
Expell'd, P. L. ii. 195, 983 ; viii.
332.
Experience, P. L. i. 118 ; v. 826 ;
viii. 190 ; ix. 807, 988. P. R.
iii. 238. S. A. 188, 382, 1756.
Il Pens. 173.
Experienc'd, P. L. i. 568.
Experiment, P. L. x. 967.
Expert, P. L. vi. 233. P. R. ii.
158. S. A. 1044.
Expiate, P. L. iii. 207. S. A.
490, 736.
Expiations, P. L. xii. 291.
Expire, P. L. ii. 93. Ps. lxxxviii.
62.
Expir'd, P. R. iv. 174, 395, 568.
Explain, S. A. 1583.
Explain'd, P. L. ii. 518.
Exploded, P. L. xi. 669.
Exploding, P. L. x. 546.
Exploit, P. L. ii. 111 ; iii. 465 ;
x. 407. P. R. i. 102.
Exploits, P. L. v. 565 ; xi. 790.
S. A. 32, 525, 1492.
Explore, P. L. ii. 971 ; vii. 95.
Explores, P. L. ii. 632 ; vi. 113.
Expose, P. L. ii. 828 ; x. 130 ;
xii. 339. P. R. i. 142.
Expos'd, P. L. i. 505 ; ii. 360; iii.
425 ; iv. 206 ; ix. 341 ; x.
407, 957. P. R. ii. 204 ; iv.
140. S. A. 75.
Exposes, P. L. ii. 27. S. A. 919.
Express, P. L. ii. 480 ; iii. 3 ; v.
574 ; vii. 528 ; viii. 616 ; x.
926 ; xi. 354. P. R. i. 233 ;
ii. 332. Com. 69.
Express'd, P. L. iii. 140 ; vi. 720 ;
ix. 554, 1164 ; x. 67 ; xi.
597. P. R. iv. 351.
Expressing, P. L. viii. 440, 544.
P. R. iv. 601.

Expression, P. L. iii. 591 ; ix. 527.
Expressly, P. L. ix. 356. P. R.
ii. 3. S. A. 578.
Exprest, Arc. 12.
Expulsion, P. L. vi. 880. P. R.
ii. 128.
Expung'd, P. L. iii. 49.
Exquisitest, P. R. ii. 346.
Extend, P. L. ii. 326 ; v. 651 ;
vii. 230 ; x. 804. P. R. iii.
65 ; iv. 222, 223. Ps. lxxxv. 19.
Extended, P. L. i. 195 ; ii. 885,
1047 ; iii. 557.
Extends, P. L. ii. 493; ix. 108 ;
xii. 211.
Extent, P. L. vii. 496; x. 808.
P. R. iii. 406.
Extenuate, P. L. x. 645. S. A.
767.
Exteriour, P. L. ix. 336.
External, P. L. v. 103.
Extinct, P. L. i. 141; ix. 829.
S. A. 70.
Extinguish, P. L. iv. 666.
Extinguish'd, S. A. 1688.
Extol, P. L. ii. 479 ; iii. 146 ; iv.
436, 733 ; v. 164. P. R. ii.
453 ; iii. 50.
Extoll'd, P. L. iii. 398. P. R.
iii. 54.
Extolling, S. A. 654.
Extoll'st, P. R. iv. 353.
Extort, P. L. i. 111.
Extorts, P. R. i. 423.
Extracted, P. L. viii. 497.
Extracting, P. L. v. 25.
Extraordinary, S. A. 1383.
Extravagant, P. L. vi. 616.
Extreme, S. A. 1342. Com. 273.
Extremes, P. L. i. 276 ; ii. 599 ;
vii. 272 ; x. 976.
Extremity, Com. 643.
Exulcerate, S. A. 625.
Eye, P. L. i. 456, 568, 604 ; ii. 189,
748 ; iii. 58, 193, 534, 547,
573, 578, 614, 660 ; iv. 117,
125, 279, 300, 572 ; v. 26,
131, 171, 711 ; vi. 149, 350,

476, 848 ; viii. 307, 488 ; ix.
397, 518, 528, 743, 777, 923,
1036 ; x. 5 ; xi. 191, 212,
385, 396, 620 ; xii. 556. P. R.
i. 319 ; ii. 153, 210, 296 ; iii.
293 ; iv. 61, 112, 216, 240, 507.
S. A. 94, 459, 636, 690, 1172,
1625. L'Al. 69. Il Pens.
140, 141. Com. 155, 164,
329, 978. Son. i. 5 ; ii. 14.
Od. Pass. 43. Ps. vi. 13 ;
lxxxviii. 38 ; cxxxvi. 78, 94.
Od. Nat. 59.
Eyeless, S. A. 41.
Eye-lids, P. L. iv. 616 ; v. 674.
   Lyc. 26. Il Pens. 150.
Eye-sight, S. A. 919, 1489, 1502,
   1503, 1527.
Eye-witness, S. A. 1594.
Eye-witnesses, P. L. vi. 883.
Ey'd, P. L. iv. 504 ; xi. 585.
Eyes, P. L. i. 56, 193 ; ii. 239,
   388, 616, 753, 803, 890 ; iii.

23, 53, 382, 650, 700 ; iv. 358,
466, 492, 658 ; v. 44, 647 ;
vi. 571, 755, 846, 847 ; vii. 67,
446, 496, 513 ; viii. 63, 257,
310, 459, 460 ; ix. 500, 706,
866, 875, 985, 1014, 1053,
1070, 1122 ; x. 553 ; xi. 130,
305, 367, 412, 419, 423, 429,
478, 585, 598, 711, 863 ; xii.
109, 274. P. R. ii. 31, 180,
338 ; iii. 245, 390 ; iv. 38. S. A.
33, 124, 584, 726, 1103, 1160,
1490, 1543, 1637, 1689, 1744.
Lyc. 81, 139, 181. L'Al. 80,
121. Il Pens. 40, 166. Arc.
27. Com. 342, 395, 753, 758.
Od. Pass. 16. Son. xvii. 1.
Vac. Ex. 66. Od. Nat. 49.
Ps. lxxxvi. 51 ; lxxxviii. 44.
Eyn, Od. Nat. 223.
Eyries, P. L. vii. 424.
Ezekiel, P. L. i. 455.

FABLE, P. L. i. 580.
   P. R. iv. 341. Lyc.
   160.
   Fabled, P. L. i. 741 ; ix.
30 ; x. 580. P. R. ii. 358.
Fables, P. L. i. 197 ; ii. 627 ; iv.
   250 ; xi. 11. P. R. ii. 215.
   Com. 800.
Fablest, P. L. vi. 292.
Fabling, P. R. iv. 295.
Fabrick, P. L. i. 710 ; viii. 76 ;
   x. 482.
Fabricius, P. R. ii. 446.
Fabulous, Com. 513.
Face, P. L. i. 600 ; ii. 304, 490 ;
   iii. 44, 140, 262, 407, 637 ;
   iv. 114 ; v. 30, 43, 644 ; vi.

540, 681, 721, 783 ; vii. 278,
316, 377, 636 ; ix. 853, 1063,
1080 ; x. 205, 723, 1064 ;
xi. 316, 353, 712, 843. P. R.
i. 92 ; iii. 324 ; iv. 433. S. A.
742, 1749. Com. 530. Son.
xviii. 10, 12. Od. D. F. I.
34. Ps. lxxx. 15, 31, 79 ;
lxxxiii. 60 ; lxxxiv. 31 ;
lxxxvi. 57 ; lxxxviii. 58.
Faces, P. L. vi. 753 ; ix. 1077 ;
   xi. 128, 641 ; xii. 644. P. R.
   iv. 76.
Facile, P. L. iv. 967 ; viii. 65 ;
   ix. 1158. P. R. i. 51.
Fact, P. L. ii. 124 ; ix. 928, 980 ;
   xi. 457. S. A. 493, 736.

Faction, P. L. ii. 32, 901.
Factious, P. L. xi. 664 ; xii. 352.
Faculty, P. L. v. 410.
Faculties, P. L. v. 101 ; viii. 542.
  Com. 628.
Fade, P. L. iii. 360.
Faded, P. L. i. 602 ; ii. 375, 376 ;
  iv. 870 ; ix. 893.
Fading, Od. D. F. I. 2.
Faeries, Com. 113.
Faery, P. L. i. 781. P. R. ii.
  359. L'Al. 102. Com. 298,
  436. Vac. Ex. 60.
Fail, P. L. i. 117, 167, 633 ; ii.
  205 ; vi. 117 ; vii. 38 ; ix. 942,
  1142 ; x. 856 ; xii. 9. P. R.
  ii. 54 ; iii. 395. L'Al. 99. Il
  Pens. 155. Com. 597. Od.
  Nat. 171. Ps. lxxxi. 27.
Fail'd, P. L. ii. 480 ; iii. 101 ;
  iv. 357 ; vii. 139 ; viii. 534 ;
  ix. 145. P. R. i. 147 ; iv.
  612. Ep. Hobs. I. 10.
Failing, P. L. ii. 931 ; ix. 404 ;
  x. 129. S. A. 901.
Fails, P. L. vi. 117 ; viii. 38.
Fain, S. A. 1535. Com. 783.
  Ps. lxxxi. 61.
Faint, P. L. vi. 392, 799 ; xi.
  108, 631. Com. 331. Son.
  xviii. 4. Ps. vi. 4 ; cxiv. 10.
Fainted, Ep. Hobs. II. 16.
Fainting, P. L. i. 530. S. A.
  666.
Faintings, S. A. 631.
Fair, P. L. i. 445, 468 ; ii. 398,
  650, 748, 757, 818 ; iii. 47,
  338, 554, 694, 727 ; iv. 151,
  268, 300, 339, 379, 468, 477,
  478, 481, 491, 521, 610, 648,
  718, 742, 770, 790, 820 ; v.
  52, 58, 74, 124, 129, 155,
  380 ; vi. 524, 611 ; vii. 556 ;
  viii. 47, 172, 221, 273, 276,
  338, 471, 472, 493, 568, 596 ;
  ix. 354, 443, 452, 489, 538,
  545, 568, 585, 605, 606, 608,
  661, 720, 731, 763, 777, 798,

972, 1159 ; x. 352, 384, 550,
  561, 618, 769, 818, 891, 943,
  1067 ; xi. 57, 582, 593, 614,
  625, 630, 647, 717 ; xii. 26.
  P. R. i. 63, 381 ; ii. 155, 200,
  301 ; iii. 257, 351 ; iv. 55, 426,
  442, 451, 544. S. A. 217,
  533, 688, 728, 934, 1062,
  1178, 1723. Lyc. 22, 73.
  Arc. 33, 45. L'Al. 11, 23.
  Com. 34, 152, 160, 283, 331,
  393, 442, 689, 831, 859, 880,
  929, 969, 981, 1009. Od.
  Nat. 37. Od. Pass. 16. Od.
  D. F. I. 11, 21. Ep. M. Win.
  4, 41. Od. Sol. Mus. 21.
  Vac. Ex. 28. Od. Hor. 13.
  Ps. vi. 19 ; lxxxiv. 1 ; lxxxvii.
  5, 6.
Fair-enticing, P. L. ix. 996.
Fairer, P. L. ii. 110 ; iv. 270 ;
  ix. 1032. P. R. ii. 352, 358 ;
  iv. 613. S. A. 217.
  Much fairer, P. L. v. 53.
Fairest, P. L. iv. 147, 324 ; v. 18,
  166, 381 ; viii. 307, 493 ; ix.
  432, 538, 577, 851, 896 ; xi.
  549. P. R. ii. 154 ; iii. 341.
  Od. D. F. I. 1.
Fairfax, Son. x. 1.
Fairly, P. R. iv. 187. Com. 168.
Faith, P. L. ii. 36, 690 ; iii. 104 ;
  iv. 520, 954 ; vi. 115, 143 ;
  viii. 325 ; ix. 286, 298, 320,
  335, 411, 1075, 1141 ; x. 129 ;
  xi. 64, 141, 458, 807 ; xii.
  128, 154, 295, 306, 409, 427,
  449, 488, 527, 528, 529, 536,
  582, 599, 603. S. A. 388,
  750, 986. Com. 88, 213, 971.
  Son. ix. 1, 7, 9 ; x. 12 ; xi.
  3. Forc. of Con. 9. Od.
  Hor. 6.
Faithful, P. L. i. 264, 611 ; iv.
  933, 950, 952 ; v. 896, 897 ;
  vi. 204, 271, 803 ; ix. 265,
  983 ; xi. 64 ; xii. 113, 152,
  462, 481, 571. S. A. 957,

1498, 1751. Lyc. 121. Com.
944. Ps. cxiv. 1 ; cxxxvi. 4,
97.

Faithfulness, P. L. iv. 951. Ps.
lxxxviii. 48.

Faithless, P. L. iii. 96 ; v. 897.
S. A. 380.

Falerne, P. R. iv. 117.

Fall, P. L. i. 76, 642 ; ii. 16, 76,
177, 203, 549, 773 ; iii. 95,
99, 128, 152, 201, 237, 619 ;
iv. 91, 101, 260 ; v. 130, 241,
540, 542, 878 ; vi. 55, 285,
796, 872, 898 ; vii. 19 ; viii.
640 ; ix. 362, 941, 1069 ; x.
16, 44, 184, 451, 1087 ; xi.
500 ; xii. 118, 391. P. R. i.
373 ; ii. 88, 223 ; iii. 201 ; iv.
567, 571, 620. S. A. 55. Com.
251, 491. Od. Pass. 49. Od.
D. F. I. 44. Ep. M. Win. 45.
Ps. i. 9 ; v. 29 ; vii. 60 ;
lxxxii. 23.

Fall down, P. R. iv. 166, 192.

Fall off, P. L. i. 30. S. A. 456.

Fall out, S. A. 1265.

Fall short, P. L. ix. 174.

Fallacious, P. L. ii. 568 ; ix.
1046. P. R. iii. 4. S. A.
320, 533.

Fallacy, P. R. i. 155.

Fallen, P. L. i. 84, 92, 157, 282,
330 ; ii. 13, 457 ; iii. 181,
400 ; iv. 591 ; v. 240, 541 ;
vi. 24, 852 ; vii. 25, 26 ; x.
47, 62 ; xi. 29, 180. P. R. i.
405 ; ii. 31. S. A. 169, 414,
1523, 1558, 1559, 1683.

Fall'st, P. L. v. 174.

Fallible, P. L. vi. 428.

Falling, P. L. i. 174, 745 ; ii.
925, 935 ; iv. 615 ; v. 190,
191 ; x. 663. Com. 30.

Fallows, L'Al. 71.

Falls, P. L. iii. 130 ; iv. 731 ; v.
613 ; viii. 551. P. R. iv. 70.
S. A. 690.

False, P. L. ii. 112, 522, 565,

.700 ; iii. 92, 681 ; v. 694,
809, 898 ; vi. 121, 271 ; ix.
306, 333, 355, 1011, 1068,
1070 ; x. 452, 868 ; xi. 413 ;
xii. 122. P. R. ii. 179 ; iii.
69, 138 ; iv. 291, 320, 491.
S. A. 227, 749, 824, 901.
Lyc. 153. Com. 156, 364,
690, 759, 799, 814. Son. vi.
7 ; x. 7. Od. on Time, 5.
Ps. iv. 12 ; lxxxii. 6.

Falsehood, P. L. iv. 122, 811 ; x.
873. P. R. iii. 443. S. A.
955, 979. Com. 281, 698.

False-imagin'd, Od. D. F. I. 72.

Falsities, P. L. i. 367.

Faltering, P. L. ii. 989 ; ix. 846 ;
x. 115. Ps. v. 25.

Fame, P. L. i. 651, 695 ; ii. 346 ;
iii. 449 ; iv. 938 ; vi. 240, 375,
384 ; x. 481 ; xi. 386, 623,
698, 699, 793 ; xii. 47. P. R.
i. 334 ; ii. 209 ; iii. 25, 47,
65, 70, 99, 100, 101, 289 ; iv.
371. S. A. 971, 1248, 1706,
1717. Lyc. 70, 78, 84. Arc.
8, 41. Son. iii. 6 ; viii. 12.
Ep. W. Sh. 5.

Fam'd, P. L. iii. 568 ; xii. 332.
P. R. i. 34 ; iv. 59. S. A.
1094. Com. 1004.

Familiar, P. L. ii. 219, 761 ; ix.
2 ; xi. 305.

Family, P. L. x. 216. P. R. iii.
168.

Families, P. L. xii. 23.

Famine, P. L. ii. 847 ; x. 573,
597 ; xi. 472, 778. P. R. ii.
257.

Famish, P. L. xii. 78.

Famish'd, P. R. ii. 311.

Famous, P. L. iv. 234. P. R. ii.
7 ; iii. 68, 94 ; iv. 221, 241,
267. S. A. 145, 528, 542.
Lyc. 53. Arc. 28.

Famousest, S. A. 982.

Fan, P. L. v. 6, 269 ; x. 94.

Fanatick, P. L. i. 480.

Fancied, P. L. ix. 789. Son.
xviii. 10.
Fancies, P. R. iv. 292. Il Pens.
6.
Fancy, P. L. iv. 802 ; v. 53, 102,
110, 486 ; viii. 188, 294, 461 ;
ix. 1009. S. A. 601, 794.
Com. 548, 669. Od. Nat. 134.
Od. Pass. 31. Vac. Ex. 32.
Ep. W. Sh. 13.
Fancy's, L'Al. 133.
Fann'd, P. L. v. 655 ; vii. 432.
P. R. ii. 364. Ps. i. 11.
Fanning, P. L. iv. 157. Lyc. 44.
Fans, P. L. vii. 476.
Fantasies, Com. 205.
Fantastic, Com. 144. L'Al. 34.
Fantastics, Vac. Ex. 20.
Far,—*Passim.*
    As far, P. L. i. 73 ; iv. 103 ;
      ix. 79 ; x. 686.
    As far as, P. L. i. 59, 138.
      P. R. iii. 272.
Far abler, P. R. i. 151.
Far away, Lyc. 155.
Far-beaming, Od. Nat. 9.
Far be it, P. L. iv. 758.
Far beneath, P. R. iv. 356.
Far beyond, S. A. 527.
Far different, P. R. iii. 89.
Far distant, P. L. ix. 576.—*See*
Distant.
Far-fet, P. R. ii. 401.
Far higher, P. R. iv. 521.
    By far, P. L. iii. 529 ; vii.
      359 ; viii. 598.
    From far, P. L. iii. 579 ; vi.
      487 ; x. 1077. P. R. iii.
      303. Od. Nat. 22. Od.
      D. F. I. 17.
    How far, P. L. v. 828 ; ix.
      615. S. A. 755. Son. vii.
      13.
Far less, P. L. ii. 659 ; viii. 33 ;
ix. 381 ; xi. 874.
Far more, P. L. iii. 311. P. R.
ii. 483.
    Not far, P. L. i. 670 ; ii.

1007 ; iii. 88 ; vii. 618 ;
    viii. 481. Com. 824.
Far and nigh, P. L. vi. 295.
P. R. iv. 122.
Far off, P. L. ii. 582, 636, 643,
1047 ; iii. 422, 494, 559 ; iv.
14 ; vi. 768 ; vii. 32 ; viii. 185 ;
x. 104, 211 ; xi. 121, 333, 727.
P. R. iv. 547. Com. 229, 456,
481. Il Pens. 74.
Far other, P. L. x. 862 ; xi. 171.
P. R. ii. 132. S. A. 875.
Com. 612.
Far otherwise, P. L. vi. 398 ;
viii. 529 ; ix. 984.
Far remote, P. R. iv. 67.
Far renown'd, S. A. 341.
Far round, P. L. i. 666 ; ix. 482.
    So far, P. L. iii. 476, 609 ;
      iv. 446 ; v. 457, 458 ; vi.
      342 ; vii. 369 ; viii. 102,
      120, 156 ; ix. 433 ; x. 281.
      P. R. i. 322 ; iv. 46. Od.
      Nat. 170.
    This far, P. R. iv. 7.
    Thus far, P. R. ii. 49.—*See*
    Thus.
    Too far, P. L. v. 213. P. R.
      iv. 87. Com. 193.
Far and wide, P. L. ii. 133, 519,
1003 ; iii. 614 ; iv. 579 ; vi.
773. P. R. iii. 72.
Far worse, P. R. iv. 320.—*See*
Worse.
Fare, P. L. v. 495 ; ix. 1028 ; x.
735. P. R. ii. 202.
Fares, P. L. ii. 940 ; iv. 131.
P. R. iii. 443.
Farewell, P. L. i. 249 ; ii. 492 ;
iv. 108, 109. S. A. 959,
1413.
Farms, P. L. ix. 448.
Farther.—*See* Further.
Farthest, P. L. i. 247 ; ii. 1038 ;
iv. 892 ; xi. 401. P. R. iv.
69. Com. 227.
Farthest-off, P. R. iii. 397.
Fashion, Com. 360.

Fashion'd, P. L. viii. 469.
Fast, P. L. ii. 725, 754; iv. 171,
190, 796; vi. 543; viii. 240;
x. 319; xi. 587; xii. 631.
P. R. ii. 247; iv. 480. S. A.
637, 1637. Il Pens. 44, 46.
Com. 816. Od. Nat. 211. Od.
Pass. 21. Ps. vii. 37; lxxx.
38; lxxxvii. 2, 20.
As fast, P. L. ii. 675; x.
542; xii. 639.
Fast by, P. L. i. 12; ii. 1051;
iii. 354; iv. 221; vi. 5; ix.
628; x. 333. S. A. 1432.
Fast-sleeping, P. L. ix. 182.
Too fast, P. L. vi. 870; x.
319.
Fasten'd, P. L. x. 300. S. A.
1398.
Fasting, P. R. ii. 243, 284.
Fat, P. L. xi. 439, 648. S. A.
1671.
Fatal, P. L. ii. 104, 712, 725,
786, 871; iv. 349, 514; v.
861; ix. 889; x. 4, 191, 364;
xii. 99. P. R. i. 53, 441; iv.
205, 525. S. A. 1024. Lyc.
100. Son. v. 7. Od. D. F. I.
7.
Fate, P. L. i. 116, 133, 448; ii.
17, 197, 232, 393, 550, 559,
560, 610, 809; iii. 33, 113,
120; v. 527; vi. 869; vii.
173; ix. 689, 885, 927; x.
265, 480; xi. 181. P. R. iv.
265, 317, 383, 470. Arc. 67.
Od. Nat. 149. Od. D. F. I.
22. Ep. M. Win. 13. Ep.
Hobs. II. 30.
Father, P. L. ii. 727, 743, 810,
864; iii. 56, 139, 143, 144,
154, 227, 262, 271, 372, 386,
401; iv. 495, 757; v. 246,
403, 596, 663, 735, 836, 847,
855; vi. 96, 671, 720, 723,
814, 890; vii. 11, 137, 196,
517, 588; viii. 298, 498; x.
32, 63, 66, 68, 216, 1097; xi.

22, 45, 760; xii. 103, 487,
546. P. R. i. 168, 176, 236,
486; ii. 414; iii. 110, 153,
154, 186, 282, 353; iv. 596.
S. A. 355, 373, 448, 487,
1248. Il Pens. 2. Com. 57,
828. Son. v. 10; xv. 1. Od.
Nat. 7.
Fatherless, Ps. lxxxii. 9.
Fatherly, P. L. xii. 63.
Fathers, P. R. i. 351; ii. 33; iii.
379, 439. S. A. 667, 1485.
Son. xiii. 4.
Father's, P. L. ii. 730; iii. 393,
398, 415; vi. 710; x. 223;
xi. 20; xii. 121. P. R. i. 31,
93, 283; ii. 85, 99, 259; iii.
175, 219; iv. 552, 603. S. A.
447, 602, 1432, 1459, 1506,
1717, 1733. Com. 35, 493,
947.
Fathom, P. L. ii. 934.
Fault, P. L. i. 609; iii. 96, 118;
x. 823, 938. S. A. 241, 431,
502.
Faults, P. L. x. 1089, 1101; xii.
337.
Faulty, P. L. xi. 509.
Faun, P. R. ii. 191.
Fauns, Lyc. 34.
Faunus, P. L. iv. 708.
Favonius, Son. xv. 6.
Favour, P. L. i. 654; iii. 664; v.
462, 661; vii. 72; viii. 202;
ix. 334; x. 1096; xi. 153;
xii. 278, 622. P. R. ii. 430.
S. A. 273, 1357, 1412. Lyc.
20. Com. 184. Ps. iv. 30; v.
40; lxxxv. 1; lxxxviii. 8.
Favourable, P. L. v. 507; xi.
169. S. A. 921.
Favour'd, P. L. i. 30; ii. 350.
P. R. ii. 68, 91. S. A. 1046.
Com. 78. Ep. M. Win. 65.
Favouring, S. A. 1720. Ps. lxxxii.
7.
Favourite, P. L. ix. 175. P. R.
iv. 95.

Favours, P. L. ix. 949. S. A. 685.

Fawn'd, P. L. iv. 959.

Fawning, P. L. ix. 526. P. R. i. 452.

Fawns, P. L. iv. 404.

Fayes, Od. Nat. 235.

Fealty, P. L. iii. 204 ; viii. 344 ; ix. 262.

Fear, P. L. i. 558, 598, 788 ; ii. 17, 49, 85, 94, 205, 293, 343, 627, 783 ; iv. 108, 190, 574, 822, 854 ; v. 98, 396 ; vi. 238, 393, 394, 397, 490, 494, 539, 912 ; viii. 168, 322 ; ix. 285, 286, 326, 702, 773, 989 ; x. 409, 780, 813, 1000, 1024, 1082 ; xi. 139, 212, 234, 361, 799 ; xii. 218, 305, 562. P. R. i. 66, 69, 223, 422, 451 ; ii. 47, 257 ; iii. 385 ; iv. 189, 195, 454. S. A. 740, 1065, 1234, 1250, 1374, 1526. Com. 328, 364, 405, 410, 412, 565, 800. Vac. Ex. 67. Ps. ii. 23 ; iii. 17 ; v. 19 ; lxxxv. 37 ; lxxxvi. 39, 52.

Fear'd, P. L. i. 628 ; ii. 82, 470 ; v. 135, 905 ; ix. 331, 511, 536, 1006 ; x. 51. P. R. iv. 488. S. A. 794, 900, 939, 1719. Com. 446.

No fear, P. R. iii. 206. Il Pens. 30.

Without fear, P. R. iv. 617.

Not fear'd, P. L. ii. 678 ; ix. 701 ; x. 119.

Fearing, P. L. x. 340 ; xii. 15. P. R. iv. 304.

Fearless, P. L. i. 131 ; ii. 855 ; iv. 14 ; v. 875 ; vi. 51, 804 ; ix. 57, 187 ; xi. 811. S. A. 529, 810.

Fears, P. L. i. 275, 530 ; x. 842, 1003. P. R. i. 110 ; ii. 53, 64, 70, 467. S. A. 805, 1469. Com. 355, 511, 512. Od. Nat.

45. Vac. Ex. 27. Forc. of Con. 18.

Fear'st, P. L. ix. 282 ; x. 838.

Feast, P. L. vi. 167 ; ix. 37 ; xi. 592, 715 ; xii. 21. P. R. i. 210 ; iv. 637. S. A. 12, 434, 1194, 1311, 1315, 1448, 1612, 1656. Lyc. 117. L'Al. 127. Com. 102, 479, 777. Son. xv. 9. Ep. M. Win. 18. Vac. Ex. 49. Ps. lxxxi. 12.

Feastful, S. A. 1741. Son. iv. 12.

Feasts, P. L. i. 390 ; v. 467. P. R. iv. 114. Com. 746.

Feat, L'Al. 101.

Feather'd, P. L. v. 284 ; vii. 420 ; ix. 1117.

Feathers, Com. 378.

Feathery, Com. 347.

Feats, P. L. ii. 537. S. A. 1083, 1278, 1340, 1602.

Feature, P. L. x. 279.

Features, Com. 748.

Fed, P. L. i. 68, 728 ; ii. 843 ; iii. 435 ; iv. 240 ; v. 415, 467 ; viii. 256. P. R. i. 350 ; ii. 110, 258, 313 ; iv. 593. Lyc. 24, 125.

Fee, Son. v. 3 ; vii. 7.

Feeble, S. A. 455. Com. 1022. Od. Pass. 45.

Feed, P. L. ii. 863 ; iii. 37 ; v. 417 ; ix. 597, 779 ; x. 604. P. R. ii. 258, 421. S. A. 1562. Com. 721. Ps. lxxxi. 65 ; cxxxvi. 85.

Feeder, Com. 779.

Feed'st, Ps. lxxx. 21.

Feeds, P. L. v. 416 ; vii. 490.

Feel, P. L. i. 153, 336 ; ii. 101, 216, 340, 598 ; iii. 22 ; iv. 972 ; v. 892 ; vi. 157 ; viii. 282, 608 ; ix. 120, 315, 680, 913, 955, 983, 1009 ; x. 243, 811 ; xi. 465, 775. P. R. i. 198, 400 ; ii. 252. S. A. 9, 594, 663, 1155, 1381. Com. 145, 800.

Feel'st, P. L. x. 951.   P. R. iv.
 621.
Feeling, P. L. x. 733.   P. R. iii.
 208.   S. A. 96.
Feels, Od. Nat. 221.   Od. Pass.
 38.
Feet, P. L. i. 238 ; ii. 444, 949 ;
 iii. 31, 73, 486 ; iv. 183, 866 ;
 v. 283 ; vi. 592 ; vii. 440 ;
 viii. 261, 315 ; x. 190, 215,
 911, 942 ; xi. 759.   P. R. iii.
 224, 253 ; iv. 621.   S. A. 111,
 336, 732, 931, 950.   Il Pens.
 155.   Com. 180, 310, 877,
 897.   Od. Nat. 25, 146.   Ps.
 viii. 18.
Feign, P. R. i. 474.   S. A.
 150.
Feign'd, P. L. ii. 627 ; iii. 639 ;
 iv. 96, 706 ; v. 381 ; ix. 31,
 439, 492 ; xi. 799.   P. R. ii.
 358.   S. A. 752, 829, 872,
 1116.
Feign'dst, S. A. 1135.
Feigning, P. L. xii. 517.   P. R.
 iv. 397.
Felicity, P. R. iv. 297.   Ep. M.
 Win. 68.
Fell, P. L. i. 75, 445, 461, 491,
 586, 679, 740, 743, 748 ; ii.
 539, 771, 826, 1006, 1023 ;
 iii. 102, 129 ; iv. 39, 64, 230,
 331, 905 ; v. 133, 434 ; vi.
 190, 593, 614, 844, 871, 912 ;
 vii. 134 ; viii. 315, 458 ; x.
 513, 539, 542, 570, 846, 906,
 912, 1099 ; xi. 446.   P. R. i.
 443 ; ii. 134, 150 ; iii. 332 ;
 iv. 295, 311, 415, 562, 568,
 571, 576, 581.   S. A. 144,
 532, 1580, 1582.   Com. 50,
 53, 259.   Ps. ii. 10 ; lxxxiii.
 7 ; cxxxvi. 41.
Fell asleep, P. L. v. 92 ; xii. 614.
Fell off, P. R. iii. 415.
Fell'd, P. L. vi. 250, 575.   S. A.
 263.
Fellow-servant, P. L. viii. 225.

Fellows, P. L. i. 606 ; ii. 428 ;
 vi. 160.   Com. 485.
Fellowship, P. L. viii. 389, 442.
 P. R. i. 401.
Fellowships, P. L. xi. 80.
Felon, Lyc. 91.
 Arch-felon, P. L. iv. 179.
Felonious, Com. 196.
Felt, P. L. i. 227 ; ii. 77, 543,
 780 ; iv. 847 ; vi. 872 ; viii.
 530 ; ix. 782, 846, 859 ; x.
 361, 362, 511, 541, 717, 1098.
 P. R. i. 89, 308.   S. A. 1006,
 1257, 1636.
Female, P. L. vii. 490, 530 ; viii.
 150 ; ix. 822, 999 ; x. 897.
 P. R. i. 151 ; ii. 219.   S. A.
 711, 777, 1055, 1060.
Female troop, P. L. xi. 614.
Feminine, P. L. i. 423 ; ix. 458 ;
 x. 893.   S. A. 403.
Fen, Com. 433.
Fence, P. L. iv. 187.   S. A. 937.
 Com. 791.   Ps. lxxx. 50.
Fenc'd, P. L. iv. 697 ; ix.
 1119.
Fenceless, P. L. x. 303.
Fennel, P. L. ix. 581.
Fens, P. L. ii. 621 ; vii. 417.
Ferment, S. A. 619.
Fermented, P. L. vii. 281.
Ferry, P. L. ii. 604.
Fertile, P. L. i. 468 ; iv. 216,
 645 ; v. 319 ; vii. 454 ; ix.
 801.   P. R. iii. 259.
Fertility, Com. 729.
Fervent, P. L. v. 849.
Fervently, P. L. ix. 342.   P. R.
 iii. 121.
Fervid, P. L. v. 301 ; vii. 224.
Fesolé, P. L. i. 289.
Fester, S. A. 621.
Fester'd, S. A. 186.
Festival, S. A. 1598.   Od. Nat.
 147.
Festivals, P. L. vi. 94 ; xi. 723.
 S. A. 983.   Com. 848.
Fetch, P. L. viii. 137.   S. A. 921,

1731. Com. 708. Arc. 54.
Od. Nat. 135.
Fetch'd, P. R. iv. 589. Ep. Hobs.
II. 18.
Fetter'd, S. A. 1160, 1235. Od.
Nat. 234.
Fetters, S. A. 35. Com. 819.
Feverish, Com. 8.
Feverous, P. L. xi. 482.
Few, P. L. iii. 496; vi. 148; vii.
31; x. 157; xi. 777; xii. 13,
480. P. R. iii. 20, 59, 234.
S. A. 1400. Com. 391, 771.
Son. iv. 3; xii. 11.
Fez, P. L. xi. 403.
Fickle, P. L. ii. 233; ix. 948.
S. A. 164. Il Pens. 10.
Fie, Vac. Ex. 53.
Field, P. L. i. 105, 677, 763; ii.
292; iii. 430, 513; iv. 186,
245, 265, 268, 980; v. 20,
136, 292; vi. 309, 410; vii.
19, 322, 335, 358, 495, 522;
ix. 86, 417, 520, 560, 575;
x. 176, 204, 275, 533; xi.
171, 215, 429, 654. P. R. i.
9, 318; iii. 73, 268, 326; iv.
505. S. A. 1087, 1094, 1432.
Son. xi. 8. Ps. viii. 20.
Fields, P. L. i. 249, 520; ii. 493,
530, 768; iii. 460, 569, 606;
vii. 460; viii. 145, 301. P. R.
i. 243. Com. 60, 979. Son.
xiii. 11; xv. 2. Od. D. F. I.
40. Ps. cxiv. 3.
Fiend, P. L. i. 283; ii. 643, 677,
815, 917, 947; iii. 430, 440,
498, 524, 588; iv. 166, 285,
393, 819, 857, 924, 1005,
1013; ix. 412; x. 20, 233;
xi. 101. P. R. i. 465; ii. 323;
iii. 345, 441; iv. 195, 430,
499, 576. L'Al. 110.
Arch-fiend, P. L. i. 156, 209.
Fiends, P. L. iv. 953.
Fierce, P. L. i. 100, 305, 336,
667; ii. 78, 219, 580, 599,
671, 898; iii. 399; iv. 128,

509, 871; vi. 93, 201, 220,
356, 610, 765, 794, 829; vii.
272; ix. 462, 471; x. 556,
703, 709, 739, 865; xi. 483,
641; xii. 634. P. R. i. 90,
313; iv. 269, 412. S. A. 612,
952, 985. Com. 426, 654.
Od. Pass. 24. Son. xii. 4.
Ps. ii. 11; lxxxv. 11; lxxxviii.
65.
Fiercely, P. L. x. 478; xii. 593.
Fierceness, P. L. ix. 462.
Fiercer, P. L. ii. 45. P. R. iv.
567.
Fiercest, P. L. ii. 44; iv. 927;
vi. 314. S. A. 127.
Fiery, P. L. i. 52, 68, 173, 184,
377; ii. 180, 512, 531, 620,
635; iii. 522; iv. 402, 978;
vi. 17, 55, 80, 213, 215, 304
391, 479; xii. 208, 257, 492,
644. P. R. i. 312; ii. 16;
iv. 424, 581. S. A. 27, 549,
1690. Od. Cir. 7. Ps. cxiv. 18.
Fiery-wheeled, Il Pens. 53.
Fig-tree, P. L. ix. 1101.
Fight, P. L. ii. 20, 914; iv. 945,
1003; vi. 30, 48, 87, 232,
243, 296, 308, 403, 423, 448,
454, 531, 537, 687, 693, 786;
x. 278; xii. 289, 385, 386.
P. R. iii. 307, 328. S. A. 344,
1111, 1175, 1222, 1226, 1253.
Ps. lxxxviii. 19.
Fighting, P. L. ii. 1015; vi. 249.
P. R. iv. 140.
Figure, P. L. vii. 426; xii. 241.
Figures, Lyc. 105.
File, Son. vi. 6.
Files, P. L. i. 567; iv. 797; v.
651; vii. 339, 599.
Filial, P. L. iii. 269; iv. 294; vi.
722; vii. 175, 587; xii. 306.
P. R. i. 177. S. A. 511.
Fill, P. L. i. 350; iv. 507, 733;
v. 389, 504; vii. 168, 397,
531; viii. 104, 214; ix. 196,
595, 1005, 1042; x. 506, 892;

xii. 177, 178, 558.   P. R. iii.
332.   Il Pens. 4, 128.   Com.
548, 931.   Lyc. 150.   Son. i. 3 ;
iv. 10 ; ix. 14.   Ps. cxxxvi. 26.
Fill'd, P. L. i. 495, 707 ; ii. 129,
284, 843, 847 ; iii. 135, 348,
447 ; iv. 351, 827 ; v. 286 ;
vi. 200 ; vii. 51, 257 ; x. 570 ;
xi. 77, 888.   P. R. ii. 77.
S. A. 718, 1613.   L'Al. 23.
Com. 198, 550.   Ps. lxxx. 40.
Fill'd up, P. L. viii. 468.
Filling, Son. x. 2.
Fills, P. L. iii. 731 ; vii. 88 ; xi.
336.   S. A. 552.
Film, P. L. xi. 412.
Filth, P. L. x. 630.
Fin, P. R. ii. 345.
Final, P. L. ii. 142, 563 ; iii.
458 ; vi. 798 ; ix. 88 ; x.
1085 ; xi. 62, 493.   P. R. i.
461 ; iii. 211.   S. A. 1171.
Finally, P. L. iii. 150.   S. A.
1296.
Find, P. L. i. 165, 320, 648 ; ii.
83, 344, 403, 525, 802, 1011 ;
iii. 24, 131, 145, 213, 227,
228, 453, 631, 671 ; iv. 448,
575, 796, 849, 938 ; v. 9, 28,
49, 93, 114, 429, 494, 531 ;
vi. 172, 341, 433, 453 ; vii. 31 ;
viii. 97, 366, 375, 433, 438, 479,
523, 624 ; ix. 119, 129, 160,
181, 219, 257, 333, 370, 381,
414, 421, 1071, 1176 ; x. 52,
844, 894, 968 ; xi. 223, 890 ;
xii. 40, 273, 295, 522.   P. R.
i. 121, 459, 471 ; ii. 59, 131,
208, 388 ; iii. 398 ; iv. 130,
333, 477.   S. A. 17, 40, 306,
423, 610, 771, 1376, 1396,
1443, 1446, 1716, 1725.   Lyc.
73.   Arc. 12.   Com. 204,
304, 500, 606, 644.   Vac. Ex.
83.   Brut. 11.   Soph. 2.   Son.
iv. 8.   Ps. v. 29 ; lxxxiii. 50 ;
lxxxiv. 14.
Find out, P. L. ii. 406 ; x. 899.

P. R. i. 101.   Il Pens. 168.
L'Al. 5.   Com. 307.   Forc.
of Con. 13.
Finding, P. L. iv. 889.   S. A.
619.   Ep. Hobs. I. 11.
Finds, P. L. iii. 228 ; iv. 92 ; v.
531.   P. R. i. 334 ; iv. 319.
S. A. 1046.
Find'st, P. L. v. 231 ; viii. 586.
P. R. i. 495 ; iv. 486.
Finest, Ps. lxxxi. 66.
In fine, S. A. 702.
Finger, P. R. iv. 428.   Od. Nat.
95.
Fingers, Lyc. 4.
Finger's, Com. 914.
Fingers', Ps. viii. 9.
Finish, P. L. iv. 661.
Finish'd, P. L. ii. 284, 815 ; iv.
727 ; v. 559 ; vi. 141, 522 ;
vii. 548.   S. A. 1710.
Finisher, P. L. xii. 375.
Finite, P. L. x. 802.
Finny, Com. 115.
Fins, P. L. vii. 401.
Fir, P. L. iv. 139 ; vi. 574 ; x.
1076.
Fire, P. L. i. 48, 77, 151, 229,
234, 280, 298, 395, 612, 671,
701 ; ii. 67, 69, 88, 141, 176,
434, 581, 595, 600, 603, 647,
912, 937, 1013 ; iii. 594, 715 ;
iv. 719 ; v. 439, 893 ; vi. 50,
214, 245, 485, 546, 580, 849,
876 ; ix. 392, 634, 1036 ; x.
1073, 1078 ; xi. 217, 441,
472, 566, 658, 900 ; xii. 182,
202, 203.   P. R. ii. 124 ; iii.
220 ; iv. 201, 412.   S. A.
1435.   L'Al. 112.   Il Pens.
94. Com. 111, 433.   Son. xv.
3.   Od. Nat. 28, 159.   Od.
D. F. I. 62.   Vac. Ex. 40.
Ps. ii. 27 ; vii. 21 ; lxxx. 65 ;
lxxxiii. 53 ; lxxxv. 12.
Fire, (*verb,*) P. L. vi. 520.
Fir'd, P. L. iv. 557.   S. A. 1419.
Fires, P. L. i. 346 ; ii. 170, 213,

275, 401; iv. 667; v. 177,
417; vi. 413, 756; vii. 87;
xii. 256.

Fires, (*verb*,) P. L. ii. 709.

Firm, P. L. i. 350, 554; ii. 36,
497, 589; iii. 75, 418; iv.
695, 873; v. 210, 502; vi.
69, 242, 399, 534, 911; vii.
267, 362, 443, 586; ix. 286,
359, 1160; x. 295; xi. 71;
xii. 127. P. R. i. 4; iv. 292,
534. Com. 588. Son. x. 5;
xii. 13. Ps. ii. 13; v. 26;
lxxx. 64; lxxxiii. 20.

Firmament, P. L. ii. 175; iii. 75,
574; iv. 604; vi. 757; vii.
261, 264, 274, 344, 349, 390;
viii. 18; xi. 206. Com. 598.
Ps. viii. 11.

Firmer, P. L. xi. 498.

Firmest, S. A. 796.

Firmlier, S. A. 1398.

Firmly, P. L. vi. 430.

Firmness, P. L. v. 324; ix. 279.

First,—*Passim*.

First-begot, P. R. i. 89.

First-born, P. L. i. 489, 510; iii.
1; xii. 189. S. A. 391, 1576.
Ps. cxxxvi. 37.

First-created, S. A. 83.
  At first, P. L. i. 57. P. R. i.
  114. S. A. 883, 1035.
  At the first, P. R. ii. 59.

First-fruits, P. L. xi. 22, 435.

Firstlings, P. L. xi. 437.

First-mov'd, P. L. iii. 483.

First-Mover's, P. L. vii. 500.

First-moving, Od. D. F. I. 39.

First seen, P. L. iii. 549.

Fish, P. L. i. 463; vii. 401, 447,
503, 521, 533; viii. 341, 346,
395; x. 604, 711; xii. 67.
P. R. ii. 344. Ps. viii. 21.

Fishermen, P. R. ii. 27.

Fishy, P. L. iv. 168.

Fist, S. A. 1235.

Fit, P. L. ii. 306; iii. 454, 643;
iv. 816, 953; v. 69, 148, 315,

348, 690; vi. 303, 543, 636,
876; vii. 31; viii. 390, 448,
450; ix. 89, 489; x. 139, 242,
626, 899; xi. 271, 571; xii.
597. P. R. i. 73. Il Pens.
78. Arc. 76. Com. 546, 700,
792. Od. Pass. 42. Od. D.
F. I. 46. Vac. Ex. 32.

Fitly, P. L. viii. 394. Od. Pass. 49.

Fits, S. A. 929, 1236, 1318.
Brut. 10.

Fitter, P. L. xi. 98, 262.

Fittest, P. L. ix. 89. P. R. iv.
373.

Fitting, P. R. iv. 219.

Five, P. L. v. 104, 177; x. 657.
S. A. 1248.

Fix, P. L. i. 382; xii. 432. Il
Pens. 44. Ps. lxxxvii. 20.

Fix'd, *or* Fixed, P. L. i. 97, 206,
560, 723; ii. 18, 560; iii. 481,
629, 669; iv. 465; v. 176,
621; vii. 586; viii. 3; ix.
735, 952, 1160; x. 295, 553,
661, 773; xi. 851; xii. 555,
627. P. R. i. 127. S. A. 726,
1481, 1637. Com. 819. Il
Pens. 4. Son. iv. 9. Od.
Nat. 70, 241.

Fixes, P. L. iv. 28. Com. 529.

Flag, P. L. ii. 900. Com. 604.

Flail, L'Al. 108.

Flame, P. L. ii. 889; iv. 784; v.
807, 891; vi. 483, 584, 766;
ix. 637; x. 232, 1075; xi.
120. P. R. iii. 26. S. A. 262,
1351, 1691. Com. 129, 795.
Od. Nat. 81. Ep. M. Win.
20. Ps. lxxxiii. 55.

Flam'd, P. L. i. 62; x. 562. P. R.
i. 216.

Flamens, Od. Nat. 194.

Flames, P. L. i. 62, 182, 222; ii.
61, 172, 214, 754; iii. 470;
vi. 58, 751. S. A. 25, 1433.
Lyc. 171. L'Al. 61. Com.
673.

Flaming, P. L. i. 45, 664; iii.

394; iv. 554; v. 598, 875; vi. 17, 102, 213; vii. 134; viii. 162; ix. 156; xi. 101, 216; xii. 592, 643. Od. Cir. 1.

Flank, P. L. vi. 570.

Flaring, Il Pens. 132.

Flashing, P. L. vi. 751.

Flashy, Lyc. 123.

Flat, P. L. i. 461; ii. 143; ix. 627, 987. P. R. ii. 223; iv. 363. S. A. 595. Com. 375.

Flatly, P. L. v. 819.

Flatter, P. R. i. 474.

Flatter'd, P. L. x. 42. Od. Pass. 31.

Flatteries, P. R. iv. 125.

Flattering, P. R. i. 375. S. A. 392. Od. Hor. 11.

Flaunting, Com. 545.

Flavour, S. A. 544.

Flaw, P. L. x. 698.

Flaws, P. R. iv. 454.

Fled, P. L. i. 520; ii. 165, 613, 787, 790, 994; iii. 512, 712; iv. 919, 1014, 1015; vi. 362, 395, 531, 538, 868; ix. 53, 58, 394; x. 339, 713; xi. 330, 563, 841. P. R. i. 312; ii. 270. S. A. 139, 264. Com. 662. Son. xviii. 14. Od. Nat. 205. Od. D. F. I. 48. Ep. M. Win. 68. Ps. cxiv. 7.

Fled'st, P. L. iv. 963.

Fledge, P. L. iii. 627; vii. 420.

Fleece, S. A. 538.

Fleec'd, P. L. vii. 472.

Fleecy, P. L. iii. 558; v. 187; xi. 648. Il Pens. 72. Com. 504.

Fleet, P. L. ii. 636; iii. 457. P. R. iii. 313. Com. 896.

Fleeting, P. L. x. 741.

Flesh, P. L. i. 428; iii. 284, 434; iv. 441, 483; viii. 468, 495, 629; ix. 914; xi. 4, 888; xii. 180, 303, 405. P. R. i. 162. Ps. lxxxiv. 7.

One flesh, P. L. viii. 499; ix. 959.

Fleshliest, P. R. ii. 152.

Fleshly, P. R. iii. 387; iv. 599. Il Pens. 92.

Fleshy, *or* Fleshly, Od. Pass. 17.

Flew, P. L. iii. 445, 521, 717; iv. 194; v. 87, 251; vi. 213, 507, 642; viii. 264; x. 284. P. R. iv. 582. S. A. 262. Son. ix. 11.

Flew off, P. L. vi. 614.

Flew up, P. L. xi. 15.

Flies, P. L. ii. 612, 950; iii. 435; v. 176, 274; xi. 855; xii. 177. P. R. i. 39; iv. 15. Com. 668.

Flight, P. L. i. 14, 225, 555; ii. 80, 221, 407, 632, 928; iii. 15, 563, 631, 741; iv. 12, 595, 913, 921, 922; v. 89, 266, 871; vi. 152, 187, 236, 285, 367, 397, 539, 798; vii. 4, 294, 430; viii. 199; x. 83; xi. 7, 190, 202. P. R. ii. 241; iii. 306, 325. S. A. 974, 1118. L'Al. 41. Com. 158, 579, 832. Od. Nat. 72. Od. D. F. I. 42.

Flights, P. R. ii. 385.

Fling, Il Pens. 131. Com. 990.

Flings, L'Al. 113.

Flint-stones, Ps. cxiv. 18.

Float, Lyc. 12. Com. 249.

Floated, P. L. ix. 503.

Floats, P. L. vii. 432; xi. 850.

Floating, P. L. i. 196, 310; x. 296; xi. 745. P. R. iv. 585. S. A. 1072.

Flock, P. L. v. 709; vi. 857; x. 273; xi. 437, 648; xii. 19. S. A. 1450. Lyc. 24. Com. 499. Ps. lxxx. 3.

Flock'd, P. R. i. 21; iv. 511.

Flocking, P. L. i. 522. Od. Nat. 232.

Flocks, P. L. iii. 44, 435; iv. 185, 252; vii. 461, 472; xii. 132.

P. R. iii. 260. Lyc. 29. L'Al.
72. Arc. 103. Com. 175,
344, 531, 540, 712.

Flood, P. L. i. 195, 239, 312, 324,
419; ii. 577, 587, 640; iii.
535, 715; iv. 231; vii. 57;
xi. 402, 472, 748, 756, 757,
831, 840, 893; xii. 117. P. R.
i. 24; ii. 178; iii. 268, 436;
iv. 201. Lyc. 85, 185. Arc.
29. Il Pens. 94. Com. 19,
831, 930. Od. Pass. 37. Od.
on Time, 13.

Floods, P. L. i. 77; vi. 830; vii.
295. Ps. cxiv. 17; cxxxvi.
49.

Floor, Lyc. 167.

Flora, P. L. v. 16.

Flora's, P. R. ii. 365.

Florid, P. L. iv. 278; vii. 90,
445.

Flourish'd, P. L. iv. 699; ix.
672. Son. v. 10.

Flourishing, P. R. iii. 80.

Flouts, Ps. lxxx. 28.

Flow, P. L. iii. 31; iv. 410; v.
195; viii. 601; ix. 239. Ep.
W. Sh. 10. Ps. lxxxviii.
65.

Flow'd, P. L. i. 11; iii. 518; v.
150; vi. 332; vii. 8, 279;
xi. 241. P. R. iii. 255. S. A.
547.

Flower, P. L. i. 316; iii. 353;
iv. 270, 644, 652, 697; v.
481, 747; vi. 475; ix. 206,
428, 432. P. R. i. 67; iii.
314. S. A. 144, 728, 938,
1654. Com. 633. Lyc. 106,
148. Od. D. F. I. 127. Ep.
M. Win. 39. Ps. lxxxi. 66;
lxxxv. 45.

Flower-inwoven, Od. Nat. 187.

Flower'd, P. L. vii. 317.

Flowerets, P. L. v. 379, 636; vi.
784. Lyc. 135.

Flowering, P. L. v. 293.

Flowers, P. L. i. 771; ii. 245;

iii. 359; iv. 241, 256, 269,
334, 438, 451, 709; v. 126,
212, 482, 636; viii. 44, 286,
527; ix. 193, 278, 408, 437,
840, 1039; x. 603, 679; xi.
273, 327, 594. P. R. ii. 356.
S. A. 987, 1742. Lyc. 47,
141. L'Al. 147. Com. 994.
Ep. M. Win. 57.

Flowers, (*verb*,) P. L. iii. 357.

Flowery, P. L. i. 410; iii. 30, 569;
iv. 254, 626, 772; viii. 254;
ix. 456; xi. 881. P. R. iv.
247, 586. Il Pens. 143. Com.
239. Od. May-M. 3. Vac.
Ex. 84. Ariost. 1.

Flowery-kirtled, Com. 254.

Flowing, P. L. iii. 640; iv. 496;
v. 444; x. 910; xi. 846.
P. R. ii. 436. Il Pens. 34.
Ep. Hobs. II. 31.

Flown, P. L. i. 502; vii. 503; x.
422.

Flows, P. L. v. 633; ix. 81; xii.
158. Ps. iii. 24.

Fluctuates, P. L. ix. 668.

Fluid, P. L. vi. 349; vii. 237;
xi. 882.

Flung, P. L. i. 610; vi. 654; viii.
517.

Flushing, P. L. ix. 887.

Flute, Lyc. 33. Com. 173.

Flutes, P. L. i. 551.

Flutter'd, P. L. iii. 491.

Fluttering, P. L. ii. 933.

Fly, (*noun*,) S. A. 676.

Fly, P. L. i. 772; ii. 879; iii.
494; iv. 22, 73, 75, 859, 910,
948, 963; v. 871, 889; vi.
295; vii. 389; xi. 547, 650.
P. R. i. 440; ii. 75; iii. 216;
iv. 629. S. A. 1541. Com.
939, 976, 1013. Son. ii. 3;
xiii. 14. Od. Nat. 236. Od.
on Time, 1. Vac. Ex. 28. Ps.
vii. 1; lxxxiv. 15; lxxxviii.
71.

Fly back, Od. D. F. I. 60.

Flying, P. L. ii. 574, 643, 942;
iv. 913; v. 688; vi. 214, 536;
vii. 17, 429; x. 276. P. R.
iii. 323. S. A. 254. Com.
829.

Fly'st, P. L. iv. 482; v. 175.

Foam, P. L. i. 203; vi. 512.

Foaming, P. L. vi. 391; x. 301;
xi. 643.

Foe, P. L. i. 122, 179, 649; ii.
72, 78, 152, 202, 210, 369, 463,
722, 769, 804, 1039; iii. 179;
iv. 7, 372, 373, 749; v. 724;
vi. 129, 149, 363, 530, 537,
551; vii. 139; ix. 15, 253,
280, 295, 323, 327, 361, 383,
486, 951; x. 11, 431, 926,
1033, 1038; xi. 155. P. R.
i. 10, 387. S. A. 561, 884,
1193, 1262, 1469, 1518. Od.
D. F. I. 66. Vac. Ex. 83.
Ps. vii. 12; lxxx. 26.
Arch foe, P. L. vi. 259.

Foes', S. A. 366.

Foes, P. L. i. 437; ii. 504; iii.
258, 399, 677; v. 735, 876;
vi. 39, 402, 440, 487, 603, 627,
688, 785, 831, 880; xi. 703;
xii. 453. P. R. i. 159; iii.
120. S. A. 109, 342, 423,
424, 897, 1529, 1586, 1667.
Com. 449. Son. xi. 11. Ps.
iii. 1, 21; vii. 21; viii. 6;
lxxx. 8; lxxxi. 57; lxxxiii.
5; lxxxvi. 62.

Fog, Com. 269, 433.

Foil, P. L. x. 375; xii. 389.
P. R. iv. 569. Lyc. 79. Ps.
cxiv. 10.

Foil'd, P. L. i. 273; ii. 330; vi.
200; viii. 608. P. R. i. 5;
iv. 565. Ps. cxxxvi. 65.

Foils, P. R. iv. 13.

Fold, P. L. ii. 651; iv. 187, 192;
ix. 499. S. A. 1665. Lyc.
115. Com. 93, 498, 542. Son.
xiii. 6, 13.

Folded, Com. 344. Od. Nat. 172.

Folds, P. L. i. 724; ii. 645; vii.
484; ix. 161, 498; xi. 431.
P. R. i. 244.

Follow, P. L. ii. 206, 662, 866;
iv. 469, 476; viii. 611; ix.
133; xi. 291, 371; xii. 335.
P. R. i. 440, 483; iii. 430.
Arc. 86, 90. Com. 657, 1018.

Follow'd, P. L. i. 238, 467; vi.
598; vii. 222, 558; viii. 508,
645; x. 533; xii. 439. P. R.
iv. 523. Son. ix. 8. Ps.
lxxxi. 51.

Followers, P. L. i. 606; xii. 484.
P. R. ii. 419.

Following, P. L. ii. 1025; iv.
437, 481; vii. 3; ix. 808; x.
278, 314, 367, 589; xi. 352.
P. R. i. 192, 315.

Follows, P. L. ii. 25.

Folly, P. L. ii. 686; iii. 153; iv.
905, 1007; vi. 139; vii. 130;
viii. 553; x. 619, 621; xii.
560. S. A. 377, 825, 1000,
1043. Il Pens. 61. Com. 975.
Ps. lxxxv. 35.

Folly, Il Pens. 2.

Foment, P. L. iv. 669; x. 1071.

Fomented, P. L. xi. 338.

Fond, P. L. iii. 449; vi. 90; viii.
195, 209; x. 834. P. R. ii.
211. S. A. 228, 812, 1682.
Il Pens. 6. Com. 67.

Fondly, P. L. iii. 470; vii. 152;
ix. 999; x. 564; xi. 59. Lyc.
56. Son. xiv. 8.

Fontarabia, P. L. i. 587.

Food, P. L. v. 400, 401, 407, 465,
633; vii. 126, 408, 540; ix.
237, 238, 240, 573, 717, 768;
x. 986; xi. 54; xii. 74. P. R.
i. 308, 345, 353, 429; ii. 231,
246, 268, 320; iv. 588. S. A.
574, 1366. Ps. lxxx. 55;
lxxxv. 52.

Fool, P. L. vi. 135. S. A. 77,
201, 203, 298, 496, 907, 1338.
Com. 662.

Fool'd, P. L. x. 880.
Foolish, S. A. 198.
Foolishness, Com. 706.
Fools, P. L. iii. 496. P. R. ii.
 453. Com. 477. Ps. v. 12.
Foot, P. L. vi. 625; vii. 228; ix.
 71; x. 347; xi. 645, 848, 858.
 P. R. iii. 327; iv. 559, 610.
 S. A. 136, 1618.
 At foot, P. L. iii. 485.
 On foot, P. L. ii. 941.
Footing, Lyc. 103. Com. 146.
Footstep, P. L. xi. 329.
Footsteps, P. R. iv. 522. Ps.
 lxxxv. 56.
Forage, P. L. xi. 646.
Forbear, P. L. viii. 490. Ps. vii.
 45.
Forbearance, P. L. x. 53.
Forbid, P. L. v. 62; ix. 356, 703;
 x. 685. P. R. i. 495. S. A. 13.
Forbiddance, P. L. ix. 903.
Forbidden, P. L. i. 2; ii. 852;
 iv. 515; v. 69; ix. 904, 1025,
 1026; x. 554; xii. 279. S. A.
 1139, 1409.
Forbidd'n, P. R. ii. 369. S. A.
 555.
Forbidder, P. L. ix. 815.
Forbidding, P. L. ii. 475; ix.
 753. Com. 269.
Forbids, P. L. iv. 82; v. 61; ix.
 750, 753, 758, 759; xi. 49.
 S. A. 1320.
Forbore, P. L. ii. 736; ix. 1034.
Forborn, P. L. ix. 747. Ps. iv. 9.
Force, P. L. i. 94, 101, 121, 144,
 145, 230, 248, 560, 574, 629,
 647, 649; ii. 62, 135, 188,
 250, 358, 551, 853, 1012; iii.
 91; iv. 813; v. 730; vi. 41,
 125, 222, 293, 324, 622, 794;
 ix. 348, 1046, 1173, 1174; x.
 246; xii. 412, 521, 525. P. R.
 i. 97, 153, 347; ii. 479; iv.
 602. S. A. 146, 935, 1087,
 1206, 1219, 1273, 1369, 1397,
 1627, 1647. Com. 590, 607,

906. Son. xviii. 4. Od.
 D. F. I. 4. Forc. of Con. 6.
 Vac. Ex. 67, 89.
Force with force, S. A. 1206.
Forc'd, P. L. ii. 243; vi. 598;
 x. 475, 829, 991. S. A. 1096,
 1451. Lyc. 4.
Forces, P. R. iii. 337.
Forcible, P. L. ii. 793; ix. 955.
 More forcible, P. L. vi. 465.
Forcing, P. L. vi. 196.
Ford, P. L. ii. 612; xii. 130.
 P. R. i. 328; iv. 510.
Forecast, Vac. Ex. 13.
Forecasting, S. A. 254.
Forefathers, P. R. iii. 422. Ps.
 lxxxvii. 12.
Forego, P. L. viii. 497; ix. 908;
 xi. 541. S. A. 940, 1483.
Foregoes, Od. Nat. 196.
Foregoing, P. R. iv. 483.
Forehead, Lyc. 171. Com. 733.
Foreign, P. L. iii. 548; x. 441;
 xii. 46. Com. 265. Ps. lxxxi.
 39.
Foreknew, P. L. iii. 117.
Foreknowing, P. L. xi. 773.
Foreknowledge, P. L. ii. 559,
 560; iii. 116, 118; xi. 768.
Foreland, P. L. ix. 514.
Forelock, P. L. iv. 302. P. R.
 iii. 173.
Foremost, P. L. ii. 28.
Forerun, P. L. i. 677.
Forerunners, P. L. xi. 195.
Forerunning, P. L. vii. 584.
Foresaw, S. A. 737. Vac. Ex.
 72.
Foreseeing, P. L. i. 627; iii. 79.
Foreseen, P. L. iii. 121; vi. 673;
 xi. 763.
Foresight, P. L. i. 119; xi. 368.
Foresignify, P. R. iv. 464.
Foreskins, S. A. 144.
Forest, P. L. i. 547, 613, 782;
 iv. 342; v. 298; vii. 458;
 ix. 117; xi. 189. P. R. ii.
 359; iii. 268. Ps. viii. 20.

Forests, Il Pens. 119.   Com. 423.

Forestall, Com. 362.

Forestall'd, P. L. x. 1024.

Forestalling, Com. 285.

Foretasted, P. L. ix. 929.

Foretel, P. L. xii. 242.   P. R. iv. 375.   Son. i. 10.

Foretold, P. L. ii. 830; ix. 1171; x. 38, 191, 482, 1051; xi. 771; xii. 327, 328, 329, 543. P. R. i. 238, 239, 453; ii. 87; iii. 351; iv. 204, 478, 502. S. A. 23, 44, 525, 1662.

Forewarn, P. L. ii. 810; vii. 73; xii. 507.

Forewarn'd P. L. vii. 41; ix. 61, 378.

Forewarning, P. L. x. 876.

Forfeit, P. L. iii. 176; x. 304. S. A. 508.   Od. Nat. 6.

Forfeiture, P. L. iii. 221.

Forge, P. L. iv. 802; xi. 564.

Forgery, S. A. 131.   Com. 698.

Forget, P. L. iii. 32, 415; iv. 512, 639; v. 550; ix. 474; xi. 878.   Il Pens. 42.   Com. 76.   Son. xiii. 5.

Forgetful, P. L. ii. 74; iv. 54.

Forgetfulness, P. L. ii. 608.

Forgets, P. L. ii. 585, 586.

Forgive, S. A. 761, 787, 954. Ps. lxxxv. 5.

Forgiven, P. L. x. 956.

Forgiveness, S. A. 909, 1376.

Forgot, P. L. ii. 747; xi. 807. S. A. 479.   Son. xvii. 3.   Od. Nat. 67.

Forked, P. L. x. 518, 519.

Forlorn, P. L. i. 180; ii. 615; iv. 374; vii. 20; ix. 910; x. 921.   L'Al. 3.   Com. 39.   Ps. lxxxviii. 26.

Form, P. L. i. 591; ii. 532; iii. 605; iv. 876; vi. 433; ix. 457; x. 214, 543, 872.   P. R. iv. 364, 599.   Com. 70, 215. Son. vi. 2.   Od. Nat. 8.

Form'd, P. L. i. 705; iii. 124; iv. 297, 365, 441; v. 516, 824, 853; vi. 690; vii. 276, 356, 524; viii. 469, 596; ix. 149, 392, 898; xi. 369, 571.

Former, P. L. ii. 234, 585; iv. 94; v. 658; viii. 290; ix. 1006; xii. 105. S. A. 231, 372, 416, 1510.   Od. Pass. 25.

Formidable, P. L. ii. 649.

Forming, P. L. viii. 470.

Formless, P. L. iii. 12, 708.

Forms, P. L. i. 358, 481, 789; iii. 717; v. 105, 457, 473, 573; vii. 455; viii. 223; xii. 534.   P. R. iii. 322.   Com. 605.

Forsake, P. L. i. 368; x. 914; xii. 118. Od. Nat. 198.   Ps. lxxxviii. 57.

Forsaken, P. L. v. 878.   Lyc. 142.

Forsook, P. L. i. 432; xi. 516. S. A. 629.   Il Pens. 91. Com. 499. Od. Nat. 13. Od. D. F. I. 51.

Fort, S. A. 236, 278.

Forth, P. L. v. 36, 138, 712; ix. 413, 847; x. 463; xi. 97, 175, 261, 313.   P. R. i. 158, 189; ii. 43; iii. 305; iv. 62. S. A. 804, 922.   Com. 710. Ps. lxxxv. 51.
From forth, S. A. 922.

Forth-crept, P. L. vii. 320.

Forth-flourish'd, P. L. vii. 320.

Forth-issued, P. L. ii. 786.

Forth-issuing, P. L. iv. 779; ix. 447.

Forth-reaching, P. L. ix. 781.

Forth-rush, P. L. x. 704.

Forth-rush'd, P. L. vi. 749; x. 456.

Forth-stepping, P. L. vi. 128.

Forthwith, P. L. i. 221, 356, 535, 755; ii. 585, 874; iii. 326, 327; v. 86, 586, 630;

vi. 335, 507, 637; vii. 243,
399; viii. 271, 291; ix. 724;
x. 1098; xi. 855; xii. 56.
P. R. ii. 236. S. A. 329.
Fortify, P. L. x. 370.
Fortitude, P. L. ix. 31; xii. 570.
S. A. 654, 1288. Son. xi. 3.
Fortunate, P. L. iii. 569.
Fortune, P. R. ii. 429; iv. 317.
S. A. 169, 172, 1093, 1291.
Son. xi. 5.
Fortunes, Ep. M. Win. 72.
Forty, P. R. i. 303, 352, 353;
ii. 243, 276, 315, 316.
Fought, P. L. i. 578; ii. 45,
768; vi. 29, 220, 355, 666;
xii. 261.
Foughten, P. L. vi. 410.
Foul, P. L. i. 33, 135, 446, 555;
ii. 651, 748, 793; iii. 177,
692; iv. 118, 571, 840; vi.
124, 388, 588, 598; ix. 6,
163, 297, 328, 329, 331, 1078;
x. 986; xi. 51, 124, 464;
xii. 337. P. R. iii. 161; iv.
426, 628. S. A. 371, 410,
902. Lyc. 127. Com. 74,
383, 464, 608, 645, 696. Od.
Nat. 44. Od. D. F. I. 14.
Ep. Hobs. I. 3. Hor. I. 6.
Ps. vii. 18; lxxxvi. 48.
Found, P. L. i. 237, 333, 513,
524, 525; ii. 296, 424, 561,
617; iii. 308, 310, 411, 443,
498, 591, 615; iv. 174, 450,
799, 875, 900; v. 18, 48,
406, 501, 513, 742, 848, 896;
vi. 19, 420, 500, 513, 518,
635, 694; vii. 298, 302; viii.
240, 254, 288, 309, 416, 435,
594; ix. 69, 85, 182, 232,
288, 301, 597, 874, 932, 1053,
1116; x. 420, 480, 816, 888,
969, 970, 1001; xi. 137, 350,
456, 566, 673, 800, 876; xii.
224, 537, 608. P. R. i. 104,
207, 252, 256, 262; ii. 9, 10,
59, 97, 131, 154, 232, 273,

283, 309; iii. 230, 242, 365;
iv. 217, 346, 373, 447, 532.
S. A. 20, 193, 301, 387, 425,
789, 1047, 1461, 1748. Il
Pens. 93. Com. 323, 454,
570, 579. Od. Pass. 25, 43.
Ep. M. Win. 16. Ps. v. 37;
viii. 14; lxxxiv. 10.
To found, P. L. vi. 518; x.
256.
Found out, P. L. i. 621, 703; iii.
275; viii. 355. P. R. iv. 574.
Foundation, P. L. iv. 521. Com.
808. Ps. vii. 30; lxxxvii. 2.
Foundations, P. L. vi. 643, 870.
Od. Nat. 123. Ps. lxxxii. 19.
Founded, P. L. i. 427, 703; iv.
755; vii. 239, 618; xii. 550.
P. R. iii. 295; iv. 613. S. A.
1504. Dante, II. 1. Ps. viii. 6.
Founder'd, P. L. ii. 940.
Found'st, P. L. ix. 407. S. A.
427.
Fount, P. L. iii. 357, 535; iv.
237; xi. 279. P. R. iv. 590.
Fountain, P. L. i. 783; iii. 8,
375; iv. 229, 760; v. 203;
vii. 8, 364; ix. 73, 420, 597,
628; xi. 78, 322. P. R. ii.
184; iv. 289. S. A. 547,
581. Lyc. 24, 84. Com. 912.
Fountain brim, Com. 119.
Fountainless, P. R. iii. 264.
Fountain-side, P. L. iv. 326, 531;
vii. 327.
Fountains, P. L. v. 126, 195; x.
860; xi. 826. Ps. lxxxvii. 28;
cxiv. 14.
Four, P. L. ii. 516, 574, 575, 898;
iv. 233; v. 192; vi. 753, 827,
845; xi. 128, 737. P. R. iv.
415.
Four-footed, P. L. iv. 397.
Fourfold-visag'd, P. L. vi. 845.
Four-hundred, P. R. i. 428.
Four-times, P. L. ix. 65. P. R.
ii. 245.
Fourth, S. A. 402.

Fowl, P. L. vii. 389, 398, 447, 503, 521, 533; viii. 341, 395; x. 274, 604, 710; xii. 67. P. R. ii. 342. S. A. 1695. Ps. viii. 21.

Fowls, P. L. v. 271. P. R. i. 501. S. A. 694.

Fragile, P. R. iii. 388.

Fragrance, P. L. iii. 135; iv. 653; v. 286; viii. 266; ix. 425.

Fragrant, P. L. iv. 645, 695; v. 379. P. R. ii. 351. Com. 674.

Frail, P. L. ii. 375, 1030; iii. 180, 404; iv. 11; vi. 345; ix. 340. S. A. 656. Lyc. 153. Com. 8. Od. Cir. 19.

Frailty, P. L. x. 956; xi. 302. S. A. 369, 783. Com. 686.

Frame, P. L. ii. 924; iii. 395; v. 154; vii. 273; viii. 15, 81. P. R. iv. 455. Ps. lxxxvi. 30.

Fram'd, P. L. iv. 691; v. 256, 460; vii. 355; xii. 249.

Frames, P. L. v. 106.

Franciscan, P. L. iii. 480.

Fraternal, P. L. xii. 26.

Fraud, P. L. i. 401, 646; iii. 152; iv. 121; v. 880; vi. 555, 794; vii. 143; ix. 55, 89, 285, 287, 643, 904, 1150; x. 485, 871. P. R. i. 97, 372; iv. 3. S. A. 76. Son. x. 13.

Fraudulent, P. L. iii. 692; ix. 531. P. R. iv. 609.

Fraught, P. L. ii. 715; v. 661; vi. 876; x. 346; xi. 207. P. R. i. 38; iii. 336. S. A. 1075. Com. 355.
Full-fraught, P. L. ii. 1054.

Fray, P. L. ii. 908; iv. 996; xi. 651.

Freak'd, Lyc. 144.

Free, P. L. i. 259; ii. 19, 255, 551; iii. 99, 124; iv. 68, 415, 434, 747; v. 235, 236, 527, 549, 791, 792, 819; vi. 292, 451; vii. 171; viii. 440, 610, 641; ix. 351, 352, 671, 802, 825; x. 999; xi. 513; xii. 71, 90, 92, 304. P. R. ii. 48; iii. 175, 284, 358; iv. 102, 131, 143, 145. S. A. 317, 1213, 1235, 1412, 1572. L'Al. 11, 40, 149. Arc. 34. Com. 818, 1007, 1019. Son. vii. 10; xi. 13. Forc. of Con. 6. Eurip. 2. Ps. lxxx. 34; lxxxi. 22, 27; lxxxvi. 23, 47.

Free-born, Eurip. 1.
Get free, P. L. vii. 464.
Not free, P. L. iii. 103; v. 532; vi. 181; ix. 372.

Free-will, P. L. ii. 560; iv. 66; v. 236; viii. 636; ix. 1174; x. 9, 46.

Freed, P. L. viii. 182; ix. 140. P. R. i. 220; iii. 102, 428. Son. x. 11. Ps. vii. 12; lxxxiv. 9; lxxxvi. 46; cxxxvi. 82.

Freedom, P. L. iii. 109, 128; iv. 294; v. 797; vi. 169; viii. 434; ix. 762; xi. 580, 798; xii. 95. P. R. i. 62; iii. 77. S. A. 1715. Com. 663. Son. vii. 9.

Freely, P. L. iii. 102, 175, 240; iv. 72, 381; v. 538, 539; vi. 565; vii. 540; viii. 322, 443; ix. 732, 988. P. R. iii. 126. S. A. 7, 1373. Od. Pass. 12.

Freeze, P. L. i. 716.

Freez'd, Com. 449.

Freezing, Od. D. F. I. 16.

French, Son. xvi. 8.

Frequence, P. R. i. 128; ii. 130.

Frequent, P. L. i. 797; iii. 534; vii. 148, 504, 571; xi. 317, 838. S. A. 275.

Frequented, P. L. xi. 722.

Frequenting, P. L. x. 1091, 1103.

Fresh, P. L. i. 771; ii. 1012;
  iv. 229, 326, 623; v. 20, 125,
  203, 636; vi. 784; viii. 274,
  467, 515; xi. 135, 845; xii.
  15, 423. P. R. iv. 435, 567,
  570. S. A. 10, 547, 1317. Lyc.
  29, 138, 193. Com. 670. Son.
  i. 3; xv. 7. Ps. lxxxvii. 27.
Fresh-blown, L'Al. 22.
Freshest, P. L. ix. 1041.
Freshet, P. R. ii. 345.
Fret, P. L. vii. 597. Son. iv. 7.
Fretted, P. L. i. 717.
Friars, P. L. iii. 474. L'Al. 104.
Friend, P. L. v. 229; ix. 2; x.
  11, 60. S. A. 334, 492, 1263.
  Com. 949. Son. xvii. 10.
  Ps. lxxxviii. 69.
Friendliest, P. L. v. 668.
Friendly, P. L. iv. 36; vi. 22;
  viii. 9, 651; ix. 564, 772.
  S. A. 1078, 1508. Com. 160,
  282, 488, 678.
Friends, P. L. i. 264; iv. 866;
  vi. 38, 609; xii. 129. P. R.
  ii. 422, 425. S. A. 180, 187,
  189, 193, 202, 605, 1196,
  1415, 1730. Com. 76. Son.
  iv. 12. Ps. lxxxvii. 13;
  lxxxviii. 33.
Friendship, P. L. xi. 796. S. A.
  495.
Friers.—*See* Friars.
Frieze, P. L. i. 716. Com. 722.
Fright, P. L. xi. 121. Il Pens. 138.
Frighted, P. L. i. 543; ii. 994.
  Com. 553.
Fringed, P. L. iv. 262.
Frisking, P. L. iv. 340.
Frith, P. L. ii. 919.
Frivolous, Com. 445.
Frizzled, P. L. vii. 323.
Frock, S. A. 133.
Frogs, P. L. xii. 177. Son. vii. 5.
Frolick, L'Al. 18. Com. 59.
Front, P. L. i. 563; ii. 302, 683;
  iv. 300, 865; vi. 558, 569,
  611; vii. 509; ix. 330; xii.

592, 632. S. A. 496. Od.
  Nat. 39. Od. Pass. 18.
Front to front, P. L. ii. 716; vi.
  105.
Fronted, P. L. ii. 532.
Frontier, P. L. i. 466.
Frontiers, P. L. ii. 998.
Frontispiece, P. L. iii. 506.
Fronts, Com. 30.
Frore, P. L. ii. 595.
Frost, P. L. xi. 899. S. A. 1577.
  Lyc. 47.
Froth, P. R. iv. 20.
Froth-becurled, Ps. cxiv. 8.
Frounc'd, Il Pens. 123.
Frown, P. L. ii. 713, 720; iii.
  424; vi. 260. S. A. 948.
  Com. 446, 666. Ps. lxxx.
  59, 68.
Frown'd, P. L. ii. 719.
Frowning, P. L. ii. 106; iv. 924.
  Ps. lxxxv. 19.
Frowns, Com. 667.
Frozen, P. L. i. 352; ii. 587,
  602, 620. Son. xv. 7.
Frugal, P. L. v. 324; viii. 26.
  P. R. iv. 134.
Fruit, P. L. i. 1; iv. 147, 219,
  249, 422, 644, 652; v. 58,
  67, 83, 341, 482, 635; vi.
  475; vii. 311, 325, 540; viii.
  307, 320; ix. 577, 588, 616,
  621, 648, 656, 659, 661, 686,
  731, 735, 741, 763, 776, 781,
  788, 798, 851, 869, 904, 924,
  929, 972, 996, 1011, 1023,
  1046, 1073, 1101; x. 4, 13,
  550, 565, 687, 1053; xi. 86,
  125, 413, 535; xii. 184. Com.
  186, 396. Ep. M. Win. 30.
  Ps. i. 9.
Fruit-tree, P. L. vii. 311.
Fruit-trees, P. L. v. 213.
Fruitage, P. L. v. 427; x. 561.
Fruitful, P. L. iii. 337; v. 388;
  vii. 396, 531; viii. 96. S. A.
  181. Ps. lxxxiv. 23.
More fruitful, P. L. v. 320.

Fruition, P. L. iii. 307; iv. 767.
Fruitless, P. L. v. 215; ix. 648,
1188.
Fruits, P. L. iii. 67, 451; iv. 148,
331, 332; v. 304, 390, 464;
viii. 44, 147, 212, 527; ix.
745; x. 603; xi. 26, 285,
327; xii. 551.   P. R. ii. 356,
369; iv. 30, 589.   Com. 712.
Ps. lxxxv. 52. — *See* First-
fruits.
Frustrate, P. L. ii. 193; iii. 157;
ix. 944; xi. 16.   P. R. i. 180.
S. A. 589, 1149.
Frustrated, P. R. iv. 609.
Fry, P. L. vii. 400.
Fuel, S. A. 1351.   Ps. ii. 27.
Fuell'd, P. L. i. 234.
Fugitive, P. L. ii. 700; iv. 923;
ix. 16.   P. R. ii. 308.
Fugitives, P. L. ii. 57.
Fugue, P. L. xi. 563.
Fulfil, P. L. i. 431; iii. 157;
vi. 675, 729; ix. 230; xii.
402, 404.   P. R. iii. 177.
Fulfill'd, P. L. vi. 246; vi. 729;
vii. 635; viii. 491; xi. 602.
P. R. i. 126; iii. 182; iv. 381.
S. A. 45, 1661.
Fulfilling, P. L. xii. 396.   P. R.
ii. 108.   Od. Nat. 106.
Fulgent, P. L. x. 449.
Full-grown, P. L. vii. 456.   P. R.
ii. 83.   Com. 59.
At full, P. L. i. 641.
Full-high, P. L. i. 536.
Full-oft, S. A. 759.   Arc. 42.
Full-orb'd, P. L. v. 42.
Full-soon, P. L. ii. 805; vi. 834.
Ps. cxxxvi. 53.
Full-summ'd, P. R. i. 14.
Full-voiced, Il Pens. 162.

Fully, P. L. viii. 180; x. 79,
374.   P. R. i. 4.   S. A. 1712.
Fulmin'd, P. R. iv. 270.
Fulness, P. L. iii. 225.   P. R. iv.
380.
Fume, P. L. iv. 168; viii. 194.
Fum'd, P. L. xi. 18.
Fumes, P. L. ix. 1050.   S. A.
552.
Fuming, P. L. v. 6; vii. 600.
Functions, S. A. 596.
Funeral, S. A. 1732.   Ep. M.
Win. 46.
Fur, Com. 707.
Furies, P. L. ii. 596, 671; vi.
859; x. 620.   P. R. iv. 422.
Furies', Com. 641.
Furious, P. L. iv. 4; vi. 86, 357;
vii. 213; viii. 244; xi. 854.
S. A. 836.   Ps. lxxxiii. 5.
Furlongs, Com. 946.
Furnace, P. L. i. 62; ii. 888.
Od. Nat. 210.
Furniture, P. L. ix. 34.
Furrow, Com. 292.
Furrowed, L'Al. 64.
Further, P. L. iv. 174, 533; x.
555, 1062; xi. 193, 839; xii.
620.   S. A. 520, 1252, 1499.
Arc. 39.   Com. 321, 580.
Further on, S. A. 2.
No further, P. L. x. 170, 793.
Fury, P. L. i. 179, 235; ii. 61,
728, 938; v. 808; vi. 207,
591; x. 240.   Lyc. 75.   Ps.
vii. 22.
Fusil, P. L. xi. 573.
Future, P. L. ii. 222; iii. 78; v.
582; vi. 429, 502; vii. 183,
486; x. 345, 840; xi. 114,
357, 764, 774, 870.   P. R. i.
396.   Vac. Ex. 72.

GABBLE, P. L. xii. 56.
Gabriel, P. L. iv. 549, 561, 781, 865, 877, 886, 1005; vi. 46, 355; ix. 54. P. R. i. 129, 130; iv. 504.
Gades, P. R. iv. 77.
Gadding, Lyc. 40.
Gadire, S. A. 716.
Gain, P. L. i. 190; ii. 1009; vi. 907; viii. 122; ix. 332; x. 901; xii. 199, 223. P. R. i. 397; ii. 419, 434, 486; iii. 29; iv. 211. S. A. 835. Od. on Time, 8.
Gain'd, P. L. i. 471; iv. 512; v. 174; viii. 435; ix. 529; x. 373, 902. P. R. i. 391; ii. 434. S. A. 353. Son. iv. 14.
Gaining, P. L. xi. 768. P. R. iv. 471. Son. xv. 5.
Gains, P. L. iii. 428; v. 324; ix. 933.
'Gainst, P. L. i. 470; vi. 224. Com. 354, 640. Ep. Hobs. II. 8. Dante, II. 2.
Gainsay, P. L. ix. 1158.
Gait, P. L. iv. 568, 870; vii. 411; ix. 389; xi. 230. Il Pens. 38.
Galasp, Son. vi. 9.
Galaxy, P. L. vii. 579.
Gale, P. R. ii. 364.
Gales, P. L. iv. 156; viii. 515. Od. Hor. 11.
Gallia, P. R. iv. 77.
Galilean, P. R. iii. 233. Lyc. 109.
Galilee, P. R. i. 135.
Galileo, P. L. v. 262.
Gallaphrone, P. R. iii. 340.
Gambol'd, P. L. iv. 345.
Game, P. L. vi. 667; xi. 714;

xii. 30. P. R. ii. 342. S. A. 1331.
Games, P. L. ii. 530; iv. 551; ix. 33. S. A. 1312, 1602.
Gamesome, P. L. vi. 620. Com. 173.
'Gan, P. L. vi. 60; ix. 1016; x. 710. P. R. iv. 410.
Ganges, P. L. iii. 436; ix. 82.
Gangreen, S. A. 621.
Ganymede, P. R. ii. 353.
Gap, P. L. vi. 861.
Gap'd, P. L. vi. 577.
Gaping, P. L. ii. 440.
Garb, P. L. ii. 226. Com. 759.
Garden, P. L. iii. 66; iv. 209, 215, 226, 230, 285, 529, 789; v. 260, 368, 752; vii. 538; viii. 299, 321, 326; ix. 206, 660, 662; x. 98, 116, 746; xi. 97, 118, 222, 261. P. R. i. 1.
Garden-plot, P. L. ix. 418.
Garden-trees, P. L. ix. 657.
Gardens, P. L. iii. 568; ix. 439. P. R. iv. 38. Il Pens. 50. Com. 981.
Gardening, P. L. iv. 328; ix. 203.
Gardening-tools, P. L. ix. 391.
Garish, Il Pens. 141.
Garland, P. L. ix. 840, 892. Com. 850. Ep. M. Win. 21.
Garlands, P. L. iii. 362; iv. 709; xi. 594.
Garrison'd, S. A. 1497.
Garrulity, S. A. 491.
Gash, P. L. vi. 331.
Gasp, Son. vi. 11.
Gate, P. L. ii. 873; iii. 515, 687; iv. 178, 542, 579; v. 253, 254; x. 298, 418; xi. 190; xii. 571, 638, 643. S. A.

560. L'Al. 59.—*See* Heaven, Hell, Palace.

Gates, P. L. i. 171, 761; ii. 436, 631, 645, 648, 684, 776, 853, 884; iv. 382, 898, 967; vi. 4; vii. 206, 565; viii. 231, 241; x. 230, 231; xi. 640, 661. P. R. iii. 287, 311; iv. 61, 624. S. A. 147, 1597. Com. 667. Od. Nat. 148. Ps. lxxxvii. 5.

Gath, P. L. i. 465. S. A. 266, 981, 1068, 1078, 1127, 1129.

Gather, P. R. i. 316.

Gather'd, P. L. iv. 271; v. 207; vii. 283, 363; ix. 1111; x. 299, 344, 1070; xi. 537. P. R. iii. 300. S. A. 251. Com. 595.

Gathering, P. L. iv. 269. P. R. iv. 330.

Gathers, P. L. ii. 590; v. 343; xii. 631.

Gaudy, Il Pens. 6. Com. 851. Od. Nat. 33.

Gave, P. L. i. 736; iv. 144, 350, 380, 787; v. 858; vi. 402; vii. 175, 541; viii. 514; ix. 266, 748, 783, 996, 1001, 1066; x. 123, 143, 430, 650; xi. 49, 72, 182, 277, 339, 497; xii. 67. P. R. i. 66; iv. 258. S. A. 58, 236, 822, 1054, 1140, 1581, 1634. Com. 419, 553, 584, 637, 638, 676, 837. Son. xviii. 3. Ep. Hobs. II. 11. Ariost. 4. Ps. cxxxvi. 74.

Gave heed, P. L. iv. 969.

Gave up, P. R. i. 369. S. A. 1209, 1215.

Gave way, P. L. v. 252.

Gaul, Brut. 8.

Gauntlet, S. A. 1121.

Gav'st, P. L. ii. 865; vii. 493; x. 138.

Gay, P. L. i. 372; iv. 149, 942; vii. 444; viii. 274; ix. 428;

xi. 582, 615, 866. S. A. 712. Lyc. 47. Il Pens. 8. Com. 299, 790.

Gayest, P. L. xi. 186.

Gay'st, Vac. Ex. 21.

Gaza, S. A. 41, 435, 981, 1558, 1729, 1752.

Gaza's, P. L. i. 466.

Gaze, P. L. iii. 613, 671; iv. 356; v. 47; vi. 205; ix. 524, 535, 539, 578, 611. S. A. 34, 567. Arc. 43. Com. 736. Od. Nat. 70.

Gaz'd, P. L. v. 57, 272; viii. 258; ix. 735; xi. 845. P. R. i. 414. Com. 54.

Gazing, P. L. iv. 351.

Gear, Com. 167.

Gebal, Ps. lxxxiii. 25.

Gehenna, P. L. i. 405.

Gemm'd, P. L. vii. 325.

Gems, P. L. i. 538; ii. 271; iii. 507; iv. 649; vi. 475; xi. 583. P. R. iii. 14; iv. 119. Com. 22, 719.

General, P. L. i. 421; ii. 481, 773; iii. 328; iv. 144, 492, 659; xi. 76. S. A. 1524.

Generally, P. R. i. 387.

General's, P. L. i. 337.

Generate, P. L. vii. 387; x. 894.

Generated, P. L. vii. 393.

Generation, P. L. i. 653; vii. 102.

Generations, P. L. xi. 344.

Generous, P. R. ii. 479. S. A. 1467.

Genezaret, P. R. ii. 23.

Genial, P. L. iv. 712; vii. 282; viii. 598. S. A. 594.

Genius, Lyc. 183. Il Pens. 154. Od. Nat. 186.

Gentiles, P. L. iv. 277; xii. 310. P. R. i. 456; iii. 425; iv. 227, 229. S. A. 150, 500. Ps. ii. 1.

Gentle, P. L. iii. 585; iv. 156, 308, 337, 366, 404, 488, 806;

v. 37, 130; viii. 287, 515,
648; ix. 527; x. 93, 919;
xi. 188, 421; xii. 435, 595.
P. R. ii. 375; iii. 215. Lyc.
19, 92. Arc. 26. Com. 236,
271, 304, 337, 681, 824, 900.
Son. iii. 6. Od. Nat. 38. Od.
Pass. 52. Ep. M. Win. 47.
Gentleness, Com. 843.
Gentler, S. A. 788.
Gentlest, P. R. ii. 364.
Gently, P. L. i. 529; iii. 583;
iv. 259; vii. 81; viii. 293; ix.
431; xi. 298, 758. Il Pens.
60. Com. 575.
Germans, P. R. iv. 78.
Geryons, P. L. xi. 410.
Gesture, P. L. i. 590; viii. 489;
ix. 460.
Gestures, P. L. iv. 128. Com.
464.
Get, P. L. xii. 45. P. R. ii. 427;
iv. 193, 480. S. A. 798.
Ghastly, P. L. ii. 846; vi. 368;
xi. 481. Com. 641.
Ghost, Com. 434. Od. Nat. 234.
Ghosts, P. R. iv. 422.
Giant, P. L. i. 576, 778. S. A.
1068, 1181. Vac. Ex. 93.
Giant-angels, P. L. vii. 605.
Giant-brood, S. A. 1247.
Giantship, S. A. 1244.
Giants, P. L. iii. 464; xi. 642,
688. S. A. 148. Brut. 9.
Gibeah, P. L. i. 504.
Gibeon, P. L. xii. 265.
Gibraltar, P. L. i. 355.
Gideon, P. R. ii. 439. S. A.
280.
Giddy, L'Al. 141. Ps. lxxxiii.
51.
Gift, P. L. iv. 735; v. 19, 366;
vi. 626; ix. 540, 806; x.
138; xi. 340; xii. 138. P. R.
ii. 381; iii. 116; iv. 169.
S. A. 47, 59, 201, 577, 1354,
1500. Ariost. 3.
Gifts, P. L. iv. 715; v. 317; viii.

220, 494; x. 153; xi. 57,
612, 636; xii. 500. P. R. ii.
137, 391. S. A. 358, 589,
679, 1026. Com. 754. Son.
xiv. 10.
Gigantick, P. L. xi. 659. S. A.
1249.
Gilded, P. R. iv. 53. Com. 95.
Gilds, P. L. iii. 551; vii. 366.
Gills, P. L. vii. 415.
Gins, S. A. 933.
Gird, P. L. vi. 542; viii. 82; ix.
1113.
Gird on, P. L. vi. 714.
Girded, P. L. ix. 1096. P. R. i.
120.
Girt, P. L. iv. 276; v. 281; vii.
194; ix. 1116. S. A. 846,
1228, 1415. Com. 214, 602.
Od. Nat. 202. Ep. Hobs. I. 1.
Give, P. L. ii. 14, 153, 157; iii.
318; iv. 381, 483, 841; v.
206, 485, 693, 822; vii. 345;
viii. 319, 339; ix. 805, 818;
xii. 12, 392. P. R. i. 449;
ii. 393, 481; iii. 10; iv. 104,
161, 163, 164, 315, 385, 556.
S. A. 302, 825, 1117, 1228,
1264, 1453, 1578, 1593. L'Al.
37, 151. Il Pens. 175. Arc. 23,
101. Com. 81, 156, 199, 243,
276, 648, 703. Od. Cir. 11.
Od. D. F. I. 76. Ep. M.
Win. 51. Vac. Ex. 65. Ps.
v. 1; lxxx. 2; lxxxiv. 30;
lxxxvi. 18.
Give ear, P. L. ix. 1067.
Given, P. L. i. 347, 776; ii. 332,
775; iii. 103, 243; iv. 430,
561, 1007; v. 454, 523, 740;
vi. 322, 887; viii. 386, 545;
ix. 10, 951; x. 244, 385; xi.
255, 502; xii. 66, 282, 287,
300, 519. P. R. i. 37, 431,
442; iii. 251; iv. 104, 164,
182, 185, 186. S. A. 121,
359, 378, 578, 629, 1135,
1697. Od. Nat. 78.

Given up, P. L. x. 488.
Giver, P. L. viii. 493. P. R. ii. 322; iv. 187. Com. 775.
Givers, P. L. v. 317.
Gives, P. L. v. 119, 403, 404; viii. 171; ix. 40, 686. P. R. iv. 23. Com. 9, 26, 525. Ep. Hobs. II. 11. Ps. lxxxiv. 42.
Giving, P. L. iii. 299; vi. 730. Ep. M. Win. 14.
Giv'st, P. L. ix. 810.
Glad, P. L. ii. 1011; iii. 270, 630; iv. 150; v. 29, 92; vi. 258; vii. 291, 386; viii. 245, 322; ix. 528, 625; x. 383, 777; xi. 20, 507; xii. 375. P. R. i. 477; ii. 53; iv. 441. S. A. 924, 1444. Lyc. 35. Arc. 39. Son. xviii. 3. Ep. Hobs. I. 6.
Glade, P. L. iv. 231; ix. 1085. Com. 79.
Glades, Il Pens. 27.
Gladlier, P. L. vi. 731; viii. 47.
Gladly, P. L. ii. 1044; vi. 21; viii. 226; ix. 966; x. 775; xi. 332; xii. 366. S. A. 259. Com. 413. Ps. lxxx. 75.
Gladness, Ps. iv. 32.
Gladsome, Ps. lxxxiv. 26; cxxxvi. 1.
Glance, P. L. vii. 405; viii. 533; ix. 1034; xi. 442. S. A. 1284. Com. 884. Ps. lxxxvii. 27.
Glanc'd, P. L. x. 1054.
Glancing, Com. 80.
Glare, P. L. iv. 402.
Glar'd, P. L. vi. 849; x. 714. P. R. i. 313.
Glass, P. L. i. 288; v. 261; xi. 844. Il Pens. 113. Com. 65, 651. Vac. Ex. 71. Ps. cxxxvi. 49.
Glassy, P. L. vii. 619. Com. 861. Ps. cxiv. 17.
Glaucus', Com. 874.

Glaz'd, P. L. iii. 590.
Gleam, P. L. iii. 499; iv. 461; xii. 257. Com. 225.
Gleaming, P. R. iii. 326.
Glebe, P. R. iii. 259.
Glibb'd, P. R. i. 375.
Glide, P. L. v. 200; vii. 402; ix. 159.
Glides, P. L. xii. 630.
Gliding, P. L. iv. 555; xi. 568; xii. 629.
Glimmering, P. L. i. 182; ii. 1037; iii. 429. Il Pens. 27. Od. Nat. 75.
Glimpse, P. L. i. 524; iv. 867; vi. 642; viii. 156. L'Al. 107.
Glimpses, P. R. i. 93.
Glister'd, P. L. ix. 643.
Glistering, P. L. iii. 550; iv. 645, 653; viii. 93; xi. 247. Lyc. 79. Com. 219.
Glitter, P. L. x. 452.
Glittering, P. L. i. 535; iii. 366; iv. 656; v. 291, 592. P. R. iv. 54. Arc. 81. Od. Nat. 114.
Globe, P. L. i. 291; ii. 512; iii. 418, 422, 498, 722; iv. 723; vii. 280; x. 671. P. R. i. 365; iv. 581. Od. Nat. 110.
Globes, P. L. v. 259; vi. 590.
Globous, *or* Globose, P. L. v. 649, 753; vii. 357.
Gloom, P. L. i. 244, 544; ii. 400, 858; vii. 246; x. 848. Il Pens. 80. Com. 132. Od. Nat. 77.
Gloomiest, P. L. x. 716.
Gloomy, P. L. i. 152; ii. 976; iii. 242; iv. 270; vi. 832. P. R. i. 42. S. A. 161. Com. 470, 945. Ps. lxxxviii. 51.
Gloried, S. A. 334.
Glories, P. L. i. 573, 719. Od. Nat. 143.
Glorified, P. R. iii. 113.
Glorify, P. L. iii. 695; vi. 725;

vii. 116. Od. Nat. 154. Ps.
lxxxvi. 32.
Glorious, P. L. i. 89; ii. 16, 179;
iii. 376, 612, 622; iv. 39, 292,
658; v. 153, 309, 362, 567,
833; vii. 370, 574; viii. 464;
ix. 961, 1177; x. 391, 474,
537, 721; xi. 211; xii. 334.
P. R. i. 8, 242; iii. 70, 71;
iv. 45, 546, 634. S. A. 36,
363, 705, 855, 1130, 1581,
1660. Son. ix. 12; xi. 4.
Od. Nat. 8. Od. Pass. 40.
Ps. vii. 27; viii. 2, 24; lxxxvi.
28; lxxxvii. 9.
  More glorious, P. L. vi. 39;
    xi. 213.
  Most glorious, P. L. iii. 139.
Gloriously, P. L. iii. 323, 655.
P. R. iv. 127. S. A. 200,
1752.
Glory, P. L. i. 39, 110, 141, 370,
594, 612; ii. 265, 386, 427,
484, 564; iii. 63, 133, 164,
239, 312, 388, 449; iv. 32,
838, 853; v. 29, 719, 738,
839; vi. 290, 383, 422, 680,
701, 726, 747, 792, 815, 891;
vii. 182, 184, 187, 208, 219,
499; viii. 12; ix. 135, 1115;
x. 64, 86, 226, 386, 451, 722;
xi. 333, 384, 694; xii. 172,
371, 456, 460, 477, 546. P. R.
i. 93, 454; ii. 48, 227, 386;
iii. 25, 38, 41, 47, 59, 60, 69,
88, 100, 105, 109, 110, 111,
114, 117, 120, 123, 127, 134,
143, 144, 148, 150, 236, 383;
iv. 89, 315, 371, 536. S. A.
167, 179, 475, 597, 680, 1098,
1148, 1429. Lyc. 180. Com.
592. Od. Cir. 20. Ep. M.
Win. 61. Ps. iii. 7; iv. 8;
vii. 16; lxxxiv. 42; lxxxv.
39; cxiv. 6.
Glorying, P. L. i. 259.
Glory's, P. R. iii. 46. S. A. 303.
Gloss, P. L. v. 435. S. A. 948.

Glossy, P. L. i. 672.
Glow, Od. Nat. 75.
Glow'd, P. L. iv. 604; viii. 618;
ix. 427, 887.
Glowing, P. L. iii. 594; v. 10.
Lyc. 145. Il Pens. 79. Com.
96.
Gloz'd, P. L. ix. 549.
Glozing, P. L. iii. 93. Com. 161.
Glut, P. L. iii. 259; vi. 589; x.
990. Od. on Time, 4. Ps.
iv. 33.
Glutinous, Com. 917.
Glutted, P. L. x. 633.
Gluttonies, P. R. iv. 114.
Gluttonous, P. L. xi. 533.
Gluttony, Com. 776.
Gnashing, P. L. vi. 340.
Gnaw, P. L. ii. 799.
Go, P. L. ii. 456, 826, 1008; v.
118, 229, 313; vi. 44, 275,
710; viii. 646; ix. 372, 373,
382, 1156; x. 71, 177, 265,
409; xii. 201, 594, 615, 617.
P. R. i. 340. S. A. 954, 967,
999, 1146, 1237, 1384, 1403,
1427, 1725. Lyc. 108. L'Al.
33. Arc. 78. Com. 648, 779.
Od. Nat. 76. Ps. v. 18;
lxxx. 51, 73; lxxxv. 53;
lxxxviii. 67.
Go on, P. L. xii. 537. Com.
779.
Goal, P. L. ii. 531. Com. 100.
Goary, Lyc. 62.
Goat, P. L. ix. 582. Com. 71.
Goats, P. L. vi. 857; xii. 292.
S. A. 1671.
Goblin, P. L. ii. 688. L'Al. 105.
Com. 436.
God,—*Passim.*
God alone, P. L. iv. 202.
God of Hosts, Ps. lxxx. 17, 30,
57, 78; lxxxiv. 29, 45.
God of Israel, P. R. ii. 42.
  From God, P. L. i. 73; ii.
    694; v. 613, 877; vi. 52,
    279; ix. 262; xi. 867; xii.

66, 170, 478. P. R. i. 238;
iii. 416; iv. 350, 491. S. A.
1170.

Of God, P. L. i. 26, 42, 383,
402, 470, 496; ii. 49, 629;
iii. 10, 695; iv. 209, 320,
660; v. 117, 260, 322, 447,
536, 643, 647, 650, 814;
vi. 5, 29, 36, 68, 88, 133,
321, 770, 803, 834; vii. 55,
176, 200, 235, 527; viii. 67,
226; ix. 291, 344, 618, 775,
945, 1081; x. 6, 97, 724,
828; xi. 104, 145, 148, 377,
508, 622, 799, 817, 880;
xii. 235, 307, 333, 349, 382,
397, 402, 519, 579, 633.
P. R. i. 207, 330, 350, 368,
379; ii. 67, 179; iv. 197,
310, 520. S. A. 70, 201,
222, 293, 378, 454. Ps.
lxxxii. 22; lxxxvii. 9.—*See*
House, Son.

The God, P. L. iv. 33; ix.
506. P. R. iii. 422. Ps.
lxxxvi. 53; cxxxvi. 6.

To God, P. L. iii. 306, 531,
684; iv. 749; v. 512, 520,
822; vi. 144; viii. 168; ix.
280; x. 111; xii. 73, 239,
477. P. R. ii. 14; iii. 138,
141; iv. 303, 315. S. A.
31, 451. Od. D. F. I. 74.
Sen. 2. Ps. lxxxi. 1, 2.

With God, P. L. v. 461, 763;
xi. 707; xii. 134. P. R. iii.
432. S. A. 463, 835, 1719.
Son. ix. 2.

A God, P. L. ii. 478; iii. 470;
vi. 99.

As God, P. R. iv. 192.

As a God, P. L. ii. 478.

Goddess, P. L. ii. 757; v. 78, 381;
vii. 40; ix. 547, 732. L'Al.
11. Il Pens. 11, 132. Arc.
18. Com. 128, 267, 842, 865,
902. Od. D. F. I. 48. Brut.
1.

Goddess-like, P. L. viii. 59; ix.
389.

Goddesses, P. L. xi. 615. P. R.
ii. 156.

Godhead, P. L. ii. 242; iii. 206;
vi. 722; vii. 175, 586; ix.
790, 877; xii. 389, S. A.
1153. Od. Nat. 227.

Godless, P. L. vi. 49, 811.

Godlike, P. L. i. 358; ii. 511;
iii. 307; iv. 289; v. 351; vi.
67, 301; vii. 110; viii. 249;
ix. 717; xii. 427. P. R. i.
188, 386; iii. 21; iv. 348, 602.
S. A. 28. Od. Pass. 24.

Gods,—*Passim.*

Demi-gods, P. L. i. 796; ix.
937.

Goes, P. L. iv. 469; xi. 290.
S. A. 904. Ep. M. Win. 25.
Ps. v. 24.

Going, P. L. ix. 1157; xi. 290.

Gold, P. L. i. 372, 483, 682, 690,
717; ii. 4, 271, 947; iii. 352,
506, 541, 595, 608, 642; iv.
220, 238, 496, 554, 596; v.
187, 282, 356, 442, 634, 759;
vi. 13, 110, 475; vii. 406, 479,
577; ix. 429, 501, 578; xii.
250, 253, 363. P. R. i. 251;
ii. 425; iv. 60, 118. S. A.
389, 831, 849, 958, 1114.
Com. 394. Son. v. 3; xii.
8. Od. Nat. 135. Od. Hor.
9.

Golden, P. L. i. 538, 715, 796;
ii. 328, 1005, 1051; iii. 337,
365, 572, 625; iv. 148, 249,
305, 763, 997; v. 255, 713,
886; vi. 28, 102, 527; vii.
207, 225, 258, 365, 597, 600;
xi. 18, 24, 392. P. R. ii. 459;
iii. 277; iv. 74, 548. Lyc.
111. L'Al. 146. Il Pens. 52.
Com. 13, 214, 633, 880, 933,
983. Son. ix. 7. Vac. Ex.
38. Od. Sol. Mus. 13. Od.
Hor. 4.

Golden-tressed, Ps. cxxxvi. 29.
Golden-winged, Od. D. F. I. 57.
Golgotha, P. L. iii. 477.
Goliath, S. A. 1249.
Gone, P. L. iii. 544; iv. 994; v.
91; vi. 670; ix. 1055. P. R.
ii. 10, 39, 116; iv. 459. S. A.
997, 1244, 1350. Lyc. 37,
38. Com. 107. Ep. Hobs. I.
16; II. 33. Ps. lxxxii. 20.
Gone forth, P. L. v. 885.
Gone well, P. L. xi. 781.
Gonfalons, P. L. v. 589.
Good, P. L. i. 159, 163, 165, 418;
ii. 152, 253, 562, 623, 848,
940, 1033; iii. 310; iv. 44,
48, 109, 110, 203, 222, 414,
838, 895; v. 63, 71, 153, 206,
399, 471, 491, 525, 570, 826,
827, 878; vii. 188, 191, 249,
309, 337, 353, 395, 512, 543,
549, 556, 616; viii. 93, 324,
361, 443, 445, 651; ix. 122,
233, 234, 354, 465, 605, 606,
697, 698, 709, 723, 752, 754,
756, 759, 771, 774, 899, 967,
973, 1072, 1139, 1154; x.
138, 618, 752, 758; xi. 35, 85,
87, 89, 142, 358, 493, 616,
685, 710, 809; xii. 47, 336,
470, 471, 476, 538, 565, 596,
612. P. R. i. 204, 381; iii.
11, 57, 88, 114, 125, 133, 139,
211; iv. 526, 535. S. A. 350,
811, 867, 1048, 1163, 1230,
1381, 1454, 1537, 1538. Lyc.
184. Il Pens. 153. Arc. 33.
Com. 277, 307, 489, 497, 512,
609, 658, 665, 703, 704, 740,
764, 765. Son. v. 1; vi. 4;
vii. 12; ix. 5; xvi. 10. Od.
D. F. I. 56. Od. on Time, 14.
Od. Sol. Mus. 24. Vac. Ex.
59. Ariost. 4. Hor. I. 1.
Ps. iv. 15, 26; v. 40; lxxx.
70; lxxxiv. 43; lxxxv. 50;
lxxxvi. 13, 61.
As good, P. R. i. 437.

Goodliest, P. L. iv. 147, 323;
viii. 304; xi. 189.
Goodly, P. L. iii. 548; viii. 15;
ix. 576; xi. 509. Com. 968.
Good-morrow, L'Al. 46.
Goodness, P. L. i. 218; iii. 158,
165, 688; iv. 734, 847; v.
159; vii. 171; viii. 279, 647;
xi. 353; xii. 469. P. R. iii.
124. S. A. 760. Com. 368,
594, 849. Son. xviii. 11. Ps.
vi. 8; lxxxv. 25.
Good-will, P. L. vii. 182; xii.
477. Ps. v. 40.
Gor'd, P. L. vi. 387.
Gordian, P. L. iv. 348. Vac. Ex.
90.
Gordon, Son. vi. 8.
Gore, P. L. xi. 460. S. A. 1728.
Gorge, P. L. iii. 434.
Gorg'd, P. L. x. 632.
Gorgeous, P. L. ii. 3; v. 250;
vi. 103; ix. 36. P. R. iv.
114. S. A. 1119. Il Pens.
97. Com. 377.
Gorgon, P. L. x. 527. Com.
447.
Gorgonian, P. L. ii. 611; x.
297.
Gorgons, P. L. ii. 628.
Gory, Lyc. 62.
Goshen, P. L. i. 309.
Gospel, Son. xi. 14.
Got, P. L. i. 365; ix. 594, 1072;
x. 579; xi. 87. P. R. ii. 28,
64, 425. Son. vii. 8. Od.
D. F. I. 9. Ep. Hobs. I. 6.
Govern, P. L. v. 802; vii. 30,
510, 546. P. R. iv. 135.
Govern'd, P. L. vi. 706.
Government, P. L. x. 154; xii.
88, 225. P. R. iv. 358. Com.
25.
Governours, S. A. 242.
Governs, P. L. ii. 910; vi. 178.
P. R. ii. 477; iii. 112.
Gourd, P. L. v. 327; vii. 321.
Gown, Il Pens. 169.

Gowns, Son. xii. 3.
Grace, P. L. i. 111, 218; ii. 238,
    499, 1033; iii. 131, 142, 145,
    174, 183, 187, 198, 227, 228,
    302, 401, 639; iv. 94, 298,
    364, 490, 845; vi. 703; vii.
    573; viii. 43, 215, 222, 488;
    x. 767, 1081, 1096; xi. 3,
    23, 255, 359, 890; xii. 305,
    478, 525.   P. R. i. 68; ii. 34,
    176; iii. 142, 205; iv. 312.
    L'Al. 124. Arc. 104. Com.
    24, 243, 451, 938. Son. ii.
    13. Vac. Ex. 10. Ps. lxxx.
    13, 29, 77; lxxxiv. 42;
    lxxxvi. 54.
Grac'd, P. L. xi. 168.
Graceful, P. L. ii. 109; viii. 600;
    ix. 459; x. 1066. P. R. ii.
    157.
Graces, P. L. ii. 762; iii. 674;
    v. 15. P. R. ii. 138. S. A.
    360, 679. Ep. M. Win.
    15.
Graces (the), P. L. iv. 267; viii.
    61. L'Al. 15. Com. 986.
Gracious, P. L. iii. 144; v. 134;
    viii. 337, 436; x. 118, 1047;
    xii. 271. S. A. 1173. Ps.
    lxxxvi. 1.
Graciously, Ps. lxxxv. 1; lxxxvi.
    20.
Gradual, P. L. v. 483; ix. 112.
Grain, P. L. iv. 817; v. 285,
    430; vi. 515; viii. 17; ix.
    450; xi. 242; xii. 184. S. A.
    408. Il Pens. 33. Com.
    750.
Grand, P. L. i. 29, 122; ii. 507;
    iv. 192; vi. 149; x. 427,
    1033. P. R. i. 159.
Grand-child, P. L. x. 384; xii.
    153, 155.
Grandeur, P. R. iv. 110.
Grandsire, Son. xvi. 1.
Granges, Com. 175.
Grant, P. L. v. 831. P. R. ii.
    235. S. A. 356. Il Pens.

108. Com. 361. Ps. ii. 16;
    lxxxi. 44; lxxxvi. 23.
Granted, P. R. ii. 302; iv. 290.
Granting, P. L. iv. 104. S. A.
    773.
Grants, P. L. xii. 238.
Grape, P. L. iv. 259; v. 307,
    344. S. A. 551. Com. 46.
Grapes, Ps. lxxx. 56.
Grapple, P. R. iv. 567.
Grasp, P. L. iv. 989. Com. 357.
Grasped, P. L. i. 667.
Grasping, P. L. vi. 836.
Grass, P. L. iv. 350; vii. 310,
    315; ix. 450, 502. Com.
    624. Od. Nat. 215.
Grassy, P. L. iv. 601; v. 391;
    vii. 463; ix. 186; xi. 324,
    433. P. R. ii. 282. Com.
    280.
Grate, P. L. ii. 881. Lyc. 124.
Grateful, P. L. iv. 55, 165, 647,
    654; v. 645; vi. 8, 407; vii.
    512; viii. 55, 650; ix. 197,
    580; xi. 323, 442, 864. S. A.
    926.
    More grateful, P. L. iv. 331;
    viii. 606.
Gratefully, P. L. viii. 4; xi.
    370.
Gratify, P. L. x. 625.
Gratitude, P. L. iv. 52. P. R. iv.
    188.
Gratulate, P. R. iv. 438. Com.
    949.
Gratulating, P. L. ix. 472.
Gratulation, P. L. viii. 514.
Grave, P. L. ii. 300, 911; iii.
    247, 259; iv. 844; x. 185,
    635, 786; xi. 585, 662; xii.
    423. P. R. iv. 261. S. A.
    102, 868. Com. 110, 472,
    870. Son. ix. 6; xviii. 2.
    Od. Nat. 234. Ep. M. Win.
    47. Ps. v. 28; vi. 10;
    lxxxviii. 12, 20, 46.
Gravely, P. L. iv. 907.
Graven, P. L. i. 716; xi. 573.

Graver, Vac. Ex. 30.
Gravest, P. R. iv. 218.
Gray, P. L. iii. 475 ; iv. 598 ; v. 186 ; vii. 373 ; xi. 540 ; xii. 227. P. R. i. 498 ; iv. 427. Lyc. 187. L'Al. 71. Arc. 54. Com. 392.
Gray-fly, Lyc. 28.
Gray-headed, P. L. xi. 662.
Gray-hooded, Com. 188.
Graze, P. L. vii. 404 ; ix. 571 ; x. 711. Lyc. 46.
Grazed, P. L. i. 486.
Graz'd, Com. 152.
Grazing, P. L. iv. 253 ; xi. 558.
Great,—*Passim.*
Greater, P. L. i. 4, 258 ; v. 172 ; vi. 199 ; vii. 145, 347, 359, 604, 607 ; viii. 29, 87 ; ix. 621 ; x. 515 ; xii. 242, 533. P. R. i. 279 ; ii. 27, 482. S. A. 1357, 1644. Arc. 104. Od. Nat. 83.
No greater, P. R. ii. 27.
Greatest, P. L. i. 367, 695 ; ii. 29 ; x. 247, 528. P. R. i. 69 ; ii. 139, 208, 228 ; iii. 239 ; iv. 564. S. A. 1131. Com. 28.
Greatly, P. L. x. 193 ; xi. 869 ; xii. 557, 558.
Greatness, P. L. ii. 257 ; iii. 165 ; viii. 557. P. R. ii. 418.
Grecian, P. L. iv. 212.
Greece, P. L. i. 739 ; x. 307. P. R. iv. 240, 270, 338, 360. Com. 439.
Greedier, P. R. iv. 141.
Greedily, P. L. ix. 791 ; x. 560.
Greedy, P. L. ix. 257. Od. on Time, 10. Ps. lxxxiii. 55.
Greek, P. L. ix. 19. P. R. iii. 118. Son. vi. 14.
Green, P. L. iv. 133, 325, 458, 626 ; v. 480 ; vii. 316, 337, 402, 460, 479 ; viii. 286, 631 ; xi. 435, 858 ; xii. 186. P. R.

ii. 185 ; iv. 435, 587. S. A. 1735. Lyc. 42, 140. L'Al. 58. Il Pens. 66. Arc. 84. Com. 232, 294, 311, 716, 894, 1014. Son. iv. 2. Od. Nat. 47, 214. Od. May-M. 3. Ariost. 1. Ps. lxxx. 41.
Green-eyed, Vac. Ex. 43.
Greet, P. R. ii. 281. Od. Nat. 26, 94. Od. on Time, 11. Ep. M. Win. 24.
Greeting, P. L. vi. 188.
Greves, S. A. 1121.
Grew, P. L. ii. 705, 720, 784 ; iii. 356 ; iv. 195, 221, 694 ; vii. 336 ; viii. 47, 470 ; x. 551, 561 ; xi. 152. P. R. i. 208, 310 ; iii. 40. S. A. 1612.
Grew up, S. A. 637.
Griding, P. L. vi. 329.
Grief, P. L. ii. 586 ; iv. 358 ; ix. 97 ; xii. 373. P. R. i. 110 ; iv. 574. S. A. 72, 179, 330, 659, 1562, 1578. Com. 362, 565. Od. Pass. 29, 45, 54. Ps. vi. 14.
Griefs, S. A. 617.
Grieve, P. L. i. 167 ; xi. 754. Ps. lxxxv. 7.
Griev'd, P. L. iv. 28 ; xi. 887.
Grieving, P. L. vi. 792.
Grievous, P. L. x. 501 ; xi. 776 ; xii. 508. S. A. 691.
Griev'st, P. R. i. 407.
Grim, P. L. i. 396 ; ii. 170, 682, 804 ; vi. 236 ; x. 279, 713 ; xi. 469. Lyc. 128. Com. 694. Od. D. F. I. 8.
Grind, P. L. x. 1072. S. A. 35, 1161.
Grinding, S. A. 415.
Grinn'd, P. L. ii. 846.
Gripe, P. L. vi. 543 ; xi. 264.
Grip'd, P. L. iv. 408.
Gris-amber-steam'd, P. R. ii. 344.
Grisly, P. L. i. 670 ; ii. 704 ; iv.

821. P. R. iv. 430. Com. 603. Od. Nat. 209.

Groan, P. L. iv. 88; vi. 658; ix. 1001. S. A. 1511.

Groan'd, P. L. xi. 447.

Groaning, P. L. xii. 539.

Groans, P. L. ii. 184; xi. 489. Son. xiii. 5.

Grooms, P. L. v. 356.

Gross, P. L. i. 491; ii. 570; vi. 552, 661; xi. 51, 53; xii. 77. Arc. 73. Com. 458.

Grosser, P. L. v. 416; ix. 1049.

Grossness, Od. on Time, 20.

Grots, P. L. iv. 257. Com. 429.

Grotesque, P. L. iv. 136.

Grove, P. L. i. 403, 416; iii. 28; iv. 265, 272, 982; v. 22; vii. 537; ix. 418; x. 548. P. R. ii. 184, 289; iv. 244. Il Pens. 29. Arc. 46. Com. 225. Son. i. 10. Od. Nat. 214. Od. Pass. 52.

Grovelling, P. L. i. 280; x. 177. S. A. 141. Com. 53.

Groves, P. L. iii. 569; iv. 248; v. 126, 292; vii. 404; ix. 388. P. R. iv. 38. Lyc. 174. Il Pens. 133. Com. 937. Od. May-M. 7.

Ground, P. L. i. 421, 705, 767; ii. 929; iii. 179, 350; iv. 216, 406, 702, 731; v. 348, 367, 429; vi. 71, 242, 388, 478; vii. 210, 304, 332, 334, 422, 442, 456, 475, 481, 523, 525; ix. 497, 526, 590, 1104, 1151; x. 201, 206, 207, 850, 851, 1054, 1090, 1102; xi. 98, 106, 202, 262, 348, 850, 858, 861; xii. 186, 628, 631. S. A. 531, 582. Lyc. 140. Il Pens. 73, 94. Arc. 55. Com. 143, 146, 652, 943, 1001. Son. iii. 12. Od. Nat. 168. Ps. lxxxiv. 22.—*See* Under Ground.

Ground-nest, P. R. ii. 280.

Grounded, P. L. viii. 572. S. A. 865.

Grounds, P. L. ii. 126. P. R. iii. 349. Ps. iv. 35.

Grow, P. L. i. 691; ii. 31, 220; iv. 98, 216, 671; vi. 477; ix. 618, 623, 803, 1105; xi. 5, 274; xii. 352, 400. Com. 378, 735, 956. Son. vi. 10; xiii. 12. Ps. lxxx. 39; lxxxii. 8.

Grow up, S. A. 676, 1496.

Growing, P. L. ii. 315, 767; iv. 438; ix. 202, 877; x. 244, 715; xii. 164. P. R. i. 227. Son. iv. 7.

Grown, P. L. ii. 761, 779; vi. 661; ix. 564, 742, 807, 1154; x. 529; xii. 116, 164, 351. P. R. iv. 137. S. A. 268. Com. 968. Ps. vi. 22.

Grows, P. L. iii. 356; iv. 425; v. 72, 319; viii. 321; ix. 208, 617, 776. Lyc. 78. Com. 467, 670, 891. Ps. i. 7; lxxxviii. 38.

Growth, P. L. i. 614; iv. 629; v. 319, 635; ix. 113, 211. P. R. i. 67. Com. 270.

Grudging, Com. 725.

Grunsel, P. L. i. 460.

Gryphon, P. L. ii. 943.

Guard, P. L. ii. 1033; iv. 280; vi. 412; viii. 559; xi. 122. Com. 42, 394, 487, 695. Son. iii. 4.

Guarded, P. L. ii. 947. Lyc. 161.

Guardian, Com. 219.

Guardians, P. L. iii. 512; xi. 215.

Guards, P. L. ii. 611; iv. 550, 862; x. 18; xii. 590; ix. 269. S. A. 1617.

Guendolen, Com. 830.

Guerdon, Lyc. 73.

Guess, P. L. viii. 85. S. A. 1540. Com. 201, 310.

Guess'd, P. L. v. 290. Com. 577.

Guest, P. L. v. 313, 351, 383, 507; vii. 14, 69, 109; viii. 646. P. R. ii. 278. Lyc. 118.

Guests, P. L. xii. 166, 167. S. A. 1196.

Guiana, P. L. xi. 410.

Guide, P. L. ii. 975; iii. 194; iv. 442; v. 91; vi. 711; viii. 298, 312, 613; ix. 646, 808; x. 146; xi. 371, 674, 785; xii. 204, 482, 490, 647. P. R. i. 336; ii. 473. S. A. 1428, 1630. Com. 32, 171, 944. Son. xvii. 14.

Guided, P. L. vii. 15; viii. 486. P. R. i. 250. S. A. 1547. Com. 570. Son. xi. 3.

Guides, P. L. v. 708; xii. 362. Com. 279.

Guiding, S. A. 1. Il Pens. 53.

Guile, P. L. i. 34, 121, 646; ii. 41, 188; iii. 92; iv. 349; ix. 306, 466, 733, 772; x. 114. P. R. i. 123; ii. 237. S. A. 989.

Guileful, P. L. ix. 567; x. 334. Com. 537. Ps. v. 16.·

Guilefully, P. L. ix. 655.

Guiles, P. R. ii. 391.

Guilt, P. L. ix. 971, 1043, 1114; x. 112, 166; xii. 443. P. R. iii. 147. S. A. 902. Com. 456.

Guiltless, P. L. ix. 392; x. 823, 824. Com. 829. Od. Pass. 40.

Guilty, P. L. iii. 290; iv. 313; ix. 785, 1058; x. 340. Od. Nat. 39. Vac. Ex. 96. Ps. v. 29.

Guise, P. L. i. 564; xi. 576. Com. 962.

Gulf, or Gulph, P. L. i. 52, 329; ii. 12, 441, 592, 1027; iii. 70; v. 225; vi. 53; ix. 72; x. 39, 253, 366; xi. 833.

Gulphy, Vac. Ex. 92.

Gummy, P. L. x. 1076.

Gums, P. L. iv. 248, 630; xi. 327. Com. 917.

Gurge, P. L. xii. 41.

Gush, Ps. cxiv. 18.

Gushing, P. L. xi. 447. Lyc. 137.

Gust, P. L. x. 565, 698. Lyc. 93. Il Pens. 128.

Gymnick, S. A. 1324.

Gyves, S. A. 1093.

HABERGEON, S. A. 1120.

Habit, P. L. iii. 643. P. R. iv. 601. S. A. 122, 1073, 1305.

Habitable, P. L. viii. 157.

Habitant, P. L. viii. 99; x. 588.

Habitants, P. L. ii. 367; iii. 460. Com. 459.

Habitation, P. L. ii. 573; vi. 876; vii. 622. P. R. i. 47. Com. 339. Ps. vii. 27.

Habitations, P. L. vii. 186; xii. 49.

Habits, P. L. iii. 490.　P. R. iv. 68.　Com. 157.
Habitual, P. L. x. 588.
Habor, P. R. iii. 376.
Hades, P. L. ii. 964.
Hæmony, Com. 638.
Hag, Com. 434.
Hagar's, Ps. lxxxiii. 23.
Hail, P. L. i. 171, 250; ii. 589; iii. 1, 412; iv. 750; v. 205, 385, 388; vi. 589; x. 698, 1063; xi. 158; xii. 181, 182, 379.　P. R. ii. 68; iv. 633. Il Pens. 11, 12.　Com. 128, 265.　Od. May-M. 5.　Vac. Ex. 1.
Hail'd, S. A. 354.
Hair, P. L. ii. 710; iii. 640; v. 131; vii. 323.　S. A. 59, 1135, 1355, 1496.　Lyc. 69. Com. 863.　Od. Hor. 4.
Hairs, S. A. 1136.　Com. 392.
Hairy, P. L. iv. 135; vii. 497. Lyc. 104. L'Al. 112. Il Pens. 169.
Hal'd, P. L. ii. 596.
Half, P. L. i. 598, 617, 649; ii. 941, 942; iv. 112, 494, 495, 782, 785, 820, 903; v. 95, 229, 559, 560; vi. 325, 770, 853; vii. 21, 463; viii. 595; ix. 141, 545.　S. A. 79.　Arc. 12.　Il Pens. 109.　Com. 724. Son. xiv. 2.　Od. Nat. 170. Vac. Ex. 4.
Half-dead, S. A. 100.
Half-glad, Ep. Hobs. I. 6.
Half-loft, P. L. ii. 975.
Half-moons, P. R. iii. 309.
　Other half, P. L. iv. 488, 560.
Half-rais'd, P. L. v. 12.
Half-regain'd, L'Al. 150.
Half-round, S. A. 1606.
Half-rounding, P. L. iv. 862.
Half-spied, P. L. ix. 426.
Half-starv'd, P. L. x. 595.
Half-sunk, P. L. vi. 198.
Half-told, Il Pens. 109.

Half-way, P. L. iv. 777; vi. 128.
Hall, P. L. i. 762, 791; ix. 38; x. 444, 522, 667.　Com. 45, 649, 835.　Od. Nat. 148.
Halleluiah, P. L. x. 642.
Halleluiahs, P. L. ii. 243; vi. 744; vii. 634.
Halloo, Com. 226, 481, 487, 490.
Hallow'd, P. L. iii. 31; iv. 964, v. 321; vii. 592; xi. 106. P. R. iii. 116.　S. A. 535.　Il Pens. 138.　Arc. 55.　Od. Nat. 28.　Ep. W. Sh. 3.　Vac. Ex. 98.
Halls, Com. 324.
Halt, P. L. vi. 532.
Hamath, P. L. xii. 139.
Hamlets, L'Al. 92.
Hammer'd, S. A. 132.
Hammon, Od. Nat. 203.
Hamper, S. A. 1397.
Hand, P. L. i. 732; ii. 3, 369, 727, 738, 775; iii. 455; iv. 365, 417, 488; v. 17, 344, 641; vi. 3, 139, 231, 579, 683, 807; vii. 224, 500; viii. 27, 300; ix. 344, 385, 438, 780, 850, 892, 997, 1037; x. 140, 458, 772; xi. 28, 93, 248, 276, 372, 421, 436. P. R. i. 171; ii. 144, 429, 449; iii. 168, 187; iv. 59, 256.　S. A. i. 359, 507, 668, 684, 951, 1105, 1159, 1230, 1233, 1302, 1581.　Arc. 77. Com. 397, 711, 903.　Son. x. 9; xii. 13; xvii. 7.　Od. Nat. 222.　Od. D. F. I. 23. Ps. i. 10; ii. 6; viii. 17; lxxx. 70; lxxxi. 59; lxxxvi. 34; lxxxviii. 23, 49; cxiv. 4; cxxxvi. 37, 86.
Hand-in-hand, P. L. iv. 321, 689; v. 395; xii. 648.　Ps. lxxxv. 44.
　At hand, P. L. ii. 674; iv. 552; vi. 537; vii. 202; viii. 199.　P. R. i. 20; ii.

35, 238. S. A. 593, 1306.
L'Al. 63. Ps. lxxxv. 38.
Each hand, P. L. i. 222; v.
252; vi. 307, 770; xi. 659.
Either hand, P. L. vi. 800;
xii. 637.
In hand, Ps. i. 10.
Left hand, P. L. x. 322.
Right hand, P. L. ii. 174,
633, 869; iii. 279; v. 606,
864; vi. 154, 747, 762, 835,
892; x. 64; xii. 457.
L'Al. 35. Ps. lxxx. 61,
69.
To hand, S. A. 142.
Handed, P. L. iv. 739.
Handling, P. R. i. 489.
Handmaid, Od. Nat. 242.
Handmaids, Son. ix. 10. Ps.
lxxxvi. 60.
Hands, P. L. i. 459, 686, 699;
ii. 712, 949; iv. 629; v. 214,
854; vi. 458, 508, 646; viii.
362, 469, 470; ix. 203, 207,
246, 623; x. 373, 1002,
1058; xi. 669, 863. P. R. i.
369; iii. 155, 290; iv. 557.
S. A. 259, 438, 1185, 1260,
1270, 1299, 1526, 1584. Com.
13, 143, 875. Od. Pass. 45.
Vac. Ex. 90. Ps. vii. 9;
lxxxi. 23; lxxxii. 3, 14;
lxxxiii. 31; lxxxviii. 40.
Hang, P. L. ix. 798. Lyc. 147.
L'Al. 29.
Hanging, P. L. ii. 1051; ix. 622.
Hangs, P. L. ii. 637; v. 323.
Ep. M. Win. 41.
Hap, P. L. ii. 837; ix. 56, 160,
421. Vac. Ex. 68, 83.
Hapless, P. L. ii. 549; v. 879;
vi. 785; ix. 404; x. 342,
965. Lyc. 164. Com. 350,
566. Ep. M. Win. 31. Od.
Hor. 12.
Haply, P. L. i. 203; iv. 8, 378;
vi. 501; viii. 200; xi. 196.
S. A. 62.

Happen, S. A. 1423. Vac. Ex.
13.
Happen'd, P. L. ix. 1147.
Happens, P. R. i. 334.
Happier, P. L. ii. 24, 97; iv.
446, 507, 775; v. 76; vii.
117; viii. 282; ix. 697; x.
237; xi. 88; xii. 464, 465,
587. P. R. iii. 179. Od. Nat.
108.
Happiest, P. L. iv. 317, 638, 774;
x. 904. P. R. iii. 225. S. A.
1718. Son. viii. 11.
Happiness, P. L. i. 55; ii. 563;
iii. 450; iv. 417; v. 235, 504;
vi. 741, 903; vii. 632; viii.
365, 399, 405, 621; ix. 254,
340, 819; x. 725; xi. 58.
P. R. i. 417. Com. 343, 789.
Happy, P. L. i. 29, 85, 141, 249;
ii. 224, 347, 410; iii. 66, 232,
417, 532, 567, 570, 632, 679;
iv. 60, 128, 247, 339, 370,
519, 534, 562, 727; v. 74, 75,
143, 234, 364, 504, 520, 536,
611, 830; vi. 226; viii. 285,
331, 512, 621, 633; ix. 326,
337, 347, 975, 1138; x. 485,
720, 874; xi. 270, 303, 593,
782; xii. 605, 642. P. R. i.
1, 360, 416; iv. 362. S. A.
354, 1049. Com. 592, 977.
Od. Nat. 1, 167. Od. Cir. 3.
Ps. ii. 28; lxxxiv. 17, 19.
Happy-making, Od. on Time, 18.
Thrice happy, P. L. iii. 570;
vii. 625, 631.
Haran, P. L. xii. 131.
Harangues, P. L. xi. 663.
Harapha, S. A. 1068, 1079.
Harbinger, P. L. ix. 13; xi. 589.
P. R. i. 71, 277. S. A. 721.
Od. Nat. 49. Od. May-M. 1.
Ps. lxxxv. 54.
Harbour, P. L. i. 185; v. 99;
ix. 288. P. R. iii. 210. S. A.
459. Vac. Ex. 88.
Harboured, P. R. i. 307.

Hard, P. L. ii. 256, 433, 444,
1021; iii. 21, 200, 575; iv.
45, 432, 584, 932; v. 564;
vi. 452, 495, 622; viii. 251;
x. 468, 751, 992; xi. 146.
P. R. i. 264, 343, 469, 478;
iii. 132; iv. 478. S. A. 865,
1013, 1528. Lyc. 92. Com.
972. Son. xii. 6; xv. 5. Od.
Pass. 14. Ps. lxxxv. 3.
Too hard, Od. Pass. 14.
Hard-besetting, Com. 857.
Hard-by, P. L. i. 417; x. 548.
L'Al. 81. Com. 531.
Harden'd, P. L. iii. 200; vi. 791.
More harden'd, P. L. xii.
194.
Hardening, P. L. i. 572.
Harder, P. L. ii. 1016. S. A.
1014. Son. vi. 8.
Hardest, P. R. ii. 168.
Hardihood, Com. 650.
Hardly, P. L. ix. 304. P. R. i.
279.
Hardship, P. R. i. 341.
Hardy, P. L. ii. 425; iv. 920.
S. A. 1274.
Harlot lap, P. L. ix. 1060.
Harlot's, P. R. iv. 344.
Harlots, P. L. iv. 766.
Harm, P. L. iv. 791, 843, 901;
vi. 656; vii. 150; ix. 251,
326, 327, 350, 1152; x. 1055.
P. R. iv. 486. S. A. 486,
1187. Il Pens. 84. Com.
591.
No harm, P. R. ii. 257.
Harm'd, P. R. i. 311; ii. 407.
Harmless, P. L. iv. 388. P. R.
iv. 458. Com. 166.
Harmonic, P. L. iv. 687.
Harmonies, P. L. vii. 560. Com.
243.
Harmonious, P. L. iii. 38; vii.
206; viii. 606. P. R. ii.
362. Od. Sol. Mus. 2.
Harmony, P. L. ii. 552; v. 625;
vi. 65; viii. 384, 605; x. 358.

P. R. iv. 255. L'Al. 144.
Arc. 63. Od. Nat. 107, 131.
Vac. Ex. 51.
Harms, Arc. 51. Son. iii. 4.
Harness'd, P. L. vii. 202.
Harp, P. L. ii. 548; iii. 414; v.
151; vii. 37, 594; xi. 560,
583. Od. Pass. 9. Ps. lxxxi.
8.
Harpies, Com. 605.
Harpies', P. R. ii. 403.
Harping, Od. Nat. 115.
Harps, P. L. iii. 365, 366; vii.
258, 450, 559. P. R. iv. 336.
Od. Sol. Mus. 13.
Harpy-footed, P. L. ii. 596.
Harass, S. A. 257.
Harrow'd, Com. 565.
Harry, Son. viii. i.
Harsh, P. L. ii. 882; ix. 987.
S. A. 662, 1461. Lyc. 3.
Com. 477. Od. Sol. Mus. 20.
Harshly, P. L. xi. 537. Com.
683.
Hart, P. L. xi. 189.
Harvest, P. L. iv. 981; xi. 899.
S. A. 1024.
Harvest-queen, P. L. ix. 842.
Haste, P. L. i. 357; ii. 838; iii.
500; iv. 560; v. 136, 211,
308, 326, 331, 686, 777; vii.
105, 294; viii. 519; x. 17,
456; xi. 104, 449; xii. 366.
P. R. iii. 223, 437. S. A.
1027, 1441. L'Al. 25. Arc.
58. Com. 568, 920, 956. Od.
Nat. 23, 212. Vac. Ex. 17.
Ps. vii. 5.
In haste, P. L. iii. 500. P. R.
iii. 303. S. A. 1678. L'Al.
87. Dante, II. 5. Ps. vi.
23.
Hasted, P. L. iii. 714; vi. 254;
vii. 291; ix. 853; xi. 81.
Hasten, P. L. iii. 329; v. 846;
x. 857. S. A. 576.
Hasten'd, P. L. i. 675. S. A.
958. Ep. Hobs. II. 14.

Hastening, P. L. xii. 637. Ep.
M. Win. 46.
Hasting, P. L. iv. 353, 867; vi.
85. P. R. iv. 64. Son. ii.
3.
Hasty, P. L. i. 730.
Hatch, P. L. vii. 418.
Hatching, P. L. ii. 378.
Hate, P. L. i. 58, 107, 417; ii.
120, 249, 336, 577; iii. 298,
300; iv. 37, 69, 99; v. 738;
vi. 559, 734; vii. 54; ix. 466,
471, 475, 491, 492, 1123;
x. 114, 906; xi. 553, 601.
P. R. iv. 386. S. A. 400,
790, 839, 939, 966, 1266.
Com. 760. Son. i. 9. Ps.
lxxxi. 61; lxxxiii. 7.
Hated, P. L. xi. 702; xii. 411.
P. R. i. 47; iv. 97. Son. vi.
13. Od. D. F. I. 51.
Hateful, P. L. i. 626; ii. 859;
iv. 505; vi. 264; ix. 121;
x. 869. Com. 92. Ps. lxxxiii.
26.
Hatefullest, P. L. x. 569.
Hates, P. L. ii. 857.
Hating, P. R. iv. 97.
Hatred, P. L. i. 308; ii. 500;
x. 928. S. A. 772.
Hat'st, P. L. vi. 734. Ps. v. 14.
Haven, P. R. iii. 321.
Having, P. R. i. 259, 297; iv.
88.
Havock, P. L. ii. 1009; vi. 449;
ix. 30; x. 617.
Haughty, P. L. iv. 858; vi. 109;
ix. 484. S. A. 1069. Com.
33.
More haughty, P. L. v. 852.
Haunt, P. L. iii. 27; iv. 184;
vii. 330; xi. 271, 835. P. R.
ii. 296. Il Pens. 138. Com.
388.
Haunted, P. L. iv. 708. L'Al.
130. Od. Nat. 184.
Haunts, P. R. ii. 191. Com.
536.

Haut, Ps. lxxx. 35.
Hawthorn, L'Al. 68.
Haycock, L'Al. 90.
Hazard, P. L. i. 89; ii. 453,
455, 473; iv. 933; v. 729;
x. 491. P. R. i. 95. S. A.
1241.
Hazardous, P. R. iii. 228.
Hazel, Lyc. 42.
Head, P. L. i. 193, 211, 357,
459; ii. 672, 711, 730, 754,
758, 949; iii. 86, 220, 286,
319, 626; iv. 134, 283, 443,
826, 953; v. 606, 830, 842,
893; vi. 346, 350, 556, 625,
779; vii. 470; viii. 292, 574;
ix. 184, 189, 428, 499, 1155;
x. 133, 181, 449, 499, 523,
732, 735, 815, 934, 955, 1032,
1035; xi. 534, 864; xii. 150,
388, 430, 432. P. R. i. 55,
60, 82, 98, 267; ii. 64; iv.
48, 406, 407. S. A. 119,
192, 197, 535, 609, 727, 1024,
1125, 1636, 1639. Lyc. 51,
102, 147, 169. L'Al. 145.
Il Pens. 71. Com. 108, 355,
744, 799, 836, 885, 898, 934.
Od. Nat. 80. Od. Pass. 15.
Od. D. F. I. 49. Ep. M.
Win. 41. Vac. Ex. 64. Ps.
iii. 9; vii. 58; lxxx. 44;
cxiv. 8.
Headlong, P. L. i. 45, 750; ii.
374, 772; vi. 864. P. R. iii.
430; iv. 575. Com. 568, 887.
Od. Pass. 5.
Heads, P. L. i. 435; ii. 178; iv.
35, 699; vi. 653, 757, 840;
x. 1040. P. R. iv. 463.
S. A. 242, 552, 677, 1589,
1652, 1696. Son. x. 7. Ps.
lxxxiii. 8.
Headstrong, P. R. ii. 470.
Heal, P. L. ii. 401. Arc. 51.
Ps. vi. 4.
Heal'd, P. L. vi. 344, 436; viii.
468.

Healing, P. L. ix. 290. S. A. 605.
Com. 621.
Heals, Com. 847.
Health, S. A. 554. Ps. lxxxv.
13, 27.
Healthful, P. L. xi. 523.
Heap, P. L. i. 215; ii. 590; iii.
709; iv. 815; vi. 389. P. R.
ii. 427. S. A. 276.
Heap'd, P. L. iii. 83; v. 391; vi.
668; xii. 338. L'Al. 147.
Heaps, P. L. v. 344; x. 558.
S. A. 1530. Com. 398, 771,
799.
Hear, P. L. i. 274; ii. 65, 846;
iii. 185, 195, 701; iv. 410,
866; v. 411, 555, 600, 602,
810; vi. 567; vii. 52, 101;
viii. 3, 204, 208; ix. 213, 281,
862, 966; x. 27, 731; xi. 31,
359; xii. 61, 367. P. R. i.
198, 211, 333, 385, 481, 484;
ii. 83; iii. 349; iv. 123, 254,
500. S. A. 110, 176, 766,
845, 1232, 1423, 1456, 1553.
Lyc. 36. L'Al. 41, 147. Il
Pens. 64, 74. Arc. 72, 104.
Com. 91, 343, 458, 480, 495,
792. Son. xv. 11. Od. D.
F. I. 37. Vac. Ex. 68. Ps.
iv. 6, 18; v. 3, 6; lxxxi. 3,
33, 45; lxxxiv. 29; lxxxv.
21, 30; lxxxvi. 2.
Heard, P. L. i. 275, 331; ii. 290,
477, 519, 580, 993; iii. 710;
iv. 2, 681; v. 546, 557, 659;
vi. 28, 208, 557, 618, 769, 782,
867, 909; vii. 51, 68, 181,
221, 296; viii. 10, 203, 205,
242, 452, 500; ix. 518, 888,
1128; x. 23, 97, 99, 116, 119,
163, 729, 954, 1047; xi. 74,
153, 252, 266, 322, 560, 663;
xii. 103, 529, 598, 624. P. R.
i. 33, 84, 259, 270, 284, 330;
ii. 3, 33, 107, 182, 235, 362,
403; iv. 116, 452, 502, 513.
S. A. 215, 649, 1082, 1449,

1515, 1524, 1631. Lyc. 27,
87. Il Pens. 137. Com. 44,
227, 252, 264, 533. Son. i. 6.
Od. Nat. 54, 101, 183. Od. Cir.
3. Vac. Ex. 65. Ps. iii. 12;
vi. 18; lxxxi. 20.
Heard'st, P. L. vii. 561.
Hearers, Ep. Hobs. II. 19.
Hearing, P. L. vii. 118. Ps.
lxxxvi. 20.
Hearken, P. L. iii. 93. P. R. ii.
428. Com. 169, 625. Ps.
lxxxi. 33, 46.
Hearken'd, P. L. ix. 1134; x.
198.
Hears, P. L. vii. 100; x. 506.
Lyc. 176. Il Pens. 47.
Hearse, Ep. M. Win. 58.
Hear'st, P. L. iii. 7; v. 224.
Heart, P. L. i. 18, 151, 400, 444,
571, 788; iv. 154, 484, 861;
vi. 113, 346, 350; vii. 60, 114,
150, 486, 513; viii. 266, 322,
475, 590; ix. 189, 550, 734,
845, 876, 913, 955; x. 6, 357,
358, 915, 940, 966, 973, 1061;
xi. 27, 92, 150, 288, 448, 494,
595, 868, 887; xii. 25, 193,
274, 524. P. R. i. 216; ii.
103, 169, 410; iii. 10. S. A.
298, 407, 545, 609, 1368.
Son. i. 3; xvii. 8. Od. Cir.
28. Ep. W. Sh. 10. Ps. iv.
15, 31; vii. 42; viii. 11;
lxxxiv. 7; lxxxvi. 39, 43.
Hearten'd, S. A. 1317.
Heart-easing, L'Al. 13.
Heart-grief, S. A. 1339.
Heart-sick, P. L. xi. 482.
Heart-struck, P. L. xi. 264.
One heart, P. L. viii. 499;
ix. 967.
Hearth, S. A. 566. Il Pens. 82.
Od. Nat. 190. Vac. Ex. 60.
Hearts, P. L. iii. 189; v. 448,
532; x. 1091, 1103; xi. 4;
xii. 489. P. R. i. 222, 463;
ii. 162. S. A. 455, 792, 1613,

1669. Od. Nat. 94. Od. D.
F. I. 62. Ps. iv. 20; vii. 39;
lxxxiv. 20.
Heart's, P. L. viii. 451; xii.
613.
Heat, P. L. i. 453; ii. 219; iv.
668; v. 231, 369, 437; ix.
1108; x. 616, 653, 656, 691,
1057, 1077; xi. 589, 899; xii.
634. Com. 358, 917.
Heath, P. L. i. 615.
Heaths, Com. 423.
Heathen, P. L. i. 375; x. 579.
P. R. ii. 443; iii. 176, 418.
S. A. 451, 693, 1430. Ps. ii.
18.
Heathenish, P. R. iii. 419.
Heave, P. L. xi. 827. S. A. 197,
1626. L'Al. 145. Com. 885.
Heaved, Il Pens. 136.
Heav'd, P. L. i. 211; vii. 288.
Heaven,—*Passim.*
Heavenly, P. L. i. 6, 138, 361;
ii. 499, 757, 813, 824; iii. 19,
213, 217, 298; iv. 118, 361,
686, 711; v. 286, 316, 397,
500; vi. 165, 723, 788; vii.
7, 39, 69, 210; viii. 217, 356,
379, 453, 485, 592, 615, 646;
ix. 151, 457, 607, 730, 1082;
x. 624, 641; xi. 17, 207, 208,
230, 871; xii. 256. P. R. i.
28, 221; iv. 594, 637. S. A.
373, 635, 1035. Arc. 72.
Com. 459, 515. Son. iv. 4.
Od. Nat. 15, 100. Od. Pass.
3. Od. D. F. I. 55. Ps.
lxxxv. 47.
Heavenly-born, P. L. ii. 860.
Too heav'nly, P. L. x. 872.
Heavenly-guided, Od. on Time,
19.
Heaven of Heavens, P. L. iii. 390;
vii. 13, 553; xii. 451. P. R.
i. 366, 410.
Heaven-banish'd, P. L. x. 437.
Heaven-born, Od. Nat. 30.
Heaven-fallen, P. L. x. 535.

Heaven-gate, P. L. iii. 541; v.
198; vii. 618; x. 22, 88.
Heaven-gates, P. L. i. 326; ii.
996.
Heaven-gifted, S. A. 36.
Heaven-lov'd, Od. D. F. I. 65.
Heaven-towers, P. L. xii. 52.
Heaven-warring, P. L. ii. 424.
Heaven's, P. L. i. 131, 297, 510,
612, 682; ii. 57, 62, 137, 166,
190, 236, 264, 319, 353, 359,
398, 490, 692, 715, 751, 851,
992; iii. 395, 484, 486; iv.
41, 68, 111, 960, 973; v. 19,
220, 467, 583, 676, 710; vi.
2, 267, 425, 480, 712, 716;
vii. 215, 373, 381, 585; x.
387, 389; xi. 68, 251. P. R.
i. 20; ii. 121. S. A. 549, 632.
Lyc. 31. Il Pens. 70. Com.
243. Son. xvii. 7. Od. Nat.
2, 10, 116, 130, 201, 240.
Od. Pass. 44. Od. Cir. 10.
Od. Sol. Mus. 1. Vac. Ex. 34,
44.
Heaven's King, P. L. iv. 111,
973. P. R. i. 421.
Heavens, P. L. i. 9; iii. 9, 390,
651; v. 156, 578; vii. 562,
566; viii. 76, 100, 115; ix.
103; x. 692; xii. 371, 549.
Ps. viii. 3, 9, 21; cxxxvi.
18.
Heavier, P. L. iii. 159; iv. 101,
972; ix. 57; x. 835.
Much heavier, P. L. x. 836.
Heaviest, P. L. vi. 265. S. A. 445.
Od. Pass. 13.
Heaviness, Ep. Hobs. II. 22.
Heavy, P. L. ii. 902; vi. 551; x.
741; xii. 103, 531. Lyc. 37.
Od. on Time, 3.
Hebe, Vac. Ex. 38.
Hebe's, L'Al. 29. Com. 290.
Hebrew, P. R. iv. 336. S. A.
1319, 1540. Ps. cxxxvi. 50.
Hebrews, S. A. 1308.
Hebrides, Lyc. 156.

Hebron, S. A. 148.
Hebrus, Lyc. 63.
Hecat', Com. 135.
Hecate, Com. 535.
Hecatompylos, P. R. iii. 287.
Hedger, Com. 293.
Hedge-row, L'Al. 58.
Hedges, Ps. lxxx. 49.
Heed, P. L. x. 1030. S. A. 1230.
    L'Al. 141.
Heel, P. L. v. 284; x. 181, 498;
    xii. 385, 388, 433, 631. S. A.
    140. Lyc. 34.
Heels, P. L. ii. 135. P. R. ii.
    420. S. A. 1235.
Heinous, P. L. ix. 929; x. 1.
    S. A. 493, 991.
Heir, P. L. v. 720; vi. 707, 708,
    887. P. R. iii. 405; iv. 633.
    Com. 501. Od. Nat. 116.
    Ep. M. Win. 3. Ep. W. Sh.
    5.
Held, P. L. i. 200, 508, 618, 734,
    755; ii. 417, 761; iii. 643,
    690; iv. 860, 887; v. 82, 83,
    771; vi. 2; vii. 100; ix. 443;
    x. 411, 800; xi. 693. P. R.
    i. 221; iii. 33; iv. 10. S. A.
    410, 863, 1081, 1194. Il
    Pens. 26, 41. Arc. 24. Com.
    834. Son. vii. 7; xii. 2. Od.
    D. F. I. 14. Vac. Ex. 51.
Held on, P. L. ix. 180.
Helena, Com. 676.
Helicon, Ep. M. Win. 56.
Hell, P. L. i. 251, 255, 666; ii.
    49, 61, 84, 135, 167, 268, 293,
    313, 326, 433, 459, 541, 554,
    644, 671, 676, 719, 723, 788,
    1002; iii. 70, 255, 332, 678;
    iv. 20, 75, 78, 358, 381, 918;
    v. 450, 542; vi. 276, 291, 705,
    867, 874, 876; ix. 467, 476,
    487; x. 322, 365, 392, 437,
    598. P. R. i. 46. Il Pens.
    108. Od. Nat. 139, 218. Ps.
    lxxxvi. 47.
From Hell, P. L. ii. 1029; iv.

21, 889; v. 225; x. 39,
    257. P. R. i. 409.
In Hell, P. L. i. 262, 263, 270,
    691, 751; ii. 32; iii. 322;
    iv. 909, 937; vi. 183, 186;
    x. 57. P. R. i. 420; iv.
    623.
Of Hell, P. L. i. 28, 151, 255,
    315, 345, 381, 405; ii. 176,
    519, 631, 918; iii. 82; iv.
    89, 795, 871, 967; viii. 231;
    x. 230, 288, 299, 408, 616,
    621, 636; xii. 42. P. R. i.
    180; iii. 220.
To Hell, P. L. i. 418; iii. 160,
    223; iv. 12, 508, 823, 914;
    x. 305, 346. P. R. i. 153;
    ii. 128. Com. 518.
With Hell, P. L. ii. 383. Com.
    581.
Hell-born, P. L. ii. 687.
Hell-doom'd, P. L. ii. 697.
Hell-fire, P. L. ii. 364.
Hell-gate, P. L. ii. 725, 746; x.
    415.
Hell-gates, P. L. x. 282, 369.
Hell-hounds, P. L. ii. 654; x.
    630.
Hellespont, P. L. x. 309.
Hellish, P. L. ii. 504, 735; iii.
    298, 300; vi. 636; ix. 409;
    x. 585, 873. P. R. i. 175;
    iv. 422. Com. 613.
Hell's, P. L. i. 542; ii. 510; x.
    594. P. R. i. 116.
Helm, P. L. vi. 543; xi. 245.
    S. A. 1045.
Helmed, P. L. vi. 840. Od. Nat.
    112.
Helmet, S. A. 1119.
Helmets, P. L. vi. 83. S. A.
    141.
Helms, P. L. i. 547; iv. 553; vi.
    840. S. A. 1045. Son. xii.
    3.
Help, P. L. iv. 727; viii. 418,
    450; ix. 336, 624; x. 137;
    xi. 165. P. R. iv. 103.

S. A. 1266, 1625. Com. 303, 909. Son. xi. 13 ; xv. 4. Ps. iii. 6, 23 ; lxxxii. 16 ; lxxxvi. 64.
No help, Ps. iii. 6.
Without help, S. A. 1625.
Help'd, P. L. vi. 656.
Helpful, Arc. 38.
Helping, Com. 845.
Helpless, S. A. 644, 943. Com. 402, 583.
Hem, P. L. iv. 979. Arc. 83.
Hemisphere, P. L. iii. 725 ; vii. 250, 384 ; ix. 52 ; xi. 379.
Hence, P. L. i. 260 ; iii. 731 ; iv. 522, 872 ; vi. 275, 288 ; vii. 366 ; x. 260 ; xi. 315 ; xii. 557, 590, 617, 619, 621. P. R. i. 336 ; ii. 56, 317. S. A. 15, 224, 1229, 1263, 1447, 1481, 1572, 1731. Lyc. 18. L'Al. 1. Il Pens. 1. Com. 441, 696, 824. Od. D. F. I. 67.
From hence, P. L. iii. 540, 723 ; v. 257 ; viii. 332 ; ix. 617 ; x. 304 ; xi. 356. Com. 824. Arc. 3.
Henceforth, P. L. i. 187, 643 ; iii. 414 ; iv. 378, 486, 966 ; v. 77, 881 ; vii. 569 ; ix. 799, 1081, 1140 ; x. 379, 872 ; xi. 176, 547, 771 ; xii. 11, 561. P. R. i. 142, 456, 462 ; iv. 610. S. A. 970. Lyc. 183.
Herald, P. R. ii. 279. Lyc. 89.
Heraldry, Od. Cir. 10.
Herald's, P. L. ii. 518.
Heralds, P. L. i. 752 ; xi. 660.
Herb, P. L. iv. 253, 644, 652 ; vii. 310, 336 ; viii. 254 ; ix. 111, 186, 206, 572 ; x. 204, 711 ; xii. 184. S. A. 626. Il Pens. 172. Com. 541, 621.
Herbs, P. L. iv. 709 ; vii. 317 ; viii. 527 ; x. 603. S. A. 1727. L'Al. 85. Com. 255.
Herculean, P. L. ix. 1060.

Herd, P. L. iv. 396 ; vi. 856 ; ix. 522 ; xi. 647 ; xii. 19, 481. P. R. ii. 287, 288 ; iii. 49 ; iv. 630. Com. 152.
Herdman's, Lyc. 121.
Herds, P. L. ii. 494 ; iii. 44 ; iv. 754 ; vii. 462 ; ix. 1109 ; xi. 557 ; xii. 132. P. R. iii. 260. Lyc. 46. Com. 388, 731, 844. Ps. viii. 19.
Herdsman, P. L. ix. 1108.
Here,—*Passim.*
Here and there, P. R. iii. 263. Com. 936.
Hereafter, P. L. iii. 444 ; vii. 488 ; viii. 79 ; xii. 156. P. R. i. 164 ; iv. 625.
Hereby, P. L. iv. 672. S. A. 106.
Hereditary, P. L. xii. 370.
Herein, P. R. iv. 356. S. A. 61.
Hereof, S. A. 1145.
Hereticks, Forc. of Con. 11.
Hermes, P. L. iii. 603 ; iv. 717 ; xi. 133. Il Pens. 88. Com. 637.
Hermione, P. L. ix. 506.
Hermit, Com. 390.
Hermitage, Il Pens. 168.
Hermon, P. L. xii. 141, 142.
Hero, Od. Pass. 13.
Herod, P. R. ii. 424.
Heroes, P. L. i. 552 ; xi. 243. S. A. 1131. Vac. Ex. 47.
Heroick, P. L. i. 557 ; ii. 549 ; iv. 551 ; vi. 66 ; ix. 14, 25, 29, 32, 40, 485 ; xi. 690. P. R. i. 15, 216. S. A. 125, 318, 527, 1279, 1711.
Heroickly, S. A. 1710.
Herse, Lyc. 151. Ep. M. Win. 58.
Hesebon, P. L. i. 408.
Hesperian, P. L. i. 520 ; iii. 568 ; iv. 250 ; viii. 632. Com. 393.
Hesperides, P. R. ii. 357.

Hesperus, P. L. iv. 605; ix. 49.
Com. 982.
Hew, Com. 994.
Hewing, P. L. xi. 728.
Hewn, P. L. i. 293; v. 759; vi.
449.
Hid, P. L. i. 673, 688; iii. 39,
624, 707; iv. 278, 497; vi.
896; vii. 600; viii. 126, 167;
ix. 76, 408, 436; x. 100, 117,
716; xi. 316, 579, 699. S. A.
89. Com. 239, 571. Od. Nat.
80. Od. D. F. I. 32. Ep. W.
Sh. 3. Ps. lxxxv. 8.
Hidden, P. L. ii. 271; vi. 442,
516. L'Al. 144. Com. 248,
415, 416, 418.
Hide, P. L. iv. 35; vi. 555; ix.
90, 162, 1090, 1092, 1113;
x. 723, 974; xi. 68, 111.
P. R. iii. 21; iv. 630. S. A.
1749. Il Pens. 141. Son. xiv.
3. Od. Nat. 39. Od. D. F. I.
49. Ps. lxxxiii. 12; lxxxviii.
58; cxiv. 8.
Hideous, P. L. i. 46, 313; ii.
177, 656, 726, 788; vi. 107,
206, 577; xii. 56.' P. R. i.
362. S. A. 1509. Lyc. 61.
Com. 520. Od. Nat. 174.
Ps. lxxxviii. 24.
Hides, P. L. i. 27. Com. 383.
Hie, Ps. lxxxviii. 55.
Hierarch, P. L. v. 468; xi. 220.
Hierarchal, P. L. v. 701.
Hierarchies, P. L. v. 591, 692;
vii. 192.
Hierarchs, P. L. v. 587.
Hierarchy, P. L. i. 737. Forc.
of Con. 7.
Hies, P. L. ii. 1055.
High,—*Passim.*
As high as, Ps. lxxx. 43.
On high, P. L. vi. 891. P. R.
iv. 417. Ps. iv. 17; vii.
28; lxxxiv. 45; cxxxvi. 93.
From on high, P. L. ii. 826;
vi. 60.

So high, P. L. iii. 556; iv.
49; v. 812; vii. 53, 87,
288; ix. 940. Com. 798.
High above, P. L. vi. 71.
High-arch'd, P. L. x. 301.
High-blest, P. L. xi. 145.
High-built, S. A. 1069.
High-climbing, P. L. iii. 546.
High-embow'd, Il Pens. 157.
High-honour'd, P. L. ii. 456.
High-rais'd, Od. Sol. Mus. 5.
High-reaching, P. L. ii. 644.
High-roof'd, P. R. ii. 293.
High-seated, P. L. vii. 585.
High-tower'd, P. R. iii. 261.
High-up, Od. Nat. 55.
Most High, P. L. i. 40; v.
699; vi. 906; vii. 182; x.
31; xi. 705; xii. 120, 369,
382. P. R. i. 128; iv. 633.
Ps. vii. 64; lxxxii. 22;
lxxxiii. 67.
Higher, P. L. ii. 72, 300; iv.
50, 142, 146, 694; v. 422;
viii. 358, 551, 586, 598; ix.
42, 174, 483, 690, 934; xi.
381; xii. 576. P. R. ii. 203;
iv. 198, 258, 546. Lyc. 87.
Il Pens. 22. Com. 1021.
Son. viii. 12.
Higher and higher, Ps. lxxxiii.
55.
Highest, P. L. i. 517, 667; ii. 27,
429, 479, 630, 693; iii. 305,
657; iv. 51, 182, 195; v.
865; vi. 13, 112, 114, 205,
724; vii. 83; viii. 178; ix.
164, 683, 1086; x. 889,
1027; xi. 297, 378, 693, 829;
xii. 570. P. R. i. 69, 139;
ii. 438; iii. 30; iv. 106, 549,
553. S. A. 61, 175, 339,
685, 1101, 1747. Il Pens. 68.
Highly, P. L. i. 30, 666; ii. 387,
845; xi. 170; xii. 308. P. R.
ii. 68. S. A. 1148. Ep. M.
Win. 65.
Highth, P. L. i. 24, 92, 282, 552,

723; ii. 95, 190, 324, 893;
iii. 58; iv. 95, 138, 564; vi.
132, 300, 793; vii. 215; viii.
413, 430, 454; ix. 167, 510,
675, 677; x. 724; xi. 730.
P. R. i. 13, 231; ii. 45, 436;
iv. 39. S. A. 384, 683, 1349.
Arc. 75.
Highten'd, P. L. vi. 629; ix.
793.
Hill, P. L. i. 10, 231, 403, 416,
670, 689; ii. 495, 557, 944;
iii. 28, 546; iv. 172, 182,
224, 243, 538, 681; v. 186,
203, 604, 619, 732, 757; vi.
25, 57, 69, 641, 784; vii. 3,
300; viii. 262, 514; ix. 116;
xi. 187, 210, 229, 367, 377,
381; xii. 591, 606, 626.
P. R. i. 303; ii. 217, 285;
iii. 267, 333; iv. 247, 447.
S. A. 148. Lyc. 23. L'Al.
55. Com. 295. Son. iv. 4.
Od. May-M. 8. Ps. ii. 13.
Hill-top, P. L. viii. 520.
Up-hill, P. L. iv. 777.
Hillock, P. L. iv. 254.
Hillocks, P. L. vii. 469; x. 860.
L'Al. 58.
Hills, P. L. i. 293; ii. 540; iii.
435; iv. 261; v. 261, 547;
vi. 528, 639, 644, 663, 664,
781; vii. 8, 288, 326; viii.
275; xi. 575, 740, 829, 852;
xii. 146. P. R. iii. 260, 332;
iv. 29, 35. Lyc. 190. Com.
424, 927. Son. xiii. 9. Vac.
Ex. 42. Ps. lxxx. 42; cxiv.
12.
Hilly, Com. 531.
Him,—*Passim.*
Himself, P. L. i. 39, 79, 215,
219; iii. 234, 409; iv. 18,
22, 397, 934; v. 353, 665,
774; vi. 238; viii. 251; ix.
57, 331, 348, 673, 895; x.
62, 510, 799, 845, 878; xi.
820; xii. 65, 70, 76, 91, 228.

P. R. i. 76; ii. 98, 111, 237,
244, 466, 471; iii. 139, 140,
144, 147; iv. 302, 312, 327.
S. A. 42, 121, 130, 299, 309,
346, 347, 1586, 1658, 1709,
1717. Lyc. 11. Com. 385.
Son. v. 4. Od. Nat. 76, 79,
154. Ps. iv. 15.
Hind, P. L. xi. 189.
Hinder, P. L. vii. 465.
Hinder'd, P. L. x. 8.
Hinders, P. L. ix. 778. S. A.
1533. Hor. II. 2.
Hindmost, Com. 190.
Hinds, Com. 174. Son. vii. 5.
Hinges, P. L. ii. 881; v. 255;
vii. 207. P. R. iv. 415. Od.
Nat. 122.
Hinnom, P. L. i. 404.
Hippogrif, P. R. iv. 542.
Hippotades, Lyc. 96.
Hir'd, S. A. 1114.
Hireling, Son. xi. 14.
Hirelings, P. L. iv. 193.
Hispahan, P. L. xi. 394.
Hiss, P. L. i. 768; vi. 212; x.
508, 543, 546, 573.
Hiss for hiss, P. L. x. 518.
Hissing, P. L. x. 522.
Hist, Il Pens. 55.
Historian, P. L. viii. 7.
Hit, P. L. vi. 592. P. R. iv. 255.
S. A. 1014. Il Pens. 14.
Arc. 77. Com. 286.
Hither, P. L. ii. 857; iii. 445,
457, 463, 698; iv. 796, 908;
v. 308; vii. 159, 364; viii.
313, 347; ix. 475, 647. P. R.
i. 335, 494; iii. 350. S. A.
335, 821, 1070, 1445, 1536,
1539. Lyc. 134, 139. Ps.
lxxxi. 6.
Hitherto, P. L. ix. 28, 797.
S. A. 1640.
Hitherward, P. L. iv. 794. S. A.
1067.
Hitting, S. A. 1568.
Hive, P. L. i. 770.

Hoar, L'Al. 55. Arc. 98.
Hoarded, Com. 739.
Hoarse, P. L. ii. 287, 661; v. 873; vii. 25; xii. 58.
Hoary, P. L. ii. 891; xi. 899. Com. 871.
Hobson, Ep. Hobs. I. 1, 18.
Hog, Com. 71.
Hogs, Son. vii. 8.
Hold, P. L. i. 657; ii. 12, 362, 895; iii. 84, 461; iv. 111, 907; v. 347, 395, 537, 723; vii. 532; viii. 408; x. 135, 365, 406, 751; xi. 635, 900; xii. 68. P. R. ii. 125; iv. 168, 232, 480, 494. S. A. 12, 719, 796, 802, 1349. Lyc. 119, 162. L'Al 120. Il Pens. 90. Arc. 65. Com. 94, 588, 919. Od. Nat. 108. Eurip. 4. Ps. lxxxi. 15; lxxxiii. 2; lxxxviii. 46.
Holding, L'Al. 32.
Holds, P. L. i. 124; ii. 497, 541, 1043; iv. 263; v. 103, 441, 537; vii. 382. P. R. iii. 296; iv. 628. S. A. 1369. Com. 1005.
Holds on, P. L. xi. 633.
Hold'st, P. R. iv. 623.
Hole, Com. 338.
Holiday, Com. 959.
Holier, Com. 943.
Holiest, P. L. iv. 759; vi. 724. P. R. ii. 110.
Holiest of Holies, P. R. iv. 349.
Hollow, P. L. i. 314, 707; ii. 112, 285, 518, 953; vi. 484, 552, 578; vii. 257, 289. P. R. iv. 124. Son. xii. 6. Od. Nat. 102, 178. Ps. lxxxviii. 44.
Hollow'd, P. L. vi. 574.
Holocaust, S. A. 1702.
Holy, P. L. i. 390, 683; iii. 1; v. 147, 386, 593, 604, 712; vi. 272, 743; vii. 91, 584, 594, 631; ix. 899; xi. 606; xii. 109, 340. P. R. i. 195,

486, 489; iv. 545. S. A. 362, 497, 1358. Il Pens. 11, 41. Com. 246, 767. Od. Nat. 5, 133, 190, 202. Od. Pass. 41. Od. Sol. Mus. 15. Ps. ii. 13; iii. 12; v. 20; lxxxvii. 1.
Holy-day, L'Al. 98.
Holy-days, S. A. 1421.
Holy Ghost, P. R. i. 139.
Holy Land, P. L. iii. 536.
Holy One, P. L. vi. 359; xii. 248. S. A. 1427.
Holy Writ, P. R. ii. 8.
Homage, P. R. ii. 376.
Home, P. L. ii. 457, 458; vi. 622; x. 1085; xi. 154, 692. P. R. ii. 79; iv. 639. S. A. 518, 579, 1733. Com. 76, 748. Son. x. 6. Ps. lxxxiv. 15.
Home-felt, Com. 262.
    At home, P. R. ii. 415; iii. 233; iv. 281. S. A. 805, 810, 917, 1458. Ep. Hobs. I. 11.
Homely, P. L. x. 605. Lyc. 65. Com. 748.
Homer, P. R. iv. 259.
Homeward, P. L. v. 688; xii. 632. Lyc. 163.
Homicide, P. L. i. 417.
Honest, Com. 322. S. A. 1366.
Honesty, Com. 691.
Honey, P. L. vii. 492. Ps. lxxxi. 68.
Honey-suckle, Com. 545.
Honied, S. A. 1066. Lyc. 140. Il Pens. 142.
Honour, P. L. i. 533; ii. 453; iii. 343, 660, 738; iv. 289, 314, 390; v. 188, 289, 315, 365, 462, 817, 844; vi. 422, 676; viii. 58, 508, 577; ix. 332, 1057, 1074; xi. 617. P. R. i. 75, 251; ii. 66, 86, 202, 227, 336, 422, 464; iii. 95; iv. 122, 207, 368. S. A. 412, 449, 992, 1101, 1166,

1178, 1276, 1315, 1360, 1715.
L'Al. 37. Arc. 27, 35. Com.
220. Son. iii. 3; viii. 10.
Od. Nat. 26. Od. D. F. I. 3.
Ps. viii. 16; lxxxi. 40;
lxxxiii. 59; lxxxiv. 42.

Honourable, S. A. 855, 1108.

Honour'd, P. L. v. 73, 663; vi.
816; viii. 227, 649. P. R. i.
329. S. A. 939. Lyc. 85.
Com. 564. Son. v. 14. Ep.
M. Win. 2. Ep. W. Sh. 1.

Honouring, P. L. viii. 569.

Honour's, S. A. 372. Com. 864.

Honours, P. L. v. 780. P. R. iv.
536.

Honour'st, Son. viii. 9.

Hoods, P. L. iii. 490.

Hook, Com. 872.

Hooked, Od. Nat. 56.

Hope, P. L. i. 66, 88, 120, 190,
275; ii. 7, 89, 142, 221, 232,
234, 416, 498, 522, 568, 811;
iii. 630; iv. 60, 105, 108,
892, 938, 960; v. 119; vi.
131, 287, 497, 787; vii. 121;
viii. 209, 481; ix. 126, 257,
422, 424, 475, 476, 633; x.
463, 838, 1043; xi. 138, 271,
308, 493, 599, 779; xii. 376,
576. P. R. i. 105; ii. 30,
57, 58, 165, 417; iii. 204,
216, 359; iv. 3. S. A. 82,
120, 460, 472, 647, 838, 1453,
1455, 1535. Lyc. 73. Com.
213, 400, 410, 412. Son. i.
3; iv. 11; xvii. 8. Ep. M.
Win. 25. Forc. of Con. 13.
Dante, II. 3.
No hope, P. R. iii. 206.
Without hope, P. L. x. 995.

Hop'd, P. L. iii. 740. P. R. iv.
578.

Hopeful, P. L. iv. 984; x. 972;
xi. 543. S. A. 1575.

Hopeless, P. L. ii. 186; ix. 259.
S. A. 648. Son. i. 10.

Hopes, P. L. i. 637; iii. 449; iv.

808; ix. 985; x. 1011. S. A.
523, 595, 1504, 1571. Od.
Hor. 11.

Hoping, P. L. vi. 258; x. 339.

Horizon, P. L. iii. 560; vi.
79; vii. 371; ix. 52; x. 684.
Od. Pass. 23.

Horizontal, P. L. i. 595.

Horn, P. R. ii. 356; iii. 327.
Lyc. 28. L'Al. 53. Arc.
57. Od. Nat. 203. Dante, II.
2.

Horn'd, P. L. x. 525; xi. 831.

Horned, Ps. cxxxvi. 33.

Hornets, S. A. 20.

Horns, P. L. i. 439; iv. 978; vii.
366; x. 433.

Horny, P. R. ii. 267.

Horonaim, P. L. i. 409.

Horrent, P. L. ii. 513.

Horrible, P. L. i. 61, 137; ii.
846; vi. 210; x. 472; xi.
465. S. A. 1649.

Horribly, S. A. 1510.

Horrid, P. L. i. 51, 83, 224, 392,
563; ii. 63, 644, 676, 710;
iv. 996; vi. 207, 252, 305,
668; ix. 185; x. 540, 789;
xi. 465. P. R. i. 296; iv. 94,
411. S. A. 501, 1542. L'Al.
4. Com. 429. Od. Nat. 158.
Ps. lxxxviii. 28.

Horror, P. L. ii. 67, 220, 616,
703; iv. 18, 989; v. 65; vi.
307, 863; ix. 890; x. 539.
S. A. 1550. Com. 38. Od.
Nat. 172.

Horrors, P. L. i. 250; ii. 177;
x. 843.

Horse, P. L. ii. 887; x. 590; xi.
645. P. R. iv. 66. S. A.
1618. Il Pens. 114.

Horses, P. L. v. 356. P. R. iii.
313.

Horsemen, P. R. iii. 307.

Hosanna, P. L. vi. 205.

Hosanna's, P. L. iii. 348.

Hospitable, P. L. i. 504; v. 332.

P. R. ii. 262; iv. 242. Com. 187.
Hospital, P. R. ii. 262.
Host, P. L. i. 37, 136, 541, 635, 754; ii. 519, 759, 824, 885, 993; iv. 606, 922; v. 535, 583, 710, 744, 874; vi. 38, 104, 214, 231, 392, 527, 590, 633, 647, 800, 830; vii. 132; ix. 441; x. 259, 437; xi. 230; xii. 196, 209. P. R. i. 416; iii. 300. S. A. 262. Od. Nat. 21. Od. D. F. I. 57. Od. Sol. Mus. 12. Ps. lxxxiii. 36; cxiv. 10; cxxxvi. 65.
Hostile, P. L. ii. 1040; v. 904; vi. 50, 260; xi. 796; xii. 31. S. A. 531, 692, 893, 1210, 1561. Od. Nat. 57.
Hostility, P. L. ii. 336. S. A. 1203.
Hosting, P. L. vi. 93.
Hot, P. L. ii. 898; ix. 467; x. 694; xi. 568, 845. Ps. vi. 2.
Hoverest, Od. D. F. I. 38.
Hovering, P. L. i. 345; ii. 717; v. 140; ix. 639; x. 285. Il Pens. 9. Com. 214.
Hovers, Ps. lxxxviii. 27.
Hounds, L'Al. 53.
Hour, P. L. i. 697; ii. 91, 848, 934, 1055; iv. 581, 610, 779, 963; v. 170, 303, 667; vi. 10, 150, 396; viii. 213, 512; ix. 225, 406, 596, 739, 1067; x. 93, 440, 771, 923; xi. 203; xii. 589. P. R. iv. 522. S. A. 364, 1056. Il Pens. 85. Com. 920. Son. iv. 13; xvi. 14.
Hourly, P. L. ii. 796, 797.
Hour of night, P. L. iv. 610. P. R. ii. 260.
Hours, P. L. ii. 527; iii. 417; vi. 3; vii. 444; viii. 69; ix. 1188. P. R. i. 57; iv. 331.

Com. 986. Son. i. 4. Od. on Time, 2.
The Hours, P. L. iv. 267.
House, P. L. ii. 823; vi. 877; vii. 576; x. 465; xii. 121. P. R. iii. 175, 282; iv. 273, 552, 639. S. A. 447, 518, 949, 1049, 1112, 1491, 1717, 1733. Com. 85. Od. Nat. 14. Ep. M. Win. 54. Hor. I. 5. Son. viii. 11. Ps. v. 19; lxxxiv. 10, 17; lxxxviii. 24.
House of God, P. L. i. 470, 496; xii. 349.
House, (*verb,*) Ep. M. Win. 10.
Houses, P. L. ix. 446. P. R. iv. 56. Ps. lxxxiii. 47.
Household, P. L. ix. 233; x. 908; xi. 820. S. A. 566.
However, P. L. iv. 911; v. 258; vi. 292, 563; ix. 683, 952; x. 134, 578; xi. 373. P. R. ii. 135; iv. 321. S. A. 601.
How far, S. A. 755.
How many, P. R. ii. 193. S. A. 194. Ps. iii. 1, 2.
How much, S. A. 167. Dante, I. 1.
How oft, Od. Hor. 5.
How often, P. L. iv. 680.
Howl, P. L. ii. 799. Com. 533.
Howl'd, P. L. ii. 658. P. R. iv. 423.
Hubbub, P. L. ii. 951; xii. 60.
Huddling, Com. 495.
Hue, P. L. i. 230, 527; iv. 148, 256; vii. 445; viii. 619; xi. 557. P. R. ii. 352. Il Pens. 16. Com. 994. Od. Nat. 207.
Hues, P. L. iv. 698. Lyc. 135.
Hug, Com. 164.
Huge, P. L. i. 57, 196, 209, 547, 710; ii. 434, 473, 709, 874; vi. 193, 251, 364, 552, 873; vii. 285, 410, 496; x. 531; xi. 729. P. R. iii. 261; iv.

51. Com. 423. Od. Pass. 14.
Od. Cir. 27.
Huge-bellied, Ps. cxiv. 11.
So huge, S. A. 65.
Hugest, P. L. i. 202; vii. 413.
Hull, P. L. xi. 840.
Hum, L'Al. 118. Od. Nat. 174.
Human, P. L. i. 359, 393, 482;
iii. 44, 462; iv. 206, 475, 751;
v. 227, 459, 518, 565, 572; vi.
300, 896; vii. 75, 177, 368,
640; viii. 119, 250, 392, 414,
587; ix. 197, 241, 554, 561,
712, 714, 871; x. 793, 908;
xi. 147, 694; xii. 10, 71.
P. R. i. 298, 308; ii. 137,
246; iii. 231, 402; iv. 265,
599. S. A. 690, 792, 1313.
Il Pens. 14. Arc. 73. Com.
68, 297. Od. Nat. 126. Od.
Pass. 14. Od. D. F. I. 58.
Humane, P. L. ii. 109; ix. 732.
P. R. i. 221.
Humber, Vac. Ex. 99.
Humble, P. L. ii. 240; vii. 322;
viii. 378; x. 912; xi. 295.
P. R. iii. 189. S. A. 511,
965. Od. Nat. 24. Dante,
II. 1.
Humbled, P. L. vi. 342; xi. 150.
P. R. iii. 421.
Humbles, P. L. xii. 193.
Humbling, P. L. x. 576.
Humbly, P. L. x. 1089, 1101.
Humid, P. L. iv. 151; v. 425;
vii. 306; ix. 193. Com.
992.
Humiliation, P. L. iii. 313; x.
1092, 1104. P. R. i. 160.
Humming, P. R. iv. 17.
Humour, P. L. iii. 610; vi. 332;
vii. 280. Son. viii. 8.
Humours, S. A. 600.
Hundred, P. R. iii. 287. Arc.
22. Son. xiii. 13.
Hundreds, P. L. i. 760.
Hung, P. L. i. 287, 342; ii. 78,
1005; iii. 367; iv. 250, 302,

554; vi. 190, 246, 763; vii.
242, 325; viii. 307; ix. 430,
594; xi. 247. S. A. 59, 1736.
Il Pens. 118. Com. 198. Od.
Nat. 55, 122. Ep. Hobs. II.
3. Od. Hor. 14.
Hung forth, P. L. iv. 997.
Hung over, P. L. v. 13.
Hunger, P. L. iv. 184; v. 437;
viii. 213; ix. 586; x. 556,
568. P. R. i. 308, 325; ii.
252, 255, 319, 333, 373, 389,
406; iv. 121, 592. Com. 358.
Without hunger, P. R. ii.
306.
Hunger-bit, P. R. ii. 416.
Hunger'd, P. R. i. 309.
Hungering, P. R. ii. 244, 259.
Hungers, P. R. ii. 231.
Hungry, P. R. iv. 403. Lyc.
125.
Hunt, Il Pens. 124.
Hunter, P. L. xi. 188; xii. 33.
Hunting, P. L. xii. 30.
Huntress, Com. 441. Brut. 1.
Hurdled, P. L. iv. 186.
Hurl, Com. 153.
Hurl'd, P. L. i. 45; ii. 180, 374;
vi. 665; x. 636. Lyc. 155.
Hurling, P. L. i. 669.
Hurried, P. L. ii. 937; v. 778.
P. R. iv. 402. Od. Pass. 50.
Hurried back, P. L. ii. 603.
Hurt, P. L. ix. 700, 727; xii. 418.
S. A. 1676. Com. 589.
Hurtful, P. L. ii. 259. Com. 437.
Arc. 53.
Husband, P. L. vii. 490; viii. 52;
ix. 204, 234, 268, 482; x. 4,
336; xi. 291. S. A. 755, 883,
940. Son. xviii. 3.
Husband's, P. L. ix. 385; x.
195.
Hush, Com. 88.
Husk, P. L. v. 342.
Huswife's, Com. 751.
Hutch'd, Com. 719.
Hyacinth, P. L. iv. 701; ix. 1041.

K

Com. 998.   Od. D. F. I. 25,
26.
Hyacinthine, P. L. iv. 301.
Hyæna, S. A. 748.
Hyaline, P. L. vii. 619.
Hydaspes, P. L. iii. 436.
Hydra, Son. x. 7.
Hydras, P. L. ii. 628. Com. 605.
Hydrus, P. L. x. 525.
Hylas, P. R. ii. 353.
Hymen, P. L. xi. 591.   L'Al.
125.
Hymenæan, P. L. iv. 711.
Hymettus, P. R. iv. 247.
Hymn, P. L. iv. 944.   P. R. iv.

341. Son. viii. 11. Od. Nat.
17. Ps. lxxxi. 5.
Hymning, P. L. iii. 417; vi. 96;
vii. 258.
Hymns, P. L. ii. 242; iii. 148;
v. 656; vi. 745. P. R. i.
169; iv. 335. Od. Sol. Mus.
15.
Hypocrisy, P. L. iii. 683. S. A.
872.
Hypocrite, P. L. iv. 957. P. R.
i. 487.
Hypocrites, P. L. iv. 744.
Hyrcanian, P. R. iii. 317.
Hyrcanus, P. R. iii. 367.

(*NOUN*,) P. L. x.
783.
I am, P. L. vii. 168.
Iambick, P. R. iv. 262.
Iberian, P. R. ii. 200; iii. 318.
Com. 60.
Ice, P. L. ii. 591, 600; x. 291,
697, 1063; xii. 193.
Icy-pearled, Od. D. F. I. 15.
Ida, P. L. i. 515; v. 382.
Ida's, Il Pens. 29.
Idea, P. L. vii. 557.
Idiots, P. L. iii. 474.
Idle, P. L. iv. 617; vi. 839; vii.
279.   S. A. 566 579, 1500.
Il Pens. 5. Son. xvii. 4. Od.
Nat. 55.
Idleness, P. L. x. 1055.
Idly, P. L. x. 236; xi. 645.
Idol, P. L. i. 396; vi. 101. S. A.
1672. Od. Nat. 207.
Idol-worship, P. L. xii. 115.
S. A. 1365.

Idolatresses, P. L. i. 445.
Idolatries, P. L. i. 456; xii. 337.
P. R. iii. 418.
Idolatrous, P. R. i. 444.   S. A.
443, 1364, 1378.
Idolatry, S. A. 1670.
Idolisms, P. R. iv. 234.
Idolists, S. A. 453.
Idol's, S. A. 1297.
Idols, P. L. i. 375, 446. P. R. ii.
329; iii. 426, 432. S. A. 441,
456, 1358.
Ignoble, P. L. ii. 227; xii. 221.
S. A. 416.
Ignobly, P. L. xi. 624.
Ignominious, P. L. vi. 395. S. A.
417.
Ignominy, P. L. i. 115; ii. 207;
vi. 383. P. R. iii. 136.
Ignorance, P. L. iv. 519; ix. 774,
809. Com. 514.
Ignorant, P. L. ix. 704; xi. 764.
P. R. iv. 310.

Ilissus, P. R. iv. 249.
Ilium, P. L. i. 578.
Ill, P. L. i. 160; ii. 224, 381, 445,
  462, 935; iv. 48, 222, 320,
  932; v. 113; vi. 150, 738;
  viii. 324; ix. 845, 1055, 1147,
  1152; x. 735, 950, 952.
  P. R. i. 200, 321, 423; ii.
  469; iv. 135, 339, 419, 464.
  S. A. 209. Arc. 48. Com.
  217, 271, 683. Dante, I. 1.
  Ps. vii. 10, 58.
  No ill, P. L. iii. 688, 689;
  x. 140.
Illaudable, P. L. vi. 382.
Ill-boding, P. R. iv. 490.
Ill-fenc'd, P. L. iv. 372.
Ill-fitted, S. A. 122.
Ill-foreseen, P. L. xi. 763.
Ill-founded, S. A. 1504.
Ill-got, Dante, II. 4.
Ill-greeting, Com. 406.
Illimitable, P. L. ii. 892.
Ill-join'd, P. L. iii. 463.
Ill-luck, Com. 845.
Ill-manag'd, Com. 172.
Ill-mated, P. L. xi. 684.
Ill-meaning, S. A. 1195.
Ill-news, P. R. i. 64.
Ill-secur'd, P. L. iv. 370.
Ill-worthy, P. L. xi. 163.
Illuminate, P. L. vii. 350.
Illuminated, S. A. 1689.
Illumine, P. L. i. 23.
Illumin'd, P. L. i. 666.
Illusion, P. L. x. 571. Com.
  155.
Illusions, P. L. iv. 803.
Illustrate, P. L. x. 78. P. R. i.
  370.
Illustrates, P. L. v. 739.
Illustrious, P. L. iii. 627; vi. 773;
  vii. 109; ix. 962; x. 367.
  S. A. 957, 1318.
  More illustrious, P. L. v.
  842.
Illyria, P. L. ix. 505.
Image, P. L. i. 371, 440, 459; ii.

764; iii. 63; iv. 292, 472, 480,
  567; v. 95, 784; vi. 736;
  vii. 519, 526, 527, 627; viii.
  221, 424, 441, 544; xi. 508,
  514, 515, 518, 525. P. R. iv.
  596. S. A. 706.
Imagination, P. L. vi. 300. S. A.
  1544.
Imaginations, P. L. ii. 10; v.
  105.
Imagin'd, P. L. iii. 599; v. 263;
  x. 291, 881.
Imagine, Com. 415.
Imagining, P. L. x. 553.
Imaus, P. L. iii. 431.
Imbalm'd, P. L. ii. 842; xi.
  135.
Imbark'd, P. L. xi. 753. S. A.
  1045.
Imbathe, Com. 837.
Imbellish'd, P. L. iii. 507.
Imblaze, Com. 733.
Imblazed, P. L. i. 538; v. 592.
Imblazon'd, P. L. ix. 34.
Imblazonry, P. L. ii. 513.
Imbodied, P. L. i. 574; vi. 779.
Imbodies, Com. 468.
Imborder'd, P. L. ix. 438.
Imbost.—*See* Embost.
Imbosom'd, P. L. iii. 75; v. 597.
Imbower, P. L. i. 304.
Imbower'd, P. L. ix. 1038. Com.
  62.
Imbreathed, Od. Sol. Mus. 4.
Imbrown'd, P. L. iv. 246.
Imbrued, Son. xi. 7.
Imbrute, P. L. ix. 166.
Imbrutes, Com. 468.
Imbued, P. L. viii. 216.
Imitate, P. L. ii. 270; v. 111.
  Com. 112.
Imitated, P. L. ii. 511. P. R. iv.
  339.
Imitation, P. L. v. 764; vi. 662.
Immanacled, Com. 665.
Immature, P. L. vii. 277.
Immeasurable, P. L. i. 549; vii.
  211. S. A. 206.

Immeasurably, P. L. ii. 844.
Immediate, P. L. ii. 121; vi.
    584; vii. 176; viii. 617; x.
    52, 1049.
Immediately, P. L. vii. 285; xi.
    477; xii. 87. S. A. 1614.
Immedicable, S. A. 620.
Immense, P. L. i. 790; ii. 829;
    iv. 52; v. 88; vi. 704; vii.
    196, 620; x. 300; xii. 469.
Imminent, P. L. vi. 317; ix. 409;
    xi. 725.
Immortal, P. L. i. 53, 107, 559,
    622; ii. 13, 553; iii. 67, 267,
    353, 373; vii. 77; ix. 291,
    1166; xi. 50, 285; xii. 435.
    L'Al. 137. Il Pens. 91. Arc.
    75. Com. 2, 463, 516, 841.
    Son. ix. 14; xv. 12. Od. Sol.
    Mus. 13. Vac. Ex. 39. Ep.
    Hobs. 28.
Immortality, P. L. iv. 201; v.
    638; xi. 59.
Immoveable, P. L. ii. 602; x.
    303, 938.
Immur'd, Com. 521.
Immures, P. L. ii. 435.
Immutable, P. L. iii. 373; v.
    524; ix. 1165.
Immutably, P. L. iii. 121; vii.
    79.
Imp, P. L. ix. 89.
Imp, (*verb*,) Son. x. 8.
Impair, P. L. vii. 608; xii. 10.
Impair'd, P. L. iv. 850; v. 73,
    665; vi. 691; ix. 144. P. R.
    iv. 592. Com. 380.
Impal'd, P. L. ii. 647; vi. 553.
Imparadis'd, P. L. iv. 506.
Impart, P. L. v. 677; vii. 81;
    ix. 728. P. R. ii. 397; iii.
    124.
Imparted, P. L. viii. 441. S. A.
    1438.
Impartial, S. A. 827.
Imparts, P. L. v. 423. P. R. i.
    417.
Impassable, P. L. x. 254.

Impassion'd, P. L. ix. 678.
Impassive, P. L. vi. 455.
Impatience, P. L. x. 1044.
Impearls, P. L. v. 747.
Impediment, P. L. vi. 548.
Impendent, P. L. ii. 177; v.
    891.
Impenetrable, P. L. ii. 647; ix.
    1086.
Impenetrably, P. L. vi. 400.
Impenitence, P. L. xi. 816.
Impenitent, P. R. iii. 423.
Imperfect, P. L. ix. 338, 345;
    xii. 300. Vac. Ex. 3.
Imperfection, P. L. viii. 423.
Imperial, P. L. i. 536; ii. 310,
    446; v. 584, 801; vii. 585.
    P. R. iv. 33, 51. Com. 21.
Imperious, P. L. vi. 287. S. A.
    1352.
Imperishable, P. L. vi. 435.
Impertinence, P. L. viii. 195.
Impervious, P. L. x. 254.
Impetuous, P. L. i. 175; ii. 880;
    iv. 560; vi. 591; xi. 744.
    S. A. 1422.
Impious, P. L. i. 43, 342, 686;
    v. 813, 845; vi. 188, 831.
    P. R. iv. 173. S. A. 891.
Impiously, P. L. vii. 611. S. A.
    498.
Implacable, P. L. vi. 658. S. A.
    960.
Implanted, P. L. xi. 23.
Implements, P. L. vi. 488.
Implicit, P. L. vii. 323.
Implied, P. L. iv. 307.
Implies, P. L. iv. 901; x. 1017.
Implor'd, P. L. viii. 377.
Implore, S. A. 521. Com. 903.
Implores, P. L. vii. 38.
Imploring, S. A. 512.
Import, P. L. ix. 731.
Important, P. L. xi. 9. S. A.
    1379.
Imports, P. L. viii. 71. Com.
    287.
Importun'd, S. A. 1680.

Importune, P. L. ix. 610; x. 933. P. R. ii. 404. S. A. 775.
Importuning, S. A. 797.
Importunity, P. R. iv. 24. S. A. 51, 397, 779.
Impos'd, P. L. ii. 241; v. 679; vi. 407; vii. 545; ix. 235; xi. 172; xii. 397. S. A. 565, 1343, 1640.
Impose, P. L. i. 567; viii. 30; xi. 227. S. A. 1258.
Imposition, P. L. xii. 304.
Impossible, P. L. ii. 250; iv. 548; vi. 501; vii. 58; ix. 360; x. 800.
Impostor, P. L. iii. 692. Com. 762.
Impotence, P. L. ii. 156. S. A. 52.
Impotent, P. R. ii. 433.
Impower'd, P. L. x. 369. P. R. ii. 130.
Impregnable, P. L. ii. 131. P. R. iv. 50.
Impregn'd, P. L. ix. 737.
Impregns, P. L. iv. 500.
Impress, P. L. iv. 558.
Impress'd, P. L. iii. 388; iv. 150; vii. 294; xi. 182.
Impresses, P. L. ix. 35.
Impression, P. R. i. 106. Ep. W. Sh. 12.
Imprison'd, S. A. 8, 158.
Imprisonment, S. A. 155.
Improv'd, P. L. v. 498; ix. 54.
Improve, P. R. i. 213.
Imprudence, P. L. xi. 686.
Impudence, S. A. 398.
Impudent, P. R. iv. 154. Dante, II. 3.
Impulse, P. L. iii. 120; ix. 530; x. 45. S. A. 223.
Impulsion, S. A. 422.
Impure, P. L. iii. 630; iv. 746; vi. 742; x. 735. S. A. 1424.
Impurpled, P. L. iii. 364.

Impute, P. L. x. 620. P. R. i. 422; ii. 248.
Imputed, P. L. iii. 291; xii. 295, 409.
Imput'st, P. L. ix. 1145.
Inabstinence, P. L. xi. 476.
Inaccessible, P. L. ii. 104; iii. 377; vii. 141. P. R. iii. 274.
Inbreath'd, Od. Sol. Mus. 4.
Inbred, P. L. ii. 785.
Incapable, P. L. ii. 140; v. 505; vi. 434.
Incarnate, P. L. iii. 315; ix. 166.
Incense, P. L. ii. 94; vii. 599; ix. 194, 692; xi. 18, 25, 439; xii. 338, 363. P. R. i. 251.
Incens'd, P. L. ii. 707; iii. 187; v. 847; vi. 130; viii. 235; ix. 1162.
Incentive, P. L. vi. 519.
Incessant, P. L. i. 698; vi. 138; xi. 308. Lyc. 64. Ps. lxxxvi. 19.
Incessantly, P. R. iv. 323.
Incestuous, P. L. x. 602. S. A. 833.
Inchanter.—*See* Enchanter.
Incident, S. A. 656, 774.
Incited, P. L. viii. 125.
Inclement, P. L. iii. 426; x. 1063.
Inclinable, P. L. ix. 742.
Inclination, P. L. ii. 524; x. 265.
Incline, P. L. iii. 402; x. 1061; xi. 145. Com. 412. Ps. lxxxvi. 1.
Inclin'd, P. L. iii. 405; xi. 250, 596. P. R. iv. 212. S. A. 1636. Son. xviii. 13.
Inclines, P. L. ii. 314; iv. 615.
Inclining, P. L. x. 46.
Inclose, P. L. i. 617.
Inclos'd, P. L. ii. 512; iii. 420; iv. 283; vi. 101; vii. 486; viii. 304; ix. 494, 722. S. A. 194, 1117.
Inclosing, P. R. iii. 361.

Inclosure, P. L. iv. 133; ix. 543.
Included, P. L. ix. 416.
Incompos'd, P. L. ii. 989.
Incomprehensible, P. L. viii. 20.
Inconsiderable, P. R. iv. 457.
Incontinence, Com. 397.
Inconvenient, P. L. v. 495.
Incorporate, P. L. x. 816. S. A. 161.
Incorporeal, P. L. i. 789; v. 413; viii. 37.
Incorrupt, P. L. xi. 56.
Incorruptible, P. L. ii. 138; ix. 298, 622.
Increase.—*See* Encrease.
Increate, P. L. iii. 6.
Incredible, P. L. iv. 593. S. A. 1084, 1532, 1627.
Incubus, P. R. ii. 152.
Incumbent, P. L. i. 226.
Incumber'd, P. L. vi. 874; ix. 1051. Com. 774.
Incur, P. L. viii. 336; ix. 992.
Incurable, S. A. 1234.
Incurr'd, P. L. x. 15.
Incursions, P. R. iii. 301.
Incurst, P. L. iv. 913.
Ind, P. L. ii. 2. Com. 606.
Indamag'd, P. R. iv. 206.
Indebted, P. L. iii. 235; iv. 57.
Indecent, P. L. vi. 601.
Indeed, P. L. i. 114; ii. 99; iii. 702; iv. 444, 477; v. 706; viii. 524; ix. 650, 656, 1071; x. 152, 1036. P. R. i. 410; ii. 316; iii. 165; iv. 354. S. A. 158, 291, 527, 1347, 1515, 1571. Od. Cir. 16.
Indefatigable, P. L. ii. 408.
Indented, P. L. ix. 496. Vac. Ex. 94.
India, P. L. v. 339. P. R. iv. 74.
Indian, P. L. i. 781; iii. 436; ix. 1108. P. R. iv. 75. Com. 139.
Indians, P. L. ix. 1102.
Indignant, P. L. x. 311.

Indignation, P. L. ii. 707; i. 811; ix. 666; x. 418. Ps. lxxxv. 15.
Indignities, S. A. 371, 1168, 1341.
Indignity, P. L. ix. 154. S. A. 411.
Indirect, P. L. xi. 631.
Indissolubly, P. L. vi. 69.
Indite, P. L. ix. 27.
Individual, P. L. iv. 486; v. 610. Od. on Time, 12.
Indors'd, P. R. iii. 329.
Induce, P. L. ii. 503.
Induc'd, P. L. viii. 253.
Inducement, P. L. ix. 934. S. A. 1445.
Induces, P. R. i. 105.
Inducing, P. L. vi. 407.
Inductive, P. L. xi. 519.
Indulgence, P. L. ix. 1186. P. R. i. 110.
Indulgences, P. L. iii. 492.
Indulgent, P. L. v. 883; ix. 3.
Indus, P. L. ix. 82. P. R. iii. 272.
Industrious, P. L. i. 751; ii. 116; viii. 137. P. R. iv. 248. S. A. 1274.
Ineffable, P. L. iii. 137; v. 734.
Ineffably, P. L. vi. 721.
Ineffectual, P. L. ix. 301.
Inelegant, P. L. v. 335.
Inevitable, P. L. ii. 197, 322. S. A. 1587.
Inevitably, P. L. viii. 330. S. A. 1657.
Inexorable, P. L. ii. 91. S. A. 827.
Inexperience, P. L. iv. 931.
Inexpert, P. L. ii. 52; xii. 218.
Inexpiable, S. A. 839.
Inexplicable, P. L. x. 754.
Inexpressible, P. L. v. 595; viii. 113.
Inextinguishable, P. L. ii. 88; vi. 217.
Inextricable, P. L. v. 528.

Infallible, P. L. xii. 530. P. R.
iii. 16.
Infam'd, P. L. ix. 797.
Infamous, S. A. 417. Com. 424.
Od. D. F. I. 12.
Infamy, P. L. vi. 384. S. A.
968.
Infancy, P. R. iv. 508. Od. Nat.
151. Od. Cir. 14.
Infant, P. L. xii. 168. Son. xiii.
8.
Infant-blood, P. L. ii. 664. P. R.
ii. 78.
Infant-God, Od. Nat. 16.
Infant-lips, Vac. Ex. 4.
Infantry, P. L. i. 575.
Infant's, Od. Nat. 222. Od. Pass.
3.
Infect, P. L. x. 608.
Infected, P. L. i. 453.
Infection, P. L. i. 483. Od. Pass.
55.
Infer, P. L. vii. 116. Com. 408.
Inferiour, P. L. ii. 26 ; iii. 420
iv. 59, 362 ; viii. 382, 410,
541 ; ix. 825 ; x. 468. P. R.
ii. 135. S. A. 73, 672. Arc.
77. Od. Nat. 81.
Infernal, P. L. i. 34, 251, 657,
792 ; ii. 66, 387, 507, 575,
742, 850, 881 ; iv. 793, 965 ;
vi. 483, 667 ; vii. 238 ; ix.
136 ; x. 259, 389, 464. P. R.
i. 107 ; iv. 422, 618. Od.
Nat. 233.
Infers, P. L. viii. 91 ; ix. 285,
754.
Infest, S. A. 423.
Infidel, P. L. i. 582. S. A.
221.
Infinite, P. L. i. 218 ; ii. 405,
797 ; iii. 12, 373, 706 ; iv.
74, 415, 734, 916 ; v. 596,
874 ; vi. 241 ; vii. 191, 602 ;
viii. 410, 420 ; x. 794, 802,
907 ; xi. 167, 692 ; xii. 469.
Infinitely, P. L. iv. 414.
Infinitely good, P. L. vii. 76.

Infinitude, P. L. iii. 711 ; vii. 169.
Infirm, P. L. v. 384.
Infirmer, P. L. x. 956.
Infirmity, S. A. 776. Lyc. 71.
Infix'd, P. L. ii. 602 ; vi. 837.
S. A. 1032.
Inflame, P. L. ii. 581 ; ix. 1031.
S. A. 1739.
Inflam'd, P. L. i. 300 ; ii. 630,
791 ; iv. 9 ; vi. 261. P. R.
iii. 40.
Inflames, P. L. iv. 818. P. R. i.
418.
Inflaming, P. L. ix. 1013.
Inflammation, S. A. 626.
Inflexible, S. A. 816.
Inflict, P. L. i. 96 ; x. 341. S. A.
1291.
Inflicted, P. L. ii. 335 ; x. 51.
P. R. i. 54. S. A. 485, 1170.
Inflictions, P. R. i. 426.
Influence, P. L. ii. 1034 ; iii.
118 ; iv. 669 ; v. 695 ; vii.
375 ; viii. 513 ; ix. 107, 309 ;
x. 662. L'Al. 122. Com.
336. Od. Nat. 71.
Infolded, Arc. 64.
Inform, P. R. iii. 247. Com.
180.
Inform'd, P. L. iii. 593 ; vii.
639 ; ix. 275. S. A. 335,
1229.
Informidable, P. L. ix. 486. S. A.
335.
Informing, P. L. xii. 232.
Infring'd, P. R. i. 62.
Infuriate, P. L. vi. 486.
Infus'd, P. L. v. 694 ; vii. 236 ;
viii. 474 ; ix. 836.
Ingender'd, P. L. x. 530.
Ingendering, P. L. ii. 794 ; iv.
809.
Inglorious, P. L. i. 624 ; iii.
253 ; ix. 141 ; xii. 220. P. R.
iii. 42. S. A. 580. Com.
528. Od. D. F. I. 22.
Ingorg'd, P. L. ix. 791.
Ingraft, P. L. xi. 35.

Ingrate, P. L. iii. 97; v. 811.
P. R. iii. 138.
Ingrateful, P. L. v. 407; ix.
1164. S. A. 696.
Ingratitude, S. A. 276. Com.
778.
Ingredients, P. L. xi. 417.
Ingross'd, P. L. v. 775.
Ingulf'd, P. L. iv. 225; v. 614.
Inhabit, P. L. ii. 355; vii. 162.
Inhabitant, P. L. ii. 860; v.
461.
Inhabitants, P. L. iv. 5; viii.
145.
Inhabitation, S. A. 1512.
Inhabited, P. L. x. 690.
Inherit, S. A. 1012.
Inheritance, P. L. ii. 38. P. R.
iii. 382. S. A. 1476.
Inhospitable, P. L. xi. 306.
S. A 989.
Inhospitably, P. L. xii. 168.
Inhuman, P. L. xi. 511. S. A.
109.
Inhumanly, P. L. xi. 677.
Inimitab'e, P. L. iii. 508. Arc.
78.
Iniquities, P. L. xii. 107.
Iniquity, Ps. v. 13; vi. 16;
lxxxv. 5.
Injunction, P. L. x. 13.
Injure, P. L. x. 1057.
Injur'd, P. L. i. 98; v. 450.
Injuries, P. L. x. 925. P. R.
iii. 190; iv. 387.
Injurious, S. A. 1003.
Injury, P. L. i. 500; vi. 434.
Inlaid, P. L. vi. 758.
Inland, P. L. x. 423.
Inlay, P. L. iv. 701. Com. 22.
Inlet, Com. 839.
Inly, P. L. xi. 444. P. R. i. 228,
466; iii. 203.
Inmate, P. L. ix. 495; xii.
166.
Inmix'd, S. A. 1657.
Inmost, P. L. i. 168; iv. 748; v.
302; ix. 1048; xi. 418.

S. A. 611. Il Pens. 29.
Com. 536.
Inn, P. R. i. 248. Ep. Hobs. I.
13.
Inner, P. R. ii. 477.
Innocence, P. L. iv. 318, 388,
745; v. 445; vi. 401; viii.
501; ix. 373, 411, 459, 1054,
1075; xi. 30. Com. 697,
831. Od. D. F. I. 65. Ps.
vii. 33.
Innocent, P. L. iv. 11; v. 209.
Com. 574, 762. Od. Nat. 39.
Innumerable, P. L. i. 101, 338,
699; iii. 147, 565; v. 585,
745, 898; vi. 82, 508; vii.
88, 156, 400; viii. 297; ix.
1089; x. 268, 507, 896. S. A.
608. Com. 713.
Innumerous, P. L. vii. 455.
Com. 349.
Inoffensive, P. L. v. 345; viii.
164; x. 305.
Inordinate, P. L. iv. 808; xii.
87.
Inquir'd, P. R. i. 458.
Inquire, P. L. iii. 571; viii. 225;
xii. 362. P. R. iv. 42.
Inquisition, P. R. iii. 200.
Inquisitive, S. A. 775.
Inroad, P. L. iii. 421; vi. 387.
Inroads, P. L. ii. 103.
Inroll, Ps. lxxxvii. 23.
Inroll'd, P. L. xii. 523. S. A.
653, 1224, 1736.
Insatiable, P. R. iii. 148.
Insatiate, P. L. ii. 8; ix. 536.
Inscrib'd, P. R. iv. 335. Lyc.
106.
Insect, P. L. iv. 704; vii. 476;
xi. 734.
Insensate, P. L. vi. 787. S. A.
1685.
Insensible, P. L. viii. 291; x.
777.
Insensibly, P. L. vi. 692; viii.
130.
Inseparable, P. L. x. 250.

Inseparably, P. L. iv. 473. S. A. 154.

Inshrine.— *See* Enshrine.

Inside, P. R. iv. 58. Hor. I. 6. Ps. v. 27.

Insight, P. R. iii. 238.

Insinuating, P. L. iv. 348.

Insist, S. A. 913.

Insisted, P. R. i. 468.

Insolence, P. L. i. 502. S. A. 1236. Com. 178.

Insolent, S. A. 1422.

Inspection, P. L. ix. 83.

Inspher'd, Com. 3.

Inspire, P. L. i. 7. P. R. i. 11. Od. May-M. 5.

Inspir'd, P. L. iv. 273; v. 322; vi. 155, 503; viii. 476; ix. 189; x. 785; xi. 7. P. R. i. 492; iv. 275, 350.

Inspires, P. L. iv. 154; ix. 23. Od. Nat. 180.

Inspiring, P. L. iv. 804.

Instant, P. L. vi. 549; x. 210, 345.

Instantly, P. L. viii. 458.

Instead, P. L. i. 553; iii. 45; iv. 105, 316; vii. 188; x. 538, 565, 1040; xi. 5; xii. 54. P. R. iii. 131. Com. 529.

Instill'd, P. L. vi. 269; xi. 416.

Instinct, P. L. ii. 937; vi. 752; x. 263; xi. 562. S. A. 526, 1545.

Instinctive, P. L. viii. 259.

Instruct, P. L. i. 19; x. 1081. P. R. i. 439.

Instructed, P. L. xii. 239, 557. S. A. 757. Od. Pass. 48.

Instructer, P. L. v. 546; xi. 871.

Instruction, P. L. vii. 81.

Instructs, P. L. v. 320.

Instrument, P. L. ii. 872; vi. 505; x. 166. P. R. iii. 388.

Instrumental, P. L. iv. 686; vi. 65.

Instruments, P. L. xi. 559.

Insufferably, P. L. ix. 1084.

Insult, S. A. 113, 944.

Insulting, P. L. ii. 79; iv. 926. P. R. iv. 138.

Insults, P. R. iii. 190.

Insuperable, P. L. iv. 138.

Insupportable, P. L. x. 134.

Insupportably, S. A. 136.

Insurrection, P. L. ii. 136.

Integrity, P. L. v. 704; ix. 329.

Intellect, P. L. vi. 351.

Intellects, Son. vi. 4.

Intellectual, P. L. ii. 147; v. 485; ix. 483, 768.

Intelligence, P. L. viii. 181.

Intelligent, P. L. vii. 427. P. R. iii. 58.

Intelligential, P. L. v. 408; ix. 190.

Intemperance, P. L. xi. 472. Com. 975.

Intemperate, *or* Intemp'rate, Com. 67.

Intend, P. L. ii. 457, 713; v. 867; x. 58. S. A. 911, 1259.

Intended, P. L. i. 652; viii. 447, 555; ix. 45, 295; x. 689. P. R. i. 61. Ps. vii. 47.

Intends, P. L. i. 14; ii. 727, 740; iv. 898; v. 693, 725; xii. 73. Son. xvi. 8.

Intense, P. L. viii. 387. S. A. 615.

Intent, P. L. i. 787; iii. 192; iv. 810; v. 332; vi. 503; ix. 162, 462, 786, 1035. P. R. i. 291; ii. 95, 195; iv. 528. S. A. 1078, 1754. Arc. 34. Forc. of Con. 9.

Inter, Ep. M. Wiñ. 1.

Intercede, P. L. xi. 21. S. A. 920.

Intercept, P. L. v. 871; vi. 193; ix. 410; x. 429.

Intercession, P. L. x. 228.

Intercessour, P. L. iii. 219; x. 96; xi. 19.

Interchange, P. L. ix. 115.
Intercourse, P. L. ii. 1031; vii. 571 ; ix. 238; x. 260.
Interdict, P. R. ii. 369.
Interdicted, P. L. v. 52 ; vii. 46.
Interdiction, P. L. viii. 334.
Interfus'd, P. L. vii. 89.
Interlunar, S. A. 89.
Interminable, S. A. 307.
Intermission, P. L. ii. 802; iv. 102. S. A. 1629.
Intermit, P. L. ii. 462.
Intermits, P. L. ix. 223.
Intermitted, P. L. ii. 173; ix. 1133.
Intermix, P. L. viii. 54 ; xi. 115.
Intermix'd, P. L. vii. 598 ; ix. 218.
Internal, P. L. viii. 461; ix. 711. S. A. 1334, 1686.
Interpose, P. L. ii. 854; xii. 4. Lyc. 152. Son. xv. 14.
Interpos'd, P. L. iv. 253 ; v. 258; vi. 336; x. 323; xii. 270. P. R. iv. 39.
Interposes, P. L. iii. 728.
Interposest, P. L. ii. 738.
Interposition, P. R. iii. 222.
Interpret, P. L. xi. 33.
Interpreted, P. L. v. 762.
Interpreter, P. L. iii. 657 ; vii. 72.
Interpret'st, S. A. 790.
Interrupt, P. L. ii. 371; viii. 184; ix. 512 ; xii. 317.
Interrupted, P. L. xi. 286.
Intertwin'd P. R. iv. 405.
Interval, P. L. vi. 105.
Intervein'd, P. R. iii. 257.
Intervene, P. L. ix. 222.
Interview, P. L. vi. 555 ; xi. 593.
Intervolv'd, P. L. v. 623.
Interwove, P. L. i. 621. Com. 544.
Interwoven, P. R. ii. 263.
Intestine, P. L. ii. 1001 ; vi. 259 ; xi. 484. S. A. 1038.

Intimate, S. A. 223.
Intomb'd, Od. on Time, 9.
Intoxicate, P. R. iv. 328.
Intoxicated, P. L. ix. 1008.
Intranc'd, P. L. i. 301; xi. 420.
Intrench'd, P. L. i. 601.
Intricacies, P. L. viii. 182.
Intricate, P. L. ii. 877 ; v. 622; ix. 632.
Introduce, P. L. iii. 368 ; v. 797 ; xii. 241.
Introduc'd, P. L. x. 709.
Introduction, P. R. iii. 247.
Intrude, Lyc. 115.
Intrusion, P. L. xii. 178.
Intuitive, P. L. v. 488.
Inundation, P. L. xi. 828.
Inure, P. L. viii. 239.
Inur'd, P. L. ii. 216 ; xi. 362. P. R. i. 339 ; ii. 102 ; iv. 139. Com. 735.
Inutterable, P. L. ii. 626.
Invade, P. L. ii. 342; iii. 726; xi. 102. P. R. ii. 127. Ps. lxxxiii. 47.
Invaded, P. L. vi. 653.
Invaders, P. L. xi. 801.
Invading, Ps. cxxxvi. 83.
Invalid, P. L. viii. 116.
Invasion, P. R. iii. 365.
Inveigle, Com. 538.
Invent, P. L. vi. 464. P. R. i. 149.
Invented, P. L. ii. 70; iv. 524; ix. 767.
Inventer, P. L. vi. 499.
Inventers, P. L. xi. 610.
Invention, P. L. vi. 498.
Inventions, P. L. vi. 631; vii. 121.
Invert, Com. 682.
Invest, P. L. iii. 10.
Invested, P. L. vii. 372.
Invests, P. L. i. 208 ; xi. 233.
Invincible, P. L. i. 140 ; iv. 846; vi. 47. P. R. ii. 408. S. A. 341, 1271.
Invincibly, P. L. vi. 806.

Inviolable, P. L. iv. 843; vi. 398.
Inviron.—*See* Environ.
Invisible, P. L. i. 369; iii. 55, 375, 586, 684; v. 157, 565, 599; vi. 681; vii. 122, 589; viii. 135; x. 444. Vac. Ex. 66.
Invisibly, P. L. iv. 476.
Invitation, P. R. ii. 367.
Invite, P. L. ii. 278; v. 374; ix. 402. S. A. 1684. L'Al. 92. Com. 538.
Invited, P. L. xii. 160.
Invites, P. L. iii. 188. P. R. i. 72; iv. 248.
Inviting, P. L. viii. 208; ix. 777. P. R. ii. 314.
Invocate, S. A. 1146.
Invocated, S. A. 575.
Invoke, P. L. i. 13; xi. 590.
Invok'd, P. L. xi. 492, 591; xii. 112. P. R. iv. 203. Com. 854.
Invoking, Ep. M. Win. 19.
Involve, P. L. ii. 384.
Involv'd, P. L. i. 236; ii. 807; v. 879; vii. 277, 483; ix. 75. P. R. i. 41. S. A. 304.
Invulnerable, P. L. ii. 812; vi. 400.
Inward, P. L. iii. 52, 584; vi. 861; viii. 221, 293, 539, 542, 608; ix. 97, 600, 762, 895, 1125; x. 221, 871; xii. 101, 495. P. R. i. 463; iv. 145. S. A. 162, 330, 1006, 1026, 1689. Com. 466. Son. ii. 7.
Inwardly, P. L. iv. 88. Lyc. 127.
Inwards, P. L. xi. 439.
Inwove, P. L. iii. 352.
Inwoven, P. L. iv. 693.
Inwreath'd, P. L. iii. 361.
Inwrought, Lyc. 105.
Ionian, P. L. i. 508.
Irassa, P. R. iv. 564.

Ire, P. L. i. 148; ii. 95, 155; iv. 115; vi. 843; vii. 184; ix. 18, 692; x. 936, 1023; xi. 885. P. R. iii. 219, 220. S. A. 520. Ps. ii. 11; vii. 19; lxxx. 67; lxxxv. 19; lxxxviii. 64.
Iris, P. L. iv. 698; xi. 244. Com. 992.
Iris', Com. 83.
Irksome, P. L. ii. 527; v. 35; ix. 242.
Iron, P. L. ii. 327, 646, 878; iii. 594; iv. 859, 898; v. 887; vi. 576, 590; xi. 565. P. R. ii. 168; iii. 326. S. A. 129, 1124. Lyc. 111. Il Pens. 107. Com. 491. Son. xii. 8. Ps. ii. 20.
Irons, S. A. 1243.
Irradiance, P. L. viii. 617.
Irradiate, P. L. iii. 53.
Irrational, P. L. ix. 766; x. 708. S. A. 673.
Irreconcileable, P. L. i. 122.
Irrecoverably, S. A. 81.
Irregular, P. L. v. 624.
Irreligious, S. A. 860.
Irreparable, P. L. ii. 331. S. A. 644.
Irresistible, P. L. vi. 63. S. A. 126.
Irresolute, P. L. ix. 87. P. R. iii. 243.
Irreverent, P. L. xii. 101.
Irrevocable, P. L. xii. 323.
Irriguous, P. L. iv. 255.
Irruption, S. A. 1567.
Isaac, P. L. xii. 268.
Ishmael, Ps. lxxxiii. 22.
Isis, P. L. i. 478. Od. Nat. 212.
Island, P. L. i. 205; xi. 834. P. R. iv. 92. Com. 50.
Isle, P. L. i. 746; ii. 410; iv. 275; x. 527. P. R. iv. 71, 75. Com. 27.
Isles, P. L. i. 521; ii. 638; iii.

567, 570; iv. 354; viii. 631; ix. 1118. S. A. 715. Com. 21, 517.

Ismenian, P. R. iv. 575.

Israel, P. L. i. 413, 432, 482; xii. 267. P. R. i. 217, 254; ii. 36, 42, 89, 311, 442; iii. 279, 378, 408, 410, 413. S. A. 39, 179, 240, 285, 454, 1428, 1663, 1714. Ps. lxxx. 1; lxxxi. 14, 35, 47, 55; cxiv. 5, 6; cxxxvi. 42, 73.

Israelites, P. R. iii. 411. S. A. 1560.

Israel's, P. R. iii. 406, 441; iv. 480. S. A. 225, 233, 242, 342, 1150, 1177, 1527. Ps. lxxxii. 15.

Issue, P. L. i. 508; iv. 280. P. R. iii. 305.

Issue forth, P. R. iii. 305.

Issu'd, P. L. iv. 454.

Issued forth, P. L. viii. 233. P. R. iv. 276.

Issues forth, P. L. vi. 9.

Issuing, P. L. vi. 332; x. 405.

Issuing forth, P. L. x. 533, 537. P. R. iv. 62.

Italian, Son. xiii. 11.

Iterate, P. L. ix. 1005.

Ithuriel. P. L. iv. 788, 810, 868.

Ivory, P. L. iv. 778. P. R. iv. 60.

Ivy, P. L. ix. 217. Lyc. 2. Com. 55, 544.

Ivy-crown'd, L'Al. 16.

Its. Od.Nat.105. P.L.i.254. iv.813. & Keighlley aaloe.

ABIN'S, Ps. lxxxiii. 36. Jacob, P. L. iii. 510; xi. 214. P. R. iii. 377. Ps. lxxxv. 4.

Jacob's, Ps. lxxxi. 3, 15; lxxxiv. 30; lxxxvii. 7.

Jaculation, P. L. vi. 665.

Jael, S. A. 989.

Jail, S. A. 949. Od. Nat. 233.

Jangling, P. L. xii. 55.

Janus, P. L. xi. 129.

Japhet, P. L. iv. 717.

Jar, P. L. v. 793.

Jarr'd, Od. Sol. Mus. 20.

Jarring, P. L. ii. 880; vi. 315.

Jasper, P. L. iii. 363, 519; xi. 209.

Javan, S. A. 716.

Javan's, P. L. i. 508.

Jaunt, P. R. iv. 402.

Javelin, P. L. xi. 658.

Jaw, S. A. 143, 1095.

Jaws, P. L. x. 569, 637.

Jealous, P. L. iv. 503; x. 478. L'Al. 6. Son. x. 3.

Jealousies, P. L. v. 703.

Jealousy, P. L. v. 449. S. A. 791, 1375.

Jehovah, P. L. i. 386, 487; vii. 602. Ps. ii. 24; iii. 11; iv. 17, 24; v. 1, 5, 37; vii. 19, 29, 64; viii. 1, 23; lxxxiii. 66.

Jehovah's, Ps. i. 5; vii. 61; cxiv. 5.

Jephtha, P. R. ii. 439. S. A. 283.

Jericho, P. R. ii. 20.

Jerusalem, P. R. iii. 234, 283; iv. 544.

Jessamine, P. L. iv. 698. Lyc. 143.

Jest, L'Al. 26.

Jester, S. A. 1338.

Jesus, P. L. x. 183 ; xii. 310.
P. R. ii. 317, 322, 378, 432 ;
iv. 560.
Jesus Messiah, P. R. ii. 4.
Jet, Lyc. 144.
Jew, P. R. iii. 118, 359.
Jigs, Com. 952.
Job, P. R. i. 147, 369, 425 ; iii.
64, 67, 95.
Jocund, P. L. i. 787 ; vii. 372 ;
ix. 793. S. A. 1669. L'Al.
94. Com. 173, 985.
Jog on, Ep. Hobs. II. 4.
John, P. L. iii. 623. P. R. i.
184 ; ii. 84.
Join, P. L. ii. 718 ; iii. 282, 370 ;
v. 164, 197 ; vi. 294 ; ix. 882 ;
x. 660 ; xi. 652, 686 ; xii. 516.
S. A. 456. Il Pens. 45. Od.
Nat. 27.
Join'd, P. L. i. 90, 577 ; iii. 152 ;
iv. 687, 863 ; v. 335, 513, 834 ;
vi. 62, 108, 206, 494 ; vii. 488 ;
viii. 58 ; ix. 198, 243, 259,
909 ; x. 310, 359, 925. P. R.
iii. 258, 426 ; iv. 284, 298,
567. S. A. 265, 1037, 1342.
Com. 582.
Joining, P. L. v. 106 ; x. 302,
924.
Joins, P. L. xii. 38, 388. S. A.
1368.
Joint, P. L. i. 426 ; ii. 668 ; viii.
625 ; x. 405, 408. S. A.
110.
Joint-by-joint, S. A. 953.
Jointed, P. L. vii. 409.
Joint-hands, P. L. ix. 244.
Joint-racking, P. L. xi. 488.
Joints, P. L. viii. 269 ; ix. 891.
S. A. 614, 1142. Com. 614.
Joking, Hor. III. 1.
Jollty, P. L. xi. 714. L'Al. 26.
Com. 104.
Jolly, Son. i. 4.
Jonson's, L'Al. 132.
Jordan, P. L. xii. 145. P. R. i.
24, 119, 329 ; ii. 2, 25, 62 ;

iii. 438 ; iv. 510. Ps. cxiv.
14.
Jordan's, P. L. iii. 535. Ps. cxiv.
9.
Joseph, P. R. i. 23 ; iii. 377. Ep.
M. Win. 65. Ps. lxxxi. 18.
Joseph's, Ps. lxxx. 4.
Joshua, P. L. xii. 310.
Josiah, P. L. i. 418.
Jot, Son. xvii. 7.
Jove, P. L. i. 198, 512, 514, 741 ;
iv. 277 ; ix. 396, 508 ; x. 584 ;
xi. 185. P. R. ii. 215 ; iii.
84. Lyc. 16, 82. Il Pens.
30. Arc. 44. Com. 20, 41,
78, 803, 1011. Od. D. F. I.
45.
Jove-born, Com. 676.
Jove's, P. L. iv. 719. P. R. iv.
565. Il Pens. 48. Com. 1.
Son. i. 7 ; xviii. 3.
Journey, P. L. ii. 985 ; v. 559 ;
viii. 36 ; x. 479 ; xii. 1, 204.
P. R. iii. 276. S. A. 149.
Com. 303.
Journey, (*verb,*) P. L. vii. 246 ;
xii. 258. Ps. lxxxiv. 25.
Journey'd, P. L. iv. 173.
Journey's, P. L. iii. 633. Ep.
Hobs. I. 12.
Journeys, P. L. viii. 88.
Joust, P. L. ix. 37.
Jousted, P. L. i. 583.
Joy, P. L. i. 123, 250, 524, 788 ;
ii. 371, 372, 387, 495, 586,
765 ; iii. 67, 68, 137, 265, 338,
347, 417 ; iv. 92, 155, 369,
509 ; v. 638, 641 ; vi. 23, 94,
200, 617, 774 ; vii. 161, 256 ;
viii. 266 ; ix. 115, 478, 633,
770, 843, 882, 990, 1081 ; x.
103, 345, 350, 351, 457, 577,
1052 ; xi. 43, 80, 139, 361,
625, 628, 869 ; xii. 22, 372,
468, 504, 551. P. R. i. 417 ;
ii. 9, 37, 57, 119 ; iii. 437 ; iv.
439, 638. S. A. 1505, 1531,
1564, 1574. Lyc. 177. Com.

102, 501, 677, 1011. Od. Cir. 4. Od. Pass. 5. Od. on Time, 13. Od. Sol. Mus. 1. Son. ix. 8. Ps. ii. 24; iv. 31; v. 34; lxxxiv. 26.

Joy, (*verb*,) P. L. v. 46; viii. 170.

Joy'd, P. L. ix. 1166.

Joyfully, Ps. lxxxv. 42.

Joyless, P. L. iv. 766. P. R. iv. 578.

Joyous, P. L. viii. 515. Lyc. 44. Od. Pass. 3.

Joys, P. L. ii. 819; iv. 411; ix. 985; x. 741. Il Pens. 1. Od. Nat. 66.

Jubilant, P. L. vii. 564.

Jubilee, P. L. iii. 348; vi. 884. Od. Sol. Mus. 9.

Judæa, P. R. iii. 157. S. A. 252.

Judah, P. L. i. 457. P. R. ii. 440; iii. 282. S. A. 256, 265, 976.

Judah's, P. R. ii. 424. Od. Nat. 221.

Judge, P. L. iii. 154; x. 96, 118, 126, 160, 209; xi. 167. Son. ix. 13. Od. Nat. 164. Ps. vii. 43.

Judge, (*verb*), P. L. ii. 233; iii. 123, 330; iv. 904, 912; viii. 448; x. 55, 62, 71, 338, 992; xi. 603, 705; xii. 460, 461. L'Al. 122. Son. v. 13; xv. 13. Ep. Hobs. II. 21. Ps. vii. 31; lxxxii. 25.

Judg'd, P. L. ii. 390, 448; iii. 295; v. 850; vi. 37, 426; x. 73, 81, 173, 209, 229, 494, 1047, 1059, 1087, 1099; xii. 412. P. R. iv. 215. S. A. 882, 994.

Judges, P. L. iv. 910; xii. 320. Hor. I. 3. Ps. ii. 23; lxxxii. 4.

Judgest, P. L. iii. 155.

Judgeth, Ps. vii. 29.

Judgment, P. L. viii. 636; ix. 10; x. 57, 81, 164, 197, 932; xi. 668; xii. 14, 92. P. R. iii. 37; iv. 324. S. A. 1027. Com. 758. Ps. i. 13; vii. 23; lxxxii. 6.

Judgments, P. L. xi. 69, 725; xii. 175.

Judicious, P. L. viii. 591; ix. 1020.

Juggler, Com. 757.

Jugglers, S. A. 1325.

Juice, S. A. 550.

Juiciest, P. L. v. 327.

Julep, Com. 672.

Julius, P. R. iii. 39.

Juniper, P. R. ii. 272.

Junkets, L'Al. 102. Hor. II. 3.

Juno, P. L. iv. 500. Com. 701. Arc. 23.

Juno's, P. L. ix. 18.

Jupiter, P. L. iv. 499. P. R. ii. 190.

Jurisdiction, P. L. ii. 319.

Just, P. L. ii. 18, 38, 825; iii. 98, 215, 294, 335; iv. 389, 443, 755; v. 552, 814; vi. 121, 265, 381, 726, 740; vii. 184, 186, 231, 487, 570, 631; viii. 572; ix. 10, 698, 700, 701, 1056; x. 7, 535, 643, 857, 888, 936, 969, 1045; xi. 65, 455, 526, 577, 681, 703, 818, 876, 890, 901; xii. 16, 92, 273, 294, 540. P. R. i. 66, 255; ii. 325; iii. 11, 62, 196, 406; iv. 133. S. A. 237, 293, 300, 316, 703, 770, 854, 1269. Com. 13, 601, 768. Od. Cir. 15, 16. Od. D. F. I. 50. Od. Sol. Mus. 14. Son. viii. 3; ix. 2. Ps. i. 14, 15; iv. 23; v. 38; vii. 37, 38, 41, 43; lxxxii. 12; lxxxiv. 44; lxxxvi. 6.

Just, (*adverb*,) P. L. iii. 527; iv. 460, 863.

Juster, Eurip. 5.

Just-in-time, P. R. iii. 298.
Just then, P. L. ix. 278.
Justice, P. L. i. 70; ii. 733; iii. 132, 210, 407; v. 247; x. 54, 59, 78, 755, 857, 858; xi. 667, 807; xii. 99, 231, 401. Od. Nat. 141. Od. Cir. 24. Ps. vii. 62; lxxxv. 47; lxxxviii. 51.

Justifiable, S. A. 294.
Justification, P. L. xii. 296.
Justify, P. L. i. 26; x. 142.
Justling, P. L. ii. 1018; x. 1074.
Justly, P. L. iii. 112, 677; iv. 72; v. 736; ix. 40, 100; x. 168, 768; xi. 288; xii. 79. P. R. i. 442, 443; iv. 84. S. A. 375, 1171. Arc. 10.

KEEN, P. L. v. 436; vi. 322; ix. 588; x. 1066; xi. 842. P. R. i. 317. Com. 422.
Keep, P. L. ii. 775, 852, 999; iii. 578; iv. 372, 420, 525, 685, 842; viii. 320, 634; ix. 245, 704, 820; x. 856; xi. 550. P. R. ii. 434. S. A. 49. Il Pens. 37, 145. Arc. 70. Com. 8, 121, 220, 486, 584, 639, 748, 1521. Od. Nat. 21, 92. Vac. Ex. 56, 78. Od. Sol. Mus. 26. Ep. Hobs. II. 4. Ps. iv. 39; vii. 57; lxxx. 1; lxxxiii. 13; lxxxiv. 38; lxxxviii. 1.
Keeping, P. L. ix. 363; xii. 365. S. A. 1260. Ps. vi. 20.
Keeps, P. L. vii. 379. P. R. iv. 362. Com. 167. Vac. Ex. 99. Hor. I. 2.
Ken, P. L. i. 59; xi. 379, 396. P. R. ii. 286.
Within ken, P. L. iii. 622.
Kennel, P. L. ii. 658.
Kens, P. L. v. 265.
Kept, P. L. ii. 725; v. 128, 900; vii. 145, 594, 634; ix. 62, 746; x. 427, 619. P. R. i. 360.

S. A. 429, 497. Com. 913. Son. xviii. 3.
Kercheft, Il Pens. 125.
Kernels, P. L. v. 346.
Key, P. L. ii. 725, 774, 850, 871. S. A. 799. Com. 13.
Key-hole, P. L. ii. 876.
Keys, P. L. iii. 485. Lyc. 110.
Kick'd, P. L. iv. 1004.
Kid, P. L. iv. 344; ix. 583; xii. 20. S. A. 128. Com. 498.
Kids, P. L. iii. 434.
Kill, P. L. x. 402.
Kill'd, Son. v. 8. Od. D. F. I. 7.
Killing, Lyc. 45.
Kills, P. L. xii. 168.
Kind, P. L. i. 704; iii. 462; iv. 217, 286; v. 479, 490; vi. 73; vii. 311, 394, 451, 453; viii. 393; ix. 565, 721, 1101; x. 248; xi. 337. P. R. iii. 221. S. A. 786, 1063, 1236. Com. 187. Ep. Hobs. I. 14. Ps. vi. 12; cxxxvi. 2.
Kindle, Com. 794.
Kindled, P. L. ii. 170; ix. 637.
Kindles, P. L. x. 1076.
Kindliest, P. L. v. 336.
Kindly, P. L. iv. 228, 668; vii. 419. Od. Nat. 90.

Kindness, Ps. lxxxviii. 45.

Kindred, P. L. xii. 122. S. A. 1730.

Kinds, P. L. iv. 397, 671 ; v. 341; vii. 393 ; viii. 343, 597 ; x. 612; xi. 482.

Kine, P. L. ix. 450; xi. 647.

King, P. L. i. 131, 392, 444, 471, 484, 735 ; ii. 43, 229, 316, 325, 698, 699, 751, 851, 978, 992; iii. 317, 374; iv. 41, 111, 821, 973; v. 220, 640, 664, 690, 769, 777, 818, 870; vi. 42, 227, 357, 708, 718, 886; vii. 122, 208, 608; viii. 209 ; ix. 442; x. 387; xi. 218 ; xii. 165, 205, 326, 359. P. R. i. 75, 99, 236, 254, 372, 421; ii. 76, 82, 463, 467; iii. 36, 167, 226, 299, 441; iv. 283, 364. Il Pens. 115. Od. Nat. 209. Vac. Ex. 43, 75. Sen. 3. Ps. ii. 12; v. 4; lxxxi. 2; lxxxiv. 16; cxxxvi. 54.

Eternal King, P. R. i. 236. Od. Nat. 2.

King of Kings, P. R. iv. 185.

Kingdom, P. L. ii. 325, 361 ; vi. 183, 815 ; vii. 161; x. 406. P. R. i. 20, 241, 265 ; ii. 36, 481 ; iii. 152, 171, 199, 242, 351; iv. 151, 369, 389. Od. Nat. 171.

Kingdoms, P. L. xi. 384, 403; xii. 262. P. R. iv. 89, 163, 182, 210, 363, 536. Lyc. 177.

Kingdom's, P. R. iv. 282.

Kingly, P. L. ii. 673 ; iii. 505 ; xi. 249. P. R. ii. 476. Son. xiv. 12. Vac. Ex. 39.

Kings, P. L. i. 694, 721; ii. 4 ; iv. 212, 280, 383; xi. 243, 390, 398; xii. 262, 320, 329, 348. P. R. i. 117; ii. 44, 449 ; iii. 12, 289, 297, 366; iv. 73, 87. S. A. 281. Son.

x. 4. Od. Nat. 59. Vac. Ex. 47. Ep. W. Sh. 16. Brut. 13. Ps. ii. 2, 22 ; lxxxii. 2 ; lxxxvii. 11 ; cxxxvi. 62.

Kiriathaim, S. A. 1081.

Kishon, Ps. lxxxiii. 37.

Kiss, Arc. 83. Od. D. F. I. 6. Od. on Time, 12. Ps. ii. 25.

Kiss'd, P. L. v. 134. Ps. lxxxv. 43.

Kisses, P. L. iv. 502.

Kist, Od. Nat. 65.

Knacks, Hor. II. 3.

Knee, P. L. i. 112 ; v. 788, 817 ; vi. 194. Ps. lxxxi. 40.

Knee-tribute, P. L. v. 782.

Kneel'd, P. L. xi. 150.

Knees, P. L. iii. 321; v. 608 ; x. 918.

Knew, P. L. i. 93 ; iv. 828, 1013; v. 35, 287, 548; vi. 327 ; viii. 54, 251, 271, 283, 445, 508 ; ix. 561, 792 ; x. 12, 19, 170 ; xi. 504. P. R. i. 254, 271, 275, 286 ; iv. 294, 394, 504. S. A. 221, 222, 381, 803, 1549. Lyc. 95. Com. 572, 645. Od. Nat. 60, 107. Son. ix. 9.

Knew'st, P. L. xii. 577. S. A. 878.

Knight, Son. iii. 1.

Knights, P. L. i. 581 ; ii. 536 ; ix. 30, 36. P. R. ii. 360; iii. 342. L'Al. 119.

Knit, P. L. iv. 267. Com. 143.

Knitting, Com. 862.

Knock, S. A. 1722. Vac. Ex. 24.

Knot, Com. 581. Vac. Ex. 90. Ps. lxxxiii. 30.

Knot-grass, Com. 542.

Knots, P. L. iv. 242.

Know, P. L. i. 630, 643; ii. 206, 316, 740, 744, 821, 839, 990; iii. 180, 662, 694, 703 ; iv. 86, 113, 517, 523, 565, 583,

637, 775, 827, 828, 830, 831, 1006; v. 100, 243, 402, 414, 454, 461, 741, 789, 826, 856, 859, 860, 895; vi. 148, 163, 704; vii. 61, 97, 125, 127, 131, 631, 639; viii. 103, 173, 191, 192, 280, 282, 328, 373, 406, 548; ix. 368, 709, 726, 758, 773, 804, 1071, 1073, 1137; x. 27, 169, 207, 629, 967; xi. 50, 85, 92, 356, 475, 578; xii. 82, 174, 599, 610. P. R. i. 47, 89, 150, 203, 234, 292, 356, 384, 464, 494; ii. 231, 240, 305, 475; iii. 7, 52, 53, 193, 249, 347; iv. 146, 153, 159, 227, 286, 287, 294, 538. S. A. 62, 395, 742, 932, 1067, 1075, 1091, 1139, 1313, 1418, 1508, 1534, 1547, 1554, 1556, 1592. Lyc. 119. Arc. 34, 44. Com. 316, 490, 580, 788. Son. xii. 9; xvi. 9. Od. Pass. 33. Vac. Ex. 10. Ps. iv. 13; viii. 22; lxxxii. 17; lxxxv. 8.

Knowing, P. L. iv. 222; vii. 83; viii. 438; ix. 709, 1055; xi. 307; xii. 127. P. R. i. 356; ii. 475; iv. 288, 492. S. A. 840, 1401.

Knowledge, P. L. i. 628; iii. 47; iv. 222, 515, 525, 638; v. 52,

60, 108, 509; vii. 75, 120, 126, 543; viii. 324, 353, 551; ix. 687, 697, 723, 727, 752, 790, 804, 820, 998, 1073; xi. 87; xii. 279, 559, 582. P. R. i. 213, 293; ii. 371; iv. 224, 225. *See* Tree.

Known, P. L. i. 80, 374, 376, 515, 732; ii. 839; iii. 647; iv. 757, 836; vi. 20, 418, 432; vii. 85; viii. 106; ix. 110, 699, 976, 1023, 1102, 1151; x. 5, 156, 684; xi. 88, 307; xii. 544. P. R. i. 262, 437, 446; ii. 7, 414; iii. 68, 433. S. A. 641, 778, 1082, 1218. Com. 724. Son. v. 9; vii. 2. Ep. Hobs. I. 5.

Knows, P. L. ii. 151, 806, 807; iv. 103, 201; vii. 144; ix. 138, 705, 765, 1146; x. 787, 793; xi. 199. P. R. i. 176; iv. 471. S. A. 516, 1350, 1701. Com. 50, 87. Son. iii. 5. Ps. i. 8, 15; iv. 16.

Know'st, P. L. i. 19; ii. 730; iii. 276; iv. 426, 584, 895, 926, 1006; vi. 689; vii. 493, 536, 622; viii. 372, 573, 620; ix. 252; x. 72, 948; xi. 335. P. R. iii. 7, 201. S. A. 850, 1081, 1319, 1560. Vac. Ex. 55.

LABORIOUS, P. L. ii. 80; xi. 178. S. A. 14. Lyc. 72.

Labour, P. L. i. 164; ii. 262, 1021, 1022; iv. 328, 613, 625; vi. 492; viii. 133, 213; ix. 208, 236, 944; x. 491, 670, 1054, 1056; xi. 172, 375. P. R. ii. 132. S. A. 37, 1365. Com. 192. Ep. W. Sh. 2.

Labour, (*verb*,) P. L. ix. 205, 302. Son. iv. 4.

Labour'd, Com. 291.

Labours, P. L. ix. 214, 841.
    P. R. iv. 386. S. A. 709,
    1259. Com. 1006. Od. Pass.
    14.
Labourer's, P. L. xii. 631.
Labouring, P. L. ii. 665; x.
    1012; xi. 565; xii. 18.
    P. R. iii. 330. S. A. 1298.
    L'Al. 74.
Labyrinth, P. L. ii. 584; ix.
    183. Com. 278.
Lack, S. A. 905. Ep. Hobs. II.
    24.
Lacky, (verb,) Com. 455.
Lad, P. R. ii. 439. Com. 619.
Laden, P. L. x. 550. Com.
    394.
Ladies, P. R. ii. 357. S. A.
    1653. L'Al. 121. Vac. Ex.
    60.
Ladon's, Arc. 97.
Lady, Arc. 105. Com. 277, 283,
    319, 507, 564, 574, 618, 659,
    666, 737, 818, 910, 938, 966.
    Son. iv. 1. Ep. M. Win.
    47.
Lag, P. L. x. 266.
Lagging, S. A. 337, 1577.
Lahor, P. L. xi. 391.
Laid, P. L. i. 137, 172; iv. 457,
    521, 741, 791, 815; vi. 339,
    572; viii. 254; x. 1046; xi.
    438, 479, 732. P. R. ii. 261;
    iii. 283; iv. 343, 429. Il
    Pens. 150. Od. Nat. 12, 238.
    Ep. M. Win. 32. Ep. Hobs.
    I. 2. Ps. lxxx. 49, 70.
Laid up, P. R. ii. 104.
Lair, P. L. vii. 457.
Lake, P. L. i. 210, 229, 280,
    702; ii. 74, 169, 576; iii.
    521; iv. 261, 459; v. 186;
    x. 562; xi. 847. P. R. ii. 23;
    iii. 271. Lyc. 109. Com. 433,
    865.
Lakes, P. L. ii. 621; vii. 397,
    437.
Lamb, P. L. ix. 583; xii. 20.

Lambs, P. L. iii. 434; xi. 649.
    Ps. cxiv. 12.
Lament, P. L. viii. 244; xi. 266.
    Od. Nat. 183.
Lament, (verb,) P. L. i. 448; xi.
    287, 874. S. A. 1242. Lyc.
    60. Od. D. F. I. 72.
Lamentable, P. L. ii. 617.
Lamentation, P. L. ii. 579. S. A.
    1708, 1713.
Lamented, P. L. x. 845.
Lamenting, P. L. v. 894; xi.
    675.
Lamp, P. L. iii. 22, 581; iv.
    764; vii. 370; viii. 520. Il
    Pens. 85. Son. iv. 10. Od.
    Nat. 242.
Lamps, P. L. i. 728; v. 713; ix.
    104; xii. 255. Com. 198.
Lance, P. L. i. 766.
Lancelot, P. R. ii. 361.
Land, P. L. i. 227, 228, 343, 519,
    739; ii. 589, 940; iii. 75,
    440, 531, 548, 653; iv. 643,
    652, 662; vii. 284, 307, 415,
    473; viii. 144; ix. 76, 81,
    117; x. 693; xi. 337; xii.
    122, 127, 134, 138, 156, 159,
    172, 178, 197, 259, 339.
    P. R. iii. 94, 379, 420, 437.
    S. A. 99, 257, 710. L'Al.
    64. Son. x. 14; xiv. 13. Od.
    Nat. 52, 221. Od. D. F. I.
    26. Brut. 4, 8. Ps. ii. 4;
    lxxx. 40; lxxxi. 19, 37, 42;
    lxxxv. 1, 40, 51; lxxxvii.
    7; lxxxviii. 51; cxiv. 3;
    cxxxvi. 37, 74.
Land-mark, P. L. xi. 432.
Land-pilot's, Com. 309.
Landed, P. L. x. 316.
Lands, P. L. i. 290; iii. 588; v.
    263; vii. 429; xii. 46. Son.
    iii. 7.
Landskip, P. L. ii. 491; iv. 153;
    v. 142. L'Al. 70.
Lane, Com. 311.
Language, P. L. viii. 373; ix.

553; xii. 54. P. R. iv. 333.
Vac. Ex. 1.
Languish, P. L. x. 995.
Languish'd, P. L. vi. 497. S. A.
119. Com. 744. Ep. M. Win.
33.
Languishing, P. L. x. 996.
Lank, Com. 836.
Lanthorn, *or* Lantern, L'Al. 104.
Com. 197.
Lap, P. L. iv. 254 ; ix. 1041 ; x.
778 ; xi. 536. S. A. 536.
Lyc. 138. L'Al. 136. Com.
257. Od. May-M. 3. Vac.
Ex. 84.
Lapland, P. L. ii. 665.
Lapse, P. L. viii. 263 ; xii. 83.
Lapsed, P. L. iii. 176 ; x. 572.
Larboard, P. L. ii. 1019.
Large, P. L. i. 195, 213, 285,
444, 790 ; iii. 430, 495, 530 ;
iv. 144, 223, 300, 434 ; v.
317, 318, 343, 558 ; vi. 309 ;
vii. 486 ; viii. 191, 375 ; x.
244 ; xi. 626, 732 ; xii. 21,
305. P. R. i. 365 ; iii. 10,
73, 262. Lyc. 184. Forc.
of Con. 20. Ps. iv. 5 ; lxxxi.
43.
Large-limb'd, Ps. cxxxvi. 69.
Too large, P. L. iv. 730 ; viii.
104.
Largely, P. L. viii. 7 ; ix. 1043 ;
xi. 845. Ps. lxxx. 23.
Larger, P. L. x. 529.
Lark, P. R. ii. 279. L'Al. 41.
Com. 317.
Lars, Od. Nat. 191.
Lascivious, P. L. ix. 1014. P. R.
iv. 91. S. A. 536.
Last, P. L. i. 376, 490, 571 ; ii.
324, 416 ; iii. 134, 259, 278 ;
v. 19, 115, 165, 166, 481,
568 ; vi. 797 ; vii. 323, 449 ;
viii. 302 ; ix. 170, 377, 379,
896, 1079 ; x. 197, 609, 831 ;
xi. 275, 545, 579, 736, 787,
872 ; xii. 189, 330, 545, 552,

574. P. R. i. 35, 283 ; iv.
300, 509, 622. S. A. 1023,
1389, 1426, 1594. Lyc. 71,
108. Od. Nat. 106, 163. Od.
D. F. I. 77. Vac. Ex. 14,
47. Ep. Hobs. II. 25. Ps.
lxxxvii. 18.
Last, (*verb*,) P. L. vi. 693 ; x.
812. Ps. cxiv. 16.
Lasted, Ep. Hobs. II. 25.
Last of all, Od. on Time, 10.
At last, P. L. i. 620 ; ii. 426,
643, 781, 927, 1034 ; iii.
499, 545 ; iv. 79 ; v. 497 ;
vi. 78, 874 ; x. 171, 190,
449, 635, 890, 981, 985 ;
xi. 664, 759, 778 ; xii. 106,
356. P. R. i. 309. S. A.
24, 275, 1566, 1639. Lyc.
192. Il Pens. 167. Com.
61, 555, 594, 735. Od.
Nat. 109, 165. Ps. vii. 42 ;
lxxx. 40.
Lasting, P. L. i. 55 ; iii. 449 ; x.
742. Brut. 11. Ps. v. 40.
Lastly, P. L. iii. 240 ; x. 402 ;
xi. 280. P. R. iv. 388. S. A.
1590. Lyc. 83.
Late, P. L. iii. 151 ; v. 113, 240 ;
ix. 26, 53 ; x. 436, 861, 1073 ;
xi. 70, 653, 751, 752, 886 ;
xii. 195. P. R. i. 65, 133,
327. S. A. 179, 746. Com.
179, 540. Son. ii. 4 ; xviii.
1. Vac. Ex. 20.
Of late, P. L. ii. 77, 991 ; ix.
1115. P. R. iii. 364. Od.
D. F. I. 47. Son. vi. 1.
So late, P. L. i. 113 ; v. 675 ;
vii. 92 ; ix. 982 ; x. 721,
941 ; xii. 642. P. R. ii. 3.
Too late, P. L. vi. 147 ; ix.
44, 884 ; x. 755, 904.
P. R. iii. 42. S. A. 228.
Son. i. 11.
Lately, P. L. ii. 979, 1004 ; x.
38 ; xii. 542. P. R. ii. 9, 10.
Ep. Hobs. I. 11.

148 *Later—Lead on.*

Later, P. L. i. 509; x. 613.
P. R. iii. 289. Il Pens. 101.
Son. v. 9.
Lateral, P. L. x. 705.
Latest, P. L. iv. 567; v. 18. Od.
Pass. 22. Ep. Hobs. I. 13.
Ps. viii. 4.
Latona, Arc. 20.
Latona's, Son. vii. 6.
Latter, P. L. ii. 235; iv. 1004;
v. 489; ix. 558; xii. 105.
Vac. Ex. 8.
Lavers, S. A. 1727. Com. 838.
Laves, Lyc. 175.
Laugh, P. L. ii. 204; x. 626; xi.
626. Ps. ii. 9; lxxx. 27.
Laughing, Hor. II. 1.
Laughs, P. L. ii. 731.
Laugh'st, P. L. v. 737.
Laughter, P. L. vi. 603; viii.
78; x. 488; xii. 59. L'Al.
32.
Laving, P. R. i. 280.
Lavinia, P. L. ix. 17.
Lavish, Arc. 9. Com. 465.
Lavish'd, S. A. 1026.
Laureat, Lyc. 151. Son. xi. 9.
Laurel, P. L. iv. 694. S. A.
1735.
Laurels, Lyc. 1.
Law, P. L. ii. 200; iv. 637, 750;
v. 798, 822; vi. 41, 42; ix.
654, 775; x. 83, 805; xi.
49; xii. 29, 287, 289, 290,
297, 300, 306, 309, 397, 402,
404, 416, 488. P. R. i. 207,
212, 260; ii. 328; iii. 161;
iv. 225, 334, 364. S. A. 811,
890, 1053, 1225, 1320, 1386,
1409, 1425, 1666. Arc. 70.
Son. xviii. 6. Od. Cir. 15,
16. Ps. i. 5, 6; lxxxi. 15.
Without law, P. L. v. 798.
Lawful, P. L. v. 570; viii. 614.
P. R. ii. 230. S. A. 231,
1366.
Lawless, P. L. xii. 173. P. R. ii.
472.

Lawn, Il Pens. 35. Od. Nat. 85.
Lawns, P. L. iv. 252. Lyc. 25.
L'Al. 71. Com. 568, 965.
Lawrence, Son. xv. 1.
Laws, P. L. ii. 18, 241; v. 679,
680, 693, 819, 844, 883; xi.
228; xii. 226, 230, 244, 282,
283, 304, 521, 522. S. A.
309, 314. Lyc. 25. Com.
766. Son. xvi. 3. Hor. I. 2.
Ps. lxxxii. 12.
Lax, P. L. vii. 162.
Lay, P. L. i. 52, 196, 209, 301,
312; ii. 168; iii. 628; iv. 28;
vi. 239, 390; viii. 463; ix.
418; x. 89, 777, 851; xi. 380,
506; xii. 608. P. R. ii. 204;
iii. 255, 332. S. A. 395, 535,
1097, 1239, 1702. Lyc. 189.
Com. 13. Son. i. 8. Od.
Nat. 25. Ps. ii. 4; iii. 13; iv.
38; lxxxiv. 11.
Lay by, P. L. iii. 339.
Lay down, P. R. i. 157; ii. 482.
Lay hold, S. A. 1716.
Lay on, P. R. ii. 54.
Lay out, S. A. 1486.
Lay siege, P. L. xi. 656.
Lay up, S. A. 1485.
Lay in wait, P. L. ix. 1173.
Lays, P. L. vii. 436. P. R. iv.
363. Lyc. 44. Com. 849.
Lays forth, P. L. iv. 259.
Lay'st, P. R. i. 247; ii. 189.
S. A. 849.
Lazar-house, P. L. xi. 479.
Lazy, Od. on Time, 2.
Lead, P. L. iii. 255; iv. 100, 530;
v. 375, 684; viii. 86; ix. 631,
696; x. 261, 463, 830; xi.
364, 468; xii. 17, 309. P. R.
ii. 166, 474; iii. 239, 366.
L'Al. 35, 89. Arc. 40. Com.
114. Son. i. 4; xvii. 13. Ps.
v. 21, 22.
Lead forth, P. L. vi. 46, 47.
Lead on, P. L. xii. 614. Com.
330, 657.

Leaden, Il Pens. 43.
Leaden-stepping, Od. on Time, 2.
Leader, P. L. i. 272; ii. 19; iv. 933, 949; vi. 232, 451, 621. P. R. i. 99.
Leaders, P. L. i. 357; vi. 67.
Leadest, P. L. xi. 372. Ps. lxxx. 3.
Leading, P. L. ii. 991; ix. 631; x. 267. P. R. i. 189.
Leads, P. L. ii. 433, 525, 976; iii. 696; viii. 613; ix. 215; x. 266; xii. 222. P. R. iii. 53. Arc. 76. Com. 518. Son. ii. 12; xvi. 10. Od. May-M. 2.
Leaf, P. L. iv. 695; v. 747; vii. 317. Com. 622, 631. Ps. i. 9.
Leafy, Com. 278.
League, P. L. i. 87; ii. 319, 929; iv. 164, 339, 375; x. 274, 438. P. R. iii. 269, 370; iv. 529. S. A. 1189. Son. x. 8.
League-breaker, S. A. 1184, 1209.
Leagu'd, P. L. x. 868. P. R. i. 359.
Leagues, P. L. iii. 488. P. R. iii. 392.
Lean, S. A. 1632. Lyc. 123. Com. 585, 709.
Lean'd, P. L. iv. 494.
Leaning, P. L. v. 12.
Leans, Com. 355. Son. xii. 13.
Leap'd, P. L. iii. 470, 472.
Leaps, P. L. iv. 187.
Learn, P. L. i. 695; ii. 354, 686; iv. 400; v. 894; vi. 147, 717; viii. 68, 190; ix. 275; xi. 360; xii. 561. P. R. i. 91, 203, 292; iv. 254, 515, 625. S. A. 187, 798. Son. xvi. 9. Od. D. F. I. 73. Hor. II. 3.
Learned, L'Al. 132. Vac. Ex. 90.
Learned, P. L. ii. 816; iv. 533;

v. 856; vi. 367; xii. 440, 575. Lyc. 120. Son. xii. 11; xiii. 13.
Learning, P. R. iv. 231. Son. vi. 13. Forc. of Con. 9.
Learnt, P. R. i. 146; iv. 361. Com. 530, 822. S. A. 936.
Leas, Com. 965.
Lease, Ep. M. Win. 52.
Least, P. L. i. 679; ii. 338, 339; iii. 120, 277; iv. 855; vi. 221, 284; viii. 35; ix. 380, 460; x. 875, 951. P. R. iii. 109; iv. 11. S. A. 195, 927, 1058, 1136. Lyc. 120.
Least of all, P. L. v. 811; viii. 397.
At least, P. L. i. 258; ii. 22; iv. 110, 807, 994; vii. 139; viii. 537; ix. 146, 296, 555; xi. 39, 95. P. R. i. 60, 224, 380, 459, 485; ii. 136, 371; iii. 103; iv. 494. S. A. 208, 218, 322, 499, 951.
Not the least, P. L. iv. 510.
Leathern, Com. 626.
Leave, P. L. i. 224, 236; iii. 238, 247; iv. 529, 789; v. 118, 669; viii. 168; ix. 265; x. 819, 820, 1070; xi. 269, 804; xii. 110, 186, 339, 439, 455, 586. P. R. iii. 78, 440; iv. 236. S. A. 11, 506, 794, 885, 996. Com. 473. Od. Nat. 140. Ps. lxxxi. 49.
Leave, (*noun,*) P. L. ii. 250; iv. 434; viii. 377; xii. 348. P. R. i. 409; ii. 302. S. A. 15. Com. 26. Son. viii. 12.
Without leave, P. L. ii. 685; viii. 237; ix. 725; x. 760.
Leaves, P. L. iv. 747; ix. 615, 621, 1074; x. 434; xii. 129, 153, 163. P. R. iv. 306. L'Al. 87.
Leaves, (*noun,*) P. L. i. 302; iv.

266 ; v. 6, 219, 480; ix. 519, 1095, 1110. Lyc. 5, 44. Il Pens. 129. Arc. 57. Od. Pass. 34. Ep. W. Sh. 11.

Leaving, P. L. x. 711. P. R. i. 364. Od. Nat. 178, 236.

Leav'st, S. A. 692.

Lebanon, P. L. i. 447.

Led, P. L. i. 129, 401, 455, 678; iii. 698; iv. 476, 605, 797; v. 215, 356; vi. 26, 232; vii. 575; viii. 269, 302, 485, 511; ix. 473, 644, 1039; x. 188, 324; xii. 639. P. R. i. 115, 290, 299; ii. 222; iii. 283, 295; iv. 228. S. A. 365, 638, 741, 823, 1623, 1629, 1635. L'Al. 104. Il Pens. 69. Son. ix. 9. Ps. lxxxi. 28; cxiv. 4.

Led on, P. L. iv. 268; vii. 61. P. R. i. 192, 252.

Ledst, P. R. i. 8.

Lee, P. L. i. 207. Vac. Ex. 97.

Leer, P. L. iv. 503.

Lees, Com. 809.

Left, P. L. i. 146, 213, 433; ii. 361, 633, 1000; iii. 207; iv. 80, 81, 428, 595; v. 235, 236, 526, 730; vi. 104, 309, 443, 689, 851; vii. 125; viii. 2, 77, 460, 478, 534; ix. 142, 338, 345, 351, 652, 1051, 1057, 1185; x. 46, 421, 437, 452, 534; xi. 221, 304, 753; xii. 61, 71, 343, 481, 506, 513, 523. P. R. i. 16, 106, 248; ii. 62, 116, 280; iii. 206, 256, 423; iv. 207, 396. S. A. 644, 1027, 1097, 1480, 1685, 1712, 1715. Lyc. 9. Il Pens. 109. Arc. 41. Com. 188, 280, 283, 414. Son. v. 4. Od. Nat. 206.—*See* Hand, Side.

Left out, Com. 137.

Legal, P. L. xii. 410. S. A. 313.

Legend, S. A. 1737.

Legion, P. L. vi. 230, 232 ; viii. 232.

Legions, P. L. i. 301, 632; ii. 132, 537, 1006; iv. 942; v. 669; vi. 64, 142, 206, 655; vii. 134; x. 427. P. R. iv. 66, 629. Com. 603.

Legs, P. L. x. 512.

Leisure, P. L. ii. 1046; x. 510. P. R. ii. 210. S. A. 917. Il Pens. 49. Ep. Hobs. II. 23.

Lemnos, P. L. i. 746.

Lemures, Od. Nat. 191.

Lend, P. L. ix. 260; xii. 200. P. R. i. 393; iv. 272. S. A. 1. Com. 706, 797. Son. viii. 9.

Lends, Com. 938.

Length, P. L. i. 209, 564; ii. 274, 709, 893, 1028 ; vi. 78, 107; vii. 483; ix. 79; x. 302; xi. 730, 782. P. R. iii. 275; iv. 29. S. A. 348, 570. L'Al. 111.

At length, P. L. i. 648; ii. 217, 951; iv. 357, 607 ; v. 755; vi. 249, 635, 795; vii. 158; ix. 527, 551, 598, 792, 894, 1066; xi. 719; xii. 191, 258, 504. P. R. i. 152; iii. 5, 433; iv. 503, 568. S. A. 250, 535, 865, 962, 1629. Vac. Ex. 43. Ps. ii. 22; vii. 34, 54; lxxxiii. 1; lxxxiv. 27; lxxxvi. 57.

Lengthen'd out, P. L. x. 774.

Lenient, S. A. 659.

Lent, P. L. iv. 483. Com. 680. Od. D. F. I. 75. Ps. lxxxiii. 31.

Leo, P. L. x. 676.

Leper, P. L. i. 471.

Leprous, Od. Nat. 138.

Lesbian, Lyc. 63.

'Less, Il Pens. 56.

Less, P. L. i. 257, 593, 779; ii. 47, 108, 349, 443, 553, 920,

924, 1040, 1041 ; iii. 411, 429 ;
iv. 46, 478, 479, 594, 617, 854,
919, 920, 925 ; v. 262, 796,
829, 874 ; vi. 59, 192, 206,
366, 378, 430, 844 ; vii. 348 ;
viii. 88, 224, 539, 543, 544,
566 ; ix. 14, 126, 320 ; x. 15,
998, 1098 ; xi. 9, 11, 285, 398.
P. R. i. 147, 383, 404 ; iii. 68,
126, 257 ; iv. 169, 171, 459.
S. A. 305, 620, 772, 792, 900,
988, 1071, 1245. Arc. 12.
Com. 88, 327. Son. ii. 9. Ps.
vii. 11 ; viii. 15.—*See* Far.
Much less, P. R. iii. 236 ; iv.
113. Son. ii. 7.
No less, P. L. i. 144, 647 ;
ii. 295, 414, 509, 848 ; iii.
119 ; vi. 468 ; vii. 85, 126 ;
viii. 248 ; x. 531 ; xi. 774,
784. P. R. ii. 69, 127 ; iv.
105. S. A. 1142, 1421.
Com. 288. Son. xi. 11.
Nor less, P. L. iii. 626.
Not less, P. L. ix. 1065.
S. A. 988.
Lessen, P. L. iii. 304 ; vii. 614.
S. A. 767.
Lessens, S. A. 1563.
Lesser, P. L. v. 101 ; vii. 382.
Arc. 79.
Let be, S. A. 1116.
Let down, P. L. iii. 523. Od. D.
F. I. 56.
Let fall, P. L. x. 174.
Let forth, P. L. vii. 207.
Let in, P. L. vii. 566 ; x. 620.
S. A. 561.
Let loose, P. L. ii. 155 ; vi. 696.
Let pass, P. L. ix. 479.
Let slip, Com. 743.
Let there be, P. L. vii. 243, 261,
339.
Lethe, P. L. ii. 583.
Lethean, P. L. ii. 604.
Lets, P. L. ix. 1184 ; xii. 344.
Com. 378.
Lets in, Com. 466.

Let's on, Com. 599.
Lets pass, P. L. xii. 196. P. R.
ii. 233.
Letters, Od. Pass. 35. Ep. Hobs.
II. 33.
Levant, P. L. x. 704.
Leucothea, P. L. xi. 135.
Leucothea's, Com. 875.
Level, P. L. i. 726 ; ii. 634 ; iv.
252. Lyc. 98.
Level'd, P. L. ii. 712 ; iv. 543 ;
vi. 591 ; vii. 376.
Leviathan, P. L. i. 201 ; vii. 412.
Levied, P. L. ii. 905 ; xi. 219.
Levity, S. A. 880.
Levy, P. L. ii. 501.
Lewd, P. L. i. 490 ; iv. 193. Com.
465.
Lewdly, P. L. vi. 182.
Lewdly-pamper'd, Com. 770.
Liable, P. L. vi. 397. S. A. 55.
Liar, P. L. iv. 949. P. R. i. 428.
Libbard, P. L. vii. 467.
Libecchio, P. L. x. 706.
Liberal, P. L. iv. 415 ; viii. 362 ;
ix. 997.
Liberty, P. L. ii. 256 ; iv. 958 ;
v. 793, 823 ; vi. 164, 420 ; x.
307, 368 ; xii. 82, 83, 100,
526. P. R. i. 365 ; iii. 427.
S. A. 270, 271, 803, 949,
1454. L'Al. 36. Son. v. 7 ;
vii. 2, 11. Eurip. 1. Ps.
cxiv. 2.
Liberty's, Son. xvii. 11.
Lickerish, Com. 700.
Libra, P. L. iii. 558.
Libyan, P. L. i. 355 ; iv. 277 ;
xii. 635.
Libyck, Od. Nat. 203.
Lice, P. L. xii. 177.
Licence, Son. vii. 11.
Lichas, P. L. ii. 545.
Lick up, P. L. x. 630.
Lick'd, P. L. ix. 526.
Lictors, P. R. iv. 65.
Lie, (*noun*,) Ps. vii. 54.
Lie, P. L. i. 266, 279 ; ii. 360 ;

iii. 243; iv. 631; ix. 76; x. 276; xii. 190. P. R. i. 263, 473. S. A. 480, 579. Lyc. 53. Arc. 68. Com. 110, 977. Son. xiii. 2. Od. D. F. I. 31. Vac. Ex. 36, 62. Ep. W. Sh. 15. Ps. iv. 40; v. 15; lxxxviii. 4, 20.

Lies, P. L. ii. 588, 958, 974; iv. 569; viii. 193, 641; ix. 349, 725; x. 987; xi. 177, 653. P. R. ii. 462. S. A. 118, 339, 1725. Lyc. 80, 151. L'Al. 79, 110. Com. 37. Od. Nat. 31, 151. Od. Pass. 21. Ep. Hobs. I. 1. Brut. 8, 9. Ps. iii. 6; vii. 40.

Lies, (*noun,*) P. L. i. 367; iii. 93; v. 243, 709; ix. 620; x. 42. P. R. i. 375, 407, 408, 433; iv. 124. Com. 692. Ps. iv. 12.

Liest, S. A. 1663.

Lieth, Ep. Hobs. II. 1.

Life, P. L. i. 363; ii. 624; iii. 244, 294, 297, 357, 450; iv. 196, 220, 317, 425, 485, 666; v. 81, 427, 474, 485; vi. 460, 461; vii. 239, 526; viii. 184, 193, 250; ix. 73, 112, 241, 686, 689, 697, 833, 934, 954, 984; x. 128, 178, 202, 784, 790, 908, 941, 985, 1013, 1019, 1083; xi. 42, 62, 64, 79, 169, 198, 331, 365, 369, 416, 446, 502, 506, 546, 548, 553, 610, 650, 823; xii. 220, 406, 407, 414, 425, 429, 435, 438, 443, 571. P. R. i. 396; ii. 77, 80, 372; iii. 22, 232; iv. 265, 298, 305, 370, 590. S. A. 66, 90, 91, 100, 107, 108, 512, 521, 534, 592, 656, 688, 888, 915, 952, 1002, 1009, 1059, 1388, 1406, 1579, 1668, 1711. Lyc. 76. Com. 220, 609, 678. Son. ix. 4; xvi. 9. Ep. M. Win. 14. Ep. Hobs. II. 11,

24. Forc. of Con. 9. Ps. iii. 5; vii. 15; lxxxv. 28; lxxxvi. 51; lxxxviii. 11, 17, 54.—*See* Tree.

Life's P. R. ii. 372. Ep. M. Win. 52.

Life for life, P. L. iii. 236.

Life-blood, P. L. viii. 467.

Life-giving, P. L. iv. 199.

Lifeless, P. L. iii. 443; ix. 1154; x. 707.

Lift, P. L. iii. 486; iv. 688; vi. 299. P. R. iv. 558. Son. iii. 9. Dante, II. 2. Ps. lxxxvi. 12.

Lifted, Com. 601.

Lift up, P. L. ii. 393. Ps. iv. 29, 30.

Lifted high, P. L. vi. 189. P. R. iv. 545.

Lifted up, P. L. iv. 49. Com. 601.

Lifting, P. R. ii. 338; iv. 48.

Ligea's, Com. 880.

Light, P. L. i. 63, 73, 85, 181, 245, 391, 729; ii. 137, 220, 269, 398, 433, 867, 959, 974, 1035, 1042; iii. 1, 3, 4, 51, 88, 196, 375, 500, 579, 594, 713, 723, 724, 730; iv. 608, 624, 664; v. 42, 160, 179, 208, 250, 423, 600, 643, 714; vi. 4, 6, 9, 481, 660; vii. 98, 243, 249, 250, 251, 254, 345, 352, 359, 362, 363, 365, 377, 378; viii. 22, 37, 140, 150, 156, 158, 245, 273, 285; ix. 105, 192, 639; xi. 80, 134, 808; xii. 421, 423, 473. P. R. i. 116; iv. 228, 289, 352, 400. S. A. 70, 75, 84, 90, 92, 98, 99, 160, 162, 584, 591, 592. L'Al. 61. Il Pens. 80, 160. Arc. 19. Com. 199, 340, 369, 374, 381, 735. Son. iv. 10; xiv. 1, 7; xvii. 3. Od. Nat. 8, 20, 62, 73, 110. Od. Pass. 6. Od. Sol. Mus. 28. Ep. M. Win. 70. Ep.

Hobs. I. 16. Ps. iv. 29;
lxxx. 7; cxxxvi. 26. *See*
Very light.
Light of light, P. R. iv. 597.
Too light, P. L. v. 495.
Light, (*adj.*) P. L. iii. 439; iv.
1012; vi. 642; ix. 386. P. R.
iv. 239. L'Al. 34, 61. Com.
144. Son. xv. 9. Ep. Hobs.
II. 22.
Light, (*verb,*) P. L. viii. 520; ix.
173, 305; x. 73, 740, 934;
xi. 590, 767, 858. P. R. iv.
460.
Light-arm'd, P. L. ii. 902; vi.
529.
Light-armed, P. R. iii. 311.
Light down, P. L. i. 349.
Lighted, P. L. iv. 570; vi. 103;
x. 316; xi. 209.
Lighten, P. L. x. 960. S. A.
744.
Lightening, P. L. i. 175; ii. 66;
v. 734; vi. 642, 849; x. 184,
1075; xii. 229. P. R. iv. 412,
620. S. A. 1284.
Lightens, P. R. i. 402.
Lighter, P. L. ii. 906; v. 480.
Com. 962.
Lightest, P. L. x. 45.
Lightly, P. L. iv. 811; v. 7.
P. R. ii. 282.
Lights, P. L. i. 228; iii. 437, 742;
iv. 183, 763, 815; v. 276;
vii. 339, 343, 346, 382; x.
833.
Like,—*Passim.*
Not like, P. L. i. 296; iv.
384.
Too like, P. L. iv. 715.
Like, (*verb,*) P. L. v. 97; vi. 561.
P. R. ii. 321. S. A. 996.
Lik'd, P. L. xi. 587. P. R. iv.
171.
Likelier, P. L. iv. 527.
Likeliest, P. L. ii. 525; iii. 659;
vi. 688; ix. 414. P. R. i.
121; iii. 130. Com. 90,192.

Likely, P. L. iii. 460; iv. 872;
ix. 935.
Most likely, P. L. ix. 365.
Liken, P. L. vi. 299.
Likeness, P. L. ii. 673; iv. 813;
viii. 450; x. 327; xi. 521,
522. P. R. i. 30. Com. 84,
528.
Likening, P. L. i. 486; v. 573.
Likes, P. L. iv. 738; vi. 353,
717. P. R. ii. 382.
Likest, P. L. ii. 756; iii. 572; vi.
301; ix. 394. P. R. ii. 237.
Il Pens. 9. Com. 237.
Likewise, Od. D. F. I. 11.
Lik'st, P. R. iv. 281.
Liking, P. L. xi. 587.
Lilied, Arc. 97.
Lilies, Com. 862.
Lily, Son. xv. 8.
Limb, P. L. i. 426; ii. 668; iii.
638; vi. 352; viii. 625; ix.
484. S. A. 1089.
Limb by limb, P. L. viii. 267.
Limb'd, P. L. vii. 456.
Limbec, P. L. iii. 605.
Limber, P. L. vii. 476.
Limbo, P. L. iii. 495.
Limbs, P. L. iv. 772; x. 1069.
S. A. 571, 614. Com. 680.
Lime-twigs, Com. 646.
Limit, P. L. vi. 140; xii. 145.
Ep. M. Win. 14.
Limitary, P. L. iv. 971.
Limited, P. L. vi. 229.
Limits, P. L. iv. 384, 964; v.
755. Com. 316. Od. Nat.
169.
Line, P. L. iv. 210, 282; vii.
480; viii. 102; ix. 64. Il
Pens. 99. Com. 923.
Lineaments, P. L. v. 278; vii.
477. P. R. i. 92.
Lines, Son. viii. 11. Ep. W. Sh. 12.
Linger, S. A. 466.
Linger'st, P. R. iii. 227.
Lingering, P. L. ii. 56, 702; xii.
638. S. A. 618. Com. 472.

Lining, Com. 222, 224.
Link, P. L. ix. 914.
Linked, P. L. i. 328; ii. 1005; iv. 339; ix. 133, 970; x. 905; xi. 139. L'Al. 140.
Link'd, Com. 474. Son. i. 8. Ep. Hobs. II. 31.
Links, S. A. 1410.
Lion, P. L. iv. 343, 402; vii. 464; viii. 393. P. R. i. 313. S. A. 128, 139. Ps. vii. 4.
Lioness, P. L. viii. 393. Com. 443.
Lip, P. L. ii. 614; viii. 56. Com. 752, 915.
Lips, P. L. v. 150, 675; viii. 218; ix. 1144. Com. 290, 756.
Liquid, P. L. i. 229, 701; iii. 519; iv. 455; v. 25; vi. 348; vii. 68, 264, 362; viii. 263; xi. 570. S. A. 557. Com. 980. Son. i. 5. Od. Hor. 1.
Liquour, S. A. 552, 627. Com. 65, 652.
Liquourish, Com. 700.
Liquours, P. L. v. 445. Com. 847.
List, P. L. ii. 656, 798; iv. 803; viii. 75. S. A. 647. Lyc. 123. Com. 737, 997. Ps. lxxxi. 36.
List, list, Com. 480.
Listed, P. L. xi. 866. S. A. 1087. Com. 49.
Listen, P. L. vi. 908. Arc. 62. Com. 43, 860, 864, 866, 867, 889.
Listen'd, Com. 551.
Listens, P. L. v. 627. Lyc. 89.
Listening, P. L. vii. 106, 563; x. 342. L'Al. 53. Com. 203. Od. Cir. 5. Vac. Ex. 37.
Lists, P. R. iv. 306. S. A. 463.
Lithe, P. L. iv. 347.
Litter, Com. 554.
Little, P. L. ii. 1000; iv. 86, 362, 366; ix. 224; x. 320, 468, 968. P. R. ii. 82; iv. 291. S. A. 661, 1599. Lyc. 116. Il Pens. 3. Com. 27, 348, 611, 642. Od. Nat. 88. Vac. Ex. 10. Ps. cxiv. 12.
A little, S. A. 1, 2, 1126, 1536. Lyc. 152.
So little, P. L. iv. 201. P. R. iv. 6. Od. on Time, 7, 8.
Too little, P. L. x. 600.
Liturgy, Forc. of Con. 2.
Live, P. L. ii. 194, 254, 318, 500, 868; iii. 244, 293; iv. 533; v. 81, 474, 795; vi. 344, 350, 461; viii. 152, 176, 182, 276, 281, 340, 341, 633; ix. 653, 688, 829, 833, 908, 910, 933, 1085; x. 269, 919, 923, 1028; xi. 38, 95, 158, 161, 180, 535, 554, 629, 802, 872; xii. 299, 351, 411, 602. P. R. i. 287, 339; iii. 55. S. A. 79, 100, 945, 1479. Lyc. 72. L'Al. 30, 39, 152. Il Pens. 176. Arc. 45, 103. Com. 3, 300, 727, 766. Od. Nat. 90. Od. D. F. I. 77. Od. Sol. Mus. 28. Vac. Ex. 77, 85.
Live-long, L'Al. 99. Ep. W. Sh. 8.
Liv'd, P. L. iv. 198; vii. 204; viii. 264, 295; ix. 1166; xi. 764; xii. 117. P. R. ii. 201; iii. 41. S. A. 264. Son. v. 3.
Livelier, P. L. xi. 242. S. A. 1442.
Liveliest, P. L. i. 274.
Lively, P. L. iv. 363; viii. 269, 311. L'Al. 49. Il Pens. 149. Com. 670. Od. Pass. 47.
Liver, P. L. vi. 346.
Liveried, Com. 455.
Liveries, P. L. vii. 478. L'Al. 62.
Livery, P. L. iv. 599. S. A. 1616.
Lives, P. L. ii. 624; iii. 477; iv.

888; ix. 764, 932, 933; xi.
337. P. R. i. 349; iii. 98.
Lyc. 81.
Lives, (*noun,*) P. L. xi. 621; xii.
17. P. R. iii. 410. S. A.
1707.
Livid, P. L. i. 182.
Living, P. L. i. 433; ii. 613, 855,
1050; iii. 327, 443; iv. 287,
605; v. 197, 652; vi. 846;
vii. 388, 392, 413, 451, 455,
528, 534, 566; viii. 154, 370;
ix. 228, 539; x. 277, 788,
974; xi. 160; xii. 118, 527.
P. R. i. 460. S. A. 100, 984,
1140, 1661, 1673. Son. v.
11. Ep. M. Win. 34. Ps.
lxxxiv. 8; cxxxvi. 85.
Liv'st, P. L. xi. 553. Com. 230.
Lo, P. L. iii. 486; x. 1050; xi.
733. Ps. lxxxiii. 5; lxxxvii.
16.
Load, P. L. iv. 972; v. 59; vi.
644. P. R. i. 402. S. A. 214.
Son. ix. 3. Ep. Hobs. II. 24.
Loaded, S. A. 149. P. R. iv. 418.
Loaden, P. L. iv. 147; viii. 307;
ix. 577. S. A. 1243.
Loads, Son. xv. 13.
Loath.—*See* Loth.
Loathed, L'Al. 1.
Loath'd, P. L. xii. 178.
Loathsome, P. L. iii. 247; xi.
524. S. A. 480, 922. Ps.
lxxxviii. 43.
Local, P. L. xii. 387.
Lock, Od. Pass. 45.
Lock'd, Arc. 62.
Locks, P. L. iii. 361, 626; iv. 301;
v. 56; x. 559, 1066. S. A.
327, 568, 587, 1143, 1164.
Lyc. 112, 175. L'Al. 9. Com.
54, 105, 882.
Locrine, Com. 827, 922.
Locusts, P. L. i. 341; xii. 185.
Lodge, P. L. iv. 720, 790; v. 377;
vi. 7. Com. 183, 346. Ep.
Hobs. I. 15. Ps. vii. 18.

Lodg'd, P. L. vi. 531; vii. 201;
viii. 105; xi. 823. P. R. i.
184, 301; ii. 6. S. A. 48.
Com. 315. Son. xiv. 4.
Lodges, Com. 246.
Loftiest, P. L. i. 499; iv. 138.
Lofts, Vac. Ex. 42.
Lofty, P. L. iii. 734; iv. 395;
xi. 640. P. R. iv. 261. Lyc.
11. Com. 934. Ps. lxxx. 44;
lxxxi. 10.
Logres, P. R. ii. 360.
Loins, P. L. i. 352; v. 282; ix.
1096; x. 983; xi. 455; xii.
380, 447. Com. 718.
Loneliness, Com. 404.
Lonely, P. L. ii. 828; xi. 290.
Il Pens. 86. Com. 200. Od.
Nat. 181.
Long, P. L. i. 195, 507, 659, 778;
ii. 297, 390, 432; iii. 14, 242,
261, 336, 499; iv. 371, 535;
v. 113, 355, 904; vi. 331,
484, 492, 538, 582, 634, 659;
vii. 159, 328, 480; viii. 242,
454; ix. 26, 30, 87, 138, 397,
445, 601, 626, 857, 949, 1064,
1104; x. 115, 189, 323, 352,
469, 482, 509, 573, 964; xi.
494, 581; xii. 146, 261, 331,
421. P. R. i. 28, 55, 95, 110;
ii. 15, 103; iii. 279, 360, 389;
iv. 27, 84, 246, 298, 604.
S. A. 171, 476, 592, 650, 863,
1012, 1125, 1242, 1269, 1493,
1554. Lyc. 35. L'Al. 140.
Il Pens. 23. Com. 183, 1006.
Son. viii. 4. Od. Nat. 111,
134. Od. Pass. 7. Od. D.
F. I. 17. Od. on Time, 11.
Od. May-M. 10. Vac. Ex.
71. Ps. lxxx. 62; lxxxiv. 5;
lxxxv. 41; cxiv. 2.
Long-since, P. R. i. 399; iv. 189.
S. A. 929.
Long-sufferance, P. L. iii. 198.
Long-time, P. L. vi. 245; xii.
23, 316.

Long after, P. L. i. 80, 383; iii.
    497; v. 387.
  Not long after, P. L. v. 762.
Long before, P. L. i. 748; iv. 213.
  How long, P. L. xi. 198, 554.
    Ps. iv. 79.
  Not long, P. R. iv. 107, 618.
    S. A. 474, 1033.   Ep. M.
    Win. 34.
  So long, P. L. iii. 601; ix. 18,
    844.   P. R. i. 17, 125; ii.
    32, 304; iii. 41. Ep. Hobs.
    I. 11.
  Thus long, P. R. ii. 101; iii.
    378.
  Too long, P. L. iii. 473; ix.
    747.   P. R. ii. 189.   Ep.
    Hobs. II. 14.
Long-levell'd, Com. 340.
Long-threaten'd, P. R. i. 59.
Long-uncoupled, Od. D. F. I. 13.
Long-wander'd, P. L. xii. 313.
Longer, P. L. iii. 561; v. 63;
    vii. 101; viii. 252; ix. 140;
    x. 365, 1003; xi. 48, 91, 259;
    xii. 336, 437, 594.   P. R. ii.
    421.   Com. 577.   Od. Nat.
    225.
Longest, P. R. i. 56.
Longing, P. L. ii. 55; iv. 511;
    ix. 593, 743; x. 877.
Longitude, P. L. iii. 576; iv. 539;
    v. 754; vii. 373.
Look, P. L. ii. 106, 307, 418, 680;
    iv. 28, 458, 460, 462, 873; v.
    800; vi. 469; ix. 397, 687,
    1132; x. 296, 1094; xi. 897.
    P. R. ii. 216; iv. 236.   S. A.
    97, 1065, 1068, 1304.   Lyc.
    163.   Il Pens. 140.   Arc. 1.
    Com. 871, 910.   Son. viii. 6.
    Od. Nat. 44.   Vac. Ex. 35.
    Brut. 3.   Ps. lxxx.   57;
    lxxxiv. 31; lxxxv. 48.
Look down, P. L. iii. 257, 722.
Look up, P. L. iv. 1010.   S. A.
    197.   Lyc. 125.
Looks, P. L. i. 522, 680; iv.

291, 464, 570, 718; v. 12,
    122, 331; viii. 474, 616; ix.
    222, 239, 309, 454, 534, 558;
    x. 111, 360, 608, 919.   P. R.
    i. 43.   S. A. 533, 1246.   Lyc.
    138, 162.   Il Pens. 39.   Com.
    450, 464, 777.
Looks, (verb,) P. L. i. 595.
Looks down, P. L. iii. 542.
Look'd, P. L. ii. 918; iv. 178; v.
    54; x. 412; xi. 556, 638,
    712, 840.   P. R. ii. 86; iii.
    310.
Look'd round, P. L. vi. 529.
Look'd up, P. L. iv. 1013.
Looking, P. L. x. 993; xi. 381.
    P. R. i. 295; iii. 61.
Looking back, P. L. xii. 641.
Looking down, P. L. xi. 887;
    xii. 60.
Looking forth, P. L. xii. 209.
Looking on, P. L. ix. 312.
Look'st, P. L. iv. 33.
Loop-hole, Com. 140.
Loop-holes, P. L. ix. 1110.
Loose, P. L. ii. 887; iii. 362;
    iv. 497.   S. A. 675.   Com.
    174, 292, 464, 863.   Vac. Ex.
    90.
  Let loose, P. L. ii. 155.
Loosely, P. L. vii. 425.   S. A.
    1022.
Loosening, P. L. vi. 643.
Lop, P. L. iv. 629; ix. 210.
Lopt, P. L. vi. 575.
Lopt off, P. L. i. 459.
Loquacious, P. L. x. 161.
Lord,—Passim.
Lord God, P. L. x. 163.
Lord thy God, P. R. iv. 561.
Lord, P. L. xii. 70.   Com. 492,
    966.   Forc. of Con. 1.
Lorded, S. A. 267.
Lordliest, S. A. 1418.
Lordly, P. L. ii. 243; iii. 578.
    S. A. 1353.   Ps. viii. 18;
    lxxxii. 2.
Lords, P. L. i. 32, 794; iv. 290;

vi. 451 ; viii. 339; ix. 658 ;
x. 467 ; xi. 803; xii. 93, 349.
S. A. 251, 482, 920, 947,
1108, 1182, 1195, 1205, 1250,
1310, 1318, 1371, 1391, 1411,
1418, 1447, 1457, 1607, 1640,
1653. Com. 731.

Lore, P. L. ii. 815; ix. 1128.
P..R. i. 483. Com. 34.

Lose, P. L. ii. 146, 325, 483,
607 ; v. 21, 731; vii. 153 ;
viii. 332 ; ix. 944, 959 ; xi.
459, 798 ; xii. 358. P. R. ii.
98. S. A. 1103, 1286.
Com. 288, 468. Od. Nat.
99.

Loses, P. L. viii. 553. P. R. iii.
104.

Losing, P. L. iii. 206, 280.

Loss, P. L. i. 4, 188, 265, 526,
631; ii. 21, 330, 440, 770;
iii. 308, 678; iv. 11, 849,
904 ; vii. 74; viii. 480; ix.
131, 912 ; x. 752, 1019.
P. R. ii. 29. S. A. 67, 644,
1744. Lyc. 49. Arc. 100.
Com. 287. Son. vii. 14. Od.
Nat. 153. Od. D. F. I. 72.
Vac. Ex. 9. Od. on Time,
7.

At a loss, P. R. iv. 366.

Lost, P. L. i. 55, 105, 106, 136,
243, 270, 312, 316, 471,
591, 637; ii. 48, 110, 149,
231, 561, 894, 982; iii. 150,
173, 223, 233, 280; iv. 109,
573, 854; vi. 838; ix. 479,
642, 784, 900, 1022, 1072,
1165 ; x. 374, 574, 929, 945,
1036; xi. 59, 87, 288, 347,
682, 798; xii. 46, 84, 101,
429, 621. P. R. i. 2, 52,
154, 377, 378, 379, 382, 390,
419; ii. 19, 97, 416; iii. 148,
204, 377; iv. 6, 188, 352,
608. S. A. 152, 914, 927,
1489, 1502, 1697. Com. 52,
271, 350, 498, 510, 919. Son.

xvii. 10. Od. Cir. 18. Ps.
lxxxiii. 16.

For lost, P. L. ii. 14.

Not lost, P. L. i. 525 ; vi. 25;
xi. 594.

Lot, Ps. lxxxiii. 32.

Lot, P. L. i. 608; ii. 223, 617 ;
iv. 446, 561, 1011 ; ix. 690,
881, 952; x. 261 ; xi. 765.
P. R. ii. 70, 91; iii. 57.
S. A. 996, 1292, 1743. Arc.
44. Com. 20, 789. Son. vii.
11. Ps. viii. 15.

Loth, P. L. iv. 386; ix. 946,
1039 ; x. ¡109; xii. 585.
P. R. iii. 241. Com. 177,
473. Od. Nat. 99.

Loud, P. L. i. 314, 394, 532 ;
ii. 520, 579, 921; iii. 346,
348, 397, 429; v. 193; vi.
23, 59, 557, 567 ; vii. 271 ;
viii. 244 ; x. 455, 641, 699,
845 ; xii. 56, 229. P. R. ii.
235, 290; iv. 488. S. A.
248, 436, 1090, 1510, 1552.
Il Pens. 126. Com. 202, 849.
Son. x. 4; xi. 8. Od. Nat.
115, 183, 215. Od. Pass. 26,
55. Od. Sol. Mus. 11. Vac.
Ex. 99. Ps. lxxxi. 2, 4.

Full loud, P. L. ii. 655.

Louder, P. L. x. 954.

Loudest, P. L. ii. 954 ; xi. 8.
P. R. i. 275; iv. 339.

Loudly, Lyc. 17. Vac. Ex. 24.

Lour, S. A. 1057.

Lour'd, P. L. ix. 1002.

Louring, P. L. ii. 490.

Lours, P. L. iv. 873.

Love, P. L. i. 431, 491; iii. 29,
67, 68, 104, 142, 213, 225,
267, 298, 312, 338, 410, 411;
iv. 68, 69, 363, 465, 499,
509, 728, 743, 750, 763; v.
12, 449, 502, 515, 539, 540,
550, 593, 900; vi. 94; vii.
195, 330; viii. 58, 228, 426,
477, 489, 569, 577, 587, 589,

592, 602, 612, 615, 621, 633, 634; ix. 240, 241, 263, 286, 319, 335, 357, 475, 489, 490, 492, 665, 822, 832, 858, 882, 909, 961, 970, 975, 983, 991, 1042, 1163; x. 111, 153, 903, 915, 960, 973; xi. 353, 553, 588, 594; xii. 380, 403, 489, 550, 562, 583. P. R. i. 380. S. A. 270, 385, 388, 790, 791, 810, 813, 836, 837, 838, 863, 873, 923, 1005, 1012, 1033, 1506. Lyc. 177. L'Al. 30. Il Pens. 108, 157. Com. 124, 332, 610, 1019. Son. i. 7, 13; ix. 1, 9; xviii. 11. Od. Cir. 15, 16. Od. on Time, 16. Od. Sol. Mus. 22. Ps. iv. 10, 11; v. 36; lxxx. 34; lxxxvi. 6.

Love-darting, Com. 753.

Love-labour'd, P. L. v. 41.

Love-lorn, Com. 234.

Love-quarrels, S. A. 1008.

Love-tale, P. L. i. 452.

Lov'd, P. L. iii. 151; ix. 1007. S. A. 878, 939. Lyc. 36, 51. Com. 473, 501, 623. Ps. lxxxi. 47; lxxxviii. 71.

Loved, Ps. lxxx. 4.

Loveless, P. L. iv. 766.

Lovelier, P. L. ix. 232, 505.

Loveliest, P. L. iv. 321; viii. 558.

Loveliness, P. L. viii. 547.

Lovely, P. L. iv. 152, 848; vii. 502; viii. 471; ix. 504; x. 152. L'Al. 14. Com. 875. Od. D. F. I. 5. Ep. M. Win. 24. Ps. lxxx. 36; lxxxiv. 1.
More lovely, P. L. iv. 714; v. 380.

Lover, P. L. iv. 769. Ep. M. Win. 16. Ps. lxxxviii. 69.

Lovers, P. R. iv. 355.

Lover's, P. L. v. 450. Son. i. 3.

Love's, P. L. iv. 322; viii. 619;
ix. 1042; x. 994; xi. 589. S. A. 808, 811.

Loves, P. L. iv. 888; ix. 271. Il Pens. 134. Com. 855. Son. vii. 12. Od. Nat. 91. Ps. lxxxvii. 5.

Loving, P. L. viii. 588; x. 993. Ps. lxxxviii. 45.

Lov'st, P. L. vi. 733.

Low, P. L. i. 23, 114, 137, 435; ii. 81, 115; iii. 736; iv. 525; v. 360; vii. 288; viii. 126, 345, 350; ix. 169, 180, 572, 704, 835; x. 92, 682; xi. 249, 562; xii. 97. P. R. i. 135, 497; ii. 28, 413. S. A. 338, 1239. Lyc. 102, 136, 172. Arc. 37, 71. Com. 319. Od. D. F. I. 32. Ps. v. 20; lxxx. 49; lxxxii. 15; lxxxvi. 31; lxxxviii. 61; cxiv. 9.

Low-brow'd, L'Al. 8.

Low-delved, Od. D. F. I. 32.

Low-roof'd, P. R. iv. 273. Od. Pass. 18.

Low-roosted, Com. 317.

Low-thoughted, Com. 6.

Lower, P. L. iii. 540; iv. 76, 91; v. 410; vii. 18, 84; viii. 199; xi. 283. S. A. 38, 689, 1246.

Lowering, P. L. ii. 490. P. R. iv. 398.

Lowest, P. L. ii. 392, 882; iv. 76, 831; v. 158, 418; ix. 241; x. 443. P. R. ii. 438. S. A. 169. Ps. lxxxvi. 47; lxxxviii. 25.

Lowings, Od. Nat. 215.

Lowliest, P. L. xi. 1.

Lowliness, P. L. viii. 42.

Lowly, P. L. i. 434; iii. 349; v. 144, 201, 463; viii. 173, 412; x. 937. Com. 323. Od. Nat. 25.

Loyal, P. L. iv. 755. Com. 320.

Loyalty, P. L. v. 900.
Lubber, L'Al. 110.
Lucent, P. L. iii. 589.
Lucid, P. L. i. 469; xi. 240.
Lucifer, P. L. v. 760; vii. 131;
    x. 425. Od. Nat. 74.
Lucina, Ep. M. Win. 26, 28.
Luck, Vac. Ex. 59.
Lucky, Lyc. 20.
Lucre, P. L. xii. 511.
Lucrine, P. R. ii. 347.
Luggage, P. R. iii. 401.
Lull, P. L. ii. 287. Arc. 69.
    Vac. Ex. 84.
Lull'd, P. L. iv. 771. L'Al. 116.
    Com. 260.
Luminaries, P. L. vii. 385; viii. 98.
Luminary, P. L. iii. 576.
Luminous, P. L. iii. 420; viii.
    140.
Lure, P. L. ix. 518.
Lur'd, P. L. ii. 664; x. 276.
Lures, P. R. ii. 194.
Lurk, P. L. iv. 587.
Lurking, P. L. ix. 1172.
Lurks, P. L. ix. 267.
Lurk'st, P. R. ii. 183.
Luscious, Com. 652.
Lust, P. L. i. 417, 496; ii. 791;
    iv. 753; ix. 1015; xi. 795.
    P. R. iv. 137. S. A. 837.
    Com. 463.

Lustful, P. L. i. 415; xi. 619.
Lustre, P. L. i. 97, 538; ii. 271;
    iv. 850; x. 447; xi. 325.
    P. R. i. 378. Arc. 76.
Lusts, P. R. iv. 94.
Lusty, P. R. ii. 178. Od. Nat.
    36.
Lute, P. L. v. 151. Com. 478.
    Son. xv. 11. Od. Pass. 28.
Luxuriant, P. L. iv. 260.
Luxurious, P. L. i. 498; ix. 209;
    xi. 788. P. R. iii. 297; iv.
    141.
Luxury, P. L. i. 722; xi. 715,
    751. P. R. iv. 111. Com.
    770.
Luz, P. L. iii. 513.
Lybia, &c.—*See* Libya.
Lycæus, Arc. 98.
Lyceum, P. R. iv. 253.
Lycid, Lyc. 151.
Lycidas, Lyc. 8, 9, 10, 49, 51,
    166, 172.
Lydian, L'Al. 136.
Lye, Ps. v. 15.
Lying, P. R. i. 429.
Lyones, P. R. ii. 360.
Lyre, P. L. iii. 17.
Lyrick, P. R. iv. 257. S. A.
    1737.
Ly'st, S. A. 1663.

MAB, L'Al. 102.
Maccabeus, P. R. iii.
    165.
Macdonnel, Son. vi. 9.
Mace, P. L. x. 294. Com. 869.
Macedon, P. R. iv. 271.
Macedonian, P. R. iii. 32.

Machærus, P. R. ii. 22.
Machination, P. L. vi. 504.
Machinations, P. R. i. 181.
Mad, P. L. iv. 129. P. R. iv.
    446. S. A. 1677. Com. 829.
    Ps. v. 12.
Madam, Son. v. 11.

Madding, P. L. vi. 210.
Made,—*Passim.*
Made answer, P. L. v. 735.
Made fast, P. L. x. 319; xi. 737.
Made gay, P. L. vii. 318.
Made halt, P. L. xi. 210.
Made haste, P. L. x. 29.
Made head, P. L. ii. 992.
Made way, P. L. ix. 550.
Madian, S. A. 281.
Madness, P. L. xi. 486. S. A. 553. Com. 261.
Madrigal, Com. 495.
Mad'st, P. L. i. 22; iv. 724; x. 137. Vac. Ex. 3. Ps. viii. 15, 17.
Mænalus, Arc. 102.
Mæonides, P. L. iii. 35.
Mæotis, P. L. ix. 78.
Magazine, P. L. iv. 816.
Magazines, S. A. 1281.
Magellan, P. L. x. 687.
Magick, P. L. i. 727. S. A. 1149. Com. 165, 435, 798.
Magician, Com. 602.
Magician's, S. A. 1133.
Magistrates, S. A. 850, 1183.
Magnanimity, S. A. 1470.
Magnanimous, P. L. vii. 511. P. R. ii. 483. S. A. 524.
Magnetic, P. L. iii. 583. P. R. ii. 168.
Magnific, P. L. v. 773; x. 354.
Magnificence, P. L. i. 718; ii. 273; viii. 101. P. R. iv. 111.
Magnificent, P. L. iii. 502; vii. 568; ix. 153.
Magnified, P. L. vii. 606. S. A. 440.
Magnify, P. L. vii. 97.
Magnitude, P. L. ii. 1053; vii. 357. S. A. 1279.
Magnitudes, P. L. viii. 17.
Mahanaim, P. L. xi. 214.
Maia's, P. L. v. 285.

Maid, P. L. v. 223. P. R. ii. 200. L'Al. 95. Od. Nat. 3. Od. D. F. I. 50.
Maiden, Com. 402, 843. Od. Nat. 42.
Maidenhood, Com. 855.
Maiden's, Vac. Ex. 96.
Maids, Od. Nat. 204.
Majestick, P. L. ii. 305; viii. 42. P. R. ii. 216; iv. 110, 359. Il Pens. 34. Com. 870.
Majesty, P. L. ii. 266; iv. 290, 607; vi. 101; vii. 195; viii. 509; xi. 232. P. R. ii. 159. Arc. 2. Com. 430. Od. Nat. 9. Ep. M. Win. 70. Ps. cxxxvi. 90.
Mail, P. L. v. 284; vi. 368. P. R. iii. 312, 313. S. A. 133.
Maim'd, P. L. i. 459. S. A. 1221.
Main, (*noun*,) P. L. vi. 698; x. 257. Com. 28. Ps. cxxxvi. 46.
Main, P. L. ii. 121; iii. 83; iv. 233; vi. 216, 243, 471, 654; vii. 279; xii. 431. P. R. i. 112; iv. 457. S. A. 146, 1606, 1634. Son. xii. 8.
Mainly, P. L. xi. 519.
Maintain'd, P. L. vi. 30.
Make, P. L. i. 255; ii. 113; iv. 346; v. 70, 829; vii. 519; viii. 484; ix. 127, 778, 866; x. 611, 798, 1028; xi. 680. P. R. i. 223; iii. 363. S. A. 401, 425, 560, 956, 1328, 1331. Lyc. 116. Com. 227, 617, 654, 846, 1008. Od. D. F. I. 77. Vac. Ex. 31, 76. Ps. vi. 12; lxxx. 55; lxxxiii. 49; lxxxvi. 10; cxiv. 18; cxxxvi. 13.
Make appear, P. L. x. 29.
Make known, P. L. ix. 817.
Make short, P. L. x. 1000.
Make sure, P. L. x. 402.

Make up, Od. Nat. 132.
Maker, P. L. i. 486; ii. 915; iii. 113, 676; iv. 292, 725, 748; v. 148, 184, 551, 858; vii. 116; viii. 278, 380, 485; ix. 177, 338, 538; x. 43, 743; xi. 611. Son. xiv. 5.
Maker's, P. L. iv. 380; viii. 101; xi. 514, 515. Od. Nat. 43.
Makes, P. L. iii. 290; vi. 7, 458, 697; xi. 651, 892; xii. 167. P. R. iv. 362. S. A. 731. Com. 126, 133. Ps. v. 11.
Mak'st, Ps. iv. 42; lxxx. 23, 25; lxxxviii. 34.
Making, P. L. iii. 113; v. 858; ix. 138. S. A. 1289.
Malabar, P. L. ix. 1103.
Maladies, P. L. xi. 480. S. A. 608.
Male, P. L. i. 422; vii. 529; viii. 150.
Malecontent, P. R. ii. 392.
Malediction, S. A. 978.
Males, P. L. xii. 168.
Malice, P. L. i. 217; ii. 382; iii. 158, 400; iv. 49, 123; v. 666; vi. 270, 502; ix. 55, 306, 461. P. R. i. 149, 424. S. A. 821. Com. 587.
Malicious, P. L. ix. 253. S. A. 1251.
Malign, P. L. iii. 553; iv. 503; vi. 313; vii. 189.
Malignant, P. L. x. 662; xii. 538.
Mammon, P. L. i. 678, 679; ii. 228, 291.
Man,—*Passim.*
Man of men, P. R. i. 122.
Of man, P. L. i. 366; ii. 629; iii. 632, 724; iv. 177, 660, 705; vii. 114; viii. 496, 585; ix. 291; x. 9, 619, 713, 784; xi. 102, 497, 782, 786, 822, 886. S. A. 127.

On man, P. L. i. 219; iv. 11; viii. 228; x. 401, 797; xi. 467; xii. 73.
One man, P. L. vii. 155; ix. 545; xi. 219, 808, 876.
Manacled, P. L. i. 426.
Manacles, S. A. 1309.
Manag'd, P. L. viii. 573.
Management, P. R. i. 112.
Manasse's, Ps. lxxx. 10.
Mane, P. L. vii. 466, 497.
Manger, P. R. i. 247; ii. 75. Od. Nat. 31.
Mangle, S. A. 624.
Mangled, P. L. vi. 368.
Manhood, P. L. iii. 314; x. 148; xi. 246; xii. 389. P. R. iv. 509. S. A. 408. Son. ii. 6.
Manifest, P. L. vi. 707; vii. 615; viii. 422; x. 66. S. A. 997.
Manifold, P. L. iv. 435; viii. 29; x. 16.
Mankind, P. L. i. 36, 368; ii. 383; iii. 66, 161, 275; iv. 10, 107, 718; v. 388, 506; vii. 530; viii. 358, 579, 650; ix. 376, 415, 494, 950; x. 498, 646, 895; xi. 13, 38, 69, 500, 696, 752, 891. P. R. i. 3, 114, 187, 266, 388; iii. 82; iv. 635.
All mankind, P. L. iii. 222, 286; iv. 315; v. 228; x. 822; xi. 159; xii. 276, 417, 601.
Mankind's, P. L. xii. 235.
Man-like, P. L. viii. 471.
Manlier, P. R. ii. 225.
Manliest, P. R. ii. 167.
Manly, P. L. iv. 302, 490. Com. 289.
Manna, P. L. ii. 113. P. R. i. 251; ii. 312.
Manner, P. R. i. 50.
Manners, P. R. iv. 83.
Manoah, S. A. 328, 1441, 1548, 1565.

Man, P. L. i. 1; iii. 215, 218,
304, 355, 410; iv. 317, 692;
v. 483; ix. 56, 1069; x. 60,
631, 823; xi. 632, 634; xii.
265.   P. R. i. 2, 4, 402; ii.
454, 462; iv. 459.   S. A.
656.   Son. xiv. 10.   Ps.
lxxxii. 10.
Mansion, P. L. i. 268; ii. 462;
iii. 699; vi. 738; viii. 296.
Il Pens. 92.   Com. 2.   Ps.
cxxxvi. 93.
Mansions, Od. Nat. 140.
Manslaughter, P. L. xi. 693.
Mantle, P. L. iii. 10; iv. 609.
Lyc. 104, 192.   Od. Pass. 30.
Mantling, P. L. iv. 258; v. 279;
vii. 439.   Com. 294.
Manuring, P. L. iv. 628; xi. 28.
Many, P. L. i. 128, 196, 700,
709, 727, 733; ii. 548, 618,
619, 620, 651, 929; iii. 465,
642, 741; iv. 164, 229, 234;
v. 101, 346; vi. 76, 77, 336,
387, 624, 658; vii. 144; ix.
183, 434, 517, 618; x. 274,
311, 438, 1005, 1084; xi.
254, 256, 351, 467, 468, 534,
767; xii. 530, 602.   P. R. i.
118, 264; ii. 11, 80, 89, 155;
iii. 269, 315; iv. 55, 321,
411, 478, 569.   S. A. 652,
915, 918, 1260.   L'Al. 95,
101, 139.   Com. 935, 946,
949.   Vac. Ex. 74.   Ps. iii.
4, 15; iv. 25.
As many, P. L. ii. 938; xii.
425.
As many as, P. L. iii. 289.
How many, P. L. xii. 261,
262.   P. R. i. 48.   S. A.
194.   Ps. iii. 1, 2.
So many, P. L. iii. 611; iv.
429; v. 567; vi. 24; viii.
28; xi. 323; xii. 282, 283.
P. R. iv. 124, 482.   S. A.
65, 287.
Too many, S. A. 1401.

Many more, P. L. iii. 473; ix.
730.   P. R. ii. 188.
Maple, Com. 391.
Marasmus, P. L. xi. 487.
Marble, P. L. iii. 564.   P. R. iv.
60.   Il Pens. 42.   Com. 916.
Od. Nat. 195.   Ep. M. Win.
1.   Ep. W. Sh. 14.
March, P. L. i. 413; ii. 574,
615; v. 688, 778; vi. 72;
x. 474.   P. R. i. 115.
March'd, P. L. vi. 77.
Marches, P. R. iii. 303.
Marching, P. L. i. 488; ii. 886;
xii. 40.
Marchioness, Ep. M. Win. 74.
Margaret, Son. v. 14.
Margent, Com. 232.
Margiana, P. R. iii. 317.
Mariner, P. L. iv. 558.
Mariners, Com. 48.
Marish, P. L. xii. 630.
Maritime, P. L. xi. 398.
Mark, P. L. iv. 400, 962; v. 21;
ix. 92, 528; xii. 50.   P. R.
iii. 349.   S. A. 496.   Arc.
14.   Son. vii. 13.   Ps. vi.
15.
Mark'd, P. L. iv. 129, 401, 568.
P. R. i. 297.
Marks, P. R. iii. 61.   S. A. 992.
Marle, P. L. i. 296.
Marr'd, P. L. iv. 116; ix. 136.
Marriage, P. L. v. 223; viii.
487; xi. 591.   S. A. 224,
320.   Ep. M. Win. 18.
Marriage-choices, S. A. 420.
Marriage-faith, S. A. 1115.
Marriageable, P. L. v. 217.
Marriages, P. L. xi. 684.
Married, L'Al. 137.
Marrying, P. L. xi. 716.
Mars, P. R. iii. 84.
Marshall'd, P. L. ix. 37.
Martial, P. L. i. 540.   P. R. iii.
304.
Martyr'd, Son. xiii. 10.
Martyrdom, P. L. ix. 32.

Marvelling, P. L. ix. 551.
Mary, P. L. v. 387; x. 183.
   P. R. ii. 60, 105. Son. iv. 5.
Masculine, P. L. x. 890.
Mask, P. L. iv. 768. L'Al. 128.
   Son. xvii. 13. Od. Pass. 19.
Mass, P. L. iii. 708; vii. 237;
   xii. 548. P. R. i. 162.
Massacre, P. L. xi. 679.
Massy, P. L. i. 285, 703; ii.
   878; v. 634; vi. 195; xi.
   565. S. A. 147, 1633, 1648.
   Lyc. 110. Il Pens. 158.
Mast, P. L. i. 293.
Master, Com. 725. Od. Nat.
   34.
Master-work, P. L. vii. 505.
Masters, S. A. 1215.
Master's, Com. 501.
Masters', S. A. 1404.
Mastering, P. L. ix. 125.
Mastery, P. L. ii. 899; ix. 29.
Match, P. L. vi. 631. S. A.
   346, 1164.
Match'd, P. L. ii. 720; xi. 685.
Matching, P. L. v. 113.
Matchless, P. L. i. 623; ii. 487;
   iv. 41; vi. 341, 457; x. 404.
   P. R. i. 233; iv. 10. S. A.
   178, 280, 1740. Son. xi. 3.
Mate, P. L. i. 192, 238; iv. 828;
   vii. 403; viii. 578, 594; x.
   899. S. A. 173. Son. i. 13.
   Od. D. F. I. 24.
Material, P. L. iii. 709.
Materials, P. L. ii. 916; vi. 478.
Mates, P. L. vi. 608.
Matin, P. L. v. 7; vi. 526; vii.
   450. L'Al. 114.
Matrimonial, P. L. ix. 319. S. A.
   959.
Matron, P. L. i. 505; xi. 136.
   S. A. 722. Od. D. F. I. 54.
Matron-lip, P. L. iv. 501.
Matrons, Ep. M. Win. 23.
Matter, P. L. i. 256; iii. 413,
   613; v. 472, 563, 738; vii.
   233; ix. 669, 951, 1177; x.

807, 1071. S. A. 1638. Son.
   vi. 2.
Matters, P. L. viii. 167. P. R.
   iv. 329. S. A. 1348.
Mature, (verb,) P. L. i. 660; x.
   612. P. R. iv. 282.
Mature, P. L. v. 862; ix. 803;
   x. 882; xi. 537. P. R. i. 188;
   iii. 37.
Maturest, P. L. ii. 115.
Maugre, P. L. iii. 255; ix. 56.
   P. R. iii. 368.
Maw, P. L. ii. 847; x. 601, 991.
   Son. xi. 14.
Maxim, S. A. 865.
Maxims, P. R. iii. 400.
May, Son. i. 4. Od. May-M. 3,
   5.
May-flowers, P. L. iv. 501.
   A-maying, L'Al. 20.
Maze, P. L. ix. 499. P. R. ii.
   246. Od. Nat. 236.
Mazes, P. L. ii. 561; v. 622; x.
   830. L'Al. 142. Com. 181.
Mazy, P. L. iv. 239; ix. 161.
Me! me, P. L. x. 936.
Mead, L'Al. 90.
Meadow, P. R. ii. 185.
Meadow-ground, P. L. xi. 648.
Meadows, P. L. vii. 460. L'Al.
   75. Com. 844.
Meads, Vac. Ex. 94.
Meager, P. L. x. 264. Com.
   434.
Mean, P. L. ii. 684; iii. 272;
   iv. 632; v. 723; vi. 120,
   290; viii. 527; ix. 553, 860,
   1152; xi. 879. P. R. i. 155;
   ii. 6; iii. 404; iv. 161. S. A.
   207, 1644. L'Al. 152. Com.
   417, 418. Son. vii. 11.
Mean, (adj.) P. L. ii. 981; iv.
   62; vi. 421; viii. 473; ix.
   39; xi. 9; xii. 351. S. A.
   207. Son. ii. 11; xvi. 2.
Meander's, Com. 232.
Meaner, P. L. vi. 367.
Meanest, P. L. iv. 204; xi. 231.

Meaning, P. L. vii. 5 ; ix. 1019.
P. R. iv. 516. S. A. 813.
Com. 754.
Meanly, Od. Nat. 31.
Means, P. L. i. 165 ; iii. 228 ; x.
1062 ; xii. 234, 279. P. R.
ii. 412 ; iii. 89, 355, 356,
394 ; iv. 152, 475. S. A.
315, 444, 516, 562, 603, 795.
Com. 644, 821.
Means, (*verb*,) Com. 765. Son.
xii. 10.
Mean'st, P. R. iv. 230.
Meant, P. L. iii. 516; v. 513;
vi. 854; ix. 690; x. 545,
1033, 1050; xii. 149. P. R.
i. 83; ii. 99. Il Pens. 120.
Arc. 35. Com. 578, 591.
Ps. vii. 10.
Mean-while, P. L. i. 752; ii. 629,
767; iii. 333, 418; iv. 260,
539, 633; v. 350, 443, 503,
711; vi. 186, 293, 354, 493;
vii. 162, 192, 417; ix. 739;
x. 1, 229, 585; xi. 133, 738;
xii. 315. P. R. i. 183; ii. 1.
S. A. 256, 479, 604. Lyc.
32. Com. 102.
Measure, (*verb*,) P. L. vi. 821 ;
vii. 603. Son. xvi. 9.
Measure, P. L. i. 513; v. 517,
639; vi. 265; vii. 128, 640;
ix. 846. S. A. 1439. Son.
ii. 10.
Without measure, P. L. iii.
142.
Measur'd, P. L. iv. 776; xi. 730;
xii. 554. P. R. i. 210. Arc.
71. Son. viii. 1.
Measures, P. L. i. 50; v. 581.
P. R. i. 170. L'Al. 70.
Measuring, P. L. vi. 893.
Meat, Ps. lxxxi. 68.
Meaths, P. L. v. 345.
Meats, P. L. v. 451; xi. 473.
P. R. ii. 265, 328, 341.
Med'cinal, S. A. 627. Com.
636.

Meddling, Com. 846.
Medes, P. R. iii. 376.
Media, P. L. iv. 171. P. R. iii.
320.
Mediation, P. L. iii. 226.
Mediator, P. L. x. 60; xii. 240.
Meditate, Lyc. 66. Com. 547.
Meditated, P. L. ix. 55.
Meditation, P. L. xii. 605. Com.
386. Ps. v. 2.
Meditations, P. R. i. 195; ii.
110.
Medusa, P. L. ii. 611.
Medway, Vac. Ex. 100.
Meed, Lyc. 14, 84.
Meek, P. L. iii. 266; iv. 494; v.
359; viii. 217; x. 1092, 1104;
xi. 162, 437, 451; xii. 569,
597. P. R. iii. 217; iv. 401,
636. S. A. 1036. Lyc. 177.
Ps. iv. 15.
Meek-ey'd, Od. Nat. 46.
Meekly, P. R. ii. 108. Son. ix.
3. Od. Pass. 21.
Meet, P. L. ii. 64, 722, 955; iv.
530, 913; v. 350; vi. 93,
439, 882; viii. 57, 139, 609;
ix. 360, 847, 1176; x. 103,
349, 599, 775, 905; xi. 237,
240. S. A. 1123. Arc. 31.
Com. 178, 363. Son. xv. 3.
Ps. viii. 20.
Meet, (*adj.*) P. L. iii. 234, 675 ;
viii. 448; ix. 711, 1028; xi.
604. P. R. iii. 442; iv. 232.
Ep. M. Win. 16.
Meeting, P. L. v. 778; x. 350,
879. P. R. iii. 258. L'Al.
138.
Meets, P. L. ii. 931; iv. 154,
540, 784; ix. 271. P. R. iv.
320. Il Pens. 120.
Meet'st, P. L. v. 175.
Megæra, P. L. x. 560.
Melancholy, P. L. xi. 485, 544.
L'Al. 1. Il Pens. 12, 62, 175.
Com. 546, 810.
Melesigenes, P. R. iv. 259.

Melibœan, P. L. xi. 242.
Melibæus, Com. 822.
Melind, P. L. xi. 399.
Mellifluous, P. L. v. 429. P. R.
   iv. 277.
Mellowing, Lyc. 5.
Melodious, P. L. iii. 371 ; v. 196,
   656; xi. 559. Lyc. 14. Od.
   Nat. 129. Od. Sol. M us. 18.
   Vac. Ex. 51.
Melody, P. L. viii. 528.
Melt, P. L. iv. 389. Lyc. 163.
   Od. Nat. 138.
Melted, P. L. xi. 566.
Melting, L'Al. 142.
Member, P. L. ii. 668.
Membrane, P. L. viii. 625.
Memnonian, P. L. x. 308.
Memnon's, Il Pens. 18.
Memorable, P. R. iii. 96. S. A.
   956.
Memorial, P. L. i. 362 ; vi. 355.
   P. R. ii. 445.
Memorials, P. L. v. 593.
Memory, P. L. iv. 24 ; vi. 379 ;
   vii. 66, 637 ; viii. 650 ; xi.
   154, 325; xii. 46. S. A.
   1739. Com. 206. Ep. W.
   Sh. 5. Ps. lxxxiii. 16.
Memphian, P. L. i. 307, 694.
   Od. Nat. 214.
Men,—*Passim.*
   Of men, P. L. iii. 46, 412,
     447, 453, 679 ; iv. 323, 408 ;
     v. 70, 71, 563, 761 ; vi. 376,
     505 ; vii. 156, 623, 626 ; viii.
     218, 297 ; xi. 360, 621, 640,
     697 ; xii. 13, 80. P. R. i. 48 ;
     iv. 30, 276. S. A. 492, 1294.
     L'Al. 118. Son. xi. 1.
   To men, P. L. i. 26, 51, 374 ;
     ii. 496 ; iv. 613 ; xi. 580,
     677 ; xii. 477.
Menaco, Com. 654.
Menac'd, P. L. ix. 977.
Mends, P. L. x. 859.
Men's, P. R. i. 132. Com. 208.
Mental, P. L. xi. 418.

Mention, P. L. ii. 820 ; viii. 200.
   P. R. i. 45 ; ii. 327 ; iii. 92.
   S. A. 331, 1254. Ps. lxxxvii.
   11, 13.
Mention'd, P. L. x. 1041. S. A.
   978.
Merchants, P. L. ii. 639.
Mercies, Ps. v. 17, 18 ; cxxxvi. 3,
   95.
Merciful, P. L. xii. 565. Ps.
   lxxxvi. 56.
Mercury, Com. 962.
Mercy, P. L. i. 218 ; iii. 132, 134,
   202, 401, 407 ; x. 59, 78,
   1096 ; xii. 346. · S. A. 512,
   1509. Com. 695. Od. Nat.
   144. Ps. lxxxv. 26, 41 ;
   lxxxvi. 15, 45, 58.
Mercy-seat, P. L. xi. 2 ; xii. 253.
Mere, P. L. iv. 316 ; ix. 413.
   P. R. iv. 400, 535. Com. 807.
Merely, P. L. v. 774 ; viii. 22.
   Od. on Time, 6. Ep. Hobs.
   II. 15.
Meriba, Ps. lxxxi. 32.
Meridian, P. L. iv. 30, 581 ; v.
   369.
Merit, P. L. i. 98 ; ii. 5, 21 ; iii.
   290, 309 ; v. 80 ; vi. 43 ; vii.
   157 ; x. 259 ; xi. 35. P. R.
   i. 166 ; ii. 464. S. A. 1011.
Merit, (*verb*,) P. L. i. 575. P. R.
   ii. 456 ; iii. 196.
Merited, P. L. iv. 418 ; vi. 153 ;
   x. 388. S. A. 734.
Meritorious, S. A. 859.
Merits, P. L. iii. 697 ; vi. 382 ;
   ix. 995 ; xi. 699.
Merits, (*noun*,) P. L. iii. 319 ;
   xii. 409.
Merriment, Com. 172.
Meroe, P. R. iv. 71.
Merry, L'Al. 93. Com. 121.
Message, P. L. iv. 833 ; v. 289,
   290 ; xi. 299 ; xii. 174. P. R.
   i. 133. S. A. 635, 1307,
   1343, 1345, 1352, 1391,
   1433.

Messenger, P. L. viii. 646; xi.
    856. P. R. i. 238. S. A.
    1384.
Messengers, P. L. iii. 229; vii.
    572.
Messes, L'Al. 85.
Messiah, P. L. v. 664, 691, 765,
    883; vi. 43, 68, 718, 775, 796,
    881; xii. 244, 359. P. R. i.
    245, 261, 272; ii. 32, 43; iv.
    502. Ps. ii. 5.
Met, P. L. i. 574; ii. 742; iii.
    613; iv. 231, 322, 496, 863;
    vi. 18, 128, 131, 156, 247, 323,
    532, 688; ix. 325, 449, 849;
    x. 285, 321, 349, 390; xi.
    213, 722. P. R. ii. 359; iii.
    337; iv. 22, 385. S. A.
    1588, 1656. L'Al. 20, 83.
    Il Pens. 28. Com. 165, 572,
    948. Son. viii. 14. Ps. lxxxv.
    42; lxxxvi. 50.
Metal, P. L. i. 540; iii. 592, 595;
    v. 442; xi. 573.
Metallic, P. L. i. 673.
Metals, Lyc. 110.
Meteor, P. L. i. 537.
Meteorous, P. L. xii. 629.
Methinks, P. L. v. 114; x. 243,
    1029. S. A. 368. Son. v. 11.
Method, P. R. iv. 540.
Methought, P. L. iv. 478; v. 35,
    50, 85, 91; viii. 295, 355,
    462; xi. 151. S. A. 1515.
    Com. 171, 482. Son. xviii. 1.
Metropolis, P. L. iii. 549; x.
    439.
Mexico, P. L. xi. 407.
Michael, P. L. ii. 294; vi. 44,
    202, 250, 321, 411, 686, 777;
    xi. 99, 295, 334, 412, 453,
    466, 515, 530, 552, 603,
    683, 787; xii. 79, 285, 386,
    466.
Mickle, Com. 31.
Microscope, P. R. iv. 57.
Mid, P. L. ii. 718; iv. 940; vii.
    442. Com. 957. Son. iv. 13.

Midas, Son. viii. 4.
Mid-air, P. L. vi. 536. P. R. i.
    39.
Mid-course, P. L. xi. 204.
Mid day, P. L. viii. 112. Com.
    384.
Middle, P. L. i. 14, 516; ii. 653;
    iii. 16, 461; iv. 195; v. 280,
    339; ix. 605, 1097; xi. 665.
    P. R. ii. 117. Od. Nat. 164.
    Od. D. F. I. 16.
Mid-heaven, P. L. iii. 729; vi.
    889; ix. 468; xii. 263.
Mid-hours, P. L. v. 376.
Midnight, P. L. i. 782; iv. 682,
    768; v. 667; ix. 58, 159;
    xii. 189. L'Al. 2. Il Pens.
    85. Com. 103, 130. Od.
    Nat. 191.
Midnight-march, P. L. v. 778.
Midnight-search, P. L. ix. 181.
Mid-noon, P. L. v. 311.
Mid-sea, P. L. vii. 403.
Mid-sky, P. L. vi. 314. Com.
    957.
Mid-volley, P. L. vi. 854.
Mid-way, P. L. vi. 91; xi. 631.
Midian, Ps. lxxxiii. 33.
Midriff, P. L. xi. 445.
Midst, P. L. i. 224; ii. 508; iii.
    358; v. 165, 251; vi. 28, 99,
    417; ix. 184; x. 441, 528;
    xi. 432. P. R. ii. 294; iv.
    31. S. A. 1339. Od. Nat.
    11. Ps. vi. 15.
Might, P. L. i. 110, 506, 643; ii.
    192, 855; iii. 170, 398; iv.
    346, 986; v. 720; vi. 116,
    229, 320, 355, 377, 630, 710,
    737; vii. 165, 223, 615; x.
    404; xi. 689, 830. S. A.
    178, 588, 1083, 1271, 1293.
    Lyc. 173. Com. 613. Brut.
    13. Ps. lxxx. 12; lxxxii. 7,
    25; lxxxiii. 17; cxxxvi. 25.
Mightier, P. L. i. 149, 512; vi.
    32.
Mightiest, P. L. i. 99; ii. 307;

vi. 112, 200, 386, 459, 710;
xi. 387. P. R. iii. 262. S. A.
638.
Mighty, P. L. i. 20, 136, 222,
533, 566, 665; ii. 456, 508,
719, 991; v. 735, 748, 836;
vi. 62, 638, 841, 890; vii.
355, 608; viii. 81; x. 455,
650; xi. 642; xii. 33, 124.
P. R. i. 40, 186; ii. 448; iii.
167. S. A. 556, 706, 1272,
1602. Com. 63. Od. Nat.
89. Vac. Ex. 89. Ps. lxxxviii.
49; cxxxvi. 90.
Mild, P. L. ii. 220, 397, 546; iv.
479, 647, 654; v. 16, 371;
vi. 28; vii. 110; ix. 226; x.
67, 96, 847, 1046; xi. 151,
234, 286. P. R. i. 310; ii.
125, 159; iv. 134. Lyc. 136.
Com. 4. Son. xiv. 11; xvi.
11. Od. Nat. 66. Od. Pass.
53. Ps. lxxxvi. 53.
Milder, P. L. ii. 816; vi. 98.
Son. viii. 14.
Mildew, Com. 640.
Mildly, P. L. viii. 317.
Mildness, P. L. vi. 735; ix. 534.
Mile End Green, Son. vi. 7, 8.
Miles, P. L. ii. 938.
Militant, P. L. vi. 61; x. 442.
Military, P. L. iv. 955; vi. 45;
xi. 241. P. R. iii. 312.
Milk, P. L. ix. 582.
Milk-maid, L'Al. 65.
Milky, P. L. v. 306; vii. 579.
S. A. 550.
Mill, S. A. 41, 1093, 1327, 1393.
Millions, P. L. i. 609, 664; ii.
55, 997; iv. 677; vi. 48, 220.
P. R. i. 359. Com. 715. Ps.
iii. 15.
Mimic, P. L. v. 110.
Mimics, S. A. 1325.
Mincius, Lyc. 86.
Mincing, Com. 964.
Mind, P. L. i. 97, 139, 253, 254,
626; ii. 34, 189; iii. 52, 705; iv.

55, 618; v. 34, 117, 452, 902;
vii. 128; viii. 188, 525, 541,
557, 604; ix. 213, 238, 603,
779, 1120, 1125; x. 8, 825,
1011, 1015; xi. 144, 687;
xii. 444. P. R. i. 202; ii.
105, 139, 206, 479; iv. 113,
223, 401. S. A. 18, 52, 185,
412, 600, 611, 745, 1279,
1298, 1336, 1387, 1638, 1758.
Lyc. 71. Il Pens. 4, 91. Com.
211, 461, 619, 663. Son.
xviii. 9. Vac. Ex. 33. Ps.
lxxxi. 50; lxxxiii. 18;
cxxxvi. 1.
Mind, (*verb*,) P. L. ii. 212; iv.
612; vi. 477; ix. 358. P. R.
ii. 258.
Minded, P. L. iv. 583; viii. 444;
ix. 519; xi. 156. S. A. 1603.
Mindless, P. L. ix. 431.
Minds, P. L. i. 559; ii. 521; iv.
118, 522; v. 680, 786; vi. 444,
613; ix. 1053; xii. 15. P. R.
ii. 221. S. A. 1213, 1508,
1676.
Mine, P. L. v. 443; xi. 656.
Com. 436. Od. Pass. 43.
Son. xviii. 5.
Mineral, P. L. i. 235; vi. 517.
Minerva, Com. 448.
Mingle, P. L. ii. 384; vi. 277.
P. R. iv. 453. S. A. 601.
Mingled, P. L. vi. 513. Com.
994.
Minims, P. L. vii. 482.
Minister, P. L. v. 460; xi. 73;
xii. 308. P. R. i. 488. S. A.
706.
Ministeries, P. L. vii. 149.
Ministers, P. L. i. 170; ix. 156;
xi. 676. P. R. ii. 375.
Ministrant, P. L. x. 87. P. R.
ii. 385.
Minister'd, P. L. v. 444.
Minist'ring, P. L. iv. 664; vi. 167,
182.
Ministry, P. L. xii. 505.

Minstrelsy, P. L. vi. 168. Com. 547.
Mintage, Com. 529.
Minute, Il Pens. 130.
Minutes, P. L. x. 91.
Miracle, P. L. ix. 562. P. R. i. 337. S. A. 364, 1528.
Miracles, P. L. xii. 501. Ps. cxxxvi. 13.
Miraculous, S. A. 587.
Mire, P. L. iv. 1010. Son. xv. 2.
Mires, P. L. ix. 641.
Mirror, P. L. iv. 263; vii. 377. S. A. 164.
Mirth, P. L. i. 786; iv. 346; ix. 1009. S. A. 1613. L'Al. 13, 38, 152. Il Pens. 81. Com. 202, 955. Son. xvi. 6. Od. Pass. 1. Od. May-M. 6.
Miry, Ps. lxxxi. 23.
Misbecoming, Com. 372.
Miscellaneous, P. R. iii. 50.
Mischance, Od. D. F. I. 44. Ep. M. Win. 27.
Mischief, P. L. ii. 141; vi. 488, 503, 636; ix. 472, 633; x. 167, 895; xi. 450. P. R. iv. 440. S. A. 1039. Com. 591. Ps. vii. 57.
Mischievous, P. L. ii. 1054.
Mis-created, P. L. ii. 683.
Misdeed, S. A. 747.
Misdeeds, P. L. x. 1080.
Misdeem, P. L. ix. 301. P. R. i. 424.
Misdoing, P. R. i. 225.
Misdone, S. A. 911.
Miserable, P. L. i. 157; ii. 98, 752; iv. 73; ix. 126, 1139; x. 720, 839, 981; xi. 500. P. R. i. 411, 471. S. A. 101, 340, 480, 703, 762. Ps. v. 27.
More miserable, P. L. x. 930.
Miseries, P. L. x. 715. S. A. 64, 107, 651.

Miser's, Com. 399.
Misery, P. L. i. 90, 142; ii. 459, 563; iv. 92; vi. 268, 462, 904; ix. 12; x. 726, 810, 928, 982, 997, 1021; xi. 476. P. R. i. 341, 398, 470. S. A. 1469. Com. 73. Ps. cxxxvi. 79.
Misfortune, P. L. x. 900. Com. 286.
Misgave, P. L. ix. 846.
Misguided, S. A. 912.
Mishap, P. L. x. 239. Lyc. 92.
Misinform, P. L. ix. 355.
Misjoining, P. L. v. 111.
Mislead, P. R. iv. 309.
Misleads, P. L. ix. 640.
Misled, P. R. i. 226. Com. 200.
Misliked, Ps. lxxxi. 48.
Misrepresent, S. A. 124.
Misrule, P. L. vii. 271; x. 628.
Miss, P. L. iii. 735; x. 104, 262. S. A. 927. Com. 925.
Miss'd, P. L. vi. 499; ix. 857; xi. 15. P. R. ii. 486. Ps. lxxxv. 41.
Missing, P. R. ii. 9, 15, 77; iv. 208. Il Pens. 65.
Mission, P. R. ii. 114.
Missive, P. L. vi. 519.
Mist, P. L. iii. 53; v. 435; vii. 333; ix. 75, 158, 180; x. 694; xii. 629. Lyc. 126.
Mistake, P. L. x. 900.
Mistaken, S. A. 907.
Misthought, P. L. ix. 289.
Mistook, Arc. 4. Com. 815.
Mistress, P. L. ix. 532. Arc. 36, 106.
Mistrust, P. L. ix. 357, 1124.
Mistrustful, P. L. ii. 126.
Mists, P. L. v. 185. Com. 337.
Misty, P. L. i. 595. Vac. Ex. 41.
Misused, Com. 47.
Mitred, Lyc. 112.
Mitigate, P. L. i. 556; x. 76; xi. 41.
Mix, P. L. v. 182, 334; vii. 58,

215; viii. 616, 627, 629;
xi. 529. S. A. 969. Com.
594.

Mix'd, P. L. i. 58, 579; ii. 69,
913; iii. 456, 610; iv. 149,
768; vi. 21; viii. 236, 602;
ix. 165, 577; x. 24; xi. 24,
662, 686; xii. 181, 182.
P. R. iv. 412. S. A. 1031.
Com. 526, 674. Od. Sol. Mus.
3.

Mixing, P. L. x. 228. P. R. i.
433.

Mixture, P. L. xi. 51. Il Pens.
26. Com. 244.

Moab, Ps. lxxxiii. 23.

Moab's, P. L. i. 406.

Moan, Od. Nat. 191. Ep. M.
Win. 55.

Moans, Son. xiii. 8.

Moping, P. L. xi. 485.

Mock, P. L. iv. 628. P. R. ii.
56.

Mock'd, P. L. x. 774; xii. 59.

Mode, P. L. i. 474. P. R. ii.
340.

Model, P. L. iii. 509; viii. 79.

Moderate, P. L. xii. 351. S. A.
1464. Com. 769.

Moderation, P. L. xi. 363.

Modern, P. L. xi. 386. S. A.
653. Com. 45.

Modest, P. L. iv. 310. S. A.
1036.

Modesty, P. R. iii. 241.

Modin, P. R. iii. 170.

Mogul, P. L. xi. 391.

Moist, P. L. ii. 898; iii. 652; v.
325, 422; vii. 408; x. 1066;
xi. 741. Lyc. 159. Com.
825, 918.

Moisture, P. L. vii. 282; viii.
256.

Mold.—*See* Mould.

Mole, P. L. vii. 467; x. 300.

Mole, Vac. Ex. 95.

Molest, P. L. viii. 186. P. R.
iv. 498. S. A. 1525.

Moloch, P. L. i. 392, 417; ii.
43; vi. 357. Od. Nat. 205.

Molten, Com. 931.

Moly, Com. 636.

Mombaza, P. L. xi. 399.

Moment, P. L. ii. 448, 907; vi.
239, 509; vii. 154; x. 45.
P. R. iv. 162. S. A. 1559.
In a moment, P. L. i. 544;
ii. 609; iv. 51. S. A.
1559. Ps. vi. 24.

Mona, Lyc. 54.

Monarch, P. L. i. 638; ii. 467;
iv. 960; v. 832; x. 375.
Com. 957.

Monarchal, P. L. ii. 428.

Monarchies, P. L. ii. 307. P. R.
iii. 246; iv. 150.

Monarchs, P. L. i. 599. P. R.
iii. 237, 262. Son. x. 3.

Monarchy, P. L. i. 42; v. 795;
x. 379. P. R. i. 87; iii.
277.

Money, P. R. ii. 422.

'Mongst, L'Al. 4. Od. D. F. I.
14.

Monster, P. L. ii. 675; x. 596,
986. P. R. iv. 100, 128, 572.
S. A. 230.

Monsters, P. L. ii. 795; x. 523.
Com. 695.

Monstrous, P. L. i. 197, 479; ii.
625; iii. 456; vi. 862; x.
514; xi. 474. Lyc. 158.
Com. 533, 605.

Montalban, P. L. i. 583.

Montezume, P. L. xi. 407.

Month, Od. Nat. 1.

Monthly, P. L. iii. 728.

Months, P. L. iii. 581; viii. 69.
Com. 114.

Monument, P. L. x. 258; xi.
326. S. A. 570, 1734. Ep.
W. Sh. 8.

Monumental, Il Pens. 135.

Monuments, P. L. i. 695.

Mood, P. L. i. 550; vi. 620; ix.
920. P. R. iv. 450. S. A.

662. Lyc. 87. Com. 371.
Son. vii. 9.
Moon, P. L. i. 287, 440, 596, 784;
ii. 665, 1053; iii. 459, 726;
iv. 606, 648, 655, 798; v. 42,
175, 263, 418, 421; vii. 104,
356, 375; viii. 142; x. 656;
xii. 266. S. A. 87. Il Pens.
67. Com. 116, 331, 374,
1017. Son. vii. 7; xvii. 5.
Ep. IIobs. II. 29. Ps. viii.
10; lxxxi. 9; cxxxvi. 33.
Mooned, P. L. iv. 978. Od. Nat.
200.
Moon-lov'd, Od. Nat. 236.
Moon-struck, P. L. xi. 486.
Moon's, P. L. iv. 723.
Moons, P. L. viii. 149.
Moorish, Com. 433.
Moors, (*verb*,) P. L. i. 207.
Moory, P. L. ii. 944.
Moping, P. L. xi. 485.
Moral, P. L. xii. 298. P. R. iv.
263, 351. 'S. A. 324. Com.
807.
More,—*Passim*.
No more, P. L. ii. 146; iii.
264, 340; iv. 22, 327, 637,
775, 838, 1008; v. 659,
751, 882; vi. 349; vii.
144; viii. 452, 630; ix.
827; x. 779, 958, 1041;
xi. 200, 312, 745, 850.
P. R. i. 419, 455, 457; iv.
210. S. A. 591, 677, 891,
935. Lyc. 43, 131, 182.
Arc. 96, 99. Com. 594,
806. Od. Nat. 82. Od.
on Time, 5. Ps. ii. 7;
lxxxviii. 21.
Not more, P. R. i. 496; iv.
536.
Once more, S. A. 742. Lyc.
1. Son. xviii. 7.
Moreh, P. L. xii. 137.
Morn, P. L. i. 208, 742; iii. 42;
iv. 641, 650, 773; v. 1, 30,
168, 202, 310, 428, 628, 716;

vi. 2, 12, 524, 748; vii. 29,
252, 260, 338, 386, 448, 550;
viii. 511; ix. 191, 447, 848,
1136; xi. 173, 184; xii. 422.
P. R. ii. 268; iv. 438, 439.
Lyc. 26, 187. L'Al. 54, 107.
Il Pens. 122. Arc. 56. Com.
139, 753. Od. Nat. 1. Od.
Sol. Mus. 28. Ep. M. Win.
45. Ps. lxxxviii. 56.
Morn's, P. R. ii. 281.
Morning, P. L. iv. 244, 623; v.
20, 124, 145, 746; vii. 108,
275, 366; ix. 194, 800. P. R.
iv. 221, 426, 451. S. A.
1598. Lyc. 171. Com. 622,
920. Od. Nat. 73, 119. Ps.
v. 6, 7.
Morning-hour, P. L. viii. 111.
Morning-light, P. L. xi. 204.
Morning-star, P. L. v. 708. P. R.
i. 294. Od. May-M. 1.
Morning-watch, P. L. xii. 207.
Morning's, P. L. v. 211.
Morocco, P. L. i. 584; xi.
404.
Morpheus, Il Pens. 10.
Morrice, Com. 116.
Morrow, P. L. iv. 588, 662. Com.
317.
To-morrow, P. L. iv. 623.
Lyc. 193.
Morrow's, P. L. v. 33.
Morsel, P. L. ii. 808.
Morsels, P. L. x. 605.
Mortal, P. L. i. 2, 51, 559, 588,
693, 766; ii. 653, 729, 813;
iii. 55, 179, 214, 215, 253,
268; iv. 8; vi. 348, 434; vii.
24; viii. 331; ix. 1003; x.
48, 273, 796; xi. 54, 273,
366; xii. 9, 236, 248, 384.
P. R. i. 86, 234; ii. 157; iv.
318. S. A. 168, 349, 639,
1102, 1175, 1439, 1682. Lyc.
78. Arc. 62. Com. 10, 244,
686, 802. Od. Nat. 14, 95.
Od. D. F. I. 41. Od. on

Time, 6. Ps. lxxxv. 48; cxxxvi. 94.

Mortality, P. L. x. 776. Od. D. F. I. 35.

Mortals, P. L. ii. 1032. P. R. iv. 454. S. A. 523, 817. Il Pens. 153. Com. 997, 1018. Vac. Ex. 66.

Mortification, S. A. 622.

Mosaick, P. L. iv. 700.

Mosco, P. L. xi. 395.

Moses, P. L. xii. 170, 198, 211, 237, 241, 307. P. R. i. 352; ii. 15.

Moses', P. R. iv. 219, 225.

Mossy, P. L. v. 392; ix. 589. P. R. ii. 184. Il Pens. 169. Com. 276.

Most, P. L. i. 187; ii. 122, 124, 340; v. 112, 489, 624; vi. 126, 166, 500, 573, 791; viii. 196, 542, 564; ix. 215, 454, 949, 1093; x. 78, 599, 901, 979, 1095; xi. 315, 699; xii. 354. P. R. i. 404, 440, 482; iii. 307; iv. 465. S. A. 67, 190, 406, 446, 972, 979, 980, 1001, 1052, 1704, 1705. Il Pens. 62. Arc. 76. Com. 67, 326, 363, 385, 386, 465, 564, 591, 592, 747, 762. Od. Pass. 13. Ep. Hobs. II. 1. Ps. vii. 29; lxxxvi. 37, 53, 56; lxxxvii. 9.

Most High.—*See* under High.

Motes, Il Pens. 8.

Mother, P. L. i. 36, 687; ii. 792, 849; iv. 475, 492; v. 338, 388; vii. 281; viii. 498; ix. 644, 680; x. 602; xi. 159, 160; xii. 368, 379, 624. P. R. i. 86, 227; ii. 60; iv. 240, 566. Arc. 22. Com. 57, 63, 153, 253. Son. xiii. 8. Od. Nat. 3, 201. Od. D. F. I. 71.

Motherly, P. R. ii. 64.

Mother-tree, P. L. ix. 1106.

Mother's, P. L. x. 778; xi. 536.

P. R. ii. 136; iii. 154; iv. 216, 639. Com. 523. Ep. M. Win. 33.

Motion, P. L. ii. 75, 151, 780; v. 581; vi. 192, 302, 532; vii. 177; viii. 35, 115, 223, 259; ix. 674; xii. 592. P. R. i. 290; iv. 601. Arc. 71. Od. Sol. Mus. 22. Ep. Hobs. II. 7, 8.

Motion'd, P. L. ix. 229. S. A. 222.

Motionless, Com. 819.

Motions, P. L. ii. 191; iii. 582; v. 625; vii. 500; viii. 130; x. 658; xi. 91. S. A. 1382.

Move, P. L. i. 549; ii. 837; iii. 37, 579, 719; v. 177, 554, 701; vi. 68, 790; viii. 33, 70, 77, 130, 276, 281, 585; ix. 1016; x. 297, 652; xi. 91. P. R. iii. 171, 224. S. A. 752. Lyc. 180. Com. 116. Son. xii. 8. Od. Nat. 129. Vac. Ex. 2. Ep. Hobs. II. 2.

Mov'd, P. L. i. 29, 561; ii. 876, 1022; iii. 483; iv. 902; vi. 63, 302, 405; vii. 91; viii. 116, 132, 264, 293; ix. 667, 1143; xi. 453, 560, 830. P. R. i. 170, 424; ii. 407. S. A. 895, 1452. Com. 796. Ep. Hobs. II. 9. Ps. lxxxii. 19.

Moves, P. L. vii. 534; x. 359. P. R. iii. 200. S. A. 726. Com. 247.

Moving, P. L. i. 284; ii. 675; iv. 409; v. 310; vi. 533; vii. 87, 207, 415; ix. 677. S. A. 102.

Mould, P. L. i. 706; ii. 139, 355; iii. 709; iv. 226, 360; v. 321; vi. 473, 576; vii. 356, 470; ix. 485. Arc. 73. Com. 17, 244. Od. Nat. 138. Ps. vii. 53.

Mould, (*verb*,) P. L. x. 744.
Moulds, P. L. xi. 571.
Mound, P. L. iv. 134.
Mount, P. L. i. 15, 781; ii. 593;
    iii. 530; iv. 126, 281, 569; v.
    382, 598, 643, 712, 757, 758,
    764; vi. 5, 88, 743; vii. 584,
    600; xi. 216, 320, 402, 829;
    xii. 142, 144, 227. P. R. i.
    351; ii. 15; iv. 50, 236,
    547. S. A. 988. Lyc. 161.
    Arc. 55. Od. Nat. 158. Ps.
    iii. 12.
Mountain, P. L. i. 443, 613; iv.
    226; v. 766; vi. 197, 575;
    viii. 303; x. 1065; xi. 567,
    728, 851. P. R. iii. 252, 253,
    265; iv. 26. Com. 89, 444.
    Ariost. 1.
Mountaineer, Com. 426.
Mountain-nymph, L'Al. 36.
Mountain-pard, Com. 444.
Mountain-tops, P. L. ii. 488.
Mountains, P. L. i. 291; vi. 649,
    652, 697, 842; vii. 201, 214,
    285; x. 291. P. R. iv. 39.
    S. A. 1648. L'Al. 73. Son.
    xiii. 2. Od. Nat. 181. Od.
    Pass. 51. Ps. lxxxiii. 56;
    lxxxvii. 1; cxiv. 11, 13.
Mounted, P. L. iv. 1014; v.
    300; vi. 572; x. 589. Lyc.
    172.
Mounting, Od. D. F. I. 15.
Mourn, Lyc. 41. Od. Nat. 188,
    204. Od. Cir. 6. Ps. lxxxviii.
    28.
Mourn'd, P. L. i. 458.
Mourners, Od. Pass. 56.
Mourneth, Com. 235.
Mournful, P. L. i. 244. Od. Pass.
    28.
Mourning, S. A. 1712.
Mourns, P. L. xi. 760. P. R. iii.
    279. S. A. 1752.
Mouth, P. L. ii. 888; v. 83; ix.
    187, 514; x. 288, 636; xi.
    569; xii. 42. P. R. i. 350,

482; iii. 12; iv. 276. S. A.
    1522. Son. x. 2. Ps. v. 25.
Mouths, P. L. ii. 517, 655, 967;
    iv. 513; vi. 576; x. 547; xii.
    158. P. R. i. 428. S. A.
    452, 866. Lyc. 119. Son.
    vi. 10. Ps. viii. 4, 5.
Mower, L'Al. 66.
Mows down, P. L. x. 606.
Mozambick, P. L. iv. 161.
Much,—*Passim.*
    As much, P. L. iv. 833.
    How much, P. L. ii. 480.
Much-humbled, P. L. xi. 181.
Much less, P. L. iii. 220; v. 799;
    vi. 495; viii. 395, 407; ix.
    346, 533.
Much more, P. L. ii. 22; iii.
    402, 405, 553; v. 8; ix.
    925; x. 221, 501, 1024; xii.
    476, 604. P. R. i. 45; ii.
    100, 303; iv. 284, 310. S. A.
    1257, 1709.
    How much more, P. L. vi.
    223; x. 1060; xi. 814.
    Not much, P. L. x. 219.
    So much, P. L. i. 92; ii. 293,
    454, 1008; iii. 51; iv. 447;
    viii. 600; ix. 487; x. 622,
    1008. P. R. iii. 133; iv. 5.
    S. A. 936.
    Too much, P. L. v. 783; viii.
    538; xi. 531. S. A. 970,
    1031, 1551. Ep. W. Sh.
    14. Ep. Hobs. II. 12.
Mud, Com. 931.
Mulciber, P. L. i. 740.
Mules, P. R. iii. 335.
Multiform, P. L. v. 182.
Multiplied, P. L. vii. 398; viii.
    424. P. R. iv. 41.
Multiplies, P. L. v. 318. P. R. i.
    69.
Multiply, P. L. vii. 396, 531, 630;
    x. 193, 730, 732; xi. 677;
    xii. 17.
Multitude, P. L. i. 351, 702, 730;
    ii. 323, 836; iii. 260, 345;

vi. 810, 847 ; vii. 138 ; x. 554, 643 ; xii. 352. P. R. i. 196 ; ii. 420 ; iii. 331. S. A. 696.

Multitudes, P. L. iv. 474 ; v. 716 ; vi. 31 ; x. 26. P. R. ii. 470.

Mummers, S. A. 1325.

Mural, P. L. vi. 879.

Murder, S. A. 1186.

Murderer, S. A. 832. 1180.

Murderous, P. R. ii. 76.

Murky, P. L. x. 280.

Murmuring, P. L. iv. 260, 453, 1015 ; viii. 263. P. R. iii. 108. Il Pens. 144.

Murmur, P. L. ii. 284 ; v. 873 ; vii. 68. P. R. iv. 248. Son. xiv. 9.

Murmur'd, Com. 259.

Murmurs, P. L. v. 196. Arc. 60. Com. 526.

Murrain, P. L. xii. 179.

Musæus, Il Pens. 104.

Muse, P. L. i. 6, 376 ; iii. 19 ; vii. 37, 52. Lyc. 19, 58, 59, 66, 133. Com. 515. Son. i. 13. Od. Nat. 15. Od. Pass. 4. Vac. Ex. 53.

Muse, (*verb,*) Ps. ii. 2.

Mus'd, P. L. ix. 744. P. R. ii. 99.

Muses, P. L. iii. 27 ; vii. 6. Il Pens. 47. Son. iii. 9.

Music, P. L. i. 787 ; v. 548 ; xi. 592. P. R. iv. 332. Il Pens. 151. Arc. 68, 74. Son. viii. 2. Od. Nat. 93, 117. Od. Pass. 1. Od. Cir. 2. Od. Sol. Mus. 21.

Musical, Il Pens. 62. Com. 478.

Musing, P. R. i. 185 ; iv. 249. S. A. 1017. Il Pens. 38. Com. 386.

Musk-rose, Lyc. 146. Com. 496.

Musky, Com. 989.

Must, (*noun,*) P. L. v. 345.

Must, P. L. v. 533 ; x. 213, 250,

363, 985 ; xi. 269, 538, 541, 550, 627 ; xii. 95, 175, 176, 177, 179, 180, 182, 186, 187, 190, 293, 331, 480. P. R. i. 59, 91, 96, 263, 476 ; ii. 225 ; iii. 363, 394, 404 ; iv. 16, 222, 229, 476, 540. S. A. 32, 50, 60, 468, 479, 840, 868, 902, 945, 1296, 1326. Lyc. 12, 38. Com. 82, 159, 612, 686, 739, 740, 745, 786, 805, 809, 920. Od. Nat. 153, 156. Od. Pass. 8. Vac. Ex. 55. Forc. of Con. 11.

Must needs, P. L. ii. 277 ; v. 556 ; vi. 456 ; xii. 10.

Muster, P. R. iii. 308.

Mustering, P. L. ii. 268 ; xi. 645. S. A. 402. Vac. Ex. 44.

Mutable, P. L. v. 237. S. A. 793, 1407.

Mute, P. L. i. 618 ; ii. 420 ; iii. 217 ; vi. 25 ; viii. 222 ; ix. 557, 563, 672, 748, 1064 ; x. 18 ; xi. 31, 194. P. R. i. 12, 459 ; iii. 2. S. A. 248, 672. Lyc. 32. Il Pens. 55.

Mutely, Vac. Ex. 6.

Mutiny, P. L. ii. 926.

Muttering, P. L. ix. 1002.

Mutters, Com. 817.

Mutual, P. L. i. 87 ; iv. 376, 727, 728 ; vi. 506 ; vii. 429 ; viii. 58, 385 ; ix. 1043, 1187. Com. 741. Ep. Hobs. II. 31.

Myriads, P. L. i. 87, 622 ; v. 684 ; vi. 24 ; vii. 201.

Myrrh, P. L. v. 23, 292 ; ix. 629 ; xii. 363. P. R. i. 251. Com. 937.

Myrrhine, P. R. iv. 119.

Myrtle, P. L. iv. 262, 694 ; ix. 219. Od. Nat. 51.

Myrtle-band, P. L. ix. 431.

Myrtles, P. L. ix. 627. Lyc. 2.

Mysteries, P. L. xii. 509. P. R. iii. 249.

Mysterious, P. L. iv. 312, 743,
  750; viii. 599; x. 173. Il
  Pens. 147. Com. 130.
Mysteriously, P. L. iii. 516.

Mystery, S. A. 378. Com. 785.
Mystick, P. L. v. 178; ix. 442.
Mystical, P. L. v. 620.

AIADES, P. R. ii. 355.
  Com. 254.
  Nail'd, S. A. 990.
  Nailed, P. L. xii. 413.
Nails, P. L. xii. 415.
Naked, P. L. iv. 290, 319, 496,
  713, 772; v. 382, 444; ix.
  1057, 1074, 1115, 1117,
  1139; x. 117, 121, 212. Od.
  Nat. 40. Vac. Ex. 23.
Nakedness, P. L. x. 217, 221.
  Od. Cir. 20.
Namancos, Lyc. 162.
Name, P. L. i. 412, 462, 738; ii.
  788, 964; iii. 412; iv. 36,
  950, 951; v. 658, 707, 776;
  vi. 174; vii. 1, 5, 536; viii.
  114, 357, 496; ix. 40, 142;
  x. 386, 649, 867; xi. 171;
  xii. 36, 45, 311, 577, 584.
  P. R. ii. 346. S. A. 331, 467,
  475, 677, 894, 968, 975,
  1101, 1429. Com. 738, 749,
  826, 868. Son. iii. 7; x. 1.
  Od. D. F. I. 77. Ep. M.
  Win. 60. Vac. Ex. 99. Ep.
  W. Sh. 6. Ps. v. 36; vii.
  63; viii. 2, 24; lxxx. 76;
  lxxxiii. 15, 65; lxxxvi. 32,
  39; lxxxviii. 16; cxxxvi.
  5.
Name, (*verb*,) P. L. i. 197;
  viii. 272; ix. 44; xii. 326.
  S. A. 674.
  Without name, S. A. 677.

Named, P. L. i. 80, 574; ii.
  579; v. 839; vi. 294; vii.
  252, 274; viii. 352, 439; xi.
  296; xii. 62. P. R. ii. 8.
  S. A. 982. Com. 58, 325.
Nameless, P. L. vi. 380.
Names, P. L. i. 361, 365, 374,
  376, 421, 477; vi. 76, 373;
  vii. 493; viii. 344; xi. 277;
  xii. 140, 458, 515. P. R. ii.
  189, 447; iv. 316. S. A.
  974. Com. 208, 627. Son.
  vi. 10.
Names, (*verb*,) P. R. iii. 95.
Naming, P. L. viii. 359; ix.
  751. P. R. iv. 539.
Naphtha, P. L. i. 729.
Narcissus, Com. 237.
Nard, P. L. v. 293. Com. 991.
Narrow, P. L. i. 779; ii. 919;
  iv. 207, 384, 528; vi. 104,
  583; ix. 83, 323; xi. 341.
  S. A. 1117.
Narrower, P. L. vii. 21. P. R.
  iv. 515.
Nathless, P. L. i. 299.
Nation, P. L. xii. 111, 113, 124,
  164, 414, 503. P. R. iv. 362.
  S. A. 218, 565, 857, 877,
  1182, 1205, 1425, 1494. Com.
  33. Ps. vii. 25; lxxxiii. 14.
National, P. L. xii. 317. S. A.
  312.
Nations, P. L. i. 385, 598; iv.
  663; xi. 692, 792; xii. 97,

126, 147, 277, 329, 440, 446, 450, 499. P. R. i. 79, 98, 432, 442; ii. 473; iii. 12, 76, 118; iv. 47, 80, 122, 135, 202. S. A. 268, 890. Brut. 14. Ps. ii. 1; lxxx. 35; lxxxii. 28; lxxxvi. 29; lxxxvii. 23.

Native, P. L. i. 450, 634; ii. 76, 1050; iii. 605; iv. 158, 289; v. 361, 863; vi. 226, 436; vii. 16, 245; ix. 93, 373, 1056; x. 467, 1085; xi. 270, 292, 463; xii. 54, 129. P. R. i. 378; ii. 313; iii. 437; iv. 241, 333. L'Al. 134. Com. 76. Vac. Ex. 1.

Natives, P. L. v. 790.

Nativity, P. L. vi. 482. P. R. i. 242. S. A. 1141.

Natural, P. L. x. 740, 765; xii. 288, 645. Vac. Ex. 87.

Nature, P. L. ii. 218, 624, 895, 911, 1037; iii. 126, 282, 304; iv. 242, 633, 667; v. 24, 109, 294, 318, 360, 452, 509, 527, 834; vi. 176, 267, 442, 511; vii. 103, 482; viii. 26, 153, 353, 459, 506, 534, 541, 561; ix. 27, 624, 782, 914, 956, 1001; x. 169, 885, 892; xi. 49, 182, 194, 597, 602, 604; xii. 29. P. R. ii. 230, 249, 250, 253, 295, 332; iii. 231; iv. 352. S. A. 595, 890, 1545. Lyc. 60. Arc. 70. Com. 198, 411, 559, 680, 710, 762. Od. Nat. 32, 101. Ep. M. Win. 13. Vac. Ex. 47.

Nature's, P. L. iii. 49, 455; iv. 207, 314; v. 45, 181; vi. 311; x. 805; xi. 523; xii. 578. P. R. i. 13; ii. 265, 295; iv. 228. Com. 727, 739, 745, 772. Od. D. F. I. 45. Od. Sol. Mus. 20.

Natures, P. L. v. 402; vii. 493.

Naught.—*See* Nought.

Naval, Com. 520.

Nay, P. L. iv. 71; ix. 1159. P. R. iv. 6. S. A. 350, 1729. Com. 659. Ep. Hobs. II. 17.

Nazareth, P. R. i. 23; ii. 79.

Nazarite, S. A. 318, 1359, 1386.

Neæra's, Lyc. 69.

Near, P. L. ii. 609; iv. 425, 787; x. 347, 562. S. A. 725. Com. 146, 567. Od. D. F. I. 10. Ps. vii. 48.

Near at hand, L'Al. 63.

Near ushering, Com. 279.

More near, P. L. v. 830. Arc. 40. Od. Cir. 28.

So near, P. L. vii. 55; ix. 220, 221; x. 389. S. A. 786. Com. 616. Son. ii. 6. Od. Nat. 44. Ps. lxxxiv. 4.

Too near, Com. 491.

Nearer, P. L. i. 785; ii. 394, 1008; iv. 133, 399; v. 358, 476; vi. 81; vii. 62; ix. 434, 578. P. R. i. 400; iv. 514. S. A. 723, 1229, 1631.

Nearest, P. L. i. 192; ii. 958; iii. 649; iv. 484; v. 622. Com. 90. Son. xvi. 10.

Nearly, P. L. v. 721.

Neat, Son. xv. 9.

Neat-handed, L'Al. 86.

Neatness, Od. Hor. 5.

Nebaioth, P. R. ii. 309.

Nebo, P. L. i. 407.

Necessary, S. A. 90.

Necessitate, P. L. x. 44.

Necessitated, P. L. v. 530.

Necessity, P. L. iii. 110; iv. 393; v. 528; vii. 172; x. 131, 765. S. A. 1666. Arc. 69.

Neck, P. L. vii. 438; ix. 501, 525. Son. xi. 5.

Necks, P. L. iii. 395; v. 787; x. 1046. P. R. iv. 418.

Necromancer's, Com. 649.

Nectar, P. L. iv. 240; v. 428,
    633; ix. 838. Lyc. 175.
    Vac. Ex. 39.
Nectar'd, Com. 479, 838. Od.
    D. F. I. 49.
Nectarine, P. L. iv. 332.
Nectarous, P. L. v. 306; vi.
    332.
Need, (*noun*,) P. L. v. 629; viii.
    419; ix. 260, 311, 731. P. R.
    ii. 253, 254, 318, 397. S. A.
    1107, 1437, 1483. Com. 219,.
    287, 857. Vac. Ex. 81. Ps.
    lxxx. 2; lxxxvi. 4; cxxxvi.
    86.
Need, P. L. ii. 53, 341, 413; iii.
    340; iv. 419, 617; vi. 318,
    625; viii. 628; ix. 236, 246;
    x. 80, 409, 1082. P. R. i. 292;
    ii. 249; iii. 385, 399; iv.
    325. S. A. 1526. Lyc. 122.
    Com. 362, 394, 752. Od. Nat.
    82. Son. xix. 9.
Needed, P. L. v. 151, 214, 384;
    vii. 378.
Needing, P. R. ii. 251.
Needless, P. L. vii. 494; ix.
    1140. P. R. ii. 484. Com. 942.
Needs, P. L. iv. 235; v. 302,
    414; vii. 126; viii. 136; ix.
    215; xi. 251. P. R. iv. 290.
    S. A. 840, 1345, 1554. Ep.
    W. Sh. 1.
Needs must, P. L. iii. 105; iv.
    412; vi. 693; ix. 307, 942;
    xii. 383. S. A. 840, 1044,
    1519.—*See* Must.
Need'st, P. L. viii. 564. S. A.
    1379. Vac. Ex. 11. Ep.
    W. Sh. 6.
Ne'er, S. A. 212. Com. 127,
    131, 777. Son. xii. 2. Ep.
    Hobs. II. 18. Ps. lxxxvii. 22.
Neglect, P. L. iii. 199; xii. 426.
    S. A. 291. Com. 510. Vac.
    Ex. 16.
Neglected, S. A. 481, 944. Com.
    743.

Neglects, P. L. iii. 738.
Negus, P. L. xi. 397.
Neighbour, Com. 484, 576. Ps.
    lxxx. 26.
Neighbourhood, P. L. i. 400.
    Com. 314. Od. Pass. 52.
    Hor. i. 5.
Neighbouring, P. L. ii. 395; iii.
    459, 726; iv. 145; v. 547;
    vi. 663; xi. 575; xii. 136.
    P. R. iii. 76, 319. L'Al. 80.
Neighbours, S. A. 180.
Neither, P. L. ii. 482, 811, 912,
    939; iii. 682; iv. 509, 650,
    1007; v. 146; vi. 322; viii.
    596; ix. 124, 1161, 1188; x.
    791; xi. 773. P. R. i. 268;
    iii. 44; iv. 368. Lyc. 52.
    Son. xv. 8. Eurip. 4.
Nepenthes, Com. 675.
Neptune, P. R. ii. 190. Com.
    18. Vac. Ex. 43.
Neptune's, P. L. ix. 18. Lyc.
    90. Com. 869.
Nereus', Com. 835, 871.
Nerve, P. L. xi. 415. S. A.
    639.
Nerves, S. A. 1646. Com. 660,
    797. Son. xii. 8.
Nest, Ps. lxxxiv. 12.
Nests, P. L. iv. 601. P. R. i.
    501. S. A. 1694.
Net, P. L. xi. 586.
Nets, P. R. ii. 162.
Nether, P. L. i. 346; ii. 296,
    784; iv. 145, 231; vii. 624;
    xi. 328. Com. 20.
Nethermost, P. L. ii. 956, 969.
Never,—*Passim.*
Never-ceasing, P. L. ii. 654. ̃u
Never-ending, P. L. ii. 221.
Never-more, P. L. ix. 859. P. R.
    i. 405, 420; iv. 610. Com.
    559. Ps. lxxxv. 34; lxxxviii.
    22.
Never-sere, Lyc. 2.
Never since, P. L. i. 573; ix.
    504.

Nevertheless, P. L. x. 970.
New, P. L. i. 252, 279, 290, 365,
   645, 650; ii. 239, 319, 348,
   403, 837, 867; iii. 89, 137,
   294, 468, 613, 661, 679; iv.
   34, 106, 113, 184, 205, 287,
   391, 410, 575; v. 19, 184,
   431, 679, 680, 681, 691, 780,
   855; vi. 451, 571; vii. 68,
   209; viii. 311; ix. 175, 222,
   667, 843, 985, 1008; x. 243,
   257, 348, 377, 406, 647, 721,
   972; xi. 4, 103, 138, 228,
   867, 900; xii. 5, 549. P. R.
   i. 328, 334; ii. 38, 58, 126;
   iii. 266; iv. 278, 443, 566.
   S. A. 1329, 1755. Lyc. 193.
   L'Al. 69. Com. 472, 941,
   967. Son. vi. 3; x. 6; xi. 11.
   Od. Nat. 18, 66. Ep. M.
   Win. 71. Forc. of Con. 20.
   Ps. lxxxi. 9.
New-arriv'd, P. L. x. 26.
New-baptiz'd, P. R. ii. 1.
New-born, Od. Nat. 116.
New-comer, P. L. ix. 1097.
New-created, P. L. iii. 89; iv.
   937; vii. 554; x. 481.
New-declar'd, P. R. i. 121.
New-enlightened, Od. Nat. 82.
New-enliven'd, Com. 228.
New-entrusted, Com. 36.
New-fangled, Vac. Ex. 19.
New-felt, P. L. x. 263.
New-gather'd, P. L. ix. 852.
New-graven, P. R. i. 253.
New-made, P. L. vii. 617. Ps.
   cxxxvi. 26.
Newly, Ep. Hobs. I. 18.
New-parted, S. A. 1447.
New-reap'd, P. L. xi. 431.
New-risen, P. L. i. 594.
New-spangled, Lyc. 170.
New-wak'd, P. L. viii. 4, 253.
News, P. L. vi. 20; x. 21; xi.
   263. S. A. 1444, 1538, 1569.
   Ill-news, P. R. i. 64. Od.
      Pass. 3.

Next, P. L. i. 79, 238, 378, 383,
   406, 446, 457; ii. 19, 43,
   439, 909, 965; iii. 239, 383,
   466; iv. 220, 781, 864, 948;
   v. 33, 102, 671; vi. 45, 316,
   439, 446, 653; vii. 489; viii.
   449; ix. 174, 807, 950; x.
   604, 645; xi. 169, 436; xii.
   332. P. R. iii. 96, 417; iv.
   253, 272, 295. S. A. 227,
   1507. Com. 185, 501, 916,
   959. Ep. M. Win. 62, 67.
   Vac. Ex. 41, 58.
Nibbling, L'Al. 72.
Nice, P. L. iv. 241; v. 433; viii.
   399. P. R. iv. 157. Com.
   139.
Nicely, P. R. iv. 377.
Nicest, P. L. vi. 584.
Niger, P. L. xi. 402.
Niggard, Com. 726.
Nigh, P. L. i. 700; ii. 940; iii.
   645; iv. 15, 366; vi. 533;
   viii. 564; ix. 141, 433, 482,
   514, 595; x. 159, 632, 864;
   xi. 184, 193; xii. 625. P. R.
   i. 20, 36, 332; ii. 20, 262; iv.
   489, 582. S. A. 178, 593,
   1564. Son. i. 10. Ps. lxxxviii.
   12.—*See* Drew.
Nighest, P. R. i. 332.
Nigh hand, P. L. iii. 566.
Nigh at hand, P. L. iv. 552; ix.
   256. P. R. i. 20. S. A.
   593.
Night, P. L. i. 50, 207, 343, 487,
   500, 503, 543; ii. 133, 150,
   286, 308, 439, 505, 670, 894,
   962, 1002, 1036; iii. 18, 71,
   424, 514, 545, 557, 726, 732;
   iv. 550, 557, 611, 613, 633,
   647, 654, 665, 674, 680, 688,
   724, 776, 1015; v. 30, 31, 35,
   93, 96, 128, 162, 166, 206,
   227, 261, 547, 642, 645, 685,
   699, 700, 745; vi. 8, 14, 406,
   416, 521, 832; vii. 105, 123,
   251, 341, 351, 380, 584; viii.

24, 136, 139 ; ix. 51, 58, 65,
140, 211, 635 ; x. 477, 846,
1070; xi. 173, 826, 898 ; xii.
257. P. R. i. 304, 500 ; ii.
260, 279 ; iv. 398, 406, 426,
436, 452, 481. S. A. 88, 161,
404, 807. Lyc. 29. L'Al.
42, 107. Il Pens. 58, 121.
Arc. 61. Com. 122, 123, 195,
222, 224, 250, 285, 335, 347,
404, 580, 948, 957. Son. iv.
13; xviii. 14. Od. Nat. 61,
111. Od. Pass. 7, 29. Od.
Cir. 5. Ep. Hobs. I. 15. Ps.
i. 6.
Night-by-night, Com. 532.
   Ancient night, P. L. ii. 970,
    986.
   All night, P. L. vi. 1 ; vii.
    436; xii. 206.
   All night long, P. L. iv. 603,
    657 ; v. 657. Ps. lxxxviii. 3.
   By night, P. L. vii. 348 ; viii.
    143 ; x. 342; xii. 203, 365.
    P. R. i. 244. Com. 432.
    Ps. cxxxvi. 33.
   This night, Com. 948.
Night-founder'd, P. L. i. 204.
   Com. 483.
Night-hag, P. L. ii. 662.
Night-raven, L'Al. 7.
Night-steeds, Od. Nat. 236.
Night-wanderer, P. L. ix. 640.
Night-warbling, P. L. v. 40.
Night-watches, P. L. iv. 780.
Nightly, P. L. i. 440; ii. 642;
   iii. 32; iv. 685; v. 714; vii.
   29, 580; ix. 22, 47. Il Pens.
   84. Arc. 48. Com. 118,
   235, 883. Od. Nat. 179. Ps.
   vi. 12.
Nightingale, P. L. iv. 602; vii.
   435. Com. 234, 566. Son. i. 1.
Nightingales, P. L. iv. 771.
Night's, P. L. ix. 52; xii. 264.
   Arc. 39
Nights, P. L. ix. 63, 137; x.
   680. P. R. ii. 460.

Nile, P. L. i. 343, 413; xii. 157.
   Od. Nat. 211.
Nilotick, P. R. iv. 71.
Nilus, P. L. iv. 283.
Nimble, P. L. iv. 866; vi. 73;
   xi. 442.
Nine, P. L. vi. 871 ; vii. 6. Arc.
   64.
Ninefold, P. L. ii. 436. Od. Nat.
   131.
Nine times, P. L. i. 50.
Nineveh, P. R. iii. 275.
Ninus, P. R. iii. 276.
Nip, Ep. M. Win. 36.
Niphates, P. L. iii. 742.
Nipt, S. A. 1577.
Nisibis, P. R. iii. 291.
Nisroch, P. L. vi. 447.
Nitre, P. L. ii. 937.
Nitrous, P. L. iv. 815; vi. 512.
No, no, P. L. ix. 913. S. A.
   928.
Nobility, S. A. 1654.
Noble, P. L. vi. 189; xii. 221.
   P. R. iv. 99. S. A. 218, 1166,
   1724. Lyc. 71. Arc. 82.
   Com. 31, 451, 966. Son. v.
   12; xvii. 11. Ep. M. Win.
   5, 54.
   More noble, P. L. viii. 34.
Nobleness, P. L. viii. 557.
Nobler, P. L. ii. 116; iv. 288 ;
   viii. 28 ; ix. 111; xi. 411,
   605. P. R. ii. 477, 482. Son.
   x. 9.
Noblest, P. L. i. 552; iv. 217.
   P. R. ii. 341 ; iv. 52.
Nobly, P. R. iv. 239.
Nocent, P. L. ix. 186.
Nocturnal, P. L. iii. 40; viii.
   134. Com. 128.
Nod, Com. 960.
Nodding, Com. 38.
Nods, L'Al. 28.
Noise, P. L. i. 394, 498; ii. 64,
   657, 896, 957 ; vi. 211, 487,
   587, 667, 867 ; viii. 243; x.
   567, 705; xii. 55. S. A. 16,

1088, 1472, 1508, 1509, 1511,
1513, 1515. Il Pens. 61.
Com. 170, 227, 369. Son.
vii. 3. Od. Nat. 97. Od.
Sol. Mus. 18.
Noises, P. L. ii. 921.
Noising, P. R. iv. 488.
Noisome, P. L. xi. 478. Arc. 49.
None, P. L. i. 273; ii. 32, 255,
300, 331, 423, 466, 776, 802,
814; iii. 132, 182, 202, 219,
235, 289, 443, 444, 669, 738;
iv. 45, 80, 81, 579, 675, 704,
737; v. 44, 59, 62, 99, 362,
538, 791, 805, 850, 860; vi.
159, 237, 442, 508, 592, 702;
vii. 124, 333, 378; viii. 233,
285, 624; ix. 92, 118, 1140;
x. 80, 84, 820, 998; xi. 231,
612, 673, 837; xii. 522. P. R.
i. 323; ii. 62, 146, 177, 288,
315, 318; iii. 289, 358; iv.
184, 315, 487. S. A. 18,
344, 531, 1628. Arc. 72.
Com. 137, 702. Ps. lxxxv.
8; lxxxvi. 25.
Nook, P. L. i. 707; iv. 789; ix.
277. Il Pens. 92. Com.
500.
Noon, P. L. i. 743; iii. 616; iv.
564, 627; v. 174, 231; ix.
219, 401, 739; x. 93; xii. 1.
P. R. ii. 156, 292. S. A.
80, 683, 1612. Il Pens. 68.
Noon-tide, P. L. ii. 309; iv.
246; ix. 403.
North, P. L. i. 351; iv. 569, 783;
v. 689, 726, 755; vi. 79; x.
654, 695. P. R. iv. 28, 78,
448. Son. x. 7.
North-east, P. L. iv. 161.
Northern, P. R. iii. 338.
Northward, P. L. xii. 139.
North-wind, P. L. ii. 489; xi.
842.
Norumbega, P. L. x. 696.
Norway, P. L. i. 203.
Norwegian, P. L. i. 293.

Nostril, P. L. x. 280.
Nostrils, P. L. vii. 525; ix.
196.
Not, — *Passim.*
Not at all, S. A. 245.
Not now, P. L. x. 846. P. R. iii.
95.
Not only, P. L. iv. 668; x. 826.
S. A. 1654.
Not so, P. L. iii. 400; viii. 416;
x. 795, 910. P. R. i. 362.
S. A. 292, 818. Ps. i. 11.
Not yet, P. R. iii. 397; iv. 395.
S. A. 415.
Note, P. L. iii. 40; iv. 683.
P. R. ii. 306. Son. viii. 3.
Notes, P. L. ii. 494, 548; iii. 17;
v. 199; ix. 6. P. R. iv. 246,
437. L'Al. 139. Il Pens.
106. Son. i. 5; xv. 12. Od.
Nat. 116. Od. Pass. 9.
Nothing, P. L. i. 27; ii. 97, 101;
iv. 418; vi. 495; viii. 571;
ix. 232, 345, 574, 722, 1039;
x. 869, 1010; xii. 186. P. R.
ii. 169; iii. 79, 129, 135, 389;
iv. 157, 158, 292, 294. S. A.
207, 374, 474, 801, 881, 966,
1033, 1163, 1233, 1385, 1408,
1424, 1484, 1528, 1721, 1723.
Lyc. 129. Com. 722. Vac.
Ex. 81. Ps. iv. 12.
Notice, S. A. 250, 1536.
Notion, P. L. vii. 179. Com.
785.
Notions, P. L. viii. 187.
Notorious, S. A. 1186.
Notus, P. L. x. 702.
Novelty, P. L. x. 891.
Nought, P. L. ii. 679; iii. 158,
207, 453; vi. 382; ix. 786.
P. R. i. 181; iii. 393; iv. 161,
208. S. A. 588, 779, 1215.
Com. 204, 444. Od. Nat.
218. Ps. vii. 12.
Novice, P. R. iii. 241.
Nourish, P. L. iv. 670; v. 183,
325. P. R. i. 230.

Nourisher, P. L. v. 398.

Nourishment, P. L. v. 421, 483; vii. 130; xi. 533.

Noxious, P. L. ii. 216; vii. 498; x. 660. P. R. i. 312; iv. 460.

Null'd, S. A. 935.

Number, P. L. i. 571; iii. 706; iv. 687; v. 843, 901; vi. 49, 769, 809; vii. 147, 613; viii. 38, 422; x. 888. S. A. 1667. Com. 148. Ep. M. Win. 11.

Number, (*verb*,) S. A. 1295. Arc. 59.

Without number, P. L. i. 791; iii. 346.

Numbered, P. L. vi. 229; viii. 19; x. 576; xi. 40. S. A. 1478. Ep. Hobs. II. 8.

Numbering, P. R. iii. 410. Son. vi. 4.

Numberless, P. L. i. 344, 780; iii. 719; v. 653; vi. 224; vii. 197, 492; viii. 108; ix. 548. Il Pens. 7.

Numbers, P. L. iii. 38, 332, 346, 580; viii. 114, 421; ix. 144; xi. 480; xii. 503. P. R. iv. 255. S. A. 857, 1450. Ep. W. Sh. 10.

Numbers, (*verb*,) Ep. Hobs. II. 7.

Numbers numberless, P. R. iii. 310.

Numbing.—*See* Numming.

Numerous, P. L. i. 675; ii. 993; iv. 385; v. 150; vi. 231, 830; vii. 418, 621; x. 397; xi. 752; xii. 132. P. R. iii. 344. Ps. v. 18.

More numerous, P. L. v. 389; xi. 130.

Too numerous, P. L. xii. 167.

Numming, Com. 853.

Numness, S. A. 571.

Nun, Il Pens. 31.

Nuptial, P L. iv. 339, 710; viii. 487, 510; x. 994; xi. 280, 590. S. A. 385, 1194, 1743. Lyc. 176.

Nuptials, S. A. 1023.

Nurs'd, Lyc. 23. Com. 34.

Nurse, S. A. 1487, 1488. Arc. 46. Com. 377. Vac. Ex. 61.

Nursery, P. L. viii. 46.

Nursing, S. A. 924.

Nursling, S. A. 633.

Nurture, S. A. 362.

Nut-brown, L'Al. 100.

Nutriment, P. L. vii. 408.

Nutriments, P. L. v. 496.

Nymph, P. L. iv. 707. L'Al. 25. Com. 54, 230, 422, 824.

Nymph-like, P. L. ix. 452.

Nymphs, P. R. ii. 355. Lyc. 50. Il Pens. 137. Arc. 1, 33, 96. Com. 883. Od. Nat. 188.

Nyseian, P. L. iv. 275.

OAK, P. L. vi. 574. P. R. i. 305. Il Pens. 60, 135.

Oaken, S. A. 1123. Arc. 45.

Oaks, P. L. i. 613. P. R. iv. 417. Lyc. 186. L'Al. 82.

Oar, P. L. ii. 942.

Oary, P. L. vii. 440.

Oat, Lyc. 88.

Oaten, Lyc. 33. Com. 345.
Oath, P. L. ii. 352.
Ob, P. L. ix. 78.
Obdurate, P. L. i. 58; vi. 790;
xii. 205.
Obdured, P. L. ii. 568; vi. 785.
Obedience, P. L. iii. 95, 107,
190, 191, 269; iv. 428, 520,
955; v. 514, 522, 537; vi.
740, 902; vii. 159; viii. 240,
325; ix. 368; xii. 397, 403,
408. P. R. i. 4, 422; iv.
80. Od. Cir. 25. Od. Sol.
Mus. 24.
Obedient, P. L. v. 501, 514;
vii. 498; xii. 246. Ep. Hobs.
II. 29.
Obey, P. L. ii. 865; iv. 636; v.
551; vi. 185, 741; viii. 634;
x. 145; xi. 112; xii. 561.
P. R. iii. 194. S. A. 1372.
Obey'd, P. L. i. 337; v. 704,
806; vi. 185; vii. 48, 453;
viii. 272; ix. 570, 701; xii.
86. P. R. iii. 196. S. A.
895, 900.
Obeying, P. L. ix. 868; x. 14.
S. A. 1641.
Obeys, P. L. ix. 351; xii. 126,
212. P. R. iii. 159.
Obey'st, P. R. i. 452.
Object, P. L. viii. 456, 535; ix.
222, 361; x. 936, 996; xi.
201. P. R. ii. 163. S. A.
559, 568.
Object, (*verb*,) P. L. iv. 896.
Objects, P. L. iii. 621; viii. 609;
xii. 9. P. R. ii. 225. S. A.
71.
Oblige, P. L. ix. 980.
Oblique, P. L. iii. 564; ix. 510;
x. 671.
Obliquities, P. L. viii. 132.
Oblivion, P. L. ii. 583; vi. 380.
Ps. lxxxviii. 52.
Oblivious, P. L. i. 266.
Obloquy, P. L. v. 813. P. R.
iii. 131. S. A. 452.

Obnoxious, P. L. ix. 170, 1094.
S. A. 106.
Obscene, P. L. i. 406.
Obscure, P. L. i. 429, 524; ii.
132, 406; iii. 15; iv. 840;
vii. 229; viii. 192, 230; ix.
159; x. 366; xi. 283. P. R.
i. 24, 287; iii. 22, 94. S. A.
296, 572.
Obscur'd, P. L. i. 594; iv. 571;
v. 841; vi. 585; ix. 797,
1086; xii. 86. S. A. 688.
Com. 536.
Obscurely, P. L. xii. 543. S. A.
1611.
Obscures, P. R. ii. 101.
Obsequious, P. L. vi. 10, 783;
viii. 509.
Obsequy, S. A. 1732.
Observe, P. L. vii. 78; x. 334;
xi. 530; xii. 563. P. R. iii.
235; iv. 477. Ps. v. 23;
lxxxi. 14.
Observ'd, P. L. i. 588; iv. 849;
ix. 94; x. 430; xi. 191, 228,
817.
Observes, P. L. v. 262.
Observing, P. L. iv. 737.
Obstacle, P. L. iii. 615; viii.
624.
Obstinacy, P. L. x. 114.
Obstriction, S. A. 312.
Obstruct, P. L. v. 257; x. 636;
xii. 52.
Obtain, P. L. iii. 156, 660; iv.
93; vii. 112; ix. 20; x. 75;
xi. 47. P. R. iii. 354. S. A.
909.
Obtain'd, P. L. ii. 250; x. 938.
P. R. ii. 73; iii. 168. S. A.
814.
Obtains, P. L. iii. 546. P. R. i.
87.
Obtrude, P. R. ii. 387.
Obtruded, P. L. xi. 504.
Obtruding, Com. 759.
Obtrud'st, P. R. iv. 493.
Obtrusive, P. L. viii. 504.

Obtuse, P. L. xi. 541.
Obvious, P. L. vi. 69 ; viii. 158, 504 ; x. 106 ; xi. 374. S. A. 95.
Occasion, P. L. i. 178 ; ii. 341 ; v. 453 ; ix. 480, 974. P. R. iii. 174. S. A. 224, 237, 423, 425, 1329, 1716. Lyc. 6. Com. 91.
Occasionally, P. L. viii. 556.
Occasion'd, P. L. xii. 475.
Occasion's, P. R. iii. 173.
Occasions, S. A. 1596.
Ocean, P. L. i. 202 ; ii. 183, 892 ; iii. 76, 539 ; iv. 165, 354, 540 ; v. 426 ; vii. 271, 279, 412, 624 ; ix. 80 ; xi. 827. Com. 976. Lyc. 168. Son. xiv. 13. Od. Nat. 66. Brut. 7. Ps. cxiv. 13.
Oceanus, Com. 868.
Ocean-brim, P. L. v. 140.
October's, Com. 930.
Odds, P. L. iv. 447 ; vi. 319, 441 ; ix. 820 ; x. 374. Arc. 23.
Ode, Od. Nat. 24.
Odes, P. R. i. 182 ; iv. 257.
Odious, P. L. i. 475 ; ii. 781 ; vi. 408 ; ix. 880 ; xi. 704. Ps. lxxxviii. 34, 35.
Odiously, S. A. 873. Ariost. 2.
Odoriferous, P. L. iv. 157.
Odorous, P. L. iv. 166, 248, 696 ; v. 482. S. A. 720. Arc. 56. Com. 993. Son. iv. 10. Od. Pass. 16.
Odour, P. L. ix. 579.
Odours, P. L. ii. 245, 843 ; iv. 162 ; v. 293, 349 ; viii. 517. P. R. ii. 364. S. A. 987. Com. 106, 712. Od. Nat. 23. Od. Hor. 1.
Œchalia, P. L. ii. 542.
O'er,—*Passim.*
O'erblown, P. L. i. 172.
O'ercome, P. R. i. 161. S. A. 51.

O'erflow'd, P. L. viii. 266.
O'erfraught, Com. 732.
O'ergrown, Lyc. 40.
O'erlaid, Il Pens. 16.
O'erleap'd, P. L. iv. 583.
O'ermatch'd, P. L. ii. 855.
O'erpower'd, P. L. i. 145.
O'ershades, P. L. v. 376.
O'ershadow, P. R. i. 140.
O'erspread, P. L. ii. 489.
O'erthrew, P. L. i. 306.
O'erwatch'd, P. L. ii. 288.
O'erwearied, P. L. vi. 392.
O'erwhelm, P. L. vi. 489. S. A. 370.
O'erwhelm'd, P. L. i. 76.
O'erworn, S. A. 123.
Œta, P. L. ii. 545.
Offal, P. L. x. 633.
Offence, P. L. iii. 355, 410 ; v. 34 ; ix. 726 ; x. 171, 854. S. A. 767, 1004, 1218.
Offend, P. L. i. 187 ; vi. 465 ; viii. 379 ; x. 110 ; xi. 236. S. A. 1333, 1414.
Offended, P. L. v. 135 ; x. 488, 566, 916 ; xi. 149, 811. P. R. iv. 196. S. A. 515. Il Pens. 21. Ps. vii. 44.
Offending, P. L. ii. 212.
Offensive, P. L. i. 443.
Offer, P. L. ii. 469 ; iii. 237 ; xi. 327 ; xii. 363. P. R. ii. 399 ; iii. 380 ; iv. 160, 190. S. A. 1255. Com. 702. Ps. iv. 23.
Offer'd, P. L. iii. 187, 270, 409 ; v. 63 ; vi. 617 ; ix. 300, 802 ; xi. 506 ; xii. 425. P. R. ii. 328, 449 ; iv. 156, 377, 468, 493. S. A. 246, 390, 516, 1253. Com. 322.
Offering, P. L. iii. 234 ; xi. 441, 456. S. A. 26, 344, 1152. Com. 64.
Offerings, P. L. i. 475 ; ii. 246. S. A. 519. Ps. iv. 23.
Offers, P. R. iv. 155, 171.

Office, P. L. ii. 859; v. 103;
vii. 344; ix. 39, 49; x. 657,
1002; xii. 240, 311. P. R.
i. 28, 188, 374; ii. 463. S. A.
924. Com. 89, 908. Od. D.
F. I. 70. Ep. Hobs. I. 14.
Officer, S. A. 1306.
Officers, Com. 218.
Offices, P. L. x. 960.
Officiate, P. L. viii. 22.
Officious, P. L. viii. 99; ix. 104.
P. R. ii. 302.
Offspring, P. L. ii. 310, 781;
iii. 1; iv. 385, 751; vi. 276;
viii. 86; ix. 273; x. 238,
349, 781; xi. 358, 613, 755.
P. R. ii. 440; iii. 375; iv.
399. Com. 34. Od. D. F. I.
76.
Oft,—*Passim.*
Oft-invocated, S. A. 575.
  As oft, P. L. ix. 400, 515; x.
    568, 852; xii. 319. P. R.
    ii. 234; iv. 17.
  Full oft, P. L. ii. 763.
  How oft, P. L. ii. 263. Od.
    Hor. 5.
  More oft, P. L. i. 493. S. A.
    268, 1287.
  So oft, P. L. vi. 94; ix. 1082;
    x. 570. P. R. iii. 167; iv.
    4, 446.
Often, P. L. i. 387. P. R. i. 199.
  S. A. 351. L'Al. 74. Com.
  569. Od. Nat. 74.
  How often, P. L. iv. 680.
  So often, Arc. 29. Son. xvi.
    4.
Oftest, P. L. v. 489. P. R. ii.
  228, 486. S. A. 1030.
Oft-times, P. L. i. 166; viii. 571.
  P. R. i. 472; iv. 460.
Og, S. A. 1080. Ps. cxxxvi.
  69.
Oh, S. A. 1516. Od. D. F. I. 34,
  36, 41, 64. Ps. lxxxiii. 49.
Oil, P. L. xii. 19. P. R. iii. 259.
  Com. 199. Od. Pass. 16.

Oils, Com. 840.
Old, P. L. i. 420, 477, 519, 543,
  552, 565, 639; ii. 593, 988,
  1002; iii. 36, 421, 604; iv.
  165, 276, 666; vii. 7; ix.
  101, 441; xi. 11, 243, 386,
  668. P. R. i. 46; ii. 21, 87,
  147, 174, 358; iii. 15, 178,
  276, 367, 378; iv. 90, 91,
  278, 604. S. A. 139, 148,
  328, 333, 572, 1441. Lyc.
  36, 53, 160. L'Al. 97. Il
  Pens. 173. Arc. 98. Com.
  33, 45, 439, 822, 852, 874,
  923. Son. v. 8; xii. 1; xviii.
  6. Od. Nat. 168. Vac. Ex.
  47, 69. Ep. Hobs. I. 1; II.
  8. Forc. of Con. 20. Ps. vi.
  14; lxxxiii. 37.
Older, S. A. 1489.
Old age, P. L. xi. 538. S. A.
  572, 700, 925, 1487, 1488.
  Of old, P. L. ii. 38; iii. 568;
    vii. 200; ix. 145, 670; x.
    226. P. R. ii. 174, 358;
    iii. 378; iv. 604. S. A.
    1533. Com. 516. Son.
    xiii. 3. Od. Nat. 119.
    Brut. 9. Ps. vii. 52; lxxxi.
    13.
Olive, P. R. iv. 244. Od. Nat.
  47.
Olive-leaf, P. L. xi. 860.
Olympian, P. L. ii. 530; vii.
  3.
Olympias, P. L. ix. 509.
Olympus, P. L. i. 516; vii. 7; x.
  583. Od. D. F. I. 44.
Omen, S. A. 967.
Ominous, P. L. iii. 123. P. R.
  iv. 481. Com. 61.
Omission, S. A. 691.
Omit, S. A. 602.
Omnifick, P. L. vii. 217.
Omnipotence, P. L. v. 722; vi.
  159, 684; vii. 194; viii.
  108.
Omnipotent, P. L. i. 49, 273; ii.

198; iii. 372; iv. 86, 725; v.
616; vi. 136, 227; vii. 36,
516; ix. 927.
Omnipresence, P. L. vii. 590;
xi. 336.
Omniscient, P. L. vi. 430; vii.
123; x. 7.
Once,—*Passim.*
Once again, P. L. vi. 618. P. R.
ii. 17. S. A. 1174.
Once and again, P. L. xi. 857.
At once, P. L. i. 59, 788; ii.
61, 155, 475, 476; iii. 59,
543; iv. 56, 148, 853; v.
228, 275; vi. 251, 319,
582, 827; vii. 462, 475;
ix. 303, 586, 779; x. 892,
999; xi. 761, 768. P. R.
i. 196; ii. 111. S. A.
1587. Ep. M. Win. 30.
Ps. iv. 37.
Not once, Com. 74.
Once more, P. L. i. 268; ii. 721,
985; iii. 175, 178; iv. 941;
xi. 75, 125; xii. 211. P. R.
iv. 236. Lyc. 1, 2. Son.
xviii. 7.
One,—*Passim.*
All one, P. L. vi. 165.
All in one, P. L. vi. 779.
One by one, P. L. v. 697. S. A.
1457.
Ones, Ps. iv. 7.
Only,—*Passim.*
Nor only, P. L. iv. 991.
Not only, P. L. viii. 338; ix.
681; x. 461; xii. 447.
S. A. 579, 617, 1654.
Onset, P. L. ii. 364; vi. 98.
Onward, P. L. ii. 675; v. 298;
vi. 550, 768, 831; x. 811.
S. A. 1. Son. xvii. 9.
Oose, P. L. vii. 303. Vac. Ex. 92.
Oozy, Lyc. 175. Od. Nat.
124.
Opacous, P. L. iii. 418; viii.
23.
Opal, P. L. ii. 1049.

Opaque, P. L. iii. 619.
Ope, P. L. xi. 423. Com. 626.
Op'd, S. A. 452.
Open, P. L. i. 662; ii. 41, 51,
119, 187, 879, 884; iii. 514,
672; iv. 245, 721; v. 138;
vi. 560, 611; vii. 390; viii.
460; ix. 692; x. 232, 419,
533, 1061. S. A. 1172, 1609.
Open, (*verb*,) P. L. v. 127; vi.
235; vii. 158, 565, 566, 569;
ix. 866. Od. Nat. 148.
Open'd, P. L. i. 689; ii. 175,
883; iii. 526; vii. 205, 575;
viii. 465; ix. 708, 985, 1053,
1071; x. 187; xi. 429. P. R.
i. 30, 281; ii. 294.
Opener, P. L. ix. 875; xi. 598.
Open'st, P. L. ix. 809.
Opening, P. L. i. 724; ii. 755,
777; iii. 538; vi. 481, 860;
vii. 318, 454; ix. 865; x.
234; xi. 277, 833; xii. 274.
Lyc. 26.
Openly, P. R. i. 288. S. A.
398.
Opens, P. L. iv. 77; vi. 54.
Operation, P. L. viii. 323; ix.
796, 1012.
Opes, Lyc. 111. Com. 14.
Ophion, P. L. x. 581.
Ophir, P. L. xi. 400.
Ophiuchus, P. L. ii. 709.
Ophiusa, P. L. x. 528.
Opiate, P. L. xi. 133.
Opinion, P. L. ii. 471; v. 108.
Hor. I. 4.
Opinions, P. L. viii. 78.
Opium, S. A. 630.
Opportune, P. L. ii. 396; ix. 85,
481.
Opportunely, P. R. ii. 396.
Opportunity, P. R. iv. 531. Com.
401.
Oppose, P. L. ii. 419, 610; v.
717; vi. 155, 636. S. A.
862. Ps. viii. 8.
Oppos'd, P. L. i. 41, 103; v.

808; vi. 254; x. 478. P. R. i. 96.

Opposing, Com. 600.

Opposite, P. L. ii. 298; iii. 727; iv. 460; vi. 128, 306; vii. 376; x. 659. P. R. iii. 358.

Opposition, P. L. ii. 803; vi. 314; xi. 664. P. R. iii. 250; iv. 386. S. A. 1050.

Oppress, P. R. ii. 44. S. A. 232.

Oppress'd, P. L. ii. 13; vi. 655; ix. 1045. P. R. ii. 331. S. A. 1269.

Oppresses, P. L. vii. 129.

Oppression, P. L. viii. 288; xi. 672.

Oppressour, S. A. 1272.

Oppressours, S. A. 233.

Opprobrious, P. L. i. 403; ii. 58; x. 222.

Ops, P. L. x. 584.

Optic, P. L. i. 288; iii. 590. P. R. iv. 40.

Oracle, P. L. i. 12; x. 182. P. R. i. 460, 463; iii. 13; iv. 275.

Oracles, P. R. i. 395, 430, 456. Od. Nat. 173.

Oracling, P. R. i. 455.

Oraculous, P. R. iii. 14.

Orator, P. L. ix. 670.

Orators, P. R. iv. 267, 353.

Oratory, P. L. xi. 8. P. R. iv. 360.

Orb, P. L. i. 287; ii. 1029; iii. 589; iv. 592; v. 176, 596, 862; vi. 254; vii. 257, 361; viii. 152, 156; ix. 82.

Orb in orb, P. L. viii. 84.

Orb'd, Od. Nat. 143.

Orbed, P. L. vi. 543.

Orbicular, P. L. iii. 718; x. 381.

Orbs, P. L. iii. 25, 420, 668, 670; v. 422, 594; vi. 828; viii. 30; ix. 109; x. 397. Son. xvii. 4. Od. Nat. 75.

Orcs, P. L. xi. 835.

Orcus, P. L. ii. 964.

Orduin, P. L. ii. 915; vii. 343; xii. 230. Ps. cxxxvi. 21.

Ordain'd, P. L. i. 71; ii. 732; iii. 127, 128, 665; iv. 58, 215, 729; v. 526, 615, 802; vi. 700, 809; vii. 187, 590; viii. 106, 297; ix. 344, 470; x. 1039; xi. 164; xii. 226. P. R. iii. 152; iv. 473. S. A. 362. Ps. lxxxi. 17.

Ordains, P. L. ii. 201; iv. 636; vi. 175. Son. xvi. 11.

Order, P. L. i. 506, 569; ii. 280, 507; iii. 713; iv. 663; v. 334; vi. 522, 548, 885; ix. 402; x. 443; xi. 736. S. A. 1447.
In order, P. R. ii. 351. S. A. 1608, 1694. Od. Nat. 244.

Order'd, P. L. i. 565. S. A. 30. Od. Pass. 49.

Orderly, P. L. vi. 74.

Orders, P. L. i. 737; v. 588, 591, 792; x. 615. P. R. iii. 112. S. A. 672.

Ordering, P. L. viii. 377.

Ore, P. L. i. 673, 703; v. 442; xi. 570. Lyc. 170. Com. 719, 933.

Oread, P. L. ix. 387.

Oreb, P. L. i. 7, 484; xi. 74. Ps. lxxxiii. 41.

Organ, P. L. i. 708; xi. 560. Il Pens. 161. Od. Nat. 130.

Organic, P. L. ix. 530.

Organs, P. L. iv. 802; vii. 596.

Orgies, P. L. i. 415.

Orient, P. L. i. 546; ii. 399; iii. 507; iv. 238, 644; v. 2, 175; vi. 15, 524; vii. 254; xi. 205. Com. 65. Od. Nat. 231.

Orifice, P. L. vi. 577.

Original, P. L. i. 592; ii. 375, 984; ix. 150, 1004; xi. 424; xii. 83.

Originals, P. L. vi. 511.

Orion, P. L. i. 305.

Orisons, P. L. v. 145; xi. 137.

Ormus, P. L. ii. 2.

Ornament, P. L. v. 280 ; viii.
538. S. A. 1025, 1132.
Ornaments, P. L. ix. 1076.
Ornate, S. A. 712.
Orontes, P. L. iv. 273 ; ix. 80.
Orphean, P. L. iii. 17.
Orpheus, Lyc. 58. Il Pens. 105.
Orpheus', L'Al. 145.
Orus, P. L. i. 478. Od. Nat.
212.
Osier, Com. 891.
Osiers, P. R. ii. 26.
Osiris, P. L. i. 478. Od. Nat.
213.
Ostentation, P. R. iii. 387.
Other,—*Passim.*
Other self, P. L. viii. 450; x.
128.
   No other, P. R. i. 100, 336 ;
   iv. 44, 290. S. A. 723.
   Some other, P. R. ii. 254.
   S. A. 1302.
Other's, P. L. xi. 443, 458. S. A.
1087.
Others, P. L. i. 216 ; ii. 422,
469, 539, 546, 557 ; iii. 469 ;
iv. 249, 350, 880 ; v. 241 ;
vi. 337, 528 ; vii. 437, 442 ;
ix. 127, 805 ; x. 982 ; xi.
558, 655, 657 ; xii. 37. P. R.
i. 273 ; ii. 8, 61, 174, 306,
400 ; iv. 297. S. A. 78, 815,
1191, 1464. Lyc. 67. Vac.
Ex. 81.
Otherwise, P. R. iv. 212. S. A.
590. Com. 318.
Ought.—*See* Aught.
Ought, (*verb,*) P. L. viii. 74 ; x.
12. P. R. iv. 288. S. A.
874.
Ought'st, S. A. 329.
Ounce, P. L. vii. 466. Com. 71.
Ounces, P. L. iv. 344.
Ourselves, P. L. ii. 225, 253, 254 ;
ix. 654 ; x. 999, 1002, 1037,
1042.
Out, P. R. i. 334 ; ii. 29 ; iv.
130. S. A. 33, 539, 1103,

1160, 1326, 1569, 1703. Lyc.
190. L'Al. 111. Com. 83,
137, 398, 606, 630.   Od. on
Time, 1. Vac. Ex. 24. Ep.
Hobs. II. 8. Ps. vi. 11 ;
lxxxi. 42.
Out, out, S. A. 748.
Out of, P. L. i. 10, 163, 165,
710 ; ii. 758 ; iii. 257 ; vi.
137, 660 ; x. 317, 843, 867 ;
xii. 423. P. R. i. 81, 84 ; ii.
58 ; iv. 449. S. A. 880.
L'Al. 113. Ps. viii. 4, 5.
Out of order, Ps. lxxxii. 20.
Out-brake, Od. Nat. 159.
Out-cast, P. L. ii. 694 ; iv. 106.
P. R. ii. 309.
Outcries, S. A. 1124.
Outcry, P. L. ii. 726, 737. S. A.
1517.
Out-do, P. L. iii. 298.
Out-done, P. L. i. 696.
Out-flew, P. L. i. 663.
Out-go, Vac. Ex. 79.
Out-grew, P. L. ix. 202.
Outlandish, P. R. iv. 125.
Outlasted, Od. D. F. I. 3.
Outlaw's, Com. 399.
Outlive, P. L. xi. 538.
Out-living, Od. Pass. 7.
Outmost, P. L. ii. 1039.
Out-pour'd, P. R. iii. 311. S. A.
544.
Outrage, P. L. i. 500 ; x. 707.
Outrageous, P. L. ii. 435 ; vi.
587 ; vii. 212 ; x. 232.
Outrageously, Ps. lxxxiii. 6.
Outshine, P. L. i. 86.
Outshone, P. L. ii. 2.
Outside, P. L. iii. 74 ; viii. 568,
596 ; x. 317. P. R. iv. 58.
Outspread, P. L. i. 20 ; v. 649 ;
vii. 235. Ps. vii. 17 ; lxxx.
6.
Outstretch'd, P. L. v. 88 ; x. 851.
P. R. iii. 254. Ep. Hobs. II.
17.
Outward, P. L. i. 97 ; iv. 120 ;

viii. 221, 538, 543, 642; ix.
312, 348; x. 220; xii. 95,
100, 534.   P. R. iv. 145.
S. A. 160, 1025, 1368, 1369.
Com. 460.   Son. xvii. 2.
Out-watch, Il Pens. 87.
Outworn, S. A. 580. Ps. lxxxvii.
22.
Over,—*Passim.*
Over-arch'd, P. L. i. 304; ix.
1107.
Overaw'd, P. L. ix. 460.
Over-built, P. L. x. 416.
Overcame, P. R. i. 148; iii. 325.
Overcloy, Ps. iv. 34.
Overcome, P. L. i. 109, 189,
649; ii. 215; iv. 857; vi.
126; ix. 313, 999; xi. 374,
691; xii. 267, 390. S. A.
365.
Overcomes, P. L. i. 648.
Overcoming, P. L. xii. 566.
Over-exquisite, Com. 359.
Over-fond, P. L. xi. 289.
Overgrown, P. L. iv. 136, 627;
ix. 210.
Overgrowth, P. L. xii. 166.
Over-hardy, Ps. cxxxvi. 70.
Over-head, P. L. i. 784; iv. 137;
vi. 212; ix. 1038.
Over-heard, P. L. ix. 276.
Over-hung, P. L. iv. 547.
Over-joy'd, P. L. v. 67; viii.
490.
Over-just, S. A. 514.
Over-labour'd, S. A. 1327.
Over-laid, P. L. i. 714; xii. 250.
Over-lay, P. L. x. 370.   P. R.
iii. 333.
Over-leap'd, P. L. iv. 181.
Over-live, P. L. x. 773.
Over-lov'd, P. L. x. 1019.
Over-match, P. R. iv. 7.
Over-match'd, P. R. ii. 146.
Over-much, P. L. viii. 565; ix.
1178. S. A. 213.
Over-multitude, Com. 731.
Overpass'd, P. R. ii. 198.

Overplied, Son. xvii. 10.
Over-potent, S. A. 427.
Over-power, P. L. ii. 237.
Over-power'd, P. L. vi. 419; viii.
453.   S. A. 880.
Over-praising, P. L. ix. 615.
Over-reach, P. L. x. 879.
Over-reach'd, P. L. ix. 313. P. R.
iv. 11.
Over-ripe, P. R. iii. 31.
Over-rul'd, P. L. iii. 114; v. 527;
vi. 228.
Over-run, P. R. iii. 72.
Over-shadow, P. L. xii. 187.
Over-shadowing, P. L. vii. 165.
P. R. iv. 148.
Over-spread, P. L. vi. 670. Ps.
lxxx. 42.
Over-strong, S. A. 1590.
Over-sure, P. R. ii. 142.
Overtake, Od. on Time, 13. Ps.
vii. 14.
Overtask, Com. 309.
Overthrew, P. L. iv. 905; vi.
372.
Overthrow, P. L. i. 135; vi. 601.
P. R. i. 115.
Overthrown, P. L. ii. 992; vi.
856. S. A. 463, 1698. Ep.
Hobs. I. 4.
Over-tir'd, S. A. 1632.
Overtook, P. L. ii. 792.
Over-trusting, P. L. ix. 1183.
Overture, P. L. vi. 562.
Overturn'd, P. L. vi. 390.
Overturns, P. L. vi. 463. S. A.
542.
Over-watch'd, S. A. 405.
Overween, Son. iv. 6.
Overweening, P. L. x. 878. P. R.
i. 147.
Overwhelm, P. L. xii. 214.
Overwhelm'd, P. L. x. 159; xi.
748. S. A. 1559.
Over-woody, P. L. v. 213.
Owe, P. L. ii. 856; iii. 181; iv.
53, 444; v. 520, 521; vi.
468; vii. 76; ix. 807, 1141.

P. R. ii. 325. S. A. 1405.
Son. xii. 12.
Owes, P. L. iv. 56.
Owing, P. L. iv. 56.
Owls, Son. vii. 4.
Own'd, P. R. ii. 85. Il Pens.
113.

Owners, S. A. 1261.
Owns, S. A. 1157.
Ox, P. L. i. 486 ; viii. 396. Com.
291.
Oxen, P. L. xi. 647.
Oxus, P. L. xi. 389.

PACE, P. L. vi. 551 ; viii.
164; x. 859. S. A.
110. Com. 145, 870.
Od. on Time, 3.
Pace for pace, P. L. x. 589.
Paces, P. L. vi. 193.
Paces, (*verb*,) P. L. viii. 165.
Pacific, P. L. xi. 860.
Pacing, Com. 100.
Pack'd, Vac. Ex. 12.
Packing, Forc. of Con. 14.
Pact, P. R. iv. 191.
Padan-aram, P. L. iii. 513.
Page, Son. vi. 6.
Pageantry, L'Al. 128.
Paid, P. L. i. 441 ; ii. 248; iii.
107, 246 ; v. 145 ; xi. 452 ;
xii. 293, 424. S. A. 432,
1477, 1573. Com. 776.
Pain, P. L. i. 55, 125, 558, 608 ;
ii. 30, 34, 88, 147, 207, 219,
261, 278, 461, 544, 567, 586,
608, 695, 752, 783, 823, 861 ;
iv. 97, 271, 511, 888, 892, 910,
915, 918, 919, 921, 925, 948 ;
vi. 280, 327, 362, 394, 397,
431, 454, 457, 462, 657, 877 ;
ix. 283, 487, 694, 861 ; x.
470, 501, 775, 964, 1025 ; xi.
601 ; xii. 384. P. R. i. 401 ;
iv. 305. S. A. 617. Com. 687.

Pain'd, P. L. vi. 404.
Painful, P. L. i. 562 ; iii. 452 ;
xi. 528. S. A. 699.
Pains, P. L. i. 147, 336 ; x.
1051 ; xi. 511. P. R. ii.
401 ; iv. 479. S. A. 105,
485, 501, 576, 615.
Paint, P. L. v. 187.
Painted, P. L. viii. 434. P. R.
iv. 253. Ps. cxxxvi. 18.
Paints, P. L. v. 24.
Pair, P. L. iv. 321, 366, 534,
774 ; v. 227, 278, 280 ; viii.
605 ; ix. 197; x. 342, 585 ;
xi. 10, 105. Com. 236. Od.
Sol. Mus. 1.
Pair'd, S. A. 208.
Pairs, P. L. vii. 459 ; viii. 58,
394 ; xi. 735.
Palace, P. L. v. 760; vii. 363 ;
x. 308 ; xii. 177. P. R. ii.
300 ; iv. 51. Com. 14. Od.
Nat. 148.
Palace-gate, P. L. iii. 505.
Palaces, P. L. i. 497; xi. 750.
P. R. iv. 35. Ps. lxxxiii.
48.
Palate, P. L. ix. 1020.
Palatine, P. R. iv. 50.
Pale, P. L. i. 183, 786 ; ii. 616 ;
iii. 732 ; iv. 115 ; vi. 393 ;

ix. 894; x. 590, 1009; xi.
446. Lyc. 143. Il Pens.
121, 156. Com. 333. Son.
xviii. 4. Od. Nat. 185, 232.
Od. May-M. 4. Ps. lxxxviii.
44.
Pale-ey'd, Od. Nat. 180.
Pales, P. L. ix. 393.
Palestine, P. L. i. 465. S. A.
144, 1099. Od. Nat. 199.
Pall, Il Pens. 98.
Pallat, *or* Pallet, Com. 318.
Palm, P. L. iv. 139; vi. 885;
ix. 435. S. A. 1735.
Palmer's, Com. 189.
Palm-tree, P. L. viii. 212.
Palms, P. R. ii. 21. Com. 918.
Od. Sol. Mus. 14.
Palmy, P. L. iv. 254.
Palpable, P. L. ii. 406; xii.
188.
Pamper'd, P. L. v. 214.
Pan, P. L. iv. 266, 707. P. R. ii.
190. Com. 176, 268. Od.
Nat. 89.
Pan's, Arc. 106.
Pandemonium, P. L. i. 756; x.
424.
Pandora, P. L. iv. 714.
Paneas, P. L. iii. 535.
Pangs, P. L. ii. 703; ix. 1001.
S. A. 660. Od. Cir. 27. Ep.
M. Win. 68.
Panim, P. L. i. 765.—*See also*
Paynim.
Panope, Lyc. 99.
Panoply, P. L. vi. 527, 760.
Pansies, P. L. ix. 1040. Com.
851.
Pansy, Lyc. 144.
Paquin, P. L. xi. 390.
Parables, S. A. 500.
Parade, P. L. iv. 780.
Paradise, P. L. iii. 354, 478, 496,
527, 632, 733; iv. 132, 143,
208, 241, 274, 282, 379, 422,
542, 752, 991; v. 143, 226,
275, 446; vii. 45; viii. 171,

319; ix. 71, 406, 476, 619,
796; x. 2, 17, 326, 398, 484,
551, 585, 598, 742; xi. 29,
48, 104, 123, 210, 259, 269,
342, 378, 830; xii. 314, 464,
586, 587, 642. P. R. i. 3,
52; ii. 141; iv. 604, 608,
611, 613.
Paradises, P. L. v. 500.
Paradoxes, P. R. iv. 234.
Paragon'd, P. L. x. 426.
Parallax, P. R. iv. 40.
Parallel, P. L. v. 141.
Paramount, P. L. ii. 508.
Paramour, Od. Nat. 36.
Parasite, P. R. i. 452.
Paranymph, S. A. 1020.
Parch, P. L. xii. 636.
Parch'd, P. L. x. 556.
Parching, P. L. ii. 594. Lyc.
13.
Pard, Com. 444.
Pardon, P. L. iv. 80; v. 848; x.
1089, 1101; xi. 167. S. A.
521, 738, 771, 814, 825, 1171.
Vac. Ex. 7. Ps. lxxxvi. 14.
Pardons, P. L. iii. 492.
Pards, P. L. iv. 344.
Parent, P. L. ii. 805; v. 153; x.
331, 354.
Parentage, P. R. i. 235.
Parents, P. L. i. 29, 393, 510;
x. 904; xii. 638. S. A. 25,
220, 886, 1487.
First parents, P. L. iii. 65;
iv. 6.
Parl, P. R. iv. 529.
Parle, P. L. vi. 296. S. A. 785.
Parliament, Son. v. 5. Forc. of
Con. 15.
Parlies, S. A. 403.
Parly, Com. 241.
Parricide, S. A. 832.
Parsimonious, P. L. vii. 485.
Part, P. L. i. 267, 367, 645; ii.
325, 770; iii. 371, 584, 595;
iv. 63, 411, 487; v. 83; vi.
345, 413, 565; vii. 145, 359;

viii. 138, 139, 534, 561; ix.
7, 8, 72, 375, 667, 673, 879,
1018; x. 155, 817, 886, 951,
1031; xi. 430, 431, 564, 660,
765; xii. 298, 533.   P. R.
ii. 240, 248, 477; iii. 399.
S. A. 48, 93, 394, 395, 746,
1217, 1229, 1453, 1463. Son.
iv. 5.   Od. Nat. 105.

Part, (*adj.*) P. L. ii. 528, 531,
570; vi. 516, 519; vii. 293,
403, 410, 425; xi. 643; xii.
230, 231, 336.

Part, (*verb*,) P. L. iv. 784, 872;
viii. 645; xi. 282.   P. R. i.
472; iii. 155; iv. 161.   S. A.
1056, 1229, 1481.

In part, P. L. ii. 380; iv.
670; v. 405; ix. 1119; x.
716; xi. 513.   S. A. 72,
681.

Most part, P. R. iii. 232.

Partake, P. L. ii. 374, 466; v.
75; vi. 903; ix. 3, 199, 818;
xii. 598.   S. A. 1455.

Partaken, Com. 741.

Partakers, P. L. iv. 731.

Partakes, P. L. viii. 364.

Parted, P. L. iv. 302; viii. 652;
ix. 848, 916, 1153; x. 380.
S. A. 1447, 1719.   Com. 56.
Son. ix. 1.   Ps. lxxxviii.
17.

Parthenope's, Com. 879.

Parthian, P. R. iii. 290, 294,
299, 362, 363, 369; iv. 73,
85.

Partial, P. L. ii. 552.

Participate, P. L. v. 494; viii.
390.   S. A. 1507.

Participating, P. L. ix. 717.

Particular, S. A. 1595.

Parting, P. L. iv. 1003; v. 252;
viii. 630; ix. 276; xii. 590.
Od. Nat. 186.

Partition, P. L. vii. 267; viii.
105.

Partly, P. R. i. 262.

Partner, P. L. iv. 411; x. 128.

Partners, S. A. 810.

Partook, P. R. ii. 277.

Parts, P. L. i. 194; iii. 593; iv.
312; vi. 354; vii. 465; ix.
1093, 1097.   S. A. 96, 624,
1656.   Com. 72, 466.

Parts, (*verb*,) P. L. i. 420; ii.
660.

Party, P. L. ii. 368.

Pass, P. L. i. 352; ii. 438, 606,
684, 776, 1031; iii. 480, 481;
iv. 579; v. 453, 693; vii. 432;
ix. 231, 452, 849; x. 48,
1083.   P. R. i. 322; ii. 233;
iii. 151; iv. 209.   Com. 79,
402, 430, 539.   Od. Nat.
139.   Vac. Ex. 45, 72.   Ps.
lxxxiv. 21;   lxxxviii. 13;
cxxxvi. 50.

Pass through, P. L. ii. 886.

Passage, P. L. iii. 528; iv. 232;
x. 260, 304, 475; xi. 122,
366.   S. A. 610.   Vac. Ex.
24.

Passages, P. L. xi. 528.

Pass'd, P. L. i. 395, 487; ii.
438, 619, 1017, 1023; iii.
227, 498, 534; iv. 177, 225,
319, 321, 689; v. 31, 50,
291, 675, 748, 754, 903; vi.
330; viii. 352; ix. 1144; x.
419, 443; xi. 16.   P. R. i.
303; ii. 106, 245; iii. 439.
Ariost. 1.   Ps. lxxxi. 19.

Pass'd through, P. L. x. 233.

Passed, P. R. iv. 426.

Passenger, Com. 39.

Passes, P. L. viii. 173.   Lyc. 21.
Son. iv. 13.

Passing, P. L. viii. 290; x. 714;
xi. 717; xii. 130.   P. R. ii.
155; iii. 436.   S. A. 1458.
Vac. Ex. 40.

Passing back, P. L. x. 252.

Passion, P. L. i. 605; ii. 564; iv.
114; viii. 530, 585, 588, 635;
ix. 98, 667; x. 627, 718,

865. S. A. 1006, 1758. Il
Pens. 41.

Passions, P. L. i. 454 ; iv. 571 ;
ix. 1123 ; xii. 88.   P. R. ii.
467, 472 ; iv. 266.

Passive, P. L. iii. 110 ; vi. 72.

Past, P. L. i. 628 ; ii. 1023 ; iii.
62, 78, 328 ; iv. 160, 762,
932 ; v. 33, 113, 554, 582 ;
vi. 684, 699, 895 ; vii. 253 ;
ix. 628, 926 ; x. 227, 341,
840 ; xi. 158, 600, 776 ; xii.
14, 604.   P. R. i. 300 ; iii.
294 ; iv. 342, 492.   S. A. 22,
120, 685, 811, 912, 1064.
Lyc. 132.   Com. 302.   Ps.
cxiv. 3.

Pastime, P. L. viii. 375.

Pastimes, Com. 121.

Pastoral, P. L. xi. 132.   Com.
345.

Pastry, P. R. ii. 343.

Pasture, P. L. iv. 351 ; vii.
404.

Pastur'd, P. L. xi. 653.

Pasturing, P. L. vii. 462 ; ix.
1109.

Pastures, P. R. iii. 260.   Lyc.
193.

Paternal, P. L. vi. 750 ; vii.
219 ; xi. 353 ; xii. 24.

Path, P. L. ii. 976 ; iv. 177 ; vi.
173 ; x. 256 ; xi. 371.   P. R.
i. 322.   Com. 303.

Pathless, P. R. i. 296.   Il Pens.
70.

Paths, P. L. ix. 244 ; xi. 631,
814.   Com. 37, 569.

Patience, P. L. ii. 569 ; vi. 464 ;
ix. 32 ; xi. 361 ; xii. 583.
P. R. i. 426 ; ii. 102 ; iii. 92,
93.   S. A. 654, 755, 1287,
1296.   Com. 971.   Son. xiv.
8.   Od. D. F. I. 75.

Patient, P. R. iii. 95 ; iv. 420.
S. A. 1623.

Patiently, P. L. xi. 112, 287,
551.   P. R. ii. 432.

Patriarch, P. L. v. 506 ; ix. 376 ;
xii. 117, 151.

Patriarchs, P. L. iv. 762.

Patrimony, P. L. x. 818.   P. R.
iii. 428.   S. A. 1482.

Patron, P. L. iii. 219 ; iv. 958.

Patroness, P. L. ix. 21.   Od.
Pass. 29.

Patrons, P. L. xi. 696.

Pattern, P. L. vii. 487.

Pav'd, P. L. ii. 1026 ; x. 473.

Pavement, P. L. i. 682, 726 ; iii.
363 ; vii. 578.

Pavilion, P. L. ii. 960.

Pavilion'd, P. L. xi. 215.

Pavilions, P. L. v. 653.   Ps. iii.
18.

Paul, Forc. of Con. 10.

Pause, P. L. iii. 561 ; v. 562 ; vi.
162.   Son. xvi. 7.

Paus'd, P. L. v. 64 ; xii. 2, 466.

Pausing, P. L. ix. 744.

Paw, P. L. iv. 343, 408.   Lyc.
128.   Son. xi. 13.

Pawing, P. L. vii. 464.

Pay, P. L. iii. 211 ; iv. 47 ; viii.
344 ; x. 1026 ; xi. 36.   P. R.
ii. 375 ; iv. 80.   S. A. 489,
1204.

Paying, P. L. iv. 53.   S. A.
432.

Paynim, P. R. iii. 343.

Pays, P. L. iv. 56.

Peace, P. L. i. 65, 660 ; ii. 228,
292, 329, 331, 332, 335, 499,
690 ; iii. 263, 274 ; iv. 104 ;
v. 210 ; vi. 267, 560, 617 ;
vii. 55, 183, 216 ; ix. 333,
981, 1126 ; x. 135, 908, 913,
924, 938 ; xi. 38, 117, 153,
507, 580, 667, 781, 784, 796,
815, 867 ; xii. 23, 296, 317,
355, 550, 558.   P. R. iii. 80,
91 ; iv. 425.   S. A. 60, 966,
1049, 1070, 1073, 1074, 1334,
1445, 1757.   Lyc. 22.   L'Al.
120.   Il Pens. 45.   Com.
359, 368.   Son. xi. 4, 10 ; xii.

5, 14. Od. Nat. 7, 46, 52,
63. Od. on Time, 16. Ep.
M. Win. 48. Vac. Ex. 84.
Eurip. 4. Ps. iv. 22, 37 ; vii.
10 ; lxxxiii. 2 ; lxxxv. 13,
31, 33, 43.
Peaceable, P. R. iii. 76.
Peaceful, P. L. ii. 227, 279 ; x.
946 ; xi. 600. S. A. 709.
Il Pens. 168. Od. Nat. 61.
Peal, P. L. ii. 656 ; iii. 329.
S. A. 235.
Peal'd, P. L. ii. 920.
Pealing, Il Pens. 161.
Peals, S. A. 906.
Pearl, P. L. ii. 4 ; iii. 519 ; iv.
238 ; v. 2, 634. P. R. iv.
120. Son. vii. 8.
Pearled, Com. 834.
Pearls, Ep. M. Win. 43.
Pearly, P. L. v. 430 ; vii. 407.
Peasant, P. L. i. 783.
Pebbles, P. R. iv. 330.
Peccant, P. L. xi. 70.
Peculiar, P. L. iii. 183 ; v. 15 ;
vii. 368 ; xii. 111. P. R. i.
402. Od. Nat. 196.
Peeling, P. R. iv. 136.
Peep, Com. 140.
Peer, Lyc. 9. Com. 31.
Peerage, P. L. i. 586.
Peering, Od. Nat. 140.
Peerless, P. L. iv. 608. Arc.
75.
Peers, P. L. i. 39, 618, 757 ; ii.
119, 445, 507 ; v. 812 ; vi.
127 ; x. 456. P. R. i. 40 ;
iii. 343.
Pegasean, P. L. vii. 4.
Pellean, P. R. ii. 196.
Pelleas, P. R. ii. 361.
Pellenore, P. R. ii. 361.
Pelops, Il Pens. 99.
Pelorus, P. L. i. 232.
Pen, P. L. iv. 185.
Penal, P. L. i. 48. S. A.
508.
Penalty, P. L. vii. 545 ; ix. 775 ;

x. 15, 753, 1022 ; xi. 197 ;
xii. 398, 399.
Penance, P. L. ii. 92 ; x. 550.
S. A. 738.
Pencil, P. L. iii. 509.
Pendent, P. L. i. 727 ; ii. 1052 ;
iv. 239 ; x. 313.
Pendulous, P. L. iv. 1000.
Penetration, P. L. iii. 585.
Penitent, P. L. x. 1097 ; xii.
319. P. R. iii. 421. S. A.
502, 754, 761.
Penn'd, Com. 344.
Pennons, P. L. ii. 933 ; vii.
441.
Pens, P. L. vii. 421.
Pensioners, Il Pens. 10.
Pensive, P. L. ii. 777 ; iv. 173 ;
viii. 287. Il Pens. 31. Com.
387. Lyc. 147. Od. Pass.
42.
Pent, P. L. vi. 657 ; ix. 445.
S. A. 1647. Com. 499. Ps.
lxxxviii. 36.
Pentateuch, P. R. iv. 226.
Penuel, S. A. 278.
Penurious, Com. 726.
People, P. L. x. 27 ; xii. 171,
181, 309, 483. P. R. ii. 48 ;
iii. 49 ; iv. 102, 132. S. A.
12, 317, 1158, 1421, 1473,
1533, 1601, 1620. Il Pens.
8. Brut. 10. Ps. iii. 24 ;
vii. 30 ; lxxxi. 33, 45, 53,
63 ; lxxxiii. 9 ; lxxxv. 6, 23,
31 ; cxxxvi. 57.
Peopled, P. L. x. 889.
People's, P. R. iii. 48. S. A. 681.
Ps. lxxx. 20.
Peor, P. L. i. 412. Od. Nat.
197.
Peræa, P. R. ii. 24.
Perceive, P. L. i. 335 ; iii. 404 ;
vi. 623 ; ix. 598 ; xii. 8.
Com. 74, 563.
Perceiv'd, S. A. 1201.
Perceived, P. L. ii. 299 ; vi.
19.

Perceiving, P. L. viii. 41. P. R. i. 227. S. A. 397.

Perceiv'st, P. L. viii. 566.

Perched, S. A. 1693.

Perdition, P. L. i. 47. Od. D. F. I. 67. Ps. lxxxviii. 47.

Perfect, P. L. i. 550; ii. 764; iv. 577, 634; v. 399, 442, 524, 568; vi. 71, 462; vii. 455; viii. 415, 642; ix. 1179; x. 138; xi. 876. P. R. i. 83, 166; iii. 11; iv. 302, 468. S. A. 946. Lyc. 82. Com. 73, 203. Od. Nat. 166. Od. Pass. 13. Od. Sol. Mus. 23. Ep. M. Win. 55.

More perfect, P. L. ix. 689.

Perfect, (*verb*,) P. L. xi. 36.

Perfection, P. L. iv. 673; v. 29, 472; ix. 964; x. 150, 483. P. R. i. 209; iii. 230.

Perfections, P. L. v. 353; ix. 1031. P. R. ii. 138.

Perfectly, P. L. ix. 707. Od. on Time, 15.

Perfidious, P. L. i. 308; v. 880. Lyc. 100.

Perform, P. L. i. 699; iv. 418; vii. 164; x. 750; xii. 299. Od. D. F. I. 70.

Performance, P. L. x. 502.

Perform'd, P. L. vi. 695; xi. 440; xii. 505. P. R. i. 102; ii. 49. S. A. 1083, 1218, 1626, 1641.

Performing, P. L. xi. 300; xii. 299.

Performs, P. L. ii. 595.

Perfume, S. A. 720.

Perfumes, P. L. iv. 158. Com. 556.

Peril, P. L. iii. 544; ix. 922; x. 469. Com. 40.

Perilous, P. L. i. 276; ii. 420. S. A. 804. Lyc. 185. Com. 424.

Period, P. L. xii. 467. Com. 585.

Periods, P. L. ii. 603.

Peripateticks, P. R. iv. 279.

Perish, P. L. i. 139; ii. 149; iii. 287; x. 785. S. A. 676. Ps. ii. 26; lxxx. 67.

Perish'd, S. A. 1512.

Permission, P. L. i. 212; ix. 378. P. R. i. 496; iv. 175.

Permissive, P. L. iii. 685; viii. 435; x. 451.

Permit, P. L. ix. 885, 1159; xi. 554. P. R. i. 483. Il Pens. 77.

Permits, P. L. iv. 1009; xi. 260; xii. 90.

Permitted, P. L. vi. 674; x. 574. P. R. iv. 183. S. A. 1159, 1495.

Permitting, P. L. ix. 4.

Pernicious, P. L. i. 282; vi. 520, 849; ix. 981. S. A. 1400.

Perpetual, P. L. i. 131; ii. 103, 588, 861; iv. 760; v. 182; vi. 6, 693; vii. 306; x. 679; xi. 108. Com. 479. Od. Nat. 7.

Perpetuity, P. L. x. 813.

Perplex, P. L. ii. 114; x. 979.

Perplex'd, P. L. ii. 525; iv. 176; ix. 19; xii. 275. P. R. iv. 1. Com. 37.

Perplexes, P. L. i. 599.

Perplexing, P. L. viii. 183.

Perplexities, S. A. 304.

Perplexity, P. R. ii. 38.

Persecute, Ps. vii. 50.

Persecution, P. L. xii. 531.

Persecutors, P. L. xii. 497.

Persepolis, P. R. iii. 284.

Perseverance, P. R. i. 148.

Persevere, P. L. v. 525; vii. 632; xii. 532.

Persevering, P. L. viii. 639.

Persian, P. L. xi. 393. P. R. iii. 273.

Persisted, P. L. ix. 377; x. 874. S. A. 249.

Persisting, P. L. iii. 197.
Person, P. L. ii. 110; ix. 41, 444; x. 156. S. A. 31, 851, 1208, 1211. Com. 406. Son. xviii. 11.
Personating, P. R. iv. 341.
Persons, P. R. ii. 240.
Persuade, P. L. ii. 121; ix. 979. P. R. iii. 44. S. A. 586, 1495. Od. D. F. I. 29.
Persuaders, P. L. ix. 587.
Persuasion, P. L. xi. 152. P. R. i. 223; ii. 142; iv. 230. S. A. 658.
Persuasive, P. L. ii. 118; ix. 737. P. R. ii. 159; iv. 4.
Persuasively, P. L. ix. 873.
Pert, Com. 118.
Perturbation, P. L. iv. 120; x. 113.
Peru, P. L. xi. 408.
Perverse, P. L. ii. 625, 1030; vi. 37, 562, 706; ix. 405; xi. 701. S. A. 737.
Perverseness, P. L. vi. 788; x. 902.
Pervert, P. L. i. 164; iii. 92; xi. 523. Ps. lxxxii. 5.
Perverted, P. L. x. 3; xii. 547.
Perverts, P. L. iv. 203.
Perus'd, P. L. viii. 267. P. R. i. 320.
Pest, P. L. ii. 735.
Pester'd, Com. 7.
Pestilence, P. L. ii. 711; xi. 487. P. R. iii. 412. Od. D. F. I. 68.
Pestilent, P. L. x. 695.
Pet, Com. 721.
Peter, P. L. iii. 484.
Petition, P. L. xi. 10. S. A. 650.
Petrifick, P. L. x. 294.
Petty, P. L. ix. 693. P. R. iv. 87. S. A. 529, 1223. Com. 926.
Petzora, P. L. x. 292.

Phalanx, P. L. i. 550; iv. 979; vi. 399.
Phantasm, P. L. ii. 743.
Phantasms, P. L. iv. 803.
Phantasy, Od. Sol. Mus. 5.
Pharaoh, P. L. i. 342; xii. 163. Ps. cxxxvi. 41.
Pharian, Ps. cxiv. 3.
Pharphar, P. L. i. 469.
Philip, P. R. iii. 32.
Philistean, P. L. ix. 1061.
Philistia, Ps. lxxxvii. 14.
Philistian, S. A. 39, 42, 216, 482, 722, 831, 1371, 1655, 1714.
Philistine, S. A. 238, 1099.
Philistines, S. A. 251, 434, 577, 1189, 1192, 1363, 1523. Ps. lxxxiii. 27.
Philistines', S. A. 808.
Phillis, L'Al. 86.
Philomel, Il Pens. 56.
Philosophers, P. L. iii. 601.
Philosophick, P. R. iv. 300.
Philosophy, P. L. ii. 565. P. R. iv. 272. Com. 476.
Phineus, P. L. iii. 36.
Phlegethon, P. L. ii. 580.
Phlegra, P. L. i. 577.
Phœbus, P. R. iv. 260. Lyc. 77. Com. 66, 190. Son. viii. 10. Od. Pass. 23.
Phœnicians, P. L. i. 438.
Phœnix, P. L. v. 272.
Phrenzy, P. L. xi. 485. S. A. 1675.
Phylacteries, Forc. of Con. 17.
Pick, S. A. 1326.
Pickaxe, P. L. i. 676.
Picture, Od. Hor. 14.
Pide, *or* Pied, L'Al. 75.
Pieces, P. L. vi. 489. P. R. iv. 149.
Piemontese, Son. xiii. 7.
Pierce, P. R. ii. 91. S. A. 1568. L'Al. 138. Od. Cir. 28. Od. Sol. Mus. 4.
Pierc'd, P. L. iv. 99; vi. 356, 435; xi. 417.

Piercing, P. L. ii. 275; iii. 24.

Piety, P. L. vi. 144; xi. 452, 799; xii. 321. S. A. 993.

Pilasters, P. L. i. 713.

Pile, P. L. i. 722; ii. 591. P. R. iv. 547. S. A. 1069.

Pile, (*verb*,) P. L. xi. 324.

Piled, Vac. Ex. 42. Ep. W. Sh. 2.

Pil'd, P. L. iv. 544; v. 394, 632. P. R. ii. 341.

Pilfering, Com. 504.

Pilgrim, P. R. iv. 427.

Pilgrims, P. L. iii. 476.

Pillar, P. L. ii. 302; xii. 202, 203, 208.

Pillar'd, P. L. ix. 1106. P. R. iv. 455. Com. 598.

Pillars, P. L. i. 714; iv. 549; vi. 572, 573. P. R. iv. 58. S. A. 1606, 1630, 1633, 1648. Il Pens. 158.

Pillows, Od. Nat. 231.

Pilot, P. L. i. 204; v. 264. S. A. 198, 1044. Lyc. 109.

Pinch'd, L'Al. 103.

Pinching, P. L. x. 691.

Pindarus, Son. iii. 11.

Pine, P. L. i. 292; iv. 139; ix. 435; x. 1076. Il Pens. 135.

Pine, (*verb*,) P. L. ii. 601; x. 597; xii. 77. Ps. lxxxvi. 3.

Pin'd, P. L. iv. 466, 848. P. R. i. 325.

Pines, P. L. i. 613; ii. 544; v. 193; vi. 198; ix. 1088; xi. 321. P. R. iv. 416. Com. 184.

Pines, (*verb*,) P. L. iv. 511. Com. 768.

Pinfold, Com. 7.

Pining, P. L. xi. 486.

Pink, Lyc. 144.

Pinks, Com. 851.

Pinnace, P. L. ii. 289.

Pinnacle, P. R. iv. 549.

Pinnacles, P. L. iii. 550.

Pins, P. L. x. 318.

Pioneers, P. L. i. 676. P. R. iii. 330.

Pious, P. L. v. 135; xi. 362. P. R. i. 463. S. A. 955.

Pipe, P. L. vii. 595; xi. 132. P. R. i. 480. Com. 86, 173.

Pip'd, Com. 823.

Piping, Il Pens. 126.

Pipes, P. L. i. 561, 709. P. R. ii. 363. S. A. 1616. Lyc. 124.

Pit, P. L. i. 91, 381, 657; ii. 850; iv. 965; vi. 866; x. 464. Ps. vii. 55, 56; lxxxviii. 14, 25.

Pitch, P. L. ii. 772; viii. 198; xi. 693, 731. S. A. 169. Ps. iii. 18.

Pitch'd, P. L. xii. 136.

Pitchy, P. L. i. 340.

Piteous, P. L. x. 1032. Com. 836. Ps. cxxxvi. 78.

Pitied, S. A. 568.

Pity, P. L. iii. 402, 405; v. 220; x. 25, 1061; xi. 629. S. A. 814. Son. iv. 8. Od. D. F. I. 33.

Pity, (*verb*,) P. L. iv. 374. Ps. iv. 6; vi. 3; lxxxvi. 9.

Pitying, P. L. x. 211, 1059.

Placable, P. L. xi. 151.

Place, P. L. i. 70, 75, 253, 254, 318, 625, 759; ii. 27, 217, 235, 260, 317, 345, 360, 830, 832, 840, 894, 977; iii. 442, 591, 720, 724; iv. 23, 79, 246, 385, 562, 690, 729, 745, 759, 840, 843, 882, 891, 894; v. 361, 373, 614, 682, 732, 812; vi. 53, 276, 405, 782; vii. 135, 144, 240, 284, 535; ix. 69, 119, 444, 1174; x. 148, 241, 315, 624, 741, 787, 932, 953, 971, 1086, 1098; xi. 267, 303, 318, 477, 635, 831, 836; xii. 142,

363, 364, 464, 647. P. R. i. 39, 252, 321, 362, 412, 416; ii. 19, 125, 396; iv. 101, 373, 600. S. A. 17, 254, 333, 910, 1085, 1117, 1359, 1550, 1624, 1751. Il Pens. 78. Arc. 105. Com. 156, 201, 305, 326, 570, 939. Od. D. F. I. 21, 46. Vac. Ex. 25. Ps. lxxx. 37.

Place, (*verb*,) P. L. iii. 194; x. 745; xi. 118.

Plac'd, P. L. i. 387; ii. 833; iii. 66, 90; iv. 294, 416, 580; v. 476, 516; vi. 412, 638; vii. 360; viii. 120, 170, 559, 638; x. 447, 484; xii. 315. P. R. i. 475; ii. 424; iv. 297, 553. Dante, II. 3. Ps. lxxxvii. 4.

Places, P. L. v. 364; x. 324; xi. 305; xii. 516, 618.

Placid, P. R. iii. 217.

Plague, P. L. ii. 174; vi. 505.

Plagu'd, P. L. x. 572.

Plagues, P. L. vi. 838; xi. 697.

Plain, P. L. i. 180, 350, 397, 700; ii. 528; iii. 466; iv. 243, 455; v. 648, 649; vi. 15; vii. 299; viii. 303; ix. 285, 758; xi. 349, 556, 576, 580, 649, 673; xii. 41, 136, 640. P. R. ii. 27, 87; iii. 254, 332, 333; iv. 27, 193, 296, 543. S. A. 1256, 1279. Od. Hor. 5. Ps. lxxxiii. 40; cxxxvi. 22.

Plain'd, P. L. iv. 504.

Plaining, Od. Pass. 47.

Plainest, P. R. iv. 361.

Plainlier, P. L. xii. 151.

Plains, P. L. i. 104; iii. 437; v. 143; viii. 262, 275; ix. 116; x. 432. P. R. iii. 319. Com. 823.

Plaint, P. L. x. 343, 913; xi. 499, 762. Od. Nat. 191.

Plaints, P. L. ix. 98. P. R. ii. 29, 58. Od. D. F. I. 37.

Planet, P. L. vii. 366; viii. 129. Il Pens. 96. Arc. 52.

Planet-struck, P. L. x. 413.

Planetary, P. L. x. 658.

Planets, P. L. iii. 481; v. 621; vi. 313; vii. 563; x. 413.

Plank, P. L. i. 772.

Plant, P. L. iv. 199, 240; v. 58, 194, 327; vi. 475; vii. 335; ix. 111, 206, 679, 837. P. R. iv. 434, 461. S. A. 362. Lyc. 78. Com. 621.

Plant, (*verb*,) P. L. i. 652; iii. 53. S. A. 1734. Ps. lxxx. 36.

Plantation, P. L. ix. 419.

Planted, P. L. iv. 210, 424, 884; vii. 538; viii. 305. Ps. i. 7; lxxx. 62.

Planter, P. L. iv. 691.

Plants, P. L. iv. 438; v. 22; vii. 473. Arc. 48.

Plat, P. L. ix. 456. Il Pens. 73.

Platane, P. L. iv. 478.

Plate, P. L. vi. 368.

Plated, S. A. 140.

Plato, Il Pens. 89.

Plato's, P. L. iii. 472. P. R. iv. 245.

Plausible, P. R. iii. 393.

Play, P. L. iv. 404; ix. 528, 583, 1045. P. R. i. 201. S. A. 719, 1679. Com. 958.

Play, (*verb*,) P. L. vii. 10, 410; viii. 372; ix. 1027. P. R. ii. 26. S. A. 1340, 1448. L'Al. 97. Com. 301. Ps. lxxx. 27.

Play'd, P. L. iii. 641; iv. 340; v. 295; ix. 1048. Lyc. 99. Com. 833.

Playing, Lyc. 52. L'Al. 19.

Plea, P. L. iv. 394; x. 30. P. R. iii. 149. S. A. 834, 843. Lyc. 90.

Plead, P. L. xi. 41. S. A. 421, 833.

Pleaded, P. L. ii. 379; viii. 510.
Pleasant, P. L. i. 404; iii. 703;
iv. 28, 214, 625, 642; v. 38,
84, 445; vi. 628; vii. 316,
540, 625; viii. 215, 306; ix.
207, 448; xi. 179, 607. P. R.
i. 118; ii. 289; iii. 255. Od.
Hor. 2. Ps. lxxxi. 8; lxxxiv.
3.
More pleasant, P. L. iv. 215;
ix. 418.
Pleasantest, P. L. viii. 212.
Please, P. L. i. 423; ii. 270; iv.
378, 640; v. 304, 397; vi.
351; vii. 49; viii. 449; ix.
949. P. R. iv. 157, 164.
S. A. 896. L'Al. 117. Com.
714. Son. iii. 3.
Pleas'd, P. L. ii. 117, 291, 387,
762, 845; iii. 241, 257; iv.
167, 463, 464, 604; v. 825;
vii. 11; viii. 57, 248, 429,
437; ix. 26, 580; x. 105.
P. R. i. 85, 286; ii. 395; iv.
337. S. A. 219, 511, 900.
Pleases, P. L. viii. 169; ix. 453.
P. R. iv. 369. S. A. 311.
Pleasing, P. L. ii. 566; ix. 453,
503. P. R. i. 202, 479. S. A.
1008. Com. 260, 526, 546.
More pleasing, P. L. v. 42;
xi. 26.
Pleasingly, P. L. ix. 794.
Pleasure, P. L. ii. 586; iii. 107;
vi. 459, 641; viii. 50, 402,
593; ix. 455, 470, 477, 596,
1022, 1024; x. 1013, 1019;
xi. 541, 604, 794. P. R. i.
423; iv. 299, 305. S. A.
534. Il Pens. 50. Com. 77.
Od. Nat. 99. Vac. Ex. 17.
Pleasures, P. L. iv. 535; viii.
480; ix. 120. P. R. iii. 28.
L'Al. 40, 69. Il Pens. 175.
Com. 668.
Plebeian, P. L. x. 442.
Pledge, P. L. i. 274; ii. 818; iii.
95; iv. 200; v. 168; viii.

325. S. A. 378, 535, 1144.
Lyc. 107.
Pledges, Od. Sol. Mus. 1.
Pleiades, P. L. vii. 374.
Plenipotent, P. L. x. 404.
Plenteous, P. L. vi. 263; x. 600;
xii. 18. Ps. iv. 35.
Plenteously, P. L. vii. 392.
Plenty, P. L. viii. 94; ix. 594.
Com. 718. Ps. lxxxv. 51.
Plies, P. L. ii. 954.
Plight, P. L. i. 335; vi. 607; ix.
1091; x. 937; xi. 1. S. A.
480, 1729. Il Pens. 57.
Com. 372. Od. Pass. 13.
Plighted, Com. 301.
Plots, P. L. ii. 193. Forc. of
Con. 14. Ps. ii. 4; lxxxiii.
10.
Plotting, P. L. ii. 338; v. 240;
vi. 901.
Plough'd, Son. xi. 4.
Plowman, P. L. iv. 983. L'Al.
63.
Pluck, P. L. v. 327; viii. 309;
ix. 595. Lyc. 3. Ps. lxxx. 51.
Pluck'd, P. L. v. 65, 84; vi. 644;
ix. 781; x. 560; xi. 537. Ep.
M. Win. 38.
Plucking, Com. 296.
Plumb-down, P. L. ii. 933.
Plume, P. L. iii. 642; vi. 161;
xi. 186.
Plum'd, P. L. iv. 989.
Plumes, P. L. v. 286; vii. 432.
P. R. ii. 222. Com. 378,
730.
Plummets, Od. on Time, 3.
Plumy, P. R. iv. 583.
Plunge, P. L. ii. 172.
Plung'd, P. L. ii. 441; x. 476,
844.
Plurality, Forc. of Con. 3.
Pluto, L'Al. 149.
Plutonian, P. L. x. 444.
Pluto's, Il Pens. 107.
Ply, P. L. ii. 642; ix. 201. Com.
750.

Poem, P. L. ix. 41. P. R. iv. 260, 332.
Poet, Son. iii. 13.
Poets, L'Al. 129. Com. 515.
Point, P. L. iii. 557; iv. 559, 590, 862; v. 855. S. A. 1514. Com. 306. Od. Nat. 86.
Point, (*verb,*) P. L. iii. 733; xii. 143. P. R. iv. 463.
Pointed, Son. ix. 7.
Pointed at, P. R. ii. 51.
Pointing, P. L. i. 223.
Points, P. L. v. 823. P. R. iv. 219.
Poise, P. L. ii. 905. Com. 410.
Pois'd, P. L. v. 579.
Poison, Com. 47, 526.
Poisonous, S. A. 763.
Polar, P. L. v. 269; x. 289, 681.
Pole, P. L. i. 74; ii. 642; iii. 560; iv. 724; vii. 23, 215; ix. 66. Com. 99. Od. Pass. 30.
Poles, P. L. x. 669. Vac. Ex. 34.
Policy, P. L. ii. 297. P. R. iii. 391.
Polish, P. L. xi. 610.
Polish'd, Od. Nat. 241.
Politician, S. A. 1195.
Politick, P. R. iii. 400.
Pollute, Od. Nat. 41.
Polluted, P. L. x. 167; xii. 110.
Polluting, P. L. x. 631.
Pollution, P. L. xii. 355.
Pomona, P. L. ix. 393, 394.
Pomona's, P. L. v. 378.
Pomp, P. L. i. 372; ii. 257, 510; v. 354; vii. 564; viii. 61; xi. 748. P. R. i. 457; iii. 246. S. A. 357, 436, 449, 1312. L'Al. 127. Ep. W. Sh. 15.
Pompey, P. R. iii. 35.
Pompous, P. R. ii. 390.
Pond, P. L. ix. 641.

Ponder, P. L. xii. 147.
Pondering, P. L. ii. 421, 919; vi. 127. P. R. ii. 105.
Ponders, P. L. iv. 1001.
Ponderous, P. L. i. 284.
Ponent, P. L. x. 704.
Pontick, P. R. iii. 36.
Pontifical, P. L. x. 313.
Pontifice, P. L. x. 348.
Pontus, P. L. v. 340; ix. 77. P. R. ii. 347.
Pool, P. L. i. 221, 266, 411; iii. 14; ix. 77, 641. P. R. iv. 79.
Poor, P. L. xii. 133. P. R. i. 411; ii. 447; iii. 96. S. A. 366. Com. 566. Od. Pass. 17. Ps. lxxxii. 10, 13; lxxxvi. 3.
Poorest, S. A. 1479.
Pope, Dante, I. 3.
Poplar, Od. Nat. 185.
Popular, P. L. ii. 313; vii. 488; xii. 338. P. R. ii. 227. S. A. 16, 434.
Populous, P. L. i. 351, 770; ii. 903; vii. 146; ix. 445. Ps. iii. 16.
Porch, P. L. i. 454. Com. 839.
Porches, P. L. i. 762. P. R. iv. 36.
Porcupines, S. A. 1138.
Por'd, Son. vi. 4.
Pore, S. A. 97.
Porous, P. L. iv. 228; vii. 361.
Port, P. L. ii. 1044; iv. 778, 869; xi. 8, 397. P. R. iii. 209. Com. 297.
Portal, P. L. iii. 508. Vac. Ex. 5.
Portals, P. L. vii. 575.
Portcullis, P. L. ii. 874.
Ported, P. L. iv. 980.
Portend, P. R. iv. 389. S. A. 590. Son. i. 7.
Portending, P. L. vi. 578; xii. 596. P. R. ii. 104.
Portends, P. L. xi. 600.

Portentous, P. L. ii. 761; x.
371.
Portents, P. R. i. 395; iv. 491.
Portion, P. L. i. 72; ii. 33.
Portraiture, Il Pens. 149.
Portray'd, P. L. vi. 84.
Portress, P. L. ii. 746.
Possess, P. L. ii. 365; iii. 243;
iv. 431; v. 366, 688; vii. 147,
431; viii. 340; x. 466, 623;
xi. 339; xii. 586. Il Pens.
6. Son. v. 14. Ps. lxxxii.
28.
Possess'd, P. L. v. 790; viii.
404; ix. 1137. P. R. i. 49;
iii. 357. S. A. 266, 1005.
Possesses, P. L. ii. 729, 979; ix.
251.
Possessing, P. L. ix. 189. P. R.
iv. 302.
Possession, P. L. iv. 666, 941;
x. 461; xi. 103, 222. P. R.
iii. 156; iv. 628. S. A. 869.
Ps. ii. 17.
Possessour, P. L. i. 252.
Possible, P. L. v. 441; ix. 359.
If possible, S. A. 490, 771.
Possibly, P. L. v. 515.
Post, P. L. iv. 171. S. A. 147,
1538. Od. D. F. I. 59.
Posterity, P. L. iii. 209; vii.
638; x. 818. S. A. 977.
Posture, P. L. i. 322; iv. 876;
vi. 605.
Potable, P. L. iii. 608.
Potent, P. L. i. 95, 338; ii. 318,
836; iv. 673; vi. 135, 366;
vii. 100; xii. 211. Com.
255.
Potentate, P. L. v. 706; xi. 231.
Potentates, P. L. i. 315; v. 749;
vi. 416; vii. 198. P. R. i.
117; ii. 118.
Potion, Com. 68.
Pots, Ps. lxxxi. 23.
Potter's, P. L. ii. 21.
Pour, P. L. v. 314; xi. 825.
Com. 710.

Pour down, P. L. vi. 544.
Pour forth, P. L. i. 770.
Pour'd, P. L. i. 220, 352; iii.
674; iv. 365; vi. 811; vii.
197; viii. 220; ix. 98; xii.
21, 498. P. R. iv. 16, 411.
Pour'd forth, P. L. iv. 243.
Pour'd out, P. L. ii. 997.
Pouring forth, P. L. v. 296.
Poverty, P. R. ii. 415, 438,
451. S. A. 697. Dante, II.
1.
Powder, P. L. iv. 815.
Powder'd, P. L. vii. 581.
Power, P. L. i. 44, 79, 103, 112,
241, 556, 626, 736, 753; ii.
102, 336, 350, 356, 447, 884,
955; iii. 242, 317; iv. 61, 66,
412, 429, 781, 881, 956; v.
159, 235, 458, 526, 660, 728,
739, 776, 796, 821, 861; vi.
134, 223, 247, 301, 319, 343,
637, 678, 705, 730, 780, 815;
vii. 587, 603; viii. 249, 279,
379; ix. 95, 349, 680, 820,
835, 945; x. 251, 255, 284,
408, 515, 531, 586, 801, 986,
1004; xi. 126, 338, 417; xii.
200, 369, 420, 460, 517, 521.
P. R. i. 61, 139, 219; ii. 45,
163, 327, 380, 393, 394; iii.
251, 299; iv. 65, 82, 103,
254, 394, 494, 528. S. A.
78, 184, 430, 745, 798, 935,
1003, 1054, 1150, 1275, 1367,
1404. Il Pens. 95, 103. Arc.
44. Com. 31, 155, 437, 587,
677, 782, 801, 817, 858. Son.
i. 8; iii. 13; xii. 10. Od.
Nat. 127, 196. Od. D. F. I.
28. Od. Sol. Mus. 3. Vac.
Ex. 89. Ps. ii. 3; vii. 36;
cxxxvi. 54.
Powerful, P. L. ii. 774; iii. 602;
iv. 58; vii. 208; viii. 533;
ix. 587; x. 247. P. R. iii.
155. S. A. 791, 862. Com.
902.

Powerfullest, P. L. vi. 425.
Powers, P. L. i. 128, 186, 360, 622; ii. 11, 310, 456, 522, 875, 968; iii. 52, 100, 176, 213, 256, 319, 390, 397; iv. 63, 939; v. 601, 697, 743, 772, 824, 840, 841; vi. 22, 61, 85, 686, 786, 898; vii. 162; ix. 136, 600, 1048; x. 34, 86, 186, 395, 460; xi. 221; xii. 91, 521, 577. P. R. i. 44, 163; ii. 124; iii. 30, 338. S. A. 251, 1100, 1190. Il Pens. 21. Od. Cir. 1.
Practice, P. L. xi. 802. S. A. 114.
Practis'd, P. L. iv. 122, 124, 945.
Prætors, P. R. iv. 63.
Praise, P. L. i. 731; iii. 106, 414, 415, 453, 676, 697; iv. 46, 436, 638, 676, 679; v. 147, 169, 172, 179, 184, 191, 192, 196, 199, 204, 405; vi. 376, 745; vii. 187; ix. 195, 693, 749, 750, 800, 1020; xi. 617. P. R. ii. 227, 251, 456, 464; iii. 48, 51, 52, 56. S. A. 420, 1410, 1621. Lyc. 76. Il Pens. 20. Arc. 11, 75. Com. 176, 271, 776, 973. Son. viii. 6; x. 2. Ep. M. Win. 12. Eurip. 3. Ps. vi. 10; vii. 61; viii. 3; lxxxiv. 18; lxxxvi. 41; lxxxvii. 17; lxxxviii. 43; cxiv. 6; cxxxvi. 2.
Praise, (*verb*,) Son. v. 12.
Prais'd, P. L. ii. 480; vii. 258. P. R. iv. 348.
Praises, P. L. iii. 147. P. R. iii. 64. S. A. 175, 436, 450. Son. xi. 8. Ps. cxxxvi. 9.
Praising, Com. 709.
Prank'd, Com. 759.
Prauncing, P. R. iii. 314.
Pravity, P. L. xii. 288.
Pray, P. L. iii. 190; x. 1060;

xi. 32. Vac. Ex. 15. Ps. iv. 28; v. 4; lxxxvi. 2.
Pray'd, P. L. v. 209. S. A. 351, 352, 1637. Ps. lxxxvi. 24.
Prayer, P. L. iii. 191; xi. 6, 146, 149, 307, 311. S. A. 581, 649. Ps. iv. 6; v. 8; vi. 18; lxxx. 20; lxxxiv. 29; lxxxviii. 5, 55.
Prayers, P. L. x. 859, 952; xi. 14, 24, 252. S. A. 359, 392, 520, 961. Ps. lxxxvi. 19.
Praying, P. L. x. 1081; xi. 2. P. R. i. 490.
Prays, P. L. xi. 90.
Preach'd, P. L. xi. 723; xii. 448.
Preaching, S. A. 859.
Preamble, P. L. iii. 367.
Precedence, P. L. ii. 33.
Precedes, P. L. ix. 327; x. 640.
Precept, P. L. x. 652.
Precepts, P. R. iv. 264. Com. 708.
Precincts, P. L. iii. 88.
Precious, P. L. i. 692; iii. 611; v. 132; ix. 106, 795; xii. 293. S. A. 538. Com. 719, 847, 913. Od. Nat. 71.
Precipice, P. L. i. 173.
Precipitance, P. L. vii. 291.
Precipitant, P. L. iii. 563.
Precipitate, P. L. vi. 280.
Precise, P. L. xii. 589.
Predestination, P. L. iii. 114.
Predicament, Vac. Ex. 56.
Prediction, P. L. xii. 553. P. R. i. 142; iii. 354, 394. S. A. 44.
Predicts, P. R. iii. 356.
Predominant, P. L. viii. 160.
Pre-eminence, P. L. v. 661; xi. 347.
Pre-eminent, P. L. iv. 447; viii. 279.
Preface, P. L. ix. 676; xi. 251. P. R. ii. 115. S. A. 1553.

Prefer, P. L. i. 17; vi. 144.
P. R. iv. 84, 303, 1374.
Preferr'd, P. L. viii. 52; ix. 99.
S. A. 1019.
Preferring, P. L. i. 102; ii. 255.
S. A. 464, 1672.
Prefix'd, P. R. i. 269; iv. 392.
Od. D. F. I. 59.
Pregnant, P. L. i. 22; ii. 779,
913; vi. 483. Od. Pass. 56.
Prelate, Forc. of Con. 1.
Pre-ordain'd, P. R. i. 127.
Prepare, P. L. v. 689; xi. 555,
637. P. R. i. 272. Ps. lxxx.
37; lxxxi. 5.
Prepar'd, P. L. i. 70, 615, 700;
iv. 664; v. 303; vi. 738, 780;
vii. 225; viii. 299; ix. 381;
xi. 126, 365, 571; xii. 444.
P. R. ii. 273.
Preparing, P. R. iii. 389.
Presage, P. L. vi. 201. S. A.
1387. Vac. Ex. 70.
Presages, P. R. i. 394.
Presaging, P. L. i. 627; xii. 613.
Ep. M. Win. 44.
Presbyter, Forc. of Con. 20.
Prescrib'd, P. L. iii. 82; iv. 878,
909; x. 657. S. A. 30.
Prescript, P. L. xii. 249. S. A.
308.
Presence, P. L. ii. 240; iii. 265,
649; v. 358; vii. 11; viii.
314, 551; ix. 836, 858; x.
100, 144; xi. 319, 341, 351;
xii. 108, 563. S. A. 28, 1321.
Com. 950. Ps. lxxxviii. 5;
cxiv. 15.
Present, P. L. i. 20, 628; ii. 34,
223, 281, 459, 985; iii. 78;
iv. 762; v. 582; vii. 518; ix.
316, 1092; x. 340, 651, 996;
xi. 351, 871; xii. 201. P. R.
i. 200, 258. S. A. 1085, 1378,
1446. Com. 90, 287, 789.
Od. Nat. 16. Od. D. F. I. 74.
At present, S. A. 1446.
Present, (*verb*,) P. L. vi. 26; ix.

213. S. A. 21. Son. xiv. 5.
Od. Sol. Mus. 5.
Presented, P. L. iii. 48; vi. 106;
ix. 974. P. R. iv. 38.
Presenting, P. L. xi. 21. Il
Pens. 99.
Presentments, Com. 156.
Preserve, P. L. vi. 443; xi. 579,
873. Ps. lxxxvi. 5.
Preserv'd, S. A. 1143. Ps. lxxxv.
24.
Preserves, P. R. ii. 372.
President, P. R. i. 447. Son. v. 1.
Press, Ps. lxxxviii. 30.
Press'd, P. L. iv. 501; v. 346.
S. A. 854. Ep. Hobs. II. 22.
Presume, P. L. viii. 121; xii.
530. S. A. 1156.
Presum'd, P. L. vi. 631; vii.
13; viii. 356; ix. 405, 921.
P. R. iii. 345. S. A. 462,
1209.
Presumes, P. L. x. 50.
Presumption, Com. 431.
Presumptuous, P. L. ii. 522; iv.
912; viii. 367. S. A. 1531.
Presumptuously, S. A. 498.
Pretence, P. L. vi. 421; xii. 520.
S. A. 1196. Com. 160.
Pretences, P. L. ii. 825.
Pretend, P. L. v. 244. S. A. 212.
Pretended, P. L. x. 872. S. A.
873. Com. 326.
Pretending, P. L. iv. 947; v. 768.
Pretends, P. R. i. 73.
Pretend'st, P. R. i. 430.
Pretexts, S. A. 901.
Prevail, P. L. vi. 795; x. 40, 408.
Prevail'd, P. L. ix. 873. P. R.
iii. 167. S. A. 869. Ep.
Hobs. I. 9.
Prevailing, P. L. iv. 973. S. A.
740.
Prevails, P. L. x. 258. S. A. 661.
Prevalent, P. L. vi. 411; xi. 144.
Prevenient, P. L. xi. 3.
Prevent, P. L. iv. 996; x. 37,
987; xi. 773. S. A. 256.

Com. 573. Son. xiv. 8. Od.
Nat. 24. Vac. Ex. 73. Ps.
lxxxviii. 56.
Prevented, P. L. ii. 467, 739.
S. A. 1103. Com. 285.
Preventing, P. R. iv. 492.
Prevention, P. L. vi. 129, 320.
Preventive, Forc. of Con. 16.
Prey, P. L. i. 382; ii. 181, 806,
844; iii. 248, 433, 441; iv.
184, 399; ix. 416; x. 268,
490, 609; xi. 124, 793; xii.
341. S. A. 260, 613, 694.
Com. 534, 574. Ps. lxxx. 25.
Prick forth, P. L. ii. 536.
Prickles, Com. 631.
Pride, P. L. i. 36, 58, 527, 572,
603; ii. 428; iv. 40, 310,
809; v. 665, 740; vi. 341;
vii. 478; x. 577, 874, 1044;
xi. 795. P. R. ii. 219; iii.
35, 81, 312, 409; iv. 300,
570. S. A. 286, 532. Com.
431, 761.. Od. D. F. I. 26.
Ep. M. Win. 37. Ps. lxxxiii.
45.
Priest, P. L. i. 494; xi. 25.
P. R. i. 257, 487; iii. 83.
S. A. 857, 1419. Son. viii.
10. Od. Nat. 180. Od. Pass.
15. Forc. of Con. 20.
Priests, P. L. i. 480; xii. 353.
P. R. iii. 169. S. A. 1463,
1653. Com. 136.
Prime, P. L. i. 506; ii. 423; iii.
637; iv. 592; v. 21, 170, 295,
563; vi. 447; viii. 194, 540;
ix. 200, 395, 940; x. 356; xi.
245, 598. P. R. i. 413; ii.
200; iii. 123. S. A. 70, 85,
234, 388. Lyc. 8. Com. 289.
Son. iv. 1.
Primitive, P. L. v. 350.
Primrose, Lyc. 142. Od. D. F.
I. 2. Od. May-M. 4.
Primrose-season, Com. 671.
Prince, P. L. i. 128; iv. 871; vi.
44, 281; x. 185, 383, 621;

xi. 298; xii. 454. P. R. iv.
441. Lyc. 8. Il Pens. 18.
Od. Nat. 62.
Princedoms, P. L. iii. 320; v.
601, 772, 840; x. 87, 460.
Princely, P. L. i. 359; ii. 304;
xi. 220. Arc. 36. Com. 34.
Princes, P. L. i. 315, 735; ii.
313; v. 356; xi. 298. P. R.
ii. 121. S. A. 851. Com.
325. Ps. ii. 3; lxxxii. 24;
lxxxiii. 42, 44.
Principalities, P. L. vi. 447; x.
186.
Principled, S. A. 760.
Principles, Ep. Hobs. II. 10.
Print, Arc. 85. Od. Nat. 20.
Printed, Forc. of Con. 11.
Printless, Com. 897.
Prison, P. L. i. 71; ii. 59, 434;
iv. 824, 906; vi. 660; xi.
725. P. R. i. 364. S. A. 6,
1161, 1480.
Prison-house, S. A. 922.
Prison'd, Com. 256.
Prison within prison, S. A. 153.
Pris'ner, *or* Prisoner, S. A. 7,
808, 1308, 1460.
Prithee, Com. 512, 615.
Private, P. L. v. 109. P. R. ii.
81; iii. 22, 232; iv. 94, 331,
509, 639. S. A. 868, 1208,
1211, 1465.
Privation, P. R. iv. 400.
Privilege, P. L. vii. 589. S. A.
104.
Privy, Lyc. 128.
Prize, L'Al. 122. Ps. iv. 11.
Proboscis, P. L. iv. 347.
Proceed, P. L. v. 470; x. 824;
xi. 69; xii. 7, 381. S. A.
599.
Proceeded, P. L. vii. 69; x. 164,
913; xi. 672.
Proceeding, P. L. ix. 94. P. R.
i. 350.
Proceeds, P. L. ix. 719, 973.
Lyc. 88.

Proceed'st, P. R. iv. 125.
Process, P. L. ii. 297 ; vii. 178.
Procession, P. L. vii. 222.
Procinct, P. L. vi. 19.
Proclaim, P. L. i. 754 ; iii. 325.
P. R. i. 70. S. A. 435.
Proclaim'd, P. L. v. 663, 784.
P. R. i. 275; iv. 474. S. A.
1598.
Proclaiming, P. L. ii. 499; xii.
407.
Proclaims, P. L. xii. 361. S. A.
972.
Proclaimer, P. R. i. 18.
Proconsuls, P. R. iv. 63.
Procreation, P. L. viii. 597.
Procure, P. L. ii. 225.
Prodigies, P. R. iv. 482.
Prodigious, P. L. ii. 625, 780;
vi. 247; x. 302; xi. 687.
S. A. 1083.
Produce, P. L. i. 650; viii. 146;
xi. 687; xii. 470. P. R. i.
150; iv. 184. S. A. 1346.
Produc'd, P. L. x. 692 ; xi. 29.
P. R. iii. 122.
Produces, P. L. iii. 610 ; v. 112.
Producing, P. L. ix. 721.
Product, P. L. xi. 683.
Productive, P. L. ix. 111.
Proem, P. L. ix. 549.
Profane, S. A. 693, 1362. Com.
781.
Profan'd, P. L. i. 390; iv. 951;
ix. 930. S. A. 377, 693.
Profaner, Il Pens. 140.
Profess'd, P. R. iv. 293. S. A.
385, 884.
Professing, P. L. iv. 948.
Proffer, P. L. ii. 425.
Proffer'd, P. R. ii. 330.
Profit, P. L. vi. 909. P. R. iv.
345. S. A. 1261.
Profits, P. L. viii. 571; ix.
761.
Profluent, P. L. xii. 442.
Profound, (*noun*,) P. L. ii. 438,
980.

Profound, P. L. ii. 592, 858 ; vii.
233. P. R. iv. 214. Ps.
lxxxviii. 25.
Profoundest, P. L. i. 251. Od.
Nat. 218.
Profundity, P. L. vii. 229.
Profuse, P. L. iv. 243 ; viii. 286.
Arc. 9.
Progenitor, P. L. v. 544; xi.
346.
Progeny, P. L. ii. 430; iii. 96;
v. 503, 600; xi. 107; xii.
138. P. R. iv. 554. Son.
vii. 6.
Progress, P. L. iv. 976; xi.
175.
Progressive, P. L. viii. 127.
Prohibit, P. L. ii. 437.
Prohibition, P. L. iv. 433; ix.
645.
Prohibitions, P. L. ix. 760.
Projecting, P. L. ii. 329.
Projects, P. R. iii. 391.
Prolifick, P. L. vii. 280.
Prologue, P. L. ix. 854.
Prolong, P. L. xi. 547. P. R.
ii. 41 ; iv. 469.
Prolong'd, P. L. xi. 331.
Prolongs, Od. Nat. 100.
Promiscuous, P. L i. 380. P. R.
iii. 118.
Promise, P. L. ii. 238 ; xi. 155;
xii. 137, 322, 487. S. A. 38,
753.
Promis'd, P. L. iv. 589, 732; ix.
843, 1070; xi. 331, 413; xii.
260, 519, 542, 623. P. R. i.
265. S. A. 635.
Promised Land, P. L. iii. 531;
xii. 172. P. R. iii. 157,
439.
Promises, P. L. iv. 84.
Promontories, P. L. vi. 654.
Promontory, P. L. vii. 414. Lyc.
94.
Promote, P. L. ix. 234; x. 745.
P. R. i. 205.
Promotion, P. R. iii. 202.

Prompt, P. L. v. 149; viii. 240; ix. 854. P. R. ii. 456. Com. 229. Son. vii. 1.
Prompted, P. L. vi. 635. P. R. i. 12. S. A. 318.
Prompting, S. A. 422.
Prone, P. L. i. 195; ii. 478; iv. 353; v. 266; vii. 506; viii. 433; ix. 497; x. 514. S. A. 1459. Ps. lxxxvi. 13.
Pronounc'd, P. L. ii. 352, 809; iv. 427, 761; v. 148, 814; viii. 333; ix. 154, 553; x. 197, 640, 1022; xi. 83. P. R. i. 32, 284; iii. 120; iv. 275, 513. Son. xvi. 3.
Pronounces, Lyc. 83.
Pronouncing, S. A. 289.
Proof, P. L. i. 132; ii. 101, 686; iii. 103; iv. 350, 520, 1010; v. 865; viii. 535; ix. 298, 967, 1142; x. 385, 882. P. R. i. 11, 130, 400; iv. 533, 621. S. A. 134, 526, 1145, 1314, 1475, 1602. Il Pens. 158.
Prop, P. L. ix. 433.
Prop, (*verb,*) P. L. ix. 210.
Propagate, P. L. viii. 420.
Propagated, P. L. viii. 580; x. 729.
Propense, S. A. 455.
Proper, P. L. ii. 75; iii. 634; v. 276, 493; viii. 619.
Properly, P. L. x. 791.
Property, Com. 469. Vac. Ex. 87.
Prophecies, P. R. iv. 381.
Prophecy, S. A. 473.
Prophesied, P. R. iv. 108.
Prophesy, P. L. xii. 325.
Prophet, P. L. xii. 375. P. R. i. 70, 80, 328, 491; ii. 51, 270, 312; iii. 352. Od. Pass. 37.
Prophetick, P. L. ii. 346. P. R. i. 255; iii. 184. Il Pens. 174. Od. Nat. 180.
Prophets, P. L. iii. 36; xii. 243.

P. R. i. 260, 375; ii. 18; iii. 178; iv. 226, 356, 503.
Propitiation, P. L. xi. 34.
Propitious, P. L. v. 507; viii. 380; xi. 441; xii. 612. Son. i. 4.
Proportion, P. L. viii. 385; ix. 711. Com. 773.
Proportional, P. L. ix. 936.
Proportion'd, P. L. v. 479. S. A. 209. Com. 330.
Proportions, P. L. xi. 562.
Proposal, S. A. 487.
Proposals, P. L. vi. 618.
Propose, P. R. i. 212.
Propos'd, P. L. ii. 380, 447; viii. 64; x. 757. P. R. i. 371; iv. 199, 370, 572. S. A. 292, 1200, 1471.
Proposest, P. L. viii. 400; x. 1038.
Propound, P. L. vi. 567. P. R. iv. 178.
Propounded, P. L. vi. 612.
Propriety, P. L. iv. 751.
Prose, P. L. i. 16; v. 150.
Prosecute, S. A. 603, 897.
Proserpine, P. L. iv. 269.
Proserpina, P. L. ix. 396.
Prospect, P. L. iii. 77, 548; iv. 144, 200; v. 88; vii. 423, 556; x. 89, 552; xi. 380; xii. 143. P. R. ii. 286; iii. 263.
Prospective, Vac. Ex. 71.
Prosper, P. L. ii. 39; vi. 795; xii. 316. Ps. i. 10.
Prosper'd, P. L. viii. 45; x. 360.
Prosperity, P. L. ii. 39.
Prosperous, P. L. ii. 259; xi. 364. P. R. i. 14, 104. S. A. 191. Com. 270.
Prostituting, P. L. xi. 716. S. A. 1358.
Prostrate, P. L. i. 280; vi. 841; x. 1087, 1099. Ps. lxxxviii. 4.
Prostration, P. L. v. 782.

Protect, Son. iii. 4.
Protection, S. A. 887. Ps. vii. 3.
Protects, P. L. ix. 266.
Protesting, P. L. x. 480.
Proteus, P. L. iii. 604.
Proud, P. L. i. 43, 533; ii. 10, 533, 691; iii. 159; iv. 536, 770, 858, 971; v. 809, 907; vi. 89, 131, 191, 609, 789; vii. 609; ix. 383; x. 424, 764; xii. 25, 72, 342. P. R. i. 219, 372; iii. 334; iv. 569, 595. S. A. 137, 345, 1069, 1462. Com. 33. Son. xi. 5. Ps. lxxx. 35; lxxxiii. 7; lxxxvi. 49; lxxxvii. 11.
Proudest, P. L. xii. 497. P. R. iii. 99.
Proudly, P. L. i. 590; vii. 439. P. R. iv. 34, 580. S. A. 55. Ps. lxxxi. 58.
Prove, P. L. ii. 369, 808; iv. 985; vi. 117, 170; viii. 388; x. 664, 761, 963; xi. 123. P. R. i. 370. S. A. 1181, 1262, 1400. Com. 123, 592. Ep. M. Win. 44. Ep. Hobs. II. 1.
Proved, P. L. i. 92; iii. 119; iv. 48; vi. 90, 271; ix. 333, 616. Ps. lxxxv. 11.
Proverb'd, S. A. 203.
Proves, P. L. vi. 428, 819. S. A. 64, 351, 1037, 1575.
Provide, P. L. vi. 520. Com. 187.
Provided, P. L. viii. 363; x. 1058; xi. 61.
Providence, P. L. i. 25, 162; ii. 559; xii. 564, 647. P. R. i. 445; ii. 54; iii. 440. S. A. 670, 1545. Com. 329. Ps. viii. 8.
Provident, P. L. v. 828; vii. 485.
Provides, P. L. x. 237.
Providing, P. R. ii. 310.

Province, P. L. vi. 77. P. R. i. 118, 448; iii. 158.
Provinces, P. R. iii. 315; iv. 63, 136.
Proving, S. A. 227.
Provision, P. L. ix. 623. P. R. ii. 402. Com. 765.
Provisions, P. L. xi. 732.
Provoke, P. L. i. 644; ii. 82; x. 1027. S. A. 237.
Provok'd, P. L. i. 645; iv. 916; vi. 154; ix. 922. S. A. 466, 643.
Provokes, P. L. ix. 175.
Provoking, P. L. xii. 318.
Prow, P. L. xi. 746.
Prowess, P. L. i. 588; vi. 45; xi. 789. P. R. iii. 19. S. A. 286, 1098. Ps. cxxxvi. 62.
Prowest, P. R. iii. 342.
Prowling, P. L. iv. 183.
Prudence, P. R. iv. 263.
Prudent, P. L. ii. 468; vii. 430.
Prune, P. L. iv. 438; ix. 210.
Psalms, P. R. iv. 335. Od. Sol. Mus. 15.
Psaltry, Ps. lxxxi. 7.
Pry, P. L. i. 655; ix. 159.
Pr'ythee, Com. 512, 615.
Psyche, Com. 1005.
Publick, P. L. ii. 303, 448; iv. 389; x. 509; xii. 317. P. R. i. 204; ii. 465; iv. 96. S. A. 867, 992, 1306, 1314, 1327, 1393, 1615. Son. x. 12, 13. Eurip. 2.
In publick, P. R. ii. 52, 84.
Publish, P. L. ii. 238. P. R. i. 188. S. A. 777.
Publish'd, S. A. 498.
Puissance, P. L. v. 864; vi. 119.
Puissant, P. L. i. 632; vi. 714; xii. 322. P. R. ii. 425. Arc. 60.
Pull, S. A. 1626.
Pull'd, S. A. 1589, 1658. L'Al. 103. Ep. Hobs. I. 16.
Pull'd up, S. A. 146.

Pulp, P. L. iv. 335.
Pulse, P. R. ii. 278.   Com.
    721.
Punctual, P. L. viii. 23.
Punick, P. L. v. 340.   P. R. iii.
    102.
Punish, P. L. ii. 159, 1032.
Punish'd, P. L. ii. 213; x. 516,
    803.   P. R. iii. 214.
Punisher, P. L. iv. 103.
Punishment, P. L. i. 155; ii. 334,
    699; iv. 911; v. 881; vi. 53,
    807, 904; x. 133, 242, 544,
    768, 949, 1039; xi. 520, 710;
    xii. 404.   S. A. 413, 489,
    504, 702, 1225.
Puny, P. L. ii. 367.
Purchase, P. L. iv. 101; x. 500,
    579.   Com. 607.
Pure, P. L. i. 18, 425; iii. 7, 57,
    564, 607; iv. 153, 293, 316,
    456, 502, 737, 747, 755, 805,
    806, 837; v. 4, 100, 348, 407,
    475; vi. 758; vii. 244, 264;
    viii. 180, 506, 622, 623, 627;
    x. 632, 638, 784; xi. 50, 285,
    452, 523, 606; xii. 444, 513.
    P. R. i. 74, 77, 134, 486; ii.
    63, 370; iii. 27; iv. 239.
    S. A. 10, 548, 1727. Lyc. 81,
    175.   Il Pens. 31.   Com. 16,
    794, 826, 912.   Son. iv. 14;
    ix. 14; xiii. 3; xviii. 9.   Od.
    Sol. Mus. 6.   Forc. of Con. 9.
    Ps. viii. 11.
Pure-eyed, Com. 213.
Purer, P. L. ii. 215; iv. 153; v.
    416.   Com. 111.
Purest, P. L. ii. 137; v. 406; vi.
    660, 661.   S. A. 613.
Purfled, Com. 995.
Purgatory, Son. viii. 14.
Purge, P. L. ii. 141; iii. 54; xi.
    900.
Purge off, P. L. ii. 400; xi. 52.
Purg'd, P. L. vii. 237; xi. 414;
    xii. 548.
Purification, Son. xviii. 6.

Purified, P. R. i. 74.
Purity, P. L. iv. 745; ix. 1075.
    S. A. 319.   Com. 427.
Purlieu, P. L. iv. 404.
Purlieus, P. L. ii. 833.
Purling, P. R. ii. 345.
Purloin'd, P. L. ii. 946.
Purple, P. L. i. 451; iv. 259, 596,
    764; vii. 479; ix. 429; xi.
    241.   Lyc. 141.   Com. 46.
    Son. ix. 10.   Od. D. F. I.
    27.
Purples, P. L. vii. 30.
Purpose, P. L. iii. 172; iv. 337;
    vi. 675; vii. 614; viii. 337;
    xi. 195; xii. 301.   P. R. i.
    444; ii. 101; iii. 186; iv. 93.
    S. A. 569, 1406, 1498.
    On purpose, P. L. iv. 584.
    With purpose, P. L. ii. 971;
      iii. 90; vii. 78.
Purpos'd, P. L. iii. 404; iv. 373;
    ix. 416.   P. R. i. 127.   S. A.
    399.   Com. 284.   Vac. Ex.
    57.
Purposely, Ps. vii. 49.
Purposes, P. L. i. 430.
Purs'd, Com. 642.
Pursue, P. L. ii. 8, 249, 701; iv.
    362; vi. 715; xii. 206.   P. R.
    iv. 470.   S. A. 1275.   Com.
    503.   Ps. vii. 13; lxxxiii. 57;
    lxxxviii. 68.
Pursued, P. L. i. 308; ii. 79,
    165, 790; iv. 125, 572; vi.
    858; ix. 15, 397; xi. 188,
    202, 563.   P. R. i. 195; ii.
    405.   Son. xi. 6.
Pursuers, P. L. i. 326.   P. R.
    iii. 325.
Pursues, P. L. i. 15; ii. 524,
    945, 949; x. 783; xii. 205.
    P. R. iv. 24.   S. A. 1544.
Pursuing, P. L. ii. 998; vi. 52;
    xi. 192; xii. 195.
Pursuit, P. L. i. 170; iii. 397;
    vi. 538.   P. R. iii. 306.   S. A.
    280.   Com. 829.

Purvey'd, P. L. ix. 1021. P. R. ii. 333.
Push, P. R. iv. 470. Ps. v. 31.
Push'd, P. L. vi. 197; x. 670, 1074; xi. 831.
Put, P. L. i. 132; ii. 517; iv. 3, 941, 1002; x. 179, 497. P. R. ii. 218. S. A. 37. Com. 158, 372. Ps. iv. 32; viii. 18.
Put forth, P. L. i. 641; vi. 583; vii. 310.
Put not forth, P. L. vi. 853; vii. 171.
Put off, P. L. iii. 240. Com. 82.

Put on, P. L. iii. 479; vi. 734, 735; ix. 714. S. A. 1119.
Put out, S. A. 1103.
Puts, P. L. iv. 386, 888. S. A. 1271.
Puts forth, S. A. 163.
Puts on, P. L. ii. 631; ix. 667.
Putting off, P. L. iv. 739; ix. 713.
Pygmean, P. L. i. 780.
Pyramid, P. L. ii. 1013. Ep. W. Sh. 4.
Pyramids, P. L. v. 758.
Pyrrha, P. L. xi. 12. Od. Hor. 3.
Pythian, P. L. ii. 530; x. 530.
Python, P. L. x. 531.

QUADRATE, P. L. vi. 62.
Quadrature, P. L. x. 381.
Quaff, P. L. v. 638. P. R. iv. 118.
Quaint, P. L. viii. 78; ix. 35. S. A. 1303. Lyc. 139. Arc. 47. Com. 157. Od. Nat. 194.
Qualms, P. L. xi. 481.
Quarrel, S. A. 60.
Quarrels, S. A. 1329.
Quarry, P. L. x. 281. Od. Pass. 46.
Quarries, P. L. v. 759.
Quarter, P. L. vi. 530.
Quarter'd, P. R. iv. 202.
Quarters, P. L. iii. 714; v. 192, 689. Com. 29.
Quarternion, P. L. v. 181.
Queen, P. L. i. 439; iv. 608;

viii. 60; ix. 684. P. R. ii. 212; iv. 45. Il Pens. 19. Arc. 94, 108. Com. 241, 265, 442, 446, 1002. Od. Nat. 201. Ep. M. Win. 74.
Queens, Vac. Ex. 47.
Quell, P. L. v. 740; xii. 311. P. R. i. 218. S. A. 1272. Com. 613. Ps. cxxxvi. 10.
Quell'd, P. L. iv. 860; vi. 386, 457; xi. 496. P. R. iii. 35. S. A. 286, 563. Ps. v. 30.
Queller, P. R. iv. 634.
Quench, P. L. xii. 492. P. R. iii. 38. Com. 66.
Quench'd, P. L. ii. 939; iii. 25. S. A. 95.
Quest, P. L. ii. 830; ix. 414. P. R. i. 315. Arc. 34. Com. 321. Od. D. F. I. 18.
Question, P. L. iv. 887. S. A. 1254.

Question, (*verb*,) P. L. iv. 882; ix. 720.

Question'd, P. L. iii. 166. Lyc. 93.

Questions, P. R. iv. 219.

Quick, P. L. iv. 1004; v. 269; vi. 597, 619; vii. 405; viii. 259; ix. 399; xii. 460. P. R. ii. 172; iii. 323. S. A. 764. Com. 41, 284, 841. Vac. Ex. 57.

Quicken, Ps. lxxx. 75.

Quicken'd, P. L. v. 85; ix. 587. Ep. Hobs. II. 16.

Quick'ning, P. L. v. 861.

Quickest, P. R. iii. 238.

Quickly, P. R. ii. 400. Com. 1014. Od. D. F. I. 42. Ep. M. Win. 16.

Quiet, (*noun*,) Il Pens. 45. Ep. M. Win. 48. Ps. lxxxiii. 50.

Quiet, (*adj.*) P. L. xi. 272; xii. 80. P. R. iii. 360.

Quiet, (*verb*,) S. A. 1724.

Quietly, P. R. iii. 192.

Quills, Lyc. 188.

Quiloa, P. L. xi. 399.

Quintessence, P. L. iii. 716; vii. 244.

Quintilian, Son. vi. 11.

Quintius, P. R. ii. 446.

Quips, L'Al. 27.

Quire, *or* Choir, P. L. iii. 217; iv. 264; ix. 198; xii. 366. P. R. i. 242. Il Pens. 163. Com. 112. Son. viii. 10. Od. Nat. 115. Ep. M. Win. 17.

Quires, *or* Choirs, P. L. iii. 666; iv. 711; v. 251; vii. 254. P. R. iv. 593. Od. Sol. Mus. 12. Brut. 6.

Quit, P. L. iv. 51; v. 882; vi. 548; vii. 440; xi. 548. P. R. iii. 244. S. A. 509, 1484, 1709. Son. vii. 1. Od. on Time, 20.
So quit, P. R. i. 477.

Quite, P. L. ii. 93, 96, 282; iii. 50, 173; xi. 258, 712; xii. 28, 54. P. R. ii. 224, 402; iv. 317, 352, 366. S. A. 469, 907, 1158, 1688. L'Al. 149. Com. 336, 468, 527, 728. Od. Nat. 67. Ps. lxxxviii. 17.

Quits, S. A. 324.

Quitted, P. L. iii. 307; iv. 770; x. 627.

Quiver, P. L. vi. 764; ix. 390.

Quiver'd, Com. 422.

Quivers, P. L. iii. 367.

Quoth, Lyc. 107. Ep. Hobs. II. 17.

RABBA, P. L. i. 397.

Rabbies, P. R. iv. 218.

Rabble, P. R. iii. 50.

Race, P. L. i. 432, 577, 780; ii. 194, 348, 382, 529, 834; iii. 161, 280, 679; iv. 475, 732; vi. 501, 896; vii. 33, 45, 99, 155, 189, 530, 630; viii. 339; ix. 416; x. 385, 607, 984, 988; xi. 13, 331, 608, 621, 782, 786; xii. 104, 163, 214, 505, 554. P. R. ii. 181, 310; iii. 423. S. A. 29, 597, 1100. Od. Pass. 56. Od. on Time, 1.

Races, P. L. ix. 33.

Rack'd, P. L. i. 126. P. R. iii. 203.

Racking, P. L. ii. 182; xi. 481.

Radiance, P. L. vii. 194.

Radiant, P. L. ii. 492; iii. 63, 379, 594, 646; iv. 797; v. 457; vi. 761; vii. 247; x. 85; xi. 206. P. R. iii. 237; iv. 428. Arc. 14. Com. 374. Od. Nat. 146. Ep. M. Win. 73.

Rafters, Com. 324.

Rage, P. L. i. 95, 175, 553; ii. 67, 144, 171, 268, 539, 581, 791; iii. 80, 241; iv. 9, 857, 969; v. 845; vi. 199, 217, 635, 696, 813; viii. 244; ix. 16; xii. 58, 194. P. R. i. 38; iii. 102; iv. 445, 499. S. A. 619, 836, 953. Ps. vii. 20; viii. 8.

Raged, P. L. i. 277, 666; vi. 211; xi 444.

Rages, S. A. 963.

Ragged, L'Al. 9.

Raging, P. L. ii. 213, 600; v. 891; x. 286. S. A. 1275.

Rags, P. L. iii. 491. S. A. 415.

Rail'd, Son. vii. 6.

Rain, P. L. viii. 146; x. 1063; xi. 743, 826, 894. P. R. iv. 412. S. A. 1062.

Rain, (verb,) P. L. viii. 146. L'Al. 122.

Rainbow, Com. 300. Od. Nat. 143.

Rainbows, P. L. vii. 446.

Rain'd, P. L. vii. 331; ix. 1122. P. R. ii. 312.

Raise, P. L. i. 23; ii. 272; iii. 296; iv. 574, 806; v. 680; vi. 224; viii. 430; ix. 43, 314; xi. 103, 796, 877; xii. 123, 162, 318, 547. P. R. i. 232; iii. 333. S. A. 625, 839, 1124. Lyc. 70. Il. Pens. 104. Arc. 8. Son. x. 6. Ps. vii. 62; lxxxii. 11.

Raised, P. L. i. 43, 99, 529, 551; ii. 5, 427, 468, 521; iii. 258; iv. 60, 226, 416, 590; v. 226, 391, 758; vi. 138, 856; vii.

157; viii. 258, 300; ix. 177, 314, 669, 740; x. 457, 1012; xi. 422. P. R. i. 7, 124; ii. 64, 423; iii. 59; iv. 430. S. A. 273, 1028, 1211. Dante, II. 2.

Raises, S. A. 172.

Rallied, P. L. i. 269; vi. 786.

Ram, Com. 497.

Ramath-lechi, S. A. 145.

Ramiel, P. L. vi. 372.

Ramoth, P. R. i. 373.

Ramp, S. A. 139.

Rampant, P. L. vii. 466.

Rampart, P. L. i. 678.

Ramp'd, P. L. iv. 343.

Rams, Ps. cxiv. 11.

Ran, P. L. i. 451; iv. 240; vi. 642; viii. 268; ix. 891; x. 27; xii. 608. S. A. 129. Com. 568.

Rancour, P. L. ix. 409; x. 1044.

Random, P. L. iv. 930; x. 628. S. A. 118.

Rang, Od. Nat. 158.

Range, P. L. iv. 621, 754; ix. 134; x. 492. P. R. i. 366.

Ranged, P. L. ii. 522; vi. 48; vii. 426; xi. 644.

Rang'd, P. R. iii. 322. S. A. 1137, 1694.

Ranging, P. L. vi. 248.

Rank, (adj.) Lyc. 126. Com. 17.

Rank, (verb,) P. L. xi. 278. Ps. v. 8.

Rank'd, P. L. ii. 887, vi. 604. S. A. 345.

Rankle, S. A. 621.

Ranks, P. L. i. 616; iv. 140; vi. 71; xii. 213. Arc. 59, 99. Od. Nat. 114.

Ransack'd, P. L. i. 686.

Ransom, P. L. iii. 221; x. 61; xii. 424. S. A. 483, 604, 1460, 1471, 1476, 1573.

Ransom'd, P. L. iii. 297.

Rapacious, P. L. xi. 258.

Rape, P. L. i. 505; ii. 794; xi.
717. Od. D. F. I. 9.
Raphael, P. L. v. 221, 224, 561;
vi. 363; vii. 40; viii. 64,
217; xi. 235.
Rapid, P. L. ii. 532; iv. 227; vi.
711; xi. 853.
Rapine, P. L. ix. 461. P. R. iv.
137. Son. x. 14.
Rapt, P. L. iii. 522; vii. 23. Il
Pens. 40. Com. 794.
Rapture, P. L. v. 147; vii. 36,
299; ix. 1082. Od. Nat. 98.
Raptures, P. L. iii. 369. Com.
247.
Rare, P. L. ii. 948; iii. 21, 612;
vi. 353; vii. 461; xi. 610.
P. R. ii. 186. Il Pens. 101.
Rarely, P. L. xii. 537. S. A.
1047.
Rarer, S. A. 166.
Ras'd, P. L. i. 362; iii. 49.
Rase, P. L. ii. 923; xii. 53.
Rash, P. L. v. 851; ix. 780,
860; xii. 76. P. R. i. 359;
iv. 8. S. A. 747, 907. Com.
397.
Too rash, S. A. 907.
Rashly, S. A. 43.
Rashness, P. L. xii. 222.
Rate, S. A. 1313.
Rathe, Lyc. 142.
Rational, P. L. ii. 498; v. 409;
viii. 591, 587; xii. 82.
Rattling, P. L. ii. 715; vi. 546.
Rave, Od. Nat. 67.
Ravel, S. A. 305.
Raven, P. L. xi. 855.
Raven-down, Com. 251.
Ravenous, P. L. x. 274, 637,
991. P. R. ii. 269.
Ravens, P. R. ii. 267.
Raves, Vac. Ex. 43.
Ravin, P. L. x. 599.
Ravishment, P. L. ii. 554; v.
46; ix. 541. Com. 245.
Ray, P. L. iii. 24, 620; iv. 673;
v. 141; vi. 480; viii. 140;

ix. 607. S. A. 548. Com.
622.
Rays, P. L. iii. 625; iv. 543; v.
301; vi. 719; vii. 372. Com.
425. Od. Nat. 223.
Razor, S. A. 1167.
Reach, P. L. ii. 606; iv. 801;
v. 571; vii. 75; ix. 591, 593,
732, 779; x. 323, 793; xi.
94, 380; xii. 44, 556. S. A.
62, 177, 1380. Ps. cxxxvi.
94.
Reach'd, P. L. iv. 988; v. 213;
vi. 131.
Reaches, P. L. iii. 697.
Reaching, P. L. ii. 1029; vi.
140.
Read, P. L. i. 798; ii. 422; iv.
1011; viii. 68. P. R. i. 207;
iv. 116, 382. Forc. of Con.
19.
Reads, P. R. iv. 322.
Readiest, P. L. ii. 976; xii. 216.
P. R. iii. 128. Com. 305.
Ps. lxxxvi. 54.
Readily, P. L. viii. 272.
Readiness, P. R. ii. 144.
Reading, P. R. iv. 323.
Re-admit, S. A. 1173.
Ready, P. L. ii. 854; iii. 72,
650; v. 132; vi. 54, 509,
561; ix. 626. S. A. 1483.
Od. Nat. 49. Ps. lxxxviii.
62.
Reaking.—*See* Reeking.
Real, P. L. v. 437; viii. 310; ix.
699; x. 151, 413. P. R. iv.
590. S. A. 159.
Realities, P. L. viii. 575.
Realm, P. L. i. 342, 409; ii.
133, 972, 1005; iv. 234; viii.
375; x. 189, 391, 392, 435;
xi. 400; xii. 162, 455. P. R.
i. 118; iv. 72. Brut. 8.
Realms, P. L. i. 85; iv. 1002;
vi. 186; vii. 147. P. R. ii.
422, 458.
Reälty, P. L. vi. 115.

Reap, P. L. ii. 339. S. A. 966.
Reap'd, P. L. xi. 431.
Reaper, P. L. xi. 434.
Reapers, P. L. ix. 842.
Reaping, P. L. iii. 67 ; xii. 18.
Reaps, Son. iv. 11.
Rear, P. L. ii. 78 ; v. 589 ; ix.
    497. S. A. 555, 1577. L'Al.
    50.
Rear, (*verb*,) P. L. xi. 278, 323.
    S. A. 555.
Rear'd, P. L. i. 464 ; iv. 699 ; v.
    653 ; viii. 316 ; xi. 758.
    P. R. ii. 285 ; iv. 546. Com.
    798, 836. Son. xi. 6.
Rears, P. L. i. 221.
Re-ascend, P. L. i. 633 ; iii. 20 ;
    xii. 480.
Reason, P. L. i. 248 ; ii. 114,
    121, 431 ; iii. 108 ; iv. 389,
    755, 895 ; v. 102, 106, 487,
    794 ; vi. 41, 42, 120, 125,
    126 ; vii. 508 ; viii. 374, 443,
    510, 554, 591 ; ix. 113, 239,
    243, 352, 360, 559, 600, 654,
    738, 1130 ; xii. 84, 86, 89,
    92, 98. P. R. ii. 485 ; iii.
    122 ; iv. 526. S. A. 322,
    323, 1546, 1641. Son. i. 12.
Reason, (*verb*,) P. L. viii. 374.
    P. R. iv. 233.
Reason'd, P. L. ii. 558.
Reasoning, P. L. viii. 25, 85 ; ix.
    379, 872.
Reasonings, P. L. x. 830. S. A.
    322, 875.
Reasonless, P. L. iv. 516. S. A.
    812.
Reason's, P. L. ii. 226. Com.
    529, 759.
Reasons, P. L. ix. 765. S. A.
    811, 864. Com. 162.
Re-assembling, P. L. i. 186.
Re-assum'd, P. L. x. 225.
Rebecks, L'Al. 94.
Rebel, P. L. i. 38, 484 ; iii. 677 ;
    iv. 823 ; vi. 199, 647 ; x. 83.
    Ps. ii. 12.

Rebell'd, P. L. vi. 179, 737, 899.
    Ps. v. 32.
Rebellion, P. L. i. 363 ; v. 715 ;
    vi. 269 ; xii. 36, 37. S. A.
    1210.
Rebellions, Son. x. 6. Ps. v. 31.
Rebellious, P. L. i. 71, 747 ; ii.
    691 ; iii. 86 ; iv. 952 ; vi. 50,
    414, 786 ; vii. 140.
Rebels, P. L. v. 742.
Rebounding, P. L. x. 417.
Rebounds, P. L. i. 788.
Rebuff, P. L. ii. 936.
Rebuke, P. L. iv. 844 ; vi. 342 ;
    ix. 10. P. R. i. 468. Ps.
    lxxx. 68.
Rebuilt, P. R. iii. 281.
Recall, P. L. v. 885.
Recall, (*verb*,) P. L. iv. 95 ; ix.
    926. P. R. ii. 55.
Recall'd, P. L. i. 169 ; xi. 330,
    422.
Recalling, P. R. ii. 106.
Recant, P. L. iv. 96.
Receive, P. L. i. 252 ; ii. 218,
    240 ; iii. 106, 252, 294 ; iv.
    384, 672 ; v. 315, 690, 781 ;
    vi. 55, 75, 152, 188, 349, 561 ;
    vii. 78, 179, 361 ; viii. 343 ;
    ix. 284, 309, 350 ; x. 639 ;
    xi. 37, 505, 707 ; xii. 322,
    462, 503. P. R. i. 74, 77 ;
    ii. 381 ; iii. 231 ; iv. 200.
    S. A. 329, 468, 473, 883,
    1214.
Received, P. L. i. 174 ; iii. 61 ;
    iv. 54, 309 ; v. 248 ; vi. 22,
    721, 805, 875, 891 ; vii. 119 ;
    viii. 96, 386 ; x. 750 ; xi.
    636 ; xii. 609. P. R. iii.
    137 ; iv. 263, 583, 623. Com.
    684. Dante, I. 3. Ps. cxiv.
    10.
Receives, P. L. ii. 439 ; v. 423,
    487 ; vi. 624 ; viii. 35, 89 ;
    xii. 137. P. R. iii. 117 ; iv.
    288.
Receiv'st, P. L. ix. 109.

Receiving, P. R. iv. 566.
Receptacle, P. L. vii. 307 ; xi. 123.
Reception, P. L. v. 769 ; x. 807. P. R. iii. 205.
Recess, P. L. i. 795 ; ii. 254 ; iv. 258, 708 ; ix. 456; xi. 304. P. R. iv. 242.
Reciprocal, P. L. viii. 144. Ep. Hobs. II. 30.
Reck, P. L. ix. 173.
Reck'd, P. L. ii. 50.
Reckon, P. L. viii. 71. S. A. 170.
Reckon'd, Ps. lxxxviii. 13.
Reckons, Son. xii. 14.
Reckon'st, P. L. ii. 696.
Reckoning, Lyc. 116. Com. 642.
Recks, Lyc. 122. Com. 404.
Reclaim, P. L. vi. 791.
Recline, P. L. iv. 333.
Recoil, P. L. ii. 880. Com. 593. Ps. cxiv. 9.
Recoil'd, P. L. ii. 759 ; vi. 194, 391.
Recoils, P. L. iv. 17 ; ix. 172.
Re-collecting, P. L. i. 528.
Recollects, P. L. ix. 471.
Re-comforted, P. L. ix. 918.
Recommend, P. L. iv. 329. P. R. i. 301.
Recompence, P. L. ii. 981 ; iv. 47 ; v. 424 ; viii. 5 ; ix. 994, 995, 1163. P. R. iii. 128, 132. S. A. 910. Lyc. 184.
Recompense, (*verb*,) P. L. iv. 893 ; x. 683. S. A. 746.
Recompens'd, P. L. x. 1052 ; xii. 495.
Reconcil'd, P. L. xi. 39. P. R. iv. 413. S. A. 962.
Reconcilement, P. L. iii. 264 ; iv. 98 ; x. 943. S. A. 752.
Record, Son. xiii. 5.
Recorded, P. L. v. 594 ; vii. 338. S. A. 984.
Recorders, P. L. i. 551.

Records, P. L. i. 361 ; xii. 252, 513.
Recover, S. A. 1555.
Recover'd, P. L. i. 240; ii. 22; iv. 357 ; v. 210. P. R. i. 3. S. A. 1098.
Recovering, P. L. x. 966 ; xi. 294, 499.
Recount, P. L. vii. 112. P. R. iii. 64.
Recounted, P. L. x. 228.
Recreant, P. R. iii. 138.
Recure, P. L. xii. 393.
Red, P. L. i. 175 ; ii. 174 ; iv. 978. Od. Nat. 159, 230. Ps. vi. 22.
Red-sea, P. L. i. 306. P. R. iii. 438.
Redeem, P. L. iii. 214, 281, 299, 300 ; xi. 258. Od. Nat. 153.
Redeem'd, P. L. iii. 260 ; xi. 43.
Redeemer, P. L. x. 61 ; xii. 445, 573.
Redeems, P. L. xii. 424, 434.
Redemption, P. L. iii. 222 ; xii. 408. P. R. i. 266. S. A. 1482. Od. Nat. 4.
    Without redemption, P. L. v. 615.
Redouble, P. L. ix. 562.
Redoubled, P. L. vi. 370. S. A. 923. Son. xiii. 9.
Redound, P. L. iii. 85 ; ix. 128 ; x. 739.
Redounded, P. L. vii. 57.
Redounding, P. L. ii. 889.
Redounds, P. L. v. 438.
Redress, P. L. ix. 219. S. A. 619. Ps. lxxxii. 26.
Reduce, P. L. ii. 96, 983 ; iii. 320 ; x. 748 ; xii. 89.
Reduc'd, P. L. i. 790 ; v. 843 ; vi. 514, 777 ; x. 438. P. R. iii. 158. S. A. 1468.
Redundant, P. L. ix. 503. S. A. 568.
Reed, P. L. v. 23 ; vi. 519, 579 ; vii. 321 ; xi. 132. Com. 345.

Reeds, P. L. vi. 582. P. R. ii. 26. Lyc. 86.
Re-edify, P. L. xii. 350.
Reeking, P. L. viii. 256.
Reel, Ps. lxxxiii. 51.
Re-embattled, P. L. vi. 794.
Re-enter, P. L. ii. 397.
Refer, S. A. 1015.
Refin'd, P. L. v. 475; xi. 63; xii. 548.
Refines, P. L. viii. 589.
Reflected, P. L. iii. 723; iv. 596; x. 1071.
Reflecting, P. L. vi. 18.
Reflection, P. L. iii. 428; vii. 367.
Re-flourishes, S. A. 1704.
Reflux, P. L. x. 739.
Reform, P. L. iv. 625.
Reforming, P. L. ix. 101.
Refrain, S. A. 1565.
Refrain'd, P. L. vi. 360.
Refrains, Son. xvi. 14.
Refresh'd, P. L. ix. 1027. P. R. iv. 591, 637. S. A. 551.
Refreshings, S. A. 665.
Refreshment, P. L. ix. 237. P. R. ii. 265. Com. 687.
Reft, Lyc. 107.
Refuge, P. L. ii. 168; ix. 119; x. 839; xi. 673.
Refulgent, P. L. vi. 527.
Refusal, P. R. ii. 323. S. A. 1330.
Refuse, P. L. ii. 451; v. 492; vi. 41; xii. 31. P. R. ii. 329.
Refus'd, P. L. ii. 470, 471; iv. 743; x. 756. P. R. i. 277; iv. 496.
Refusing, P. L. ii. 452.
Refute, P. R. iv. 233.
Refuted, S. A. 1220.
Refutes, P. L. x. 1016.
Regain, P. L. i. 5; ii. 230; iv. 665; x. 972. P. R. ii. 441; iii. 163, 371. S. A. 1004. Com. 274.
Regain'd, P. L. i. 270; iv. 197. P. R. iv. 608.
Regal, P. L. i. 640; ii. 515; iii. 339, 340; iv. 869; v. 280, 739, 816; x. 447; xii. 323. P. R. ii. 183, 340, 461; iii. 248, 249; iv. 98. Od. Pass. 15.
Regard, P. L. i. 653; ii. 281; iii. 534; iv. 620, 877; x. 866; xi. 334; xii. 16. P. R. ii. 315; iii. 217. S. A. 684. Com. 620.
Regard, (verb,) P. L. v. 44; xii. 174, 357. P. R. iii. 427. S. A. 1333. Ps. lxxxii. 9; lxxxviii. 22.
Regarded, P. L. ix. 787.
Regardless, P. L. iii. 408; xii. 47. P. R. iv. 317. S. A. 303.
Regards, S. A. 1157.
Regencies, P. L. v. 748.
Regenerate, P. L. xi. 5.
Regent, P. L. iii. 690; v. 697, 698; vii. 371; ix. 60.
Regents, P. R. i. 117.
Regiment, P. L. i. 758.
Region, P. L. i. 242; ii. 443, 619, 982; iii. 433, 562; vi. 80; vii. 425; ix. 1125. P. R. ii. 117, 155. Od. Nat. 103.
Regions, P. L. i. 65; iii. 349, 606; v. 263, 748, 750; vi. 223; xi. 77. P. R. i. 22, 392; iv. 67. Il Pens. 90. Com. 4. Vac. Ex. 41.
Register'd, P. L. xii. 335.
Re-gorg'd, S. A. 1671.
Regret, P. L. x. 1018.
Regular, P. L. v. 623.
Regulus, P. R. ii. 446.
Reign, (noun,) P. L. i. 102, 543; ii. 963; v. 609, 841; vii. 381; xii. 330, 370. P. R. i. 125; ii. 123, 442; iii. 178, 179, 184, 216. Il Pens. 25. Od. Nat. 63, 106.
Reign, P. L. i. 261, 262, 263; ii. 324, 451, 698, 868; iii. 315, 318; iv. 112, 961; v. 820,

832 ; vi. 183, 293, 888; x. 375, 399; xi. 543 ; xii. 91, 286. P. R. iii. 180, 195, 215, 385, 404; iv. 492. Vac. Ex. 75. Brut. 3.

Reign'd, P. L. i. 514; v. 341, 449, 578; xi. 751.

Reign'st, Ps. lxxxiv. 45.

Reigning, P. L. i. 124. P. R. ii. 480.

Reigns, P. L. i. 497, 637; ii. 59, 454, 814, 909 ; iv. 765; v. 41, 680; vi. 43; x. 549; xi. 187. P. R. ii. 466, 478. Com. 334, 480.

Rein, P. L. xi. 586.

Rein'd, P. L. iv. 858.

Reinforcement, P. L. i. 190.

Reins, P. L. vi. 346, 696; x. 672. S. A. 302, 609, 1578. Ps. vii. 39.

Re-inspire, Son. xv. 6.

Re-instal, P. R. iii. 372; iv. 615. Od. D. F. I. 46.

Reiterated, P. L. i. 214.

Reject, P. L. iv. 523; v. 886. P. R. ii. 457; iv. 467. S. A. 516, 760.

Rejected, P. L. x. 567, 876. P. R. iv. 376.

Reject'st, P. R. iv. 156.

Rejoice, P. L. ii. 339 ; viii. 392, 639; x. 396; xi. 875; xii. 475. S. A. 1455. Ps. lxxxv. 23; lxxxvi. 10.

Rejoic'd, P. L. ii. 848; v. 851; vi. 878; x. 120; xi. 869. P. R. i. 228 ; ii. 37.

Rejoicing, P. L. ii. 487 ; iv. 13 ; v. 163, 641; vii. 180; viii. 314.

Relapse, P. L. iv. 100. P. R. ii. 30.

Relate, P. L. i. 746; v. 564; vi. 298, 373; vii. 84, 604; viii. 9, 204, 208; xi. 319; xii. 11. S. A. 1563. Son. v. 13.

Related, P. L. iv. 875; v. 94. S. A. 786.

Relater, P. L. viii. 52.

Relating, P. L. viii. 51, 203.

Relation, P. L. v. 556; viii. 247. P. R. ii. 182; iv. 519. S. A. 1595. Com. 617.

Relations, P. L. iv. 756.

Relax, P. L. vi. 599.

Relax'd, P. L. ix. 891.

Releas'd, P. L. xi. 197.

Release, P. R. i. 409. Od. Nat. 6.

Relent, P. L. ii. 237; iv. 79; vi. 790; x. 1093. S. A. 509.

Relented, P. L. x. 940.

Relentless, P. L. ix. 130.

Relents, P. L. xi. 891.

Relief, P. L. x. 976. P. R. ii. 309. Son. i. 12.

Relied, P. L. vi. 238.

Relies, P. L. ii. 416.

Relieve, P. R. i. 344.

Relieves, S. A. 5, 460, 472.

Religion, P. L. xi. 667; xii. 535. S. A. 412, 854, 872, 1420. Son. xii. 13.

Religions, P. L. i. 372.

Religious, P. L. xi. 622; xii. 231. S. A. 1320. Il Pens. 160.

Reliques, P. L. iii. 491; v. 273. Ep. W. Sh. 3.

Relish, P. L. ix. 1024.

Reluctance, P. L. ii. 337 ; x. 1045.

Reluctant, P. L. iv. 311; vi. 58; x. 515.

Rely, P. L. ix. 373. Ps. lxxxiv. 47.

Remain, P. L. ii. 320; iii. 124, 263; v. 773; vi. 115, 116; x. 989. P. R. ii. 255. Ps. lxxxi. 63.

Remain'd, P. L. ii. 768; vii. 504 ; ix. 464, 808, 1138. P. R. i. 17; ii. 1, 243, 404.

Remainest, Ps. lxxxvi. 36.

Remaining, S. A. 587, 1549.
Com. 72.

Remains, P. L. i. 139, 645 ; ii.
443; vi. 38; vii. 21; viii. 13;
ix. 43; x. 129, 502 ; xii. 14.
P. R. iv. 326. S. A. 433,
649, 912, 1126. Son. xi. 9.
Ep. Hobs. II. 34.

Remark, S. A. 1309.

Remarkable, S. A. 1388.

Remarkably, P. L. ix. 982. P. R.
ii. 106.

Remediless, P. L. ix. 919. S. A.
648. Od. Cir. 17.

Remedy, P. L. vi. 438; x. 1079;
xi. 62.

Remember, P. L. iv. 449; vi.
912; viii. 327; x. 1046. P. R.
i. 46; ii. 196, 445; iii. 66;
iv. 374. Com. 416.

Remember'd, P. L. x. 12. S. A.
677.

Rememberest, Ps. lxxxviii. 21.

Remembering, P. L. xii. 346.
P. R. iii. 434.

Remember'st, P. L. v. 674, 857;
vii. 561.

Remembrance, P. L. iii. 704; iv.
38; viii. 204. S. A. 277,
952. Ps. vi. 9.

Remembrest, Ps. viii. 12.

Remiss, P. L. vi. 458 ; viii. 387.
S. A. 239.

Remission, S. A. 835.

Remit, P. L. ii. 210; xi. 885.
S. A. 687, 1470.

Remorse, P. L. i. 605 ; iv. 109 ;
v. 134; x. 1098. S. A. 752,
1007.
Without remorse, P. L. v.
566; xi. 105.

Remorseless, Lyc. 50. Ep. M.
Win. 29.

Remote, P. L. ii. 477; iii. 609;
iv. 284; vi. 173; vii. 369;
viii. 191; ix. 812; x. 274.
P. R. iii. 76; iv. 598.

Remotest, Son. x. 4.

Remove, (*noun*,) P. L. vi. 597;
xii. 593.

Remove, P. L. ii. 277; viii. 119;
xi. 96, 260; xii. 204, 290.
P. R. iv. 343. S. A. 1051.

Remov'd, P. L. i. 73; ii. 211,
321, 835; iii. 356; vii. 272;
x. 211, 934; xi. 3, 412, 727,
889. P. R. iv. 87. Ps. lxxxv.
9; lxxxviii. 69.

Removed, Il Pens. 78.

Removes, P. L. ix. 702.

Rend, P. L. x. 700; xii. 182.

Rend up, P. L. ii. 540.

Render, P. L. ii. 130, 459; vi.
602; viii. 6; ix. 823. P. R.
iii. 130, 369; iv. 283. S. A.
1232. Od. D. F. I. 75.

Render back, P. L. x. 749.

Render'd, Ps. vii. 11.

Renders, P. L. viii. 196. S. A.
1282.

Rendering, P. L. xi. 551.

Renew, P. L. ii. 494; iii. 175.
P. R. iv. 19. Od. Sol. Mus.
25. Ps. lxxxv. 28.

Renew'd, P. L. ii. 1012 ; iii. 226 ;
vi. 783; viii. 337; ix. 321,
1133; x. 543, 638; xi. 66, 116,
140, 499. P. R. ii. 367; iii.
6, 346. S. A. 520, 1357.

Renewing, P. L. iii. 729. P. R.
iv. 570.

Renews, P. L. ii. 389. S. A.
331.

Renovation, P. L. xi. 65.

Renounce, P. L. ii. 312; iii. 291;
ix. 884. S. A. 828.

Renounc'd, Forc. of Con. 2.

Renown, P. L. i. 477; iii. 34; vi.
378, 422; xi. 688, 698; xii.
154. P. R. i. 136; iii. 60;
iv. 84. Ps. cxxxvi. 62.

Renown'd, P. L. i. 507; iii. 465,
549; ix. 440, 670, 1101; xii.
321. P. R. iv. 46. S. A.
125, 988, 1079. Arc. 29.
Son. xi. 11. Ps. lxxxi. 32.

Repaid, P. L. ix. 178, 1015; x. 218. P. R. iv. 188.
Repair, (*noun*,) P. L. viii. 457.
Repair, P. L. i. 188; iii. 678; vii. 152; ix. 144. P. R. iv. 267. S. A. 665.
Repair'd, P. L. iv. 773; vi. 878. P. R. iv. 591.
Repairing, P. L. vii. 365; x. 1087, 1099.
Repairs, Lyc. 169.
Repast, P. L. ii. 800; v. 232, 630; viii. 214; ix. 4, 403, 407. P. R. ii. 250. Com. 688. Son. xv. 9.
Repeal'd, P. L. vii. 59.
Repeat, P. L. vi. 318; ix. 946.
Repeated, P. L. vi. 601; vii. 494; viii. 32; ix. 400. S. A. 645. Son. iii. 12.
Repel, P. L. viii. 643; ix. 284.
Repell'd, P. L. vii. 611; x. 866. P. R. iv. 446. Son. xii. 3.
Repent, P. L. i. 96; iii. 190; iv. 93; xi. 255; xii. 474. S. A. 504.
Repentance, P. L. iii. 191; iv. 80; xi. 724. P. R. i. 20. S. A. 821.
Repentant, P. L. xi. 1. P. R. iii. 435. S. A. 751.
Repenting, P. L. ii. 369; x. 75; xi. 886. Son. xvi. 6.
Repents, P. L. xi. 90.
Repine, P. L. vi. 460. P. R. ii. 94.
Repines, S. A. 995.
Replenish'd, P. L. vii. 447; viii. 371.
Replete, P. L. ix. 733; xii. 468.
Replied, P. L. i. 156; ii. 688, 746; iii. 167, 273; iv. 440, 659, 857, 903, 946, 969; v. 468, 506, 852; vi. 171, 469; viii. 4, 65, 179, 368, 378, 595; ix. 272, 290, 342, 377, 567, 614, 655, 960, 1162; x. 118, 124, 144, 161, 602, 966,
1012; xi. 370, 453, 552; xii. 468, 552, 574. P. R. i. 337, 346, 406; ii. 319, 378, 432; iii. 43, 108, 121, 203; iv. 109, 154, 195, 285, 367, 499. Lyc. 77. Ps. iii. 11.
Replies, Son. xiv. 9.
Reply, P. L. ii. 467, 1010; viii. 209; ix. 321. P. R. iii. 3; iv. 2.
Report, P. L. iii. 701; v. 869. S. A. 117, 1090. Son. v. 8.
Report, (*verb*,) P. L. xii. 237. S. A. 1350. Com. 127.
Reported, P. L. vi. 21.
Repose, P. L. iv. 612; v. 28, 233; ix. 403, 407. P. R. ii. 275; iii. 210. S. A. 406.
Repose, (*verb*,) P. L. i. 319.
Repos'd, P. L. iv. 450; v. 636.
Reposes, Com. 999.
Repossess, P. L. i. 634.
Reprehend, Ps. vi. 1.
Represent, P. L. v. 104; xi. 870.
Represented, P. L. x. 849.
Representing, P. L. viii. 610; xii. 255. P. R. i. 418.
Repress, S. A. 543.
Reprieve, S. A. 288.
Reproach, P. L. vi. 34; xi. 165, 811. P. R. iii. 66. S. A. 353, 446, 823. Od. D. F. I. 14.
Reproach, (*verb*,) P. L. ix. 1098.
Reproaches, P. R. iv. 387. S. A. 393.
Reproachful, P. L. xii. 406.
Reprobate, P. L. i. 697. P. R. i. 491. S. A. 1685.
Reproof, P. R. i. 477.
Reprov'd, P. L. x. 761.
Reptile, P. L. vii. 388.
Repulse, P. L. i. 630; vi. 600; ix. 384. P. R. iv. 623. S. A. 966.
Repulse upon repulse, P. R. iv. 21.

Repuls'd, P. L. ii. 142; x. 10,
910. P. R. i. 6. S. A. 1006.
Ps. lxxxiii. 38.
Repute, P. L. i. 639; ii. 472.
Request, P. L. v. 561; vi. 894;
vii. 111, 635; xi. 46, 47.
S. A. 356, 881. Com. 900.
Ep. M. Win. 17.
Request, (*verb*,) P. L. x. 743.
Requested, S. A. 1630.
Require, P. L. iv. 628; v. 408;
viii. 642; ix. 590. P. R. ii.
412; iii. 17. S. A. 1314.
Requir'd, P. L. iv. 308.
Requires, P. L. iii. 735; iv. 419;
v. 529; viii. 425. P. R. iii.
113, 117.
Requisite, P. R. i. 464.
Requital, Com. 626.
Requite, S. A. 1356. Son. iii.
5.
Re-salute, P. L. xi. 134.
Rescue, P. R. i. 217. Ps. vii. 6;
lxxxii. 14.
Rescued, P. L. xi. 682; xii. 199.
Son. xviii. 4.
Resemblance, P. L. iv. 364; vi.
114; ix. 538. P. R. iv. 320.
Com. 69.
Resemblances, P. L. v. 114.
Resembles, P. L. ii. 268; v.
622.
Resemblest, P. L. iv. 839.
Resembling, P. L. ii. 1045; viii.
543. P. R. iii. 110.
Resent, P. L. ix. 300.
Reserve, P. L. v. 61. P. R. iv.
165.
Reserv'd, P. L. i. 54; ii. 161,
322; v. 128; viii. 50; ix.
768; xi. 501. S. A. 645.
Reserving, P. L. xii. 71.
Reside, P. L. ii. 265, 957; xii.
284. Ps. lxxxiv. 17.
Residence, P. L. i. 734; ii.
999; viii. 346. Com. 248,
947.
Resides, P. L. viii. 112.

Residing, P. L. x. 607; xii.
114.
Resign, P. L. vi. 731; x. 148,
749; xi. 287; xii. 301. Son.
ix. 3. Vac. Ex. 58.
Resign'd, P. R. i. 27.
Resigns, P. L. iii. 688; xi.
66.
Resist, P. L. i. 162; ii. 192,
814; iv. 1013; vi. 323; xii.
491. P. R. i. 151. S. A.
830, 1753.
Resistance, P. L. vi. 838.
Resistless, P. L. ii. 62. P. R. iv.
268. S. A. 1404.
Resolve, P. L. i. 120; viii. 14;
ix. 830. Son. xvi. 5. Od. D.
F. I. 36.
Resolv'd, P. L. i. 662; ii. 201,
392; v. 668; ix. 97, 585,
968; x. 1038. P. R. iv. 444.
S. A. 305, 408, 1390.
Resolving, P. L. xii. 109. Com.
183.
Resolutest, P. R. ii. 167.
Resolution, P. L. i. 191; ii. 468;
vi. 541; ix. 907; x. 1029.
S. A. 732, 1344, 1410.
Resonant, P. L. xi. 563.
Resort, P. R. i. 367. S. A. 1738.
Il Pens. 81. Com. 379, 952.
Resorting, P. L. xi. 81.
Resound, P. L. iii. 149; v. 178;
x. 862; xi. 592. Son. xi. 8.
Resounded, P. L. i. 315; ii. 789;
vi. 218; vii. 561.
Resounding, P. R. ii. 290. Com.
243. Od. Nat. 182.
Resounds, P. L. i. 579; viii. 334.
Son. xi. 8.
Respect, P. R. iv. 521. S. A.
316, 333.
Respects, S. A. 868.
Respiration, P. L. xii. 540.
Respire, S. A. 11.
Respite, (*noun*,) P. L. xi. 272.
Com. 553.
Respite, P. L. ii. 461; v. 232.

Resplendence, P. L. v. 720.
Resplendent, P. L. iii. 361; iv.
  723; ix. 568; x. 66.
Responsive, P. L. iv. 683.
Rest, (*noun*,) P. L. i. 66, 185; ii.
  618, 802; iv. 611, 613, 617;
  v. 11, 647; vi. 272, 415; vii.
  91; ix. 1120; x. 1085; xi.
  375; xii. 257, 314, 647.
  P. R. iv. 403. S. A. 14, 406,
  1297. Com. 689. Son. xiv.
  13. Od. Nat. 238. Od. Pass.
  26. Ep. M. Win. 50. Ep.
  Hobs. II. 11. Brut. 4. Ps.
  lxxxiv. 10.
Rest, (*adj.*) P. L. i. 507, 589,
  671; ii. 54, 455; iii. 184,
  185, 721; iv. 547, 900; vi.
  162, 662; vii. 240, 492, 510;
  viii. 71, 105; ix. 564, 653;
  x. 296, 422, 532, 1008; xi.
  710; xii. 112, 260, 533, 585.
  P. R. ii. 233; iv. 48, 86, 344,
  511. S. A. 1470. Arc. 13.
  Com. 629. Vac. Ex. 50.
Rest, (*verb*,) P. L. i. 185; iv.
  633; v. 368; vi. 802; ix.
  649; x. 71, 778; xii. 257,
  401. P. R. ii. 292. S. A.
  459, 598. L'Al. 74. Com.
  361. Son. ix. 13; xvi. 7.
  Ps. lxxxiv. 48.
  At rest, Od. Nat. 216.
  Without rest, Son. xiv. 13.
Rested, P. L. vii. 595.
Resting, P. L. i. 237; vii. 592,
  593.
Restless, P. L. ii. 526; viii. 31.
  S. A. 19. Com. 596. Ps.
  lxxxiii. 51.
Restorative, P. R. iii. 373.
Restore, P. L. i. 5; xi. 12; xii.
  623. P. R. iii. 381. S. A.
  1503. Com. 607, 690, 691.
  Ps. vi. 7; lxxxv. 14.
Restor'd, P. L. iii. 288, 289; x.
  971; xii. 3. P. R. i. 220,
  405; ii. 36. S. A. 1528.

Restorer, P. L. x. 646.
Restrain'd, P. L. viii. 628; ix.
  868; xi. 498.
Restraint, P. L. i. 32; iii. 87; ix.
  209, 1170, 1184.
  Without restraint, P. L. ix.
  791. Son. xviii. 8.
Rests, P. L. iii. 389; v. 109, 578;
  x. 48. P. R. i. 39.
Result, P. L. ii. 515; vi. 619.
Resume, P. L. i. 278; xii. 456.
  P. R. ii. 58.
Resum'd, P. L. x. 574.
Resumes, P. L. xii. 5.
Resurrection, P. L. xii. 436.
Retain, P. L. ii. 285; v. 501;
  vii. 362; x. 532.
Retain'd, P. L. ix. 601.
Retaining, P. L. xi. 512.
Retains, P. L. vii. 146. Com.
  842.
Retinue, P. L. v. 355. P. R. ii.
  419.
Retire, (*noun*,) P. L. xi. 267.
Retire, P. L. ii. 686, 1038; vii.
  170; ix. 810; xi. 237; xii.
  535. P. R. ii. 40, 161. S. A.
  1061. Com. 656.
Retir'd, P. L. ii. 557; iv. 532,
  611; v. 231; vi. 307, 338,
  409, 570, 781; viii. 41, 504;
  ix. 537; x. 423. P. R. iii.
  166; iv. 91. S. A. 253.
  Com. 376. Il Pens. 49.
Retirement, P. L. ix. 250. P. R.
  iv. 245.
Retires, P. L. v. 108; x. 433.
Retiring, P. L. x. 378. P. R. ii.
  161; iii. 164. S. A. 16.
Retort, P. L. x. 761.
Retorted, P. L. v. 906.
Retreat, P. L. i. 555; ii. 317; vi.
  237, 799; x. 435.
Retreated, P. L. ii. 547.
Retreating, P. L. xi. 854.
Retrench'd, P. R. i. 454.
Retribution, P. L. iii. 454.
Retrograde, P. L. viii. 127.

Return, (*noun*,) P. L. iv. 42 ; vii.
604; ix. 250, 399, 405, 839,
844; xii. 541. P. R. i. 297 ;
iii. 132 ; iv. 64, 438. Com.
284.

Return, P. L. ii. 37, 335, 527,
799, 839; iii. 41, 159, 261 ;
iv. 481, 534 ; v. 470; vi. 39,
606; vii. 16; viii. 21, 651 ;
x. 54, 206, 208, 253, 770,
932; xi. 200, 463, 534, 816;
xii. 171, 213, 219, 422. P. R.
ii. 57, 115, 302; iii. 129; iv.
374. S. A. 517, 1332. Lyc.
38, 132, 133. Com. 194.
Od. Nat. 142. Ps. vi. 23;
vii. 28; lxxx. 29, 57, 77 ;
lxxxv. 10, 35.

Return'd, P. L. ii. 520, 736; iii.
693; iv. 463, 464, 576, 590;
v. 30 ; vi. 25, 187 ; vii. 135,
552, 567 ; viii. 245, 285, 337 ;
ix. 57, 58, 67, 226, 278, 401 ;
x. 34, 224, 240, 341, 346,
455, 462, 518; xi. 153, 294 ;
xii. 348. P. R. i. 318, 324,
439, 467 ; ii. 24, 61, 79, 140,
172; iii. 181 ; iv. 639.

Returned, Ps. lxxxv. 4.

Returning, P. L. vi. 879; ix. 850;
xi. 859 ; xii. 632. P. R. iii.
130. S. A. 1004, 1355. Son.
xiv. 6.

Returns, P. L. i. 140; iii. 41;
iv. 812, 906; v. 276, 845;
viii. 157. P. R. iv. 16. S. A.
1390, 1750. Com. 670.

Return'st, P. L. vi. 151; xii. 610.

Reveal, P. L. v. 570; xi. 113.
S. A. 50, 383.

Reveal'd, P. L. vi. 895 ; vii. 71,
122; viii. 177; xii. 151, 272,
545. P. R. i. 307; ii. 50.
S. A. 29, 491, 783, 800.

Reveals, P. R. i. 293.

Revellers, P. L. vii. 33.

Revelry, L'Al. 127. Com. 103.

Revels, P. L. i. 782.

Revels, (*verb*,) P. L. iv. 765·
Com. 985.

Revenge, P. L. i. 35, 107, 604 ;
ii. 105, 107, 128, 129, 337,
371, 987, 1054; iii. 85, 160 ;
iv. 123, 386, 390; vi. 151,
905; ix. 168, 171, 466; x.
242, 1036. S. A. 484, 1462,
1591, 1660.

Reveng'd, P. L. iv. 4. S. A.
1468, 1712.

Reverence, P. L. ii. 478; iii.
738; v. 359 ; viii. 599; ix.
835 ; x. 915; xi. 237. P. R.
i. 80. Arc. 37.

Reverence, (*verb*,) P. L. xi. 346,
525.

Reverenc'd, S. A. 1463.

Reverend, P. L. xi. 719. S. A.
326, 1456, 1548. Lyc.
103.

Reverent, P. L. iii. 349 ; x. 1088,
1100. P. R. ii. 220.

Reverse, P. L. vi. 326 ; xi. 41.

Reversed, Com. 816.

Revile, P. L. x. 118.

Reviling, P. L. x. 1048.

Revisit, P. L. iii. 13, 21.

Revisit'st, P. L. iii. 23.

Revive, P. L. i. 279 ; ii. 493 ;
vi. 493; xi. 871. Ps. lxxxv.
22.

Reviv'd, P. L. vi. 497 ; ix. 440.
Com. 840.

Revives, P. L. xii. 420. S. A. 187,
1704.

Reviving, S. A. 1268.

Revoke, P. L. iii. 126.

Revokes, P. R. iii. 356.

Revolt, P. L. i. 33, 611 ; ii. 326;
iii. 117 ; vi. 262 ; ix. 7.
P. R. i. 359.

Revolt, (*verb*,) P. L. vi. 740.
Son. vii. 10.

Revolted, P. L. iv. 835 ; vi. 31 ;
x. 534.

Revolter, S. A. 1180.

Revolve, P. R. iv. 281.

Revolv'd, P. L. vii. 381 ; ix. 88.
P. R. i. 259.   S. A. 1638.
Revolving, P. L. iv. 31.   P. R. i.
185.
Revolution, P. L. viii. 31 ; x.
814.   Ep. Hobs. II. 6.
Revolutions, P. L. ii. 597.
Reward, P. L. iii. 451 ; vi. 153,
910 ; vii. 628 ; x. 767 ; xi.
459, 709.   P. R. iii. 25, 87,
104.   S. A. 992, 1465.
Reward, (*verb*,) P. L. xii. 461.
Rewarded, S. A. 413.
Rhea's, P. L. i. 513 ; iv. 279.
Rhene, P. L. i. 353.
Rhetorick, P. R. iv. 4.   Com.
790.
Rheums, P. L. xi. 488.
Rhime, *or* Rhyme, P. L. i. 16.
Lyc. 11.
Rhodope, P. L. vii. 35.
Rhomb, P. L. viii. 134.
Rhombs, P. R. iii. 309.
Rib, P. L. viii. 466, 469 ; ix.
912, 1154 ; x. 884.
Ribs, P. L. i. 690 ; x. 512.   Com.
562.
Rich, P. L. i. 538 ; iii. 504 ; iv.
189, 248, 701 ; v. 355 ; vii.
501 ; x. 292 ; xi. 407, 793.
P. R. ii. 352.   S. A. .722.
Com. 22, 556.   Ep. M. Win.
1.   Dante, I. 2.   Ps. lxxxiv.
39.
Richer, P. L. xi. 408.
Riches, P. L. i. 682, 691 ; xii.
580.   P. R. ii. 427, 429, 449,
453, 458, 484 ; iv. 298, 536.
Com. 724.
Richest, P. L. ii. 3 ; x. 446.   S. A.
1479.   Od. Pass. 44.   Vac.
Ex. 21.
Richly, P. L. xi. 582.   P. R. ii.
340.   Il Pens. 159.
Rid, P. L. vi. 737.   S. A. 1263.
Riddance, P. L. iv. 632.
Riddle, P. R. iv. 573.   S. A.
1016, 1200.

Riddling, S. A. 1064.
Ride, P. L. i. 764 ; ii. 540 ; iv.
974 ; x. 475.   Il Pens. 115.
Forc. of Con. 7.
Ride forth, P. L. vii. 166.
Riders, P. R. iii. 314.   S. A.
1324.
Rides, P. L. i. 769 ; ii. 930.
S. A. 1538.
Ridge, P. L. iii. 432 ; vii. 293 ;
x. 313 ; xii. 146.   P. R. iv.
29.   S. A. 1137.
Ridges, P. L. vi. 236.
Ridiculous, P. L. xii. 62.   P. R.
iv. 342.   S. A. 131, 539,
1361, 1501.
Riding, P. L. ii. 663.   Il Pens.
68.
Rid'st, Com. 135.
Rife, P. L. i. 650.   S. A. 866.
Com. 203.
Rifled, P. L. i. 687.
Rift, P. R. iv. 411.
Rifted, S. A. 1621.   Com. 518.
Rigg'd, S. A. 200.   Lyc. 101.
Right, (*noun*,) P. L. i. 150, 534 ;
ii. 18, 231 ; iii. 111 ; iv. 881 ;
v. 728, 794, 795, 815 ; vi. 43,
452, 709 ; ix. 611, 676 ; x.
76, 461 ; xii. 68, 360.   P. R.
ii. 324, 325, 379, 380 ; iii.
141, 154, 164 ; iv. 104.   S. A.
310, 1056.   Son. x. 11.   Ps.
vii. 26 ; lxxxii. 5, 27 ; lxxxiii.
46.
Right, (*adj.*) P. L. i. 247 ; iii.
62, 98 ; iv. 443, 541 ; vi. 42 ;
viii. 572 ; ix. 352, 570 ; x.
747 ; xi. 666 ; xii. 16, 84.   Ps.
lxxxiv. 44 ; lxxxvi. 37.—*See*
Hand, Side.
Right, (*adv.*) P. L. iii. 155 ; iv.
202 ; v. 789 ; vi. 624 ; viii.
71.   L'Al. 59.   Com. 854.
Son. xvii. 9.   Ep. Hobs. II.
21.
Right against, P. L. i. 402.   L'Al.
59.

Right before, Ps. v. 24.
Right down, P. L. x. 398.
Right and left, P. L. vi. 558, 569.
Right onward, P. L. vi. 831. Son. xvii. 9.
Righteous, P. L. i. 434; iii. 292; vi. 804; x. 30, 644; xi. 701. P. R. i. 206, 425. S. A. 1276. Ps. lxxxi. 56.
Righteousness, P. L. ix. 1056; x. 222; xi. 682, 814; xii. 294, 550. Ps. iv. 2, 24; v. 21; vii. 32; lxxxv. 43, 53.
Rightful, P. L. v. 818. Od. Cir. 17.
Rightlier, P. L. xi. 697. P. R. ii. 123.
Rightliest, P. R. iv. 475.
Rightly, P. L. vii. 2; viii. 439; xi. 159; xii. 418. Il Pens. 170. Od. Sol. Mus. 18.
Rights, Com. 125.
Rigid, P. L. iii. 212; vi. 83; viii. 334; ix. 685. S. A. 433. Com. 450.
Rigorously, P. L. xi. 109.
Rigour, P. L. x. 297, 803. P. R. i. 363. Com. 107.
Rill, P. L. iv. 229. Lyc. 24.
Rills, P. L. v. 6. Lyc. 186. Com. 926.
Rime, Milton's Pref. to P. L.
Rimmon, P. L. i. 467.
Rind, P. L. i. 206; iv. 249, 335; v. 342. Com. 664.
Ring, (*noun*,) Il Pens. 47, 113.
Ring, (*verb*,) L'Al. 93. Od. Nat. 208. Od. Pass. 2. Ps. lxxxi. 4.
Ring out, Od. Nat. 125.
Ringlets, P. L. iv. 306. Arc. 47.
Rings, P. L. ii. 495. S. A. 1449. L'Al. 114. Son. x. 1; xvii. 12.
Riot, P. L. i. 499; x. 521; xi. 715. Com. 172.

Riotous, Com. 763.
Ripe, P. L. iv. 981; v. 323; xi. 535; xii. 459. P. R. iii. 31, 37. Com. 59, 296.
Ripen'd, Son. ix. 2.
Ripeness, Son. ii. 7.
Rise, P. L. i. 545; ii. 135, 296; iii. 250, 296; iv. 664; v. 125, 185, 188, 289, 376; vi. 136, 285; vii. 293; viii. 161, 296; ix. 1123; x. 243, 647, 958; xi. 828; xii. 24, 326, 422. P. R. i. 294; ii. 274. S. A. 1254, 1316. L'Al. 44. Arc. 54. Brut. 12. Son. xv. 10. Ps. iii. 3, 19; vii. 19; lxxxi. 58; lxxxvi. 49.
Rise, rise, Com. 885.
Risen, P. L. i. 211; ii. 726; iv. 624; v. 311; x. 555, 975; xii. 630. P. R. ii. 127.
Rises, P. L. xii. 56. Com. 306.
Rising, P. L. ii. 15, 301, 476; iii. 11, 296, 551; iv. 405, 607, 641, 651; v. 191, 715, 725; vii. 102, 441, 468; ix. 75, 498, 1070; x. 185, 663; xi. 665. P. R. i. 80; ii. 88; iii. 201. Il Pens. 73.
Rites, P. L. i. 390, 414; iv. 736, 742; vii. 149; viii. 487; x. 994; xi. 440, 591; xii. 231, 244, 534. S. A. 1320, 1378. Com. 535.
Rivals, P. L. ii. 472. S. A. 387.
Riven, P. L. vi. 449.
River, P. L. ii. 583; iii. 358; iv. 223, 276; ix. 74, 78; xi. 833; xii. 157, 630. P. R. iv. 32. Com. 842. Ps. lxxx. 47.
River-dragon, P. L. xii. 191.
River-horse, P. L. vii. 474.
River's, P. L. ix. 514.
Rivers, P. L. i. 291; ii. 575; iii. 607; iv. 806; vii. 305, 328, 437; viii. 275; ix. 116; xii.

176. P. R. iii. 255, 257, 334. L'Al. 76. Vac. Ex. 91.

Rivulet, P. L. ix. 420.

Road, P. L. iv. 976; v. 253; vii. 373, 577; viii. 162; x. 394, 672. P. R. i. 322; iv. 68. Od. Nat. 22.

Roam, P. L. iii. 476; iv. 538. P. R. i. 502.

Roam'd, P. L. i. 521; ix. 82.

Roaming, P. L. i. 382. P. R. ii. 179.

Roar, (*noun*,) P. L. vi. 586. P. R. iv. 428. Lyc. 61. Il Pens. 76. Com. 549.

Roar, P. L. ii. 267; xi. 713. P. R. iv. 463. Com. 87. Vac. Ex. 86.

Roar'd, P. L. vi. 871.

Rob, P. R. iii. 75. Com. 390.

Robb'd, Com. 261.

Robber, S. A. 1180, 1188. Com. 485.

Robe, P. L. ii. 543; ix. 1058; x. 222. L'Al. 126. Il Pens. 33.

Rob'd, L'Al. 61.

Robes, P. R. iv. 64. S. A. 1188. Vac. Ex. 21.

Robustious, S. A. 569.

Rock, P. L. i. 450; ii. 181, 646, 878; iv. 283, 543; vi. 364; vii. 300; x. 313; xi. 336, 494. P. R. iv. 18, 49, 533. S. A. 253, 1398. Od. Pass. 43. Ps. lxxxi. 67.

Rocking, Il Pens. 126.

Rocks, P. L. ii. 285, 540, 621, 1018; v. 759; vi. 593, 645; vii. 35, 408; ix. 118; xi. 852. P. R. i. 194; ii. 228. L'Al. 8. Com. 518, 881. Son. xiii. 8. Ps. cxiv. 17.

Rocky, P. L. iv. 549; vi. 254. Vac. Ex. 97. Ps. iv. 41.

Rod, P. L. i. 338; v. 887; xi. 133; xii. 198, 211, 212. S. A. 549. Com. 816. Son. ix. 7.

Rode, P. L. iv. 606; vi. 771, 840, 888; vii. 219, 557; ix. 63; xi. 747. P. R. ii. 17; iii. 36. S. A. 1433.

Rods, P. R. iv. 65.

Roll, P. L. iii. 23; v. 578; vi. 57; viii. 19; x. 666; xi. 620. P. R. iii. 187. S. A. 290. Com. 77, 932. Ps. vii. 15.

Roll'd, P. L. i. 223; iii. 718; iv. 593; vi. 594, 765, 829, 861, 879; vii. 499; ix. 631; x. 558; xi. 749. Son. xiii. 7. Ps. lxxxiii. 39.

Rolling, P. L. i. 52, 324, 671; ii. 873; iv. 16, 238; vii. 298; xi. 460. P. R. iii. 86.

Rolls, P. L. ii. 583; iii. 359; xii. 183. P. R. iv. 249.

Roman, P. R. i. 217; iii. 158, 362, 368.

Romance, P. L. i. 580.

Romances, P. R. iii. 339.

Rome, P. L. ix. 510, 671; xi. 405. P. R. iii. 385; iv. 45, 80, 91, 360. Son. xii. 3.

Rome's, P. R. iv. 81.

Rood, P. L. i. 196.

Roof, P. L. i. 717, 726; ii. 644; iv. 692, 772; v. 137, 463; ix. 1038. S. A. 1634, 1651. Il Pens. 157. Arc. 88. Od. Nat. 175. Od. D. F. I. 43.

Roofs, P. R. iv. 58.

Room, P. L. i. 779; ii. 835; iii. 285; iv. 207, 359, 383; vii. 190, 486; viii. 153; ix. 148; xii. 507. P. R. i. 248; iii. 263. Il Pens. 79. Od. Nat. 78. Vac. Ex. 58, 62. Ep. Hobs. I. 15.

Roosts, S. A. 1693.

Root, P. L. ii. 383; iii. 288; v. 479; ix. 645. S. A. 1032. Com. 629.—*See* Take.

Root, (*verb*,) P. L. vi. 855. Ps. lxxx. 38.

Root-bound, Com. 662.
Rooted, P. R. iv. 417.
Roots, P. L. ii. 544; x. 299.
P. R. i. 339. Ps. lxxx. 54.
Rose, (*noun*,) P. L. iii. 43; iv.
256; v. 349; viii. 517. Lyc.
45. Com. 743. Son. xv. 8.
Rose, (*verb*,) P. L. i. 10, 546,
711; ii. 301, 466, 475; iv.
229, 355, 548; v. 48; vi.
207, 669, 746; vii. 324, 385,
459, 472; viii. 44; ix. 73,
74, 1051, 1059; x. 85, 329;
xi. 738. P. R. i. 280; ii.
149; iv. 397, 565. Lyc. 30,
192. Com. 190, 556.
Roseate, P. L. v. 646.
Roses, P. L. iii. 364; iv. 698,
773; ix. 218, 426, 893. L'Al.
22. Arc. 32. Com. 997.
Od. Hor. 2.
Rosy, P. L. v. 1; vi. 3; xi. 175.
Com. 105, 885.
Rosy-bosom'd, Com. 986.
Rosy-red, P. L. viii. 619.
Rot, P. L. xii. 179. Lyc. 127.
Ep. Hobs. IL 3.
Rotherford, Forc. of Con. 8.
Rottenness, Com. 598.
Rove, P. L. iv. 617; viii. 188;
xi. 586. P. R. iii. 79. Vac.
Ex. 23. Son. vii. 13.
Rough, P. L. ii. 948; v. 342; vi.
108. P. R. i. 478. Lyc. 34.
Com. 266. Od. Hor. 7.
Rougher, S. A. 1066.
Roving, P. L. ii. 614; iii. 432;
viii. 189; ix. 575. P. R. i.
33. Com. 60, 485. Od. Pass.
22.
Round, (*noun*,) P. L. iii. 728; vi.
6; vii. 267; ix. 183. Arc.
54. Com. 114, 144. Od.
Nat. 192.
Round, (*adj.*) P. L. i. 285; ii.
832, 1048; iii. 419, 728; iv.
1000; vi. 484; x. 318.
Round, (*verb*,) P. R. i. 365.

Round, (*adv.*)—*Passim.*
Round about, P. L. iii. 379; iv.
21; viii. 318; x. 448. S. A.
1497. Il Pens. 48. Vac.
Ex. 63. Ps. iii. 17; lxxxviii.
67.
Rounded, P. L. x. 684.
Rounding, P. L. iv. 685.
Rounds, P. L. viii. 125.
Rouse, P. L. i. 334; iii. 329.
L'Al. 54. Com. 318. Ps.
vii. 20.
Rous'd, P. L. i. 377; ii. 287.
S. A. 1690.
Rousing, S. A. 1382.
Rout, P. L. i. 747; ii. 770, 995;
iv. 3; vi. 387, 598, 873; vii.
34; x. 534. P. R. ii. 218.
S. A. 443, 674. Lyc. 61.
Com. 533. Ps. iii. 16.
Put to rout, P. R. ii. 218.
Row, P. L. i. 709, 727; iv. 146;
v. 212; vi. 572, 604, 650; ix.
627. Od. Nat. 87. Od. Sol.
Mus. 10.
Rowling, Brut. 2.
Rows, P. L. vii. 439.
Royal, P. L. i. 677; ii. 1; iv.
211; v. 756; xii. 325. P. R.
iii. 373. Son. xvi. 1. Ps.
lxxxv. 54.
Royalties, P. L. ii. 451.
Royal-tower'd, Vac. Ex. 100.
Rubb'd, P. L. i. 774.
Rubied, P. L. v. 633. Com. 915.
Rubrick, P. R. iv. 393.
Ruby, P. L. iii. 597. S. A. 543.
Ruddy, P. L. ii. 889; ix. 578.
Ps. cxxxvi. 45.
Rude, P. L. ix. 391, 544; x.
1074. Lyc. 4. Il Pens. 136.
Com. 352. Son. i. 9; xi. 2.
Od. Nat. 31.
Too rude, S. A. 1567.
Rudeness, Com. 178.
Rudest, Ps. lxxx. 52.
Rudiments, P. R. i. 157; iii.
245.

Rue, (*noun,*) P. L. xi. 414.
Rue, P. L. i. 134; ix. 1180.
  P. R. iv. 181.
Rueful, P. L. ii. 580, 780. S. A.
  1553.
Rues, P. L. iv. 72. P. R. iv.
  624.
Ruffled, S. A. 1138. Com. 380.
Rugged, Lyc. 93. Il Pens. 58.
  Com. 354. Son. vi. 10. Ps.
  cxiv. 17.
Rugged'st, P. R. ii. 164.
Ruin, P. L. i. 46, 91; ii. 305,
  590, 995, 1009; iv. 522; v.
  567; vi. 193, 456, 519, 670,
  797, 874; ix. 275, 493. P. R.
  i. 415; iii. 79; iv. 413, 579.
  S. A. 1043, 1267, 1514, 1515,
  1684. Son. iii. 14. Ps. i.
  16; vii. 60.
Ruin, (*verb,*) P. L. iii. 258; v.
  228. P. R. i. 102.
Ruin'd, P. L. i. 593; ix. 906,
  950. Od. D. F. I. 43.
Ruining, P. L. vi. 868.
Ruinous, P. L. ii. 921; vi. 216.
  P. R. iv. 436.
Ruins, P. R. iv. 363.
Rule, (*noun,*) P. L. iv. 301, 429; v.
  297; vii. 347; viii. 375; x.
  582; xi. 531; xii. 24, 581.
  Com. 21, 340.
Rule, (*verb,*) P. L. i. 736; ii.
  327; vii. 350, 351, 520, 628;
  ix. 1184; x. 196, 493; xi.
  339; xii. 226. P. R. ii. 469;
  iv. 619. S. A. 56.
Ruled, P. L. i. 516; iii. 711; vi.
  848; ix. 1127; x. 493, 516.
  P. R. i. 49; iii. 159. Ps.
  cxxxvi. 66.
Rules, P. L. xi. 523. P. R. iv.
  283, 358. Com. 759. Son.
  vii. 2.
Rules, (*verb,*) P. L. ii. 351, 907;
  vi. 177. P. R. i. 236; ii.
  466. Com. 876.
Ruling, P. R. iv. 230.

Rul'st, S. A. 671.
Ruminating, P. L. iv. 352.
Rumour, P. L. ii. 965. Lyc.
  80.
Rumour'd, P. L. iv. 817. S. A.
  1600.
Rumours, Son. x. 4.
Run, P. L. iii. 607, 651; v. 181;
  vi. 335; vii. 98, 372; viii.
  88; xii. 505. P. R. i. 441.
  S. A. 597, 1237, 1520, 1522,
  1541. Com. 147, 363, 1013.
  Son. xx. 5. Od. on Time, 1.
  Ep. M. Win. 23.
Run back, Od. Nat. 135.
Rung, P. L. ii. 655, 723; iii.
  347; vi. 204; vii. 562, 633;
  ix. 737.
Runners, S. A. 1324.
Runneth, Vac. Ex. 95.
Running, P. L. vii. 397. S. A.
  1521. L'Al. 142.
Runs, P. L. iv. 234. Od. Nat.
  175.
Rupture, P. L. vii. 419.
Rural, P. L. iv. 134, 247; v.
  211; ix. 4, 451, 841; xi. 639.
  P. R. i. 314. Lyc. 32. Arc.
  94, 108. Com. 267, 547,
  952.
Rush, P. L. ii. 534. S. A. 21.
  Com. 651.
Rush-candle, Com. 338.
Rush'd, P. L. ii. 726; vi. 215,
  600, 749; xi. 743. P. R. iv.
  414. S. A. 1435.
Rushing, P. L. iv. 407; vi. 97,
  313. Od. Pass. 36.
Rushy-fringed, Com. 890.
Rustling, *or* Russling, P. L.
  i. 768; ix. 519. Il Pens.
  129.
Russet, L'Al. 71.
Russian, P. L. x. 431; xi. 394.
Rustic, P. L. xi. 433. P. R. ii.
  299. Com. 849. Od. Nat.
  87.
Ruth, Lyc. 163. Son. iv. 5, 8.

SABBATH, P. L. vii. 634.
Sabbath-day, S. A. 149.
Sabbath-ev'ning, P. L. viii. 246.
Sabean, P. L. iv. 162.
Sable, Lyc. 22. Il Pens. 35. Com. 221, 223.
Sable-stoled, Od. Nat. 220.
Sable-vested, P. L. ii. 962.
Sabrina, Com. 826, 859.
Sacred, P. L. i. 454; ii. 1034; iii. 29, 148, 208, 369; iv. 951; v. 557, 619; vi. 25, 379, 709, 748; vii. 331; ix. 107, 192, 679, 904, 924; xi. 134; xii. 21, 341, 509. P. R. i. 231, 488. S. A. 363, 428, 518, 1001. Lyc. 15, 102. Arc. 83. Com. 262, 425, 795. Od. Nat. 15, 217. Od. Hor. 14. Ps. lxxxvii. 26.
More sacred, P. L. iv. 706.
Sacrifice, P. L. i. 393; iii. 269; xii. 232. P. R. i. 457; iii. 83, 116. S. A. 436, 1612. Sen. 2.
Sacrific'd, P. L. xi. 451.
Sacrifices, S. A. 1312.
Sacrificing, P. L. xi. 438; xii. 20.
Sacrilegious, P. R. iii. 140. S. A. 833.
Sad, P. L. i. 135; ii. 146, 524, 578, 820, 872; iii. 525; iv. 28, 357, 716; v. 94, 116, 564; vi. 541; ix. 13, 917, 1002; x. 18, 159, 343, 719, 863, 967, 977; xi. 40, 109, 162, 272, 478, 755, 868; xii. 603, 609. P. R. i. 43, 109. S. A. 1551, 1560. Lyc. 6,

148. Il Pens. 43, 103. Com. 189, 235, 355. Son. iii. 13; v. 5. Od. Pass. 43. Od. Cir. 6. Ep. M. Win. 45. Vac. Ex. 50. Ps. lxxxvi. 4.
Full sad, P. L. xi. 675.
Saddest, S. A. 1560. Il Pens. 57. Od. Pass. 9.
Sadly, Com. 509, 1002.
Sadness, P. L. iv. 156; x. 23.
Safe, P. L. i. 310; ii. 23, 317, 411; iii. 21, 197; v. 683; ix. 815; x. 316, 875; xi. 371, 814; xii. 215, 314. S. A. 253, 802. Com. 81, 320, 389, 400, 693. Ps. iv. 40; lxxx. 16, 32, 80; lxxxiv. 14.
As safe as, Com. 389.
More safe, P. L. vii. 24.
Safely, P. R. iv. 555. Com. 585.
Safer, P. L. x. 1029.
Safest, P. L. ix. 268; xi. 365. S. A. 135.
Safety, P. L. ii. 280, 481; vii. 15. P. R. iii. 349. S. A. 681, 780, 799, 1002, 1128, 1132. Ps. iv. 42.
Saffron, L'Al. 126.
Sagacious, P. L. x. 281.
Sage, P. L. ii. 305. P. R. iv. 272. Lyc. 96. Il Pens. 11, 117. Com. 515, 786. Son. xii. 1. Od. D. F. I. 54.
Sagely, P. R. iv. 285.
Sager, L'Al. 17.
Sages, P. L. xii. 362. P. R. iv. 251. Od. Nat. 5.
Said, P. L. i. 243; ii. 417; iii. 736; iv. 443, 736, 827, 851, 854; v. 37, 58, 64, 224, 361, 718, 872; vi. 719, 746; vii.

217, 230, 243, 261, 202, 309,
313, 387, 450, 524, 530; viii.
273, 296, 317; ix. 631, 656,
662, 664, 917, 1034; x. 157,
504, 610, 855; xi. 526, 530,
635; xii. 485. P. R. i. 229;
ii. 244; iii. 150, 183; iv.
322, 450, 561. L'Al. 103.
Com. 185, 632, 780, 852.
Vac. Ex. 73. Od. Nat. 117.
Ps. lxxxii. 21; lxxxiii. 45.

Said'st, P. L. vi. 187; ix. 933,
1157. P. R. ii. 379.

Sail, P. L. ii. 942; vi. 534; ix.
515. P. R. iv. 582.

Sail, (*verb*,) P. L. iv. 159.

Sail-broad, P. L. ii. 927.

Sailing, P. L. ii. 638; iii. 520.
S. A. 713.

Sails, P. L. iii. 439. S. A. 718.

Sails, (*verb*,) P. L. v. 268.

Saint, P. L. iii. 484; v. 247; xii.
200. Son. xviii. 1. Ep. M.
Win. 61, 71.

Sainted, Com. 11.

Saintly, P. L. iv. 122. P. R. iii.
93. Il Pens. 13. Com. 453.
Od. Nat. 42. Od. Sol. Mus.
9.

Saints, P. L. iii. 330, 461; iv.
762; vi. 47, 398, 742, 767,
801, 882; vii. 136; x. 614;
xi. 705. P. R. iv. 349. S. A.
1288. Lyc. 178. Son. xiii.
1. Ps. lxxxv. 32, 33.

Saith, Ps. ii. 11; viii. 11.

Sake, P. L. iii. 238; ix. 993; x.
201, 802; xi. 514; xii. 569.
P. R. iii. 45, 46, 98. S. A.
372, 1629. Lyc. 114. Com.
864. Ps. vi. 8.

Sale, S. A. 1466.

Salem, P. R. ii. 21. Od. Pass.
39.

Sallow, Com. 709.

Salmanassar, P. R. iii. 278.

Salt, P. L. xi. 834. Com.
19.

Salvation, P. L. xi. 708; xii.
441, 448. P. R. i. 167. Ps.
lxxxv. 38.

Salve, P. R. iv. 12. S. A.
184.

Salutation, P. L. v. 386. P. R.
ii. 107.

Salute, P. R. ii. 67. Od. May-
M. 9. Vac. Ex. 7.

Samarcand, P. L. xi. 389.

Samaritan, P. R. iii. 359.

Same, P. L. i. 256; iii. 623; iv.
66, 835; v. 83, 490; vi. 176;
viii. 345, 581; x. 571, 826;
xi. 633, 882. P. R. i. 354; iii.
413. S. A. 232, 786, 1658.
Lyc. 24. Com. 738. Son.
ii. 11. Vac. Ex. 16. Ps.
lxxxiii. 67.

Samoed, P. L. x. 696.

Samos, P. L. v. 265.

Sampler, Com. 751.

Samson, P. L. ix. 1060. S. A. 126,
341, 438, 445, 733, 766, 909,
1016, 1076, 1129, 1293, 1308,
1310, 1348, 1391, 1563, 1570,
1581, 1601, 1615, 1635, 1657,
1709, 1710.

Sanctity, P. L. vii. 507; viii.
487; x. 639; xi. 837.

Sanctities, P. L. iii. 60.

Sanctitude, P. L. iv. 293.

Sanctuary, P. L. i. 388; v. 732;
vi. 672; xii. 249. S. A.
1674. Ps. lxxxvii. 3.

Sandals, Lyc. 187.

Sands, P. L. i. 355; ii. 903; iv.
238. Com. 117, 209.

Sandy, Arc. 97. Com. 424.

Sang, P. L. iii. 383; vii. 192.
Lyc. 186.

Sanguine, P. L. vi. 333. Lyc.
106.

Sap, P. L. ix. 837.

Sapience, P. L. vii. 195; ix. 797,
1018.

Sapient, P. L. ix. 442.

Saplings, Arc. 46.

Sapphire, P. L. ii. 1050; iv. 237; vi. 758, 772. Com. 26.

Sapphire-coloured, Od. Sol. Mus. 7.

Sapphires, P. L. iv. 605.

Sarmatians, P. R. iv. 78.

Sarra, P. L. xi. 243.

Sat, P. L. i. 360, 602, 639, 735, 795; ii. 5, 300, 303, 417, 420, 557, 648, 724, 777, 778, 962; iii. 63, 408; iv. 30, 196, 197, 327, 333, 351, 549, 989; v. 299, 433, 597; vi. 100, 446, 747, 763; vii. 587; viii. 41, 287; ix. 1064, 1121; x. 230, 343, 428, 448, 559, 594, 864; xi. 79, 393. P. R. i. 412; ii. 118, 440; iv. 577. S. A. 805, 1652. Arc. 43. Com. 293, 543. Od. Nat. 59, 87. Vac. Ex. 6. Ps. i. 4.

Satan, P. L. i. 82, 192, 271, 757; ii. 5, 300, 380, 427, 630, 674, 707, 736, 968, 988, 1010, 1041; iii. 70, 422, 540, 653, 736; iv. 9, 173, 356, 827, 878, 885, 905, 950, 968, 985, 1006; v. 225, 658, 743, 756; vi. 85, 109, 191, 246, 324, 327, 414, 469, 557, 607, 900; ix. 53, 75; x. 2, 8, 172, 184, 189, 236, 258, 315, 327, 386, 414, 419, 426, 591, 841, 1034; xii. 391, 394, 430, 547. P. R. i. 143, 497; ii. 115, 172, 319, 392; iii. 1, 146; iv. 21, 194, 365, 562, 581, 634.

Satanick, P. L. vi. 392. P. R. i. 161.

Satan's, P. L. xi. 248; xii. 492.

Sate, Com. 714.

Sated, P. L. ix. 598.

Satiate, P. L. i. 179; vii. 282; viii. 214; ix. 248, 792.

Satiety, P. L. viii. 216.

Satisfaction, P. L. iii. 212; xii. 419.

Satisfied, P. L. ii. 212; viii. 180; x. 79, 804; xii. 535. S. A. 484. Od. Cir. 22.

Satisfy, P. L. iii. 295; ix. 584; x. 803, 991. P. R. ii. 229, 254. S. A. 837. Ps. lxxxi. 67.

Sat'st, P. L. i. 21; iv. 825. P. R. iv. 425.

Saturn, P. L. i. 512, 519; x. 583. Il Pens. 24.

Saturn's, Il Pens. 25. Com. 805.

Satyr, P. R. ii. 191.

Satyrs, Lyc. 34.

Savage, P. L. iv. 172; vii. 36; ix. 1085. P. R. iii. 23. Com. 358, 426.

Save, (*adv.*) P. L. i. 182; ii. 814; iii. 427; v. 39, 324, 380, 655; vi. 691; viii. 409; ix. 478; xii. 258, 291. Il Pens. 82. Ep. M. Win. 7.

Save, (*verb,*) P. L. iii. 215, 279, 307; iv. 855; vi. 538; viii. 82, 133; xi. 820; xii. 410. P. R. i. 344; iv. 635. S. A. 347, 984. Arc. 48. Com. 396, 866, 889. Son. iii. 14; xi. 13; xviii. 6. Ps. iii. 19; vi. 8; vii. 2; lxxx. 12; lxxxvi. 7, 60; lxxxviii. 1.

Sav'd, P. L. iii. 173. Ep. M. Win. 36.

Saves, P. L. ii. 158; xii. 319. Ps. vii. 42; lxxxviii. 29.

Saving, P. R. ii. 474. Ps. lxxxv. 13, 27.

Saviour, P. L. iii. 412; x. 209; xii. 393, 544. P. R. i. 187, 406, 465, 493; ii. 283, 338; iii. 43, 121, 181, 266, 346, 386; iv. 25, 170, 285, 367, 401, 442, 506, 615, 636.

Savour, P. L. ix. 1019; x. 269; xi. 26. P. R. ii. 342.

Savours, P. L. x. 1043.

Savoury, P. L. iv. 335 ; v. 84, 304 ; ix. 579, 741. L'Al. 84. Com. 541.

Saw, P. L. i. 455 ; ii. 744, 993 ; iii. 510, 590, 622, 623, 708 ; iv. 1, 127, 179, 286, 847, 848 ; v. 456, 491, 714, 715, 856 ; vi. 250, 510, 648, 651, 785, 867 ; vii. 249, 309, 337, 352, 395 ; viii. 43, 261, 273, 277, 305, 462, 463, 482 ; ix. 592, 646, 1030 ; x. 184, 334, 336, 337, 448, 538, 540, 715 ; xi. 70, 151, 214, 406, 556, 638, 712, 726, 840, 887. P. R. i. 79, 319, 330 ; ii. 60, 97, 267, 270, 288, 289 ; iii. 310, 322. S. A. 219, 419, 793, 797, 1071. Com. 182, 291, 294. Son. xviii. 1. Od. Nat. 83. Ps. cxiv. 7.

Saws, Com. 110.

Saw'st, P. L. ii. 796 ; viii. 446 ; xi. 471, 607, 614, 684, 707, 787 ; xii. 342.

Say, P. L. i. 27, 28, 376 ; ii. 160 ; iii. 213 ; iv. 93, 900, 947 ; v. 512 ; vii. 40, 640 ; viii. 228, 505, 549 ; ix. 562, 566, 617, 638, 948 ; x. 158, 575, 668, 671, 755, 808 ; xi. 879 ; xii. 384, 479. P. R. i. 450, 474 ; iii. 2, 8, 357. S. A. 204, 215, 337, 799, 1013, 1310, 1392, 1456, 1578, 1729. Com. 432, 783. Od. Nat. 15. Od. D. F. I. 41. Soph. 1. Ps. ii. 6 ; iii. 5 ; iv. 25.

Saying, P. L. ii. 466, 871 ; iv. 536, 797 ; v. 82, 331 ; vi. 189 ; vii. 395 ; viii. 300, 644 ; ix. 179, 385, 780, 834, 990 ; x. 85, 200, 272, 410. P. R. iv. 394, 541.

Sayings, P. R. ii. 104. S. A. 652.

Say'st, P. L. v. 818, 853 ; viii. 612. P. R. iii. 394 ; iv. 127.

S. A. 822, 1580.   Ep. Hobs. II. 25.

Scaffolds, S. A. 1610.

Scalding, P. L. x. 556.

Scale, P. L. iv. 354, 1014 ; v. 483, 509 ; vi. 245 ; viii. 591 ; x. 47 ; xi. 656. P. R. ii. 173.

Scale, (*verb*,) P. L. ii. 71.

Scal'd, P. L. iii. 541.

Scales, P. L. iv. 997 ; vii. 401 ; x. 676.

Scaly, P. L. i. 206 ; ii. 651 ; vii. 474. Com. 873. Od. Nat. 172.

Scan, Son. viii. 3.

Scandal, P. L. i. 416. S. A. 453.

Scandalous, S. A. 1409.

Scann'd, P. L. viii. 74.

Scant, P. L. iv. 628. S. A. 1027. Com. 308.

'Scape, P. L. i. 482, 749 ; ii. 442 ; iv. 911 ; x. 5, 1039. P. R. i. 477. S. A. 697. Com. 814. Ps. lxxxiii. 64.

'Scap'd, P. L. i. 239 ; iv. 7, 8, 906 ; v. 225 ; xii. 117. S. A. 1659.

Scapes, P. R. ii. 189.

Scar, P. L. ii. 401.

Scarce, P. L. i. 283, 699 ; ii. 284, 541 ; iii. 433 ; iv. 357, 874 ; v. 139, 558, 559 ; vi. 393, 568 ; vii. 67, 313, 319, 470 ; viii. 155, 306 ; ix. 664, 850 ; x. 654, 923 ; xi. 499, 650, 762. P. R. ii. 72, 96 ; iii. 51, 59, 85, 233, 424 ; iv. 86. S. A. 7, 79, 1525, 1546. Lyc. 119. Ep. M. Win. 20. Ps. viii. 15.

Scarf, Com. 995.

Scars, P. L. i. 601.

Scath'd, P. L. i. 613.

Scatter'd, P. L. i. 304, 325 ; xi. 294, 653. Son. xiii. 2.

Scatters, L'Al. 50.

Scene, P. L. iv. 140 ; xi. 637. P. R. ii. 239, 294 ; iv. 142.

Scenes, Od. Pass. 22.

Scent, P. L. ix. 587 ; x. 267, 277.
S. A. 390, 720.
Scented, P. L. x. 279.
Scents, P. L. ix. 200.
Scepter, *or* Sceptre, P. L. ii. 327,
1002 ; iii. 339, 340 ; iv. 90 ;
v. 816, 886 ; vi. 730, 746 ;
xii. 357. P. R. ii. 486 ; iii.
405 ; iv. 480. S. A. 1303.
Com. 36, 828. Ps. ii. 20.
Scepter'd, P. L. i. 734 ; ii. 43 ;
xi. 660. Il Pens. 98.
Science, P. L. ix. 680.
School, P. R. iii. 238. S. A. 297.
Schools, P. R. iv. 251, 277. Com.
439.
Sciential, P. L. ix. 837.
Scipio, P. L. ix. 510. P. R. iii. 34.
Scoff, Ps. ii. 9.
Scoffing, P. L. vi. 568, 629.
Scoop, P. L. iv. 336.
Scope, P. L. ii. 127. P. R. i. 494.
Scorch, Com. 929.
Scorch'd, P. L. vi. 372.
Scorching, P. L. x. 691.
Score, S. A. 433. Od. Pass. 46.
Scorn, P. L. i. 178, 619 ; ii. 697 ;
iv. 827, 834, 902 ; v. 904,
906 ; vi. 632 ; ix. 299, 951 ;
x. 509 ; xi. 811 ; xii. 341.
P. R. i. 415 ; iv. 550. S. A.
34, 137, 442, 494, 646. Ps.
iv. 8 ; lxxxvii. 14.
Scorn, (*verb*,) P. L. iii. 199 ; iv.
966 ; ix. 1011. Lyc. 72. Od.
D. F. I. 63.
Scorn'd, P. L. vi. 40 ; x. 54, 418.
P. R. ii. 194. S. A. 943.
Scorners, Ps. i. 4.
Scornful, P. L. iv. 536 ; vi. 149 ;
x. 625. Ps. lxxxiii. 22.
Scorning, P. L. ii. 134. Com.
685.
Scorns, P. R. iii. 191 ; iv. 387.
Scorpion, P. L. iv. 998 ; x. 328,
524.
Scorpions, P. L. ii. 701.
Scorpion's, S. A. 360.

Scotch, Forc. of Con. 12.
Scots, Son. xi. 7.
Scour, P. L. vi. 529.
Scourge, P. L. ii. 90.
Scourge, (*verb*,) P. L. iv. 914.
Scourg'd, P. L. x. 311.
Scours, P. L. ii. 633.
Scout, P. L. ii. 133 ; iii. 543.
Com. 138.
Scouts, P. L. vi. 529.
Scowls, P. L. ii. 491.
Scramble, Lyc. 117.
Scrannel, Lyc. 124.
Screen'd, P. R. iv. 30.
Scribbled, P. L. viii. 83.
Scribes, P. R. i. 261.
Scrip, Com. 626.
Scroll, P. L. xii. 336. Ps. lxxxvii.
21.
Scruple, P. R. ii. 331.
Scrupled, P. L. ix. 997.
Scrupulous, Com. 108.
Scrutiny, P. R. iv. 515.
Sculls, P. L. vii. 402.
Sculptures, P. L. i. 716.
Scum, Com. 595.
Scumm'd, P. L. i. 704.
Scurf, P. L. i. 672.
Scylla, P. L. ii. 660. Com. 257.
Scythe, P. L. x. 606. L'Al. 66.
Scythian, P. R. iii. 301.
Scythian's, Vac. Ex. 99.
Scythians, P. R. iv. 78.
'Sdein'd, P. L. iv. 50.
Sea, P. L. i. 208, 300, 451 ; ii.
287, 546, 636, 660, 912, 939,
1011 ; iii. 363, 440, 472, 518,
604, 653 ; iv. 161, 432 ; v.
416, 417, 753 ; vii. 212, 416,
473, 521, 533, 619, 629 ; viii.
341 ; ix. 76, 117 ; x. 286,
290, 309, 666, 693, 718 ; xi.
337, 749, 750, 854, 893 ; xii.
141, 142, 159, 195, 212, 579.
P. R. ii. 344 ; iii. 258 ; iv.
28, 72. S. A. 710, 962.
Lyc. 89. Com. 375, 732.
Od. Nat. 52. Od. Hor. 16.

Ps. vi. 12; lxxx. 46; lxxxiii.
28; cxiv. 7.
Sea-beast, P. L. i. 200.
Sea-faring, P. L. ii. 288.
Sea-girt, Com. 21. Brut. 9.
Sea-idol, S. A. 13.
Seamen, P. L. i. 205.
Sea-mews, P. L. xi. 835.
Sea-monster, P. L. i. 462.
Sea-monsters, P. L. xi. 751.
Sea-nymphs, Il Pens. 21.
Sea-paths, Ps. viii. 22.
Sea-weed, P. L. vii. 404.
Seal, P. L. vii. 409; ix. 1043.
S. A. 49.
Seal, (*verb*,) P. L. iv. 966.
Seal up, P. L. x. 637.
Seals, P. L. xi. 835. Od. Cir. 25.
Search, P. L. ii. 403; iv. 528,
799; ix. 83; x. 440. Arc. 7.
Search, (*verb*,) P. L. ii. 830; iv.
789; vi. 445; vii. 125; viii.
66. Vac. Ex. 31.
Search'd, P. L. ix. 76; xii. 377.
Searching, P. R. i. 260.
Seas, P. L. iii. 559; vii. 308,
396, 399, 428; x. 642, 700.
S. A. 961. Lyc. 154. Arc.
31. Com. 115, 713. Son. iii.
7. Od. Cir. 9. Ep. Hobs.
II. 31. Od. Hor. 6.
Season, P. L. v. 850. P. R. ii.
72; iv. 146, 380, 468. Lyc.
7. L'Al. 89. Son. xv. 5.
Od. Nat. 35. Ps. i. 8.
Season, (*verb*,) P. L. x. 609.
Season'd, P. L. ix. 200; xii. 597.
Seasons, P. L. iii. 41; iv. 640;
v. 323; vii. 342, 427, 623;
viii. 69; x. 678, 1063. P. R.
iii. 187.
Seat, P. L. i. 5, 181, 243, 383,
467, 634; ii. 76, 347, 394,
674, 931, 1050; iii. 527, 632,
669, 724; iv. 247, 371; v.
756; vi. 27, 197, 226, 273;
vii. 141, 329, 623; viii. 42,
299, 557, 590; ix. 100, 153,

782; x. 85, 237, 424, 614;
xi. 148, 343, 386, 388, 407,
408, 418, 575; xii. 457, 642.
P. R. ii. 442; iii. 277, 278,
373; iv. 469, 612. S. A.
148. Lyc. 16. Com. 916.
Od. Nat. 103, 196. Od. D.
F. I. 59. Brut. 4 Ps. i. 3;
lxxx. 58; lxxxvi. 35.
Seat, (*verb*,) P. L. i. 720.
Seated, P. L. vi. 644. P. R. ii.
217. Ps. lxxxvii. 3.
Seats, P. L. i. 383, 796; v. 392;
xi. 82. P. R. ii. 125; iii.
262; iv. 30. S. A. 1607.
Com. 11.
Second, P. L. i. 702; ii. 17, 713;
iii. 288, 409, 712; iv. 3; v.
387; vi. 605, 684; viii. 407;
ix. 609, 1001; x. 183, 591;
xi. 64, 859; xii. 7, 13, 35,
162, 321. S. A. 1391, 1701.
Ep. M. Win. 25.
Second, (*verb*,) P. L. ii. 419; ix.
101.
Secondary, P. L. v. 854.
Seconded, P. L. iv. 929; v. 850;
x. 335. S. A. 1153.
Secrecy, P. L. viii. 427. S. A.
1002. Com. 387.
Secret, P. L. i. 6, 795; ii. 663,
766, 838; iii. 671; iv. 7; v.
672; vi. 522; ix. 810, 811;
x. 32, 248, 358. P. R. i. 15;
iv. 254. S. A. 201, 384, 394,
497, 610, 665, 1007, 1199.
Il Pens. 28. Arc. 30. Com.
129. Od. Nat. 28. Od. Cir.
19. Vac. Ex. 45.
In secret, P. R. i. 15.
Secretest, P. L. x. 249.
Secrets, P. L. ii. 891, 972; v.
569; vii. 95; viii. 74; x.
478; xii. 578. S. A. 492,
776, 798, 879.
Sect, P. L. vi. 147. P. R. iv. 279.
Secular, P. L. xii. 517. S. A.
1707. Son. xi. 12.

Secure, P. L. i. 261, 638 ; ii. 359,
399 ; iv. 186, 791 ; v. 238,
638, 736 ; vi. 541, 672 ; ix.
339, 1175 ; x. 779 ; xi. 196,
746, 802 ; xii. 620. P. R. i.
176 ; iii. 360 ; iv. 616. S. A.
55. L'Al. 91. Com. 327,
409.

Secure, (*verb*,) P. L. ix. 347,
348. P. R. iii. 348. Com.
618. Ps. vii. 2.

Secur'd, P. L. v. 222.

Securely, P. L. vi. 130.

Securer, P. L. ix. 371.

Sed, Lyc. 129. L'Al. 103. Ep.
Hobs. I. 17.

Sedentary, P. L. viii. 32. S. A.
571.

Sedge, P. L. i. 304. Lyc. 104.

Sedgy, Vac. Ex. 97.

Seditious, P. L. vi. 152.

Seduce, P. L. ii. 368 ; vi. 901 ;
ix. 307. P. R. i. 178.

Seduc'd, P. L. i. 33, 219 ; iv. 83 ;
ix. 287 ; x. 41, 332, 485,
577.

Sedulous, P. L. ix. 27.

See, P. L. i. 134, 169, 216 ; ii.
66 ; iii. 54, 262, 337, 489,
662 ; iv. 489, 579 ; v. 29,
80, 411, 739, 878 ; vi. 166,
199, 540, 559, 792 ; vii. 145 ;
viii. 227, 233, 364, 399, 448,
494 ; ix. 119, 720, 812, 1017,
1090 ; x. 536, 616, 902, 962 ;
xi. 22, 173, 415, 459, 632,
783 ; xii. 8, 51, 60, 128, 135,
158, 276, 289, 422, 590.
P. R. i. 94, 246, 338, 384 ; ii.
57, 398 ; iii. 7, 245, 303, 308 ;
iv. 61, 155, 244, 274, 571.
S. A. 75, 118, 193, 326, 960,
1061, 1088, 1091, 1129, 1154,
1317, 1415, 1451, 1520, 1539,
1588. Il Pens. 121. Arc.
27. Com. 216, 373, 620, 668.
Son. vii. 13. Od. Nat. 22,
171, 237. Vac. Ex. 35. Ps.

lxxxiv. 6 ; lxxxv. 25 ; lxxxvi.
62.

See, see, Od. Pass. 36.

Seed, P. L. i. 8 ; vii. 310, 312 ;
x. 180, 181, 499, 965, 999,
1031 ; xi. 26, 116, 155, 873 ;
xii. 125, 148, 233, 260, 273,
327, 379, 395, 450, 543, 600,
601, 623. P. R. i. 54, 64,
151. S. A. 1439. Ps. lxxx.
4 ; cxiv. 1.

Seed-time, P. L. xi. 899.

Seeing, P. L. viii. 507 ; ix. 369 ;
x. 613. S. A. 243. Son.
xvii. 3.

Seek, P. L. i. 163, 382, 480 ; ii.
252, 464, 975 ; iii. 233, 476 ; iv.
184, 272, 375, 487, 735, 774 ;
v. 518 ; vi. 376, 559 ; viii.
187, 197, 390 ; ix. 124, 127,
364, 383, 1140, 1141, 1152 ;
x. 1001, 1028, 1067 ; xi. 328,
770 ; xii. 515. P. R. i. 336 ;
iii. 44, 105, 106, 134, 347 ;
iv. 143, 314, 325, 526. S. A.
16, 320, 406, 522, 1308, 1329.
Il Pens. 108. Com. 282, 302,
366, 699. Brut. 4. Ps. iv.
11 ; lxxxvi. 51.

Seeking, P. L. iii. 453 ; x. 943 ;
xi. 532. P. R. iii. 151, 242.
S. A. 237, 252, 828, 1190.
Ps. vii. 26.

Seeks, P. L. vi. 384 ; vii. 613 ;
ix. 255, 274 ; xii. 165. P. R.
iii. 110 ; iv. 318. S. A. 837.
Com. 376.

Seek'st, P. L. vi. 724 ; vii. 639 ;
viii. 428.

Seem, P. L. ii. 122, 747 ; iv.
957 ; v. 466, 624 ; vi. 12 ;
viii. 19, 117, 129, 210, 404,
580 ; ix. 632, 706, 1093 ; x.
624 ; xi. 146, 297, 577. P. R.
iii. 261 ; iv. 355, 441, 463,
494. S. A. 249, 332, 376,
703, 722, 729, 1420, 1504.

Seem'd, P. L. i. 777 ; ii. 110,

167, 301, 508, 642, 650, 669,
670, 672, 845; iii. 74, 423,
538, 566, 567, 595, 629; iv.
152, 290, 291, 296, 459, 565,
850, 990; v. 52, 617; vi. 91,
146, 230, 232, 244, 301, 499,
573, 615, 667; vii. 83, 329;
viii. 39, 306, 376, 472; ix.
394, 453, 787, 919, 1179; x.
142, 531, 1095; xi. 10, 479,
614. P. R. i. 315; ii. 295,
357. S. A. 1698. Arc. 9.

Seeming, P. L. iv. 316; ix. 738;
x. 11; xi. 604. S. A. 1035,
1464.

Seemingly, P. L. v. 434.

Seemlier, P. R. ii. 299.

Seemliest, P. L. ix. 268.

Seems, P. L. ii. 71, 590, 790; iii.
84, 423, 484, 689, 698; iv. 78,
513, 871, 883; v. 69, 271,
310; vi. 428; vii. 415; viii.
547, 550; ix. 105, 769, 987,
1170; x. 600, 755, 1013; xi.
599, 602, 850. P. R. i. 91;
ii. 93, 229, 450. S. A. 595,
661, 711, 1443, 1545, 1749.
Od. Nat. 195.

Seem'st, P. L. ix. 371. P. R. i.
327, 348; iv. 212. Od. Hor. 13.

Seen, P. L. i. 344, 544; iii. 138,
549, 552, 599; iv. 793, 997;
v. 56, 157; vi. 770, 774; vii.
369, 370, 579; viii. 578; ix.
436, 508, 546, 826, 1094; x.
58, 104, 877; xi. 462, 466,
561, 745, 789; xii. 6. P. R.
i. 249; ii. 2, 182; iii. 67,
236. S. A. 1440. Lyc. 43.
Il Pens. 86. Arc. 95, 109.
Com. 471, 575. Son. iv. 3.
Od. Nat. 114, 213. Ps. lxxx.
11.

Seer, P. L. xii. 553.

Seers, P. R. iii. 15.

Sees, P. L. i. 783, 784; ii. 191;
v. 258; viii. 578; ix. 469,
546. L'Al. 77. Com. 665.

Seest, P. L. i. 91, 180; ii. 781;
iii. 80, 719; iv. 467, 468; v.
679; vi. 142, 147, 263; vii.
580; viii. 128, 145, 206, 317.
P. R. ii. 318, 393; iii. 285;
iv. 44, 47. S. A. 826, 1105,
1554.

Seize, P. L. i. 317; ii. 703; iv.
407, 796; xi. 221; xii. 356.
Com. 653. Son. iii. 2. Od.
Pass. 10. Od. Cir. 14. Ep.
M. Win. 50. Forc. of Con.
3. Ps. lxxxiii. 46.

Seiz'd, P. L. i. 511; ii. 432, 758;
iii. 271, 552, 553; iv. 489;
vi. 198, 647; vii. 143; viii.
288; ix. 1037; xi. 669; xii.
412.

Seizure, P. L. xi. 254.

Seldom, P. L. ix. 423; x. 901.
P. R. i. 345, 436; iv. 507.
Son. vi. 4.

Select, P. L. xi. 646, 823; xii.
111. S. A. 363.

Selectest, P. L. viii. 513.

Seleucia, P. L. iv. 212. P. R. iii.
291.

Self, L'Al. 145. Com. 375. Od.
on Time, 10.

Self-balanc'd, P. L. vii. 242.

Self-begot, P. L. v. 860.

Self-begotten, S. A. 1699.

Self-condemning, P. L. ix. 1188.

Self-consum'd, Com. 597.

Self-deceiv'd, P. R. iv. 7.

Self-delusion, Com. 365.

Self-deprav'd, P. L. iii. 130.

Self-destruction, P. L. x. 1016.

Self-displeas'd, S. A. 514.

Self-esteem, P. L. viii. 572.

Self-fed, Com. 597.

Self-kill'd, S. A. 1664.

Self-knowing, P. L. vii. 510.

Self-left, P. L. xi. 93.

Self-lost, P. L. vii. 154.

Self-love, S. A. 1031.

Self-offence, S. A. 515.

Self-open'd, P. L. v. 254.

Self-preservation, S. A. 505.
Self-rais'd, P. L. i. 634; v. 860.
Self-rigorous, S. A. 513.
Self-roll'd, P. L. ix. 183.
Self-same, P. L. x. 315; xi. 203. Lyc. 23.
Self-satisfying, S. A. 306.
Self-severe, S. A. 827.
Self-tempted, P. L. iii. 130.
Self-violence, S. A. 1584.
Sell, S. A. 940.
Semblance, P. L. i. 529; ix. 607. Son. ii. 5.
Semele, P. R. ii. 187.
Senate, P. L. xii. 225. Hor. I. 2.
Senate-house, Com. 389.
Senator, Son. xii. 2.
Send, P. L. ii. 402, 415; iii. 324; v. 548; vi. 425; vii. 166, 572; ix. 410; x. 55, 403; xi. 97, 261; xii. 486. P. R. i. 158; ii. 43. S. A. 1160, 1431, 1730. Com. 219.
Send forth, P. L. iv. 383; vi. 486; xi. 117.
Send up, P. L. ix. 195.
Sender, P. L. iv. 852.
Sending, P. L. x. 59. S. A. 1394.
Sends, P. L. viii. 238; x. 1077; xii. 498. P. R. i. 462. Son. xvi. 14.
Seneschals, P. L. ix. 38.
Senir, P. L. xii. 146.
Sennaar, P. L. iii. 467.
Sense, P. L. i. 98; ii. 151, 556; iii. 137; iv. 206, 379; v. 411, 485, 565, 572; vi. 351, 394, 459; viii. 119, 289, 456, 579, 609; ix. 96, 113, 188, 315, 554, 580, 871, 987, 1031; x. 754, 810; xi. 469; xii. 10. P. R. i. 382, 435; iv. 296, 517. S. A. 176, 616, 632, 1042, 1556, 1685. Il Pens. 14. Arc. 62. Com. 260,

538, 839. Od. Sol. Mus. 4.
Senseless, Son. vii. 9.
Senses, P. L. iii. 188; v. 104; xi. 265, 540. S. A. 916. Od. Nat. 127.
Sensible, P. L. ii. 278.
Sensibly, S. A. 913.
Sensual, P. L. ix. 1129. Com. 77, 975.
Sensuality, Com. 474.
Sensuallest, P. R. ii. 151.
Sent, P. L. i. 585, 750; iv. 170, 842, 852; vi. 621, 836; vii. 72; viii. 141, 647; x. 209, 429, 557, 1091, 1103; xi. 356; xii. 170, 270, 612. P. R. i. 71, 134, 460; ii. 50; iii. 107; iv. 131, 491, 632. S. A. 999, 1214, 1675. Lyc. 62. Il Pens. 153. Com. 972. Od. Nat. 46, 186. Od. D. F. I. 74. Ep. M. Win. 59. Ps. lxxx. 46; lxxxviii. 60.
Sent forth, P. L. xi. 857.
Sent up, P. L. xi. 742.
Sentence, P. L. ii. 51, 208, 291; iii. 145, 332; ix. 88; x. 48, 192, 776, 805, 934, 1031; xi. 109, 253. S. A. 1369.
Sentence, (*verb*,) P. L. x. 97.
Sententious, P. R. iv. 264.
Senteries, P. L. ii. 412.
Seon, Ps. cxxxvi. 65.
Seon's, P. L. i. 409.
Separate, P. L. vi. 743; ix. 422, 424, 970; x. 251. S. A. 31.
Septentrion, P. R. iv. 31.
Sepulcher'd, Ep. W. Sh. 15.
Sepulchral, Od. Pass. 43.
Sepulchre, S. A. 102.
Sepulchres, Com. 471.
Sequel, P. L. iv. 1003; x. 334.
Sequent, P. L. xii. 165.
Sequester'd, P. L. iv. 706. Com. 500.
Seraph, P. L. i. 324; iii. 667; v.

277, 875, 896; vi. 579; vii. 113, 198.

Seraphic, P. L. i. 539, 794.

Seraphim, P. L. i. 129; ii. 512, 750; iii. 381; v. 749, 804; vi. 249, 604, 841. Od. Nat. 113. Od. Sol. Mus. 10.

Serapis, P. L. i. 720.

Serbonian, P. L. ii. 592.

Sere, P. L. x. 1071. Ps. ii. 27.

Never-sere, Lyc. 2.

Serenate, P. L. iv. 769.

Serene, P. L. iii. 25; v. 123, 734; vii. 509; viii. 181; x. 1094; xi. 45. Com. 4.

Sericana, P. L. iii. 438.

Serious, P. R. i. 203. Com. 787.

Serpent, P. L. i. 34; ii. 652; iv. 347; vii. 495; ix. 86, 161, 182, 413, 455, 495, 560, 615, 647, 764, 785, 867, 930, 1150; x. 3, 84, 162, 165, 174, 495, 514, 580, 867, 879, 927, 1034; xii. 234, 383, 454. P. R. i. 312; ii. 147; iii. 5; iv. 618. S. A. 997.

Serpent-errour, P. L. vii. 302.

Serpent-kind, P. L. vii. 482; ix. 504.

Serpent-tongue, P. L. ix. 529.

Serpent-wings, Son. x. 8.

Serpentine, P. L. x. 870.

Serpent's, P. L. x. 1032; xii. 150.

Serpents, P. L. x. 520, 539.

Serraliona, P. L. x. 703.

Serried, P. L. i. 548; vi. 599.

Servant, P. L. vi. 29; x. 214. P. R. iii. 67. S. A. 1615. Ps. lxxxvi. 7, 59; cxxxvi. 73.

Servant-of-servants, P. L. xii. 104.

Servant's, Ps. lxxxvi. 11.

Servants', P. L. x. 215. S. A. 1755. Com. 10.

Serve, P. L. i. 263; ii. 999; iii. 680; iv. 943; v. 101, 322, 532, 538, 590, 681, 802; vi. 166, 175, 179, 180, 183, 440; vii. 115; viii. 87, 168; ix. 85, 1092; x. 727, 767; xi. 517, 881. P. R. i. 316; iii. 375, 431, 432; iv. 177. S. A. 267, 564, 577, 585, 743, 1216, 1429. Arc. 105. Com. 725, 750. Son. i. 14; xiv. 5, 11, 14. Ps. ii. 24; lxxxi. 54.

Serv'd, P. L. i. 64, 217; iii. 110; iv. 398; vi. 599; viii. 34; ix. 38, 547; xi. 60, 518. P. R. iii. 379. S. A. 419. Ep. M. Win. 66.

Serv'd up, Vac. Ex. 14.

Serves, P. L. ii. 385; vii. 614. P. R. ii. 472. S. A. 240.

Service, P. L. i. 149; iv. 45, 420; v. 529; ix. 155. P. R. i. 427; ii. 326. S. A. 686, 1163, 1499. Il Pens. 163. Arc. 38. Com. 85. Od. Nat. 194. Vac. Ex. 30.

Serviceable, P. R. i. 421. Od. Nat. 244.

Servile, P. L. ii. 246, 257; xii. 305. P. R. iv. 102. S. A. 5, 412, 413, 574, 1213.

Servilely, P. L. iv. 959.

Servility, P. L. vi. 169.

Serving, P. R. iii. 378.

Servitude, P. L. vi. 175, 178; ix. 141; xii. 89, 132, 220. P. R. iii. 176, 381. S. A. 269, 416, 1336.

Serv'st, S. A. 1363.

Session, P. L. ii. 514. Od. Nat. 163.

Setia, P. R. iv. 117.

Set,—*Passim.*

Set forth, P. L. vi. 310; vii. 427.

Set free, P. L. ii. 822. S. A. 1412.

Set off, Lyc. 80. Com. 801.
Set on, S. A. 1201, 1462.
Set open, P. L. xi. 825.
Set out, P. L. viii. 111.
Set over, P. L. ix. 941.
Set up, P. L. xii. 247.
Sets, P. L. ii. 804; v. 357; viii. 632; xii. 52. P. R. iii. 380. S. A. 1572.
Sets off, P. L. v. 43.
Setting, P. L. i. 744; iv. 540.
Settle, P. L. iv. 940. Son. xii. 5.
Settled, P. L. ii. 279; vi. 540. Com. 595.
Settlings, Com. 810.
Seven, P. L. iii. 481, 648, 654; ix. 63; x. 673; xii. 158, 255. P. R. iv. 35. S. A. 1017.
Sevenfold, P. L. ii. 171; iv. 914.
Seven-times, P. L. v. 223.
Seven-times-folded, S. A. 1122.
Sevens, P. L. xi. 735.
Seventh, P. L. vii. 581; viii. 128; xii. 700.
Seventy, P. L. xii. 345.
Sever, P. L. ix. 366. Son. ix. 4.
Several, P. L. ii. 523, 901; iii. 714; v. 477, 697; vii. 240; viii. 131; x. 323, 610, 650. P. R. iii. 276. Com. 25. Od. Nat. 234.
Sever'd, P. L. ix. 252, 958. Com. 274. Ps. lxxxviii. 70.
Severe, P. L. ii. 276, 333; iii. 224; iv. 293, 294, 845; v. 807; ix. 1144, 1169; x. 1095. P. R. iv. 280. Ps. ii. 9; vii. 43. Too severe, P. L. vi. 825.
Severely, S. A. 788.
Severest, P. R. ii. 164.
Severing, P. L. l. 704.
Severity, Com. 109.
Severn, Com. 825. Vac. Ex. 96.
Severs, Son. xii. 11.

Sew'd, P. L. ix. 1095, 1112.
Sewers, P. L. ix. 38, 446.
Sex, P. L. i. 424; iv. 296; viii. 471; ix. 574, 822; x. 898, 956. P. R. iii. 341. S. A. 711, 774, 1026.
Sexes, P. L. viii. 151.
Sextile, P. L. x. 659.
Shackles, S. A. 1326.
Shade, P. L. iii. 557, 615; iv. 138, 141, 245, 325, 451, 532, 572, 693, 868; v. 203, 230, 643; vi. 666, 828; viii. 653; ix. 185, 1106, 1110; x. 249, 716; xi. 78. P. R. ii. 292, 339. S. A. 3, 1734. Lyc. 24, 68. L'Al. 96. Od. Nat. 188. Ps. lxxx. 41.
Shade, (*verb*,) P. L. v. 277.
Shade to shade, P. R. ii. 242.
Shaded, P. L. vi. 885.
Shades, P. L. i. 65, 303; ii. 621; iii. 734; iv. 239, 1015; vii. 331; ix. 408; x. 861; xi. 270. P. R. i. 194, 296; iv. 243, 404. Lyc. 137. L'Al. 8. Il Pens. 28. Arc. 42. Com. 62, 127, 266, 335, 429, 521, 580, 984. Son. viii. 14. Brut. 1.
Shades, (*verb*,) P. L. ix. 266.
Shadier, P. L. iv. 705.
Shadiest, P. L. iii. 39.
Shading, P. L. iii. 357, 509. P. R. iii. 221.
Shadow, P. L. ii. 669; iii. 120, 619; iv. 470; v. 575; ix. 12; x. 264. P. R. iv. 70.
Shadow'd, P. L. v. 284; viii. 311; ix. 1055.
Shadowing, P. L. vi. 554, 655.
Shadows, P. L. xii. 233. Il Pens. 134. Com. 207, 470. Od. Nat. 206, 232.
Shadowy, P. L. iv. 776; v. 43, 686; xii. 291, 303. P. R. iv. 399. L'Al. 108.
Shad'st, P. L. iii. 377.

Shady, P. L. iii. 28; iv. 720;
    v. 137, 367; viii. 262, 286; ix.
    277, 420, 1037. P. R. i. 304.
    Arc. 88. Com. 38. Od. Nat.
    77.
Shafts, P. L. i. 176; iv. 763.
    P. R. iii. 305.
Shagg'd, Com. 429.
Shaggy, P. L. iv. 224; vi. 645.
    Lyc. 54.
Shak'd, Od. D. F. I. 44.
Shake, P. L. vi. 712. Com. 797.
    Od. Nat. 162. Ps. lxxxviii.
    59; cxiv. 15; cxxxvi. 14.
Shaken, P. L. ix. 287.
Shakes, P. L. ii. 711; vii. 466.
    Arc. 58.
Shakspeare, L'Al. 133. Ep. W.
    Sh. 1.
Shallow, P. L. ix. 544. P. R. iv.
    327. L'Al. 76. Com. 514.
    Son. i. 6. Forc. of Con.
    12.
Shallow-searching, Arc. 41.
Shame, P. L. i. 115; ii. 58, 496,
    564; iv. 82, 313; vi. 340;
    ix. 255, 312, 313, 1058, 1079,
    1094, 1097, 1114, 1119; x.
    113, 159, 336, 546, 555, 906;
    xi. 629; xii. 102. P. R. iii.
    136; iv. 14, 189, 342. S. A.
    196, 446, 457, 597, 1579.
    Son. iv. 11. Od. Nat. 40, 80.
    Ep. W. Sh. 9. Ps. vi. 22;
    lxxx. 74; lxxxiii. 60, 64.
Shame, (*verb*,) P. L. ix. 384.
Shame with shame, S. A. 841.
Sham'd, P. L. i. 461; ix. 1139.
    S. A. 563. Ps. lxxxiii. 62.
Shame-fac'd, Od. Nat. 111.
Shameful, P. L. xii. 413. P. R.
    iii. 87; iv. 22. S. A. 491,
    1043. Son. x. 12.
Shamefully, S. A. 499.
Shameless, Com. 736.
Shames, P. R. iv. 303.
Shape, P. L. i. 428, 590; ii.
    448, 649, 666, 667, 681, 704,

756, 784; iii. 634; iv. 288,
    365, 398, 461, 587, 819, 835,
    848; v. 276, 309, 362; vi.
    352; viii. 295, 463; ix. 503,
    601; x. 333, 450, 495, 516,
    574, 869; xi. 129, 239, 297,
    467. P. R. ii. 176; iii. 11;
    iv. 449. S. A. 1011. Com.
    52, 460.
Shap'd, P. L. v. 55.
Shapes, P. L. i. 358, 479, 790;
    iii. 604; v. 105, 111; vi. 753;
    ix. 1082; xi. 467. L'Al. 4.
    Il Pens. 6. Com. 2, 207.
Share, P. L. ii. 29, 452; x. 961.
    S. A. 53. Com. 769. Od.
    Cir. 6.
Share, (*verb*,) P. L. i. 267; ix.
    831. Son. x. 14.
Shar'd, P. L. vi. 326. P. R. iv.
    87.
Sharp, P. L. ii. 902; ix. 584; x.
    511, 977; xi. 63, 800. P. R.
    iii. 324.
Sharpen'd, P. L. iii. 620.
Sharp'ning, P. L. iv. 978.
Sharpest, P. L. ix. 91.
Sharpest-sighted, P. L. iii. 691.
Sharply, P. R. i. 468.
Shatter, Lyc. 5.
Shatter'd, P. L. i. 232; vi. 361.
    S. A. 1241. Com. 799.
Shattering, P. L. x. 1066.
Shaven, S. A. 540.
Shaves, P. L. ii. 634.
Sheaf, P. L. xi. 435.
Shearers', Lyc. 117.
Shears, Lyc. 75. Arc. 65. Forc.
    of Con. 16.
Sheaves, P. L. iv. 984; xi. 430.
    L'Al. 88.
Shed, P. L. iv. 501; viii. 513;
    ix. 893; x. 631. P. R. ii.
    72. Lyc. 149. Com. 652.
Shed down, P. L. iv. 670.
Shedding, P. L. vii. 375.
Sheds, P. L. i. 597. Com.
    323.

Sheen, Com. 893, 1003. Od. Nat. 145. Ep. M. Win. 73.

Sheeny, Od. D. F. I. 48.

Sheep, Lyc. 125. Son. xiii. 6. Od. Nat. 91. Ps. lxxx. 3.

Sheep-cote, P. R. ii. 287, 288.

Sheep-hook, Lyc. 120.

Sheep-walks, P. L. xi. 431.

Sheer, P. L. i. 742; iv. 182; vi. 325. P. R. iv. 419.

Sheets, Lyc. 111.

Shell, P. L. v. 342. P. R. ii. 345. Com. 231, 873.

Shells, P. L. vii. 407.

Shelter, P. L. vi. 843. P. R. iii. 221. Com. 62. Ps. lxxxviii. 29.

Shelter, (*verb*,) P. L. ii. 167. P. R. ii. 73.

Shelter'd, P. L. xi. 223, 233, 824. P. R. iv. 406, 407.

Shelters, P. L. ix. 1109.

Shelves, Com. 117.

Shepherd, P. L. i. 8; xi. 436. P. R. ii. 439. Lyc. 39. L'Al. 67. Com. 93, 271, 307, 321, 330, 493, 509, 615, 619, 823, 908. Ps. lxxx. 1.

Shepherdess, Ep. M. Win. 63.

Shepherds', Lyc. 49, 65. Od. Cir. 3.

Shepherds, P. L. iv. 185; xi. 650; xii. 365. P. R. i. 244. Lyc. 165, 182. Arc. 1, 96. Com. 848, 958. Od. Nat. 85.

Shew, Il Pens. 171. Com. 512, 995. Ps. lxxxv. 26; lxxxvi. 54.— *See also* Show.

Shew'th, Son. ii. 4.

Shibboleth, S. A. 288.

Shield, P. L. i. 284, 565; iv. 785, 990; vi. 192, 255, 543; x. 542. P. R. iv. 405. S. A. 132, 284, 1122, 1434. Com. 447, 658. Od. Nat. 55. Ps. iii. 7; v. 39; lxxxiv. 31, 41.

Shields, P. L. i. 548, 668; iv. 553; vi. 83, 102, 305, 337, 840; ix. 34.

Shift, Com. 273.

Shifter, Ep. Hobs. I. 5.

Shifts, P. L. ix. 515. P. R. iv. 308. S. A. 1116, 1220. Com. 617.

Shin'd, Son. xviii. 11.

Shine, (*noun*,) Od. Nat. 202.

Shine, P. L. iii. 52, 134; iv. 657, 675; vi. 748; vii. 108; viii. 155; ix. 104; x. 652. P. R. i. 93. Od. D. F. I. 34. Od. on Time, 16. Ps. lxxx. 15, 31, 79; cxxxvi. 33.

Shine forth, Ps. lxxx. 7.

Shines, P. L. iii. 386, 723; iv. 363; v. 20; vii. 380; viii. 94. S. A. 1052.

Shining, P. L. ii. 757; iii. 668, 670; iv. 283; v. 259; vii. 401. Arc. 15.

Ship, P. L. ix. 513. S. A. 714.

Shipwreck'd, S. A. 198.

Shiver'd, P. L. vi. 389. Ps. ii. 21.

Shivering, P. L. x. 1003. Ps. cxiv. 7.

Shivers, P. R. iv. 19.

Shoaling, P. L. x. 288.

Shoals, P. L. vii. 400. Ps. viii. 22.

Shock, P. L. ii. 1014; vi. 207; x. 1074. Ps. lxxxi. 65.

Shone, P. L. i. 537, 599, 672; ii. 304; iii. 139, 268, 363, 508, 565, 597, 713; iv. 292; vi. 720, 768; vii. 196, 499; x. 682, 1096.

Shook, P. L. i. 105; ii. 353, 672, 882; iii. 394; v. 286; vi. 219, 833; ix. 1124; xi. 492. P. R. iv. 270. S. A. 409, 1650. Lyc. 112.

Shoon, Com. 635.

Shoot, Com. 81.

Shoot forth, P. L. vi. 480.

Shooting, P. L. iv. 556. Arc.
16.
Shoots, P. L. ii. 1036; iii. 586.
Com. 99, 296. Ps. lxxx.
56.
Shops, Com. 716.
Shore, P. L. i. 284, 310, 585;
ii. 661, 912, 1011; iii. 537;
iv. 162; v. 339; vii. 210; x.
666, 696; xii. 143, 199, 215.
P. R. ii. 344; iv. 93, 238,
330. S. A. 537, 962. Lyc.
63, 183. Il Pens. 75. Com.
49. Od. Nat. 182.
Without shore, P. L. xi.
750.
Shores, P. L. vii. 417; ix. 117,
1118. Lyc. 154. Com.
209.
Shorn, P. L. i. 596; ix. 1062.
S. A. 1024.
Short, P. L. i. 797; iv. 102, 535;
v. 562; ix. 50, 248, 250, 963;
x. 923; xi. 147, 184, 554,
628. P. R. i. 56; iii. 235;
iv. 287, 378. S. A. 670,
1307. Son. viii. 4. Od. D.
F. I. 60. Ep. M. Win. 9.
Shorten'd, Od. Pass. 6. Ep. M.
Win. 52.
Shorter, P. L. iv. 595. P. R. iii.
269.
Shortest, P. L. x. 1005.
Shortly, S. A. 598.
Shot, P. L. i. 172; ii. 67; iii.
618; v. 141; viii. 62; ix.
72. P. R. iii. 323.
Shot down, P. L. v. 301.
Shot forth, P. L. v. 15; vi.
849.
Shot through, P. L. vi. 15.
Shot up, Ep. M. Win. 40.
Shoulder, P. L. v. 279. Ps.
lxxxi. 22.
Shoulders, P. L. i. 287; ii. 306;
iii. 627; iv. 303. P. R. ii.
462. S. A. 146, 1493. Il
Pens. 36.

Shout, P. L. i. 542; ii. 520; iii.
345; vi. 96, 200; vii. 256;
x. 505. S. A. 1472, 1510,
1620. Com. 103. Od. Sol.
Mus. 9.
Shouting, S. A. 1473.
Shove, Lyc. 118.
Show, (*noun*,) P. L. iv. 122; viii.
538; ix. 492, 665; x. 187,
442, 883, 1004. P. R. ii.
226, 459; iv. 110. Son. xvi.
12.
Show, P. L. ii. 273; iii. 255; iv.
558; vi. 161, 627; vii. 406;
viii. 115; x. 870, 1065; xi.
357, 384, 709; xii. 123.
P. R. i. 141; iv. 554. S. A.
58, 910, 1340, 1601, 1644.
Arc. 79. Com. 627. Od.
Nat. 227. Od. D. F. I. 61.
Ps. iv. 26.—*See* Shew.
Show'd, P. L. vii. 555; xi. 245.
Od. D. F. I. 35. Ep. Hobs.
I. 15.
Show'dst, S. A. 781.
Show'th, Son. ii. 4.
Show forth, P. R. iii. 124.
Shower, P. L. ii. 491; vi. 545.
Il Pens. 127. Ep. M. Win.
40.
Shower, (*verb*,) P. L. x. 662; xi.
883; xii. 124.
Shower'd, P. L. iv. 152, 773; v.
640.
Showers, (*noun*,) P. L. iv. 646,
653; v. 190. P. R. iii. 824.
Lyc. 140. Ps. lxxxiv. 24.
Showers, (*verb*,) P. L. ii. 4.
Showery, P. L. vi. 759.
Shown, P. L. i. 218; iv. 1012;
vi. 247. P. R. i. 276; ii. 13,
51, 84; iii. 350, 401; iv. 88.
S. A. 994, 1475. Com. 745.
Ps. cxiv. 5.
Show'st, P. L. ii. 818. P. R. iv.
121.
Shows, (*noun*,) P. L. iv. 316; viii.
575.

Shows, P. L. viii. 553; xi. 194.
P. R. iii. 286; iv. 220, 221.
Shrewd, Com. 846.
Shriek, Od. Nat. 178.
Shriek'd, P. R. iv. 423.
Shrieks, L'Al. 4.
Shrill, P. L. v. 7. L'Al. 56.
Shrine, P. L. iii. 379; vii. 360;
xi. 13. P. R. i. 438. Arc.
36. Com. 267. Od. Nat. 176.
Shrin'd, P. L. vi. 672.
Shrines, P. L. i. 388.
Shrink, P. L. ii. 205; iv. 925;
xi. 846. P. R. ii. 223. Com.
656.
Shrinks, Od. Nat. 203.
Shroud, P. L. x. 1068. Lyc. 22.
Com. 316. Od. Nat. 218.
Shrouded, P. R. iv. 419.
Shrouds, P. L. ii. 1044. Com.
147.
Shrub, P. L. iv. 696; v. 349; vii.
322; viii. 517.
Shrubby, Com. 306.
Shrubs, P. L. iv. 176.
Shrunk, Lyc. 133.
Shudd'ring, P. L. ii. 616. Com.
802.
Shun, P. L. ii. 531, 810; viii.
327, 328; ix. 483; x. 339,
1062.
Shunn'd, P. L. i. 636; ii. 679,
1019; iv. 319; ix. 331, 699.
P. R. i. 414. Son. iv. 2.
Shunning, P. L. ix. 1108.
Shunn'st, Il Pens. 61.
Shut, (*noun*,) P. L. ix. 278.
Shut, P. L. ii. 358, 776, 883; iii.
193, 333; iv. 658; ix. 691;
xi. 849.
Fast shut, P. L. viii. 240.
Shut out, P. L. iii. 50.
Shut up, S. A. 160.
Shuts, Com. 978. Lyc. 111.
Sibma, P. L. i. 410.
Sibyl, Vac. Ex. 69.
Sichem, P. L. xii. 136.
Sicilian, Lyc. 133.

Sick, P. L. xi. 490.
Sicken, Od. Nat. 137.
Sicken'd, Ep. Hobs. II. 15.
Sickness, P. L. xi. 524. S. A.
698.
Side, P. L. i. 78, 207, 232, 782;
ii. 101, 871, 1006; iii. 366;
iv. 257, 484, 485; v. 11; vi.
133; viii. 536; ix. 265, 965,
1153; x. 881; xi. 176, 246,
731; xii. 641. P. R. ii. 136,
184; iii. 154, 255; iv. 25.
S. A. 1432. L'Al. 55. Com.
185, 283, 295, 1009. Od.
Pass. 21. Ps. lxxx. 45.
Each side, P. L. i. 578; x.
288. P. R. iv. 33. S. A.
1617.
Either side, P. L. ii. 649; iv.
695; vi. 221, 844; x.
415.
Every side, P. L. vi. 554.
P. R. i. 295.
Hither side, P. L. iii. 722;
xi. 574.
Left side, P. L. ii. 755; viii.
465.
Other side, P. L. ii. 108, 706;
iv. 179, 985; ix. 888. P. R.
iv. 159. S. A. 246, 768,
1609.
Right side, P. L. vi. 327.
That side, P. L. iii. 427.
This side, P. L. iii. 71; xii.
114. P. R. ii. 23.
Side, (*verb*,) P. L. ii. 905.
Side board, P. R. ii. 350.
Side-by-side, P. L. iv. 741.
Sidelong, P. L. iv. 333; vi. 197;
ix. 512.
Sideral, P. L. x. 693.
Side-to-side, P. L. v. 393. Com.
313. Son. xvii. 12.
Side-ways, Ep. M. Win. 42.
Sides, P. L. i. 61; iv. 135. S. A.
1241. L'Al. 32.
All sides, P. L. ii. 1015; vi.
335; x. 507.

Siding, Com. 212.
Sidonian, P. L. i. 441.
Siege, P. L. ii. 343; ix. 121; xii. 74.
Sieges, S. A. 846.
Sierra Liona, P. L. x. 703.
Sift, P. R. iv. 532.
Sigh, P. L. xi. 147.
Sigh'd, P. L. ii. 788.
Sighing, P. L. ix. 783. Od. Nat. 186. Ps. vi. 11.
Sighs, P. L. i. 621; iv. 31; x. 1090, 1102; xi. 5, 23, 31. P. R. ii. 65. S. A. 392. Od. Cir. 8. Ps. lxxxviii. 6.
Sight, P. L. ii. 745, 749; iii. 43, 55, 61, 256, 554, 615, 655; iv. 34, 217, 287, 319, 505, 573, 577, 658; v. 46, 138, 257, 308, 448, 536, 665, 711, 765; vi. 36, 111, 118, 191, 792, 862; vii. 185, 368; viii. 41, 63, 120, 461, 527; ix. 91, 294, 310, 451, 517, 565, 861, 898; x. 223, 324, 350, 538, 561, 683, 828, 867; xi. 19, 184, 201, 281, 413, 418, 448, 463, 494, 555, 872, 890; xii. 9. P. R. i. 271, 310; ii. 56; iii. 345, 351; iv. 86. S. A. 67, 93, 152, 157, 196, 645, 914, 1117, 1294, 1415, 1542, 1620, 1687. Il Pens. 14. Son. xvii. 4; xviii. 8, 10. Od. Nat. 109. Od. on Time, 18. Ps. v. 12; vii. 28; lxxx. 10. In sight, S. A. 24.
Sights, P. L. i. 64; xi. 411. L'Al. 4, 129.
Sign, P. L. i. 672; ii. 760; iv. 428, 998, 1011; v. 194; vi. 58, 776; viii. 342, 514; x. 1091, 1103; xi. 351, 860; xii. 442. P. R. ii. 89, 119; iv. 483. Com. 654. Ps. lxxxvi. 61.
Signal, P. L. i. 278, 347, 776; ii. 56, 717; v. 705; viii. 632; xi. 72; xii. 593. S. A. 338.
Signs, P. L. i. 605; ii. 831; iv. 429; v. 134; vi. 789; vii. 341; ix. 783, 1077; xi. 182, 194; xii. 175. P. R. i. 394; iv. 489. Com. 572, 845.
Silence, P. L. i. 83, 561, 797; ii. 431, 994; iii. 218; iv. 600, 604; v. 39, 557, 668; vi. 64, 385, 408; vii. 106, 216, 594; ix. 895; x. 353, 459; xi. 699. P. R. iv. 22, 43. S. A. 49, 236, 428, 864. Il Pens. 55. Com. 250, 552, 557. Od. Cir. 5. Vac. Ex. 5.
Silent, P. L. ii. 547, 582; iii. 267; iv. 647, 654, 938; v. 39, 202; vi. 523, 882; vii. 444; viii. 163; ix. 195, 1063. P. R. ii. 261. S. A. 87, 1732. Com. 481. Ps. lxxxiii. 1.
Silently, P. L. ii. 842; v. 130.
Silk, Com. 716.
Silken, P. R. iv. 76. S. A. 730. Od. D. F. I. 2.
Silly, Od. Nat. 92.
Silo, S. A. 1674.
Siloa's, P. L. i. 11.
Silver, P. L. iii. 595, 644; iv. 609; vii. 437. Arc. 16. Com. 222, 224, 865. Od. Nat. 128.
Silver-buskin'd, Arc. 33.
Silver-shafted, Com. 442.
Simeon, P. R. i. 255; ii. 87.
Similitude, P. L. iii. 384; vii. 520; xi. 512.
Simon, P. R. ii. 7.
Simple, P. L. xii. 365. P. R. ii. 348.
Simples, Com. 627.
Simplicity, P. L. iii. 687; iv. 318.
Simply, P. L. xii. 569. Od. Nat. 87.
Sin, P. L. i. 485; ii. 760, 1024; iii. 177, 446; iv. 517, 758,

840; vi. 396, 506, 691; vii. 546; ix. 12, 70, 292, 327, 1003, 1044; x. 16, 133, 172, 230, 234, 251, 352, 407, 473, 490, 586, 590, 631, 635, 708, 791; xi. 55, 427, 519, 678; xii. 285, 289, 290, 429, 431, 443, 474. P. R. i. 73, 159; iii. 147. S. A. 313, 499, 504, 1357. Com. 126, 456, 465. Od. Nat. 138. Od. Cir. 12. Od. D. F. I. 66. Od. Sol. Mus. 19. Forc. of Con. 4. Ps. iv. 19; lxxx. 74; lxxxiv. 40; lxxxv. 7.

Sin-born, P. L. x. 596.

Sin-bred, P. L. iv. 315.

Sin-worn, Com. 17.

Sinæan, P. L. xi. 390.

Sinai, P. L. i. 7; xii. 227. Od. Nat. 158.

Sincere, P. L. iii. 103, 192; ix. 320; x. 915; xi. 443. P. R. ii. 480; iii. 435. S. A. 874.

Sincerely, Com. 454. Od. on Time, 14.

Sincerest, P. L. x. 37.

Sinews, S. A. 1142. Com. 615. Vac. Ex. 1.

Sinful, P. L. iii. 186; viii. 506; xi. 105. P. R. i. 162. Od. Nat. 41.

Sinfulness, P. L. xi. 360.

Sing, P. L. i. 6; ii. 242, 547, 553; vi. 744; vii. 24; xi. 619; xii. 244, 324. P. R. i. 2; iv. 339. Lyc. 10, 180. L'Al. 17. Il Pens. 48, 105, 143. Arc. 65, 86. Com. 623, 983. Son. i. 9; viii. 13. Od. Nat. 5. Od. Pass. 4. Od. Sol. Mus. 28. Vac. Ex. 45. Ps. vii. 63; lxxxi. 1, 2; lxxxvii. 25.

Singed, P. L. i. 236, 614. Com. 928.

Singeth, L'Al. 65.

Singing, P. L. iv. 684; v. 198.

P. R. i. 171. Lyc. 180. L'Al. 42. Od. Sol. Mus. 16. Vac. Ex. 63.

Single, P. L. iii. 469; iv. 856; v. 552, 903; vi. 30, 233; vii. 403; viii. 423; ix. 325, 339, 536; x. 817; xi. 644, 703. P. R. i. 323; iv. 384, 517. S. A. 344, 1092, 1111, 1210, 1222. Com. 204, 369, 402.

Singly, P. L. i. 379. S. A. 244.

Sings, P. L. iii. 39; iv. 769. L'Al. 7. Vac. Ex. 37.

Sing'st, Com. 567.

Singular, P. L. v. 851.

Singularly, P. R. iii. 57.

Sinister, P. L. x. 886.

Sink, P. L. iii. 331.

Sinks, P. L. ii. 950. Lyc. 168.

Sinless, P. L. vii. 61; ix. 659; x. 690. P. R. iv. 425.

Sinn'd, P. L. vi. 402; x. 229, 516, 790, 930; xi. 427.

Sinners, Ps. i. 3, 14.

Sinning, P. L. vi. 661.

Sins, P. L. iii. 233; xii. 283, 316, 416. P. R. i. 266.

Sins, (*verb*,) P. L. iii. 204.

Sinuous, P. L. vii. 481.

Sin-worn, Com. 17.

Sion, P. L. i. 10, 386, 442; iii. 30, 530. Ps. ii. 13; lxxxiv. 28; lxxxvii. 18.

Sion's, P. L. i. 453. P. R. iv. 347. Ps. lxxxvii. 5.

Sip, Com. 811.

Sips, Il Pens. 172.

Sire, P. L. ii. 264, 817, 849; iv. 144, 712; v. 350; vi. 95; viii. 39, 218, 249; xi. 460, 719, 736, 862; xii. 368, 467. P. R. i. 86, 233. S. A. 326, 1456. Lyc. 103. Vac. Ex. 39.

Sirens, Com. 253, 878. Od. Sol. Mus. 1.

Sirens', Arc. 63.

Sirocco, P. L. x. 706.
Sirs, Son. vi. 8.
Sisera, S. A. 990. Ps. lxxxiii.
  35.
Sister, P. L. vii. 10. L'Al. 15.
  Il Pens. 18. Com. 350, 366,
  407, 414, 486, 564.
Sisters, P. L. x. 674. Lyc. 15,
  99. Od. Sol. Mus. 42. Ps.
  cxxxvi. 34.
Sister's, Com. 408.
Sit, P. L. ii. 54, 56, 139, 329,
  359, 377, 859; iii. 315; v.
  369; viii. 210; ix. 3, 164,
  1098; x. 235, 421. P. R. i.
  240; ii. 336, 368, 377, 431;
  iii. 153; iv. 123, 146. S. A.
  4, 566, 1017, 1500, 1608.
  Il Pens. 170. Arc. 64. Com.
  382, 625, 659. Od. Nat. 11,
  68, 144, 244. Od. Pass. 41.
  Od. on Time, 21. Ps. lxxxiii.
  3.
Sits, P. L. i. 785; ii. 243, 456,
  731, 803, 907; iii. 57; v. 25;
  vi. 671, 892. S. A. 1309.
  Arc. 91. Com. 389, 818,
  881, 957, 1002. Od. Nat.
  202. Od. Sol. Mus. 8. Ep.
  M. Win. 18,
Sitt'st, P. L. iii. 376; iv. 578;
  v. 156. Ep. M. Win. 61.
  Ps. lxxx. 5.
Sittim, P. L. i. 413.
Sitting, P. L. ii. 164; iv. 829.
  P. R. ii. 212; iii. 164; iv.
  107. S. A. 1491. Il Pens.
  40. Arc. 18. Com. 472,
  860.
Sitting still, P. L. viii. 89.
Situate, P. L. vi. 641.
Situation, P. L. i. 60.
Six, P. L. v. 277; vii. 568, 601;
  viii. 128; ix. 137. P. R. i.
  210. Ep. Hobs. II. 20.
Sixth, P. L. vii. 449.
Size, P. L. i. 197; vi. 352. S. A.
  1249.

Skies, L'Al. 43. Il Pens. 39.
  Com. 242. Od. Pass. 18.
Skiff, P. L. i. 204.
Skilful, P. L. ix. 513.
Skill, P. L. ii. 272; viii. 573;
  ix. 39, 1112. P. R. iii. 17; iv.
  40, 52, 552. S. A. 757. Arc.
  79. Com. 273. Son. viii. 5.
Skill'd, P. L. ix. 42. P. R. ii.
  161. Com. 523, 620.
Skin, Hor. I. 6.
Skins, P. L. x. 217, 220.
Skip, Ps. cxiv. 11.
Skipt, Ps. cxiv. 13.
Skirt, P. L. vi. 80.
Skirted, P. L. v. 282.
Skirts, P. L. iii. 380; v. 187;
  xi. 332, 882.
Sky, P. L. i. 45, 730; ii. 534,
  710; iii. 324, 426, 514; iv.
  459, 721, 722, 988; v. 189,
  267; vi. 772; vii. 287, 442;
  viii. 258; ix. 1002; x. 1064;
  xi. 209, 742; xii. 182. P. R.
  ii. 156; iv. 453. S. A. 1472,
  1610. Lyc. 171. Com. 957,
  979.
Sky-robes, Com. 83.
Sky-tinctured, P. L. v. 285.
Slack, (*adj.*) P. L. ix. 892. P. R.
  iii. 398. Ps. lxxxv. 2.
Slack, P. L. ii. 461; iv. 164.
  Ps. viii. 7.
Slacken, P. L. ii. 214. P. R. ii.
  455.
Slacken'd, S. A. 738.
Slackness, P. L. xi. 634.
Slain, P. L. x. 217; xi. 455;
  xii. 414. S. A. 439, 1516,
  1664, 1668. Son. xiii. 7. Sen.
  1. Ps lxxxiii. 38; lxxxviii.
  19.
Slake, Od. D. F. I. 66.
Slanderous, P. L. xii. 536.
Slant, P. L. x. 1075.
Slaughter, P. L. vi. 506; xi.
  659. P. R. iii. 75. S. A.
  1518, 1583.

Slaughter'd, S. A. 1530, 1667.
    Son. xiii. 1.
Slaughtering, Od. D. F. I. 68.
Slave, S. A. 1224, 1392.
Slaveries, S. A. 485.
Slavery, S. A. 418. Ps. cxxxvi.
    81.
Slaves, P. L. xii. 167. P. R. iv.
    145. S. A. 41, 367, 1162.
Slavish, S. A. 122. Com. 218.
    Ps. lxxxi. 21.
Slay, Od. D. F. I. 24.
Slaying, S. A. 1517.
Sleek, Lyc. 99. L'Al. 30. Son.
    vi. 10.
Sleek-enamell'd, P. L. ix. 525.
Sleek'd, P. R. iv. 5.
Sleeking, Com. 882.
Sleep, P. L. iii. 329; iv. 449,
    614, 658, 735, 826, 883; v.
    3, 96, 120, 668, 673, 679;
    vii. 106; viii. 253, 287, 458;
    ix. 190, 1044, 1049; xii. 434,
    611. P. R. iv. 409. S. A.
    459, 629. Il Pens. 146.
    Com. 122, 554. Od. Nat. 155.
Sleep, (verb,) P. L. iv. 678, 773,
    826; x. 779; xi. 368. P. R.
    ii. 284. Ps. iv. 38; lxxxviii.
    18.
Sleeping, P. L. i. 333; viii. 463;
    ix. 161; xii. 608. P. R. i.
    311. S. A. 990, 1113. Od.
    Nat. 242. Vac. Ex. 64.
Sleepless, P. L. xi. 173. P. R.
    ii. 460.
Sleeps, P. L. ii. 489; iii. 686;
    vii. 414; viii. 164.
Sleep'st, P. L. v. 38, 673. Lyc.
    160.
Sleepy, P. L. ii. 73.
Sleet, P. R. iii. 324.
Sleights, P. L. ix. 92.
Slender, P. L. iv. 304; ix. 428.
    Od. Hor. 1.
Slept, P. L. iv. 707, 771; v.
    654; ix. 187. P. R. ii. 263,
    271; iv. 407, 413. Ps. iii. 13.

Slept'st, P. L. xi. 369.
Slew, P. L. xi. 609, 678.
Slew'st, S. A. 439.
Slide, Vac. Ex. 4. Ps. viii. 22;
    lxxxvi. 40.
Sliding, Com. 892. Od. Nat.
    47.
Slight, P. L. iv. 181. P. R. iii.
    109, 349; iv. 155. S. A. 59,
    1229. Vac. Ex. 19.
Slight, (verb,) P. L. vii. 47.
    S. A. 940.
Slighted, Lyc. 65.
Slightest, P. R. iii. 128.
Slighting, P. R. ii. 224.
Slightly, P. L. iv. 967. P. R. ii.
    198.
Slime, P. L. ix. 165; x. 298,
    530.
Slimy, P. L. x. 286.
Sling, P. L. x. 633.
Slingers, S. A. 1619.
Slip, P. L. i. 178. Com. 743.
Slip, (noun,) Ep. M. Win. 35.
Slipping, P. R. iv. 216.
Slips, Od. Nat. 234.
Slipt, Com. 498.
Slits, Lyc. 76.
Slop'd, Lyc. 31.
Slope, P. L. i. 223; iv. 261, 591.
    Com. 98.
Sloth, P. L. ii. 227; vi. 166; xi.
    794.
Slothful, P. L. ii. 117.
Slough, Ep. Hobs. I. 4.
Slow, P. L. ii. 337, 582, 902;
    iii. 193; iv. 173; vi. 533;
    viii. 110; x. 692; xi. 207;
    xii. 648. P. R. iii. 172, 224.
    Lyc. 103. Il Pens. 76. Com.
    232, 1015. Son. ii. 9. Ps.
    lxxxv. 55; lxxxvi. 55.
Slow-endeavouring, Ep. W. Sh.
    9.
Slow-pac'd, P. L. x. 963.
Slowest, P. L. x. 859.
Slowly, P. L. iv. 541.
Sluic'd, P. L. i. 702.

Sluice, P. L. v. 133. Arc. 30.
Sluices, P. L. xi. 849.
Slumber, P. L. i. 377. L'Al. 146. Com. 110, 260, 1001.
Slumber, (*verb*,) P. L. i. 321.
Slumber'd, P. L. iv. 24.
Slumb'ring, P. L. i. 203; ix. 23. L'Al. 54. Arc. 57.
Slumberous, P. L. iv. 615.
Slumbers, P. L. vii. 29.
Slunk, P. L. iv. 602; ix. 784; x. 332.
Sly, P. L. iv. 347, 537, 957; ix. 256, 613. P. R. ii. 115. Com. 525, 571.
Small, P. L. i. 204, 575; ii. 33, 258, 607, 922; iii. 428; v. 258, 322; vi. 311, 437; vii. 368, 486; viii. 92, 105; ix. 628, 1018; x. 306; xi. 734, 753; xii. 566. P. R. i. 66, 403; iii. 56; iv. 35, 92, 564. S. A. 1223, 1261. Com. 295, 620, 629. Vac. Ex. 9, 16.
Smaller, P. L. vii. 433.
Smallest, P. L. i. 779, 789; ii. 1053; vi. 137; vii. 477. P. R. i. 450.
Smart, P. L. iv. 102. P. R. i. 401. Od. Cir. 25. Od. D. F. I. 69.
Smear'd, P. L. xi. 731. Com. 917.
Smell, P. L. ii. 664; iv. 165, 217, 265; v. 84; viii. 527; ix. 197, 450, 581, 740, 852; x. 272; xi. 38, 281. P. R. ii. 351. S. A. 544.
Smell, (*verb*,) P. L. v. 411.
Smelling, P. L. vii. 319.
Smells, P. L. v. 127, 379. P. R. ii. 365. Com. 991.
Smelt, Ariost. 2.
Smil'd, P. L. iii. 364, 638; iv. 499; v. 378; vi. 784; vii. 502; viii. 265; ix. 851; x. 679. Com. 252.

Smile, P. L. ii. 846; iv. 765; viii. 368, 618. P. R. ii. 193.
Smile, (*verb*,) P. L. iii. 257. S. A. 948, 1057.
Smiles, P. L. iv. 337; ix. 222, 239; xi. 624. L'Al. 28.
Smiles, (*verb*,) P. L. iv. 165, 500; v. 124; ix. 480.
Smiling, P. L. iv. 903; v. 168, 718; xi. 175. P. R. i. 129. Od. Nat. 151.
Smit, P. L. iii. 29.
Smite, P. L. vi. 324. Lyc. 131.
Smites, Arc. 52.
Smitten, P. R. iv. 562.
Smoke, P. L. i. 237, 671; ii. 889, 928; vi. 57, 585, 766. Com. 5, 655.
Smok'd, P. L. i. 493.
Smokes, L'Al. 81.
Smoking, Ps. lxxx. 19.
Smoky, Com. 324.
Smooth, P. L. i. 450, 725; ii. 816, 902; iv. 459, 480; v. 342; vii. 409; viii. 166; ix. 1095; x. 305; xi. 615. P. R. i. 467, 479; ii. 164; iv. 295. S. A. 872, 1049. Arc. 84. Com. 290, 825. Son. viii. 8. Vac. Ex. 100. Ps. v. 28.
Smooth-dittied, Com. 86.
Smooth-hair'd, Com. 716.
Smooth-shaven, Il Pens. 66.
Smooth-sliding, P. L. viii. 302. Lyc. 86.
Smoothed, P. L. i. 772; iv. 120.
Smoother, Son. xv. 6.
Smoothing, Il Pens. 58. Com. 251.
Smoothly, Com. 1012.
Smooths, P. L. v. 626.
Smote, P. L. i. 298; iv. 244; vi. 250, 591; x. 295; xi. 445. S. A. 990. Ps. iii. 20; cxxxvi. 38.
Smouldering, Od. Nat. 159.
Smutty, P. L. iv. 817.
Snake, P. L. ix. 91, 613, 643; x. 218; xi. 426. S. A. 763.

Snaky, P. L. ii. 724 ; vii. 484 ;
x. 559. P. R. i. 120. Od.
Nat. 226.
Snaky-headed, Com. 447.
Snare, P. L. iv. 8 ; xi. 165 ; xii.
31. P. R. i. 441 ; ii. 454. S. A.
230, 532, 931. Com. 567.
Snare, (*verb*,) P. L. x. 873.
Snares, P. L. x. 897. P. R. i.
97 ; iii. 191 ; iv. 611. S. A.
409, 845. Com. 164. Od.
Pass. 11.
Snatch, P. R. ii. 56.
Snatch'd, P. L. x. 1025 ; xi.
670. Com. 815.
Sneeze, P. R. iv. 458.
Snow, P. L. ii. 491, 591 ; x.
685, 698, 1063. Od. Nat. 39.
Vac. Ex. 42.
Snow-soft, Od. D. F. I. 19.
Snowy, P. L. i. 515 ; iii. 432 ; x.
432. S. A. 628. Com. 927.
Snuff'd, P. L. x. 272.
Soak'd, S. A. 1726.
Soar, P. L. i. 14 ; iv. 829 ; v.
270 ; vii. 3. P. R. i. 230.
Com. 1016. Vac. Ex. 33.
Soar'd, P. L. ix. 170.
Soaring, P. L. vi. 243 ; vii. 421.
Soars, P. L. ii. 634. Il Pens.
52
Sober, P. L. iv. 599 ; xi. 621.
Il Pens. 32. Com. 263, 766.
Sociable, P. L. v. 221.
Sociably, P. L. xi. 234.
Social, P. L. viii. 429.
Societies, Lyc. 179.
Society, P. L. viii. 383, 586 ; ix.
249, 1007. P. R. i. 302.
Sock, L'Al. 132.
Socrates, P. R. iii. 96 ; iv. 274.
Sodom, P. L. i. 503 ; x. 562.
Soever, S. A. 1015.
Sofala, P. L. xi. 400.
Soft, P. L. i. 424, 551, 561 ; ii.
276, 400, 601 ; iv. 326, 334,
471, 479, 615, 646, 667 ; v.
193 ; vii. 436, 598 ; viii. 165,

166, 254, 288 ; ix. 458 ; x.
98, 865 ; xi. 584, 848. P. R.
ii. 365 ; iv. 583. S. A. 1036.
Lyc. 44. L'Al. 136. Com.
86, 259, 555, 681, 882, 1001.
Son. i. 8. Od. Cir. 5. Od. D.
F. I. 2. Ps. lxxxvii. 27 ;
cxiv. 18.
Soft-ebbing, P. L. vii. 300.
Soft-touching, P. L. v. 17.
Soften, P. L. iii. 189. P. R. ii.
163.
Soften'd, P. L. viii. 147 ; xi.
110. S. A. 534. Od. Pass.
46.
Softening, P. L. vii. 280.
Softer, Od. Pass. 27.
Softest, P. L. ix. 1041.
Softly, S. A. 115. Il Pens. 150.
Od. Nat. 47.
Softness, P. L. iv. 298.
Sogdiana, P. R. iii. 302.
Soil, P. L. i. 242, 562, 691 ; ii.
270, 904 ; iv. 214 ; vi. 510 ;
viii. 147 ; x. 293, 526 ; xi. 98,
262, 270, 292 ; xii. 18, 129.
P. R. iv. 239. Lyc. 78. Arc.
101. Com. 633. Ps. lxxxi.
23.
Soil, (*verb*,) Com. 16, 427.
Soil'd, P. L. ix. 1076. S. A. 123,
141.
Sojourn, (*noun*,) P. L. iii. 15.
P. R. iii. 235.
Sojourn, P. L. xii. 159.
Sojourn'd, P. L. vii. 249.
Sojourners, P. L. i. 309 ; xii.
192.
Solace, P. L. iv. 486 ; vi. 905 ;
viii. 419 ; ix. 844, 1044.
P. R. iv. 334. Com. 348.
Solac'd, P. L. vii. 434.
Solaces, S. A. 915.
Soldan's, P. L. i. 764.
Soldiery, S. A. 1498.
Sole, P. L. i. 124, 160, 237 ; ii.
325, 827 ; iii. 94, 95, 276 ; iv.
33, 411, 683, 751, 923 ; v. 28,

272; vi. 808, 880; vii. 47;
viii. 51, 329; ix. 135, 227,
533, 653; x. 401. 935, 941,
973; xii. 564. P. R. i. 100;
ii. 110; iii. 26. S. A.
376.

Solemn, P. L. i. 390, 557, 755;
iii. 351; iv. 648, 655; v. 618;
vii. 78, 149, 202, 435, 595;
xi. 236; xii. 364. P. R. i.
133; ii. 354. S. A. 12, 359,
983, 1311. Lyc. 179. Il
Pens. 117. Arc. 7. Com.
457. Od. Nat. 17, 115. Od.
Sol. Mus. 9. Vac. Ex. 49.
Ps. lxxxi. 12.

Solemn-breathing, Com. 555.
More solemn, P. L. v. 354.

Solemnest, S. A. 1147.

Solemnities, Com. 746.

Solemnity, Arc. 39. Com. 142.

Solemniz'd, P. L. vii. 488.

Solemnize, S. A. 1656.

Solemnly, S. A. 678, 1731.

Solicit, P. L. viii. 167; x. 744.

Solicitation, S. A. 488.

Solicitations, P. R. i. 152.

Solicited, P. L. ix. 743. S. A.
852.

Solicitous, P. L. x. 428. P. R. ii.
120; iii. 200.

Solid, P. L. i. 229; ii. 878; vi.
323; viii. 93; x. 286, 884.
P. R. iv. 18, 358. Son. xvi.
10. Ps. cxxxvi. 22.

Solitary, P. L. ii. 632; vi. 139;
vii. 461; viii. 402; xii. 649.
Il Pens. 24.

Solitude, P. L. iii. 69; vii. 28;
viii. 364, 369; ix. 249, 1085;
x. 105. P. R. i. 191, 302; ii.
304. Com. 376.

Solomon, P. L. i. 401. P. R. ii.
170, 201, 206.

Solstice, Od. Pass. 6.

Solstitial, P. L. x. 656.

Solv'd, P. R. iv. 573, 574. S. A.
1200.

Solve, P. L. viii. 55.

Solution, P. L. vi. 694; viii. 14.
S. A. 306.

Some,—*Passim.*

Some one, P. L. vi. 503. Com.
483.

Something, P. L. viii. 13, 201;
ix. 845; x. 1014; xi. 207.
P. R. i. 96. S. A. 1383.
Il Pens. 174. Com. 246, 783.
Od. D. F. I. 34. Vac. Ex.
67.

Some time, P. L. ix. 824. L'Al.
57.

Sometimes, P. L. ii. 632, 633;
iii. 32, 517; iv. 27, 29; v.
79; vi. 148, 242; vii. 496;
viii. 268; ix. 249, 675; xii.
97. P. R. i. 304, 330, 367;
ii. 13, 277. L'Al. 91. Il
Pens. 97. Com. 380. Son.
xv. 3.

Somewhat, P. L. ii. 521; vi. 616.
P. R. i. 433. S. A. 1244.
Lyc. 17.

Somewhere, P. L. ix. 256.

Son,—*Passim.*
The Son, Ps. ii. 25.
Begotten Son, P. L. iii. 384;
v. 835; vii. 163.

Son of God, P. L. iii. 138, 224,
309, 316, 412; v. 662; vi.
799; x. 338. P. R. i. 11, 122,
136, 173, 183, 335, 342, 346,
385; ii. 4, 242, 303, 368, 377;
iii. 1, 145, 252; iv. 109, 178,
190, 196, 365, 396, 420, 431,
451, 484, 501, 513, 517, 518,
539, 550, 555, 580, 602, 626,
636.

Son of Man, P. L. iii. 316.
Only Son, P. L. iii. 64, 79,
403; v. 604, 718, 815.
Only-begotten Son, P. L. iii.
80.

Song, P. L. i. 13; ii. 552, 556;
iii. 29, 369, 413; v. 7, 41,
178, 204, 619; vi. 167; vii.

12, 30, 107, 433; viii. 243;
ix. 25, 800; x. 648, 862.
P. R. i. 12, 480; ii. 281; iv.
341, 505. S. A. 1737. Lyc.
36, 176. Il Pens. 56. Com.
44, 86, 235, 268, 854. Son.
viii. 1. Od. Nat. 133, 239.
Od. Pass. 8. Od. Cir. 2. Od.
Sol. Mus. 6, 25. Od. May-
M. 9. Ps. lxxxi. 5.

Songs, P. L. i. 441; iii. 148; iv.
687, 944; v. 161, 547; xi.
594. P. R. iv. 336, 347.
Lyc. 123. Com. 878. Vac.
Ex. 49. Ps. lxxxvii. 26.

Sonorous, P. L. i. 540.

Sons, P. L. i. 353, 364, 406, 495,
501, 654, 778; ii. 373, 692; iii.
290, 463, 658; iv. 213, 324;
v. 160, 389, 447, 716, 790,
863; vi. 46, 95, 505, 715;
vii. 626; viii. 637; x. 819;
xi. 80, 84, 319, 348, 410, 622,
696, 736, 758, 875; xii. 145,
155, 357, 447, 448. P. R. i.
167, 237, 368; ii. 121, 179,
192; iii. 377, 406; iv. 197,
520, 614. S. A. 240, 528,
1177, 1248, 1294, 1485, 1487,
1558, 1713. Com. 655, 717,
727. Od. Nat. 119. Od. D.
F. I. 47. Brut. 12. Ps.
lxxxii. 22; lxxxiii. 32.

Soon,—*Passim.*

Soon after, P. L. ii. 1023.

Soon as, P. L. ix. 1046. Com.
68.

  As soon, P. L. iv. 464. P. R.
ii. 451. Com. 1016.

  How soon, P. L. iv. 94, 95;
vii. 93; xii. 553. Son. ii.
1.

  So soon, P. R. iv. 332. S. A.
1019, 1585.

  Too soon, P. L. x. 586. P. R.
i. 57. S. A. 1566. Ep.
M. Win. 8.

Sooner, P. L. vi. 595; x. 613.

P. R. i. 441; iii. 179. S. A.
426, 1537. Com. 323.

  No sooner, P. L. iii. 344,
403; x. 357; xi. 822.
S. A. 20. Od. D. F. I. 1.

Soonest, P. L. iv. 893; ix. 181.
S. A. 1419.

Soot, P. L. x. 570.

Sooty, P. L. v. 440. Com. 604.

Sooth, P. L. ix. 1006. Od. D. F.
I. 51. Ps. v. 26.

Soothest, Com. 823.

Soothing, P. R. iii. 6.

Sooth-saying, Com. 874.

Sophi, P. L. x. 433.

Sorcerer, Com. 521, 940.

Sorceress, P. L. ii. 724. S. A.
819.

Sorcerers, Od. Nat. 220.

Sorceries, P. L. i. 479. S. A.
937.

Sorcery, P. L. ii. 566. Com.
587.

Sord, P. L. xi. 433.

Sordid, Od. D. F. I. 63.

Sore, P. L. i. 298; vi. 328, 449,
687; ix. 1124; x. 124.
P. R. i. 89; iv. 196, 402.
S. A. 287. Od. Cir. 13. Ep.
M. Win. 49. Ps. vi. 6; lxxxi.
25; lxxxviii. 30.

Sorec, S. A. 229.

Sores, S. A. 184, 607.

Sorrow, P. L. i. 65, 558; ii. 578,
605, 797; viii. 333; x. 193,
195, 201, 717, 1092, 1104; xi.
264, 301, 362, 757; xii. 613.
S. A. 214, 457, 1154, 1339,
1347, 1564. Lyc. 166. L'Al.
45. Com. 668. Od. Pass. 8.
Od. Cir. 9. Ps. lxxxviii. 37.

Sorrow'd, S. A. 1603.

Sorrowing, P. L. xi. 117. Ep.
M. Win. 53.

Sorrows, P. L. xi. 90. P. R. ii.
69; iv. 386. Od Pass. 33,
55. Od. D. F. I. 73.

Sorry, S. A. 1346. Com. 750.

Sort, P. L. iii. 129; iv. 128,
582; vi. 376; ix. 816; xi.
574. P. R. ii. 341; iv. 198,
296. S. A. 1323, 1608.
Sort, (*verb*,) P. L. viii. 384.
Sorted, P. L. x. 651.
Sorting, P. R. i. 200.
Sorts, P. L. vii. 541.
Soltish, P. L. i. 472.
Sought, P. L. i. 215; ii. 332;
iii. 601; iv. 799, 894; vi.
151, 295; viii. 457; ix. 75,
380, 417, 421, 511, 860, 878;
x. 336, 719, 752, 762, 1016;
xi. 148; xii. 278. P. R. ii.
19, 77, 485; iii. 16, 342.
S. A. 193, 220, 401, 658, 795,
889. Ps. cxiv. 8.
Sought'st, P. L. viii. 316.
Soul, P. L. ii. 556; iii. 168, 248;
iv. 487; v. 100, 171, 486,
610, 816; vii. 388, 392, 451,
528; viii. 154, 585, 629; xi.
447; xii. 584. P. R. i. 224;
ii. 90, 476; iii. 125; iv. 313.
S. A. 92, 156, 458. L'Al.
138, 144. Il Pens. 40, 105.
Com. 256, 383, 454, 467, 561,
784. Son. vi. 12; ix. 2; xiv.
4. Od. Pass. 41. Od. D. F.
I. 21, 36. Od. on Time, 19.
Ep. M. Win. 72. Vac. Ex.
50. Ps. vi. 6, 8; vii. 5, 13;
lxxxiv. 5; lxxxvi. 5, 11, 12,
46; lxxxviii. 10, 57.
One soul, P. L. viii. 499, 604;
ix. 967. Com. 561.
Souls, P. L. v. 197; vi. 165,
837; xi. 724. Son. xi. 12.
Od. Nat. 98.
Soul's, Com. 462.
Sound, P. L. i. 531, 711, 754;
ii. 288, 476, 515, 604, 880;
iii. 147; iv. 453; v. 5, 872;
vi. 64, 97, 444, 749, 829; vii.
206, 558; viii. 243, 606; ix.
451, 518, 557, 736; x. 508,
642; xi. 558; xii. 229. P. R.
i. 19; ii. 403; iv. 17, 247.
S. A. 176, 660. Lyc. 35.
L'Al. 94. Com. 171, 345,
555, 942. Od. Nat. 53, 101,
193. Vac. Ex. 32. Ps. lxxxi.
10.
Sound-board, P. L. i. 709.
Sound, (*adj.*) P. L. ix. 407.
Sound, (*verb*,) P. L. v. 172, 703;
vi. 202; xi. 76. L'Al. 94.
Il Pens. 74. Od. Pass. 26.
Sounded, P. L. vi. 204.
Soundest, P. L. viii. 253.
Sounding, P. L. i. 668; ii. 517.
Lyc. 154.
Sounds, P. L. i. 540; ii. 952;
iv. 686; vii. 399, 597. Arc.
78. Od. Sol. Mus. 3.
Sounds (the), Com. 115.
Sounds, (*verb*,) P. L. vii. 443.
Sour, Com. 109.
Source, P. L. iv. 750; x. 832;
xi. 169; xii. 13. S. A. 64,
664.
Sovran, P. L. i. 246, 753; ii.
244; iii. 22, 145; iv. 691;
v. 256, 366, 656; vi. 56; vii.
79; viii. 239, 647; ix. 532,
612, 795, 1130; x. 144; xi.
83. P. R. i. 84. Com. 41,
639. Od. Nat. 60. Od. Pass.
15.
Sovranty, P. L. ii. 446; xii.
35.
Sovreign.—*See* Sovran.
South, P. L. i. 354; iv. 782; x.
655, 686, 701; xi. 401; xii.
139. P. R. iii. 273, 320; iv.
69.
Southern, P. R. iv. 28.
Southmost, P. L. i. 408.
Southward, P. L. iv. 223.
Southwest, P. R. iv. 237.
South-wind, P. L. xi. 738.
Sow, P. L. xii. 55. Son. xiii.
10.
Sow'd, P. L. v. 2; vii. 358. Son.
xv. 8.

Sown, P. L. xi. 27. P. R. iv. 345.
Space, P. L. i. 50, 650; ii. 717;
vi. 104; vii. 89, 169; ix. 63,
463; x. 320; xi. 498; xii.
345. P. R. i. 169; ii. 339.
Spaces, P. L. i. 725; viii. 20.
Spacious, P. L. i. 689, 762; ii.
974; iii. 430; v. 367, 726;
vi. 474, 861; viii. 102; x.
467; xi. 556. P. R. iii. 254.
S. A. 1605.
Spade, P. L. i. 676.
Spades, P. R. iii. 331.
Spake, P. L. i. 125, 271, 663;
ii. 50, 228, 309, 429, 704,
735; iii. 79, 135, 143, 267,
681; iv. 114, 393, 492, 781,
844, 877, 977; v. 27, 246,
599, 616, 672, 694, 743, 849,
896; vi. 56, 281, 450, 722,
800, 824; vii. 138, 174, 339,
518; viii. 39, 249, 271, 349,
376, 434; ix. 318, 376, 494,
552, 646, 1150; x. 63, 182,
1097; xi. 181, 192, 225, 666;
xii. 466, 624. P. R. i. 129,
168, 256, 262, 294, 320,
465; ii. 147, 337; iii. 1, 145,
441; iv. 365. Son. ix. 12.
Od. Nat. 58.
Spak'st, P. L. viii. 444.
Span, Son. viii. 2.
Spangled, P. L. xi. 130. Com.
1003. Od. Nat. 21. Ps.
cxxxvi. 34.
Spangling, P. L. vii. 384.
Spare, (*adj.*) P. L. x. 511. Il
Pens. 46. Com. 767.
Spare, P. L. iii. 278, 393; v.
320; vi. 460; x. 23. S. A.
487. Son. iii. 10; xv. 13.
Ps. iv. 5.
Spar'd, P. L. ix. 596, 647. Lyc.
113.
Sparely, Lyc. 138.
Spares, P. L. ii. 739.
Spark, P. L. iv. 814.
Sparkle, Arc. 27. Com. 80.

Sparkled, P. L. ii. 388.
Sparkles, P. L. vi. 766.
Sparkling, P. L. i. 194; iii. 507.
S. A. 544.
Sparrow, Ps. lxxxiv. 9.
Spartan, P. L. x. 674. Od. D. F.
L 26.
Spasm, P. L. xi. 481.
Spattering, P. L. x. 567.
Spawn, P. L. vii. 388. Com.
713.
Speak, P. L. i. 616; ii. 42; v.
160; vii. 164; viii. 100, 199,
271, 380, 389; ix. 749, 966;
xii. 501. S. A. 731, 1569.
Com. 264, 357, 490, 492.
Vac. Ex. 2. Eurip. 2. Ps.
ii. 10; iv. 20; v. 15; lxxxv.
29, 33.
Speakable, P. L. ix. 563.
Speaking, P. L. ii. 705; viii. 3,
222; ix. 1150.
Speaks, P. L. ix. 765. S. A.
178. Com. 804. Ps. lxxxv.
31.
Speak'st, P. R. iv. 487.
Spear, P. L. i. 292, 347, 436,
565; ii. 204; iv. 785, 810,
929, 990; vi. 195; x. 542;
xi. 248. S. A. 132, 284,
1121. Son. iii. 9. Od. Nat.
55.
Spears, P. L. i. 547; ii. 536;
iv. 553, 980; vi. 83. S. A.
1619.
Spear's, S. A. 348.
Special, P. L. ii. 1033. S. A.
273, 636.
Specious, P. L. ii. 484; ix. 361;
xii. 534. P. R. ii. 391. S. A.
230.
Speck'd, P. L. ix. 429.
Speckled, Od. Nat. 136.
Spectacle, P. R. i. 415. S. A.
1542, 1604.
Spectators, P. L. iv. 676.
Specular, P. R. iv. 236.
Spectres, P. R. iv. 430.

Speculation, P. L. xii. 589.
Speculations, P. L. ix. 602.
Sped, P. L. iii. 740. Lyc. 122. Ps. lxxxiii. 41.
Speech, P. L. ii. 389, 989; iv. 357, 409; v. 459; vii. 178; viii. 377; ix. 600, 749, 1133; xii. 5. P. R. ii. 301.
Speeches, Od. Nat. 37.
Speechless, P. L. ix. 894.
Speed, P. L. i. 674; ii. 700; iii. 643; iv. 13, 568, 788, 928; v. 252, 313, 730, 744; vi. 307; viii. 37, 38, 110; x. 40, 90, 410; xii. 2. P. R. ii. 116. S. A. 1304, 1316, 1343, 1345, 1728. Com. 573. Son. xiv. 12. Od. Nat. 79. Od. D. F. I. 60. Od. on Time, 3.
Speed, (*verb*,) P. L. ii. 1008; x. 954. Ps. lxxxiii. 42.
Speeded, P. R. iii. 267.
Speedier, P. L. xi. 7.
Speediest, P. L. iii. 229; vi. 534. S. A. 1263.
Speedily, P. L. v. 692.
Speeding, S. A. 1539.
Speeds, P. L. v. 267.
Speedy, P. L. i. 156; ii. 516; ix. 260. S. A. 650, 1681.
Spell, P. R. iv. 385. Il Pens. 170. Com. 853, 874, 919. Od. Nat. 179. Vac. Ex. 89.
Spell'd, Son. xii. 6.
Spelling, Son. vi. 7.
Spells, S. A. 1132, 1139, 1149. Com. 154, 537, 646.
Spend, P. L. ii. 144; xi. 271; xii. 22.
Spent, P. L. i. 176; ii. 248; iii. 417; v. 618; viii. 206, 457; ix. 145, 1187. P. R. iii. 232; iv. 366, 443. S. A. 1758. Son. xix. 1. Ep. Hobs. II. 29. Ps. lxxxviii. 54.
Spets, Com. 132.

Spher'd, P. L. vii. 247.
Sphere, P. L. iii. 416, 482; iv. 39, 564; v. 169, 620; vii. 22, 355; viii. 82; x. 808. S. A. 172. Com. 241. Od. Nat. 48. Od. D. F. I. 39.
Sphere-born, Od. Sol. Mus. 2.
Sphere-metal, Ep. Hobs. II. 5.
Spheres, P. L. v. 477; vi. 315; viii. 131. Arc. 64. Com. 113. Od. Nat. 125. Vac. Ex. 40. Brut. 2.
Sphery, Com. 1021.
Spicy, P. L. ii. 640; iv. 162; v. 298; viii. 517. L'Al. 100.
Spie, Vac. Ex. 61.
Spied, P. L. iv. 403. Od. D. F. I. 17.
Spies, P. L. ix. 815. S. A. 386, 1197.
Spies, (*verb*,) P. L. ix. 424.
Spill'd, P. L. xi. 791.
Spindle, Arc. 66.
Spinning, P. L. viii. 164. Com. 715.
Spires, P. L. i. 223; iii. 550; ix. 502. P. R. iv. 54, 548.
Spirit, P. L. i. 17, 139, 146, 490, 679; ii. 44, 956; iii. 389, 553, 630, 691; iv. 128, 531, 565, 582, 793, 835; v. 209, 478, 497, 507, 877; vi. 752, 848; vii. 165, 204, 209; viii. 440, 477; x. 784; xi. 6, 406, 611; xii. 53, 303, 488, 497, 514, 523, 525, 533. P. R. i. 8, 31, 189, 215, 282, 358, 462; ii. 150; iv. 324, 495. S. A. 1238, 1435, 1675. Lyc. 70. Il Pens. 89, 153. Od. Pass. 38. Od. D. F. I. 38.
Spirit of God, P. L. vii. 235; xii. 519.
Spirited, P. L. iii. 717; ix. 613.
Spiritless, P. L. vi. 852.
Spirits, P. L. i. 101, 318, 423, 609, 622, 658, 697, 789; ii.

482, 553, 687, 696, 825, 969,
1030; iii. 101, 136, 360, 461,
654, 737; iv. 83, 361, 786,
805, 823; v. 374, 406, 439,
482, 484, 566, 837; vi. 167,
333, 344, 596, 660, 788; vii.
189, 199, 610; viii. 466,
615, 626; ix. 876, 1048; x.
890; xi. 124, 294, 420, 545;
xii. 596. P. R. ii. 122, 237,
374; iii. 27. S. A. 594, 613,
666, 1269. Com. 3, 228, 674,
794, 812. Son. ii. 8. Od.
Sol. Mus. 14. Vac. Ex.
22.

Spiritual, P. L. iv. 585, 677; v.
402, 406, 573; viii. 110; xii.
491, 518, 521. P. R. i. 10.
Son. xii. 10.

Spirituous, P. L. v. 475; vi.
479.

Spit, P. R. ii. 343.

Spite, P. L. i. 619; ii. 385, 393;
ix. 178. P. R. iv. 12, 574.
S. A. 1462.
In spite, L'Al. 45.

Spite, (*verb*,) P. L. ii. 384; ix.
147, 177.

Spleen, Son. iv. 7.

Splendid, P. L. ii. 252.

Splendour, P. L. ii. 447; iii.
572; iv. 870; v. 796. P. R.
i. 413; ii. 366. Arc. 92.

Splendours, P. L. i. 610.

Spoil, P. L. ii. 1009; iii. 251;
xii. 172. P. R. ii. 401; iii.
75. S. A. 1191, 1203.

Spoil'd, P. L. iii. 251; x. 186;
xi. 832. Ep. M. Win. 30.

Spoils, P. L. iv. 159; ix. 151;
xi. 692. P. R. iv. 46.

Spoke, P. L. x. 517. S. A. 248,
727. Ps. lxxxvii. 10.

Spoken, P. L. iii. 171. P. R. ii.
90.

Sponge, P. R. iv. 329.

Spontaneous, P. L. vii. 204.

Sport, P. L. ii. 181; iii. 493.

S. A. 396, 1328, 1679. Lyc.
68. L'Al. 31. Com. 128,
953.

Sportful, P. L. iv. 396.

Sporting, P. L. iv. 343; vii.
405.

Sports, P. R. iv. 139. S. A.
1614.

Spot, P. L. iii. 588, 733; v. 119,
266; viii. 17, 23; ix. 439.
Com. 5. Son. xvii. 2; xviii. 5.

Spotless, P. L. iv. 318.

Spots, P. L. v. 419; vii. 479;
viii. 145.

Spotted, Com. 444.

Spotty, P. L. i. 291.

Spousal, P. L. viii. 519. S. A.
389.

Spouse, P. L. iv. 169, 742; v.
129; ix. 443.

Spous'd, P. L. v. 216.

Spout, P. L. ii. 176.

Spouts out, P. L. vii. 416.

Spray, P. R. iv. 437. Son. i.
1.

Spread, P. L. i. 354; ii. 407,
886, 960, 1046; iv. 255, 454;
v. 715, 880; vi. 241, 533,
827; vii. 324, 434; ix. 1087;
x. 446; xi. 343, 638. P. R.
ii. 340; iv. 587. S. A. 1147,
1429. Lyc. 127. Com. 398.
Son. iii. 7. Od. Nat. 164.
Ps. lxxxviii. 40.

Spreading, P. L. x. 412, 1067.
P. R. iv. 148. Com. 184.

Spreads, P. L. ii. 928; iv. 643;
ix. 1103. Lyc. 55, 81. L'Al.
6. Arc. 14. Com. 622. Vac.
Ex. 93.

Spring, P. L. iii. 28; iv. 268,
274; v. 644; ix. 218; x.
678, 832; xi. 78. S. A.
1576. L'Al. 18. Com. 282,
985. Son. ii. 4. Od. Nat.
184. Od. Pass. 52.

Spring-time, P. L. i. 769.

Spring, (*verb*,) P. L. ii. 381; iii.

334; v. 21, 644; xi. 138,
425; xii. 113, 476. S. A.
582, 584. Lyc. 16.
Springs, (*noun,*) P. L. iii. 435.
P. R. ii. 374. Ps. lxxxiv.
24.
Springs, (*verb,*) P. L. ii. 1013; v.
480; vii. 465; xii. 353.
Sprinkle, Com. 911.
Sprinkled, P. L. iii. 642.
Sprout, Arc. 59.
Spruce, Com. 985.
Sprung, P. L. i. 331; ii. 758;
iii. 713; v. 98; vi. 312; vii.
58, 245; viii. 46, 259; ix.
965; x. 591; xi. 22. Arc.
28. Com. 578, 923.
Sprung up, P. L. x. 548.
Spume, P. L. vi. 479.
Spun, Com. 83. Son. xv. 8.
Spun out, P. L. vii. 241.
Spungy, Com. 154.
Spur, Lyc. 70.
Spurious, S. A. 391.
Spurn'd, S. A. 138.
Spurns, P. L. ii. 929.
Spy, P. L. ii. 970; iv. 948; viii.
233.
Spy, (*verb,*) P. L. iv. 936; xi.
857. Vac. Ex. 61.
Spying, P. L. iv. 1005.
Squadron, P. L. i. 356; iv. 863,
977.
Squadron'd, P. L. xii. 367.
Squadrons, P. L. ii. 570; vi. 16,
251, 554; xi. 652. Od. Nat.
21.
Square, P. L. ii. 1048; v. 393;
x. 659. Com. 329.
Squared, P. L. i. 758; viii.
232.
Squat, P. L. iv. 800.
Squint, Com. 413.
Stable, P. R. ii. 74. Od. Nat.
243.
Stabled, P. L. xi. 752. Com.
534.
'Stablish'd, P. L. xii. 347.

Stack, L'Al. 51.
Staff, P. L. i. 535. S. A. 1123,
1303.
Stag, P. L. vii. 469.
Stage, L'Al. 131. Il Pens. 102.
Od. Pass. 2.
Staid, P. R. iv. 421, 485. Il
Pens. 16. Com. 832. Son.
ix. 6.
Stain, P. L. ii. 140; x. 639.
S. A. 325, 1166, 1386. Il
Pens. 26.
Stain'd, P. L. vi. 334; ix. 1076.
Stair, P. L. iii. 516, 540.
Stairs, P. L. iii. 510, 523.
Stakes, Com. 491.
Stalk, P. L. v. 323, 337, 480; ix.
428. Com. 744.
Stalking, S. A. 1245.
Stalks, P. L. iv. 402.
Stall-reader, Son. vi. 5.
Stand, (*noun,*) P. L. iv. 395; xi.
221.
Stand, P. L. i. 563; ii. 28, 55,
240, 471, 716, 897; iii. 178,
622, 650, 654; iv. 64, 66,
518, 873; v. 522, 535, 540,
602; vi. 36, 234, 473, 561,
565, 592, 801, 810; vii. 200;
viii. 640; x. 125, 827, 1003;
xii. 198, 265, 473, 527, 555.
P. R. i. 473; iii. 219; iv.
551, 554. S. A. 977, 1431,
1610. Com. 487. Son. vi.
7; xiv. 14. Od. Nat. 70.
Od. D. F. I. 69. Vac. Ex.
81. Ps. i. 12; v. 12.
Stand fast, P. L. viii. 640.
Stand still, P. L. vi. 801; xii.
263.
Standard, P. L. i. 533; ii. 986;
v. 701; vii. 297.
Standards, P. L. v. 580.
Standing, P. L. vi. 243, 593;
vii. 23; ix. 677; xi. 847.
P. R. iii. 328.
Standing still, P. L. viii. 127.
Stands, P. L. i. 615; ii. 854; iv.

514, 983; vi. 489; x. 818.
P. R. ii. 220, 463; iv. 238,
519. S. A. 166, 726, 1558.
Lyc. 131. Ps. lxxxii. 1.
Star, P. L. i. 745; ii. 1052; iii.
558, 727; iv. 556; v. 258;
vii. 104, 133, 621; viii. 142;
ix. 48, 1087; x. 426, 1069;
xii. 360. P. R. i. 249, 253;
iv. 619. Lyc. 30. Il Pens.
171. Com. 80, 93, 341. Son.
xvii. 5. Od. Nat. 240. Od.
D. F. I. 43.—*See* Evening,
Morning.
Star-bright, P. L. x. 450.
Star-led, Od. Nat. 23.
Star-light, P. L. iv. 656. Com.
308.
Star-pav'd, P. L. iv. 976.
Star-proof, Arc. 89.
Star-ypointing, Ep. W. Sh. 4.
Stare, S. A. 112. Son. vi. 11.
Starless, P. L. iii. 425.
Starr'd, Il Pens. 19.
Starry, P. L. i. 728; iii. 416,
580; iv. 606, 649, 724, 992;
v. 281, 620, 709; vi. 827;
vii. 446; xi. 245. P. R. iv.
393. Com. 1, 112. Od. Pass.
18.
Stars, P. L. iii. 61, 565, 566,
718; iv. 34, 355; v. 166,
176, 745, 746; vi. 754; vii.
133, 348, 357, 358, 364, 383,
578, 581, 620; viii. 19, 80,
123, 135; x. 412; xii. 422,
576. P. R. iv. 383. Com.
197, 331, 734, 956. Od. Nat.
69. Od. on Time, 21. Ps.
viii. 10.
Started back, P. L. iv. 462,
463.
Started up, P. L. iv. 819.
Startle, L'Al. 42. Com. 210.
Startled, P. L. v. 26.
Starts, P. L. iv. 813. P. R. iv. 449.
Starve, P. L. ii. 600.
Starv'd, P. L. iv. 769.

State, P. L. i. 29, 141, 640; ii.
1, 24, 251, 279, 302, 511,
585; iii. 186; iv. 38, 94,
400, 519, 775; v. 234, 241,
288, 353, 504, 536, 543, 830;
vi. 89, 900; vii. 440; viii.
176, 239, 290, 331, 403, 521;
ix. 123, 337, 347, 915, 948,
958, 1125; x. 19, 445, 619;
xi. 71, 180, 249, 363, 501;
xii. 26, 80. P. R. i. 200; ii.
203; iii. 189, 218, 246; iv.
64, 601. S. A. 164, 338,
424, 708, 892, 1465, 1603,
1616. L'Al. 60. Il Pens.
37. Arc. 14, 81. Com. 35,
408, 475, 948. Son. xiv. 11.
Od. Sol. Mus. 24. Eurip. 5.
Ps. viii. 16; cxxxvi. 19.
State-affairs, P. L. i. 775.
In state, Com. 948.
Stateliest, P. L. iv. 142; ix. 435.
Stately, P. L. i. 614, 723; v.
201; vii. 324. P. R. ii. 350;
iv. 48. S. A. 714. Ps.
lxxxiii. 48.
States, P. L. ii. 387. Son. xii.
6. Ps. lxxxii. 2.
Station, P. L. iii. 587; vii. 146,
563; x. 535; xii. 627. P. R.
i. 360; iv. 584.
Stations, P. L. ii. 412.
Statists, P. R. iv. 354.
Statue, Com. 661.
Statues, P. R. iv. 37.
Stature, P. L. i. 222, 570; iv.
988; vi. 302; vii. 509.
Statute, Ps. lxxxi. 13.
Statutes, Hor. I. 2.
Stay, P. L. iv. 898; viii. 43; ix.
372, 398, 856; x. 921. S. A.
1536. Ps. ii. 28.
Stay, (*verb*,) P. L. x. 253; xii.
436, 594, 616. P. R. ii. 326.
S. A. 43, 1520. Arc. 26.
Com. 134, 577, 820. Od. D.
F. I. 64. Vac. Ex. 25.
At stay, Ep. Hobs. II. 6.

Stay'd, P. L. ii. 938, 1010; iii.
 571, 742; vi. 325; vii. 218,
 224, 589; ix. 1134.
Stays, P. L. iv. 470; ix. 268;
 xii. 73. Com. 892.
Stead, P. R. i. 473. S. A. 355.
 Com. 611.
Steadiest, P. L. xii. 377.
Steady, P. L. v. 268.
Stealth, P. L. ii. 945; ix. 68.
 Com. 503.
Steam, P. L. xi. 442. Com.
 556.
Steaming, P. L. v. 186.
Stedfast, P. L. i. 58; ii. 927;
 vi. 833; viii. 129. Il Pens.
 32. Od. Nat. 70.
Steed, P. L. iv. 858; vii. 17; xi.
 643.
Steeds, P. L. i. 531; iii. 522; vi.
 17, 391; ix. 35; xi. 706.
 Com. 553.
Steel, P. L. ii. 569. P. R. iii.
 305, 328. S. A. 133, 816.
 Com. 421.
Steep, P. L. ii. 71, 948; iii. 741;
 iv. 135, 172, 231, 680; vi.
 324; vii. 99, 299. P. R. iv.
 575. S. A. 327. Lyc. 52.
 Com. 97, 139. Od. Nat.
 178. Ps. vii. 60; lxxxi.
 31.
Steer, Son. xvii. 8.
Steer'd, P. L. ii. 1020.
Steering, P. L. x. 328. S. A.
 111. Od. Nat. 146.
Steers, P. L. i. 225; vii. 430;
 ix. 515.
Steersman, P. L. ix. 513.
Steersmate, S. A. 1045.
Stellar, P. L. iv. 671.
Stem, P. L. vii. 337. Arc. 82.
Stemming, P. L. ii. 642.
Stench, P. L. i. 237.
Step, P. L. iv. 22, 50, 536; ix.
 452, 834. S. A. 327. Il
 Pens. 38. Arc. 85. Ps. v.
 24.

Step, (*verb*,) Com. 168.
Step by step, P. R. i. 192.
 Without step, P. L. viii. 302.
Stepdame, P. L. iv. 279. Com.
 830.
Steps, P. L. i. 295, 296, 562; ii.
 828; iii. 501, 541, 644; v. 1,
 512; viii. 488; xi. 333, 354;
 xii. 648. P. R. i. 120, 298;
 ii. 285; iv. 427. S. A. 2,
 1442. Com. 12, 92, 193.
Stepp'd, P. L. iv. 820. Com.
 185.
Stern, P. L. iv. 877, 924; vi.
 171; ix. 15; x. 866. P. R.
 iv. 367. Lyc. 112. Com.
 446. Od. Hor. 16.
Sternly, P. L. viii. 333. P. R.
 i. 406.
Sticks, P. L. ix. 330. P. R. i. 316.
Stiff, P. L. vii. 441. P. R. iv.
 418. Forc. of Con. 2.
Stifling, P. L. xi. 313.
Still, (*adj.*) P. L. iv. 598; x.
 846. P. R. iii. 164. Lyc.
 187. Il Pens. 78, 127. Son.
 i. 2. Od. Pass. 28. Ps. lxxxiii.
 3; cxxxvi. 49.
Still, (*verb*,) Com. 87.
Still'd, P. R. iv. 428.
Sting, P. L. ii. 653; iii. 253.
 P. R. ii. 257. S. A. 997,
 1007.
Stings, P. L. xii. 432. S. A.
 623.
Stinks, Ariost. 2.
Stint, Ps. viii. 7.
Stir, P. L. v. 224. Com. 5.
Stir, (*verb*,) P. L. ii. 214; iv. 19.
 Com. 371.
Stir up, S. A. 1251. Com. 677.
Stirr'd, P. L. viii. 308.
Stirr'd up, P. L. i. 35.
Stirring up, P. L. xii. 288.
Stirs, Com. 174.
Stoa, P. R. iv. 253.
Stock, P. L. xii. 7, 325. S. A.
 1079. Ps. lxxxi. 35.

Stocks, Son. xiii. 4.
Stoick, P. R. iv. 280, 300. Com. 707.
Stole, (*noun*,) Il Pens. 35.
Stole, P. L. iv. 158, 719; xi. 847. Arc. 31. Com. 195, 557.
Stolen, P. L. x. 20; xi. 125. Son. ii. 2.
Stone, P. L. iii. 592, 596, 598, 600; iv. 702; vi. 517; xi. 324, 445, 484; xii. 119. P. R. iv. 115, 149, 559. Com. 449.
Stones, P. L. xi. 658. P. R. i. 343.^ Son. xiii. 4. Ep. W. Sh. 2.
Stony, P. L. iii. 189; vi. 576; xi. 4. P. R. iv. 414. Arc. 102. Com. 819.
Stood, P. L. i. 300, 357, 379, 380, 442, 492, 591, 611, 630, 670, 723; ii. 305, 670, 707, 720, 884, 888, 918, 963; iii. 61, 99, 101, 102, 217, 516, 555, 711; iv. 59, 218, 326, 356, 455, 720, 779, 787, 846, 863, 926, 986; v. 54, 132, 249, 285, 383, 568, 595, 631; vi. 62, 106, 111, 205, 302, 306, 338, 369, 391, 403, 448, 508, 526, 555, 579, 580, 581, 604, 629, 633, 634, 785, 794, 882, 911; vii. 210, 563; viii. 3, 261, 292, 464; ix. 277, 425, 463, 523, 593, 673, 890, 894; x. 211, 232, 352, 504, 535, 547, 712; xi. 1, 14, 71, 264, 321, 385, 432, 564, 645, 743; xii. 626. P. R. i. 169, 258; ii. 266, 298, 351, 354; iii. 1, 146; iv. 2, 33, 561, 571. S. A. 135, 1611, 1631, 1637, 1659. Com. 297, 565. Od. Pass. 39. Od. Sol. Mus. 23. Ep. M. Win. 21. Ep. Hobs. II. 19. Ps. i. 3; cxxxvi. 49. Od. Nat. 56.
Stood under, P. L. viii. 454.
Stood up, P. L. ii. 44; v. 807.

Stood'st, P. L. iv. 837; xi. 759. P. R. iii. 409; iv. 420.
Stoop, P. L. iii. 73, 252. S. A. 468. Com. 333, 1023.
Stoop'd, P. L. viii. 351; xi. 185.
Stooping, P. L. viii. 465; ix. 427. Il Pens. 72. Od. Pass. 15.
Stop, (*noun*,) P. L. vii. 596. Com. 552.
Stop, P. L. iii. 394; x. 291; xii. 166.
Stops, (*noun*,) P. L. xi. 561. Lyc. 188. Com. 345.
Stopp'd, P. L. xi. 848.
Store, P. L. iii. 444; iv. 255; v. 128, 322; vi. 515; vii. 226; ix. 621, 1078. P. R. ii. 334. L'Al. 121. Com. 774. Od. Pass. 44. Ps. lxxxvii. 7; lxxxviii. 9.
Store-house, P. R. ii. 103.
Store, (*verb*,) P. L. iv. 816. Com. 720.
Stor'd, P. L. vi. 764; vii. 492; viii. 152. S. A. 395.
Stores, P. L. ii. 175; v. 314. Ps. iv. 34.
Storied, Il Pens. 159. Com. 516.
Stories, L'Al. 101.
Storing, P. L. v. 324.
Stork, P. L. vii. 423.
Storm, P. L. i. 172; vi. 546; ix. 433. P. R. iv. 436. S. A. 1061.
Storm, (*verb*,) P. L. xii. 59. S. A. 405. Ps. lxxxiii. 6.
Storming, P. L. vi. 207.
Storms, P. L. ii. 588; iii. 425. Od. Hor. 7.
Storms, (*verb*,) P. L. ii. 922.
Storm'st, P. R. iv. 496.
Stormy, P. L. x. 698. P. R. iv. 418. Lyc. 156.
Story, P. L. vii. 51; viii. 205, 522; ix. 886; xii. 506. P. R. ii. 307; iv. 334. Lyc. 95.

Il Pens. 110. Son. viii. 11.
Ep. M. Win. 62. Ps. iii. 8.
Stoutly, L'Al. 52.
Stoutness, S. A. 1346.
Straggling, Com. 499.
Straight, P. L. i. 531, 723; ii.
959; iii. 647; iv. 405, 476,
741, 947; v. 287; vi. 613;
vii. 453; viii. 257; ix. 632;
x. 90, 361; xii. 126. P. R. i.
259, 275; iii. 256; iv. 581.
S. A. 385. L'Al. 69. Com.
835. Son. vii. 3. Vac. Ex.
17. Ep. Hobs. II. 9. Ps.
lxxxv. 30.
Strain, Lyc. 87. Il Pens. 174.
Od. Nat. 17.
Strain'd, P. L. viii. 454. S. A.
1348.
Straining, S. A. 1646.
Strains, P. L. v. 148. L'Al. 148.
Com. 494, 561.
Straight, (*noun*,) P. L. x. 125.
Com. 811.
Straight, (*adj*.) P. L. ii. 948; iv.
376; x. 898.
Straiten'd, P. L. i. 776; ix. 323.
Straiter, Od. Nat. 169.
Straitening, P. L. vi. 70.
Straits, P. R. ii. 415. Ps. iv. 3.
Strand, P. L. i. 379. Od. D. F. I.
25.
Strands, Com. 876.
Strange, P. L. i. 707; ii. 69,
703, 737, 1024; iv. 287; v.
116, 556, 855; vi. 91, 571,
614; vii. 53; viii. 531; ix.
599, 861, 1135; x. 479, 552,
799; xi. 733; xii. 60. P. R.
ii. 104; iv. 40. S. A. 1003.
Il Pens. 147. Com. 628. Ep.
Hobs. II. 32. Ps. lxxxi. 20.
Stranger, P. L. ii. 990; v. 316,
397; xii. 358.
Strangled, Com. 729.
Stratagems, P. R. i. 180.
Straw, Lyc. 124.
Straw-built, P. L. i. 773.

Stray, P. L. vii. 405; xi. 176.
P. R. i. 315. L'Al. 72. Com.
315. Vac. Ex. 53.
Stray'd, P. L. iii. 476; viii.
283. Lyc. 97. Com. 503.
Strays, Com. 895. Ps. lxxxiii.
54.
Streak, P. L. iv. 623.
Streaking, P. L. vii. 481.
Streaks, P. L. xi. 879.
Stream, P. L. i. 202, 398; ii. 580,
582, 607; iii. 7, 359; iv. 336;
v. 306; vi. 70, 332; vii. 67; xi.
569; xii. 144, 442. P. R. i. 72,
280; iii. 288; iv. 250. S. A.
546, 1726. Lyc. 55, 62. L'Al.
130. Il Pens. 148. Com. 19,
97, 722, 825, 850. Son. xi.
7.
Stream, (*verb*,) P. L. v. 590; vii.
306.
Streamers, S. A. 718.
Streaming, P. L. i. 537; viii.
467. Com. 340.
Streams, P. L. i. 469; ii. 576;
iii. 436; iv. 233, 263; v. 652;
vii. 397; viii. 263. P. R. iv.
277. Lyc. 133, 174. Com.
884. Son. ix. 14. Ps. i. 8;
lxxxvii. 27; cxiv. 9.
Street, S. A. 204, 1458, 1599.
Streets, P. L. i. 501, 503. P. R.
ii. 78. S. A. 343, 1402.
Strength, P. L. i. 116, 133, 146,
154, 240, 427, 433, 572, 641,
696; ii. 47, 200, 360, 410;
iv. 1006; vi. 116, 231, 381,
457, 494, 820, 850, 853; vii.
141; ix. 312, 484, 1062; x.
9, 243, 921; xi. 138, 539;
xii. 389, 430. P. R. i. 161;
ii. 234, 276; iii. 402; iv. 9,
566. S. A. 36, 47, 53, 58, 63,
127, 173, 206, 342, 349, 394,
522, 536, 570, 586, 665, 706,
780, 789, 799, 817, 938,
1011, 1136, 1141, 1212, 1228,
1313, 1355, 1360, 1363, 1439,

1475, 1494, 1496, 1502, 1503, 1602, 1644. L'Al. 112. Com. 330, 415, 416, 417, 418. Ps. ii. 6 ; viii. 6; lxxx. 11 ; lxxxi. 1 ; lxxxiii. 3 ; lxxxiv. 19, 25 ; lxxxvi. 59 ; cxiv. 4.

Strength to strength, Ps. lxxxiv. 25.

Strenuous, S. A. 271.

Stretch'd, P. L. iv. 210 ; v. 754 ; vi. 80 ; vii. 414.

Stretch'd out, P. L. i. 209 ; viii. 102 ; xi. 380. Lyc. 190. L'Al. 111.

Stretching, P. L. ii. 1003.

Strew, Lyc. 151. Vac. Ex. 64. Ep. Win. 58.—*See* Strow.

Strew'd, P. L. xi. 439. P. R. iv. 334. Com. 838.

Strict, P. L. ii. 241, 412 ; iv. 562 ; v. 528 ; vi. 869 ; ix. 903 ; x. 131 ; xii. 304. Com. 109.

Strictest, P. L. ii. 321 ; iv. 783 ; ix. 363. S. A. 319. Son. ii. 10.

Strictly, P. L. iii. 402, 405 ; ix. 235. Lyc. 66. Od. D. F. I. 33.

Stride, S. A. 1067.

Strides, P. L. ii. 676 ; vi. 109. S. A. 1245.

Strife, P. L. i. 623 ; ii. 31, 233, 500 ; iii. 406 ; vi. 264, 289, 290, 823 ; xii. 355. S. A. 460. Ep. M. Win. 13. Vac. Ex. 85. Ps. lxxx. 25.

Strike, P. L. xi. 492. S. A. 1645.

String, P. L. vii. 597. Lyc. 17. Il Pens. 106. Arc. 87. Ps. lxxxi. 8.

Stringed, Od. Nat. 97.

Strings, P. R. ii. 363. Od. Pass. 27.

Stripes, P. L. ii. 334. P. R. iv. 388.

Stripling, P. L. iii. 636. P. R. ii. 352.

Stripp'dst, S. A. 1188.

Strive, P. L. ii. 31, 899 ; iv. 275, 859 ; x. 959. Com. 8. Vac. Ex. 78. Ps. lxxxiii. 11.

Striv'st, S. A. 841.

Strode, P. L. ii. 676.

Stroke, P. L. i. 488 ; ii. 702, 713 ; vi. 189, 317 ; x. 52, 210, 311, 809, 855 ; xi. 268, 471 ; xii. 189, 385. P. R. i. 59. Il Pens. 136. Od. Pass. 20.

Strong, P. L. ii. 434, 936 ; iv. 786 ; vi. 336 ; viii. 241, 633 ; ix. 934, 1059 ; x. 265, 409 ; xi. 655 ; xii. 568. P. R. i. 160, 290 ; iii. 168, 313 ; iv. 92. S. A. 52, 556, 816, 1134. Com. 212. Od. Cir. 27. Ps. lxxx. 64, 72 ; lxxxii. 8 ; lxxxvi. 34.

Strong-hold, P. L. vi. 228.

Stronger, P. L. i. 92 ; ii. 83 ; vi. 819 ; ix. 311, 491, 492. Hor. III. 2.

Strongest, P. L. ii. 44. S. A. 168, 553, 554, 1155.

Strongly, P. L. i. 147 ; x. 262. Com. 806.

Strook, Od. Nat. 95.

Strove, P. L. i. 721 ; v. 382. P. R. iv. 564. Il Pens. 19.

Strow, P. L. i. 302. Vac. Ex. 64. Ep. M. Win. 58.

Strown, P. L. vi. 389.

Strows, P. L. v. 348.

Struck, P. L. ii. 165 ; vi. 863. P. R. iii. 146 ; iv. 576. S. A. 1686.

Strucken, P. L. ix. 1064.

Structure, P. L. i. 733 ; iii. 503 ; v. 761. P. R. iii. 286 ; iv. 52. S. A. 1239.

Structures, Com. 798.

Struggle, P. L. ii. 606.

Struggling, P. L. vi. 659.

Struts, L'Al. 52.
Stubble, Com. 599. Ps. lxxxiii. 52.
Stubborn, P. L. ii. 569 ; xii. 193. P. R. i. 226. Com. 434.
Stubs, P. R. i. 339.
Stuck, Ep. Hobs. I. 4.
Studied, S. A. 658.
Studies, Ps. i. 6.
Studious, P. L. viii. 40; ix. 42; xi. 609. P. R. iv. 243, 249. Il Pens. 156.
Studs, P. R. iv. 120.
Study, P. L. i. 107 ; xi. 577.
Study, (*verb*,) P. L ix. 233.
Stuff, P. L. x. 601 ; xii. 43.
Stumble, P. L. iii. 201.
Stumbled, P. L. vi. 624.
Stung, P. R. i. 466.
Stunning, P. L. ii. 952.
Stupendous, P. L. x. 351. S. A. 1627.
Stupid, P. L. xii. 116.
Stupidly, P. L. ix. 465.
Sturdiest, P. R. iv. 417.
Stye, P. R. iv. 101. Com. 77.
Stygian, P. L. i. 239 ; ii. 506, 875 ; iii. 14 ; x. 453. L'Al. 3. Com. 132.
Style, P. L. ii. 312 ; v. 146; vi. 289 ; ix. 20, 1132. P. R. iv. 359. Son. vi. 2.
Styl'd, P. L. ix. 137 ; xi. 695; xii. 33. Ps. lxxxvi. 55.
Styx, P. L. ii. 577.
'Suage, P. L. i. 556.
Subducting, P. L. viii. 536.
Subdue, P. L iii. 250; iv. 85 ; v. 741 ; vi. 40, 427 ; vii. 532; viii. 584; xi. 691 ; xii. 81. P. R. i. 218, 226; iii. 71; iv. 252. Ps. cxxxvi. 69.
Subdued, P. L. vi. 259. P. R. iv. 126. S. A. 174, 1167.
Subdues, P. L. ii. 198; vi. 458; x. 132.

Subduing, P. L. xi. 792.
Subject, P. L. viii. 607; ix. 25. P. R. ii. 471. S. A. 371, 646, 886, 1182. Son. vi. 3. Vac. Ex. 30, 74.
Subjected, P. L. ix. 155; xii. 640. S. A. 1205.
Subjection, P. L. ii. 239 ; iv. 50, 308; viii. 345, 570; ix. 1128; x. 153; xii. 32. S. A. 1405.
Subjects, P. L. xii. 93.
Sublime, P. L. ii. 528; iii. 72; iv. 300 ; vi. 771; vii. 421 ; viii. 455; x. 536; xi. 236. P. R. iv. 542. S. A. 1669. Com. 785.
More sublime, P. L. x. 1014.
Sublimed, P. L. i. 235; v. 483.
Sublunar, P. L. iv. 777.
Submiss, P. L. v. 359; viii. 316; ix. 377. P. R. i. 476.
Submission, P. L. i. 661; iv. 81, 96, 310; xii. 597. S. A. 511.
Submissive, P. L. iv. 498; x. 942.
Submit, P. L. i. 108; iv. 85; v. 787; x. 196, 769; xi. 314, 372, 526. S. A. 751.
Submits, P. L. xii. 191. S. A. 758.
Submitting, P. L. ix. 919.
Subordinate, P. L. v. 671.
Suborn'd, P. L. ix. 361.
Subscribe, S. A. 1535.
Subscrib'd, P. L. xi. 182.
Subsequent, S. A. 325.
Subserve, S. A. 57.
Subsist, P. L. ix. 359; x. 922. P. R. iii. 19. Com. 686.
Substance, P. L. i. 117, 529 ; ii. 99, 356, 669; iv. 585; v. 420, 474, 493 ; vi. 330, 657; xi. 775.
Substances, P. L. v. 408 ; viii. 109.

Substantial, P. L. iv. 189, 485.
Substantially, P. L. iii. 140.
Substitute, P. L. viii. 381.
Substitutes, P. L. x. 403.
Subterranean, P. L. i. 231.
Subtle, P. L. i. 727; ii. 815; iv.
   786; vi. 513; viii. 192, 399;
   ix. 184, 307, 324 ; x. 20.
   P. R. i. 465; ii. 323; iv. 308.
   Son. ii. 1.
Subtlest, P. L. vii. 495; ix. 86,
   560.
Subtleties, S. A. 56.
Subtlety, P. L. ii. 358; ix. 93.
   P. R. i. 144.
Subtly, P. L. viii. 207.
Suburb, P. L. i. 773.
Suburban, P. R. iv. 243.
Suburbs, P. R. iii. 170.
Subvert, P. R. i. 124.
Subverting, P. L. xii. 568.
Succeed, P. L. i. 166; iv. 535;
   x. 733; xii. 508.
Succeeded, S. A. 908.
Succeeding, P. R. ii. 143.
Success, P. L. ii. 9, 123; iii. 740;
   vi. 161, 471; x. 239. P. R.
   i. 105; ii. 141; iii. 278; iv.
   1, 23, 578. S. A. 1454. Son.
   i. 7.
Successes, P. L. iv. 932; x.
   396.
Successful, P. L. i. 120; x.
   463.
Successfully, P. R. i. 103.
Succession, P. L. xii. 331.
Successive, P. L. iv. 614.
Successour, P. R. iii. 373. S. A.
   1021.
Succinct, P. L. vi. 643.
Succoth, S. A. 278.
Succour, P. L. ix. 642. Forc. of
   Con. 18.
Suck, Lyc. 140. Com. 980.
Suck'd, P. L. x. 633.
Sucklings, Ps. viii. 5.
Sudden, P. L. i. 665; ii. 364,
   738, 890; iii. 542; iv. 818;

v. 452, 653, 891; vi. 582;
   vii. 317; viii. 308, 354; x.
   963; xi. 293. P. R. i. 96;
   ii. 224. S. A. 953, 1691.
   Lyc. 74. Arc. 2. Com. 452,
   552, 954.
More sudden, P. L. vi. 279.
On a sudden, P. L. ii. 752,
   879; v. 51, 632; ix. 900.
So sudden, P. L. iv. 821; x.
   453.
Suddenly, P. L. v. 90; vi. 556;
   viii. 292, 468; x. 341; xi.
   183. P. R. ii. 298. S. A.
   1565.
Too suddenly, S. A. 1565.
Sue, P. L. i. 111.
Sues, S. A. 512.
Suffer, P. L. i. 147; ii. 162, 163,
   195, 199; iii. 248; iv. 78;
   x. 213, 623. P. R. ii. 249;
   iii. 194, 195. S. A. 233.
   Com. 40, 809.
Sufferance, P. L. i. 241, 366;
   iii. 198; viii. 202. P. R. i.
   160.
Suffer'd, P. L. vi. 701; x. 414
   470. P. R. iii. 97, 101.
Sufferers, S. A. 1525.
Suffering, P. L. i. 158; ii. 340;
   xi. 375; xii. 398, 569. P. R.
   iii. 98, 192. S. A. 701.
Sufferings, P. L. iv. 26; xi. 510.
   S. A. 445. Od. Pass. 25.
Suffers, P. R. i. 487. S. A.
   458.
Suffer'st, S. A. 744.
Suffice, P. L. i. 148; ii. 411; iii.
   189; vii. 113, 114; viii. 620.
Suffic'd, P. L. iv. 328; v. 451;
   xi. 88. P. R. ii. 276.
Suffices, S. A. 63.
Sufficient, P. L. ii. 102, 404; iii.
   99; vi. 427; vii. 147; viii. 5;
   ix. 43; x. 753; xi. 252.
   P. R. iii. 247. S. A. 1212.
Sufficiently, P. L. viii. 404.
Suffrage, P. L. ii. 415.

Suffusion, P. L. iii. 26.
Suggest, P. R. i. 355.
Suggested, P. L. v. 702.
Suggestion, P. L. i. 685 ; iii. 129.
Suggestions, P. L. ix. 90. S. A. 599.
Suing, S. A. 965.
Suit, P. L. viii. 388.
Suitable, P. L. iii. 639.
Suitors, P. L. xi. 9.
Suits, Hor. I. 3.
Sullen, P. R. i. 500. Il Pens. 76. Son. xv. 4. Od. Nat. 205. Vac. Ex. 95.
Sulphur, P. L. i. 69, 674 ; ii. 69.
Sulphurous, P. L. i. 171 ; vi. 512 ; xi. 658.
Sultan, P. L. i. 348 ; xi. 395.
Sultry, S. A. 1246. Lyc. 28.
Sum, P. L. vi. 673 ; viii. 522 ; xii. 338, 575. S. A. 1557.
Sum of all, P. R. i. 283.
Sumless, P. L. viii. 36.
Summ'd, P. L. vii. 421. S. A. 395.
Summ'd up, P. L. viii. 473 ; ix. 113.
Summer, P. R. iv. 246. S. A. 676. L'Al. 130. Com. 928, 988.
Summer's, P. L. i. 449, 744 ; ii. 309 ; iii. 43 ; vii. 478 ; ix. 447 ; x. 656. P. R. iii. 222. Od. D. F. I. 3.
Summers, Ep. M. Win. 7.
Summon, P. L. ix. 374. P. R. ii. 143.
Summon'd, P. L. vi. 75 ; viii. 347.
Summoning, P. L. iii. 325.
Summons, P. L. i. 757, 798 ; v. 584 ; xi. 81. P. R. i. 40. Com. 888.
Sumptuous, P. R. iv. 114. S. A. 1072.
Sums, P. L. i. 571 ; ix. 454.
Sun, P. L. i. 594, 744, 769 ; ii. 492 ; iii. 8, 551, 572, 609, 623, 690 ; iv. 29, 37, 150, 244,

352, 540, 591, 642, 651 ; v. 139, 171, 175, 187, 300, 370, 423, 558, 746 ; vii. 247, 354, 406, 582 ; viii. 94, 122, 133, 160, 161, 255, 273, 630; ix. 48, 60, 721 ; x. 92, 329, 529, 651, 663, 671, 682, 688, 1078 ; xi. 278, 844 ; xii. 263, 265. P. R. iv. 432. S. A. 3, 86. Lyc. 190. L'Al. 60. Il Pens. 131. Com. 30, 51, 98, 141, 374, 384, 736. Son. vii. 7 ; xvii. 5. Od. Nat. 36, 79, 83, 229. Ps. lxxxiv. 41 ; cxxxvi. 29.
Sun-beam, P. L. iv. 556.
Sun-beams, Il Pens. 8.
Sun-bright, P. L. vi. 100.
Sun-clad, Com. 782.
Sun-light, P. L. ix. 1087.
Sunrise, S. A. 1597.
Sun-shine, P. L. iii. 616. L'Al. 98. Com. 959.
Sung, P. L. iii. 18, 372 ; iv. 603, 711 ; v. 148, 405 ; vi. 526, 886 ; vii. 182, 259, 275, 565, 573, 601, 633 ; viii. 519 ; x. 642, 643 ; xi. 583 ; xii. 367. P. R. i. 1, 172, 243 ; iii. 178 ; iv. 258, 506, 594, 637. S. A. 203, 983. Il Pens. 117. Arc. 29. Com. 256. Son. i. 11. Od. Nat. 119. Od. Cir. 4. Od. Sol. Mus. 7.
Sunk, P. L. i. 436 ; ii. 81, 182, 594 ; viii. 593 ; ix. 48, 74 ; xi. 758. P. R. iv. 398. Lyc. 102, 167, 172. Com. 375. Od. Pass. 40.
Sunk down, P. L. v. 91 ; vii. 289 ; viii. 457 ; xi. 420.
Sunny, P. L. iii. 28, 625 ; viii. 262. P. R. iv. 447.
Sun's, P. L. iii. 589 ; iv. 578, 673, 792 ; v. 273 ; vii. 361 ; viii. 139 ; x. 670. Son. iii. 8. Od. Nat. 19.
Suns, P. L. vi. 305 ; viii. 148.

Superficially, P. L. vi. 476.
Superfluous, P. L. iv. 832; v. 325; viii. 27; ix. 308. Son. xvi. 13.
Superiour, P. L. i. 283; iii. 737; iv. 499; v. 360, 705, 905; vi. 443; viii. 532; ix. 825, 1131; x. 147; xi. 636. P. R. iv. 167, 324. Com. 801.
Supernal, P. L. i. 241; vii. 573; xi. 359.
Supernumerary, P. L. x. 887.
Superscription, S. A. 190. Ep. Hobs. II. 34.
Superstition, P. L. iii. 452. S. A. 15.
Superstitions, P. L. xii. 512.
Superstitious, P. R. ii. 296.
Supp'd, Ep. Hobs. I. 18.
Supper, P. L. iv. 331; ix. 225. P. R. ii. 273. Com. 293, 541.
Supplanted, P. L. x. 513. P. R. iv. 607.
Supple, P. L. v. 788; viii. 269.
Suppliant, P. L. i. 112; x. 917. S. A. 1173.
Supplication, P. L. v. 867; xi. 31. S. A. 1459. Ps. vi. 19; lxxxvi. 17.
Supplied, S. A. 926.
Supplies, Ps. cxxxvi. 86.
Supply, (*noun*,) P. L. xi. 740.
Supply, P. L. ii. 834; x. 1001, 1078.
Support, P. L. i. 23, 147, 295; ix. 427; x. 834. P. R. ii. 250. S. A. 554, 1274, 1634.
Supported, P. L. xii. 496.
Suports, Son. xvii. 9.
Suppose, P. L. ii. 237; vi. 617. S. A. 334. Com. 307, 477.
Suppos'd, P. L. i. 451; iv. 130, 281; viii. 134; ix. 297; x. 809.
Supposes, P. R. iii. 355.
Supposest, P. L. viii. 86.
Supposing, S. A. 1443. Com. 576.
Suppress'd, P. L. vii. 123.

Supremacy, P. L. i. 132; iii. 205.
Supreme, P. L. i. 248, 735; ii. 210, 236, 510; iii. 319, 659; iv. 91, 956; v. 670; vi. 27, 723, 814; vii. 142, 515; viii. 414; ix. 125; x. 28, 70, 480; xi. 82. P. R. i. 99; iv. 186. Od. on Time, 17.
Supreme good, Com. 217.
Sups, P. L. v. 426.
Surcease, Ps. lxxxv. 35.
Surceas'd, P. L. vi. 258. S. A. 404.
Surcharg'd, P. L. ii. 836; v. 58; xii. 373. S. A. 728, 769. Com. 728. Ps. lxxxviii. 10.
Sure, P. L. ii. 32, 154, 169; v. 168; vii. 267, 586; ix. 756; xi. 772. P. R. iii. 363; iv. 391, 483. S. A. 424, 465, 1385, 1408. Com. 148, 246, 310, 493. Son. iv. 11. Od. Pass. 48. Ep. Hobs. II. 18. Ps. cxxxvi. 4, 96.
Be sure, P. L. i. 158; ii. 323; iii. 478; iv. 841; v. 721; vi. 647; ix. 1080; xii. 485. P. R. iv. 477.
Surely, P. L. iv. 923. Od. Nat. 60. Od. D. F. I. 36. Ep. Hobs. I. 9. Ps. lxxxv. 37.
Surer, P. L. ii. 39; iv. 897; xi. 856.
Surest, P. L. i. 278; iv. 407.
Surety, P. L. v. 538.
Surface, P. L. vi. 472. Od. Nat. 162.
Surfeit, P. L. v. 639; vii. 129; xi. 795. S. A. 1562. Com. 480.
Surge, P. L. i. 173; x. 417.
Surging, P. L. ii. 928; vii. 214; ix. 499. P. R. iv. 18.
Surmise, P. L. ix. 333. Lyc. 153.
Surmise, (*verb*,) P. L. xi. 340.
Surmounts, P. L. v. 571. S. A. 1380.
Surnam'd, P. R. ii. 199; iv. 279.

Surpass, P. L. i. 778; ii. 370; xi. 894.
Surpass'd, P. L. ix. 389.
Surpassest, P. L. viii. 359.
Surpassing, P. L. iv. 32; vii. 640. S. A. 1313.
Surprisal, P. L. v. 245. Com. 618.
Surprise, P. L. ii. 134; vi. 87.
Surprise, (verb,) P. L. vii. 547; xi. 218; xii. 453.
Surpris'd, P. L. ii. 753; iv. 814; vi. 393, 394, 774; ix. 354. P. R. i. 108, 155. S. A. 381, 1285. Com. 590.
Surrender, P. L. iv. 494.
Surround, P. L. ii. 796. Ps. v. 39; vii. 26.
Surrounding, P. L. i. 346. Com. 403.
Surrounds, P. L. iii. 46. Od. Nat. 109.
Survey, P. L. viii. 24. S. A. 1089, 1227, 1230.
Survey'd, P. L. i. 456; iii. 69; viii. 268. P. R. i. 37.
Surveying, P. L. vii. 353.
Surveys, P. L. iii. 555; vi. 476.
Survives, S. A. 1706.
Sus, P. L. xi. 403.
Susa, P. L. x. 308. P. R. iii. 288.
Susiana, P. R. iii. 321.
Suspect, P. L. ix. 337; x. 140. P. R. ii. 399. S. A. 272. Vac. Ex. 27.
Suspected, P. L. xii. 165. P. R. i. 124.
Suspend, P. L. vi. 692.
Suspended, P. L. ii. 554.
Suspense, P. L. ii. 418; vi. 580; vii. 99. S. A. 1569.
Suspicion, P. L. iii. 686; ix. 1124. Com. 413.
Suspicious, P. L. iv. 516; ix. 92. P. R. ii. 82; iv. 96. Com. 158.
Sustain, (noun,) Ps. iii. 14.

Sustain, P. L. ii. 209; viii. 535; ix. 978; x. 950, 1056; xi. 302; xii. 75. P. R. iii. 19. S. A. 1258.
Sustain'd, P. L. v. 415, 904; vi. 423; ix. 336; x. 1083.
Sustenance, P. R. i. 429.
Swaddling, Od. Nat. 228.
Swage, S. A. 184.
Swain, P. R. i. 337. Lyc. 92, 113, 186. Com. 84, 497, 634, 852, 900. Ep. M. Win. 38.
Swains, Arc. 26. Com. 951.
Swallow, Ps. lxxxiv. 11.
Swallow'd up, P. L. i. 142; ii. 149; ix. 642. Od. Pass. 7.
Swallows, P. L. xii. 196.
Swan, P. L. vii. 438.
Swarm, P. L. vii. 400. P. R. iv. 15. S. A. 19.
Swarm, (verb,) P. L. ii. 903. P. R. i. 197. S. A. 192.
Swarm'd, P. L. i. 767, 776; x. 526.
Swarming, P. L. vii. 489; x. 522.
Swarming down, P. L. xii. 185.
Swart, Com. 436.
Swart-star, Lyc. 138.
Sway, P. L. ii. 984; iv. 308; vi. 234, 251; ix. 1131. P. R. iii. 160, 405. S. A. 791. Com. 18. Od. Nat. 170.
Sway, (verb,) P. L. viii. 635; x. 376; xi. 405. Son. xiii. 11.
Sway'd, P. L. x. 1010. S. A. 1059. Od. Sol. Mus. 22. Ps. ii. 18.
Sways, P. L. iv. 983. Com. 825.
Sweat, P. L. viii. 255; x. 205; xi. 172. L'Al. 105. Od. Nat. 195.—See Swet.
Sweaty, P. L. xi. 434.
Swede, Son. xvi. 8.
Sweep, Lyc. 17.
Sweeping, Il Pens. 98.
Sweet, P. L. i. 712; ii. 492, 608, 820; iii. 42, 346, 367; iv. 272, 298, 311, 328, 439, 641,

646, 656; v. 25, 59, 134, 170, 212, 296, 346, 630, 637; vii. 319, 375, 596; viii. 184, 214, 603; ix. 115, 171, 238, 250, 272, 321, 407, 408, 456, 461, 473, 899, 909, 986; x. 228, 359, 994; xi. 281, 303; xii. 5. P. R. i. 207; ii. 265, 373; iv. 16, 242, 438. S. A. 10, 1737. Lyc. 179. L'Al. 36. Il Pens. 61, 151. Arc. 68. Com. 47, 230, 241, 261, 368, 376, 567, 850, 878, 1005. Od. Nat. 23, 93. Od. D. F. I. 71. Ep. M. Win. 15, 50. Vac. Ex. 52. Ariost. 2. Ps. lxxxv. 43. More sweet, P. L. ii. 555; v. 68; xii. 221.

Sweet-briar, L'Al. 47.

Sweeten'd, Com. 496.

Sweet-smelling, P. L. iv. 709; xi. 327.

Sweet-smiling, Od. D. F. I. 53.

Sweeter, P. L. viii. 211.

Sweetest, P. L. v. 41; ix. 200, 581; x. 609. L'Al. 133. Il Pens. 57. Com. 230.

Sweetly, Com. 249. Od. Cir. 4. Vac. Ex. 63.

Sweetness, P. L. v. 152; viii. 216, 475. L'Al. 140. Il Pens. 164. Son. xviii. 11.

Sweets, P. L. iv. 166, 760; v. 294. Com. 123, 479.

Swell, P. R. iii. 81. Com. 732. Ps. lxxxiii. 5.

Swelling, P. L. iv. 495; vii. 321. P. R. iv. 343.

Swerve, P. L. v. 238, 902; ix. 359. Ps. lxxxi. 16.

Swerv'd, P. L. vi. 386.

Swet, L'Al. 105.

Swift, P. L. i. 326; ii. 529, 631, 902; iii. 582, 652, 714; iv. 556, 593; v. 907; vi. 190, 192, 320, 326, 596; vii. 295, 469; viii. 21, 133; ix. 633; x. 224; xi. 127. P. R. ii.

385. S. A. 1284. Lyc. 63. Com. 80, 114, 579, 855. Vac. Ex. 96.

Swift-rushing, Od. D. F. I. 67. More swift, P. L. vii. 176.

Swifter, P. L. ii. 791.

Swiftest, P. L. vi. 535; x. 91.

Swiftly, P. L. ix. 631. Vac. Ex. 28.

Swiftness, P. L. viii. 38, 107.

Swill'd, Com. 178.

Swim, P. L. i. 202; ix. 1009; xi. 625, 626.

Swims, P. L. ii. 950; vii. 414.

Swindges, Od. Nat. 172.

Swine, P. R. iv. 630. Com. 53.

Swing, S. A. 1240.

Swinging, Il Pens. 76.

Swinish, Com. 776.

Swink'd, Com. 293.

Swollen, P. R. iv. 499. S. A. 532. Lyc. 126.

Swooning, Ep. Hobs. II. 17.

Swoonings, S. A. 631.

Sword, P. L. ii. 294; vi. 250, 278, 320, 324, 329, 714; xi. 120, 247; xii. 592, 633. P. R. ii. 91. S. A. 143, 692, 1165. Com. 601, 611. Son. xii. 12. Ps. vii. 46.

Sworded, Od. Nat. 113.

Sword-law, P. L. xi. 672.

Sword-players, S. A. 1323.

Swords, P. L. i. 664; vi. 304.

Swore, P. L. iv. 96.

Sworn, P. L. i. 322; v. 607, 814; xii. 346. Com. 1011. Vac. Ex. 61.

Swum, P. L. ii. 753; vii. 503; xi. 745, 753.

Syene, P. R. iv. 70.

Syllable, Com. 208.

Sylvan, P. L. iv. 140; v. 377. P. R. i. 480; ii. 191. Il Pens. 134. Com. 268.

Sylvanus, P. L. iv. 707.

Sylvester, Ariost. 4.

Sympathize, Com. 796. Od. Nat. 34.

Sympathy, P. L. iv. 465; x. 246, 540.
Symphonies, P. L. i. 712; v. 162; xi. 595.
Symphonious, P. L. vii. 559.
Symphony, P. L. iii. 368. Od. Nat. 132.
Synod, P. L. ii. 391; vi. 156; x. 661; xi. 67.

Syrens', Arc. 63.
Syrens, Com. 253, 878. Od. Sol. Mus. 1.
Syrian, P. L. i. 421, 448, 474; xi. 218. Ep. M. Win. 63.
Syrinx, P. R. ii. 188. Arc. 106, 107.
Syrups, Com. 674.
Syrtis, P. L. ii. 939.

TABERNACLE, P. L. vii. 248; xii. 247. P. R. iv. 599. Od. Pass. 17.
Tabernacles, P. L. v. 654. Ps. lxxxiv. 3.
Table, P. L. v. 391, 392, 443. P. R. ii. 340, 384, 402; iv. 588.
Tables, P. L. v. 632. P. R. iv. 115.
Tacit, S. A. 430.
Tackle, P. L. ii. 1044. S. A. 717.
Ta'en, Com. 541. Ep. Hobs. I. 13.
Tail, P. L. x. 523. S. A. 360.
Taint, P. L. iv. 804; v. 704; x. 631; xii. 512. S. A. 312. Son. xviii. 5.
Taint-worm, Lyc. 46.
Tainted, P. L. xi. 52.
Take, P. L. xi. 100. P. R. iii. 140. S. A. 241, 826, 928, 1230, 1345, 1570. Com. 84, 256, 321. Od. D. F. I. 42.
Take fire, Ps. ii. 27.
Take heed, P. L. viii. 635.
Take root, P. L. ix. 1105; xi. 834.

Take up, Od. Pass. 51.
Taken, P. L. x. 207; xi. 98, 262. P. R. ii. 177.
Takes, P. L. iv. 622. P. R. ii. 236, 241. Il Pens. 50. Vac. Ex. 20. Ps. i. 10; v. 9; lxxxiii. 53.
Tale, L'Al. 67. Il Pens. 100. Com. 44.
Tales, L'Al. 115.
Talent, Son. xiv. 3.
Talk, P. L. v. 115; ix. 1, 237. P. R. iii. 55; iv. 171, 307. S. A. 188. Com. 464.
Talk, (verb,) P. L. iv. 744, 970. P. R. i. 485; iv. 125, 313.
Talk'd, P. L. iii. 483; ix. 613; xi. 322, 444. P. R. ii. 6; iv. 484.
Talking, P. L. i. 192; iv. 689. Ps. iv. 27.
Tall, P. L. i. 534; iv. 288, 477; xi. 728. P. R. ii. 352. Arc. 46. Com. 270. Ps. lxxx. 43.
Tallest, P. L. i. 292. P. R. iv. 416.
Talons, P. R. ii. 403.
Tame, P. L. vi. 686. P. R. ii. 163. S. A. 538, 1695.

Tam'd, P. L. xii. 191. S. A.
1093. Com. 443.
Tamely, P. L. ii. 1028.
Tames, P. R. ii. 406.
Tangled, P. R. ii. 162. S. A.
1665. Com. 181. Od. Nat.
188.
Tangles, P. L. ix. 632. Lyc. 69.
Tangling, P. L. iv. 176.
Tann'd, L'Al 90.
Tantalus, P. L. ii. 614.
Taper, L'Al. 126. Com. 337.
Tapers', Od. Nat. 202.
Tapestry, Com. 324.
Taprobane, P. R. iv. 75.
Tardy, P. L. x. 853.
Targe, P. L. ix. 1111.
Tarpeian, P. R. iv. 49.
Tarsus, P. L. i. 200. S. A. 715.
Tartar, P. L. iii. 432; x. 431.
Il Pens. 115.
Tartarean, P. L. ii. 69.
Tartareous, P. L. vii. 238.
Tartarus, P. L. ii. 858; vi. 54.
Task, P. L. i. 159; ii. 246; iv.
437; v. 564, 854; ix. 13,
207, 221. P. R. i. 427; iii.
368. S. A. 5, 35. Com. 18,
1012. Son. x. 9; xvii. 11.
Vac. Ex. 8.
Task-master's, Son. ii. 14.
Tassell'd, Arc. 57.
Taste, (noun,) P. L. i. 2; ii. 613;
iv. 217, 251, 369; v. 304,
336; viii. 527; ix. 747, 777,
786, 931, 986, 1017; x. 563,
566; xi. 85, 541, 618. P. R.
ii. 371. S. A. 545. Com.
714. Son. xv. 10.
Taste, P. L. ii. 686; iii. 199; iv.
423, 427, 515, 527; v. 59,
61, 77, 86, 369, 397, 411,
432, 464; vii. 539; viii. 327,
401; ix. 476, 651, 732, 742,
753, 866, 881, 925, 988; x.
4, 13, 268. P. R. i. 345.
S. A. 1091. Com. 66, 67,
702, 813.

Tasted, P. L. v. 65; vii. 543;
ix. 688, 770, 788, 864, 867,
874; x. 687. P. R. i. 308;
ii. 131, 247. Com. 52.
Tastes, P. L. v. 335; vii. 49.
P. R. iv. 347.
Tasting, P. L. v. 412; ix. 585,
883, 935, 972, 1024.
Taught, P. L. i. 8, 685; iii. 19;
iv. 915; v. 204, 508, 698,
826; viii. 182, 190; ix. 748,
1068; x. 661, 861; xi. 531,
612, 735; xii. 572. P. R. ii.
269, 295; iii. 97; iv. 220,
261, 357, 361. S. A. 874.
Com. 515, 791. Son. viii. 2;
xvi. 3. Forc. of Con. 8. Ps.
ii. 23.
Taught'st, Son. vi. 14.
Taurick, P. R. iv. 79.
Tauris, P. L. x. 436.
Taurus, P. L. i. 769; x. 673.
Tawny, P. L. vii. 464. Com.
117. Ps. cxxxvi. 54.
Tax, S. A. 210.
Teach, P. L. v. 786, 865; x.
1062; xi. 836; xii. 440, 446.
P. R. i. 224, 461; iv. 227,
309. Il Pens. 80. Com.
1020. Hor. II. 1. Ps.
lxxxvi. 37.
Teacher, P. L. xi. 450.
Teachers, P. L. xii. 508. P. R.
i. 212; iv. 262. Hor.
II. 2.
Teaching, P. R. iv. 220, 357.
Team, Od. Nat. 19.
Tear, P. L. v. 130. S. A. 200,
953. Lyc. 15. Od. Cir. 7.
Ps. vii. 5.
Tearing, Ps. vii. 6.
Tears, P. L. i. 393, 620; ix.
1121; x. 910, 1089, 1101;
xi. 110, 497, 627, 674, 757;
xii. 373, 645. S. A. 51, 128,
729, 735, 1459, 1721. Lyc.
150, 181. Il Pens. 107. Od.
Pass. 35, 48. Ep. M. Win.

44, 55. Ps. vi. 13; lxxx. 21, 22, 23.

Tease, Com. 751.

Teats, P. L. ix. 581.

Tedded, P. L. ix. 450.

Tedious, P. L. v. 354; viii. 389; ix. 30, 880. P. R. iv. 123, 307. Od. Nat. 239.

Teem'd, P. L. vii. 454. S. A. 1703.

Teeming, Com. 175.

Teeth, Ps. iii. 23.

Telassar, P. L. iv. 214.

Telescope, P. R. iv. 42.

Tell, P. L. i. 205, 507, 693; ii. 739; iii. 8, 54, 575, 667; iv. 37, 236; v. 160, 238, 685; vii. 101; viii. 250, 276, 277, 280; ix. 569; x. 469; xii. 261. P. R. i. 14; ii. 215, 320; iii. 339; iv. 113, 120, 153, 467. S. A. 202, 1199, 1319, 1557. Com. 43, 236, 240, 400, 458, 509, 513. Od. D. F. I. 38, 51. Vac. Ex. 43. Brut. 3. Ps. lxxxviii. 45; cxxxvi. 9.

Telling, P. L. xi. 299. Com. 628.

Tells, P. L. iv. 793; v. 698, 702; xii. 364. P. R. ii. 307. L'Al. 67, 105.

Tell'st, P. L. iv. 588; v. 553.

Tell-tale, Com. 141.

Temir's, P. L. xi. 389.

Temper, P. L. i. 285, 552; ii. 218, 276, 277; iv. 812; x. 1047. P. R. ii. 164.

Temper, (*verb*,) P. L. iv. 670; x. 77; xi. 361.

Temperance, P. L. vii. 127; xi. 531, 805, 807; xii. 583. P. R. ii. 408; iii. 92. S. A. 558. Com. 721, 767.

Temperate, P. L. v. 5; xii. 636. P. R. iii. 160; iv. 134.

Temperately, P. R. ii. 378.

Temper'd, P. L. ii. 813; vi. 322,

480; vii. 598. P. R. iii. 27. S. A. 133. Lyc. 33. Com. 32.

Tempering, P. L. vii. 15.

Tempers, P. L. v. 347.

Temper'st, S. A. 670.

Tempest, P. L. ii. 180, 290; iii. 429; vi. 190. P. R. iv. 465. S. A. 964, 1063. Ps. lxxxiii. 58.

Tempest, (*verb*,) P. L. vii. 412.

Tempestuous, P. L. i. 77; vi. 844; x. 664.

Temple, P. L. i. 402, 443, 460, 463, 492, 713; v. 274; vi. 890; vii. 148; xii. 334, 340, 356. P. R. i. 211, 256; iii. 83, 161; iv. 217, 546. S. A. 1146, 1370. Com. 461. Son. iii. 11. Ps. v. 20; lxxxiv. 37; lxxxvii. 4.

Temple of God, P. L. i. 402.

Temples, P. L. i. 18, 494; xii. 527. P. R. i. 449; iii. 268; iv. 34. S. A. 990, 1378. Od. Nat. 198. Brut. 6.

Temporal, P. L. xii. 433.

Tempt, P. L. ii. 404, 1032; v. 846; ix. 281, 736. P. R. i. 143, 178; iv. 431, 561, 580, 611. S. A. 358.

Temptation, P. L. viii. 643; ix. 299, 364, 531. P. R. i. 5, 123; ii. 405; iv. 533, 595, 608, 617. S. A. 427, 1051.

Temptations, P. L. iv. 65; vi. 908. Od. Pass. 24.

Tempted, P. L. i. 642; ix. 297; x. 14. S. A. 801.

Tempter, P. L. iv. 10; ix. 549, 567, 655, 665, 678; x. 39, 552; xi. 382. P. R. i. 5; ii. 366, 404; iii. 108, 203, 265, 409; iv. 2, 43, 154, 408, 569, 595, 617.

Tempting, P. L. ii. 607; viii. 308; ix. 328, 595. P. R. iv. 13.

Tempts, P. L. ix. 296. S. A. 1535.

Ten, P. L. ii. 671; vi. 193; ix. 1026; xii. 190. P. R. ii. 245; iii. 374, 377, 403. L'Al. 109. Ep. Hobs. I. 7.—*See* Thousand.

Tend, P. L. i. 183; iii. 272; iv. 438; ix. 156, 206, 493, 583, 801; xii. 106. S. A. 925, 1490. Lyc. 65.

Tendance, P. L. viii. 47; ix. 419.

Tended, P. L. v. 22; xi. 490.

Tended on, P. R. iv. 371.

Tender, P. L. iv. 253; v. 337; vii. 315; ix. 357; xi. 276. P. R. ii. 327. S. A. 94. Lyc. 188. Com. 40, 296, 624. Ep. M. Win. 35. Ps. viii. 4; lxxx. 56.

Tenderest, S. A. 624.

Tenderly, P. L. ix. 991.

Tending, P. L. v. 476; ix. 212; x. 326, 976. S. A. 1302. Com. 531.

Tendrils, P. L. iv. 307.

Tends, P. L. iii. 694; ix. 1109.

Tenement, P. R. iv. 274.

Tenerif, P. L. iv. 987.

Tenfold, P. L. ii. 705; vi. 78, 255, 872. P. R. i. 41.

Tenour, P. L. xi. 632.

Tent, P. L. xii. 256.

Tenth, P. L. vi. 194.

Tents, P. L. v. 291, 890; xi. 557, 581, 592, 607, 727; xii. 135, 333. Ps. lxxxiii. 21; lxxxiv. 39.

Tepid, P. L. vii. 417.

Terah's, Ps. cxiv. 1.

Teredon, P. R. iii. 292.

Term, Ep. Hobs. II. 14.

Term'd, Com. 419.

Terms, P. L. ii. 331; vi. 612, 621; x. 173, 751, 757. P. R. iv. 173, 335. Com. 684.

Ternate, P. L. ii. 639.

Terrace, Com. 935.

Terraces, P. R. iv. 54.

Terrene, P. L. vi. 78.

Terrestrial, P. L. iii. 610; viii. 142; ix. 103, 485.

Terrible, P. L. ii. 671, 682; vi. 106, 910; ix. 490; xi. 233. P. R. ii. 160.

More terrible, P. L. xi. 470.

Terrifick, P. L. vii. 497.

Terrified, P. L. x. 338.

Terrify, P. L. xii. 218. P. R. i. 179; iv. 496.

Territory, P. L. xi. 638. P. R. iii. 375; iv. 82.

Terrour, P. L. i. 113; ii. 457, 611, 704; vi. 134, 647, 824; ix. 490; x. 667, 850; xi. 111, 464; xii. 238. P. R. iv. 421, 627. Od. Nat. 161. Ps. lxxxviii. 60.

Terrours, P. L. ii. 801, 862; vi. 735, 859. P. R. iv. 431, 482, 487. Ps. lxxxviii. 63.

Test, S. A. 1151.

Testified, P. L. xi. 721.

Testifies, P. L. i. 625.

Testify, Com. 248, 440. Ps. lxxxi. 34.

Testimony, P. L. vi. 33; xii. 251. P. R. i. 78. Ps. lxxxi. 17.

Tethys', Com. 870.

Tetrachordon, Son. vi. 1.

Tetrarchs, P. R. iv. 201.

Texture, P. L. vi. 348; x. 446.

Thame, Vac. Ex. 100.

Thammuz, P. L. i. 446, 452. Od. Nat. 204.

Thamyris, P. L. iii. 35.

Thank, P. L. iv. 386; x. 736. Com. 177.

Thank'd, Com. 775.

Thankless, Lyc. 66.

Thanks, P. L. iv. 47, 445; vii. 77; viii. 5; x. 736. P. R. iii. 127. Arc. 101.

Thatch'd, Com. 318.

Thaw, P. L. xii. 194. Com. 853.

Thaws, P. L. ii. 590.

Theatre, P. L. iv. 141. S. A. 1605.

Theatres, P. R. iv. 36.

Theban, P. R. iv. 572.

Thebes, P. L. i. 578 ; v. 274. Il Pens. 99.

Thebez, P. R. ii. 313.

Themes, Son. ix. 12.

Themis, P. L. xi. 14. Son. xvi. 2.

Themselves, P. L. i. 334, 525, 793 ; ii. 17, 501 ; iii. 116, 122, 125, 128 ; vi. 352, 547, 628, 653, 689, 864 ; vii. 158 ; ix. 110 ; x. 100, 541, 547 ; xi. 516, 522, 525, 685 ; xii. 45, 515, 518.

Thenceforth, P. L. iii. 265, 333 ; ix. 602, 870 ; x. 214 ; xi. 802 ; xii. 109. P. R. i. 79 ; iv. 514. Son. ix. 13.

Theologians, P. L. v. 436.

Thereafter, P. L. ii. 50. P. R. ii. 321.

Thereat, P. L. x. 487.

There be, Com. 12. Ep. Hobs. II. 25. Ps. iv. 25.

Thereby, P. L. iii. 695 ; iv. 197 ; ix. 128 ; xi. 360, 792. S. A. 941. Od. D. F. I. 12, 62.

Thessalian, P. L. ii. 544.

Thestylis, L'Al. 88.

Thetis, Com. 877.

Thick, P. L. i. 302, 311, 548, 767, 775 ; ii. 264, 412, 754 ; iii. 25, 61, 362, 507, 577 ; iv. 174, 532, 980 ; vi. 16, 539, 751 ; vii. 320, 358 ; viii. 653 ; ix. 426, 446, 1038 ; x. 522, 526. P. R. i. 41 ; ii. 117, 263 ; iv. 343, 405, 448. Il Pens. 7. Com. 62, 470.

Thick-ramm'd, P. L. vi. 485.

Thick-warbled, P. R. iv. 246.

Thick-woven, P. L. ix. 437.

Thicken'd, P. L. xi. 742.

Thicker, P. L. x. 559.

Thickest, P. L. ii. 537 ; iv. 693 ; vi. 308 ; ix. 1100, 1110 ; x. 101, 411. Com. 132. Od. Pass. 30. Ps. lxxxviii. 27.

Thicket, P. L. iv. 136, 681 ; vii. 458 ; ix. 179, 628, 784. Arc. 58. Com. 185.

Thickets, Od. Nat. 188.

Thick set, Com. 893.

Thief, P. L. iv. 188, 192. P. R. iv. 604. Son. ii. 1.

Thievish, Com. 195.

Thigh, P. L. vi. 714. Il Pens. 142.

Thighs, P. L. i. 664 ; v. 282.

Thin, P. L. xii. 76. P. R. i. 499 ; iv. 345.

Thin-spun, Lyc. 76.

Thing, P. L. ii. 741 ; iv. 563 ; vii. 523, 534 ; ix. 449, 695, 813, 824 ; x. 605. S. A. 350, 433, 710. Com. 456. Od. on Time, 9, 14. Ps. ii. 2 ; lxxxv. 50.

Things, P. L. i. 16, 389, 693 ; ii. 258, 392, 625, 922, 962 ; iii. 55, 448, 611 ; iv. 203 ; v. 43, 103, 455, 474, 511, 575 ; vi. 137, 298, 311, 477, 673, 893 ; vii. 53, 70, 82, 122, 227, 240, 244, 452, 636 ; viii. 10, 121, 159, 191, 196, 199, 414, 565 ; ix. 171, 604, 605, 682, 1025 ; x. 248, 306, 651, 707 ; xi. 579, 712, 870 ; xii. 140, 271, 341, 567. P. R. i. 69, 137, 206, 258, 300, 489 ; ii. 103, 195, 208, 305, 324, 379, 400, 426, 448 ; iii. 51, 70, 111, 122, 183, 189, 239 ; iv. 224, 286, 296, 318, 435, 564. S. A. 250, 926, 942, 1358, 1451, 1532, 1592. Com. 217, 458, 703, 796. Son. xvi. 11. Od. Pass. 28. Od. Sol. Mus. 4. Vac. Ex. 45. Hor. III. 1. Ps. iv. 12 ; lxxxvii. 9.

All things, P. L. ii. 100, 278, 844 ; iii. 155, 446, 448, 675 ; iv. 434, 599, 611, 667, 692, 752, 999 ; v. 46, 183, 470, 581, 837 ; vi. 708, 736 ; vii. 591 ; viii. 265, 340, 363, 476, 493, 524 ; ix. 194, 343, 402, 539, 722, 804 ; x. 7, 269, 380, 850 ; xi. 56, 160, 161, 309, 900 ; xii. 618. P. R. iii. 182, 355.

Think, P. L. i. 661 ; iii. 480 ; iv. 366, 432, 675, 759, 835 ; v. 433 ; vi. 135, 271, 282, 437, 495 ; vii. 635 ; viii. 174, 224, 581 ; ix. 308, 370, 830, 938 ; xi. 292, 465. P. R. i. 387 ; iii. 109, 398 ; iv. 286. S. A. 295, 445, 553, 930, 1335, 1534. Lyc. 74. Com. 366, 755, 758. Od. Nat. 105. Od. Pass. 55. Od. D. F. I. 74. Ep. Hobs. II. 32.

Thinking, P. L. x. 564, 1021. P. R. iv. 496. Ep. Hobs. I. 12.

Thinks, P. L. iii. 688.

Think'st, P. L. viii. 110, 403 ; x. 592. P. R. i. 347 ; ii. 177 ; iii. 163. Ps. viii. 13.

Thinner, P. L. viii. 348 ; ix. 142.

Third, P. L. i. 705 ; iv. 869 ; v. 283 ; vi. 699, 748 ; x. 82 ; xii. 267, 421. P. R. iv. 296. S. A. 1466, 1701. Brut. 3.

Third part, P. L. ii. 692 ; v. 710 ; vi. 156.

Thirst, P. L. iv. 228, 330 ; v. 305 ; vii. 68 ; viii. 8, 212 ; ix. 586. x. 556, 568 ; xi. 846. P. R. i. 339 ; iii. 38 ; iv. 120, 593. S. A. 551, 582, 1456. Com. 67, 678.

Thirsted, P. L. iv. 336.

Thirsty, P. L. v. 190. Com. 524. Ps. lxxxiv. 21.

Thirty, S. A. 1186, 1197. Vac. Ex. 94.

Thisbite, P. R. ii. 16.

Thistles, P. L. x. 203. Com. 352.

Thither-ward, P. L. iii. 500 ; viii. 260.

Thone, Com. 675.

Thorn, P. L. iv. 256. S. A. 1037.

Thorns, P. L. x. 203. P. R. ii. 459.

Thoroughfare, P. L. x. 393.

Thought, P. L. i. 54, 560 ; iv. 50, 198, 320, 457, 794 ; v. 37, 159, 384, 576, 665, 727, 828 ; vi. 20, 98, 164, 192, 236, 430, 500, 538 ; vii. 53, 82, 139, 603, 611 ; viii. 3, 289, 506 ; ix. 319, 555, 790, 857, 898, 977, 1004, 1119, 1179 ; x. 219, 788, 1017, 1049 ; xi. 400, 770 ; xii. 558. P. R. i. 192, 204 ; ii. 13, 146, 266, 481 ; iv. 11, 495, 514, 520. S. A. 117, 231, 302, 659, 870, 871, 908, 1092, 1531, 1688. Lyc. 189. Arc. 24. Com. 408, 505, 566, 756. Son. xvii. 13. Od. Nat. 88. Od. D. F. I. 6, 10. Ep. M. Win. 39. Ps. vii. 7.

Thought following thought, P. R. i. 192.

Thoughts, P. L. i. 88, 557, 659, 680 ; ii. 115, 148, 283, 354, 421, 526, 558, 630 ; iii. 37, 171 ; iv. 19, 95, 362, 688, 807 ; v. 28, 96, 209, 332, 552, 676, 712 ; vi. 90, 367, 581, 629 ; viii. 40, 167, 183, 187, 414, 590 ; ix. 88, 101, 130, 213, 229, 288, 471, 473, 572, 603, 843, 918 ; x. 608, 975, 1008 ; xi. 498 ; xii. 275, 377. P. R. i. 190, 196, 227, 229, 299 ; ii. 65, 107, 258 ; iii. 227. S. A. 19, 459, 524, 590, 623, 1383. Lyc. 153. Com. 192, 210, 371, 383, 669. Od. Nat. 92. Vac. Ex. 23. Son. xxi. 5.

Thousand, P. L. i. 796 ; ii. 967 ;

v. 249 ; vii. 382 ; viii. 601.
S. A. 144. Lyc. 135. L'Al.
62. Com. 205, 455, 627, 926.
Od. Nat. 100. Od. Sol. Mus.
12. Ps. lxxxiv. 36.
Thousand thousand, P. L. vii.
383.
Ten thousand, P. L. i. 545 ; ii.
934 ; iii. 488 ; vi. 836 ; vii.
559. P. R. iii. 411.
Ten thousand fold, P. L. xi.
678.
Ten thousand thousand, P. L.
v. 588 ; vi. 767.
Twenty thousand, P. L. vi.
769.
Thousands, P. L. i. 760 ; vi. 48,
148, 270, 373. P. R. iii. 304.
Son. xiv. 12.
By thousands, P. L. vi. 594.
Thracian, P. L. vii. 34.
Thraldom, S. A. 946.
Thrall, P. L. x. 402. P. R. i.
411. S. A. 370, 1622. Ps.
lxxxi. 28.
Thralls, P. L. i. 149.
Thrascias, P. L. x. 700.
Threads, S. A. 261. Arc. 16.
Threaten, P. R. iv. 464.
Threaten'd, P. L. iv. 968 ; vi.
359 ; ix. 715, 870. S. A.
852.
Threatening, P. L. ii. 177, 705 ;
iii. 425 ; iv. 77 ; ix. 939 ;
xi. 641. P. R. iv. 489. S. A.
1198. Son. xi. 12.
Threatenings, Ps. lxxxviii. 66.
Threatens, P. L. ii. 441. P. R.
ii. 128.
Threatener, P. L. ix. 687.
Threats, P. L. iv. 968 ; v. 889 ;
vi. 283, 287 ; ix. 53, 685.
Com. 39, 586.
Three, P. L. ii. 645, 646 ; v. 382 ;
viii. 130 ; x. 323, 324, 364 ;
xi. 416, 736, 866 ; xii. 188.
P. R. ii. 433 ; iii. 412. Com.
253, 969, 982. Son. xvii. 1.

Three and twentieth, Son. ii. 2.
Three-bolted, P. L. vi. 764.
Threefold, P. L. ii. 645.
Threescore, P. R. iii. 411.
Three times, Ep. M. Win. 7.
Thresh'd, L'Al. 108.
Threshing-floor, P. L. iv. 984.
Threshold, P. L. x. 594. Com. 1.
Threw, P. L. ii. 545, 755 ; iv.
40, 609 ; vi. 639, 864 ; vii.
468.
Threw down, P. L. iii. 391.
Thrice, P. L. i. 74, 619 ; ii. 645 ;
iv. 115 ; ix. 16, 64 ; x. 855.
S. A. 392, 396, 1222. Com.
914, 915.
Thrice-great, Il Pens. 88.
Thrift, Com. 167.
Thrilling, Od. Nat. 103.
Thrive, P. L. ii. 261. P. R. ii.
430.
Thriv'd, P. R. i. 114. S. A. 637.
Thrives, P. L. x. 236.
Throat, P. L. xi. 713. Ps. v. 28.
Throes, P. L. ii. 780. Ep. M.
Win. 26.
Throne, P. L. i. 42, 105, 639 ; ii. 1,
23, 68, 104, 138, 241, 267, 320,
445, 959 ; iii. 148, 314, 350,
649, 655 ; iv. 89, 597, 944 ; v.
163, 585, 656, 670, 725, 868 ;
vi. 5, 88, 103, 133, 426, 679,
758, 834 ; vii. 137, 556, 585 ; x.
28, 382, 445 ; xi. 20, 82, 389 ;
xii. 323, 370. P. R. i. 171,
240 ; ii. 212, 424, 425, 440 ;
iii. 33, 153, 169, 357, 383, 395,
408 ; iv. 100, 108, 147, 271,
379, 471, 603. Arc. 15. Il
Pens. 53. Od. Nat. 84, 164.
Od. D. F. I. 56. Od. on Time,
17. Od. Sol. Mus. 7. Vac. Ex.
36.
Thron'd, P. L. i. 386 ; iii. 58,
305, 377 ; vi. 772, 890. P. R.
iv. 596. Od. Nat. 145. Od.
Cir. 19.
Throned, P. L. i. 128.

Thrones, P. L. i. 360; ii. 310, 430; iii. 320; v. 363, 601, 749, 772, 840; vi. 199, 366, 723, 841; vii. 198; x. 86, 460; xi. 232, 296. P. R. ii. 121; iv. 85.

Throng, P. L. iv. 831; v. 650; vi. 308; vii. 297; ix. 142; x. 453; xi. 671. P. R. i. 145. S. A. 1609. Od. Nat. 58. Son. viii. 5.

Throng, (*verb,*) P. L. i. 780. Com. 206.

Throng'd, P. L. i. 761; vi. 83, 857; xii. 644. P. R. iii. 260.

Thronging, P. L. i. 547; ii. 555. S. A. 21. Com. 713.

Throngs, L'Al. 119.

Throttled, P. R. iv. 568.

Throughout, P. L. i. 754; v. 726; vi. 344, 833; vii. 237, 532. P. R. ii. 443; iv. 150. Ps. lxxxi. 37.

Throw, Lyc. 139. Com. 850. Od. Nat. 42. Od. Pass. 30. Ps. lxxx. 28; lxxxv. 51.

Throwest, S. A. 689.

Thrown, P. L. i. 741; iv. 225; vi. 843. P. R. iv. 3. S. A. 1097.

Thrown off, P. L. iii. 362. Forc. of Con. 1.

Thrown out, P. L. x. 887.

Throws, P. L. i. 56; iii. 562, 741. Od. May-M. 3.

Thrust, P. L. ii. 857; iv. 508. S. A. 367.

Thummim, P. R. iii. 14.

Thunder, P. L. i. 93, 174, 258, 601; ii. 66, 166, 294, 477, 882; iii. 393; iv. 928; v. 893; vi. 606, 632, 713, 764, 854; ix. 1002; x. 33, 666; xii. 181, 229. P. R. i. 90; iv. 410, 429. S. A. 1651, 1696. Arc. 51. Com. 804. Od. Nat. 156. Vac. Ex. 42. Ps. lxxxi. 29.

Thunder-bolts, P. L. i. 328; vi. 589.

Thunder-clasping, Ps. cxxxvi. 37.

Thunder-struck, P. L. vi. 858. P. R. i. 36.

Thunder, (*verb,*) P. L. x. 780.

Thunderer, P. L. vi. 491.

Thunderer's, P. L. ii. 28.

Thund'ring *or* Thundering, P. L. i. 233, 386; vi. 487; x. 814. S. A. 1353.

Thunderous, P. L. x. 702. Vac. Ex. 36.

Thunders, P. L. ii. 267; vi. 836; vii. 606.

Thus,—*Passim.*

Thus far, P. L. i. 587; ii. 22, 211, 321; v. 803; vi. 700; vii. 230; viii. 177, 437; x. 370.

Thus high, P. L. ii. 7, 8.

Thus low, P. L. ii. 81.

Thus much, P. L. iv. 899.

Thwart, P. L. viii. 132; x. 703, 1075.

Thwarting, Arc. 51.

Thwarts, P. L. iv. 557.

Thyestean, P. L. x. 688.

Thyme, Lyc. 40.

Thyrsis, L'Al. 83. Com. 494, 512, 657.

Tiar, P. L. iii. 625.

Tiberius, P. R. iii. 159.

Tide, P. L. xi. 854. Lyc. 157.

Tidings, P. L. v. 870; x. 36, 346; xi. 226, 302; xii. 375, 504. P. R. i. 109; ii. 62. S. A. 1567.

Tidore, P. L. ii. 639.

Tie, S. A. 308. L'Al. 143.

Tied, P. L. i. 426.

Tiger, P. L. iv. 403; vii. 467. P. R. i. 313. Com. 71.

Tigers, P. L. iv. 344. Com. 534.

Tigris, P. L. ix. 71.

Tiles, P. L. iv. 191.

Till,—*Passim.*

Till now, P. L. ii. 744; iv. 466; vi. 208, 429, 432; ix. 858, 1023; x. 369.

Till then, P. L. i. 93, 638 ; ii. 690 ;
  viii. 206 ; ix. 766, 787 ; xi.
  198 ; xii. 90, 333. P. R. iii.
  382.
Till, (*verb*,) P. L. vii. 332 ; viii.
  320 ; xi. 97, 261.
Tillage, P. L. xi. 434.
Tilth, P. L. xi. 430.
Tilting, P. L. ix. 34 ; xi. 747.
Timber, P. L. xi. 728.
Timbrel, Ps. lxxxi. 6.
Timbrell'd, Od. Nat. 219.
Timbrels, P. L. i. 394. S. A.
  1617.
Time, P. L. i. 36, 253, 769 ; ii.
  210, 274, 297, 348, 603, 774,
  894 ; iii. 284 ; iv. 6, 489, 639 ;
  v. 38, 493, 498, 580, 848, 859 ;
  vii. 177 ; viii. 474 ; ix. 70, 464 ;
  x. 24, 74, 91, 345, 606 ; xi.
  244, 859 ; xii. 152, 161, 301,
  554, 555. P. R. i. 56, 58,
  109, 269, 286 ; ii. 14, 43 ; iii.
  182, 183, 306, 433, 440 ; iv.
  15, 123, 174, 282, 378, 380,
  475, 507, 558, 616, 632. S. A.
  22, 402, 1126. Lyc. 28,
  291. Com. 435, 743. Son.
  ii. 1, 12 ; xv. 5 ; xvi. 11. Od.
  Nat. 129, 135, 239. Od. on
  Time, 1, 22. Ep. M. Win. 9.
  Ep. Hobs. I. 7 ; II. 7, 8, 15,
  23. Ps. iv. 18 ; lxxx. 2 ; lxxxi.
  11, 64.
Any time, Ep. Hobs. I. 7.
Each time, S. A. 397.
For a time, P. R. ii. 14.
In time, P. R. iii. 298. S. A.
  1390.
No time, S. A. 1708.
Second time, P. R. ii. 275.
Timelessly, Od. D. F. I. 2.
Timely, P. L. iii. 728 ; iv. 614 ;
  vii. 74 ; x. 1057. S. A.
  602. Com. 689, 970. Son.
  i. 9.
Timely-happy, Son. ii. 8.
Times, P. L. xii. 243, 437. P. R.

i. 228 ; iii. 94, 187. S. A.
  406, 695.
Time's, Vac. Ex. 71.
Timna, S. A. 219, 383, 795.
Timnian, S. A. 1018.
Timorous, P. L. ii. 117 ; vi.
  857. P. R. iii. 241. S. A.
  740.
Tincture, P. L. vii. 367.
Tine, P. L. x. 1075. Vac. Ex.
  98.
Tinsel, P. L. ix. 36.
Tinsel-slippered, Com. 877.
Tipsy, Com. 104.
Tip'd, P. L. vi. 580.
Tir'd, S. A. 1326. Com. 688.
Tire, P. L. vi. 605.
Tiresias, P. L. iii. 36.
Tissued, Od. Nat. 146.
Tissues, P. L. v. 592.
Titan, P. L. i. 510.
Titanian, P. L. i. 198.
Title, P. L. xi. 163 ; xii. 70.
  P. R. iv. 199.
Title-page, Son. vi. 6.
Titled, P. L. xi. 622. P. R. ii.
  179 ; iii. 81.
Titles, P. L. ii. 311 ; v. 773, 801 ;
  xi. 793 ; xii. 516.
Tittle, P. R. i. 450.
Titular, P. L. v. 774.
To and fro, P. L. i. 772 ; ii. 605,
  1031 ; iii. 533 ; vi. 328, 643,
  665. S. A. 1649.
Toad, P. L. iv. 800. Son. vi.
  13.
Tobias, P. L. v. 222.
Tobit's, P. L. iv. 170.
Toe, L'Al. 34.
Toes, Com. 962.
Together, P. L. v. 696 ; vi. 215,
  316, 857 ; ix. 1095, 1099,
  1112 ; x. 287, 290, 785 ; xi.
  739. P. R. ii. 28. S. A.
  1521. Lyc. 25, 27. Ps. ii.
  4.
Toil, P. L. i. 319, 698 ; ii. 1041 ;
  iv 327 ; vi. 257 ; ix. 242.

P. R. ii. 453. S. A. 5. Com.
687. Ps. lxxxi. 21; cxiv.
2.
Toil'd, P. L. vi. 449.
Toil'd out, P. L. x. 475.
Toils, S. A. 933.
Toilsome, P. L. iv. 439; xi.
179.
Toil'st, P. R. iv. 498.
Told, P. L. vii. 178, 179; viii.
521; ix. 863, 886; x. 40,
122; xi. 298. P. R. i. 245;
iii. 184, 396; iv. 472. S. A.
1433. L'Al. 101. Il Pens.
109. Ep. M. Win. 8. Vac.
Ex. 48. Ep. Hobs. II. 23.
Ps. lxxxiii. 35.
Told'st, P. R. i. 137. Com.
694.
Tolerable, P. L. ii. 460; x. 654,
977.
Tomb, S. A. 986, 1742. Com.
879. Od. D. F. I. 32. Ep.
M. Win. 34. Ep. W. Sh.
16.
Tones, P. L. v. 626. P. R. iv.
255.
Tongue, P. L. ii. 112; vi. 135,
154, 297, 360; vii. 113, 603;
viii. 219, 272; ix. 554, 674,
749; x. 518, 519; xi. 620.
P. R. i. 479; iii. 15; iv. 5.
S. A. 1066. Com. 692, 761,
781. Son. viii. 8. Vac. Ex.
2, 10. Ps. v. 28; lxxxi. 20.
Tongue-batteries, S. A. 404.
Tongue-doughty, S. A. 1181.
Tongues, P. L. vii. 26; x. 507;
xii. 53, 501. P. R. i. 374;
ii. 158; iii. 55, 280. Com.
208.
Took, P. L. ii. 554, 872; iii.
365; vi. 549, 793; vii. 225,
359; viii. 300, 465, 536; ix.
455, 847, 1004, 1043; xi. 82,
223, 517; xii. 649. P. R.
iii. 251; iv. 394. S. A. 227,
869, 1183, 1203. Com. 298,

558, 834. Od. Nat. 20, 98.
Od. D. F. I. 46. Ep. W. Sh.
12. Ep. Hobs. I. 16.
Took in, Com. 20, 561.
Took leave, P. L. iii. 739.
Took'st, P. L. ii. 765. S. A.
838, 1591.
Tools, P. L. xi. 572. S. A. 137.
Ps. vii. 48.
Top, P. L. i. 6, 289, 515, 614,
670; ii. 545; iii. 504, 742;
v. 598; vii. 6, 585; viii. 303;
xi. 378, 851; xii. 44, 227,
588. P. R. ii. 217, 286; iii.
265; iv. 354. S. A. 167.
Lyc. 54. Com. 94.
Topaz, P. L. iii. 597.
Tophet, P. L. i. 404.
Topped, P. R. iv. 548.
Tops, P. L. iv. 142; v. 193; vi.
645; vii. 287, 424; xi. 852.
Topt, P. R. iv. 548.
Torch, P. L. xi. 590.
Torches, Com. 130.
Tore, P. L. i. 542; ii. 543, 783;
vi. 588; vii. 34. S. A. 128,
1472.
Torment, P. L. iv. 893; viii.
244; ix. 121; x. 998. P. R.
i. 418; iv. 305, 632. S. A.
606.
Torment, (*verb*,) P. L. x. 781;
xi. 769.
Tormented, P. L. vi. 244.
Tormenter, P. R. iv. 130.
Tormenters, S. A. 623.
Tormenting, P. L. iv. 505.
Torments, P. L. i. 56; ii. 70,
196, 274; iv. 88, 510. P. R.
iii. 208.
Torn, P. L. i. 232; ii. 926, 1044;
iv. 994. Od. Nat. 187.
Torn up, P. R. iv. 419.
Torrent, P. L. ii. 581; vi. 830;
vii. 299. Com. 930.
Torrid, P. L. i. 297; ii. 904;
xii. 634.
Tortuous, P. L. ix. 516.

Torture, P. L. i. 67; xi. 481.
S. A. 1569.
Torturer, P. L. ii. 64.
Tortures, P. L. ii. 63; ix. 469.
Torturing, P. L. ii. 91.
Tossing, P. L. i. 194; xi.
489.
Tost, P. L. iii. 490; ix. 1126;
x. 287, 718.
Total, P. L. iv. 665; vi. 73; viii.
627; x. 127. S. A. 81.
Touch, P. L. iii. 608; iv. 686,
812; vi. 485, 520, 584; viii.
579, 617; ix. 1143; x. 563;
xi. 561. S. A. 549. Com.
406. Vac. Ex. 38.
Touch, (*verb,*) P. L. v. 411; vi.
566; vii. 46; viii. 530; ix.
651, 742, 925; x. 45. S. A.
951. Arc. 87. Com. 270,
663, 918. Od. Nat. 127.
Od. Sol. Mus. 13.
Touch'd, P. L. iv. 811; vi. 479;
vii. 258; viii. 47; ix. 380,
688, 987; xi. 425. S. A.
262, 1107. Lyc. 77, 188.
Son. xv. 11. Od. Nat. 28.
Od. D. F. I. 10.
Touches, P. L. i. 557.
Touching, P. R. ii. 370.
Tough, P. R. i. 339.
Tour, P. L. xi. 185.
Tour, *or* Tower, (*verb,*) P. L. vii.
441.
Tournament, P. L. ix. 37; xi.
652.
Tower, P. L. i. 591; iv. 30; xii.
44, 51, 73. Il Pens. 86.
Com. 935. Son. iii. 11.
Tower, *or* Tour, (*verb,*) P. L. vii.
441.
Tower'd, P. L. i. 733; ix. 498.
L'Al. 117. Arc. 21.
Towering, P. L. ii. 635; v. 271;
vi. 110. P. R. ii. 280.
Towers, *or* Tow'rs, P. L. i. 499,
749; ii. 62, 129, 1049; iv.
211; v. 758, 907; xi. 640.

P. R. iii. 268, 329; iv. 34,
545. S. A. 266. L'Al. 77.
Od. Pass. 39, 40.
Town, P. R. i. 332; ii. 22. Son.
vi. 3.
Towns, P. L. xi. 639. P. R. iii.
233.
Toy, P. L. ix. 1034. P. R. ii.
223. Com. 502.
Toys, P. R. ii. 177; iv. 328. Il
Pens. 4. Vac. Ex. 19.
Trace, (*noun,*) P. L. vii. 481.
Trace, P. L. ix. 682; xi. 329.
Com. 423.
Trac'd, P. L. iv. 949.
Traces, Com. 292.
Tracing, P. R. ii. 109.
Track, P. L. ii. 1025; x. 314,
367; xi. 354. P. R. i. 191.
Tract, P. L. i. 28; v. 498; vi.
76; ix. 510. Com. 30.
Trade, Lyc. 65. Ps. vii. 58.
Trading, P. L. ii. 640.
Tradition, P. L. x. 578.
Traditions, P. L. xii. 512. P. R.
iv. 234.
Traduc'd, S. A. 979.
Tragedians, P. R. iv. 261.
Tragedy, Il Pens. 97.
Tragick, P. L. ix. 6.
Trail, S. A. 1402.
Train, P. L. i. 478; ii. 873; iv.
349, 649; v. 166, 351, 767;
vi. 143; vii. 221, 306, 444,
574; ix. 387, 516, 548;
x. 80; xi. 862; xii. 131.
P. R. ii. 355; iii. 266. S. A.
721, 1732. Il Pens. 10, 34.
Com. 863. Son. i. 14. Ep.
M. Win. 37.
Train'd up, P. L. vi. 167.
Training, P. L. vi. 553.
Trains, P. L. xi. 624. S. A.
533, 932. Com. 151.
Traitor, S. A. 401, 832. Com.
690.
Traitress, S. A. 725.
Trample, P. L. iv. 1010.

Trampled, P. L. ii. 195.
Trampling, Od. Nat. 215.
Trance, P. L. viii. 462. Od. Nat. 179. Od. Pass. 42.
Transact, P. L. vi. 286.
Transcend, P. L. v. 457.
Transcendent, P. L. i. 86; ii. 427; x. 614.
Transfer, P. L. x. 165. S. A. 241.
Transferr'd, P. L. v. 854; vi. 678; x. 56. P. R. i. 267.
Transfix, P. L. i. 329.
Transfix'd, P. L. ii. 181.
Transform, P. L. i. 370.
Transform'd, P. L. ii. 785; iv. 824; ix. 507; x. 519. Com. 48. Son. vii. 5. Od. D. F. I. 27.
Transforms, Com. 527.
Transfus'd, P. L. iii. 389; vi. 704.
Transgress, P. L. i. 31; iii. 94; iv. 880; vi. 912; vii. 47; viii. 643; ix. 902; xi. 253. Od. Cir. 21. Ps. v. 23.
Transgress'd, P. L. viii. 330; ix. 1161.
Transgresses, S. A. 758.
Transgressing, P. L. v. 244; ix. 1169.
Transgression, P. L. x. 49; xii. 399. S. A. 1356.
Transgressions, P. L. iv. 879. S. A. 820.
Transgressour, P. L. xi. 164.
Transgressours, P. L. x. 72.
Transient, P. L. xii. 554.
Transition, P. L. xii. 5.
Transitory, P. L. iii. 446. P. R. iv. 209.
Translated, P. L. iii. 461. Com. 242.
Translucent, S. A. 548. Com. 861.
Transmigration, P. L. x. 261.
Transparent, P. L. vii. 265.
Transpicuous, P. L. viii. 141.

Transpires, P. L. v. 438.
Transplanted, P. L. iii. 293; vii. 360.
Transported, P. L. viii. 529, 530; ix. 474; x. 626. Vac. Ex. 33.
Transporting. Od. Pass. 38.
Transports, P. L. i. 231; iii. 81; viii. 567.
Transubstantiate, P. L. v. 438.
Transverse, P. L. iii. 488; xi. 563. S. A. 209.
Trap, Com. 699.
Trappings, P. L. ix. 36.
Travail, (*noun*,) P. L. x. 593. Ep. M. Win. 49.
Travel, P. L. ii. 980; v. 222.
Travell'd, P. L. iii. 501.
Traveller, Com. 64, 200.
Traveller's, Com. 332.
Travelling, P. L. viii. 138.
Travels, Ps. vii. 51.
Traverse, P. L. i. 568.
Travers'd, P. L. ix. 434.
Traversing, P. L. ix. 66.
Treacherously, S. A. 1023.
Tread, (*noun*,) P. L. iv. 866; vi. 73. S. A. 111. Com. 91.
Tread, P. L. ii. 828; iv. 632; v. 201; x. 190; xi. 630. P. R. i. 488. Com. 899. Ps. vii. 14.
Tread down, P. L. i. 327.
Treading, P. L. ii. 941.
Treads, Com. 635.
Treason, P. L. iii. 207. S. A. 391, 959.
Treasonous, Com. 702.
Treasure, P. R. ii. 427. Com. 399. Vac. Ex. 18.
Treasures, P. L. i. 688. P. R. iii. 29.
Treasury, Son. v. 2.
Treat, P. L. xi. 588. P. R. ii. 335; iv. 264. S. A. 482, 591.
Trebisond, P. L. i. 584.
Treble, P. L. i. 220.

Tree, P. L. i. 2 ; iv. 195, 395,
427, 644 ; v. 51, 57 ; vii. 46,
542 ; viii. 306, 321, 323 ; ix.
576, 591, 594, 617, 644, 651,
660, 661, 723, 727, 834, 850,
863, 1026, 1033, 1095 ; x.
122, 143, 199, 554 ; xi. 320,
426, 858. P. R. iv. 147,
434. Com. 393, 983. Ep.
M. Win. 30. Ps. i. 7.
Tree of knowledge, P. L. iv.
221, 423, 424, 514 ; ix. 751,
752, 848, 849.
Tree of life, P. L. iii. .354 ; iv.
194, 218, 424 ; viii. 326 ; ix.
73 ; xi. 94, 122. P. R. iv. 589.
Trees, P. L. iv. 147, 217, 248,
421 ; v. 309, 426 ; vii. 324,
459 ; viii. 304, 313 ; ix. 618,
795, 1118 ; x. 101, 558, 1067 ;
xi. 28, 124, 832. P. R. ii.
263, 354. L'Al. 78. Com. 147.
Trees of God, P. L. v. 390 ; vii.
538.
Trees of life, P. L. v. 652.
Tremble, P. L. xii. 228. S. A.
1648.
Trembled, P. L. ii. 676, 788 ; ix.
1000.
Trembling, P. L. iv. 266. P. R.
i. 451. Lyc. 77. Ps. ii. 25.
Tremisen, P. L. xi. 404.
Trench, P. L. i. 677.
Trent, Vac. Ex. 93. Forc. of
Con. 14.
Trepidation, P. L. iii. 483.
Trespass, P. L. iii. 122 ; ix. 693,
889, 1006. S. A. 691. Ps.
lxxxv. 36.
Tresses, P. L. iv. 305, 497 ; v.
10 ; ix. 841 ; x. 911. Com.
753, 929. Od. Nat. 187.
Trial, P. L. i. 366 ; iv. 855 ; viii.
447 ; ix. 316, 366, 370, 380,
961, 975, 1177. P. R. iii.
196 ; iv. 206. S. A. 1175,
1288, 1643. Com. 329, 592.
Ps. i. 13.

Tribe, S. A. 217, 265, 876, 1479,
1540.
Tribes, P. L. iii. 532 ; vii. 488 ;
xi. 279 ; xii. 23, 226. P. R.
iii. 374, 403, 414. S. A. 242,
976.
Tribulation, P. L. xi. 63.
Tribulations, P. L. iii. 336. P. R.
iii. 190.
Tribunal, P. L. iii. 326.
Tribunals, S. A. 695.
Tributary, Com. 24.
Tribute, P. L. v. 343 ; viii. 36.
P. R. iii. 258. Com. 925.
Trick'd, Il Pens. 123.
Tricks, Forc. of Con. 13.
Tricks, (*verb*,) Lyc. 170.
Trident, P. L. x. 295.
Tridents, Com. 27.
Tried, *or* Try'd, P. L. iv. 896 ;
v. 532 ; vi. 120, 418 ; vii. 159 ;
viii. 271 ; ix. 317 ; xi. 63,
805. P. R. i. 4 ; iii. 189.
S. A. 1086. Com. 970. Od.
Pass. 13. Ps. lxxxi. 31.
Tries, Ps. vii. 38.
Trifle, P. R. iv. 165.
Trifles, P. R. iv. 329.
Triform, P. L. iii. 730.
Trills, P. R. iv. 246.
Trim, S. A. 717. L'Al. 75. Il
Pens. 50. Com. 120. Od.
Nat. 33.
Trimming, Vac. Ex. 19.
Trinacrian, P. L. ii. 661.
Trinal, Od. Nat. 11.
Trine, P. L. x. 659.
Trip, L'Al. 33. Arc. 99. Com.
118.
Triple, P. L. ii. 569 ; v. 750 ;
vi. 572. Com. 581. Son.
xiii. 12.
Triple-colour'd, P. L. xi. 897.
Triple-row, P. L. vi. 650.
Tripp'd, P. R. ii. 354.
Tripping, P. L. xi. 847. Vac.
Ex. 62.
Trippings, Com. 961.

Trips, Vac. Ex. 3.
Triton, P. L. iv. 276.
Triton's, Com. 873.
Trivial, P. R. ii. 223. S. A.
142, 263. Com. 502.
Triumph, P. L. iii. 254; vi. 886;
vii. 180; x. 537, 546; xi.
695, 788. P. R. i. 173; iii.
36; iv. 138, 624. S. A. 426,
1312.
Triumph, (*verb*,) P. L. ix. 948.
Com. 974. Ps. v. 36.
Triumphal, P. L. vi. 881; x.
390. P. R. iv. 37.
Triumphals, P. R. iv. 578.
Triumphant, P. L. iv. 975; v.
693; vi. 889; x. 464; xi.
491. Od. Cir. 2.
Triumph'd, P. L. x. 186, 572.
Triumphing, P. L. iii. 338; xii.
452. Od. on Time, 22.
Triumphs, P. L. xi. 723. L'Al.
120.
Triumphs, (*verb*,) P. L. i. 123.
Trod, P. L. ix. 526. P. R. ii.
307. Com. 569, 961. Son.
ix. 6. Ps. lxxxvi. 5.
Trod down, P. R. iv. 620.
Trodden, P. L. i. 682; ix. 572.
Troll, P. L. xi. 620.
Troop, P. L. i. 437. P. R. i. 323.
Troop, (*verb*,) P. L. vii. 297.
Com. 603. Od. Nat. 233.
Trooping, P. L. i. 760.
Troops, P. R. iii. 311. S. A.
138. Lyc. 179.
Trophies, P. L. i. 539; x. 355.
P. R. iv. 37. S. A. 470,
1736. Il Pens. 118. Son.
xi. 6.
Tropick, P. L. x. 675. P. R. iv.
409.
Trot, Ep. Hobs. II. 4.
Trouble, P. L. v. 34, 96; vi.
634; xi. 103; xii. 81. P. R.
ii. 87, 126. S. A. 487, 1300.
Ps. vii. 52; lxxxi. 25;
lxxxviii. 9.

Trouble, (*verb*,) P. L. vi. 272;
xii. 209. Ps. ii. 11.
Troubled, P. L. i. 557; ii. 534;
iv. 19, 315; v. 882; vii. 216;
x. 36, 718. P. R. ii. 65, 333;
iv. 1. S. A. 185. Ps. vi. 6;
lxxxiii. 61, 62; cxiv. 7.
Troubles, P. L. iv. 575. P. R.
ii. 460. Ps. v. 27.
Troublesome, P. L. iv. 740.
Troy, P. L. ix. 16. Il Pens.
100. Brut. 12.
Truce, P. L. ii. 526; vi. 407,
578; xi. 244. P. R. iv. 529.
True, P. L. iii. 104; iv. 98, 196,
250, 251, 282, 294, 295, 750,
900; v. 305; vi. 430; viii.
384, 589; ix. 788, 982, 1024,
1069; x. 494, 789; xi. 361,
598, 790; xii. 83, 145, 274,
358. P. R. i. 231, 358, 431,
433; iii. 60, 63, 139, 373,
405, 441; iv. 290, 319, 347,
596. S. A. 91, 418, 430,
823, 1756. Il Pens. 95.
Com. 10, 170, 385, 437, 511,
644, 905, 997. Son. v. 13;
xiv. 6. Od. Nat. 227. Od.
D. F. I. 41, 45. Eurip. 1.
Ps. lxxxvi. 56.
More true, P. R. i. 431.
Truest, S. A. 654.
Truly, P. L. iv. 491. P. R. iii.
372. S. A. 754. Ps. lxxxiv.
46.
Most truly, Ep. Hobs. II. 1.
Trump, Od. Nat. 156. Od.
Pass. 26.
Trumpery, P. L. iii. 475.
Trumpet, P. L. vi. 60, 203, 526;
vii. 296; xi. 74. P. R. i. 19.
Od. Nat. 58.
Trumpet's, P. L. i. 754; xii. 229.
Trumpets', Ps. lxxxi. 10.
Trumpets, P. L. i. 532; ii. 515.
S. A. 1598. Ps. lxxxi. 10.
Trunk, P. L. vii. 416; ix. 589.
Trust, (*noun*,) P. L. ii. 46. S. A.

348, 428, 1001, 1140. Com.
31, 682.
Trust, P. L. ii. 17; v. 788; x.
881; xii. 328, 418. Com.
322, 370. Son. xviii. 7. Ps.
iv. 24; v. 33; lxxxvi. 8.
Trusted, P. L. i. 40; vii. 143;
x. 877. S. A. 199, 783.
Trusting, P. L. vi. 119; xii.
133. S. A. 1178.
Truth, P. L. iii. 338; iv. 293;
v. 771, 902; vi. 32, 33, 122,
173, 381; ix. 738; x. 755,
856; xi. 667, 704, 807; xii.
303, 482, 490, 511, 533, 535.
P. R. i. 205, 220, 430, 446,
453, 462, 464, 472, 478; ii.
34, 473; iii. 183, 443. S. A.
215, 870, 1276. Com. 691,
971. Son. ii. 5; iv. 4; vii.
10; ix. 12; x. 11; xi. 4;
xiii. 3. Od. Nat. 141. Od.
on Time, 16. Od. D. F. I.
54. Ep. Hobs. I. 5; II. 8.
Ariost. 3. Hor. II. 1. Ps.
lxxxv. 41, 45.
Truth's, P. L. xii. 569. P. R.
iii. 98.
Try, P. L. i. 269; iv. 941; v.
727, 865; vi. 120, 818; viii.
75, 437; ix. 860; x. 254,
382. P. R. i. 123, 224; ii.
225; iv. 198, 532. S. A.
754, 1399. Com. 793, 806,
857.
Tub, Com. 408.
Tube, P. L. iii. 590.
Tuft, P. L. iv. 325; ix. 417.
Tufted, Lyc. 143. L'Al. 78.
Com. 225.
Tufts, P. L. vii. 327.
Tugg'd, S. A. 1650.
Tumble, Com. 927.
Tumid, P. L. vii. 288.
Tumours, S. A. 185.
Tumult, P. L. ii. 966, 1040; vi.
674. Com. 202. Ps. ii. 1.
Tumults, P. L. v. 737.

Tumultuous, P. L. ii. 936; iv. 16.
Tun, P. L. iv. 816.
Tune, P. L. v. 196. S. A. 661.
Arc. 72. Od. Pass. 8.
In tune, Od. Sol. Mus. 26.
Tuneable, P. L. v. 151. P. R. i.
480.
Tun'd, P. L. iii. 366; vii. 436,
559; ix. 549. P. R. i. 182.
Tuneful, P. R. ii. 290. Son.
viii. 1.
Tunes, Il Pens. 117.
Tunes, (*verb,*) P. L. iii. 40; v. 41.
Tunings, P. L. vii. 598.
Tun'st, Son. viii. 11.
Turbans, P. R. iv. 76.
Turbulencies, P. R. iv. 462.
Turbulent, P. L. ix. 1126. P. R.
iv. 461. S. A. 552, 1040.
Turchestan-born, P. L. xi. 396.
Turf, P. L. v. 391; xi. 324.
Lyc. 140. Com. 280.
Turkis, Com. 894.
Turkish, P. L. x. 434.
Turms, P. R. iv. 66.
Turn, (*noun,*) P. L. vii. 380;
viii. 491.
Turn, P. L. iii. 582; v. 413, 441,
497, 630; vi. 234, 291, 562;
x. 668, 672, 1093; xi. 373,
806; xii. 471, 510. P. R. ii.
220. S. A. 708. Lyc. 21.
Arc. 66. Od. D. F. I. 67.
Ps. vi. 7; lxxx. 13; lxxxi.
59; lxxxv. 14, 21; lxxxvi.
57.
Turn aside, P. L. xi. 630.
Turn forth, Com. 222, 224.
Turn'd, P. L. iii. 500, 582, 624,
646, 718, 736; iv. 410, 480,
502, 536, 721, 741, 978; v.
420, 906; vi. 284, 509, 649,
881; vii. 213, 228; viii. 257,
507; ix. 527, 603, 834, 920;
x. 192, 546, 688, 909; xi.
675, 714; xii. 176. P. R. ii.
37; iii. 138. S. A. 139, 396,
539, 1614. Ps. cxiv. 14.

Turneys, Il Pens. 118.
Turning, P. L. ii. 63, 968; v. 255. P. R. iii. 293. Od. Nat. 48.
Turnings, Com. 569.
Turns, P. L. i. 495; ii. 876; v. 332; vii. 129; ix. 330. Com. 462. Ps. vii. 58.
  By turns, P. L. ii. 598; vi. 7.
  Up-turns, Ps. lxxx. 54.
Turnus, P. L. ix. 17.
Turret, P. L. ix. 525.
Turrets, P. R. iv. 54.
Turtle, Od. Nat. 50.
Tuscan, P. L. i. 288. Com. 48. Son. xv. 12.
Tusked, Ps. lxxx. 53.
Twain, S. A. 929. Lyc. 120. Com. 284.
  In twain, Ps. cxxxvi. 45.
Tweed, Vac. Ex. 92.
Twelve, P. L. iii. 597; xii. 155, 226. P. R. ii. 96.
Twenty, P. L. vi. 769. Ep. Hobs. I. 3.
Twice, P. L. ix. 859. P. R. i. 210; ii. 314; iii. 281. S. A. 24, 361, 635. Ps. lxxxvii. 17.
Twice-batter'd, Od. Nat. 199.
Twice ten, P. L. x. 669.
Twigs, P. L. ix. 1105.
Twilight, P. L. i. 597; iv. 598; v. 645; vi. 12; vii. 583; ix. 50. Il Pens. 133. Arc. 99. Com. 844. Od. Nat. 188.
Twin-born, Son. vii. 6.
Twine, P. L. iv. 348. Com. 105. Od. Nat. 226.
Twines, P. L. v. 216.
Twinn'd, P. L. xii. 85.
Twins, P. L. x. 674. Com. 1010.
Twisted, L'Al. 48. Com. 862. Ps. ii. 8.

Twitch'd, Lyc. 192.
'Twixt, P. L. i. 346; v. 589; vi. 104; ix. 51. Com. 20, 606. Od. D. F. I. 69.
Two, P. L. ii. 714; iii. 33, 65; iv. 288, 382, 404, 505, 732, 786, 790, 820, 874, 1002; v. 132, 366; vi. 305, 313, 366, 684, 685, 688, 699; vii. 201, 346; viii. 151; ix. 203, 211; x. 82, 289, 1072; xi. 57, 186, 454, 565, 600; xii. 169, 197, 254, 431. P. R. i. 159; iii. 255, 361, 377. S. A. 261, 1606, 1633, 1648. Lyc. 110. L'Al. 15, 82. Com. 291, 575, 578, 1010. Son. xii. 8. Vac. Ex. 6.
Two and two, P. L. viii. 350.
Two-handed, P. L. vi. 251. Lyc. 130.
  Only two, P. L. ix. 415.
  These two, S. A. 209.
  Us two, P. L. x. 924, 990.
  You two, P. L. x. 397.
Type, P. L. i. 405.
Types, P. L. xii. 232, 303.
Typhæan, P. L. ii. 539.
Typhon, P. L. i. 199. Od. Nat. 226.
Tyrannick, P. R. i. 219. S. A. 1275.
Tyrannize, P. L. xii. 39.
Tyrannous, P. L. xii. 32.
Tyranny, P. L. i. 124; ii. 59; xii. 95. S. A. 1291.
Tyrant, P. L. x. 466; xii. 96, 173. Son. xiii. 12.
Tyrants, Ps. cxxxvi. 10.
Tyrant's, P. L. iv. 394.
Tyre, Ps. lxxxiii. 27; lxxxvii. 15.
Tyrian, Com. 342. Od. Nat. 204.
Tyrrhene, Com. 49.

UGLIER, P. L. ii. 662.
Ugly, P. L. x. 539; xi. 464. P. R. iv. 408.
Ugly-headed, Com. 695.
Ulcer, P. L. xi. 484.
Ultimate, P. R. iii. 210.
Ulysses, P. L. ii. 1019. Com. 637.
Ulysses', Vac. Ex. 50.
Umbrage, P. L. ix. 1087.
Umbrageous, P. L. iv. 257.
Umpire, P. L. ii. 907; iii. 195.
Unable, P. L. x. 165, 750. S. A. 896.
Unacceptable, P. L. ii. 251.
Unaccomplish'd, P. L. iii. 455.
Unacquainted, Com. 180.
Unactive, P. L. iv. 621; viii. 97. P. R. ii. 81. S. A. 1705.
Unadmonish'd, P. L. v. 245.
Unador'd, P. L. i. 738.
Unadorn'd, P. L. vii. 314.
Unadorned, P. L. iv. 305. Com. 23.
Unadventurous, P. R. iii. 243.
Unaffected, P. R. iv. 359.
Unagreeable, P. L. x. 256.
Unaided, P. L. vi. 141.
Unalterably, P. L. v. 502.
Unalter'd, P. R. i. 493.
Unamazed, P. L. ix. 552.
Unanimous, P. L. iv. 736; vi. 95; xii. 603. P. R. i. 111.
Unanswer'd, P. L. vi. 163.
Unappall'd, P. R. iv. 425.
Unapparent, P. L. vii. 103,
Unappeasable, S. A. 963.
Unapproached, P. L. iii. 4.
Unapprov'd, P. L. v. 118.
Unargued, P. L. iv. 636.

Unarm'd, P. R. iv. 626. S. A. 126, 263, 1111.
Unarmed, P. L. iv. 552; vi. 595. Com. 582.
Unassail'd, Com. 220.
Unassay'd, P. L. ix. 335.
Unattempted, P. L. i. 16.
Unattended, P. L. viii. 60.
Unattending, Com. 272.
Unaware, P. L. ii. 156; iii. 547; ix. 362. P. R. i. 225.
Unawares, P. L. ii. 932; v. 731. S. A. 1522.
Unbarr'd, P. L. vi. 4.
Unbecoming, P. L. vi. 237.
Unbefitting, P. L. iv. 759.
Unbegot, P. L. x. 988.
Unbeheld, P. L. iv. 674.
Unbelief, Com. 519.
Unbenighted, P. L. x. 682.
Unbenign, P. L. x. 661.
Unbesought, P. L. x. 1058.
Unbid, P. L. x. 204.
Unblam'd, P. L. iii. 3; ix. 5; xii. 22.
Unblemish'd, Com. 215.
Unblench'd, Com. 730.
Unblest, P. L. i. 238; x. 988. Com. 907. Ps. v. 14.
Unborn, P. L. iv. 663; vii. 220; xi. 502.
Unbosom, Od. Pass. 53.
Unbosom'd, S. A. 879.
Unbottom'd, P. L. ii. 405.
Unbound, P. L. iii. 603.
Unbounded, P. L. iv. 60; x. 471.
Unbroken, P. L. ii. 691.
Unbuckled, P. L. xi. 245.
Unbuild, P. L. viii. 81; xii. 526.
Uncall'd, P. L. ix. 523.

Uncelebrated, P. L. vii. 253.
Uncertain, P. L. iii. 76. P. R. iv. 326. Com. 360.
Uncessant.—*See* Incessant.
Unchang'd, P. L. vii. 24.
Unchangeable, P. L. iii. 127.
Unchaste, S. A. 321, 325. Com. 464.
Uncheck'd, P. L. viii. 189.
Uncheerful, Ps. lxxxviii. 11.
Uncircumcis'd, S. A. 260, 640, 1364.
Uncircumscrib'd, P. L. vii. 170.
Unclean, P. L. ix. 1098. P. R. ii. 328. S. A. 321, 324, 1362, 1364.
Unclouded, P. L. x. 65.
Uncolour'd, P. L. v. 189.
Uncompassionate, S. A. 818.
Uncompounded, P. L. i. 425.
Unconcern'd, P. L. xi. 174.
Unconfirm'd, P. R. i. 29.
Unconform, P. L. v. 259.
Unconjugal, S. A. 979.
Unconniving, P. R. i. 363.
Unconquerable, P. L. i. 106; vi. 118.
Unconquer'd, Com. 448.
Unconscionable, S. A. 1245.
Unconsum'd, P. L. i. 69; ii. 648.
Uncontrollable, S. A. 1754.
Uncontrolled, Com. 793.
Uncover'd, P. L. ix. 1059.
Uncover'st, S. A. 842.
Uncouth, P. L. ii. 407, 827; v. 98; vi. 362; viii. 230; x. 475. S. A. 333. Lyc. 186. L'Al. 5.
Uncreate, P. L. v. 895; ix. 943.
Uncreated, P. L. ii. 150; vi. 268.
Uncropt, P. L. iv. 731.
Unction, P. L. vi. 709.
Unctuous, P. L. ix. 635.
Uncull'd, P. L. xi. 436.
Undaunted, P. L. ii. 677, 955;

iv. 851; vi. 113. S. A. 1623.
Undazzled, P. L. iii. 614.
Undeck'd, P. L. v. 380.
Undefil'd, P. L. iv. 761.
Undelay'd, Ps. vii. 59.
Undelighted, P. L. iv. 286.
Under,—*Passim.*
Underfoot, P. L. iv. 700.
Undergo, P. L. i. 155; ix. 953, 971; x. 26, 575. Od. Pass. 12. Ps. lxxxviii. 63.
Undergone, P. R. ii. 132.
Under-ground, P. L. vi. 196, 666; vii. 301, 469; ix. 72; xi. 570; xii. 42.
Under-growth, P. L. iv. 175.
Underling, Vac. Ex. 76.
Undermine, P. R. i. 179.
Underminers, S. A. 1204.
Underneath, P. L. i. 701; iii. 518; iv. 225; v. 87; vi. 659; vii. 268. P. R. iv. 456, 544. Il Pens. 152. Vac. Ex. 95.
Understand, P. L. vi. 625; viii. 345, 540; xii. 376. P. R. iv. 527. Ps. lxxxii. 17.
Understanding, P. L. v. 486; vi. 444; ix. 1127.
Understood, P. L. i. 662; iv. 55; v. 450; vi. 626; viii. 352; ix. 1035; x. 344, 883; xii. 58, 514. P. R. i. 436, 437; ii. 100. S. A. 191.
Undertake, P. L. ii. 419.
Undertook, P. L. iv. 935; x. 74. P. R. i. 100, 374; ii. 129.
Underwent, Com. 841.
Undeserv'd, P. L. xii. 27.
Undeservedly, P. L. xii. 94.
Undesirable, P. L. ix. 824.
Undetermin'd, P. L. ii. 1048.
Undiminish'd, P. L. i. 154; iv. 836.
Undiscording, Od. Sol. Mus. 17.
Undisguis'd, P. R. i. 357.

Undismay'd, P. L. ii. 432; vi. 417.
Undissembled, S. A. 400.
Undisturbed, Od. Sol. Mus. 6.
Undo, P. L. ix. 926, 944. Com. 904.
Undone, P. L. iii. 235.
Undoubted, P. L. i. 672. P. R. i. 11.
Undoubtedly, P. L. x. 1093.
Undrawn, P. L. vi. 751.
Undreaded, P. L. x. 595.
Undying, P. L. vi. 739.
Unearn'd, P. L. ix. 225.
Uneasy, P. L. i. 295. P. R. iv. 584.
Uneloquent, *or* Ineloquent, P. L. viii. 219.
Unemploy'd, P. L. iv. 617. S. A. 580.
Unenchanted, Com. 395.
Unendear'd, P. L. iv. 766.
Unenvied, P. L. ii. 23.
Unequal, P. L. vi. 453, 454. S. A. 346.
Unequall'd, P. L. ix. 983.
Unequals, P. L. viii. 383.
Unespied, P. L. iv. 399; vi. 523.
Unessential, P. L. ii. 439.
Uneven, P. R. ii. 173.
Unexampled, P. L. iii. 410.
Unexempt, Com. 685.
Unexpected, P. L. vi. 774; xi. 268. P. R. ii. 29.
Unexpectedly, S. A. 1750.
Unexperienc'd, P. L. iv. 457. P. R. iii. 240.
Unexpert, P. L. ii. 52.—*See* Inexpert.
Unexpressive, Lyc. 176. Od. Nat. 116.
Unfaithful, P. L. xii. 461, 481.
Unfastens, P. L. ii. 879.
Unfear'd, P. L. ix. 187.
Unfeign'd, P. L. vi. 744; viii. 603; x. 1092, 1104.
Unfelt, P. L. ii. 703; viii. 475.

Unfinish'd, S. A. 1027.
Unfit, Ps. lxxxviii. 16.
Unfold, P. L. iv. 381; v. 568; vi. 558; vii. 94; xi. 785. P. R. i. 82; ii. 239. Il Pens. 89. Com. 786. Son. xii. 5. Ps. lxxxviii. 48.
Unfolding, P. L. x. 63.
Unforbid, P. L. vii. 94.
Unforeknown, P. L. iii. 119.
Unforeseen, P. L. ii. 821.
Unforeskinn'd, S. A. 1100.
Unforewarn'd, P. L. v. 245.
Unform'd, P. L. vii. 233.
Unfortunate, P. L. x. 970. P. R. i. 358. S. A. 747, 1743.
Unfound, P. L. vi. 500.
Unfounded, P. L. ii. 829.
Unfrequented, P. L. i. 433. S. A. 17.
Unfriended, P. R. ii. 413.
Unfulfill'd, P. L. iv. 511.
Unfum'd, P. L. v. 349.
Unfurl'd, P. L. i. 535.
Ungodly, P. L. vii. 185. S. A. 898. Soph. 2.
Ungovern'd, P. L. xi. 517.
Ungraceful, P. L. viii. 218.
Ungratefully, Vac. Ex. 78.
Unguarded, P. L. vi. 133; x. 419. Com. 283.
Unhallow'd, P. L. ix. 931. Com. 757.
Unhappily, P. L. x. 917.
Unhappy, P. L. i. 268; ix. 1136. Com. 511.
Unharbour'd, Com. 423.
Unhardy, P. R. iii. 243.
Unharmonious, P. L. xi. 51.
Unhazarded, S. A. 809.
Unheard, P. L. i. 395, 738; iii. 645.
Unheeded, P. L. iv. 350.
Unheedy, Ep. M. Win. 38.
Un-hide-bound, P. L. x. 601.
Unhoard, P. L. iv. 188.
Unholy, P. L. xi. 106. L'Al. 4.
Unhop'd, P. L. x. 348.

Unhous'd, Od. D. F. I. 21.
Unhumbled, P. R. iii. 429.
Unhurt, P. L. vi. 444.
Unimaginable, P. L. vii. 54.
Unimmortal, P. L. x. 611.
Unimplor'd, P. L. iii. 231 ; ix. 22.
Uninform'd, P. L. viii. 486.
Uninjur'd, Com. 403.
Uninterrupted, P. L. iii. 68.
Uninvented, P. L. vi. 470.
Union, P. L. ii. 36 ; v. 612 ; vi. 63 ; vii. 161 ; viii. 431, 604, 627 ; ix. 966. Od. Nat. 108. Ps. lxxxiii. 20.
Unison, P. L. vii. 599.
Unite, P. L. iv. 263 ; ix. 314 ; x. 247. Od. Sol. Mus. 27. Ps. lxxxiii. 19 ; lxxxvi. 39.
United, P. L. i. 88, 560, 629 ; iv. 230 ; v. 610, 831 ; ix. 608. P. R. iii. 229. S. A. 1110.
Unites, P. L. x. 364 ; xii. 382.
Unity, P. L. viii. 425. Od. Nat. 11.
Universal, P. L. i. 541 ; ii. 951 ; iii. 48, 317, 676 ; iv. 266 ; v. 154, 205 ; vi. 34, 797 ; vii. 257, 316 ; viii. 376 ; ix. 612 ; x. 505, 508 ; xi. 821. S. A. 1053, 1511. Lyc. 60. Od. Nat. 52.
Universally, P. L. ix. 542. S. A. 175.
Universe, P. L. ii. 622 ; iii. 584, 721 ; vii. 227 ; viii. 360 ; ix. 684. P. R. i. 49 ; iv. 459.
Unjointed, S. A. 177.
Unjust, P. L. ii. 200 ; iii. 215 ; v. 818, 819, 831 ; xi. 455 ; xii. 294. P. R. ii. 45 ; iii. 98. S. A. 695, 703. Com. 590. Sen. 3. Ps. vii. 45.
Unjustly, P. L. vi. 174. S. A. 889.
Unkindly, P. L. iii. 456 ; ix. 1050. Com. 269.

Unkindness, P. L. ix. 271.
Unknown, P. L. ii. 443, 444 ; iii. 496 ; iv. 830 ; vi. 262 ; vii. 75, 494 ; ix. 619, 756, 757, 864, 905 ; xii. 55, 134. P. R. i. 25 ; ii. 413, 444. S. A. 180. Com. 361, 634.
Unlaid, Com. 434.
Unletter'd, Com. 174.
Unlibidinous, P. L. v. 449.
Unlicensed, P. L. iv. 909.
Unlightsome, P. L. vii. 355.
Unlike, P. L. i. 75 ; vi. 517 ; ix. 1114. S. A. 815, 1510.
Unlimited, P. L. iv. 435.
Unlock, P. L. ii. 852. Com. 852.
Unlock'd, S. A. 407. Com. 756.
Unlook'd, P. R. ii. 31.
Unmake, P. L. iii. 163.
Unmanly, S. A. 417.
Unmark'd, P. L. x. 441. P. R. i. 25.
Unmeasur'd, P. L. v. 399.
Unmeditated, P. L. v. 149.
Unmeet, P. L. viii. 442.
Unmerited, P. L. xii. 278.
Unminded, P. L. x. 332.
Unmindful, P. L. vi. 369 ; xi. 611. Com. 9. Od. Hor. 12.
Unmix'd, P. L. vi. 742. P. R. iii. 48.
Unmoulding, Com. 529.
Unmov'd, P. L. i. 554 ; ii. 429 ; iv. 455, 822 ; v. 898 ; viii. 532 ; xi. 192. P. R. iii. 386 ; iv. 109.
Unmuffle, Com. 331.
Unnam'd, P. L. vi. 263 ; x. 595 ; xii. 140.
Unnumber'd, P. L. ii. 903 ; vii. 432.
Unobey'd, P. L. v. 670.
Unobnoxious, P. L. vi. 404.
Unobscur'd, P. L. ii. 265.
Unobserv'd, P. L. iv. 130. P. R. iv. 638.

Unoppos'd, P. L. vi. 132.
Unoriginal, P. L. x. 477.
Unown'd, Com. 407.
Unpaid, P. L. v. 782.
Unpain'd, P. L. vi. 455.
Unparallel'd, S. A. 165.   Arc. 25.
Unpeopled, P. L. iii. 497.
Unperceiv'd, P. L. iii. 681; xi. 224.
Unpierc'd, P. L. iv. 245.
Unpillow'd, Com. 355.
Unpitied, P. L. ii. 185; iv. 375. P. R. i. 414.
Unplausible, Com. 162.
Unpolluted, P. L. ii. 139.   Com. 461.
Unpossess'd, P. L. viii. 153.
Unpractis'd, P. L. viii. 197.
Unprais'd, P. L. ix. 232.   P. R. iii. 103.   Com. 723.
Unpredict, P. R. iii. 395.
Unpremeditated, P. L. ix. 24.
Unprepar'd, P. L. viii. 197.
Unprevented, P. L. iii. 231.
Unprincipled, Com. 367.
Unproclaim'd, P. L. xi. 220.
Unpronounc'd, Vac. Ex. 4.
Unpropp'd, S. A. 119.
Unpurg'd, P. L. v. 419.
Unpurged, Arc. 73.
Unpursued, P. L. vi. 1.
Unquenchable, P. L. vi. 877. S. A. 1422.
Unquiet, P. L. v. 11; x. 975.
Unrazor'd, Com. 290.   •
Unreal, P. L. x. 471.
Unrecorded, P. R. i. 16.
Unreform'd, P. R. iii. 429.
Unrein'd, P. L. vii. 17.
Unremov'd, P. L. iv. 987.
Unrepentant, P. R. iii. 429.
Unrepented, S. A. 1376.
Unrepriev'd, P. L. ii. 185.
Unreprov'd, P. L. iv. 493.
Unreproved, L'Al. 40.
Unrespited, P. L. ii. 185.
Unrest, P. L. ix. 1052; xi. 174.

Unrevok'd, P. L. v. 602.
Unrighteous, P. L. iii. 292.
Unrivall'd, P. L. iii. 68.
Unsafe, P. L. vi. 309.
Unsaid, Com. 586.
Unsavoury, P. L. v. 401.   Com. 742.
Unsay, P. L. iv. 95, 947.   P. R. i. 474.
Unsearchable, P. L. viii. 10. S. A. 1746.
Unsearch'd, P. L. iv. 789.
Unseasonable, P. L. viii. 201.
Unseduc'd, P. L. v. 899.
Unseemliest, P. L. ix. 1094.
Unseemly, P. L. x. 155.   S. A. 690, 1451.
Unseen, P. L. ii. 659, 841; iii. 585; iv. 130, 678; viii. 485; x. 21, 448; xi. 265, 671; xii. 49, 361.   L'Al. 57.   Il Pens. 65, 154.   Com. 230.
Unsettled, P. R. iv. 326.
Unshaken, P. L. iv. 64; v. 899.   P. R. iv. 421.   Son. x. 5.
Unshar'd, P. L. ix. 880.
Unshed, P. L. xii. 176.
Unshorn, S. A. 1143. Vac. Ex. 37.
Unshower'd, Od. Nat. 215.
Unsightly, P. L. iv. 631; vii. 314; xi. 510.   Com. 629.
Unskilful, P. L. xi. 32.
Unsleeping, P. L. v. 647.
Unsmooth, P. L. iv. 631.
Unsought, P. L. iii. 231; viii. 503; ix. 366, 370; x. 106. P. R. ii. 59.   Com. 732.
Unsound, P. L. vi. 121.
Unspar'd, P. L. x. 606.
Unsparing, P. L. v. 344.
Unspeakable, P. L. iii. 662; v. 156; vi. 297.
Unsphere, Il Pens. 88.
Unspied, P. L. iv. 529.
Unspoil'd, P. L. xi. 409.
Unspotted, P. L. iii. 248.   Com. 1009.

Unstable, Ps. v. 25.
Unstain'd, Son. v. 3. Od. Nat.
57.
Unsteady, Arc. 70.
Unsubstantial, P. R. iv. 399.
Unsucceeded, P. L. v. 821.
Unsuccessful, P. L. x. 35.
Unsuck'd, P. L. ix. 583.
Unsufferable, P. L. vi. 867. Od.
Nat. 8.
Unsuitable, P. R. iii. 132.
Unsung, P. L. i. 442; vii. 21,
253; ix. 33. P. R. i. 17.
Unsunn'd, Com. 398.
Unsuperfluous, Com. 773.
Unsupported, P. L. ix. 432.
Unsuspect, P. L. ix. 771.
Unsuspected, P. L. ix. 69.
Unsuspicious, S. A. 1635.
Unsustain'd, P. L. ix. 430.
Untam'd, P. L. ii. 337.
Untaught, P. L. ii. 9.
Unterrified, P. L. ii. 708; v.
899.
Unthank'd, Com. 723.
Unthought, P. L. ii. 821.
Unthread, Com. 614.
Unthrone, P. L. ii. 231.
Until, Ep. Hobs. II. 6.
Untold, Arc. 41.
Untouch'd, P. L. ix. 621.
Untractable, P. L. x. 476.
Untrain'd, P. L. xii. 222.
Untried, P. L. iv. 934; ix. 860.
P. R. i. 177. Od. Hor. 13.
Untrod, P. L. iii. 497. P. R. i.
298. Od. Nat. 19.
Untroubled, P. L. viii. 289. P. R.
iv. 401.
Untwisting, L'Al. 143.
Unus'd, S. A. 1231.
Unusual, P. L. i. 227. Com.
552.
Unutterable, P. L. xi. 6.
Unvalued, Ep. W. Sh. 11.
Unvanquish'd, P. L. vi. 286.
Unveil'd, P. L. iv. 608.
Unviolated, S. A. 1144.

Unvisited, P. L. ii. 398.
Unvoyageable, P. L. x. 366.
Unwaken'd, P. L. v. 9.
Unwares, Od. D. F. I. 20.
Unwary, P. L. v. 695; ix. 614;
x. 947. S. A. 930. Com.
538.
Unwearied, P. L. vi. 404; vii.
552.
Unweeting, P. L. x. 335, 916.
P. R. i. 126. Com. 539.
Od. D. F. I. 23.
Unweetingly, S. A. 1680.
Unwelcome, P. L. x. 21.
Unwept, Lyc. 13.
Unwholesome, S. A. 9.
Unwieldy, P. L. iv. 345; vii.
411. S. A. 54.
Unwilling, P. L. xii. 617.
Unwillingly, S. A. 14.
Unwise, P. L. vi. 179. P. R.
iii. 115. Son. xv. 14.
Unwiser, P. L. iv. 716.
Unwithdrawing, Com. 711.
Unwonted, Od. Hor. 8.
Unworshipt, P. L. v. 670.
Unworthier, S. A. 1216.
Unworthy, P. L. x. 1059; xii.
91, 622. P. R. iv. 346. S. A.
1424.
Unwounded, P. L. vi. 466. S. A.
1582.
Up and down, P. L. ii. 841;
iii. 441; x. 287.
Up or down, P. L. iii. 574.
Upbore, P. L. vi. 72. P. R. iv.
584.
Upborn, P. L. ii. 408; xi. 147.
Upbraid, P. L. vi. 182. S. A.
820.
Upbraided, P. L. iv. 45; ix.
1168.
Updrawn, P. L. iv. 228.
Updrew, P. L. ii. 874.
Upflew, P. L. iv. 1004.
Upgrew, P. L. iv. 137.
Upgrown, P. L. ix. 677. P. R. i.
140.

Upheave, P. L. vii. 286.
Upheav'd, P. L. vii. 471.
Upheld, P. L. i. 133, 639; iii. 178, 180; v. 336. Son. xii. 7.
Uphold, S. A. 666, 892.
Upland, L'Al. 92.
Upled, P. L. vii. 12.
Uplift P. L. i. 193. P. R. iv. 558.
Uplifted, P. L. i. 347; ii. 7, 929; vi. 317; vii. 219; xi. 746, 863. Od. Sol. Mus. 11.
Uplifting, P. L. vi. 646.
Upper, P. L. i. 346; x. 422, 446.
Upraise, P. L. ii. 372.
Uprais'd, P. L. x. 946.
Uprear'd, P. L. i. 532.
Upright, P. L. i. 18, 221; ii. 72; iv. 837; vi. 82, 270, 627; vii. 509, 632; viii. 260. P. R. iv. 551. Com. 52. Ps. i. 15; vii. 29, 42.
Uprightness, P. L. iii. 693.
Uprisen, P. L. v. 139.
Uproar, P. L. ii. 541; iii. 710; vi. 668; x. 479.
Uproll'd, P. L. vii. 291.
Uprooted, P. L. vi. 781.
Uprose, P. L. ii. 108; vi. 525; vii. 456. P. R. ii. 282.
Upsent, P. L. i. 541.
Upspringing, P. L. v. 250.
Upsprung, P. L. iv. 143; vii. 462.
Upstand, Ps. ii. 2.
Upstart, P. L. ii. 834; xii. 88.
Upstay'd, P. L. vi. 195.
Upstays, P. L. ix. 430.
Upstood, P. L. vi. 446; vii. 321.
Uptore, P. L. vi. 663.
Upturn, P. L. x. 700.
Upturn'd, P. L. x. 279.
Upturns, P. L. x. 701.
Upwhirl'd, P. L. iii. 493.
Ur, P. L. xii. 130.
Urania, P. L. vii. 1, 31.
Urchin, Com. 845.
Urge, P. L. viii. 114. Ps. vii. 21.

Urg'd, P. L. ii. 120; vi. 622, 864; ix. 588; xi. 109. P. R. i. 469. S. A. 223, 755, 852, 1677.
Urges, P. L. i. 68; ix. 250.
Uriel, P. L. iii. 648, 654, 690; iv. 125, 555, 577, 589; vi. 363; ix. 60.
Urim, P. L. vi. 761. P. R. iii. 14.
Urn, Lyc. 20.
Urns, P. L. vii. 365. Od. Nat. 192.
Usage, S. A. 1108. Com. 681.
Use, P. L. iv. 204, 692; v. 323; vii. 346; viii. 29, 192; ix. 750. P. R. iii. 7. S. A. 553. Com. 639.
Use, (*verb*,) P. L. ix. 718; x. 1078. P. R. iii. 394. S. A. 1139, 1499. Lyc. 67, 136. Vac. Ex. 8, 30. Son. ii. 13.
Us'd, P. L. iii. 196; iv. 199, 346, 762, 975; v. 386; viii. 434, 525; ix. 2, 519; x. 552. P. R. ii. 380; iii. 356. S. A. 247, 1203. Com. 821.
Useful, P. L. ii. 259; viii. 200. S. A. 564.
Useless, P. L. iii. 109; viii. 25. S. A. 131, 941, 1282, 1501. Son. xiv. 4.
Uses, P. L. viii. 106.
Usest, P. L. vii. 616.
Usher, P. L. iv. 355; x. 94.
Usher'd, Il Pens. 127.
Usual, P. R. iv. 316.
Usurp, P. L. xi. 827; xii. 421.
Usurpation, P. L. ii. 983. S. A. 1060.
Usurp'd, P. L. x. 189; xii. 66. P. R. iii. 169; iv. 183.
Usurped, Od. Nat. 170.
Usurper, P. L. xii. 72.
Usurping, P. L. i. 514; ix. 1130. Com. 337.
Utensils, P. R. iii. 336.
Uther's, P. L. i. 580.

Utmost, P. L. i. 74, 103, 399, 521; ii. 95, 361, 1029; iv. 539; v. 517; vi. 293; ix. 314, 591; x. 30, 437, 1020; xi. 332, 397; xii. 376. P. R. i. 94, 144; ii. 148; iv. 75, 535. S. A. 484, 1153, 1514. Com. 136, 617. Vac. Ex. 92. Ps. ii. 19; lxxxvii. 15.

Utter, (*verb*,) P. L. i. 626; ii. 87; v. 683; ix. 131; xi. 704. P. R. iv. 172. S. A. 1556, 1566.

Utter, P. L. i. 72; ii. 127, 440; iii. 16, 308; v. 614; vi. 716.

Utterance, P. L. iii. 62; iv. 410; ix. 1066. P. R. iii. 10.

Utter'd, P. L. x. 33, 615. P. R. i. 320. S. A. 1646. Com. 786.

Utter'dst, P. L. xi. 762.

Uttering, P. L. iii. 143, 347.

Uttermost, P. L. vii. 266; x. 920.

Uxorious, P. L. i. 444. S. A. 945.

Uzzean, P. R. i. 369.

Uzziel, P. L. iv. 782.

ACANT, P. L. ii. 835; vii. 190; xi. 103. P. R. ii. 116. S. A. 89. Com. 718. Od. Hor. 10.

Vacation, Ep. Hobs. II. 14.

Vacuity, P. L. ii. 932.

Vacuous, P. L. vii. 169.

Vagabond, P. L. xi. 16.

Vagaries, P. L. vi. 614.

Vain, P. L. i. 44; ii. 9, 191, 234, 378, 565, 933; iii. 109, 446, 448, 465, 467; iv. 87, 466, 808, 860; v. 737; vi. 90, 135; vii. 610; viii. 187; ix. 1113, 1189; x. 50, 337, 829; xi. 92. P. R. iii. 105, 387, 425; iv. 20, 24, 307. S. A. 322, 350, 570, 1227, 1504. Lyc. 18. Il Pens. 1. Com. 513. Son. xvii. 13. Od. on Time, 5. Ps. ii. 2; iv. 12.

In vain, P. L. iii. 23, 457, 601, 602; iv. 675, 833; v. 43; ix. 296; x. 515; xi. 726; xii. 377. P. R. i. 459; ii. 24, 388; iv. 407, 498. S. A. 841, 914. Son. x. 13. Od. Nat. 204, 208, 219.

Vain-glorious, P. L. vi. 384.

Vainly, P. L. ii. 811.

Valdarno, P. L. i. 290.

Vale, P. L. i. 224; ii. 618, 742; vi. 70; x. 530; xi. 567; xii. 266. P. R. i. 304. S. A. 181, 229. Com. 233. Ps. lxxxiv. 21.

Vales, P. L. i. 321; iii. 569. Lyc. 134. Son. xiii. 9.

Valiant, P. R. iv. 143. S. A. 1101, 1738.

Valid, P. L. vi. 438.

Valley, P. L. i. 404; ii. 495, 547; iv. 255; v. 203; vi. 784; ix. 116; xi. 349. P. R. ii. 185; iv. 586. Com. 282.

Valleys, P. L. vii. 327. P. R. iii. 332. Lyc. 136.

Vallombrosa, P. L. i. 303.

Valour, P. L. i. 554; iv. 297; vi. 457; xi. 690. P. R. ii. 431. S. A. 1010, 1165, 1740. Son. x. 13.

Value, P. L. iv. 202; viii. 571. S. A. 1029.

Valued, P. L. ii. 679.

Valuest, P. R. iv. 156.

Van, P. L. ii. 535; v. 589; vi. 107. S. A. 1234.

Vane, Son. xii. 1.

Vanguard, P. L. vi. 558.

Vanish, P. L. iv. 368.

Vanish'd, P. L. vi. 14. P. R. ii. 402.

Vanity, P. L. iii. 447; x. 875. P. R. iv. 138. Od. Nat. 136. Ps. iv. 10; vii. 51.

Vanquish, P. R. i. 175.

Vanquish'd, P. L. i. 52, 476; iii. 243; vi. 365, 410. S. A. 235, 281, 562.

Vanquisher, P. L. iii. 251.

Vanquishing, P. R. iv. 607.

Vans, P. L. ii. 927. P. R. iv. 583.

Vant-brass, S. A. 1121.

Vapour, P. L. ii. 216; ix. 159, 635, 1047; x. 694; xi. 741; xii. 635.

Vapours, P. L. iii. 445; iv. 557; v. 5, 420. Arc. 49. Com. 17.

Variable, P. L. xi. 92.

Variance, S. A. 1585.

Varied, P. L. v. 431; ix. 516.

Variety, P. L. vi. 640; vii. 542.

Various, P. L. i. 374, 375, 706; ii. 967; iii. 582, 604, 717; iv. 247, 423, 669; v. 89, 146, 390, 473; vi. 84, 242; vii. 318; viii. 125, 370, 609; ix. 619; x. 343, 1064; xi. 557; xii. 53, 282. P. R. ii. 240; iv. 68. Lyc. 188. S. A. 71, 668. Com. 22, 379.

Various-measur'd, P. R. iv. 256.

Variously, P. L. viii. 610.

Varnish, P. R. iv. 344.

Varnish'd, S. A. 901.

Varnish'd o'er, P. L. ii. 485.

Vary, P. L. v. 184.

Vassal, P. R. iv. 133.

Vassalage, P. L. ii. 252.

Vassals, P. L. ii. 90.

Vast, P. L. i. 21, 177; ii. 254, 409, 539, 652, 832, 932; iii. 711; iv. 777; v. 267; vi. 109, 203, 256; vii. 211, 229; viii. 24, 153; x. 471, 601. P. R. i. 153; iii. 286. S. A. 54, 1238. Com. 771. Il Pens. 90.

Vastness, P. L. vii. 472.

Vault, P. L. i. 669; iv. 777.

Vaulted, P. L. i. 298; vi. 214. S. A. 1606.

Vaults, Com. 471.

Vaunted, P. L. iii. 251. Com. 738.

Vaunting, P. L. i. 126; vi. 363. S. A. 1360.

Vaunts, P. L. iv. 84. P. R. i. 145.

Veers, P. L. ix. 515.

Vegetable, P. L. iv. 220.

Vehemence, P. L. ii. 954. Com. 795.

Vehement, P. L. viii. 526; x. 1007.

Veil, P. L. iv. 304; v. 383, 646; ix. 1054. S. A. 730, 1035. Od. Nat. 42.

Veil, (*verb*,) P. L. iii. 382; vi. 11.

Veil'd, P. L. iii. 26; v. 250; ix. 52, 425. Son. xviii. 10.

Veils, P. L. xi. 229.

Vein, P. L. vi. 628. Od. Nat. 15.

Veins, P. L. i. 701; iv. 227; vi. 516; ix. 891; xi. 568.

Velvet, Com. 898.

Venereal, S. A. 533.

Vengeance, P. L. i. 170, 220; ii. 173; iii. 399; iv. 170; vi. 279, 808; xii. 541. Com. 218.

Vengeful, P. L. i. 148 ; x. 1023.
 Od. Cir. 24.
Venial, P. L. ix. 5.
Venom, P. L. iv. 804. Arc. 53.
Venom'd, Com. 916.
Vent, P. L. vi. 583 ; xii. 374.
 P. R. i. 433 ; iv. 445.
Vented, P. R. iii. 391.
Ventur'd, P. L. iv. 574.
Venture, P. L. iii. 19 ; iv. 891.
 Com. 228.
Ventures, P. R. i. 177.
Vent'ring, *or* Venturing, P. L.
 ix. 690. S. A. 1373.
Vent'rous, *or* Venturous, P. L.
 ii. 205 ; v. 64. Com. 609.
Venus, P. R. ii. 214. L'Al. 14.
 Com. 124.
Verbal, P. R. iii. 104.
Verdant, P. L. iv. 697 ; vii. 310 ;
 viii. 631 ; ix. 501, 1038. P. R.
 iii. 253. Com. 622.
Verdict, S. A. 324, 1228.
Verdure, P. L. vii. 315 ; xi. 832.
Verdurous, P. L. iv. 143.
Verge, P. L. ii. 1038 ; vi. 865 ;
 xi. 881.
Verify, P. R. i. 133 ; iii. 177.
Verified, P. L. x. 182.
Vermeil-tinctur'd, Com. 752.
Vermin, S. A. 574.
Vernal, P. L. iii. 43 ; iv. 155,
 264. S. A. 628. Lyc. 141.
 Ep. M. Win. 40.
Vernant, P. L. x. 679.
Verse, P. L. v. 150 ; ix. 24.
 P. R. iv. 256. Com. 516,
 858. L'Al. 137. Son. viii.
 9. Od. Nat. 17. Od. Pass.
 22, 47. Od. Sol. Mus. 2.
Versed, P. R. iv. 327.
Vertumnus, P. L. ix. 395.
Very, P. R. iv. 12. Com. 428,
 646. Ps. vi. 4.
Vessel, P. L. ii. 1043 ; ix. 89 ;
 xi. 729, 745 ; xii. 559. S. A.
 199. Ps. ii. 21.
Vessels, P. L. v. 348.

Vest, P. L. xi. 241.
Vesta, Il Pens. 23.
Vested, P. R. i. 257. Son.
 xviii. 9.
Vesture's, Arc. 83.
Vex, P. L. ii. 801.
Vex'd, P. L. i. 306 ; ii. 660 ; iii.
 429 ; x. 314. P. R. iv. 416.
 Com. 666.
Vial'd, Com. 847.
Viands, P. L. v. 434. P. R. ii.
 370.
Vice, P. L. i. 492 ; ii. 116 ; xi.
 518. Com. 760.
Vicegerent, P. L. x. 56.
Vicegerent's, P. L. v. 609.
Vices, P. R. iii. 86 ; iv. 340.
 S. A. 269.
Vicious, P. L. xii. 104.
Vicissitude, P. L. vi. 8 ; vii. 351.
Victor, P. L. i. 95, 169 ; ii. 144 ;
 vi. 124, 410, 525, 590, 880 ;
 x. 376. P. R. iv. 102, 132,
 571, 637. S. A. 1290.
Victories, Son. xi. 10.
Victorious, P. L. ii. 142, 997 ;
 iii. 250 ; vi. 886 ; vii. 136 ;
 x. 634. P. R. i. 9, 215.
 S. A. 1663. Com. 974. Od.
 Sol. Mus. 14.
Victor's, P. L. ii. 199 ; xii. 385,
 433.
Victors', P. R. iv. 337.
Victors, P. L. vi. 609.
Victory, P. L. ii. 105, 770 ; vi.
 201, 240, 630, 762 ; xii. 452,
 570. P. R. i. 173 ; iv. 594.
 Son. v. 6 ; x. 6.
View, P. L. i. 27, 563 ; ii. 190,
 394, 890 ; iii. 542 ; iv. 27,
 142, 247 ; vi. 18, 81, 603 ;
 vii. 618 ; x. 1030 ; xi. 761.
 P. R. ii. 287 ; iii. 298 ; iv.
 514. S. A. 723. Il Pens.
 15. Son. xvii. 2. Ps. lxxx. 9.
View, (*verb*,) P. L. iii. 59 ; iv.
 399 ; ix. 482. P. R. iv. 250.
 S. A. 1491.

View'd, P. L. ii. 617 ; vii. 211,
549. P. R. ii. 131, 198, 297 ;
iii. 233.
Viewing, P. L. ii. 764; ix. 1052;
x. 235.
Viewless, P. L. iii. 518. Com.
92. Od. Pass. 50.
Views, P. L. i. 59, 288, 569; ii.
190; iii. 561 ; iv. 205.
View'st, P. L. x. 355.
Vigilance, P. L. iv. 580 ; ix. 157 ;
x. 30.
Vigils, P. R. i. 182.
Vigorous, S. A. 1704. Com.
628.
Vigour, P. L. i. 140; ii. 13 ; vi.
158, 436, 851 ; viii. 97, 269 ;
ix. 314 ; x. 405. S. A. 1280.
Vile, P. L. ii. 194 ; v. 782; x.
971; xii. 510. P. R. iv. 132.
S. A. 376, 377, 1361. Com.
907.
Vilest, S. A. 73, 74.
Vilified, P. L. xi. 516.
Village, P. R. i. 332. Com. 346.
Villager, Com. 166, 304, 576.
Villages, P. L. ix. 448.
Villatic, S. A. 1695.
Vindicate, P. R. ii. 47. S. A.
475.
Vine, P. L. iv. 258, 307 ; v. 215,
427 ; vii. 320. Lyc. 40.
L'Al. 47. Com. 294. Ps.
lxxx. 33, 36, 60, 61.
Vines, P. L. i. 410; v. 635.
Vintage, P. R. iv. 15.
Viol, Od. Pass. 28.
Violate, P. L. iv. 883; ix. 903.
S. A. 428.
Violated, P. L. x. 25. P. R. iii.
160.
Violating, S. A. 893.
Violence, P. L. i. 496 ; iv. 901,
995 ; v. 242, 905; vi. 35, 274,
371, 405 ; ix. 282 ; x. 1041 ;
xi. 671, 780, 812, 888. P. R.
i. 219, 389; iii. 90, 191 ; iv.
388. S. A. 1191. Com.

392. Son. x. 11. Ps. vii.
59 ; lxxx. 52.
Violent, P. L. ii. 782 ; iii. 487 ;
iv. 97 ; ix. 324 ; xi. 471, 669 ;
xii. 93. P. R. iii. 87. S. A.
1273. Ps. lxxxvi. 50.
More violent, P. L. vi. 439 ;
xi. 428.
Violet, P. L. iv. 700. Lyc. 145.
Violet embroider'd, Com. 233.
Violets, P. L. ix. 1040. L'Al. 21.
Viper, S. A. 1001.
Virgin, P. L. ix. 396, 452 ; x.
676 ; xii. 368, 379. P. R. i.
134, 138, 239. S. A. 1035.
Il Pens. 103. Com. 148, 350,
427, 448, 507, 582, 689, 826,
856, 905, 922. Son. iv. 14.
Od. Nat. 3, 237. Od. D. F.
I. 21. Ep. M. Win. 17.
Brut. 6.
Virgin-born, P. R. iv. 500.
Virgin fancies, P. L. v. 297.
Virgin majesty, P. L. ix. 270.
P. R. ii. 159.
Virgin modesty, P. L. viii. 501.
Virgin seed, P. L. iii. 284.
Virginity, Com. 437, 738, 787.
Virgins, P. L. i. 441. S. A.
1741.
Virtual, P. L. viii. 617 ; xi. 338.
Virtue, P. L. i. 320 ; ii. 483, 551 ;
iii. 586 ; iv. 198, 671, 848 ;
v. 371 ; vi. 117, 703 ; vii.
236 ; viii. 95, 124, 502; ix.
110, 145, 310, 317, 335, 374,
616, 649, 694, 778, 973, 1063 ;
x. 372, 884 ; xi. 623, 690,
790, 798 ; xii. 98, 583. P. R.
i. 68, 165, 177, 231, 483 ; ii.
248, 431, 455, 464 ; iii. 348 ;
iv. 297, 298, 301, 314, 351.
S. A. 173, 756, 870, 1010,
1039, 1050, 1690, 1697.
Com. 9, 165, 373, 589, 761,
1019, 1022. Son. x. 5.
Virtue-proof, P. L. v. 384.
Virtues, P. L. ii. 15, 311 ; v.

601, 772, 840; vii. 199; ix.
745; x. 460. P. R. iii. 21;
iv. 98. Son. iv. 7; v. 12.
Ep. M. Win. 4.
Virtue's, P. R. ii. 217. Com.
367.
Virtuous, P. L. iii. 608; ix. 795,
1033. P. R. i. 382; ii. 468;
iv. 301. S. A. 1047. Il
Pens. 113. Com. 211, 621.
Son. xv. 1. Ep. M. Win. 60.
Virtuousest, P. L. viii. 550.
Visage, P. L. ii. 989; iii. 646;
iv. 116; v. 419; vi. 261; x.
511. Lyc. 62. Il Pens. 13.
Com. 333, 527.
Visages, P. L. i. 570; x. 24.
Viscount's, Ep. M. Win. 3.
Visible, P. L. i. 63; iii. 386; vi.
145; vii. 22; ix. 604; xi.
321.
Visibly, P. L. iii. 141; iv. 850;
vi. 682. Com. 216.
Vision, P. L. i. 455, 684; v.
613; viii. 356, 367; xi. 599;
xii. 121. P. R. i. 256; iv.
41. Lyc. 161. Com. 298,
457. Od. Pass. 41.
Visions, P. L. xi. 377, 763.
Visit, P. L. iii. 32, 230, 532, 661;
v. 375; vii. 570; viii. 45;
xii. 48. S. A. 182, 1742.
Arc. 59. Com. 339. Od.
D. F. I. 52. Ps. lxxx. 60, 61.
Visitant, P. L. xi. 225.
Visitants, S. A. 567.
Visitation, P. L. ix. 22; xi. 275.
Visited, P. L. x. 955. S. A.
987.
Visiting, P. L. iv. 240.
Visits, Com. 844.
Visit'st, P. L. vii. 29. Lyc. 158.
Ps. viii. 14.
Visor'd, Com. 698.
Visual, P. L. iii. 620; xi. 415.
S. A. 163.
Vital, P. L. iii. 22; v. 484; vi.
345; vii. 236. Arc. 65.

Vitiated, P. L. x. 169. S. A.
389.
Vocal, P. L. v. 204; ix. 198,
530. Lyc. 86. Com. 247.
Voice, P. L. i. 274, 337; ii. 188,
474, 518; iii. 9, 370, 710;
iv. 1, 36, 467; v. 15, 37, 705;
vi. 27, 56, 782; vii. 2, 24, 37,
100, 221, 513, 598; viii. 2,
436, 486; ix. 199, 551, 561,
653, 871, 1069; x. 33, 97,
116, 119, 146, 198, 615, 729,
779; xi. 321; xii. 235, 265.
P. R. i. 18, 31, 35, 84, 172,
275, 283, 490; ii. 85, 314;
iv. 256, 512, 539, 627. S. A.
1065. Lyc. 132. L'Al. 142.
Arc. 77. Com. 492, 563.
Od. Nat. 27, 96, 174, 183.
Od. Sol. Mus. 2, 17. Son.
xv. 11. Ps. iv. 18; v. 3, 5;
vi. 17; lxxxi. 46; lxxxv. 21;
lxxxvi. 12.
Voices, P. L. i. 712; ii. 952;
iii. 347; iv. 682; v. 197.
P. R. iv. 482.
Void, P. L. i. 181; ii. 219, 438,
829; iii. 12; iv. 97; vi. 415;
vii. 233; ix. 1074; x. 50;
xi. 790; xii. 427. P. R. iii.
442; iv. 189. S. A. 616.
Brut. 10.
Volant, P. L. xi. 561.
Volatile, P. L. iii. 603.
Vollied, P. L. iv. 928.
Vollies, P. L. vi. 213.
Volubil, P. L. iv. 594.
Voluble, P. L. ix. 436. S. A.
1307.
Volumes, Son. xvi. 3.
Voluminous, P. L. ii. 652. P. R.
iv. 384.
Voluntary, P. L. iii. 37; v.
529; x. 61. P. R. ii. 394.
Voluptuous, P. L. ii. 869. P. R.
ii. 165. S. A. 534.
Vomit, Com. 655.
Votarist, Com. 189.

Vote, P. L. ii. 313, 389.   P. R.
    ii. 129.
Vouch'd, P. L. v. 66.
Vouchsafe, P. L. v. 312, 365;
    vi. 823.   P. R. ii. 210.   Ps.
    lxxx. 14, 30, 78.
Vouchsaf'd, P. L. ii. 332; iii.
    175; v. 463, 884; vii. 80;
    viii. 8, 581; xi. 318; xii. 622.
    P. R. i. 490.
Vouchsafes, P. L. xi. 877; xii.
    120, 246.
Vouchsaf'st, P. L. xi. 170.
Vow, S. A. 319, 379, 1144, 1386.
    Ep. Hobs. II. 19.

Vow'd, Com. 136.   Od. Hor. 13.
    Brut. 6.
Vowing, P. R. i. 490.
Vows, P. L. i. 441; iv. 97; xi.
    493.   S. A. 520, 750.   Lyc.
    159.   Arc. 6.   Forc. of Con.
    2.
Voyage, P. L. ii. 426, 919; vii.
    431; viii. 230.   P. R. i.
    103.
Voyag'd, P. L. x. 471.
Vulcan, Com. 655.
Vulgar, P. L. iii. 577.   P. R.
    iii. 51.   S. A. 1659.
Vulture, P. L. iii. 431.

WADES, P. L. ii. 950.
    Waft, P. R. i. 104.
    Lyc. 164.
    Wafted, P. L. iii. 521.
Wafting, P. L. xii. 435.
Wafts, P. L. ii. 1042.
Wage, P. L. i. 121.
Wag'd, P. L. ii. 534.
Waggons, P. L. iii. 439.   P. R.
    iii. 336.
Wail, S. A. 66, 1721.
Wailing, S. A. 806.
Wain, Com. 190.   Ep. Hobs. II.
    32.
Waist.—*See* Waste.
Wait, P. L. ii. 55, 505; iii. 485;
    viii. 554.   P. R. ii. 49, 102;
    iii. 173.   Arc. 107.   Com.
    921.   Son. xiv. 14.
    In wait, P. L. iv. 825.
Waited, P. L. viii. 61; ix. 409.
    P. R. i. 269.

Waiting, P. L. i. 604; ii. 223;
    ix. 191, 839.
Waits, P. L. v. 354.   Ps. vii.
    48.
Wake, P. L. iii. 686; iv. 678,
    734.   S. A. 952.   Il Pens.
    151.   Com. 317.   Ps. vii.
    22.
Wak'd, P. L. v. 3, 26, 92, 657;
    vi. 3; viii. 309, 478; ix. 739,
    1061; x. 94; xi. 65, 135;
    xii. 608.   P. R. ii. 284.   Son.
    xviii. 14.   Ps. iii. 13.
Wakeful, P. L. ii. 463, 946; iii.
    38; iv. 602; xi. 131.   Od.
    Nat. 156.
Waken, P. L. iii. 369; xii. 594.
Wakens, Com. 124.
Wakes, (*noun,*) Com. 121.
Wakes, P. L. iv. 23, 24; v. 44,
    110.   Com. 124.
Waking, P. L. iii. 515; v. 14,

121, 678. P. R. i. 311. Com. 263.

Wak'st, P. L. xi. 368.

Walk, (*noun*,) P. L. ii. 1007; iv. 627, 655; v. 49; ix. 434. P. R. i. 311; ii. 153, 261.

Walk, P. L. iv. 528, 677, 685; v. 36, 200; vi. 627; ix. 246; xi. 707; xii. 562. P. R. i. 478. S. A. 296, 1530. Il Pens. 65, 156. Son. vi. 7. Vac. Ex. 66. Ps. lxxxi. 56.

Walk on, Ps. lxxxii. 18.

Walk'd, P. L. i. 295; iii. 430, 441; vii. 443, 459, 503; viii. 264; ix. 114; xi. 581. P. R. i. 189. S. A. 343, 530, 1089. Lyc. 173. Son. vi. 3. Ps. i. 1.

Walking, P. L. x. 98. P. R. iv. 447. L'Al. 57.

Walks, (*noun*,) P. L. iv. 586; viii. 305, 528; ix. 1107; xi. 179, 270. P. R. ii. 293; iv. 243. Il Pens. 133. Com. 314.

Walks, P. L. iii. 422, 683; v. 351; xii. 49. Com. 211, 384, 432.

Walk'st, Brut. 2.

Wall, P. L. iii. 71, 427, 503; iv. 143, 146, 182, 697; vi. 860; vii. 293; ix. 16; x. 302; xi. 657. P. R. iii. 275. Od. D. F. I. 47. Od. Hor. 14.

Wall'd, P. R. ii. 22.

Wallowing, P. L. vii. 411.

Walls, P. L. ii. 343, 1035; x. 423; xi. 387; xii. 197, 342. P. R. iv. 250. Son. iii. 14. Ps. cxxxvi. 49.

Walls, (*verb*,) P. L. iii. 721.

Wan, P. L. iv. 870; x. 412. Lyc. 147. Son. viii. 6.

Wand, P. L. i. 294; iii. 644. Com. 614, 653, 659, 815. Od. Nat. 51.

Wander, P. L. i. 501; ii. 148;

iii. 27, 458; vii. 20, 330; xi. 282. Lyc. 185. Com. 351.

Wander'd, P. L. iii. 499. P. R. i. 354. Od. D. F. I. 17.

Wanderer, Com. 524.

Wandering, P. L. i. 365, 481; ii. 404, 523, 561, 830, 973; iii. 631, 667; iv. 234, 531; v. 177; vii. 50, 302; viii. 126, 187, 312; ix. 634, 1136, 1146; x. 875; xi. 779; xii. 133, 334, 648. P. R. ii. 246, 313; iv. 600. S. A. 302, 675. Il Pens. 67. Com. 39, 193, 1006. Vac. Ex. 53. Ps. lxxxi. 50.

Wannish, Od. Pass. 35.

Want, (*noun*,) P. L. ii. 806; ix. 755. P. R. i. 331; ii. 331, 431. S. A. 289, 905. Com. 369, 768.

Want, P. L. i. 715; ii. 272, 341; iv. 676; v. 365, 514; xii. 396. S. A. 916, 1484.

Wanted, P. L. iv. 338, 989; v. 147; vii. 505; viii. 355; ix. 601. P. R. iii. 327. S. A. 315. Com. 689.

Wanting, P. L. i. 556; ix. 199; x. 271. P. R. ii. 450. S. A. 1484.

Wanton, P. L. i. 414, 454; iv. 306, 629, 768; ix. 211; xi. 583. P. R. ii. 180. Lyc. 137. L'Al. 27, 141. Arc. 47. Com. 176. Od. Nat. 36. Od. D. F. I. 14.

Wanton'd, P. L. v. 295.

Wantonly, P. L. ix. 1015.

Wantonness, P. L. xi. 795.

Wants, P. L. ii. 271; iv. 730; v. 348; vii. 98; viii. 296; ix. 821; x. 869.

War, P. L. i. 43, 121, 129, 150, 645, 661, 668; ii. 9, 41, 51, 119, 121, 160, 179, 187, 230, 283, 329, 330, 533, 711, 767; iv. 817; vi. 19, 236, 242, 259,

274, 312, 339, 377, 408, 506, 667, 695, 702, 712, 897 ; vii. 55 ; x. 374 ; xi. 219, 220, 641, 713, 780, 784, 797 ; xii. 31, 214, 218. P. R. iii. 17, 90, 336, 388, 401. S. A. 1278. Son. x. 10 ; xi. 2, 11 ; xii. 7. Od. Nat. 53. Vac. Ex. 86.

War, (*verb*,) P. L. ii. 230 ; vi. 92 ; x. 710.

Warble, P. L. v. 195. L'Al. 134. Son. xv. 12. Ps. cxxxvi. 89.

Warbled, P. L. ii. 242. Il Pens. 106. Arc. 87. Com. 854.

Warblest, Son. i. 2.

Warbling, P. L. iii. 31 ; v. 196 ; vii. 436 ; viii. 265. S. A. 934. Lyc. 189.

Wardrobe, Lyc. 47. Vac. Ex. 18.

Wards, P. L. ii. 877.

Ware, Com. 558.

Warfare, P. L. vi. 803. P. R. i. 158.

Warlike, P. L. i. 531 ; iv. 780, 902 ; vi. 257. P. R. iii. 308. S. A. 137.

Warm, P. L. vii. 279 ; viii. 466. P. R. i. 318. Od. May-M. 6.

Warm, (*verb*,) P. L. iv. 669 ; v. 301.

Warm'd, P. L. ix. 721 ; xi. 338.

Warmly, P. L. iv. 244.

Warms, P. L. iii. 583. Son. iii. 8.

Warmth, P. L. ii. 601 ; v. 302 ; vii. 236 ; viii. 37 ; x. 1068. P. R. ii. 74.

Warn, P. L. ii. 533 ; v. 237 ; vi. 908 ; viii. 327 ; x. 871 ; xi. 195, 777. P. R. iv. 483.

Warn'd, P. L. iii. 185 ; iv. 6, 125, 467 ; vi. 547 ; viii. 190 ; ix. 253, 363, 371, 1171. P. R.

i. 26, 255. S. A. 382. Od. Nat. 74.

Warning, P. L. iv. 1.

Warping, P. L. i. 341.

Warrant, S. A. 1426.

Warranted, Com. 327.

Warr'd, P. L. i. 198, 576.

Warring, P. L. ii. 905 ; iii. 396 ; iv. 41 ; v. 566 ; vi. 225.

Warriour, P. L. iv. 576, 946 ; vi. 233. S. A. 542, 1166.

Warriours, P. L. i. 316, 565 ; vi. 537 ; xi. 101, 662. S. A. 139. Od. Cir. 1.

Wars, P. L. ii. 501, 897 ; ix. 28.

Wary, P. L. ii. 917 ; v. 459.

Wash, P. L. iii. 31. Lyc. 155.

Wash off, P. R. i. 73. S. A. 1727.

Wash'd, P. L. x. 215 ; xi. 569. P. R. iv. 28. L'Al. 22. Od. Pass. 35. Son. xviii. 5.

Washing, P. L. xii. 443. S. A. 1107.

Washy, P. L. vii. 303.

Wassailers, Com. 179.

Waste, *or* Waist, P. L. ii. 650, 1045 ; iv. 304, 538 ; v. 281 ; vi. 361 ; ix. 1113 ; xi. 791. P. R. i. 7, 354 ; iii. 283 ; iv. 123. Com. 403, 729, 942. Son. vii. 14.

Waste, (*adj.*) P. L. i. 60 ; iii. 424 ; x. 282, 434. P. R. iv. 523.

Waste, (*verb*,) P. L. ii. 365, 695 ; x. 617, 820 ; xi. 784. Son. xv. 4.

Wasted, P. L. xi. 567. P. R. iii. 102, 302. Ps. lxxxiii. 34.

Wasteful, P. L. ii. 961 ; vi. 862 ; vii. 212 ; x. 620. P. R. iv. 461. Ps. cxxxvi. 58.

Wasting, P. L. ii. 502. P. R. ii. 256.

Watch, P. L. ii. 130, 462 ; iv.

406, 562, 685, 783 ; v. 288;
ix. 62, 68, 363, 814 ; x. 427,
438, 594 ; xi. 120 ; xii. 365.
Com. 89. Od. Nat. 21.
Watch, (*verb*,) P. L. i. 332; vii.
106, 409 ; ix. 156. Com.
543. Ps. v. 8.
Watch-tower, L'Al. 43.
Watch'd, P. L. xi. 73. P. R. iv.
408, 522.
Watches, P. L. vi. 412. Com.
347.
Watches, (*verb*,) P. L. ix. 257.
Watchful, P. L. v. 104; xi. 128.
P. R. iii. 173. Com. 113.
Od. Cir. 3. Vac. Ex. 40.
More watchful, P. L. ix. 311.
Watching, P. L. ii. 413; iv. 185,
826. P. R. i. 244. S. A.
232.
Water, P. L. ii. 612; vii. 502;
xi. 749. P. R. i. 81; ii. 124;
iv. 412. Ps. vi. 13; lxxxi.
31.
Water, (*verb*,) P. L. xi. 279.
Water-nymphs, Com. 833.
Water'd, P. L. iv. 230; vii. 334.
P. R. iv. 277.
Watering, P. L. x. 1090, 1102.
Waters, P. L. iii. 11 ; iv. 260,
454 ; v. 200, 872; vi. 196,
645 ; vii. 262, 263, 268, 270,
277, 283, 290, 308, 387, 393,
397, 446; viii. 301; x. 285;
xi. 79. S. A. 1647. Il Pens.
144. Com. 896, 993. Od.
Nat. 65.
Watery, P. L. i. 397; ii. 584;
iv. 461, 480; vii. 234, 297;
viii. 346; xi. 779, 844, 882.
Lyc. 12, 167. Ps. i. 8;
lxxxiv. 23 ; cxxxvi. 22.
Wattled, Com. 344.
Wave, P. L. i. 193; ii. 1042;
iii. 539; vii. 298, 402; ix.
496; xi. 845. Com. 861,
887. Od. Nat. 68, 231.
Wave, (*verb*,) P. L. v. 193, 194,

687. Com. 659. Il Pens.
148.
Waved, P. L. i. 340; iv. 306;
vi. 304 ; vii. 406, 476; xii.
643.
Waver, S. A. 456.
Wavering, S. A. 732. Com.
116.
Waves, (*noun*,) P. L. i. 184, 306;
ii. 581 ; vii. 214, 216; x.
311; xi. 747, 830 ; xii. 213.
P. R. iv. 18. Lyc. 91, 173.
Com. 258, 924. Od. Nat.
124. Vac. Ex. 44. Ps.
lxxxviii. 31, 32, 68 ; cxxxvi.
45.
Waves, (*verb*,) P. L. iv. 764 ;
xii. 593.
Waving, P. L. i. 348, 546; iii.
628; iv. 981 ; vi. 413, 580.
S. A. 718, 1493. Com. 88.
Od. Nat. 51.
Waxen, P. L. vii. 491. Ps. vi.
14.
Waxing, P. L. iv. 969. Com.
1000.
Way, P. L. i. 621 ; ii. 40, 62, 71,
83, 134, 407, 432, 523, 683,
782, 949, 958, 973, 1007,
1016, 1026; iii. 87, 228, 437,
564, 735; iv. 126, 174, 177,
567, 889 ; v. 508, 904 ; vi. 2,
196, 780; vii. 158, 298, 302,
426, 576, 579 ; viii. 183, 613 ;
ix. 69, 410, 493, 496, 512,
626, 640, 809, 847, 865 ; x.
262, 267, 291, 310, 325, 397,
473 ; xi. 15, 203, 223, 462,
889; xii. 216, 649. P. R. i.
104, 263, 272, 297; ii. 291,
473; iv. 470, 638. S. A.
481, 713, 781, 797, 823, 838,
1039, 1049, 1072, 1091, 1332,
1530, 1591. Il Pens. 70.
Com. 36, 183, 305, 539. Son.
iv. 2 ; xiii. 13 ; xvi. 10. Ps.
i. 2, 15, 16 ; ii. 26 ; lxxxvi.
37.

Another way, Vac. Ex. 54.
Both way, P. R. iv. 70.
Every way, P. R. iii. 348.
No way, P. L. iii. 618; x.
    844. P. R. iv. 206. S. A.
    739.
One way, P. L. xi. 646. Od.
    Nat. 71.
Other way, P. L. x. 414, 894;
    xi. 527. P. R. i. 338; ii.
    254.
Some way, S. A. 1252.
This way, P. L. iv. 867; v.
    310. S. A. 111, 1301.
    Com. 170.
Which way, P. L. iv. 73, 75,
    982. P. R. i. 187; ii. 417.
    S. A. 756, 1015, 1541.
Way-lay, P. R. ii. 185.
Ways, P. L. i. 26; ii. 574; iii.
    46, 544, 680; iv. 620, 934;
    v. 50; viii. 119, 226, 373,
    413, 433; ix. 682; x. 323,
    610, 643, 1005; xi. 468, 721,
    812; xii. 110. P. R. i. 478.
    S. A. 293, 300, 1407. Son.
    xv. 2. Ep. M. Win. 58. Ep.
    Hobs. I. 3. Ps. v. 24; lxxx.
    74; lxxxi. 56; lxxxiv. 20,
    44; lxxxvi. 6.
Weak, P. L. i. 157; iv. 856,
    1012; viii. 532; ix. 1186;
    xi. 540; xii. 291, 567. P. R.
    ii. 221; iii. 4. Vac. Ex. 1.
    Ep. W. Sh. 6. Ps. vi. 4;
    lxxxii. 9; lxxxviii. 15.
Weakening, P. L. ii. 1002.
Weaker, P. L. vi. 909; ix. 383.
    Il Pens. 15.
Weakest, P. L. vi. 117. S. A.
    56.
Weakly, S. A. 50, 499.
Weakness, P. L. ii. 357; x. 801.
    P. R. i. 161; iii. 402. S. A.
    235, 756, 773, 778, 785, 829,
    830, 831, 834, 843, 1722.
    Com. 582.
Weal, P. L. viii. 638; ix. 133.

Wealth, P. L. i. 722; ii. 2; iv.
    207; xi. 788; xii. 133, 332,
    352. P. R. ii. 202, 427, 430,
    433, 436; iii. 44; iv. 82, 141,
    305, 368. Com. 504, 726.
    Son. vii. 14. Dante II. 4.
Wealthy, Dante I. 3.
Weanling, Lyc. 46.
Weapon, S. A. 142, 263.
Weaponless, S. A. 130.
Weapons, P. L. vi. 439, 697, 839.
    Com. 612.
Wear, P. L. iv. 740. Lyc. 47.
    Com. 26, 722. Od. Sol. Mus.
    14. Ps. ii. 7.
Wear out, S. A. 762.
Wearers, P. L. iii. 490.
Wearied, P. L. i. 320; iii. 73;
    vi. 695; ix. 1045; xii. 107,
    614. P. R. iv. 591. S. A.
    1583. Ps. vi. 11.
Wearied out, S. A. 405. Com.
    182.
Wearing, Od. Nat. 143.
Wearisome, P. L. ii. 247. P. R.
    iv. 322.
Wears, P. R. ii. 461. Lyc. 147.
    Ep. M. Win. 43.
Weary, P. L. xi. 310; xii. 10.
    S. A. 596. Il Pens. 167.
    Com. 64, 280. Vac. Ex. 25.
Weather-beaten, P. L. ii. 1043.
Weave, Com. 716.
Weaver's, S. A. 1122.
Wed, P. L. v. 216. S. A. 216,
    220. Od. Sol. Mus. 3.
Wedded, P. L. iv. 750; v. 223;
    viii. 605; ix. 828, 1030. Od.
    Nat. 3. Od. D. F. I. 11.
Wedge, P. L. vii. 426.
Wedges, P. R. iii. 309.
Wedlock, S. A. 353.
Wedlock-bands, S. A. 986.
Wedlock-bound, P. L. x. 905.
Wedlock-treachery, S. A. 1009.
Weed, Com. 189. Od. D. F. I.
    58.
Weeds, P. L. iii. 479. P. R. i.

314. S. A. 122. L'Al. 120.
Com. 16, 84, 390. Od. Hor.
15.
Weekly, Ep. Hobs. I. 10.
Ween, P. L. iv. 741.
Ween'd, P. L. vi. 86.
Weening, P. L. vi. 795.
Weep, P. L. i. 620; ix. 1121;
xi. 627. Lyc. 165, 182. Ps.
lxxxviii. 3.
Weeping, P. L. x. 937. Od.
Nat. 183. Od. Pass. 51. Ps.
vi. 17.
Weeps, S. A. 728.
Weigh, P. L. viii. 570; xi. 545.
Ps. v. 2.
Weigh'd, P. L. iv. 999, 1012.
P. R. iii. 51 ; iv. 8. S. A. 768.
Weighs, P. L. ii. 1046; iii. 482.
Weigh'st, P. R. ii. 173.
Weight, P. L. i. 227; ii. 307,
416; iv. 615; vi. 621, 652;
x. 968; xii. 539. P. R. i.
267; ii. 465 ; iv. 282. Com.
728. Ep. Hobs. II. 9, 26.
Weights, P. L. iv. 1002.
Welcome, P. L. x. 771; xi. 140.
S. A. 260, 576. Com. 102,
213. Od. Nat. 18. Ep. M.
Win. 71. Od. May-M. 10.
Welkin, P. L. ii. 538. Com.
1015.
Well, P. L. i. 334; ii. 390; iii.
196, 276, 370, 555 ; iv. 426,
926; v. 316, 461, 508, 793,
888; vi. 11, 29, 159, 459,
542, 543, 625 ; vii. 128, 546;
viii. 388, 440, 540, 568, 573,
588; ix. 141, 205, 229, 353,
492, 826, 1035 ; x. 887; xi.
257, 416, 451, 530, 554, 629;
xii. 505. P. R. i. 47, 286,
301; ii. 97, 305 ; iii. 51, 66,
196, 261, 267 ; iv. 134, 275.
S. A. 289, 381, 408, 413, 483,
655, 1207, 1258, 1353, 1399,
1556, 1723. Lyc. 15. Com.
87, 210, 235, 398, 488, 620,

623, 1000. Com. 772. Son.
viii. 1 ; xv. 11.
As well as, Com. 201.
How well, S. A. 204. Lyc.
113.
Not well, P. L. v. 335; ix.
945. P. R. i. 437.
So well, P. L. iii. 639; viii.
396, 548 ; ix. 1021, 1027.
P. R. i. 114; iv. 56, 357.
Com. 791. Son. v. 12.
Too well, P. L. i. 134. S. A.
878, 879. Com. 563.
Yet well, P. L. x. 725.
Well-aim'd, P. L. ix. 173.
Well-attir'd, Lyc. 146.
Well-balanc'd, Od. Nat. 122.
Well-being, P. L. viii. 361.
Well-couch'd, P. R. i. 97.
Well-done, P. L. vi. 29 ; xi. 256.
Well-feasted, S. A. 1419.
Well-govern'd, Com. 705.
Well-known, P. L. iv. 581.
Well-lighted, Ep. M. Win. 20.
Well-might, P. L. ix. 785.
Well-plac'd, Com. 161.
Wellpleas'd, P. L. iii. 241 ; iv.
164; v. 617 ; vi. 728; x. 71;
xii. 625.
Well-pleasing, P. L. x. 634.
Well-practis'd, Com. 310.
Well-seem'd, P. L. x. 154.
Well-stock'd, Com. 152.
Well-stor'd, P. L. ix. 184.
Well-trod, L'Al. 131.
Well-us'd, P. L. iv. 200.
Well-woven, P. R. i. 97.
Welter, Lyc. 13.
Weltering, P. L. i. 78. Od.
Nat. 124.
Went, P. L. i. 651 ; ii. 49 ; iv.
126, 223, 456, 739, 858 ; vi.
782, 884; vii. 588 ; viii. 48,
268 ; ix. 847, 1099. P. R.
i. 211 ; ii. 98, 284. S. A.
1617. Lyc. 103. Son. iii.
12. Ep. Hobs. II. 22. Ps.
lxxx. 48.

Went down, P. L. x. 414.
Went forth, P. L. vi. 12, 686;
    viii. 44, 59.
Went on, P. R. iv. 484.
Went'st, P. L. xii. 610. P. R. iv.
    216.
Went up, P. L. vii. 334. S. A.
    1190.
Wept, P. L. iv. 248; ix. 991,
    1003; xi. 495. P. R. iii. 41.
    Com. 257. Od. Cir. 9. Ep.
    M. Win. 56.
West, P. L. iv. 784; v. 339;
    vii. 376; viii. 163; ix. 80;
    x. 685; xii. 40. P. R. iii.
    272; iv. 71, 77, 448. Com.
    306. Brut. 7.
    Full west, P. L. iv. 784.
Westering, Lyc. 31.
Western, P. L. iv. 597, 862; x.
    92; xi. 205; xii. 141. P. R.
    iv. 25. Lyc. 191. Ps.
    lxxx. 45.
Westward, P. R. iv. 237.
West-winds, Com. 989.
Wet, P. L. v. 190. P. R. i. 318;
    iv. 433, 486. Com. 930. Ps.
    viii. 21; lxxx. 24.
Wether, S. A. 538. Com. 499.
Wetting, S. A. 730.
Whales, P. L. vii. 391.
What d'ye call, Forc. of Con. 12.
Whate'er, P. L. i. 150; ii. 162,
    442, 733, 955; iv. 425, 744,
    891; v. 414; vi. 489; vii.
    475; viii. 273, 622; ix. 92,
    695, 898; x. 11, 141, 245,
    605, 757. P. R. i. 83, 178.
    S. A. 1034, 1156. Arc. 79.
Whatever, P. R. iii. 213; iv.
    600. S. A. 904. Son. iii.
    8. Ps. lxxxv. 50.
Whatsoever, P. L. iv. 587.
Wheat, Ps. lxxxi. 66.
Wheel, P. L. iii. 741; vi. 326,
    751; viii. 135. Lyc. 31. Ep.
    Hobs. II. 9. Ps. lxxxiii.
    49.

Wheel, (*verb*,) P. L. iv. 783; xii.
    183.
Wheel'd, P. L. vii. 501. P. R.
    iii. 323.
Wheeling, P. L. iv. 785. Vac.
    Ex. 34.
Wheels, P. L. i. 311; ii. 532;
    iii. 394; iv. 975; v. 140, 621;
    vi. 210, 358, 573, 711, 755,
    832, 846; vii. 224. P. R.
    ii. 16. Com. 190. Od. Pass.
    36.
Wheels, (*verb*,) P. L. i. 786.
Whelm'd, P. L. vi. 141, 651.
Whelming, Lyc. 157.
Whelp'd, P. L. xi. 751.
While,—*Passim.*
    A-while, P. L. ii. 918; iii.
        280; v. 364, 395; vi. 556,
        634; viii. 2, 258; ix. 744;
        x. 447, 504; xii. 350.
        P. R. i. 37; iii. 2. S. A.
        115, 363, 1632, 1636. Com.
        551. Son. vi. 3.
    All the while, P. L. i. 539;
        ii. 363.
    For a while, P. L. ii. 567.
    One while, P. R. i. 216.
    The while, P. L. ii. 731; vii.
        249; ix. 4, 431, 838. P. R.
        iii. 180. S. A. 1728.
Whilere, Od. Cir. 10.
Whilom, Com. 827. Od. D. F.
    I. 24.
Whilst, Lyc. 154. L'Al. 70.
    Com. 896. Od. Sol. Mus. 23.
    Ep. M. Win. 61. Ep. W. Sh. 9.
Whip, P. L. ii. 701.
Whirl'd, Od. Pass. 37.
Whirlpool, P. L. ii. 1020.
Whirlwind, P. L. ii. 541, 589;
    vi. 749. Ps. lxxxiii. 57.
Whirlwinds, P. L. i. 77; ii. 182.
Whisper, P. L. iv. 158.
Whisper'd, P. L. v. 17; viii. 516.
Whispering, P. L. iv. 326; v.
    26. P. R. ii. 26; iv. 250.
    L'Al. 116. Od. Nat. 66.

Whispers, Lyc. 136.
Whist, Od. Nat. 64.
Whistle, Com. 346.
Whistles, L'Al. 64.
Whit, Com. 774.
White, P. L. iii. 475; vii. 439;
  xi. 206. P. R. iv. 76. S. A.
  327, 973. Lyc. 144. Son.
  xviii. 9. Od. Nat. 42. Od.
  Pass. 35.
Whited, Hor. I. 6.
White-handed, Com. 213.
White-robed, Od. D. F. I. 54.
White-thorn, Lyc. 48.
Whither, P. L. iii. 272; vi. 531;
  viii. 283; ix. 473; x. 922;
  xi. 282; xii. 610. P. R. ii.
  39; iv. 510. S. A. 1541.
Whoever, P. L. x. 14, 73.
Whole, P. L. i. 569; ii. 123,
  353, 365, 594; iii. 161, 209,
  280; iv. 207, 284; vi. 655,
  727, 875; vii. 273; ix. 416;
  xi. 874, 888; xii. 269. P. R.
  i. 208. S. A. 262, 265, 809,
  1059, 1110, 1476, 1512, 1651.
  Ps. lxxxvi. 43.
Wholesome, P. L. iv. 330; x.
  847. P. R. iv. 458. Forc.
  of Con. 16.
Wholly, P. L. ix. 786. P. R. ii.
  207.
Whomsoever, P. L. ix. 1068.
  Of whom, S. A. 1088, 1100.
Whore, Forc. of Con. 3. Dante,
  II. 3.
Whoso, P. L. ix. 724.
Wicked, P. L. iv. 856; v. 890;
  vi. 277; xi. 812, 875; xii.
  541. P. R. iv. 95. S. A.
  826, 1285. Sen. 3. Ps. i,
  2, 11, 12; lxxxii. 7, 15, 26.
Wickedness, P. L. xi. 608. S. A.
  834. Ps. v. 10; vii. 8, 35.
Wicker, Com. 338.
Wicket, P. L. iii. 484.
Wide, P. L. i. 724, 762; ii. 133,
  150, 440, 571, 641, 655, 755,
  884, 888, 961, 1047; iii. 528,
  538; iv. 77, 284; v. 88, 142,
  254, 287, 648; vi. 2, 54, 77,
  241, 510, 577, 773, 860; vii.
  89, 148, 205, 270, 301, 575;
  viii. 78, 100, 141, 304, 467;
  ix. 134, 203, 245; x. 232,
  280, 283, 419; xi. 68, 638,
  844; xii. 224, 371. P. R. i.
  44, 118; ii. 232, 359; iii.
  254, 337; iv. 27, 81. L'Al.
  76. Il Pens. 70. Com. 945.
  Son. xiv. 2. Od. Nat. 51,
  147. Vac. Ex. 41. Brut. 7.
  Ps. lxxx. 47.—*See* Far.
Wide-encroaching, P. L. x. 581,
  582.
Wide-hovering, P. L. xi. 739.
Wide-interrupt, P. L. iii. 84.
Wide-wasting, P. L. vi. 253; xi.
  487.
Wide-water'd, Il Pens. 75.
Wide-waving, P. L. xi. 121.
Wider, P. L. iii. 529; v. 648;
  xi. 381.
Widest, P. L. iv. 382.
Widow'd, S. A. 806. Forc. of
  Con. 3.
Widowhood, S. A. 958.
Wield, P. L. vi. 221; viii. 80;
  xi. 643. Com. 27.
Wielded, P. R. iv. 269.
Wife, P. L. viii. 498; ix. 267;
  x. 101, 198. S. A. 227, 724,
  725, 885, 1193. Com. 675.
  Il Pens. 112. Ep. M. Win. 2.
Wife's, P. R. ii. 134.
Wight, P. L. ii. 613. Od. Pass.
  14. Od. D. F. I. 41.
Wild, (*noun*,) P. L. i. 407; iv.
  136; ix. 212.
Wild, (*adj.*) P. L. i. 60, 180; ii.
  541, 588, 910, 917, 951, 1014;
  iii. 424, 710; iv. 341; v. 112,
  297, 577; vi. 616, 698, 873;
  vii. 34, 212, 457, 458; ix.
  543, 910, 1117; x. 477; xi.
  284; xii. 216. P. R. i. 193,

310, 331, 502; ii. 109, 304;
iii. 301; iv. 523. S. A. 127,
974, 1138, 1403. Lyc. 40.
L'Al. 134. Com. 87, 312,
356, 403. Od. Nat. 29. Od.
Pass. 51. Od. D. F. I. 73.
Ps. lxxx. 55.
Wilderness, P. L. ii. 943; iv.
135, 342; v. 294; ix. 245;
xi. 383; xii. 224, 313. P. R.
i. 7, 156, 291; ii. 232, 307,
384; iii. 23; iv. 372, 395,
416, 543, 600. Ps. cxxxvi.
58.
Wildernesses, Com. 209.
Wilds, Com. 424.
Wile, Com. 906.
Wiles, P. L. ii. 51, 193; ix. 85,
184; x. 11. P. R. i. 6, 120,
175; iii. 5, 442. S. A. 402,
871. L'Al. 27.
Wilful, P. L. x. 1042; xii.
619.
Wilfully, P. L. v. 244. P. R. i.
225.
Will,—*Passim.*
  At will, P. L. v. 295, 377;
  ix. 855. P. R. ii. 167, 383;
  iv. 269. S. A. 97. Brut.
  1.
Willing, P. L. iii. 73, 211; v.
533. P. R. i. 222. Vac.
Ex. 52.
Willinger, P. L. ix. 382.
Willingly, P. L. v. 466; ix.
1167; xi. 885. P. R. i. 45;
iii. 216. S. A. 258, 1477,
1665.
Willow, Com. 891.
Willows, Lyc. 42.
Wills, P. L. iv. 633; viii. 549.
Wilt, P. R. i. 408, 422; iii. 150,
370; iv. 166, 231, 233, 469,
551. S. A. 577, 799, 828.
Wily, P. L. ix. 91, 625. Com.
151, 884.
Win, P. L. vi. 88, 123, 160,
290; xii. 269, 502. P. R. iii.

73, 340; iv. 469, 530. S. A.
393, 1012, 1411. L'Al. 124.
Winchester, Ep. M. Win. 2.
Wind, P. L. i. 231, 341, 537,
708; iii. 439; iv. 982; vi.
282, 309; vii. 130; ix. 514;
xi. 312. S. A. 1062, 1070.
Lyc. 13, 126. L'Al. 18. Ps.
i. 12; lxxxiii. 52.
Wind, (*verb,*) P. L. vi. 659; ix.
215. Com. 163.
Winding, P. L. iv. 545. P. R.
iii. 256. L'Al. 139. Com.
873.
Windings, Arc. 47.
Window, P. L. iv. 191. L'Al.
46.
Windows, P. L. xi. 849. Il
Pens. 159.
Winds, P. L. i. 235, 305; ii.
286, 637, 717, 905; iii. 326,
493; iv. 161, 560; v. 192,
269, 655; vi. 196; vii. 213,
431; ix. 989, 1122; x. 98,
289, 664, 704, 1065, 1074;
xi. 15. P. R. i. 317; ii. 26,
363; iv. 202, 413, 429. S. A.
719, 961, 1647. Lyc. 91,
137. L'Al. 116. Il Pens.
126. Arc. 49. Com. 49,
87. Od. Nat. 64. Od. Hor.
7.
Winds, (*verb,*) P. L. iii. 563.
Lyc. 28.
  Four winds, P. L. ii. 516.
Windy, P. L. iii. 440. S. A.
1574.
Wine, P. L. i. 502; ix. 793,
1008; xii. 19. P. R. ii. 350;
iii. 259. S. A. 443, 541,
1418, 1613, 1670. Com. 47,
106. Son. xv. 10. Ps. iv.
36.
Wine-offerings, P. L. xii. 21.
Wine-press, P. R. iv. 16.
Wines, P. R. iv. 117. S. A.
553.
Wing, P. L. i. 332, 617; ii. 72,

132, 529, 634; iii. 13; v.
268; vi. 362, 535, 778; vii.
4, 394, 429; viii. 351; ix.
45; x. 316. P. R. i. 14; iv.
582. Il Pens. 52. Com.
989. Son. ii. 2; viii. 9. Od.
Nat. 50. Od. Pass. 5, 50.
Wing, (*verb*,) P. L. ii. 842; iv.
936; vii. 425.
On wing, P. L. i. 345; ii.
529; vi. 74, 243.
Without wing, P. R. iv. 541.
Wing'd, *or* Winged, P. L. i. 175,
674, 752; ii. 944; iii. 229;
iv. 576, 788; v. 55, 247, 277,
468, 498, 744; vi. 279; vii.
199, 572; x. 91; xi. 7, 706.
Com. 730.
Winged, S. A. 1283. Od. Cir. 1.
Wings, P. L. i. 20, 225, 768; ii.
408, 631, 700, 885, 906, 949,
1046; iii. 73, 382, 627, 641; iv.
157, 764, 974; v. 199, 250,
277; vi. 755, 771, 827; vii.
218, 235, 389, 434, 439, 477,
484; viii. 516; ix. 1010; x.
244; xi. 738; xii. 253. P. R.
i. 500; ii. 365, 403; iii. 309;
iv. 66. S. A. 973. Lyc. 93.
L'Al. 6. Il Pens. 148. Com.
214, 249, 378. Son. ix. 11.
Od. Nat. 114. Ps. lxxx. 6.
Wings, (*verb*,) P. L. iii. 87.
Wink, Com. 401.
Winning, P. L. ii. 472; iv. 479;
viii. 61. P. R. i. 154, 222;
ii. 213.
Winnows, P. L. v. 270.
Wins, P. L. ii. 1016. Hor. I. 4.
Winter, P. L. x. 655. Od. Nat.
29. Od. D. F. I. 28.
Winter's, P. R. i. 317. S. A.
1577. Od. D. F. I. 4. Ep.
M. Win. 36.
Wintery, Od. Pass. 6.
Wip'd, P. L. v. 131; xii. 645.
Wipe, Lyc. 181. Od. D. F. I.
12.

Wire, P. L. vii. 597.
Wires, Od. Sol. Mus. 13. Vac.
Ex. 38.
Wisard, Lyc. 55. Com. 571.
Wisards, Od. Nat. 23.
Wisard's, Com. 872.
Wisdom, P. L. ii. 565; iii. 50,
170, 686, 706; iv. 293, 491,
914; vii. 9, 10, 83, 130, 187;
viii. 194, 552, 563; ix. 725;
x. 373; xi. 636; xii. 154,
332, 576. P. R. i. 68, 175,
386; ii. 34, 431; iii. 91; iv.
222, 319, 528. S. A. 54, 57,
207, 936, 1010, 1747. Ps.
cxxxvi. 17.
Wisdom-giving, P. L. ix. 679.
Wisdom's, P. L. iii. 687; ix.
809. Il Pens. 16. Com.
375.
Wise, P. L. ii. 155, 193, 202; iii.
680; iv. 886, 904, 907, 910,
948; viii. 26, 173; ix. 338,
679, 683, 759, 778, 867, 938;
x. 7, 881, 889; xi. 666; xii.
568. P. R. i. 250, 486; ii.
454, 468; iii. 11, 58, 115;
iv. 143, 302, 322, 535. S. A.
212, 652. Arc. 20. Com.
448, 637, 705, 813. Son. iv.
14; vii. 12; xvi. 12. Vac.
Ex. 48. Ps. ii. 22; vii. 41;
lxxxi. 53.
Least wise, P. L. viii. 578.
More wise, P. L. vii. 425; ix.
311.
Wiselier, P. L. x. 1023.
Wisely, P. L. viii. 73. Son. iv.
2. Od. D. F. I. 73. Vac.
Ex. 70.
Wiser, P. R. i. 439.
Wiser far, P. R. ii. 205.
Wisest, P. L. i. 400; viii. 550.
P. R. ii. 170; iii. 240; iv.
276, 293. S. A. 210, 759,
867, 1034. Od. Nat. 149.
Wish, P. L. ii. 157; vi. 493,
818; viii. 451; ix. 258, 423;

x. 834. P. R. iv. 376. S. A. 228, 1077, 1127, 1539.
Wish, (*verb*,) P. L. ii. 606; viii. 43, 63. S. A. 1414. Od. May-M. 10. Ep. W. Sh. 16.
Wish'd, P. L. vi. 150, 842; ix. 421, 422, 714, 1025; x. 454; xi. 181. Com. 558, 574, 950.
Wished, P. L. i. 208.
Wishes, P. L. x. 901. Arc. 6.
Wit, P. L. ix. 93. S. A. 1010. L'Al. 123. Com. 790.
Witcheries, Com. 523.
Witches, P. L. ii. 665.
Withal, P. L. v. 238; xii. 82. P. R. iv. 128. S. A. 58.
Withdraw, P. L. vii. 612; ix. 261; xii. 107. P. R. ii. 55. S. A. 192.
Withdraws, P. L. v. 686.
Withdrew, P. L. ix. 386.
Wither'd, P. L. i. 612; vi. 850; xi. 540. P. R. i. 316.
Withers, Com. 744.
Withheld, P. L. vii. 117; x. 903. Od. Nat. 79. Ps. lxxxiv. 43.
Withhold, P. L. v. 62. S. A. 1125.
Withholds, P. R. ii. 380. S. A. 1233.
Withstand, P. L. vi. 253. P. R. iii. 250. S. A. 127, 1111.
Withstands, P. L. ii. 610.
Withstood, P. L. v. 242; vii. 300.
Witness, P. L. i. 503, 635; ix. 317, 334. P. R. i. 26, 29; ii. 435; iii. 107. S. A. 239, 906, 1752. Lyc. 82. Ep. W. Sh. 6. Hor. I. 4.
Witness, (*verb*,) P. L. iii. 700; v. 202; vi. 563, 564; vii. 617; x. 914; xii. 101.
Witness'd, P. L. i. 57.
Wits, P. R. iv. 241. Vac. Ex. 22.

Wives, P. L. xi. 737. P. R. ii. 171. S. A. 957.
Woe, P. L. i. 3, 64, 414; ii. 87, 161, 225, 608, 695, 872; iii. 633; iv. 5, 70, 368, 369; v. 543; vi. 877, 907; viii. 333, 638; ix. 11, 133, 134, 255, 645, 783, 831, 916; x. 465, 555, 935, 961, 980; xi. 60, 632. P. R. i. 398, 399. S. A. 351, 813. Lyc. 106. Son. xiii. 14. Od. Pass. 9, 32. Ps. lxxxv. 6.
Woes, P. L. iv. 535; x. 742, 754. Com. 836. Ps. lxxxviii. 9.
Woful, P. L. x. 984. Lyc. 165.
Wolf, P. L. iv. 183. Lyc. 128. Com. 70, 504.
Wolves, P. L. xii. 508. Com. 534. Son. xi. 14.
Woman, P. L. ii. 650; viii. 496; ix. 233, 343, 481; x. 137, 158, 179, 192, 837; xi. 496, 633; xii. 379. P. R. i. 65; ii. 208. S. A. 50, 202, 236, 379, 749, 844, 903, 1114. Son. xvii. 6.
Womankind, P. R. ii. 175.
Woman's, P. L. iv. 638; xi. 116, 617; xii. 327, 543, 601. P. R. i. 64. S. A. 783, 1012.
Womb, P. L. i. 673; ii. 150, 657, 766, 778, 798, 911; v. 181, 302, 388; vii. 276, 454; x. 476, 1053; xii. 381. S. A. 634, 1703. Com. 131. Od. D. F. I. 30. Od. on Time, 4. Ep. M. Win. 33. Ps. vii. 53.
Women, P. L. iv. 409; ix. 1183; xi. 582. P. R. ii. 68, 71, 153, 169, 204. S. A. 211, 216, 957, 983.
Won, P. L. ii. 762, 978; iii. 12; iv. 853; vi. 122; viii. 43, 503; ix. 131, 674, 734, 991;

Worldly, P. L. xi. 803 ; xii. 568.
P. R. iv. 213.

World's, P. L. iii. 562, 709 ; v.
188 ; xii. 313, 459, 467. Od.
Nat. 163. Od. D. F. I. 77.
Son. xvii. 13. Ps. iv. 27 ;
vii. 30.

Worlds, P. L i. 650 ; ii. 916 ;
iii. 566, 567, 674 ; v. 268 ;
vi. 36 ; vii. 191, 209 ; viii.
175 ; x. 237, 362, 441. P. R.
iv. 633. Il Pens. 90.

Worm, P. L. iv. 704 ; vi. 739 ;
vii. 476 ; ix. 1068. P. R. i.
312. S. A. 74. Arc. 53.

Worms, Com. 715.

Wormy, Od. D. F. I. 31.

Worn, P. L. x. 573 ; xi. 243.
S. A. 1131.

Worried, S. A. 906.

Worse, P. L. i. 119, 505 ; ii. 49,
83, 85, 113, 168, 169, 186,
196, 293, 626, 996 ; iii. 91 ;
iv. 26, 40, 100 ; vi. 607 ;
viii. 397 ; ix. 102, 128, 265,
715, 1122 ; x. 717, 780, 1055 ;
xi. 268 ; xii. 106, 484. P. R.
iii. 205, 207, 208, 419 ; iv.
486. S. A. 68, 284, 399, 418,
433, 485, 893, 904. Son. vi.
13. Od. Pass. 11. Forc. of
Con. 14.
    Far worse, P. L. vi. 34, 863 ;
    x. 903.
    Much worse, P. L. ix. 123 ;
    xi. 601.

Worse, (*verb,*) P. L. vi. 440.

Worship, P. L. ii. 248 ; v. 194 ;
ix. 198 ; xi. 318 ; xii. 532.
P. R. iii. 426.

Worship, (*verb,*) P. L. vii. 515,
628 ; ix. 611 ; xi. 578 ; xii.
119. P. R. ii. 475 ; iii. 416 ;
iv. 167, 176, 179, 192. Brut.
5. Ps. v. 20.

Worshippers, P. L. i. 461 ; vii.
613, 630 ; ix. 705. S. A.
471.

Worshipp'd, P. L. i. 397. P. R.
iii. 83. Com. 302. Son. xiii.
4. Od. Nat. 220.

Worst, P. L. i. 276 ; ii. 100, 163,
224 ; iv. 204 ; v. 742 ; vi.
462 ; ix. 269, 979 ; x. 73.
P. R. iii. 209, 223. S. A.
105, 155, 195, 1264, 1340,
1570, 1571. Vac. Ex. 12.
At worst, Com. 484.

Worth, P. L. i. 378, 529 ; ii. 429 ;
viii. 502 ; ix. 1183. P. R. i.
231, 370 ; ii. 227. Arc. 8, 80.
Com. 793. Son. viii. 5. Vac.
Ex. 79. Ps. cxxxvi. 90.

Worth, (*adj.*) P. L. i. 262 ; ii.
223, 376 ; v. 308 ; x. 488.
P. R. iii. 51, 393 ; iv. 86, 329,
514, 539. S. A. 250. Com.
505.

Worth or not worth, P. R. iii.
151.

Worthier, P. L. v. 76 ; vi. 180 ;
ix. 100. P. R. i. 27 ; ii. 195.

Worthies, P. R. iii. 74.

Worthiest, P. L. i. 759 ; iii. 310,
703 ; vi. 177, 185, 707, 888.
P. R. iii. 226. S. A. 276,
369. Arc. 74.

Worthless, S. A. 1020.

Worthily, P. L. xi. 524.

Worthy, P. L. iv. 241, 291 ; v.
557 ; vi. 420 ; viii. 568, 584 ;
ix. 746 ; xii. 161. P. R. i. 17,
141 ; ii. 445 ; iii. 70. S. A.
1164. Lyc. 118. Com. 788.

Wound, P. L. i. 447, 689 ; iii.
252 ; vi. 329, 348, 405, 435 ;
viii. 467 ; ix. 486, 782 ; xii.
392. P. R. i. 53, 59 ; iv.
622. S. A. 1581. Com.
1000.

Wound, (*verb*) P. L. ix. 589 ;
xi. 299. Arc. 67.

Wounded, P. L. i. 452. Od. Nat.
204.

Wounding, Od. Cir. 25.

Wounds, P. L. ii. 168 ; iv. 99 ;

vi. 368 ; xii. 190, 387. P. R.
i. 444. S. A. 186, 607,
620.
Wove, P. L. iv. 348 ; ix. 839.
Arc. 47.
Woven, Son. vi. 2.
Wrack, P. L. iv. 994 ; vi. 670 ;
xi. 821. P. R. iv. 452.
Wracking, P. L. ii. 182.
Wrapp'd, P. L. ii. 183 ; ix. 158 ;
xi. 706. P. R. ii. 40. Com.
546. Od. Nat. 31.
Wrath, P. L. i. 54, 110, 220 ; ii. 83,
688, 733, 734 ; iii. 264, 275,
406 ; iv. 74, 912 ; v. 890 ; vi.
59, 826, 865 ; ix. 14 ; x. 95,
340, 795, 797, 834, 951 ; xi.
815 ; xii. 478. S. A. 1683.
Com. 803. Od. Cir. 23. Od.
D. F. I. 66. Ps. ii. 10, 27 ;
lxxx. 19 ; lxxxv. 11 ; lxxxviii.
29, 65.
Wrathful, Ps. cxxxvi. 10.
Without wrath, P. L. x. 1048.
Wreak, P. L. iii. 241 ; iv. 11.
Wreath, P. L. ix. 517. P. R. ii.
459. Son. xi. 9.
Wreath'd, P. L. iv. 346 ; ix. 892.
P. R. iv. 76. Com. 55.
Wreathed, L'Al. 28.
Wreaths, P. L. vi. 58. Com. 850.
Od. Hor. 4.
Wreck, S. A. 1044.
Wreck'd, P. R. ii. 228.
Wrench, Son. xvi. 4.
Wrested, P. L. xi. 503. P. R. i.
470. S. A. 384.
Wrestlers, S. A. 1324.
Wretched, P. L. x. 985 ; xi. 501 ;

xii. 74. P. R. i. 345. Lyc.
124.
Wring, S. A. 1199.
Wrinkled, P. L. xi. 843. L'Al.
31. Com. 871.
Wrists, Com. 834.
Writ, P. R. i. 260 ; iii. 184.
S. A. 657. Son. vi. 1 ; viii.
7. Forc. of Con. 20.
Write, P. L. iv. 758 ; xii. 489.
P. R. iv. 227, 383. Od.
Pass. 34. Ps. lxxxvii. 21.
Writh'd, P. L. vi. 328 ; x. 569.
Written, P. L. xii. 506, 513.
P. R. i. 347 ; iv. 175, 556,
560.
Wrong, P. L. ix. 300, 666 ; xi.
666 ; xii. 98. P. R. i. 389.
S. A. 76, 1030. Ps. lxxxii. 6 ;
lxxxiv. 9.
Wrong, (*verb*,) P. L. iv. 387.
Wrong'd, P. L. iv. 387.
Wrongs, P. R. iii. 93. S. A.
105. Od. Pass. 11.
Wrote, P. R. iv. 226.
Wroth, Od. Nat. 171.
Wrought, P. L. i. 642 ; ii. 295 ;
iv. 49, 699 ; v. 901 ; vi. 657,
691, 761 ; viii. 507 ; ix. 70,
513 ; x. 939, 1080 ; xi. 55,
424, 572. P. R. ii. 215 ; iii.
415. S. A. 813, 850, 1095,
1532. Ps. vii. 9 ; lxxxv. 6.
Wrought on, P. L. x. 300.

ERXES, P. L. x.
307.

YAWNING, P. L. vi.
875; x. 635.
Yea, P. L. i. 387; iv.
207. P. R. i. 117.
Com. 428, 591. Od. Nat.
141. Vac. Ex. 87.
Yeanling, P. L. iii. 434.
Year, P. L. iii. 40; v. 583.
P. R. iii. 234. Lyc. 5. Son.
i. 11; ii. 2; xvii. 5. Ps. iv.
33.
Yearly, P. L. i. 452; x. 575.
Years, P. L. iii. 581; vii. 342;
viii. 69; ix. 45; xi. 534; xii.
345. P. R. i. 48, 206, 210;
ii. 80, 96; iii. 31, 37, 40.
S. A. 570, 1712. Com. 114.
Son. xvii. 1. Ep. M. Win.
64. Vac. Ex. 6.
Ychain'd, Od. Nat. 155.
Yclep'd, L'Al. 12.
Yell'd, P. R. iv. 423.
Yelling, P. L. ii. 795. P. R. iv.
629.
Yellow, P. L. xi. 435. Od.
May-M. 4.
Yellow-skirted, Od. Nat. 235.
Yes, Com. 584.
Yesterday, P. L. v. 675.
Yield, P. L. i. 108, 179; ii. 232,
573; iii. 245; v. 401, 428;
vi. 483; viii. 575; ix. 248,
1021; xi. 42, 526, 623. S. A.
259, 593, 868. Ps. i. 9;
lxxxiii. 59.
Yielded, P. L. i. 729; ii. 24; iv.
309, 310, 333, 489; ix. 902;
x. 628. S. A. 407, 848.
Yielding, P. L. vii. 310, 311.
Yields, P. L. v. 39, 338; vii. 88,

541. P. R. ii. 409. S. A.
15.
Yoke, P. L. ii. 256; iv. 975; v.
786, 882; x. 307, 1045. P. R.
i. 217; ii. 48; iii. 334; iv.
102, 135. S. A. 39, 42. Il
Pens. 59. Ps. lxxxvii. 12.
Yok'd, S. A. 410.
Yon, P. L. i. 180, 280; ii. 183;
iv. 626, 1011; xi. 205. Il
Pens. 52. Com. 295. Arc.
36. Son. i. 1.
Yonder, P. L. ii. 684; iv. 626;
v. 367, 620; ix. 218; x. 617;
xi. 229, 328; xii. 142, 591.
S. A. 3.
Yore, Il Pens. 23.
Young, P. L. iv. 279; vii. 420;
xi. 668. P. R. ii. 18, 329;
iii. 34, 35, 101. Lyc. 9. L'Al.
97. Com. 492, 498, 755, 999.
Son. xii. 1. Od. D. F. I. 25,
26. Ps. lxxx. 63; lxxxiv.
11.
Younger, P. L. i. 512; ix. 246;
xii. 160. S. A. 336.
Youngest, P. L. iii. 151.
Youth, P. L. i. 770; iii. 638;
iv. 552; xi. 246, 539, 542,
594. P. R. ii. 197, 200; iv.
508. S. A. 264, 938, 1738.
Lyc. 164. L'Al. 95. Com.
55, 609, 970, 1011. Son. ii.
1; iv. 1. Od. D. F. I. 53.
Od. May-M. 6. Od. Hor. 1.
Youth's, P. R. i. 67.
Youths, P. R. ii. 352.
Youthful, P. L. iv. 338, 845; x.
218. S. A. 524, 1442. L'Al.
26, 129. Com. 289, 669.

ZALMUNNA, Ps. lxxxiii. 43.
Zeal, P. L. ii. 485; iii. 452; v. 593, 805, 807, 849, 900; ix. 665, 676; xi. 801. P. R. iii. 171, 172, 175, 407, 412. S. A. 895, 1420.
Zealous, P. L. iv. 565.
Zealously, Son. iv. 9.
Zeb, Ps. lxxxiii. 41.

Zenith, P. L. i. 745; x. 329.
Zephon, P. L. iv. 788, 834, 854, 868.
Zephyr, P. L. iv. 329; x. 705. L'Al. 19.
Zephyrus, P. L. v. 16.
Zodiack, P. L. xi. 247; xii. 255.
Zone, P. L. ii. 397; v. 281, 560; vii. 580. P. R. ii. 214.
Zophiel, P. L. vi. 535.
Zora's, S. A. 181.

THE END.

9 783337 398767